U0003548

潰雪

SNOW CRASH

尼爾・史蒂文森——著　歸也光——譯

NEAL STEPHENSON

30週年版序

有關《潰雪》這本書最初的一切，我都寫在三十年前書末的〈致謝〉中，應該沒有什麼要補充了。倒是從小說出版到現在，許多傑出人士致力於開發出各種系統，這些系統明確地基於本書，或間接受到啟發。開始寫這本小說時，我才剛剛花了大筆金錢買了電腦繪圖的設備和軟體，本來我是打算創作圖像小說。我花了很多時間寫程式，以便讓這些新穎設備能運作。當時網路已經出現六年，但是除了學術界之外，很少人在使用，許多人甚至不知道它的存在。那個時候，全球資訊網（World Wide Web）還沒出現、使用電子信箱仍必須在CompuServe系統收發信件、電腦遊戲還是二次元，但理論上電腦已經能執行3D圖形，代表能讓閱聽者沉浸其中的體驗即將到來。

我當時很關心硬體價格要怎麼樣才能降到普通家庭都能負擔。這就像二十世紀五〇年代的電視機碰上的情況，當然人們還不知道什麼時候、什麼因素會讓節目大受歡迎，而當電視節目影響力夠大時，就能使更多人購買電視機，電視機價格才能因此下降，並進一步讓電視製造商投資更大的螢幕、鼓勵影視公司製作更高品質的節目。

我就是基於對圖像電算能力的期望，想像出元宇宙（Metaverse），我記得自己當時是根據《我愛露西》（*I Love Lucy*）這個節目受歡迎後促成電視機普及，從而對網路的未來產生出新的想像。

在我寫完此書後所發生的事是，電腦繪圖硬體的成本因為電腦遊戲大受歡迎而降低，特別是《潰雪》

出版一年後所上市的一款遊戲《毀滅戰士》（*DOOM*）。這個遊戲以及受其啟發的許多網路遊戲，使得整個遊戲產業迅速發展，產值很快超越了好萊塢。

同時，網際網路也在同一個時間誕生，並引發網路內容爆炸性增長。這使得那些想在螢幕上使用視覺圖片、影片的人有了大量電腦和圖像的需求。這兩個因素使得電腦繪圖的成本變得可親並且普及起來，我當年小說裡所描述的是單一的元宇宙，多重的元宇宙在那個時候還是未來的想像，但如今這個未來似乎不遠了。

尼爾．史蒂文森
二〇二二年七月

1

外送終結者隸屬一菁英組織，一個有光環的子集團。他精力過剩，此刻正準備去跑今晚的第三趟，身上穿的那件制服顏色黑得像活性碳，能完全吸收光線，制服的蛛網纖維材料可以防彈，子彈打上來會像撞上玻璃拉門的鵪鶉一樣彈開；過多的汗水則蒸散排出，有如微風拂過剛遭到凝固汽油彈攻擊的森林。這制服穿在身上，肢體末端骨骼突出處還有燒結的盔膠保護，那是一種感覺像砂礫的凝膠，保護效果比一疊電話簿還厚實。

得到這份工作時，他也拿到一把槍。外送終結者不收現金，但還是可能有人找上他——或許要他的車，或許要他的貨。槍很迷你，空氣感、輕量，是時尚設計師可能會拿來當配件的那種；擊發後射出速度達SR-71間諜機五倍的極小鏢彈；槍吃電力，使用後要插入點菸器裡充電。

外送終結者不曾在憤怒或恐懼中亮槍，只有一次在吉拉高地掏出槍。吉拉高地是個花俏的郊園區，幾個住在這裡的無賴也想委託送貨，但他們不想付錢，以為拿出球棒就嚇唬得了外送終結者。外送終結者掏出槍，雷射對準懸在空中的路易士威爾[1]球棒，開槍。後座力強大，感覺就像槍直接在他手中爆炸了。球棒的中間三分之一化為燃燒的柱狀鋸木屑，像爆炸的星星一樣朝四面八方飛濺。這名無賴手裡最後只剩球棒

1 Louisville Slugger，MLB指定球棒品牌，創立於一八八四年。

柄，末端還冒出一縷白煙；他本人則一臉蠢樣。找外送終結者麻煩，結果只有自找麻煩而已。

從此之後，外送終結者都把槍收在車裡的手套箱內，改靠一套武士刀走天下；反正武士刀向來都是他最愛的武器。吉拉高地的無賴不怕槍，外送終結者才被迫開槍，而武士刀的威力不需要示範，一看就懂。

外送終結者車上的電池電力強大，足以把一磅培根射入小行星帶。有別於辣媽車或郊區打蛋器，這輛車卸載那股力量時靠的是張得大開、打磨得閃閃發亮的括約肌。外送終結者踩下油門，屎隨即噴出。想聊聊觸地面嗎？你的車輪觸地面極小，基本上就是用你舌頭那麼大的四小塊面積在跟瀝青交流。外送終結者的車輪則是又大又黏，觸地面有胖女士的大腿那麼大片。外送終結者與道路相連，發動時引擎有如盛怒的一天，要停的時候卻是輕踩即煞。

為什麼外送終結者的裝備那麼齊全？因為大家都仰賴他。他是號響噹噹的人物。這是美國，人人只要喜歡有什麼不可以，有問題嗎？因為他們有權利那麼做，也因為他們有槍，他媽的沒人阻止得了他們。因此，美國是全世界經濟狀況最糟糕的國家之一。追根究柢——這裡說的是貿易差額——一旦我們的科技人才全部外流，一旦達到平衡，他們在玻利維亞製造汽車、在塔吉克製造微波爐，再拿來這裡賣——我們的天然資源優勢一旦變得無關緊要，因為出現了香港巨船，出現了以極低廉的價格即可將貨物一路從北達科塔運到紐西蘭的飛船——一旦「隱形之手」拿走歷史上的所有不公平，再公平地分給全世界，某巴基斯坦製磚工可能會覺得這樣一來真是生意興隆哪——你猜怎麼著？我們只有四樣東西做得比別人好：

音樂

電影

微碼（軟體）

披薩超速遞

外送終結者以前是搞軟體的，現在還是偶爾做做。但若人生是一間超棒的小學，由一群立意良好的教育博士營運，外送終結者的成績單上會寫著：「阿浩非常聰明、創意十足，但合作技巧有待加強。」

因此他現在兼了這份工作。不需要用到什麼智慧或創意——也不需要合作，只有一個原則：自信昂揚，承諾你的披薩將在三十分鐘內送達，否則免費，或者你可以射殺駕駛、搶走他的車、發起集體訴訟。外送終結者幹這行六個月了，就他的標準而言，這份工作有賺頭又有很多自己的時間，而且他送一份披薩花的時間不曾超過二十一分鐘。

噢，他們以前會為時間爭吵，很多資深外送員因此不幹了：自宅屋主因為說謊而滿臉通紅，冒著汗，一身歐仕派[2]和工作壓力的惡臭，站在自家發光的黃色門口，甩著手上的精工錶，朝掛在廚房水槽上方的時鐘揮手，說真的，你們這些傢伙是不會看時間嗎？

再也沒發生過了。送披薩是個重要產業，一個受妥善管理的產業，男男女女去柯薩諾斯特拉[3]披薩大學四年，就只為了學這個。他們來自阿布哈茲、盧安達、瓜納華托、南澤西，進去的時候連個英文句子也寫不出來，出來時比貝多因人懂沙子還懂披薩。而他們研究過這個問題，為送達時間糾紛頻率畫過圖表，替早期的外送終結者裝上電線，記錄，然後分析，針對策略、聲音壓力柱狀圖、白種中產階級A型郊區居住者採用的特殊文法結構進行辯論；這些人壓根不管邏輯，決定就是要在這個地方對他們生命中腐敗與麻木的一切展開他們個人卡斯特部隊的最後一搏[4]：他們打算謊報自己打電話叫披薩的時間，或是欺騙自己，

---

2 Old Spice，美國老牌男性身體清潔用品品牌。
3 Cosa Nostra，義大利文，意指「我們自己的事」。
4 北美印第安戰爭期間，一八七六年六月二十五日，喬治・阿姆斯壯・卡斯特（George Armstrong Custer）中校率領的部隊遭美國原住民蘇族人澈底殲滅，此即為小大角戰役（Battle of the Little Bighorn）。

藉此得到免費披薩；除了他們的生命、自由和不管什麼的追求外，他們也應該得到免費披薩，這點他媽的絕不可讓步。派心理學家去這些人家，給他們免費電視好讓他們接受匿名訪談，把他們接上測謊機，放斷斷續續、難以理解的色情女王、深夜車禍和小山米．戴維斯（Sammy Davis Jr.）的電影給他們看，研究他們的腦波，把他們放在有甜味、淡紫色牆的房間裡，問他們有關道德的問題，那些問題是如此令人費解，就算他們是耶穌會信徒，回答時也不免犯下輕微可原諒的罪。

柯薩諾斯特拉披薩大學的分析師做出結論，這就是人性，無藥可解，因此他們採用一個又快又便宜的科技手段：智慧盒。現在的披薩盒是塑膠甲殼，做成波浪狀以增加硬度，側邊有個發光的小ＬＥＤ燈顯示器，告訴外送終結者，自從那通決定命運的電話打進來之後，有多少貿易失衡時間已滴答流逝。盒身裝了晶片和其他零件。一小疊披薩擱在外送終結者腦袋後方的插槽裡，披薩像電路板裝進電腦一樣一一滑入插槽，喀的一聲就定位，智慧盒就連結上了外送終結者車中內建的系統。系統會從顧客的來電推斷出地址，輸入智慧盒的內建隨機存取記憶體，而記憶體又和車子連結，計算出最佳路徑並投射到抬頭顯示器，擋風玻璃會浮現發光的地圖，外送終結者連低頭查看都不用。

如果三十分鐘時限已到，發生災難的消息隨即竄回柯薩諾斯特拉披薩總部，並從這裡轉傳給恩佐大叔本人——西西里的肯德基爺爺，本森赫斯特地區的安迪．格里菲斯（Andy Griffith），出沒於許多外送終結者惡夢、連連揮動剃刀的虛構人物，柯薩諾斯特拉披薩有限公司的頭兒兼首領——他五分鐘內就會和該顧客通上電話，再三致歉。隔天，恩佐大叔會搭乘噴射直升機降落在該顧客家的庭院，然後是更多道歉，並免費招待對方去義大利——他只需要簽一連串同意書，成為柯薩諾斯特拉披薩的公關兼發言人，基本上他所知道的私人生活也到此為止。整件事結束時，他會莫名覺得自己好像欠了黑幫一個人情。

外送終結者並不確切知道當事駕駛會怎麼樣，但他聽過一些謠言。大多數披薩外送都是傍晚的事，而恩佐大叔認為這是他的私人時間。如果你和家人吃晚餐吃到一半被打斷，你還得打電話給某郊圍區內一個任性的笨蛋，為一個去他媽遲到的披薩卑躬屈膝，你會怎麼想？恩佐大叔照顧家人、為國效力五十年，可不是為了到這個大多數人都在打高爾夫球、含飴弄孫的年紀還得滴著水爬出浴缸、趴下來親吻某個十六歲滑板敗類的腳，只因為他的義大利辣味香腸披薩三十一分鐘才送到。噢，天啊。外送終結者光是想，呼吸就變得略微急促。

但他對為柯薩諾斯特拉送披薩毫無怨言。知道為什麼嗎？因為面對生命危險有種奇妙的感覺，就像擔任神風特攻隊飛行員。你心智清明。其他人——店員、翻漢堡的、軟體工程師，構成美國生活的所有垃圾工作——他們都只是依賴平淡的老式競爭。無論是翻漢堡或是為你的子程式除錯，最好都做得比你那個住在隔壁再隔壁巷子的高中同學快又好，因為那些傢伙是我們的競爭對手，大家都會注意這種事。

真是去他媽的老鼠賽跑。柯薩諾斯特拉披薩沒有任何競爭。競爭有違黑幫倫理。你並不為了要跟街上某個同業競爭而更加賣力。你是因為一切都攸關安危而更加賣力，這一切包含你的名字、榮譽、家庭、性命。那些翻漢堡的或許活比較久——但你得問問自己，那又稱得上什麼人生了。這就是沒人能送披薩送得比柯薩諾斯特拉快的原因，就連日本人也沒辦法。外送終結者驕傲地穿著這身制服，驕傲地開這著輛車，驕傲地走上無數郊圍區人家的門前小徑，一身忍者黑的堅毅幻影，肩膀頂著一份披薩，紅色LED在夜色中燒出驕傲的數字：十二分三十二秒或十五分十五秒或偶爾二十分四十三秒。

外送終結者被分配到谷區[5]的柯薩諾斯特拉披薩三五六九號店。南加利福尼亞不知道是該喧鬧還是乾脆當場吊死自己。人那麼多，道路根本不夠用。路平有限公司總是在鋪新路，但必須剷平一大堆街巷及居民

5 聖費爾南多谷（San Fernando Valley）。

才鋪得了，而那些七、八〇年代的住宅區天生就該被剷平，對吧？沒人行道、沒學校，啥都沒。也沒有自己的警力——沒有移民管制——討人厭的傢伙們可以光明正大走進去，不會被搜身，甚至不會有人去煩他們。反觀郊圍區，這才是生活的地方：擁有自己的憲章、邊界、法律、警察，應有盡有的城邦。

外送終結者在歡樂谷農場邦的保安隊當過一陣子下士，因為對一個公認的罪犯拔刀才丟了工作。那罪犯正打算闖進一間房子，而他劃破那罪犯的襯衫，刀面滑過他頸根，把他釘在那棟房子裡變形、起泡的乙烯牆板上。他的出手名正言順，但他們不由分說還是炒了他，因為那罪犯原來是歡樂谷農場副總理的兒子。噢，那些黃鼠狼可有藉口了：說三十六英寸的武士刀並不在他們的武器協定範圍內，說他違反了疑犯拘押規範，也就是疑犯拘押規範，說那罪犯受到精神創傷，現在連奶油刀都會怕，只能用湯匙背面塗果醬了，還說他給他們帶來麻煩。

外送終結者還得借錢賠償。其實就是跟黑幫借，所以他才會在他們的資料庫中——視網膜樣態、DNA、聲紋、指紋、足印、掌印、腕印，他媽的身上所有有紋路的地方——幾乎啦——都被那些雜種滾上油墨、留下印痕，再以電腦數位化保存。但那是他們的錢——他們出借時當然會謹慎。等他應徵外送終結者的工作時，他們再開開心心地採用他，因為他們認識他。當初獲得貸款時，他必須跟谷區的助理副首領當面交涉，後來助理副首領又推薦他來做外送終結者。所以就像置身一個大家族，一個非常恐怖、瘋狂、殘暴的家族。

柯薩諾斯特拉披薩三五六九號店位於維斯塔路（Vista Road），就在國王公園購物中心旁。維斯塔路原本屬於加利福尼亞，不過現在稱為路平有限公司CSV-5號道路，主要競爭者原本是一條美國公路，現在則稱為航道有限公司Cal-12號道路。更深入谷區後，這兩條彼此競爭的公路實際上相交。一旦爆發激烈爭執，路口會因零星的狙擊手槍擊而關閉。最後，一家大開發商買下整個路口，改建為一座可開車穿過的購物中心。現在，兩條路只是匯入一個停車系統——不是停車場，也沒有坡道，就是個系統——並失去各自的身分。如果你想通過路口，就得穿過停車系統，諸多窄徑在其中交織，有如胡志明小徑。CSV-5吞吐量較大，但Cal-12鋪得比較好。向來如此——路平著重把人送到目的地，適合A型駕駛；航道則重視道路享受，適合B型駕駛。

外送終結者是個得狂犬病的A型駕駛。他專注於他的本壘，也就是柯薩諾斯特拉披薩三五六九號店，用時速一百二十公里在CSV-5左線道迂迴行進。他的車是一個隱形的黑色菱形，一塊暗處，映出隧道般的加盟店家招牌——光標。一排橘色的燈架架叨叨橫過車子前方，如果這輛車裝的是吸氣式引擎，進氣孔就會在那位置。看似汽油火的橘光由其他車的後車窗透入，從後照鏡反射，在他們的眼睛上映出火焰般的面具，直達他們的潛意識，挖出駭人的恐懼：被釘住、意識完全清醒、置身爆炸的油箱底下，弄得他們想靠邊停，讓開著義式辣味香腸火焰之黑色戰車的外送終結者超車。

頭頂的光標呈雙生凝結尾標示出CSV-5；光標是由無數小單位構成的一片電燈，每個單位都是在曼哈頓由影技師設計；他們光製作一個標誌，酬勞就多過一名外送終結者一輩子的收入。光標努力突出，但還是糊成一片，尤其在時速一百二十公里之下更是如此。不過因為廣告牌的關係，還是很容易看見柯薩諾斯特拉披薩三五六九號店；就算是以這年頭的誇張標準來看，廣告牌還是又高又寬。事實上，巨大的芳綸纖維柱將廣告牌插入標誌蒼穹，而矮胖的加盟店本身看起來不過就是底下的低矮地基。註冊商標，寶貝。

這廣告牌是個經典，一則陳腔濫調，不是為了短暫的黑幫行銷宣傳而捏造出來的東西。這是一項宣示，目的是作為長久留存的紀念碑，簡單而莊嚴，描繪出恩佐大叔，身上穿著他瀟灑的義大利西裝，細條紋像肌腱一樣發亮、收縮，方形的口袋也在發亮。他的髮型完美，以某種永不消退的東西往後抹，在恩佐大叔的理髮師表弟亞特巧手之下，每一綹的末端都修剪得整齊俐落。亞特經營全世界第二大低端理髮連鎖企業。恩佐大叔站在那兒，不算有在笑，不過眼裡無疑有一抹慈祥的光輝，並沒有像一般模特兒一樣擺姿勢，只是站在那兒；你叔叔也可能像他那樣站著。廣告牌上寫著：

黑幫

你在大家族裡有個朋友！

由自家事基金會贊助

廣告牌是外送終結者的北極星。他知道，當他沿著CSV-5開，開到廣告牌下方角落被韋恩牧師珍珠大門當地加盟體的假哥德彩繪玻璃拱門遮住時，他就該切入右車道了。一些智障和辣媽車在這裡龜速前進，任意而行、猶豫不決，看著經過的每一個加盟體車道，彷彿他們不知道這些店是值得期待還是危機四伏。

他切到一輛辣媽車前，是家庭廂型車，接著掃過隔壁的買飛天，駛入柯薩諾斯特拉披薩三五六九號店。他的大片觸地面抱怨，稍微尖叫了一下，不過還是緊緊抓住路平有限公司的專利高摩擦力路面，帶著他進入車道。沒其他外送終結者在車道等。這是好事，代表他的流動率高；動作快速，披薩持續流動。他嘎吱停下，車子側邊的電子機械艙蓋已經打開，露出空蕩蕩的披薩槽，門發出喀答聲，像甲蟲翅膀一樣收折。插槽在等待，等待著熱騰騰的披薩。

繼續等待。外送終結者按喇叭。這並不是計畫中的結果。

窗戶滑開。絕對不該如此。你可以到柯薩諾斯特拉披薩大學查閱三環活頁夾，相互參照引述窗戶、車道和調度員的部分，你會查到所有關於那扇窗戶的程序——窗戶絕對不該打開。除非出了什麼錯。

窗戶滑開，而且——你是坐著的嗎？——煙從中飄出。外送終結者聽見刺耳的尖銳聲響壓過他聲音系統中的重金屬颶風，領悟那是從加盟店內傳出來的煙霧警報。

立體音響的靜音按鈕。壓抑的寂靜——他的鼓膜放鬆——窗戶隨煙霧警報的哭喊嗡嗡作響。車怠速，等待。艙蓋打開太久了，空氣中的汙染物凝結在披薩插槽後方的電子接觸點，他得提早清理了。三環活頁夾描繪出披薩宇宙的所有節奏，但現在一切的走向都亂了套。

屋內有個足球形狀的阿布哈茲男子拿著一本三環活頁夾到處跑來跑去，用他的腹部贅肉擋著不讓活頁夾闔上；他奔跑的姿態活像用湯匙盛著一顆雞蛋。他以阿布哈茲方言叫喊；谷區這附近，所有柯薩諾斯特拉披薩加盟店的經營者都是阿布哈茲移民。

看起來火勢不大。外送終結者看過真正的火災，在歡樂谷農場，你不可能看錯那種煙。火災就是那麼回事：煙，憑空湧出，底部偶爾閃現橘色火光，就像高空雲層中的熱閃電。這不是那種火災，這是冒出的煙幾乎不足以觸發煙霧警報器的火災。而他正為了這種爛事浪費時間。

外送終結者長按喇叭不放。阿布哈茲經理來到窗邊。他應該要用對講機和駕駛通話才對，想說啥就說啥，都會直接傳送到外送終結者車內，但不，他非得面對面交談，彷彿外送終結者是什麼天殺的牛車車夫。他滿臉通紅，渾身是汗，思考該怎麼用英語說話時翻起白眼。

「火災，小火。」他說道。

外送終結者沒說話，因為他知道他們談話的內容全部會被錄下來，然後你猜怎麼著，檔案會傳到柯薩諾斯特拉披薩大學，接著在披薩管理科學實驗室內分析，再當作如何搞砸自己人生的教科書案例播放給披薩大學的學生看；阿布哈茲經理被炒魷魚後，說不定剛好就是由其中哪個學生接任。

「新員工——把晚餐放進微波爐——裡面有錫箔——砰！」經理說道。

阿布哈茲原本屬於去他媽的蘇聯。來自阿布哈茲的新移民嘗試操作微波爐，這就像一條深海管蟲幫人動腦部手術。他們從哪找來這些傢伙的啊？難道找不到任何美國人來烤他媽的披薩嗎？

「給我一份披薩就對了。」外送終結者說道。

談起披薩瞬時把這傢伙打回現實世界。他鎮定下來，猛力關上窗戶，持續慟哭的煙霧警報器隨即轉弱。日本製機器手臂把一份披薩推出來，滑入頂層插槽，艙蓋隨即閉合以保護披薩。

外送終結者駛離車道，加速，查看閃現在擋風玻璃上的地址，考慮該右轉還左轉，然後事情就發生了。他的立體音響再次中斷——這次是車上系統幹的好事。駕駛座的燈轉紅。紅燈。車內響起接連不斷的警報。擋風玻璃上的ＬＥＤ與披薩盒同步，這時閃現數字：二十分。

他們剛剛給了外送終結者一份放了二十分鐘的披薩。他查看地址：在十二英里外。

2

外送終結者不由自主吼出聲，踩下油門。他的情感叫他回頭殺了那名經理，從後車廂拿出武士刀，像忍者一樣從橫推式小窗潛入那家微波過的加盟店，穿過重重混亂找到他，在達到高潮的厚餅皮末日與他對決。不過有人在高速公路超他車時他也會這樣想，而他不曾付諸行動——還不曾。

他應付得來。他做得到。他把橘色警示燈調到最亮，頂燈轉為自閃模式。他把音響調到計程車掃描臺，蓋過警示警報；計程車司機總會收聽有趣的交通狀況，計程車掃描臺則會掃過他們的頻率。半個烏字也聽不懂。你可以買卡帶學計程車語，邊開車邊學。想在這行謀生，這不可或缺。他們說這語言是以英語為基礎，但一百個字裡面認不出一個字。儘管如此，你還是能了解個大概。如果路上有麻煩，他們會用計程車語唧唧呱呱地談論，他多少就能得到一點警告，因而換條路走，才不會——

他握緊方向盤

困在車陣中

他瞪大眼，感覺得到壓力

把眼球壓進

他的腦袋中

或是被一輛居住型拖車擋住

他的膀胱非常滿

然後送披薩

噢，天啊噢，天啊

遲到

二十二分零六秒懸在擋風玻璃上；他眼前所見、腦中所想，都只有三十分零一秒。

計程車司機們正嘰嘰喳喳地在說些什麼。計程車語是一種悅耳、亂哄哄的語言，夾雜些許刺耳的外來發音，就像摻入碎玻璃的奶油。他一直聽見「乘客」。他們總是喋喋不休聊他們那些該死的乘客。有什麼了不起。如果載送乘客時——

遲到

會怎麼樣，小費變少嗎？有什麼了不起。

跟平常一樣，CSV-5和歐胡路路口嚴重打結，避開的唯一方法是切過溫莎高地廄屋區。

溫廄區的格局都一樣。設計新郊圍區時，溫廄區開發公司總是從人體工學的角度促進安全駕駛，因此只要有可能擾亂街道布局，無論什麼山脈都會被他們剷除，所有大河也都將改道。無論是從哪裡進入溫莎高地廄屋區，費爾班克斯、雅羅斯拉夫爾或是深圳經濟特區，所有外送終結者都弄得清方向，不會迷路。

但送過披薩到某溫廄區內每一戶人家幾次之後，你會慢慢知道這地區的小祕密。外送終結者就是如此。他知道標準溫廄區內只會有一個庭院——一個庭院——預防你直接開進大門，穿過郊圍區，從另一個大門出去。如果你討厭開上草坪，你可能得花十分鐘才能迂迴穿過一個溫廄區。但你若有種在那片唯一的庭院留下輪胎痕，便可筆直從中央穿過。

外送終結者知道那個庭院。他去送過披薩。他看過、估量過那片草坪，也記得工具棚和野餐桌的位置，就連在黑暗中也找得到。他知道如果真遇上這種事：一個已經放二十三分鐘的披薩，還有好幾百英里的距離，CSV-5和歐胡路路口又交通打結——他可以進入溫莎高地廢屋區（他的外送員電子簽證會自動升起柵欄），呼嘯穿過遺產大道，疾速轉入稻草橋路（忽略**死巷**的標誌、速限和整個溫廢區掛得到處都是的**孩童玩耍**圖標），他的強大輻射層輪胎連續撞擊減速丘，竄上稻草橋圓環十五號的車道，繞著後院工具棚凌厲左轉，搖搖晃晃開進五月蘋果路八十四號後院，避開裡面的野餐桌（棘手），轉入他們的車道，開上五月蘋果路，再沿這條路來到直通郊圍區出口的貝爾伍德谷路。溫廢區的保安警察有可能已經在出口處等他，但他們的重胎損，嚴重輪胎損害裝置只能對準一個方向——他們能夠阻擋外車入內，無法把車關在裡面。

這輛車認真跑起來夭壽快，如果有個警察在外送終結者開上遺產大道時咬一口甜甜圈，外送終結者呼嘯衝上外面的歐胡路時，他才差不多要嚥下去呢。

砰。擋風玻璃亮起更多紅燈：外送終結者的車外防護系統遭到破壞。

不。不可能。

有人跟著他，緊貼著他左側。就在他擬定前往遺產大道的途徑向量時，一個溜滑板的人緊跟著他在公路上滑行。

心有旁騖的外送終結者居然讓自己被叉了，魚叉的叉。那是一塊圓形的襯墊大電磁石，連接在一條蜘蛛纖維索上。這東西剛剛砰的一聲撞上外送終結者的車尾，隨即吸住。這可惡玩意兒的主人正在他車後十英尺衝浪，占他便宜，像在船後滑水般滑著滑板。

橘藍雙色閃過後照鏡。那寄生蟲並不只是出來找樂子的無賴，而是正在賺錢的生意人。橘藍雙色的連身工作服從頭到腳都有鼓起的熱壓結盔膠襯墊，那是酷遞員的制服；這傢伙隸屬於激酷系，也就是激進酷遞系統。他們就像腳踏車快遞員，但討人厭一百倍，因為他們並不是用自己的力量踩踏板——他們只是巴上來，害你跑不動。

當然囉。外送終結者趕時間，燈在閃，觸地面尖叫，他是馬路上速度最快的東西。這個酷遞員當然會選擇巴上他。

沒必要慌亂。抄捷徑穿過溫廄區後，他會有很多時間。他經過中間車道的一輛慢速車，切到他的正前方。酷遞員只能解叉，不然就會從側面撞上慢速車。

成了。酷遞員沒跟在他十英尺之後了——他就在那，正透過後車窗往內看。酷遞員預料到外送終結者的把戲，他的繩索另一端是附捲線器的軸柄，而他已收回蜘蛛索，魚叉這會兒正黏在披薩車車頂；他的滑板前輪就在外送終結者的後保險桿下。

一隻戴橘藍雙色手套的手往前伸，手上掛著一張透明塑膠紙，那隻手一掌拍在駕駛座車窗上。外送終結者剛剛被貼了一張貼紙。貼紙有一英尺寬，大大的橘色粗體字倒印，方便他從車內讀。

了無新意

他差點錯過轉入溫莎高地廄屋區的岔路。他不得不猛踩煞車，等車流空檔，切過外側車道才能進入郊園區。邊界崗哨燈光明亮，海關人員準備好要為所有到來者搜身——如果他們是不對的人，那連肛門也得搜——不過保安系統感應到這是柯薩諾斯特拉披薩的車、「只是來送披薩，長官」，大門隨即像施了魔法般突然打開。他通過大門時，那個酷遞員——他屁股上的壁蝨——居然還對邊界警察揮手！卑鄙的蠢貨！活像他一天到晚進來這裡一樣！

說不定他真的一天到晚進來這裡。為溫廄區重要人物收取重要的鬼東西，送去另一個加組體，加盟組織準國家體，帶東西穿過兩邊海關。這就是酷遞員的工作。不過還是一樣。

他開得太慢，動能全失，調速失常。酷遞員在哪？啊，他放出部分蜘蛛索，又跟在後面了。外送終結者知道這個爛傢伙免不了要大吃一驚了。某個小孩的塑膠三輪車被壓扁在那兒，如果酷遞員被以時速一百公里的速度甩到三輪車殘骸上，他還有辦法待在天殺的滑板上嗎？我們很快就會知道。

酷遞員往後靠——外送終結者忍不住從後照鏡看——像滑水者一樣往後靠，抵著滑板，盪到他旁邊，這會兒跟他並排衝上遺產大道，啪的一聲又是一張貼紙，這次貼在擋風玻璃上！上面寫著：

順暢喔，巴豆[6]

外送終結者聽過這些貼紙，要花好幾個小時才弄得掉，必須去汽車美容廠花幾百萬處理。外送終結者現在有兩件事要做：他要用盡一切方法甩掉這個街頭雜碎，還要把該死的披薩送到，而且都要在——

二十四分二十三秒

接下的五分鐘三十七秒內完成。

就是現在——必須更注意道路情況——他高速轉入小路，沒事先警告，希望說不定能把酷遞員甩到

6 Ex-lax，常見瀉藥，此處反諷人動作遲緩。

角落的路標上。失敗。聰明的傢伙會注意你的前輪，看得出你哪時要轉彎，沒辦法出其不意。開上稻草橋路！感覺好長啊，比他記憶中還長——趕時間時都這樣。他看見前方有車體反射的光，那是停在馬路兩旁的車——肯定是停在圓環。房子到了。小小的藍色乙烯護牆板兩層樓建築，旁邊附一層樓高的車庫。他讓那條車道成為他的宇宙中心，把酷遞員趕出腦海，努力不去想恩佐大叔，不想他此時此刻在做什麼——可能在泡澡，或在拉屎，或在跟某個女演員做愛，或是在教二十六個孫女中的某一個唱西西里歌謠。

車道坡面震得他的前懸吊系統半撞入上方的引擎室內，不過懸吊系統就是這個用途。他避開車道上的那輛車——他們今晚肯定有訪客，他記得這家子不是開凌志——切過籬笆，進入邊院，找尋工具棚，他絕對不能撞進去的那個工具棚。

不在那兒，他們拆掉了。

下一個問題，隔壁院子的野餐桌。

等等，有一道籬笆，他們哪時架的籬笆？

沒時間踩煞車了。必須稍微再加速，在不浪費這麼大動能的前提下撞倒籬笆，反正只是個四腳的木頭東西。

籬笆輕鬆倒下，他的速度減慢了大概百分之十。不過奇怪的是，那看起來像個舊籬笆，他說不定在哪裡轉錯彎了——他幡然醒悟，同時射入一座沒水的後院泳池。

如果池裡裝滿水，那還沒那麼糟，可能車還有救，他也就不會欠柯薩諾斯特拉披薩一輛新車。但不，他像一架斯圖卡[7]一樣俯衝撞上泳池另一邊的牆，那聲音說是撞車，聽起來還更像爆炸。安全氣囊充氣，一秒後又縮回去，像簾幕一樣揭露他新人生的結構：他困在一個溫廄區裡的空泳池內的一輛報廢的車裡，郊園區保安警察的警笛逐漸靠近，一個披薩像斷頭臺的刀一樣擱在他腦袋後方，上面寫著二十五分十七秒。

「要送哪？」有人問道。女人。

車窗這會兒歪了，還鑲著碎安全玻璃，他隔窗仰望。說話的是那個酷遞員。原來酷遞員不是男人，而是個年輕女性。一名該死的青少女。她毫髮無傷，已經直接溜進泳池裡，正在泳池的兩邊之間來來回回滑行，溜上一邊，幾乎衝上池緣，轉身溜下來，橫過泳池，然後溜上另一邊。她右手拿著她的魚叉，電磁石捲到軸柄旁，看起來彷彿某種詭異的廣角銀河死光槍。她的胸口閃閃發光，像個將軍一樣，只不過將軍胸口佩帶的是上百條小緞綬帶和勳章，她的一個個矩形並不是緞帶，而是條碼。每個條碼都是身分識別碼，她就靠這些東西進入不同公司、公路或加組體。

「呦！」她說：「披薩要送哪？」

他就要死了，她還在那邊鬧。

「白柱，奧格索普圓環五號。」他說道。

「我可以送。打開艙蓋。」

他的心臟膨脹為平常的兩倍大，眼中泛淚。他能活了。他壓下按鈕，艙蓋隨即打開。

酷遞員下一次繞回泳池底時，使勁把披薩從插槽拔出來。外送終結者一縮，想像蒜味配料疊在披薩盒底側的盒壁上。然後她把披薩盒側倒夾在腋下。這對一名外送終結者來說，實在是看不下去。

但她會把披薩送到。恩佐大叔無須為毀容、冰冷的醜披薩道歉，他只為遲到的披薩道歉。

「嘿，」他說：「這拿去。」

---

7 二次世界大戰時德國空軍所用的 Ju 87 俯衝轟炸機，取德文俯衝轟炸機 Sturzkampfflugzeug 縮寫為 Stuka。

外送終結者把黑衣下的手臂探出車窗外。後院黯淡燈光下，一方白發亮：名片。酷遞員下一次繞過來的時候一把搶走，讀出來。上面寫著：

英雄阿浩
最後的獨立駭客
全世界最厲害的劍士
中央情報公司特約記者
專精軟體相關情報
（音樂、電影與微碼）

背後亂七八糟交代可以怎麼與他聯絡，有一組電話號碼、一個通用語音電話定位碼、一個郵政信箱、他在六個電子聯絡網的位址，還有一個元宇宙位址。

「蠢名字。」她把卡片塞進連身衣的一百個小口袋其中之一。

「但妳永遠忘不了。」阿浩說。

「如果你是駭客……」

「我怎麼會在送披薩？」

「對。」

「因為我是獨立駭客。喂，不管妳叫什麼名字——我欠妳一次。」

「YT。」她用一隻腳蹭了泳池幾次，累積更多能量，隨即箭一般射出去，消失無蹤。她的滑板靠智慧輪滑動，無數輻條不停伸縮，以適應路面起伏，帶著她穿過草坪，彷彿一小塊奶油滑過熱燙的不沾鍋。

從三十秒前就不再是外送終結者的阿浩爬出車子，從後車廂拿出他的武士刀綁在身上，準備展開一場橫越溫廄區領地的驚險夜晚奔逃。走幾分鐘就到與橡木莊園接壤的邊界了，格局圖（大致）在他腦中，他也知道這些郊圍區警察是怎麼做事的，因為他也曾是其中一員。所以他很有可能成功逃脫，但會很有意思。

上方，泳池所屬的住家內，一盞燈亮起，孩子透過臥室的窗看著下方的他，他們身上穿著小幫派分子和忍者木筏勇士的睡衣，布料可能防火或非致癌，但不可能同為兩者。老爸一面穿外套一面從後門走出來。這是一戶好人家，一個安全的家，在一棟滿室燈火的房子裡，就像他三十秒之前也曾身為其中一份子的那個家。

3

英雄阿浩和室友偉大力・車諾比在家裡放鬆，寬敞的二十乘三十「你來儲」單位，位於加利福尼亞英格伍。房間附水泥地板，以波紋鋼板牆和隔壁單位相隔，還有面西北的鋼捲門——這是區別與奢華的標記；每到這個時候，當太陽在洛杉磯機場（簡稱洛機）落下，總能給他們幾縷紅光。偶爾，七七或蘇愷／川崎（Sukhoi/Kawasaki）極音速運輸機會在太陽前方滑行，方向舵遮住落日，或只是噴射排氣擾亂紅光，將平行的光線編織為牆上的斑斑花紋。

不過還有更糟的住處，這個你來儲這裡就有。只有像這樣的大單位擁有獨立門戶，其他大多數都要透過公共載貨塢進出，載貨塢則通往由寬浪紋鋼通道和運貨升降機構成的迷宮。這些是貧民住家，五乘十和十乘十，亞諾阿瑪（Yanoama）部落族人在自家單位裡用一堆堆燃燒的彩券煮豆子、把大量古柯葉煮到半熟。

有人私下說在以前，你來儲實際上用作原本目的時（也就是廉價的額外倉儲空間，供擁有太多物質商品的加利福尼亞人使用），某些企業家來到前臺辦公室以假身分租下十乘十單位，用裝滿化學毒廢料的鋼桶填滿這些空間，然後便棄之不管，把問題丟給你來儲公司處理。這些謠言說，你來儲只是把這些單位用掛鎖鎖上、註銷而已。現在，移民們宣稱某幾個單位還有這種化學幽靈徘徊不去。他們對孩子們講述這樣的故事，以免他們嘗試闖入上鎖的區域。

沒人試過闖入阿浩和偉大力的家，因為裡面沒什麼好偷的，而且他們活到這年紀，兩個人都無足輕重，不值得殺掉、綁票或審問。阿浩有兩把還不錯的日本刀，但他總是隨身攜帶，而且，竊取極其危險的武器，這整個概念對想犯案的罪犯來說本身就顯得危險又矛盾：你為了搶刀而開打，但贏家永遠是真正持刀的人。阿浩還有一部挺不錯的電腦，他通常無論去哪都帶在身上。偉大力則是擁有半盒幸運牌香菸、一把電吉他，還有宿醉。

此時此刻，偉大力．車諾比在床墊上攤開四肢，文風不動，英雄阿浩則盤腿坐在一張矮桌旁，一片棧板架在煤渣磚上，營造出日式風格。

這個你來儲天然棲地由加盟貧民窟組成，隨著太陽落下，店家的諸多霓虹標誌取代了紅色餘暉。這種光就是大家所知的光標，以過度飽和的討厭色彩填入幽暗的角落。

阿浩一身卡布其諾色皮膚，截短的髮綹彷彿刺蝟。他的頭髮覆蓋程度不若以前，但他年紀輕，絕對沒禿頭，也沒有相關跡象，髮線稍微後退只是更強調他的高顴骨。他戴著一副半包住頭部的閃亮示鏡；鏡框附的小耳機插在他的外耳。

這副耳機有某種內建抗噪功能，在穩定噪音下表現得最好。當巨無霸噴射機在街道對面的跑道疾馳準備起飛，那聲音減弱為不擾人的低沉轟鳴。不過當偉大力．車諾比猛力刷出實驗性的吉他獨奏，阿浩的耳朵還是會痛。

示鏡在他的眼睛蒙上一層煙濛濛的淺淺薄霧，映照出被廣角拉得變形的大道。這條燈火通明的大道延伸入無盡黑暗，但它實際上並不存在；這是個想像之地的電腦生成影像。

可以透過這個影像看見阿浩的眼睛，看起來屬於亞洲人的眼眸來自母親，她是韓裔日本人。他的其他部分看起來比較像父親，非裔德克薩斯人兼陸軍；這裡說的陸軍指的是在軍隊分裂為數個彼此競爭的組織之前，例如吉米將軍防禦系統和巴柏上將國家保安。

棧板上有四樣物品：一瓶來自普吉特海灣區的昂貴啤酒，說實在阿浩實在買不起這東西；一把日文稱為かたな的長武士刀和一把名為脇差的短刀，是阿浩的父親在二次大戰開始丟原子彈後從日本搶來的；除此之外還有一部電腦。

電腦是一個毫無特色的黑色楔形物體，沒有電源線，不過有一條半透明細塑膠管從後方的一個槽口伸出，螺旋的管子橫過棧板和地板，插入光纖插座，插座則粗暴地安裝在睡著的偉大力・車諾比頭部上方。塑膠管中央是一條細如髮絲的光纖纜線，乘載著大量資訊，於阿浩的電腦和整個世界之間來來回回。若要以紙張傳送同等分量的資訊，他們會需要弄一架七四七貨機，裡面裝滿電話簿和百科全書，每幾分鐘以動力俯衝的方式灌入他們的住處，永不停歇。

阿浩其實也負擔不起這部電腦，但他必須有一部。這是他的生財工具。在駭客遍及全球的社群中，阿浩是個才華洋溢的浪人。不過五年以前，他還覺得這種生活方式聽起來很浪漫呢。但在完全成人的冷峻視線下，這裡指的是一個人二十出頭的時候，正如週日早晨之於週六夜，他能清楚看出那代表什麼：他破產又失業。而且，短短數週前，他的披薩外送員終身職告吹——那是他唯一真心喜歡的無意義沒前途工作。從那時起，他就把更多的重心投注於他的緊急備用副業：獨立特約記者，受雇於中情司，也就是位於維吉尼亞蘭利的中央情報公司。

這行很簡單。阿浩得到情報，可能是八卦、錄影帶、錄音帶、電腦磁片的碎片、文件複印本，甚至可能是笑話，開玩笑的對象是大量曝光的最新災難。

他把情報上傳中情司資料庫——圖書館，以前是國會圖書館，不過再也沒人用這名稱了。大多數人並不完全了解「國會」二字是什麼意思，就連「圖書館」這個詞的意義也模糊了。這裡以前是個充滿書的地方，主要都是些舊書，後來他們開始納入錄影帶、唱片和雜誌，然後所有資訊都被轉為可機讀形式，也就是〇和一。隨著媒體的數量增長，資料變得愈來愈與時俱進，搜尋圖書館的方法也變得愈來愈精巧，逐漸來到國會圖書館和中央情報局不再有實質分野的那一刻。剛好政府也在這時候開始分崩離析，於是他們合併、發行一大堆股票。

數百萬其他中情司特約記者同時上傳數百萬則其他資訊碎片。中情司的客戶大多數是大企業和主權國家，他們在圖書館內快速瀏覽，找尋有用的情報，如果發現阿浩放上去的某條情報有用，他們便會付他錢。一年前，他上傳了他從柏本克某經紀人的廢紙簍偷來的某部電影完整初稿，半打製片廠都想看看。他靠那一筆吃喝、度假了半年。

那之後日子就沒那麼好過了。他在痛苦中學到一課：圖書館內的情報有百分之九十九都不曾有人看上眼。

剛好有個例子：在某個酷遞員對他透露偉大力．車諾比的存在之後，他花了幾週時間徹底研究一種新音樂現象在洛杉磯的興起——烏克蘭原子模糊油漬共同體。他在圖書館的這條趨勢種下詳盡的筆記，其中包含影片和音檔，但沒有任何唱片行、經紀人或搖滾樂樂評費心來瀏覽相關情報。

電腦的頂面除了一顆魚眼鏡頭之外一片平坦。那是一顆打磨過的玻璃球，光學塗層略帶紫色。只要阿浩開始使用電腦，鏡頭便浮出，喀的一聲就定位，基部與電腦頂面齊平。附近的光標彎曲、縮小映在鏡頭表面。

阿浩覺得鏡頭很色。部分是因為他已經好幾週沒好好打炮，不過還有其他原因。阿浩的父親曾在日本駐紮多年，他對照相機深深入迷，不停藉遠東值勤之便帶相機回來；相機總是包在多層保護下，因此當他拿出來展示給阿浩看時，相機從各種黑色皮革、尼龍襪中緩緩嶄露，又是拉鍊又是皮帶的，感覺就像在看一場講究的脫衣舞。而且，一旦鏡頭整個露出，純粹的幾何方程式化為現實，如此強大的同時又如此脆弱，阿浩只覺得這就像在用鼻子蹭入裙子、女用內衣褲、大陰唇、小陰唇……他覺得赤裸、虛弱又大膽。

鏡頭能看見半個宇宙——電腦之上的那一半，包含大部分的阿浩。這樣一來，鏡頭便能大致掌握阿浩的位置，以及他視線的方向。

下方的電腦內部有三個雷射——紅藍綠各一。它們強大得足以構成強光，但又沒有強大到會燒穿你的眼底並烤熟你的大腦、酥炸你的額骨、雷射你的腦葉。所有人在小學都學過，這三種顏色能夠以不同強度結合，創造出阿浩的眼睛所能看見的所有色彩。

這樣一來，電腦內部便能射出一道可以是任何顏色的細窄光束，穿過上方的魚眼鏡頭射向任何方向。電腦內部的電子鏡迫使光線來回掃過阿浩的示鏡鏡片，原理就跟電視內的電子束在映象管內側表面塗上色彩差不多，構成的影像懸浮在阿浩現實視野前方的空中。

藉由在兩眼前方畫出稍微有點不同的影像，即可將影像化為立體。藉由將影像每秒改變七十二次，即可將影像化為動態。藉由將動態立體影像的解析度調整為每邊兩千像素，即可達成眼睛所能感知的最高銳利度，再藉由透過小耳機注入立體電子音效，動態立體影像便能擁有絕對真實的配音。

因此阿浩實際上根本不在這裡。他在一個電腦生成的宇宙中；靠他的電腦在他的示鏡描繪影像、在他的耳機注入音效而生成的宇宙。在他們的行話中，這個想像之地稱為元宇宙。阿浩很常待在元宇宙。元宇宙把你來儲打得落花流水。

阿浩慢慢接近大街。這裡是百老匯，元宇宙的香榭麗舍大道，就是那條燈光燦爛、人人可見的大道，縮小並反向映在他的示鏡鏡片上。它實際上並不存在，不過此時此刻，幾百萬人在這條路上走來走去。

大街的規模受限於協定，設計者是計算機全球多媒體協定群協會的電腦製圖忍者霸主。大街看似一條寬廣的大道，環繞一顆黑色球體的赤道位置一整圈，球體的半徑比一萬公里稍寬一點，因此圓周長度為六萬五千五百三十六公里，比地球大上許多。

六萬五千五百三十六這個數字對任何人而言都非常棘手，除非你是個駭客——這些人輕而易舉就能認出這個數字，比認出自己老媽的生日還輕鬆：它剛好是二的次方——精確來說是二的十六次方——而就連指數十六也等於二的四次方，而四等於二的二次方。和二百五十六、三萬兩千七百六十八、二十一億四千七百四十八萬三千六百四十八一樣，六萬五千五百三十六也是駭客宇宙的基石之一；在這個宇宙中，二是唯一真正重要的數字，因為那代表一部電腦能辨認多少數字。其中一個數字是〇，另一個是一。對駭客而言，任何由二連續相乘再任意減去一的數字都很好認。

就像現實中的任何地方，大街也受開發影響。開發商可以建設屬於他們自己的街道，這些較小的街道則從大街汲取養分。他們可以打造建築物、公園、路標，不存在於現實的事物也可以，例如懸浮於頭頂的巨型燈光展示、忽視三次元時空規則的特殊社區，還有供人去那裡相互獵殺的自由格鬥區。

唯一的差別在於，既然大街實際上並不存在——只是一個寫在某處一張紙上的電腦製圖協定——這些東西都沒有建造出實體。它們只是一個個軟體，大眾可在全球光纖網路上取得。當阿浩進入元宇宙，俯瞰大街，看見建築物和電子招牌朝黑暗蔓延，消失在球體的弧線下，他實際上正盯著軟體的繪圖成像——使用者介面；大量各式各樣、由大企業設計的軟體。為了將這些東西放置在大街上，他們必須獲得全球多媒體協定群核可，必須購買大街上的店面，獲得區域劃分核可，取得執照，賄賂巡官，一樣也不可少。企業為了在大街上建造物事所花的錢都存入由協定群擁有並管理的信託基金，再以此支付大街賴以存續的機械發展與擴張費用。

阿浩在緊鄰大街最熱鬧之處的社區有間房子。以大街的標準而言，那個社區非常古老。約莫十年前，大街的協定剛寫好，阿浩和幾個兄弟集資買下第一批開發執照中的一份，創造了一個小小的駭客社區。當時，這個社區只是廣袤黑暗中的一小片光。那時，大街只是一條由街燈構成的項鍊，環繞著太空中的一顆黑球。

從那時起，社區並沒有太大變化，大街可就不一樣了。因為及早插旗，阿浩的兄弟們在整個業界占盡搶先起步的優勢。有幾個人甚至因此而富甲一方。

就是因為這樣，阿浩才會在元宇宙擁有一間體面的大房子，在現實世界卻只能和人共用一個二十乘三十的單位。人對房地產的敏銳度並不總是一致。

天空和地面是黑色，像是還沒拉任何東西過來的電腦螢幕；元宇宙的時間永遠是夜晚，大街永遠耀眼輝煌，彷彿擺脫物理與財務限制的拉斯維加斯。不過阿浩的鄰居都是非常厲害的程式設計師，因此這個社區非常雅緻。房屋看起來就像真正的房屋，有幾間法蘭克·洛伊·萊特（Frank Lloyd Wright）的複製品，還有幾間別緻的維多利亞風格建築。

因此，踏上外面的大街總是有一種衝擊感，這裡的一切都似乎有一英里高。這裡是鬧區，最高度開發的區域。如果你朝兩邊走個幾百公里，開發程度會逐漸減少到幾乎完全沒有，只剩一條稀薄的街燈鏈，在黑色天鵝絨地面投下一汪汪白光；鬧區則是一打繡上霓虹燈、彼此相疊的曼哈頓。

真實世界——行星地球，現實——人口數介於六十億到一百億之間。大多數的人無時無刻都在做泥磚或是拆卸他們的AK-47。其中或許十億人負擔得起電腦，這些人擁有的財富比其他所有人加起來都還多。而在這十億個電腦潛在擁有者之中，可能只有四分之一真的費心幫自己弄部電腦，其中又只有四分之一擁有效能足以處理大街協定的電腦。也就是說，有大約六千萬人能隨時來到大街。再加上另外大約六千萬個人，他們實際上負擔不起，但利用公共電腦，或是學校或公司的電腦，他們無論如何還是到大街去；因此大街無時無刻都充斥著紐約市的兩倍人口。

因此這個該死的地方才會如此過度開發。在大街放上一個招牌或是一棟建築，上億個全世界最富有、最時髦、人脈最廣的人在他們生命中的每一天都會看見。

大街寬度一百公尺，一條狹窄的單軌鐵道從中央穿過。單軌是免費的大眾公用軟體；搭上單軌，使用者便能快速、順暢地改變他們在大街上的位置。一大堆人都只是搭乘單軌來來回回，欣賞風景。十年前，阿浩初見此地時，單軌鐵道還沒寫出來；他和他的兄弟們還得寫出汽車和摩托車的軟體才能到處去。他們會把他們的軟體帶出去，在電子夜的黑色沙漠中競速。

4

YT有幸見過許多年輕克林特在未經許可的夜間比賽中把自己漂亮的臉一頭栽進郊圍區空泳池，但總是在滑板上，沒見過在車裡的。如果你去看，郊區夜晚的景色有許多怪異的美。

又回到板上，用一組激酷系四型智慧輪滑過庭院。以下廣告出現在《滑板狂》[8]雜誌後，她隨即升級為上述神奇鏈齒。

被雕刻過的午餐肉

如果你滑的是一塊脆弱的木板，附有遲鈍、固定的輪子，遇上消音器、翻新的胎面、雪糞、路殺、驅動軸、枕木，或是不省人事的行人，被雕刻過的午餐肉就是你將在鏡中看見的自己。

如果你覺得沒這可能，那就代表你太常在鬼商場滑。最近，有人在紐澤西一段一英里長的公路內看見上述所有障礙物以及更多其他路障。想用平凡木板縱情享受那條樹蔭路的滑板人會摔到腦漿從鼻孔噴出來。

純粹主義者宣稱什麼障礙物都跳得過去，但你可別聽他們的。專業酷遞員知道：當你叉上一輛快得好玩又有賺頭的車，你的反應時間銳減為十分之幾秒——如果你的捲線放得很長，反應時間甚至還更短。

買一組激酷系二型智慧輪滑——比胎面全面翻新便宜，而且好玩多了。利用聲納、雷射測距，以及毫米波雷達，智慧輪甚至在你輾磨上去之前就能辨識出消音器和其他垃圾。

別著了邁達斯[9]的道——今天就升級！

真是智慧之言。YT買了輪子。每個輪子中心各附許多牢固的輻條，輻條有五節可伸縮，末端則是粗的短足，底部是橡膠面，靠球型關節轉動。隨著輪子滾動，短足一一栽下，幾乎黏合成一個完整的輪胎。如果你滑過隆起處，輻條就會隨著地面起伏回縮；如果你滑過坑洞，機器腳便探測坑洞的瀝青深度。無論如何，總之震盪因此被吸收，沒碰撞、沒震動，也沒有吭哩哐啷會傳到你踩在腳下的滑板或高筒帆布鞋。廣告說的沒錯——沒有智慧輪，你就當不了專業道路滑板人。

及時送達披薩是小事一樁。她毫無顛簸地從車道邊沾染露水的草皮起滑，在混凝地面加速，滑下斜坡來到街上。臀部一扭改變滑板方向，她這會兒在荷姆戴爾廄屋區滑行，一面找尋下手對象。一輛黑車，刺眼車燈活力十足，嘎嘎響著與她擦身而過，慢慢接近運氣很差的英雄阿浩。她的激酷系騎士版護目鏡自動轉暗，阻隔上述車輛的討厭強光，她的瞳孔安安心心地繼續維持放大，掃描道路上的動靜。泳池位於這個郊圍區頂端，從這裡開始都是下坡，但坡度不夠陡。

半個街區外，一輛辣媽車停在一條後街上，一輛小廂型車，四個可悲的圓筒嘎了一聲正要滾起來。她

8《Thrasher》，由Fausto Vitello與Kevin Thatcher創立於一九八一年，為第一本專門介紹滑板文化的月刊雜誌，後成立同名潮牌，廣受名人愛用。

9 Midas，為一美國汽車維修暨保養品牌，早期專營消音器更換。

從她目前的座標斜對角看見那輛車。隨著駕駛經過R檔和N檔切入D檔，白色倒車燈立即一閃。YT對準人行道邊緣，以快速的奔跑速度撞擊，智慧輪的輻條有所預期，以正確的方式縮回，因此她毫無阻礙地從街道滑上草坪。輻條足在草坪另一邊留下一道六邊形印痕。一坨流浪狗拉的屎，因為未消化肉類食物而呈紅色，這會兒印上了激酷系的標誌，與輻條每一步上的標誌互成鏡像。

辣媽車駛離路邊，橫過街道，輪胎壁刮過人行道邊石，擠出古怪的摩擦聲；我們人在郊區，最好總是用你的輪胎去刮人行道邊石，害你的固特異壽命大幅縮短，也不要因為停在距離路邊幾英寸之外的路中間（*沒關係，媽，我可以從這裡走過去人行道*）而遭社交流放、引發大規模歇斯底里；這是在危害交通，這種障礙物會害行蹤飄忽的年輕腳踏車騎士送命。YT已按下魚叉捲線器／軸柄上的釋放紐，捲開一米繩索。她揚起繩索，把繩索像南方國度的大刀一樣在頭頂甩繞。她就要巴上這輛平庸的交通工具了。沙拉碗那麼大的魚叉頭繞著圈子，發出呼嘯聲；沒必要但聽起來很酷。

叉辣媽車所需的技巧之多，走路的人永遠想像不到，因為它們一點道路價值也沒有，天生欠缺鋼鐵或麥格叉能夠咬住的其他含鐵成分。他們現在有超導魚叉，能在車體本身導出渦流，硬是把車變成電磁體，藉此黏住鋁製車身；不過YT沒有這種東西。那是硬蕊郊圍區滑板人的註冊商標，而儘管她今晚跑來這裡玩，她並不是其中一份子。她的魚叉只黏得上鋼、鐵或鎳（稍微可以）。辣媽車只有車架含鋼鐵成分。

她壓低潛近，魚叉的軌道面幾近垂直，每一圈的前鋒邊緣都幾乎磨到閃亮的郊區碎石路。當她重擊釋放鈕，魚叉從約莫一公分的高度射出，略朝上偏，橫過街道，飛到辣媽車底盤，隨即吸住那裡的鋼鐵。扎實的一擊，在像這樣由空氣、襯墊、烤漆結合而成，行銷用語稱為家用迷你廂型車的東西上，最多也只能這麼扎實了。

就郊區標準而言，反應來得即時，而且機敏。這人想甩掉YT。廂型車起飛，彷彿打了荷爾蒙、剛被鬥牛士用倒鉤刺刺中屁股的公牛。方向盤前面不是媽媽，而是小史圖力，十幾歲的男孩；他就跟郊圍區的所有其他男孩一樣，從十四歲起就每天下午躲在高中更衣室裡用靜脈注射馬睪丸素。現在他笨重、愚蠢、一舉一動完全可預料。

他開得很不穩，不自然地唧動他還無法完全掌控的肌肉。發霉的褐紅色皮革紋理方向盤聞起來像他母親的護手乳，弄得他怒火高漲。辣媽車猛竄後減速，又猛竄後減速，因為他油門一踩一放，也因為踩下去感覺一點用也沒有。他想要這輛車跟他的肌肉一樣：擁有他不知道該怎麼使用的巨大力量。然而車束縛著他。他妥協地按下寫著「動力」的按鈕，另一個寫著「節約」的按鈕彈出後暗去，就像什麼教學示範一樣，提醒他兩者互不相容。廂型車的小引擎打入低檔，感覺似乎有力了些。他的腳穩穩採在油門上，駛過農舍高地路（Cottage Heights Road），迷你廂型車的時速直逼一百公里。

農舍高地路終點與貝爾伍德谷路T字相交，他靠近這個路口時，發現一個消防栓。為了安全起見，溫廄區設有為數眾多的消防栓；考慮到房價，這些消防栓都經過精心設計，不是那種低矮的蠢東西，沒有印上無聊的工業革命鑄造廠名號，也沒被一百層形形色色剝落的廉價城市塗漆弄得像毛皮覆蓋一樣。這裡的消防栓以黃銅打造，每週四早晨都有機器人來拋光，高貴的水管筆直從郊圍區草坪那些完美、注入化學藥劑的草皮突出，呈扇形展開，為可能到來的消防員指出三個可用的水龍帶連結。幾位美學家在電腦螢幕上設計出這些消防栓；動力維多利亞風格房屋、高雅的信箱和墓石般坐落於每個路口的龐然大理石路標也出自他們之手。在電腦螢幕上設計，但著眼於過去遭遺忘的事物的優雅。放在自家前草坪會令品味人士感到驕傲的消防栓。房地產經紀人不會覺得有必要從照片中修掉的消防栓。

這個該死的酷遞員快掛了，即將在其中一個消防栓纏成麻花。史圖力睪丸素男孩會料理她。他在電視上看過有人這麼做——電視從不說謊——他在腦中練習多次的一招。他在農舍高地路催到最高速，他將猛拉手煞車，同時轉動方向盤。迷你廂型車的屁股會急甩，討厭鬼酷遞員的繩索極為堅固，另一端的她將像鞭子一抽一樣摔個稀巴爛。她會撞上消防栓。少年史圖力將得勝，毫無牽掛地打著勝利的旗幟開過貝爾伍德谷路；外面的成年男人開著酷車，而他也將進入那個大千世界，無牽無掛地去歸還租借逾期的錄影帶：《木筏勇士第四集：最後戰役》。

YT並不確切知道這些，但她有所懷疑。那都不是真的。她這是在重建那輛辣媽車內部的心理環境。她一英里外就看見那個消防栓了，看見史圖力一隻手往下放在手煞車上。一切都是如此顯而易見。她為史圖力和他的同類感到遺憾。她放開捲線器，給自己一大堆鬆鬆的繩索。他甩尾，手煞車猛力一拉。迷你廂型車斜向一邊，疾速駛過目標，並沒有如他所願把她彈出去；她不得不幫忙。車尾旋轉，她立即收繩，將角動量這份天上掉下來的禮物轉化為前進的速度，得到的結果就是她從廂型車旁竄過，速度超過每分鐘一英里。她滑向一座上面寫著**貝爾伍德谷路**的大理石碑。她屈身閃過，屈身急轉彎，她的輻條緊咬路面，把她推離石碑，她的身體如此傾斜，一隻手都碰得到路面了，輻條把她推上她想走的那條街。同時間，她解除了叉在廂型車上的電磁力。魚叉頭鬆脫，自動捲回與軸柄團圓時，在她身後的路面彈跳了一下。她以驚人的速度直朝郊圍區出口而去。

她身後傳來爆炸般的撞擊聲，她的腹部一陣共鳴；那輛迷你廂型車側倒滑行撞上石碑。

她在保安柵門彎腰，衝進歐胡路的車流中。她在兩輛猶豫不決、吵吵鬧鬧、尖叫連連的寶馬之間切來切去。寶馬駕駛老是無緣無故閃避，盡全力模仿寶馬廣告中的駕駛——他們就是靠這樣說服自己沒有被敲竹槓。她蜷成胎兒姿態從一輛聯結車下方鑽過，不要命似地朝中央車道的紐澤西護欄滑去，但紐澤西護欄對智慧輪而言只是小意思而已。護欄突出的下部是一片很不錯的斜面，好像原本就是為道路滑板人而設計。她半滑上護欄，調整角度後輕輕滑回車道，平順落地，然後她進入車流中。眼前就是一輛車，而她甚至用不著擲出魚叉，只要伸出手把魚叉黏在後車箱箱蓋上就好。

駕駛接受自己的命運，沒放在心上，沒找她麻煩。他一直帶著她來到下一個郊園區入口，也就是白柱。非常南方、非常傳統，種族隔離郊園區之一。大門上方掛著裝飾華麗的大招牌：**僅限白種人。非高加索人種須經辦理。**

她有白柱簽證。YT到哪都有簽證。就在她胸口，一個小小的條碼。雷射在她傾身滑向入口時掃描條碼，入境大門為她盪開。這是個華麗的鐵製品，但是不堪其擾的白柱居民沒時間呆坐在郊園區入口看著大門以老南方令人瞠目的墮落緩緩轉開，所以裝上了某種電磁彈射器。

白柱的車道源自南北戰爭前，兩側樹木成排，她從中間滑過，滑過一個接一個微型人造林；方才少年史圖力油箱中的燃料為她創造動能，她現在還是靠殘餘推進力慣性滑行。

這世界充滿動力與能量，只要刮走一點油水，你就能走得長遠。

披薩盒的LED燈顯示二十九分三十二秒，訂披薩的傢伙——普吉利先生和他的鄰居，粉紅愛心與圓屁股氏族——齊聚他們的微型人造林前草坪，正在進行為時過早的慶祝。好像他們買了中獎的彩券。他們可以從自家前門一覽無遺看見歐胡路，也看得見路上沒有任何看起來像柯薩諾斯特拉外送車的東西。噢，他們對腋下夾著一個方形大包裹的酷遞員有點好奇——嗤之以鼻的興致——可能是文件夾，一種新的廣告設計，要送給隔壁某個高加索至上主義行銷頭頭，但——

普吉利一家以及粉紅愛心家和圓屁股家全盯著她，目瞪口呆。她的殘餘動力剛好夠她盪進他們的車道，她的動能帶著她來到頂點。她停在普吉利先生的Acura和普吉利太太的辣媽車旁，步下滑板。輻條注意到她離開，自行攤平，停在車道頂，拒絕往後滑。

天空一道令人炫目的光照在他們身上。她的騎士鏡保護她不至於瞎掉，不過顧客們膝蓋彎曲、肩膀縮起，一副那道光很沉重的樣子。男人們舉起毛茸茸的前臂擋在眉毛處，左右轉動圓柱狀的龐大身軀想找出光源，一面以短促的語句對彼此咕噥，提出有關光源的簡短理論，完全掌控這個未知的現象。女人們咿咿呀呀又激動。因為騎士鏡的神奇功效，ＹＴ依然看得見ＬＥＤ顯示的數字：二十九分五十四秒，當她把披薩放上普吉利先生的掌尖時，她也是這麼對他說。

神祕亮光熄滅。

其他人還是看不見，不過ＹＴ靠她的騎士鏡查看夜空，幾乎像紅外線一樣看到底，然後找到了光源：鄰居家上空三十英尺處有一架雙葉潛行直升機。機身是高雅的素黑色，不是跑新聞的——不過還有另一架直升機，老派、轟轟響的那種，鮮明地秀出時髦標誌，就在這一刻吵吵鬧鬧地飛過白柱領空，用自己的探照燈戳刺人造林，希望能搶先取得這個重大新聞：今晚有一個披薩延遲送達；稍後將播出新聞快報。稍後，我們的知名記者推測恩佐大叔不得不來到我們標準都會統計區時將留宿何處。但那架黑色直升機一身黑，若非一雙渦輪噴射引擎發出紅外光航跡，根本幾乎隱形。

那是一架黑幫直升機，他們只是想用錄影帶錄下事發經過，如果普吉利先生決定要把他的案子鬧上巴柏法官的司法系統、爭取一份免費披薩，才不會讓他有機會在法庭跳腳。

還有一件事。今晚空中有一大堆髒東西，幾百萬噸表土從弗雷斯諾吹下來，因此雷射光束射過去時驚人地清楚，一條細細的幾何線條，一百萬顆鮮亮的紅色沙粒懸在一絲光纖上，隨即一閃，在直升機和ＹＴ的胸口之間化為活物，隨後看似加寬為一個狹窄的扇形，一個紅色銳角三角形，底部覆蓋ＹＴ整個身體。

過程只花半秒。他們在掃描她胸口上的諸多條碼。他們正在查明她的身分。黑幫現在知道了ＹＴ的一切——她住哪、靠什麼吃飯、瞳孔顏色、信用紀錄、祖宗八代、血型。

結束後，直升機一歪，就像曲棍球冰球滑進一碗墨汁那樣消失在夜色中。普吉利先生正在說話，開玩笑說他們有多接近目標，其他人硬擠出笑，但ＹＴ聽不見他們的聲音，因為都被新聞直升機的隆隆雷鳴掩蓋了；他們接著在直升機探照燈下急凍、石化。夜空中滿是蟲子，ＹＴ現在全部看得見，牠們繞著神祕的隊形飛，搭人類或氣流便車。有一隻在她手腕上，但她沒拍打牠。

探照燈逗留了一分鐘。印有柯薩諾斯特拉標誌的寬方形披薩盒是無聲證詞。他們盤旋空中，拍下一小捲影片以防萬一。

ＹＴ覺得無聊了。她踏上滑板。輪子綻放，化為圓形。她繞著幾輛車滑出一面緻密的網狀路線，滑下街道。探照燈跟著她一會兒，或許是在錄庫存畫面吧。錄影帶很廉價。你永遠不知道什麼內容會派上用場，因此不如全都錄下來。

有些人靠這種方式討生活——情報相關產業的人。像這樣的人。他們就是知道某些事，不然就是到處錄東錄西。他們把東西放進圖書館。當有人想知道他們知道的某些事，或是想看他們的錄影帶，就付他們錢，從圖書館把資料借出來，或直接買斷。真是詭異的職業，不過ＹＴ喜歡這個概念。中情司通常不理睬酷遞員，不過阿浩顯然和他們有什麼協議。或許她可以跟阿浩之間也可以有個什麼協議。因為ＹＴ知道一大堆有趣的小事。

她所知的其中一件小事就是，黑幫欠她一份人情。

5

阿浩靠近大街時看見兩對小情侶，多半是用父母的電腦跑來元宇宙四人約會，他們正從〇號埠爬下來。〇號埠是地方入口埠，也是單軌車站。

當然了，他看見的並非真人。他的電腦根據光纖電纜傳來的詳細規格描繪出移動圖像，他眼前所見也是其中一部分。那些都是稱為替身的軟體。他們是大家在元宇宙內用來交流的視聽軀體。阿浩的替身現在也在大街上，如果從單軌下來的兩對情侶朝他的方向看，便會看見他，就像他看見他們一樣。他們可以展開對話：阿浩人在洛杉磯的你來儲，四個青少年多半在芝加哥郊區的一張沙發上，各自捧著一臺筆電。但就跟在現實世界一樣，他們多半不會交談。兩對情侶都是好孩子，而他是孤身一人的雜種，替身服裝老套卻帶著兩把刀；他們不會想跟他打交道的。

只要不超過裝備的限制，你可以隨心所欲選擇替身的模樣。如果你很醜，你可以把你的替身做得很美。就算你剛起床，你的替身還是可以一身華美衣衫，外加一臉專業妝容。在元宇宙，你可以看起來像隻大猩猩、龍，或是一根會說話的大老二。只要在大街上走個五分鐘，這些你都看得到。

阿浩的替身看起來就像阿浩，差別在於，無論阿浩在現實世界穿什麼，他的替身總是一身黑色皮革和服。大多數類型的駭客都不會用浮誇的替身進來，因為他們知道，比起會說話的老二，成像真實的人類臉孔要複雜多了。大概就像真正懂衣服的人能分辨廉價灰色羊毛西裝和昂貴手工灰色羊毛西裝的細微差異。

你不能像寇克艦長從高空傳送下來一樣直接在元宇宙的任何地方現身。附近的人會覺得困惑又討厭，也會破壞隱喻。一般認為憑空現身（或消失回到現實世界）是一種最好在自宅範圍內執行的私密功能。最近大多數替身在結構上都算正確，剛創造出來的時候都像嬰兒一樣赤身裸體，所以無論如何，你上大街之前都必須把自己打理得像樣一點，除非你本質上就是某種不得體的東西，而且你並不在乎。

如果你是個散客，沒有所謂的自宅，舉例來說，從大眾終端機進來的人，你就會從港埠現身。大街上有二百五十六個直達埠，間隔二百五十六公里平均分布於圓周。每個間隔進一步以地方埠切分二百五十六次，相隔恰好一公里（敏銳的駭客符號學學生會注意到二百五十六這個數字強迫症般重複出現，這是二的八次方——就連那個八看起來也頗可口，它是二的二次方再乘以二）。港埠是機場的功能類比：你就是在這裡從其他地方進入元宇宙。在港埠現身後，你就可以走上大街，或是跳上單軌，或是怎樣都可以。

兩對從單軌下來的小情侶負擔不起客製替身，也不知道怎麼自己寫，只能買現成替身。其中一個女孩的替身很不賴。一般人會覺得她的替身在電視置入行銷產品之中頗具自我時尚主張。看起來她應該是買替身建構組（註冊商標）自己拼裝，用各色零件拼湊出客製化模型，看起來甚至可能有幾分神似擁有者。她的約會對象看起來也不差。

另一個女孩是布蘭蒂，她的約會對象則是克林特。布蘭蒂和克林特都是熱門的現成模型。當窮苦白人女學生要去元宇宙約會，她們總是直奔當地沃瑪特（Wal-Mart）電玩區買一個布蘭地。使用者可以從三種胸部尺寸中選擇：不太可能、不可能，以及荒唐可笑。布蘭蒂的臉部表情也相當有限：可愛噘嘴、可愛撩人、活潑感興趣、微笑接納、可愛迷糊。她的睫毛有半英寸長，軟體如此廉價，因此只渲染出一些硬實的烏黑薄片。當布蘭蒂拍動睫毛，你幾乎能感覺到微風吹拂。

克林特就是男生版的布蘭蒂。他的帥臉稜角分明，表情非常有限。

阿浩心不在焉地想著，不知道這兩對怎麼會湊在一起。他們的社會階級顯然迥異。可能是兄弟姊妹吧。不過他們接著走下手扶梯，消失在人群中，化為大街的一部分；大街上有夠多克林特和布蘭蒂了，足以自成種族。

大街相當繁忙。來此的大多數人都是美洲人和亞洲人——此時的歐洲仍是清晨。因為美洲人的人數優勢，路人看起來有點浮誇、超現實的感覺。對亞洲人來說，現在是中午，他們都穿著深藍色西裝。對美洲人來說，現在是派對時間，無論電腦渲染得出什麼模樣，大概都能在他們身上看到。

阿浩一跨過分隔他們社區和大街的那條線，彩色形狀就像發現新鮮路殺的禿鷹一樣開始從四面八方俯衝而至。動態廣告禁止進入阿浩的社區，但幾乎任何東西都可以進入大街。

一架飛過的戰鬥機突然起火，脫離軌道，以兩倍的音速直接朝他而來，在他面前五十英尺的位置刨入大街地面，破碎，然後爆炸，化為一團亂七八糟的殘骸和火焰，掃過路面朝他襲來，火勢增長包圍他，因此他眼前只見完美模擬渲染的洶湧火焰。

然後顯像凍結，一個男人現身在阿浩面前。他是一名駭客，經典的鬍子、蒼白皮膚、瘦巴巴體型，身穿過大的絲質防風外套，想藉此讓自己看起來稱頭些；外套上有其中一個元宇宙大遊樂園的標誌。阿浩認識這傢伙；他們以前老是在商展相遇。他過去兩個月以來一直想雇用阿浩。

「阿浩，我不懂你為什麼一直拒絕我。我們很有賺頭——港圓和日圓——而且我們的酬勞和福利可以彈性調整。我們正在組一個劍與巫術之類的東西，用得上像你一樣擁有那些技能的駭客。來跟我談談，好嗎？」

阿浩直接穿過顯像，顯像隨即消失。元宇宙的遊樂園有可能很棒，提供眾多選擇的互動式三次元電影，不過到頭來依然不過是電玩。阿浩還沒山窮水盡到要去為這家公司寫遊戲的程度。公司的老闆是日本人，這沒什麼大不了。不過管理者也是日本人，這代表所有程式設計師都必須穿白襯衫、每天早上八點打卡、坐在隔間裡，而且還要開會。

阿浩學會做這件事之前，那是十五年前的陳年往事了，駭客可以坐下完全靠自己寫出一整套軟體。現在已經不可能了。軟體由工廠生產，無論怎麼說，駭客都成了裝配線上的工人。還有更糟的呢，他們可能變成自己再也不寫任何程式碼的經理。

一想到有可能變成裝配線工人，阿浩提振精神，今晚出來找些真正厲害的情報。他試著做好心理準備，試著突破長期打零工的消沉狀態。一旦進入網路，情報這檔事也可以是一份很棒的工作。而且有他的人脈加持，應該完全不會有問題。他只是需要認真起來而已。*認真起來。認真起來。*但好難對任何事認真起來。

他欠黑幫一輛新車的費用。那是個認真起來的好理由。

他直接穿過大街，從單軌下方經過，朝一棟龐大低矮的黑色建築前進。就大街而言，這地方出奇陰沉，像是一小塊某人忘記開發的土地。那是一個頂部切掉的低矮黑色金字塔，只有一扇門——既然一切都是想像，法律沒有規定建築物要設置幾個緊急出口。沒有守衛、沒有招牌，沒有任何東西阻擋你進入，不過有幾千個替身在附近走來走去，朝內窺探，看看有沒有機會瞥見什麼。這些人沒受到邀請，因此不得入內。

門上方有一顆消光黑色的球，直徑約莫一米，嵌入建築物正面的牆。這是這地方最接近裝飾的東西。球下方有一行字刻在構成牆的黑色物質上，那是這地方的名稱：**黑日**。

所以這不是什麼建築大師之作。達五欸、阿浩和其他駭客寫出黑日時，他們沒錢聘請建築師或設計師，所以只能將就簡單的幾何形狀。在門口附近走來走去的替身似乎不在意。

如果這些替身是真實街道上的真人，阿浩應該到不了門口。實在太擠。不過操控大街的電腦系統太忙，沒空一一監控大街上的幾百萬人、試著預防他們撞上彼此。它沒費心嘗試解決這個無比困難的問題。大街上，替身都直接穿過彼此。

於是，當阿浩走向門口，穿過人群，他還真的就是穿過人群。當東西擠成這樣，電腦便加以簡化，把所有替身都做成半透明、像鬼魂一樣，因此你看得見你要朝哪裡走。阿浩看見的自己是實體，但其他所有人看起來都像鬼。他像穿過霧堤一樣穿過人群，同時清楚看見前方的黑日。

他跨過地產界線，隨即進入門口。就在那一刻，在所有其他在外面走來走去的替身眼中，他變成可見的實體。他們異口同聲尖叫了起來。不是說他們知道他是他媽的什麼角色——阿浩只是一個餓肚子的中情司特約記者，住在機場旁的你來儲。不過全世界只有幾千人能跨過界線進入黑日。

他轉身，回看那一萬個尖叫的追星族。現在他獨自站在門口，不再淹沒於替身的洪流中，他能夠清楚看見人群前排的所有人。他們都竭盡所能用上最狂野、最花俏的替身，希望達五欸——黑日的所有人兼首席駭客——邀請他們入內。他們搖曳、融合為一座歇斯底里的牆。擁有驚人美貌的女人，經電腦以每秒七十二幀的速度修圖、潤飾，就像《花花公子》內的美女照片立體化——她們是一心想成為演員、希望被發掘的女人。外表狂野的抽象派，迴旋光構成的龍捲風——這些是駭客，希望達五欸注意到他們、邀請他們入內、給他們一份工作。大量黑白雙色替身雜處其間——用廉價大眾終端機存取元宇宙的人，以不平穩、粒狀的黑與白成像。其中一大堆都是普通神經病粉絲，一心幻想要把某個女演員刺死；他們在現實世界甚至無法近身，因此示入[10]元宇宙跟蹤他們的獵物。一心想成為搖滾明星的人用雷射燈光妝點自己，一副他們剛走下演唱會舞臺的模樣；還有日本商人的替身，他們的裝備花俏細膩，但身上的西裝讓他們看起來無比保守又無趣。

一個黑白替身鶴立雞群，因為他比其他人高。大街協定明定你的替身不能比真人高，這是為了預防有人用一英里高的身形走來走去。而且，如果這傢伙用的是付費終端機——從影像畫質判斷，他肯定是——這種終端機無法為他的替身注入生氣，只會顯現出他真實的模樣，只不過解析度沒那麼好。在大街上跟黑白替身談話，就好像在跟一個把臉塞進影印機、不停重複重擊複印鈕的人說話，你則是站在出紙匣，一次拉出一張紙來看。

他一頭長髮，像窗簾一樣中分，露出額頭上的刺青。考量悲慘的解析度，不可能看清楚那個刺青，不過似乎是由文字組成。他蓄著一綹傅滿州小鬍子。

阿浩意識到那傢伙注意到他並盯著他看，上下打量著阿浩，特別留意他的刀。

黑白傢伙露齒而笑。那是個滿意的笑，認可的笑。一個人若知道某些阿浩不知道的事就會像那樣笑。黑白傢伙剛剛雙臂交抱站在那兒，像是個無聊的男人，一個在等待什麼的男人，現在他雙臂垂落身側，肩膀關節鬆鬆擺動，像正在熱身的運動員。他盡可能湊近，往前傾；他如此之高，後方只剩空蕩蕩的黑色天空，經過的動態廣告留下光跡劃破黑暗。

「嘿，阿浩。」黑白傢伙開口：「要不要試試潰雪？」

一大堆人在黑日前一邊遊蕩一邊胡言亂語。你通常忽略他們。但這個人引起阿浩注意。

第一怪：這人知道阿浩的名字。不過，人有各種方法能取得這項資訊。很可能根本沒什麼。

---

10 Goggle in。為了維持一慣性並盡量配合原文脈絡，goggle 翻譯成「示鏡」；goggle in 則翻譯成「示入」。

第二怪：他說的話聽起來像毒販在問要不要交易。那在現實世界的吧檯前很正常，但這裡是元宇宙。你不能在元宇宙販毒，因為看著某個東西可嗨不起來。

第三怪：藥的名稱。他沒聽過叫潰雪的藥。不算不尋常——每年都有一千種新藥發明，而且又各自以六種品牌名稱發售。

但「潰雪」是電腦行話，代表在非常基礎層級發生系統當機——病毒——幹掉了控制顯示器的電子束，導致電子束亂灑在整個螢幕，把完美的像素網格化為打旋的暴風雪。阿浩見識過一百萬次了。毒品取這名字還真特別。

真正引起阿浩注意的是那人的自信態度。他有一種無比平靜、無情緒的神態。感覺就像在和小行星交談。如果他的行為有一絲半縷說得通，那還沒關係。阿浩努力從那人的臉上讀出一些線索，但他愈是細看，那個爛到極點的黑白替身似乎就愈碎解為躁動、稜角分明的像素，感覺就像他用鼻子貼著故障電視的玻璃，看得他牙齒發疼。

「不好意思，」阿浩說道：「你說什麼？」

「要不要試試潰雪？」

他有一種阿浩聽不懂的俐落口音。他的音效就跟影像效果一樣差，阿浩聽得見背景傳來車輛從那傢伙身後經過的聲音。他一定是在某條高速公路旁的公共終端機示入。

「我不懂。」阿浩說：「潰雪是什麼？」

「藥啊，傻蛋。」那傢伙說道：「怎麼樣？」

「等等。我沒聽過這種事。」阿浩說：「你真以為我會在這裡付錢給你？然後我幹嘛？等你把東西寄給我？」

「我說試，又沒說買。」那傢伙說：「你不用給我錢。免費樣品。也不用等什麼郵件。你現在就可以拿去。」

他把手伸進口袋，掏出一張超媒體卡。

看起來就像名片。超媒體卡也是一種替身，在元宇宙裡用來代表一批數據，可能是文字、聲音、影片、靜止的圖檔，或是任何可能以數位呈現的資訊。

例如棒球卡上會有一張圖片、一段文字，和一些數字資料。一張棒球**超媒體卡**可能包含英雄球員的一段最精采影片，以完美的高解析度電視呈現；一段完整的傳記，由球員自己朗讀，以立體數位音效播放；還有詳盡的統計資料庫，附帶專用軟體，幫助你查詢你想查的統計數字。

超媒體卡能夠承載幾乎無限的資訊。就阿浩所知，這張超媒體卡有可能裝有國會圖書館所有館藏，或是《檀島警騎》有史以來所有集數，或是吉米・韓崔克斯[11]的所有唱片，或是一九五〇年人口普查。

或是——可能性更高——各式各樣難纏的電腦病毒。如果阿浩伸手接下那張超媒體卡，卡片代表的數據隨即從這傢伙的系統傳入阿浩的電腦。當然囉，阿浩無論如何都不會碰那張卡，就像你也不會在時代廣場從一個陌生人手中接過免費注射器往自己的脖子戳下去。

而且怎樣都說不通。「這是一張超媒體卡，我以為你剛剛說潰雪是一種毒品。」阿浩現在完全不知所措。

「就是啊，」那傢伙說：「試試吧。」

「會毀掉腦子嗎？」阿浩問道：「或是電腦？」

---

11 Jimi Hendrix（1942.11.27-1970.9.18），公認流行樂史最重要的電吉他手。

「都會。都不會。有差嗎？」

阿浩這才領悟自己剛剛浪費了人生中的六十秒和一個偏執狂思覺失調患者進行了一段無意義的交談。

他轉身走入黑日。

6

白柱門口停著一輛黑車，像隻黑豹一樣蜷縮在那兒，拋光的鋼圈反射歐胡路的光標。這是個隊哨，無限超警的行動隊哨。車門上有個銀色警徽，餐盤大的鍍鉻警徽，寫著上述私人保安組織的名稱，並刻有醒目文字：

撥打 1-800-THE COPS
各大信用卡皆收

無限超警是白柱的官方保安武力，溫莎高地廄屋區也是他們，還有熊奔高地、肉桂林和克洛佛戴爾農場。他們還在路平有限公司營運的所有公路與小路執行交通法規。幾個不同的加組體也採用他們，例如開曼普拉斯和阿爾卑斯。不過加盟國喜歡擁有自己的保安武力。超塔尚尼亞和新南非肯定就自己處理自己的保安問題；人民才能受徵召入伍，這是大家成為他們公民的唯一原因。新西西里顯然也有自己的保全系統。那哥倫比亞不需要保安，因為一般人只是開車經過這個加盟國時時速低於一百英里就會害怕（ＹＴ總是在那哥倫比亞領事密度高的社區逮到非常漂亮的動力推進）；還有李先生的大香港，加組體中的老爺爺，他們則是以典型香港方法處理保安問題：交給機器人。

超警的主要競爭者是世界管區保安，他們則管理航道公司的所有所屬道路，此外還跟迪西傳統、皮吉特農園、彩虹高地（來看看唷——兩個種族隔離郊圍區和一個黑西裝區）、〔插入河流名稱〕牧草溪谷以及磚院基地簽有全球合約。世界管區的規模比超警小，處理的合約都比較高檔次，照理說應該擁有更大的諜報部門——不過如果這是你想要的，你會直接找中央情報公司的客戶代表談。

還有執法者——但是他們很花錢，又不服管理。謠傳他們制服底下都穿著印有非官方執法者盾形紋章的T恤，紋章的圖案是緊握警棍的拳頭，還附花體字寫著**告我啊**。

因此YT沿一個緩坡朝白柱大門往下滑，等門滑開，等啊等——但門好像沒有要打開的意思。沒有雷射光從警衛室射出來查明YT的身分。系統被覆寫了。如果YT是個蠢路人，她會過去問那個超警是怎麼回事。超警會說：「城邦保安。」就沒了。這些郊圍區！這些城邦！那麼小，那麼沒安全感，好像什麼芝麻蒜皮小事，像是沒給你家草坪刈草、音響開太大聲，都會變成國家安全問題。

不可能滑滑板繞過圍籬；白柱被八英尺高、機器人打造的鐵包圍。她滑到大門邊，抓住鐵柵搖晃，但鐵柵太大、太堅固，難以撼動。

超警不准倚靠他們的隊哨——會讓他們看起來又懶又弱。他們可以幾乎靠著，看起來像靠著，甚至可以像這位老兄一樣，擺出大搖大擺靠在車上的姿勢，但他們不能靠。而且，他們的個人攜帶式裝備套掛在個人模組裝備帶上，向四方散發閃閃發亮的威嚴，他們會刮花隊哨的漆。

「用千斤頂移開柵欄啊，老兄，我還有貨要送。」YT對超警宣告道。

行動隊哨後方爆出潮溼的撞擊聲，沒到爆炸那麼大聲。軟軟的一聲啪，彷彿摔角選手的一口濃痰被人捲起舌頭吐出來。小嬰兒上大號時那種隱約、模糊的噴濺聲。YT的一隻手還緊握著大門鐵柵，她感到片刻刺痛，同時覺得又冷又熱。她幾乎動不了她的手。她聞到乙烯基的味道。

超警的同伴爬出行動隊哨的後座。後門窗戶開著，不過行動隊哨上的一切都好黑好亮，所以要等到門移動你才看得出窗戶開著。兩個頭戴光亮黑頭盔、夜視鏡的超警雙雙露齒而笑。走下隊哨的那一個手拿化學抑制劑短程發射器——痰槍。他們的小計畫成功了。ＹＴ沒想過要用她的騎士護目鏡朝後座看，檢查有沒有會射出黏膠的狙擊手。

那口痰像這樣射入空中展開後差不多有橄欖球那麼大。好幾英里又好幾英里超細但極強韌的纖維，就像義大利麵條。義大利麵的醬汁是黏稠、軟爛的東西，會在痰槍發射的瞬間維持液態，然後快速凝固。

超警必須背著這種裝備，因為每個加盟領區都那麼小，你沒辦法追著人跑來跑去。路人——幾乎總是無辜的滑板狂——永遠距離鄰近加盟領區的避難所三秒滑板的距離。而且，個人模組裝備帶——裝備構成的枝形吊燈——體積無比龐大，扣在上面的所有東西嚴重拖慢他們的速度，只要他們試著跑起來，大家就開始嘲笑他們。於是，非但不是減掉一些重量，他們反而往裝備帶扣上更多東西，例如痰槍。

那團像鼻涕的纖維狀東西一路包住她的手直到前臂，然後牢牢捆在大門鐵柵上。多出來的黏膠沿鐵柵垂落一小段距離，但現在凝固了，化為橡膠。幾縷鬆散的鼻涕也往前甩，纏上她的肩膀、胸口和臉下部。她後退，黏膠與纖維分離，拉出細到極點的長絲，就像熱馬札瑞拉乾酪。細絲立即凝結，化為固體，然後斷掉，像煙一樣繚繞散去。現在那一大坨痰沒黏在她臉上了，感覺沒那麼要命恐怖，不過她的手還是動彈不得。

「在此警告，若未經我方口頭授權明確認可，妳的任何動作都可能對妳個人直接造成身體傷害以及後續心理傷害；根據妳的個人信仰系統，妳個人對前述身體傷害的反應亦有可能造成精神傷害。妳的任何動作皆代表妳默認接受此風險，且不可撤回。」第一個超警說道。他的腰帶上有一個小型擴音器，同步將這段說明翻譯為西班牙語和日語。

「或者就像我們以前說的，」另一個超警說道：「不許動，笨蛋！」

無法翻譯的部分透過小擴音器迴響，分別唸成「奔蛋」和「棒盪」。

「我們是獲得授權的無限超警代理人。根據〈白柱法規〉第二十四之五之二項，我們獲准在此領地執行警察行為。」

「例如騷擾無辜滑板狂。」YT說。

超警關閉翻譯器。「藉由口說英語，妳默認接受我們未來的所有對話皆以英語進行，且不可撤回。」

「你甚至聽不懂YT說什麼。」YT說。

「我們已辨認出妳是某已登錄犯罪事件之調查焦點，該事件據信發生於另一個領地，也就是溫莎高地廄屋區。」

「那是另一個國家，老兄。這裡是白柱！」

「根據〈溫莎高地廄屋區法規〉條款，我們也獲准在前述領地執法，維護國家安全與社會和諧。溫莎高地廄屋區與白柱之間的協議授權我們暫時拘留妳，直到妳身為調查焦點的身分解除。」

「妳的屁股要被踢爆囉。」第二名超警說。

「因為妳的行為不具攻擊性，身上也並未攜帶可見的武器，我們沒有獲得授權使用冒險的手段以確保妳會與我們合作。」第一名超警說道。

「妳冷靜，我們也冷靜。」第二名超警說。

「然而，我們攜帶各種裝備，包含但不限於投射性武器，若經使用，可能對妳的身體與福祉造成極端且立即的威脅。」

「妳亂來，我們就轟掉妳腦袋。」第二名超警說道。

「解黏我他媽的手就對了。」ＹＴ說道。這些她都聽過一百萬次了。

跟大多數郊圍區一樣，白柱沒有監獄，也沒有警察局。好難看。房價。想想暴露嫌惡條件的問題。超警在這條路上就有一個加盟體，他們拿來當總部用。至於監獄，是偶爾保護迷途者人身的地方，任何還過得去的加盟街都有一個。

他們在移動隊哨裡巡行。ＹＴ的手被用手銬銬在她前方，一隻手還半包在橡膠黏膠裡，那東西的乙烯基味道實在太濃烈，兩名超警都搖下了車窗。六英尺鬆散的纖維垂在她大腿上，橫過隊哨的地板後還落了一段在門外，在路面上拖行。兩位超警不慌不忙，沿中央車道慢慢開，只要還在他們轄區，他們便心安理得到處開超速罰單。他們附近的駕駛都開得緩慢又理智，一想到必須路邊停車，聆聽這種人講上半小時的免責聲明、勸告和亂七八糟的理由就嚇得半死。偶爾有柯薩諾斯特拉的外送男孩從左車道呼嘯而過，橘燈彷若著火，超警們則假裝沒看見。

「怎麼安排？拘留所還是鋃鐺獄？」第一個超警問道。根據他的口氣，他一定是在跟另一個超警說話。

「請送拘留所。」ＹＴ說道。

「鋃鐺獄！」另一個超警轉過身，透過防彈玻璃嘲笑道，沉溺於權力感之中。

他們開過一家買飛天時，車子內部整個亮起來。如果你在一家買飛天的停車場殺時間，你會曬黑。然後世界管區保安就會來逮捕你。所有那些為了讓人有安全感的光弄得駕駛座車窗上的Visa和MasterCard貼紙都一時發起光來。

「ＹＴ有卡。」ＹＴ說道：「要花多少錢才能脫身？」

「妳為什麼一直自稱歪踢？」第二個超警問道。跟許多有色人種一樣，他也誤會了她的名字。[12]

「不是歪踢，YT才對。」第一個超警說道。

「YT就叫這名字。」YT說道。

「我就是這樣說的啊，」第二個超警說：「歪踢。」

「YT。」第一個超警非常粗暴地把重音放在T上，不小心噴了一坨閃閃發亮的口水在擋風玻璃上。

「我來猜猜——尤蘭達・楚門？」

「錯。」

「伊芳・湯瑪斯。」

「錯。」

「全稱到底是什麼？」

「沒。」

其實YT代表本人（Yours Truly），但如果他們想不通，他們可以去死。

「妳付不起。」第一個超警說道：「妳要面對的是溫廄區。」

「我不用正式脫身，可以逃走就好。」

「這是出類拔萃的小隊，我們不幫人逃走的。」第一個超警說。

「這樣好了，」第二個超警說：「妳給我們一兆，我們就帶妳去拘留所，妳到那邊再跟他們談條件。」

「五千億。」YT說。

「七千五百億。」超警說：「最後出價。他媽的，妳銬著手銬，不會真的還跟我們討價還價吧。」

YT拉開連身衣大腿附近一個口袋的拉鏈，用乾淨的那隻手掏出卡片，刷過前座後方的卡槽，隨即把卡片放回口袋。

拘留所看起來很不錯，像新蓋好的。YT見識過睡起來更糟糕的旅館。拘留所的招牌嶄新又乾淨，圖案是巨人柱仙人掌，一頂黑色牛仔帽以瀟灑的角度擱在仙人掌頂部。

拘留所

優質監禁與關押服務

歡迎送整公車人來！

另外幾輛超警的車停在停車場，一輛執法者囚犯巴士橫在後方，占用了相鄰的十個位置。這引發超警高度關注。執法者之於超警就像三角洲部隊之於和平部隊。

「一個去登記。」第二個超警說道。他們這會兒站在接待區。發光標牌沿牆排列，各自呈現出一個舊西部亡命之徒的影像。安妮．奧克利[13]提供模範，面無表情地瞪著YT。登記檯是假鄉村風格；職員全部頭戴牛仔帽，佩戴一個浮雕著各自姓名的五芒星。櫃檯後方是一扇老派的假鐵柵門。走進去後，看起來會是一個像手術室的地方。一整排小房間，圓弧潔白，就像組合式的淋浴間——事實上，小房間兼具淋浴間功能，你就在房間中央洗澡。明亮燈光在十一點自動關閉。投幣式電視、私人電話。YT迫不及待。

櫃檯後的牛仔用掃描器對準YT，對著她的條碼嗶了一聲。幾百頁的YT生平在顯示螢幕上迸現。

「嗯，」他說：「女性。」

12 超警誤以為YT自稱Whity，貶義的白人，但因為是聽錯，中文化時也採用近音詞。

13 Annie Oakley，十九世紀文明美國西部的神槍手。

兩名超警看著對方，像是在說真是個天才啊——這傢伙永遠當不了超警。

「抱歉，小子們，我們客滿，今晚沒空間收女性。」

「噢，別開玩笑了。」

「看見後面那輛巴士了嗎？打盹巡航發生暴動。幾個那哥倫比亞人在賣一批糟糕的暈陶陶。那地方整個發瘋。執法者派了半打小隊進去，抓了大概三十個人進來，所以我們滿了。試試看鋃鐺獄吧，沿這條街往前走就是了。」

YT不喜歡這情況。

他們把她帶回車上，啟動後座的抗噪功能，因此她只聽得見自己的肚子餓扁扁咕嚕叫，還有被黏住的那隻手一動就發出清脆爆裂聲，除此之外她什麼也聽不見。她原本真心期待拘留所的餐點——營火燉辣肉醬或是惡棍漢堡。

兩名超警在前座交談。他們開上馬路。他們前方是一個發光的方形招牌，黑白色的通用產品碼，下方寫著買飛天。

買飛天下方有個較小的招牌也塞在同一根柱子上，細細一條，沒特色的文字寫著「鋃鐺獄」。

他們要帶她去鋃鐺獄。兩個雜種。她用銬在一起的雙手搥打玻璃，留下黏呼呼的手印。讓這些雜種想辦法清乾淨吧。他們轉過身，視線直接穿過她，像是聽見聲音但想像不出發出聲音的是什麼東西；內疚的人渣。

他們進入買飛天放射保安藍光的照射範圍內。第二個超警走進去和櫃檯後的人交談。一個白種胖男孩正在買一本怪獸卡車雜誌，他戴著一頂印有聯盟旗幟的新南非棒球帽，偷聽到超警和櫃檯人員交談後，他朝窗外窺探，想一睹罪犯的真面目。第二個男人從後面出來，他與櫃檯後的傢伙同種族，又一個眼睛發紅、脖子瘦巴巴的深膚色男人。後來的男人拿著一個印有買飛天商標的三孔文件夾。要想找到加盟店的經理，別瞪大眼讀名牌上的頭銜了，找拿文件夾的那一個就對了。

經理和超警交談，點頭，從抽屜拿出一串鑰匙。

第二個超警走出來，從容走到車旁，接著猛力拉開後座車門。

「閉嘴，」他說：「不然下次我就把痰槍往妳嘴裡射。」

「很高興你喜歡鋃鐺獄，」ＹＴ說：「因為你明天晚上就會在這裡，痰仔。」

「是嗎？」

「是唷，因為信用卡詐欺。」

「我條子，妳滑板狂。妳要怎麼告卜巴柏法官的司法系統？」

「我為激酷系工作，我們保護自己人。」

「今晚可沒辦法。今晚妳從一處車禍現場拿走一份披薩。激酷系叫妳送那份披薩的嗎？」

ＹＴ沒有回嘴。超警說的沒錯；激酷系沒叫她送那份披薩。她一時興起。

「所以激酷系不會救妳。所以閉嘴。」

他猛拉她的手臂，她只能跟著走。三孔男朝她快速一瞥，時間長度只足以判斷她確實是個人，而非一袋麵粉、一顆引擎，或是一個樹樁。他帶他們繞到買飛天臭氣沖天的後方，爆滿垃圾子母車內的悲慘垃圾黑暗國度。他打開後門門鎖，一個無聊的玩意兒，邊緣有撬痕，彷彿鋼爪怪獸曾試圖闖入。

他們帶ＹＴ下樓進入地下室。第一個超警拿著她的滑板跟在後面，粗手粗腳地拿滑板去撞門框和汙漬斑斑的聚碳酸酯酒瓶架。

「最好拿走她的制服——全身上下。」第二名超警提議，語氣淫蕩。

經理看著YT，努力不讓視線犯罪遊走她全身。數千年來，他族人靠機警存活：等蒙古人策馬疾馳越過地平線；等累犯的罪犯在他們的結帳櫃檯另一邊揮著槍身鋸短的獵槍。他的機警現在可觸知而且令人痛苦；他就像裝在高腳杯裡的熱硝化甘油。性踰矩造成額外的問題，更是會讓情況加倍惡劣。對他來說，這可不是鬧著玩的。

YT聳肩，努力想些令人不安又古怪的東西。到這個時候，她應該要細聲尖叫又縮起身子、扭來扭去又嗚咽、昏厥又哀求才對。他們威脅要拿走她的衣服。太糟糕了。但她沒有心煩意亂，因為她知道他們就是預期她那樣。

酷遞員必須在路上立足。可預料、墨守陳規的行為會讓駕駛放鬆。他們會在心理上把你分派到車道的一個小盒子裡，假設你會乖乖待在裡面，你離開小盒子的話他們就應付不了。

YT不喜歡盒子。YT靠在車道間勇猛切來切去而立足於馬路，建立起一種恐怖隨機性的先例。讓人提心吊膽，逼他們對她起反應，而非相反過來。現在這些男人又想把她放進盒子，逼她遵守規則。

她把連身衣的拉鍊一路拉開到肚臍下方。底下是無用但波濤洶湧的蒼白肉體。

兩個超警揚起眉毛。

經理往後跳，舉起雙手當作視覺盾牌，保護自己不受有害資訊傷害。「不，不，不！」他說道。

YT聳肩，拉上拉鍊。

她不害怕；她有陰牙。

經理把她銬在冷水管上。第二個超警取下他那個比較新型、更神經機械式的手銬，啪的一聲扣回裝備帶上。第一個超警把她的滑板斜靠牆上，剛好放在她碰不到的位置。經理把一個生鏽的咖啡罐踢過來，巧妙地碰到她後反彈，好讓她可以用來上廁所。

「你打哪來？」ＹＴ問道。

「塔吉克。」他說。

吉仔，她早該知道的。

「好喔，屎罐足球肯定是你們的全國性娛樂。」

經理沒聽懂。兩個超警發出死板的假笑聲。

文件簽妥，ＹＴ之外的所有人往樓上走。經理走出門的時候關掉電燈；電力在塔吉克可是件大事。

ＹＴ進了鋃鐺獄。

7

黑日有兩個橄欖球場並排在一起那麼大。家具包含懸浮空中的黑色方形桌面（沒意義畫桌腳），成格網平均分布。就像像素。唯一的例外在中央，吧檯的四個象限在此會合（四等於二的平方）。直徑十六公尺的圓形吧檯占據這個位置。一切事物都是消光黑，電腦要在上面畫東西就容易許多——不用擔心還得填入複雜的背景。而且這樣一來，就可以把所有注意力放在替身上；大家都喜歡這樣。

在大街用好替身並不划算，因為太擠了，所有替身彼此融合、匯流。不過黑日這個軟體優異許多。黑日裡不允許替身碰撞。只有那麼少人能同時在這裡，而且他們不能穿過彼此。一切都是實體、不透明、真實。而且顧客有格調多了——這裡不談老二。替身看起來都像真人。就大部分情況而言，精靈看起來也像真人。

「精靈」（Daemon）是源自ＵＮＩＸ系統的老術語，指的是一種低階公用程式，操作系統的一個基礎部分。在黑日，精靈就像替身，但並不代表任何人類，而是住在元宇宙中的機器人。一個軟體，一種棲宿於機器中的幽靈，通常都有些必須扮演的角色。黑日有若干精靈在為老顧客上虛構飲料、幫人跑腿。

甚至還有巨型精靈，功用是趕走不受歡迎的人——對他們施加某些替身物理基本原則，抓起他們的替身一把丟出門外。達五欸還增強了黑日的物理作用，變得有點卡通感，因此可以用超大的大頭槌敲某特定討厭鬼的頭，也可以用下墜的保險箱把他們壓扁，然後再把他們轟出去。這會發生在搗蛋者身上，或是糾纏、偷拍名人的人，或是看似有傳染病的人。也就是說，如果你的個人電腦中了病毒，並試圖透過黑日散布病毒，你最好留意天花板。

阿浩喃喃說出「大舞臺」三個字。這是他寫的軟體，中情司特約記者的強大工具，會挖掘黑日的操作系統，洗劫系統內的資訊，然後把一張平面方形地圖丟到他面前，讓他快速瀏覽誰在這裡、他們在跟誰談話。這些都是阿浩不該取得的未授權數據。但阿浩並不是那種來這裡建立人脈的無腦演員。他是駭客。如果他想要某些資訊，他就直接從系統的五臟六腑偷出來——來自機器的救命八卦。

大舞臺顯示達五欸躲在他的老位置，也就是駭客象限靠近吧檯的一張桌子。電影明星象限跟平常一樣散布著君主們與想紅的人。許多唱片業的怪咖在日本人象限閒晃——這個象限看起來跟其他象限差不多，只是安靜些，桌子低一些，而且滿是不停鞠躬、踩著碎步的藝妓精靈。其中許多人多半屬於壽司K的隨行人員，像是經理、宣傳和律師。

阿浩切過駭客象限，朝達五欸的桌子走去。這裡有許多人他都認得，但跟平常一樣，他不認識的人數量之多，讓他覺得既驚訝又心煩——那所有輪廓分明、反應敏銳的二十一歲面孔。軟體開發就像專業運動，有一種會讓三十歲男人自覺衰老的作用。

阿浩沿走道朝達五欸的桌子看，看見他正在跟一個黑白人交談。儘管她欠缺色彩，解析度也很爛，阿浩還是從她說話時交抱雙臂、聽達五欸說話時甩動頭髮的樣子認出她。阿浩的替身停止移動，凝視著她，換上跟他多年前凝視這女人時一模一樣的表情。他在現實世界伸出一隻手，拿起啤酒，喝一口，讓酒在他嘴裡打轉，一波波海浪在小小空間內不停撞擊。

她名叫華妮妲．馬魯克斯。他們兩個都是柏克萊新鮮人時阿浩就認識她了，他們大一物理學在實驗室分到同一組。第一次看見她時，他就產生一種多年未變的印象：她是那種陰鬱又宅的書呆子，穿得像要應徵殯儀館會計一樣。同時，她又擁有一條毒舌，會在最奇怪的時候突然對其他大一生發動攻勢，展開某種焦土式的報復，通常是為了某些冒犯或失禮，而他們甚至不曾意識到自己招誰惹誰。

一直到數年後，他們兩個都進入黑日系統有限公司工作，他才把方程式的另一半拼湊起來。他們倆當時都在研究替身。他處理身體，她對付臉。她就是臉部門，因為沒人覺得臉有多重要——只是替身上半身肉色的部位而已，她則是正要證明他們全部錯得離譜。不過在這個時期，位元腦的純男性社會構成黑日系統的權力結構，而他們說臉部問題不重要又膚淺。當然了，這不過是性別偏見，而且是深受男性科技迷信奉、敵意特別濃厚的那一種；這些人真心相信他們太聰明了，不可能是性別主義者。

十七歲那年的第一印象也不出如此——他是個自立差不多三週的後青春期軍事家庭屁孩，那是他的直覺反應。他腦袋不錯，但在這整個世界中，他只了解一、兩件事——日本武士電影和麥金塔——而且他太、太、太了解了。如此世界觀容不下華妮妲這樣的女人。

有一種在全世界所有軍事基地屁股上像癬一樣生長的小鎮。英雄阿浩在一長串像這樣的地方被快速養大，就像一株變種溫室蘭花，在一千盞買飛天保安探照燈的光輝下茁壯。阿浩的父親在一九四四年入伍，時年十六歲，在太平洋待了一年，其中大多數時間的身分都是戰俘。阿浩誕生於他父親即將步入初老時。當時他爸早就可以退伍領撫卹金，但他離開軍隊後就不知道自己該幹什麼，於是便留在軍中，直到他們終於在八〇年代晚期把他掃地出門。阿浩離家進入柏克萊時，他已經住過紐澤西的萊特鎮、華盛頓的塔科馬、北卡羅萊納的費耶特維爾、喬治亞的海恩斯維爾、德克薩斯的基林、德國的格拉芬韋赫、韓國的首爾、堪薩斯的奧格登，還有紐約的沃特敦。這些地方基本上都一個樣，有一樣的加盟貧民窟，一樣的路口，甚至連人也一個樣——他不停遇上認識好幾年的好同學，都是其他軍事家庭屁孩，剛好在相同時間調到相同基地。

他們膚色各異，但全屬於同一個種族：軍眷。黑人孩子說話的方式不像黑人孩子，亞洲孩子不拚死拚活追求在校表現優異。白人孩子大體而言和黑人、亞洲孩子相處起來一點問題也沒有。女孩也都守本分。他們都擁有一樣的母親，這些母親則都擁有裹著伸縮寬鬆便褲的寬大下盤，以及挑染、電棒燙捲的髮型，而且她們基本上都愉快、可愛又奉公守法；如果她們碰巧有點腦袋，她們都特地加以隱藏。

所以當阿浩初見華妮姐，或任何其他像她的女孩，他的觀點便徹底走樣。她有一頭光滑的黑色長髮，除了定期以洗髮精清潔之外不曾經歷過任何化學加工。她不在眼皮上塗藍色的玩意兒。她穿暗色、合身、拘謹的衣服。她不容許任何人薄待她，就連她的教授也不行；對當時的他來說，她就像個潑婦一樣，而且威脅性十足。

當他闊別數年後再見她——他那段時間大多待在日本，共事的夥伴都是真正的大人，而且他其實習慣跟社會階級低一點的人相處；他們是實實在在的人，穿真正的衣服、用生命在做一些真正的事——他震驚地發現華妮姐是個高雅、令人印象深刻的美女。他起先以為她在大學一年級之後經歷了某種徹底的改變。

不過後來他回去其中一個軍事小鎮探望他父親，遇見高中時的舞會皇后。她驚人快速地長成一名過重的婦人，一頭誇張的頭髮，一身誇張的服裝；因為沒閒錢了，只能在軍隊福利中心的結帳隊伍中速讀八卦小報；她用口香糖吹泡泡，有兩個她沒力氣也沒打算要管的小孩。

在福利中心看見那女人後，他終於經歷一段傻呼呼的遲來頓悟；不是一束從天灑落的明亮光線，更像是一支半死不活的手電筒從人字梯頂發出棕色的微光：華妮姐根本沒變多少，只是長成她自己罷了。改變的是他。徹底變了。

他進去過她辦公室一次，完全是為了公事。在這之前，他們常常在辦公室附近看見彼此，但一直表現得像從不認識。然而當他那天走進她辦公室，她叫他關上門，她關掉電腦螢幕，兩隻手把玩著一枝鉛筆，像打量一盤隔夜壽司一樣看著他。她身後的牆上有一幅業餘的老婦人肖像畫，畫框華美古老。這是華妮妲辦公室內唯一的裝飾品。其他所有駭客則有太空梭升空的彩色圖片，或是星艦企業號的海報。

「這是我已故的奶奶，願神垂憐她的靈魂。」她看著他注視那幅畫：「我的榜樣。」

「為什麼？她是程式設計師嗎？」

她只是越過旋轉的鉛筆看著他，像是在思考哺乳動物的動作能有多慢，卻依然能呼吸？不過她居然沒嚴厲批評他，反倒給了他一個簡單的回答：「不是。」然後又給了一個複雜些的回答：「我十五歲的時候，有一次月經沒來，我男朋友和我用子宮帽，但我知道這東西靠不住。我數學很好，記住了失敗率，烙印在我的潛意識。還是我的意識，我老是搞不清楚。總之，我嚇死了。我家的狗開始對我另眼相待——據說牠們聞得出懷孕的婦女。以那個情況來說，或許可以說是懷孕的婊子。」

到這個時候，阿浩的臉凍結為一個警惕、驚愕的表情，華妮妲後來大量把這表情用於她的作品。因為，就在她對他說話的當下，她也在觀察他的臉、分析他額頭的小肌肉是怎麼拉高他的眉毛、改變他眼睛的形狀。

「我母親什麼也不懂，我男朋友則是比什麼都不懂還糟——事實上，我立刻甩了他，因為這件事讓我看清這傢伙和我有多不合——就像你這物種中的許多成員。」她指的是男性。

「總之，我奶奶來看我們。」她接著說，回過頭朝牆上的畫瞥一眼：「我一直避開她，直到我們全家坐下吃晚餐的時候，然後她大概在差不多十分鐘內就弄清楚來龍去脈，而且只是越過餐桌看著我的臉而已。我沒說超過十個字——『幫我拿一下烙餅。』我不知道我的臉是怎麼傳達出那些資訊，或是我奶奶腦中裝了什麼內在線路才能達成這了不起的壯舉。從枝微末節裡提煉出真相。」

從枝微末節裡提煉出真相。阿浩永遠忘不了她說這句話時的聲音，也忘不了他頭一遭體會華妮姐有多聰明時湧上心頭的感覺。

她繼續說：「我甚至並不真心感謝那一切，直到大約十年後，我大學畢業，正在為其中一個寶寶殺手補助款設計一個能非常快速傳送大批數據的使用者介面。」只要是跟國防部有關的東西，她都會用那個詞。「我想出各種精巧的技術解決方案，像是試著直接把電極植入大腦。然後我想起我奶奶，領悟到：我的天啊，人類的心智能夠吸收並處理數量驚人的資訊——只要形式正確。介面正確。只要你放上正確的臉。要咖啡嗎？」

然後他冒出一個令人擔憂的想法：他念大學時是什麼樣子？他是個多糟糕的混蛋？他有沒有給華妮姐留下壞印象？

其他年輕男性可能會靜靜擔憂，但阿浩從來就不知道什麼叫三思而後行，於是他邀請她共進晚餐，幾杯黃湯下肚後（她喝蘇打水），他直接丟出問題：妳覺得我是個混蛋嗎？

她大笑。他微笑，相信自己開啟了一個美好、可愛又曖昧的閒聊話題。

好幾年後，他才發現這個問題實際上是他倆關係的基石。華妮姐覺得阿浩是混蛋嗎？他總是有理由認為答案是肯定的，不過十次中有九次她堅持答案是否定的。這些對話導致一些很棒的辯論和一些很棒的性，還有一些激烈的爭執和一些激情的和解，不過到最後，他們都受不了這種狂暴的關係了——工作弄得他們精疲力竭——他們退離對方。他不停納悶她對他的真正看法是什麼，也為自己如此在意她的看法而困惑，並因此在情感上疲憊不堪。至於她呢，或許吧，也開始認為，如果阿浩在心中如此堅信自己配不上她，那麼他可能知道一些她並不知道的事。

阿浩會把這一切歸因於階級差異，只不過她父母住在墨西卡里一棟泥土地的房子裡，而他父親賺的錢比許多大學教授多。然而階級的概念依然支配他的想法，因為階級重於收入——跟知道你立足於社會關係網中的哪個位置有關。華妮妲和她的家人以近乎瘋狂地確信知道他們立足於何處，阿浩則從不知道。他父親是總士官長，母親是韓國人，她的族人曾是日本的礦場奴隸，阿浩不知道他是黑人、亞洲人，或只是軍眷；也不知道他是貧是富、是否受過教育、有才華或是幸運。在他搬到加利福尼亞之前，這個國家甚至沒有一個他能稱之為家的地方，而這大概就跟你說你住在北半球一樣明確。可能正是他這種找不到歸宿的感覺，讓他們分道揚鑣。

分手後，阿浩跟一長串基本上都算胸大無腦的女人在一起，她們（不像華妮妲）都覺得他在一家高科技矽谷公司工作很厲害。到了近期，他還得去找更容易覺得他厲害的女人交往。

華妮妲單身了一陣子，然後開始跟達五欽約會，最後還嫁給他。達五欽對自己在這世上的位置一點懷疑也沒有。他家人是來自布魯克林的俄國猶太人，在相同的赤褐色砂石建築住了七十年，更早之前則是在拉脫維亞的一個村子住了五百年；只要膝上一本《妥拉》[14]，他可以一路追溯他的血統直到亞當與夏娃。他是獨子，而且在班上樣樣第一，在史丹佛拿到電腦科學碩士學位後，他出來開創自己的公司；阿浩他們搬家時租出去一個新郵政信箱，而達五欽自創公司時的忙亂程度也才跟當時他爸差不多而已。然後他變成有錢人，現在他掌管黑日。達五欽總是對一切都十拿九穩。

就算是在他大錯特錯的時候。阿浩就是因此才拋下未來財富的前景離開黑日，華妮妲也是因此而在結婚兩年後和達五欽離婚。

阿浩沒參加華妮妲和達五欽的婚禮；他當時在監獄枯萎，是在婚禮彩排的幾個小時前被丟進去的。有人發現他在金門公園相思病發作，身上除了一條丁字褲外一絲不掛，拿著一瓶特大號的拿破崙干邑猛灌，還用一把貨真價實的武士刀練習劍道進攻，靠肌肉強健的大腿在草上飛，把其他野餐客丟出去的飛盤和棒球砍成兩半。用刀鋒迎上一顆高飛球，把球像葡萄柚一樣乾淨俐落切成兩半，這招可不簡單。唯一的缺點是棒球的主人可能會誤會你的意圖並叫警察來。

他賠償所有棒球和飛盤後脫身，不過，這個插曲後，他連問都沒再問過華妮姐是否覺得他是混蛋。現在就算阿浩自己也知道答案了。

從那時起，他們走上截然不同的路。黑日計畫剛開始的幾年，駭客獲得酬勞的唯一方法是發股票給自己。阿浩通常來得快去得也快，華妮姐則否。現在她變成有錢人，他則否。阿浩是個愚蠢的投資者、華妮姐是聰明的投資者，這樣說或許容易，但實情稍微複雜了一些：華妮姐把她的雞蛋都放在同一個籃子裡，把所有錢投入黑日的股票，靠這樣賺了一大筆，但她原本也有可能破產。而阿浩就某些方面而言並沒有太多選擇。當他父親生病，軍隊和退伍軍人管理局付掉大部分醫療帳單，但他們還是有很多意外開銷，而阿浩的母親——她不太會說英語——沒有能力自己賺錢或管錢。阿浩的父親過世後，他變賣他名下所有黑日股份，把他媽放進韓國的一個好社區裡。她愛那裡，每天都打高爾夫。他原本也可以留著黑日的股票，等大約一年後公開發行賺個幾千萬美金，不過他母親就會變成遊民。因此當他母親在元宇宙裡來看他，穿著高爾夫球裝，看起來黝黑又快樂，阿浩把這當成他個人的財富。付不了房租，但沒關係——如果你住在屎坑，永遠都還有元宇宙，而在元宇宙，英雄阿浩是戰士王子。

14 Torah，猶太教經典。

8

他的舌頭刺痛；他這才發現，現實世界中的他忘記嚥下啤酒了。

華妮妲用低技術的黑白替身進來這裡顯得頗為諷刺。是她想出怎麼讓替身有接近真實情感的表現。阿浩永遠忘不了這件事，因為她進行她大部分工作的期間他們正在交往，只要元宇宙裡有替身看起來驚訝、生氣或熱情，他都會看見他自己或華妮妲的回音——元宇宙的亞當與夏娃。因此難以忘懷。

華妮妲和達五欽離婚不久後，黑日真的起飛了。一旦他們數完錢、賣光副產品、吸足駭客社群中其他人的奉承，他們都領悟一件事：這地方之所以成功，並不是因為迴避碰撞的演算法、巨靈或任何其他像那樣的東西；是因為華妮妲的臉。

問問日本人象限裡的商人就知道了。他們來這裡跟世界各地穿西裝的人開天窗說亮話，覺得來效果就跟面對面一樣好。他們多少有點忽略說出口的話——畢竟很大一部分都無法準確翻譯。他們注意談話對象的臉部表情和肢體語言，藉此了解一個人的腦袋裡在想什麼——從枝微末節裡提煉出真相。

華妮妲拒絕分析這個過程，堅持這無法言說，是某種不能以文字解釋的東西。身為隨身攜帶《玫瑰經》念珠的極端天主教徒，她對這種事一點疑慮也沒有。但是位元腦們不喜歡，說這是不理性的神祕主義。於是她辭職，跑去某家日本公司工作。只要能賺錢，他們對不理性的神祕主義一點問題也沒有。

不過華妮妲再也不到黑日來。部分原因是她生達五欽和其他駭客的氣，氣他們從不欣賞她的成就。但她也決定這一切都是假貨。無論再怎麼好，元宇宙扭曲了人與人對話的方式，而她不想要她的關係裡出現像這樣的扭曲。

達五欸注意到阿浩，眼神一閃，表示現在不適合。通常這樣細微的動作都會迷失在系統的噪音中，不過達五欸的個人電腦性能極為優異，他的替身也有華妮妲加持——因此他的訊息就像朝天花板開槍一樣順利傳遞。

阿浩轉身，繞著圓形大吧檯慢悠悠地閒晃。六十四張吧檯椅中的大部分都被低階業界人士占據，他們三三兩兩聚在一起幹他們最擅長幹的事：八卦、搞陰謀。

「所以我和導演一起開會討論劇本。他這間海灘宅邸——」

「很驚人嗎？」

「說到這個我就氣。」

「我聽說過。房子屬於法蘭克和米特其的時候，黛比去那裡參加過派對。」

「總之，有這麼一場戲，初期，英雄在一個垃圾子母車裡醒來。概念是要展現，你知道的，他有多沮喪——」

「那股瘋狂的能量——」

「沒錯。」

「棒呆了。」

「我喜歡。唉，他卻想換成男英雄在沙漠，用一具反坦克火箭筒在廢棄的垃圾場炸舊車。」

「開玩笑的吧！」

「於是我們坐在那個海灘該死的露臺上，然後他就像這樣，轟！轟！在那邊模仿這個天殺的火箭筒。

他為這個點子興奮不已。我是說，這是個想把火箭筒放進一部電影裡的男人。所以我想我有勸阻他了。」

「厲害。不過你是對的。火箭筒的效果和垃圾子母車不一樣。」

阿浩待到他把這段對話記下才繼續前進。他再次低喃「大舞臺」，重新叫出魔法地圖，標記他自己的位置，然後讀取附近這位編劇的姓名。稍後，他可以研究一下業界出版物，找出這傢伙是在寫哪一份劇本，再藉此查出這位迷戀火箭筒的神祕導演尊姓大名。因為他是透過他的電腦聽見這整段對話，他剛剛只是把整件事錄起來而已。他晚一點可以把聲音加工變造，上傳圖書館，和導演的姓名交互參照。一百位苦苦掙扎的編劇會調閱這段錄音檔一再聆聽，直到他們銘記於心，為能享有此恩典而付阿浩錢；數週內，火箭筒劇本便會湧入那位導演的辦公室。轟！

搖滾明星象限亮得幾乎無法直視。搖滾明星替身可以擁有搖滾明星只能在夢裡擁有的髮型。阿浩朝那方向快速掃描，確認有沒有朋友在裡面，但大多只是寄生蟲和過氣的人。阿浩認識的大多數人都是明日之星或想紅的人。

朝電影明星象限看就輕鬆多了。演員愛來黑日，因為在這裡，他們看起來總是跟在電影裡一樣好。而且不像現實世界的酒吧或俱樂部，他們可以來這裡，又不用真的離開他們的豪宅、旅館套房、滑雪小屋、私人飛機機艙，或任何地方。他們可以賣弄行頭、探訪朋友，不用擔心遇上綁票、狗仔、劇本拋射器、刺客、前配偶、簽名掮客、傳票遞送員、瘋狂粉絲、求婚，或八卦專欄作家。

他爬下吧檯椅，繼續繞起他的慢速軌道，一面掃描日本人象限。這一區跟平常一樣，有一大堆穿西裝的傢伙，有些人在跟業界的外國佬交談。象限後方角落有一大塊用臨時隔板圍了起來。

阿浩又叫出大舞臺，弄清楚隔板後方有哪幾桌，開始讀取姓名。他唯一一眼就認出來的是一個美國人：有線電視大王Ｌ・巴布・萊富。雖然他很少在人前現身，但在業界鼎鼎有名。他似乎正在跟一大群日本老闆會面。阿浩要他的電腦記下這些人的姓名，他之後才能利用中情司資料庫調查他們，並查出他們的身分。看起來像是一場重要的大型會議。

「特務阿浩！最近怎麼樣啊？」

阿浩轉過身。華妮妲就在他身後，黑白替身鶴立雞群，但無論如何看起來還是很美。「你好嗎？」

「不錯。妳好嗎？」

「很棒。希望你別介意跟我這個醜陋的真人傳真模型談話。」

「華妮妲，比起大多數活生生的女人，我還寧願看妳的傳真。」

「謝了，油嘴滑舌的討厭鬼。我們上一次聊天已經是好久好久以前的事了！」她發表意見，彷彿這有多了不起。

有狀況。

「希望你不會亂用潰雪。」她說：「達五欸不聽我的。」

「我誰啊，自制的典範嗎？我完全就是會亂用潰雪的那種人。」

「我知道你沒那麼不堪。你衝動，但也非常聰明。你擁有劍術的反射神經。」

「這跟藥物濫用有什麼關係？」

「這表示你看得見壞東西逼近，並把它們打偏。這是一種直覺，學不來的。你一轉身看見我，臉上馬上出現那種表情，像是：發生什麼事？華妮妲到底想幹嘛？」

「我沒想到妳會跟元宇宙裡的人交談。」

「急著跟某人聯繫的話就會。」她說：「而且我永遠都會跟你談。」

「為什麼獨厚我？」

「你明知道，因為我們。記得嗎？因為我們的關係——我寫這東西的時候——你和我是元宇宙中唯二能真誠交談的人。」

「妳始終如一耶，還是同樣那個神祕主義怪咖。」為了把這番話變成一句迷人的陳述，他露出微笑。

「你無法想像我現在有多神祕、多怪，阿浩。」

「多神祕、多怪？」

她謹慎地打量他。那模樣跟他多年前走進她辦公室時如出一轍。

他腦中冒出一個想法，納悶起她為何面對他時總是那麼警覺。大學時，他常認為她是害怕他的聰明才智，不過他從好幾年前就知道這是他最不用擔心的一件事。在黑日系統時，他以為那只是典型的女性謹慎態度——華妮妲擔心他想拐她上床。不過現在這也同樣非常不可能。

在他戀愛史中這次晚期的交往期間，他剛好精明到足以想出一個新理論：她喜歡他，所以才這麼小心翼翼。她不可自拔地喜歡他。他完全就是華妮妲這種聰明女孩必須學會避開的戀愛選項：迷人但大錯特錯。絕對就是這樣了。變老就是有這種好處。

她以這句話回答他的問題：「我希望你跟我的一位同事見面。一位紳士兼學者，名叫拉荀斯。他是個迷人的談話對象。」

「妳男朋友嗎？」

她思考了一下，而非立即猛烈攻擊。「跟我在黑日時的行為相反，我現在不搞跟我共事的每位男性了。而且就算我會那麼做，拉荀斯也不可能。」

「不是妳的菜？」

「差遠了。」

「那妳的菜是怎樣？」

「年長、富裕、沒想像力，白皮膚金髮碧眼，工作穩定。」

他差點漏聽這一句。然後他聽見了。「嗯，我可以染髮，而且我終究會變老。」

她還真笑出聲。那種壓力解除的情緒爆發。「相信我，阿浩，此時此刻，你最不會想扯上關係的人就是我了。」

「跟妳教會那些事有關嗎？」他問道。華妮妲一直在用她剩餘的錢創立她自己的天主教教會分會——她自詡為傳教士，對象是世界上所有聰明的無神論者。

「少自以為是。」她說：「這完全是我正在對抗的那種態度。宗教不適合頭腦簡單的人。」

「抱歉。這不公平，妳知道嗎——妳讀得出我臉上的所有表情，我卻得透過一團他媽的暴風雪看妳。」

「絕對跟宗教有關，」她說：「但這太複雜了，你又非常欠缺那方面的背景，我不知道該從何說起。」

「嘿，我高中的時候每週都上教堂。我還是唱詩班的。」

「我知道。這就是問題所在。百分之九十九發生在大多數基督教教堂裡的事都跟真正宗教一點關係也沒有。有智慧的人早晚都會注意到這個問題，並推斷整個百分之百都是狗屁，無神論也就是因此才跟智慧的腦袋有關。」

「所以我在教堂學的一切都跟妳正在談的東西一點關係也沒有？」

華妮妲思考片刻，注視著他，然後從口袋拿出一張超媒體卡。「來，拿去。」

阿浩從她手中接過超媒體卡的同時，卡片從抖動的平面虛構物化為一張逼真、質感細緻的奶油色信紙，正面以油亮的黑墨印著七個字：

巴別爾

（資訊末日）

9

世界凍結、轉暗一秒。黑日的動畫不再平順，開始以模糊的定格動作移動。顯然他的電腦剛剛受到重擊；所有線路現在都忙著處理一大堆數據——超媒體卡的內容物——沒時間用完整、驚人的保真度重新繪製黑日的影像。

「噢幹！」他在黑日跳回完整動畫時說：「卡裡是什麼鬼？妳一定把半間圖書館都放進去了吧！」

「還有一個圖書館員，」華妮妲說道：「幫你查看、整理。還有一大堆L・巴布・萊富的影片——大部分的位元組都是這些東西。」

「好，我會試著看看。」他語帶懷疑。

「務必。你跟達五欸不一樣，你剛好聰明得足以從中獲利。記著，離渡鴉遠一點，也離潰雪遠一點。好嗎？」

「誰是渡鴉？」他問。不過華妮妲已經朝門口走去。她經過其他那些花俏的替身時，他們全部轉過來看她；電影明星們一臉叫她去死的表情，駭客們則是抿起雙唇，恭敬地凝視她。

阿浩繞回駭客象限。達五欸把一些超媒體卡在桌上推來推去——黑日的商業統計資料、電影和影片、大塊軟體、潦草的電話號碼。

「每次你從那扇門進來，操作系統都會發出一聲小小的嗶，正面撞擊我的下腹部。」達五欸說：「我總是有一種黑日正邁向毀滅的預感。」

「肯定是大舞臺。」阿浩說：「它有一個常式會修補一些低位記憶體內的陷阱，一下子而已。」

「啊，就是它了。拜託，拜託扔掉那東西。」達五欸說。

「什麼？大舞臺？」

「對啊。那東西剛開始超酷，但現在感覺像用石斧操作核融合反應爐。」

「謝了。」

「如果你想把它升級得稍微沒那麼危險，我會給你你用得到的所有標頭。」達五欸說：「我不是在質疑你的能力。我只是在說，你需要跟上時代。」

「真他媽的難啊。」阿浩說：「獨立駭客再也沒有生存空間了，背後必須有個大公司才行。」

「我很清楚啊。我也很清楚你受不了為大公司工作。所以才說我會給你需要的東西。對我來說，就算我們分道揚鑣，你永遠都是黑日的一份子，阿浩。」

典型的達五欸，又在繞過腦袋用情感說話了。如果達五欸不是駭客，阿浩不會對他到底有沒有足夠腦子去做任何事懷抱任何希望。

「談談另一件事吧。」阿浩說：「是我在作夢嗎？還是你跟華妮妲又開始說話了？」

達五欸對他露出縱容的微笑。自從好幾年前的「晤談」以來，他一直寬容對待阿浩。那場談話剛開始只是兩個老交情的戰友一邊喝啤酒、吃牡蠣，一邊友善閒聊。一直到晤談進入最後四分之一時，阿浩才漸漸領悟，他，事實上，就在那當下，正在被炒魷魚。晤談之後，大家都知道達五欸一直三不五時提供阿浩有用的情報和八卦。

「打探有用的消息嗎？」達五欸故意問道。就跟許多位元腦一樣，達五欸一點心機也沒有，但在像這樣的時刻，他以為他是馬基維利[15]再世。

「告訴你一件事吧，兄弟。」阿浩說：「你給我的東西我大部分都沒上傳到圖書館過。」

「為什麼不上傳？要命，我把我最棒的八卦都給你了耶。我還以為你有靠那些東西賺到錢。」

「我就是受不了，」阿浩說：「像出賣肉體一樣把我私人對話的諸多片段賣掉。不然你以為我為什麼破產？」

還有一件事他沒提：他一直覺得自己和達五欸勢均力敵，他無法忍受自己像隻狗一樣蜷縮在達五欸的餐桌下，以他的碎屑珍饈為食。

「雖然只是黑白替身，我還是很高興看到華妮妲進來這裡。」達五欸說道：「她不用黑日，就好像貝爾拒絕使用電話一樣。」

「她今晚為什麼進來？」

「她有事心煩。」達五欸說：「她想知道我有沒有在大街上看過某些人。」

「具體有誰？」

「她擔心一個非常高大、一頭黑長髮的傢伙。」達五欸說：「那傢伙在兜售某種名叫——聽好囉——潰雪的玩意兒。」

「她試過圖書館嗎？」

「有吧。至少我猜她有。」

---

15 Machiavelli，義大利政治學家，被稱為近代政治學之父，生於一四六九年，卒於一五二七年。

「你看過這傢伙嗎？」

「噢，有啊。他不難找。」達五欸說：「他就在門外啊。他給了我這個。」

達五欸掃視桌面，挑出其中一張超媒體卡拿給阿浩看。

潰雪
將本卡撕為兩半
釋出你的免費樣品

「達五欸，」阿浩說：「我不敢相信你居然收下一個黑白人給你的超媒體卡。」

達五欸哈哈大笑。「現在已經不是從前了，朋友。我系統裡有一大堆防毒藥，根本刀槍不入。進來這裡的所有駭客帶入太多汙染物了，我根本就像在瘟疫病房裡工作。所以無論這張超媒體卡裡有什麼，我都不怕。」

「好吧，如果是這樣，那我很好奇。」阿浩說道。

「對啊，我也是。」達五欸大笑。

「多半是什麼非常令人失望的東西。」

「多半是動態廣告。」達五欸附和：「你覺得我該打開嗎？」

「該啊。來吧。不是每天都有機會試新藥。」阿浩說。

「欸，只要你想，你可以每天試一種，」達五欸說：「但不是每天都找得到傷害不了你的新藥。」他拿起那張超媒體卡撕成兩半。

有一瞬間什麼事也沒發生。「我在等。」達五欸說。

一個替身在達五欸面前的桌上現身，剛開始是透明的，活像鬼魂，慢慢才變得清晰立體。真是平庸的效果；阿浩和達五欸已經在笑了。

這個替身是一個赤條條的布蘭蒂，但看起來甚至不像標準布蘭蒂；這一個看似廉價臺灣布蘭蒂仿冒品，顯然只是個精靈。她雙手捧著兩根約莫紙巾捲大小的管子。

達五欸靠向椅背享受這過程。整個場面有一種可笑的俗氣感。

布蘭蒂傾身向前，示意達五欸靠近。達五欸湊近她的臉，拉開大大的笑。她俗豔、寶石紅的嘴唇貼在他耳邊低聲說話，阿浩聽不清內容。

她後退離開達五欸時，他的表情變了，看起來茫然、呆滯。或許達五欸實際上就是那個表情；或許潰雪不知怎麼的弄壞了他的替身，因此替身不再跟隨達五欸的真正表情。但他直視前方，眼球在眼眶內定住。

布蘭蒂把兩根管子拿到達五欸靜止的臉前，再把它們展開。原來那是個卷軸。她在達五欸的臉正前方展開卷軸，像平面螢幕一樣在他眼前攤開。卷軸散發的光映照下，達五欸癱瘓的臉染上一抹藍。

阿浩繞到桌子對面查看。他在布蘭蒂猛地收攏卷軸前稍微瞥見內容。那是一面活生生的光牆，像是一部可彎折的平面電視，但上面完全沒東西。只有靜電干擾。白噪音。雪。

她隨即消失，沒留下丁點痕跡。駭客象限內的幾張桌子響起零散、嘲諷的掌聲。

達五欸恢復正常，露出半是挖苦半是尷尬的笑。

「那是什麼？」阿浩問：「我只瞄到最後面的雪。」

「你看到的就是全部。」達五欸說：「固定的黑白像素圖，解析度挺高。只是讓我看著幾十萬個〇和一而已。」

「所以換句話說，有人只是讓你的視神經暴露於，啥，大概十萬位元的資訊。」阿浩說。

「更像是雜訊。」

「嗯，除非你解碼，否則所有資訊看起來都像雜訊。」阿浩說。

「怎麼會有人想要我看二進位碼的資訊？我又不是電腦，讀不了點陣圖。」

「放輕鬆啦，達五欸，我只是在鬧你。」阿浩說。

「你知道那是什麼嗎？你知道駭客們無時無刻都想要我看他們作品的樣本嗎？」

「知道啊。」

「某個駭客想出這個計謀，要拐我看他的東西。一切都很順利，直到布蘭蒂展開卷軸的那一刻——但他的程式碼一堆錯誤，然後在錯誤的時刻雪潰，所以我沒看見他的產出，只看見雪。」

「那他為什麼要稱這東西為潰雪？」

「化解尷尬的幽默吧。他知道自己錯誤一堆。」

「布蘭蒂在你耳邊說了什麼？」

「某種我沒聽過的語言。」達五欸說：「就是一堆巴拉巴拉。」

巴拉巴拉。巴別爾。

「你後來看起來嚇呆了。」

達五欸一副忿忿不平的樣子。「我才沒嚇呆，只是覺得整個感覺好怪，我猜我有稍微嚇到吧。」

阿浩無比懷疑地看著他。達五欸發現了，站起身。「想不想看看你的日本競爭者都在忙什麼？」

「什麼競爭者？」

「你幫搖滾明星設計過替身，對吧？」

「現在還有啊。」

「嗯，壽司K今晚在這裡。」

「噢，對啊。那髮型有一個銀河那麼大。」

「從這裡就看得見光線，」達五欽朝隔壁象限一揮手，「但我想看看整套。」

看起來確實像太陽正從搖滾巨星象限中央的某處升起。替身到處亂晃，在他們的頭部上方，阿浩看見扇形光輝從人群中央的某個點輻射而出。光輝不停移動、轉來轉去、從一邊晃到另一邊，整個宇宙似乎隨之而動。大街上，壽司K的日出髮型完整光輝受高度與寬度法規限制，不過達五欽容許替身們在黑日完整表現，因此橘色光輝一路照射到象限界線。

「不知道有沒有人告訴他，美國人才不會接受來自日本的饒舌音樂。」他們漫步朝那方向走去的路上，阿浩這麼說道。

「或許你應該告訴他，」達五欽提議道：「然後為此收費。他現在人就在洛杉磯，你知道的。」

「多半待在滿是馬屁精的旅館裡，而且他們都在灌他迷湯，說他將成為多了不起的巨星。他需要接觸一些真正的生物量。」

他們注入一條人龍，沿著人群裡一道裂縫窄徑蜿蜒前進。

「生物量？」達五欽問。

「生物體。這是個生物專有名詞。如果你取一畝雨林或一立方英里海洋或一方塊的康普頓，篩掉所有非生物——泥土、水——就能得到生物量。」

始終都是個位元腦的達五欽說：「聽不懂。」他的聲音聽起來很好笑，不知不覺中混入一大堆白噪音。

「業界說法。」阿浩說：「業界靠美國的人類生物量吃飯，就像鯨魚從海水中篩出磷蝦。」

阿浩插進兩個日本商人之間。其中一人身穿藍色西裝，另一人是新傳統風格，身穿深色和服。而且就跟阿浩一樣，他也帶著兩把武士刀——長刀在左臀邊，單手刀脇差斜插腰帶。他和阿浩草草一瞥對方的武器。然後阿浩移開視線，假裝沒在注意，而新傳統仔則是完全定住，只有嘴角一動，朝下拉扯。阿浩遇過這種事。他知道他即將捲入打鬥。

四周的人讓開；巨大又勢不可擋的東西竄過人群，把替身朝四面八方亂推。黑日內，只有一個東西有辦法像那樣把人推開：巨靈。

隨著它們靠進，阿浩看見那是一整群楔型推進的巨靈，身穿無尾禮服的大猩猩。真的就是大猩猩，而它們似乎直朝阿浩而來。

他試著退開，卻很快撞上東西。看來大舞臺終於害他惹上麻煩；他要被趕出酒吧了。

「達五欸，」阿浩說道：「叫他們退下啦，兄弟，我不用就是了。」

阿浩附近的人都盯著他的肩膀位置，五彩斑斕的強光照亮他們的臉。

阿浩轉身看達五欸，但達五欸已經不見了。

他原本所在的位置只剩一團躁動雲朵般的數位惡業。那團東西是如此明亮、快速、無意義，看得教人眼睛發疼。它在彩色與黑白間來回切換，彩色時狂野地滾過整個色環，彷彿正被高功率的迪斯可光猛烈轟炸，而且不乖乖待在自己的身體空間內；細如髮絲的像素線不停射向一邊，經過整個黑日後穿牆而出。這東西稱不上是有組織的身體，而是一團線段與多邊形構成的離心雲，中心無法維繫，明亮的身體碎片四處拋射，干擾其他人的替身，不停閃爍、消失。

大猩猩沒放在心上。牠們把毛茸茸的長手指插進衰變的雲之中，用某種方法扣住後帶著它從阿浩身旁經過，朝出口走去。那東西經過時，阿浩低頭，看見雲顯露出非常像達五欸臉孔的一面，感覺像是透過一堆碎玻璃所見。只是短暫一瞥。然後替身消失，被熟練地從前門拋踢出去，畫出一道又長又平的弧線飛越大街，落在地平線上。阿浩抬頭看通往達五欸桌位的那條走道：空蕩蕩，四周都是嚇呆的駭客，其中有些人大受震撼，有些人則是努力壓抑歡暢笑意。

達五欸．麥亞，至高無上的駭客君王，元宇宙協定之父，世界知名黑日的創造者兼所有人，剛剛經歷了一場系統當機。他被自己的精靈丟出他的酒吧。

10

剛開始學習當酷遞員時，他們學會的第二或第三件事就是怎麼用彈簧刀撬開手銬。手銬並不是用來長時間拘禁人的工具，幾百萬間加盟鋃鐺獄則相反。而滑板人長期以來都是受壓迫的族群，這代表他們現在都成了某種程度的逃脫大師。

重要的事優先。YT的制服上掛著很多東西。制服有一百個口袋：用來裝配送物的又大又扁的口袋，裝工具的超小又窄的口袋，以及縫在柚子、大腿和小腿的口袋。塞在種種口袋內的裝備通常體積小、多功能又輕量：筆、麥克筆、小手電筒、小刀、撬鎖工具、條碼掃描器、信號彈、螺絲起子、水指虎[16]、計時電擊器，還有螢光棒。計算機上下顛倒黏在她的右大腿，兼具路費計和碼錶的功能。

另一邊大腿是她的手機。就在經理鎖住樓上門的同時，手機響了起來。YT用沒被銬住的那隻手把手機從掛勾取下。是她母親。

「嗨，媽。好啊，妳好嗎？我在崔西家。對啊，我們去了元宇宙，在大街上的這條長廊商場亂逛而已。不太好走。對，我用很不錯的替身。不用啦，崔西的媽媽說她晚一點會送我回家，但我們可能會在勝利大道的兜風停一下，可以嗎？會啦。我也愛妳。晚點見。」

她用力壓下閃爍的按鈕，切斷和老媽閒聊，大約半秒內又按一下讓手機發出撥號音。「路殺。」她說道。

手機記得，自動撥打路殺的電話。

呼嘯聲。這是風在可怕的高速下削過路殺手機麥克風的聲音，還有許多車輛的輪胎在路面摩擦、不時被坑洞撞擊打斷的聲音，兩者互不相讓；聽起來像是搖搖欲墜的范杜拉（Ventura）。

「呦，YT，」路殺說：「幹嘛？」

「你在幹嘛？」

「在杜拉滑。妳在幹嘛？」

「在鋃鐺獄度假。」

「哇嗚！誰銬妳？」

「超警。用痰槍把我黏在白柱的大門上。」

「哇嗚，超酷！啥時要閃？」

「很快。你可不可以盪過來幫個忙？」

「啥意思？」

男人啊。「你知道的啊，來幫個忙。你是我男朋友耶。」她說得簡單直白：「如果我被銬，你應該要來把我弄出去才對。」這不是大家都知道的事嗎？父母都不教小孩了嗎？

「欸，呃，妳在哪？」

「買飛天五〇一七六二號店。」

「我正要送一個超激去伯納。」

---

16 Liquid Knuckles，依後文敘述，應是類似防狼噴霧的產品。

也就是他正在送一份「超級過激高優先快遞」去聖伯納迪諾。也就是說，妳運氣不好。

「好吧，感謝你啥都幫不了。」

「抱歉。」

「平安滑啊。」YT用一慣的嘲諷作結。

「持續呼吸啊。」路殺說道，呼嘯聲切斷。

渣男。下次約會肯定叫他下跪認錯。不過此時此刻，還有一個人欠她人情。唯一的問題是他是個笨蛋，但值得一試。

「哈囉。」他對著手機說道。他氣喘吁吁，背景還有警笛此起彼落。

「英雄阿浩？」

「對，哪位？」

「YT。你在哪？」

「歐胡路的喜互惠停車場。」他說道。而且他說的是實話；她聽見背景有一臺購物車撞上另一臺屁股的撞擊聲。

「我現在有點忙，歪踢——不過妳找我有什麼事嗎？」

「是YT，」她說：「然後你可以把我弄出鋃鐺獄。」她告訴他詳情。

「他把妳關在裡面多久了？」

「十分鐘。」

「好，鋃鐺獄加盟店的三孔文件夾明訂應該在收監的半小時內去查看被拘留者。」

「你怎麼會知道這種事？」她譴責地問。

「用用妳的想像力。等經理來做他的半小時視察後，多等五分鐘，然後妳再行動。我會試試看幫妳一把。好嗎？」

「收到。」

整整半小時後，她聽見後門門鎖打開的聲音。燈光亮起。她的騎士護目鏡保護她免於殘害眼球的劇痛。經理咚咚咚走下幾階，怒瞪她，瞪了頗長一段時間。顯而易見，經理被勾起「性」致了。剛剛驚鴻一瞥她的肉體後，那畫面在他腦中彈跳了半小時。他正在用浩瀚宇宙的兩難困境折磨自己的腦袋。ＹＴ希望他不要輕舉妄動，因為她的陰牙威力難以預料。

「他媽的趕快拿定主意好嗎？」她說道。

成功了。剛爆炸的文化震撼彈把這個吉仔從他的道德難題中震醒。他不認同地怒瞪ＹＴ——畢竟是她害他受她吸引、逼出他的性慾、弄得他暈頭轉向——沒人叫她被逮捕，對吧——除此之外他還在生她的氣。彷彿他有那個權利似的。

發明小兒痲痺疫苗的就是這性別的人嗎？

他轉身，走回樓上，關燈、鎖上門。

她記下時間，設了五分鐘後的鬧鐘——她是唯一真的知道該怎麼在電子錶設鬧鐘的北美人——從袖子的其中一個窄口袋拿出彈簧刀組。她還抽出一根螢光棒折亮，當作照明。她找到一根細窄的彈簧鋼，把它推進手銬內部，鬆開彈簧制轉桿。手銬原本就是個單向棘輪，只會愈轉愈緊，現在從冷水管上彈開。

她是可以把手銬解開，但又覺得這造型不錯。她把鬆開的那一邊也銬上手腕，就銬在原本那一邊旁邊，變成一副雙圈手環。她媽以前還是龐克時也會做這種事。

鋼門鎖著，不過買飛天安全法規規定必須在地下室設置一個緊急逃生出口，以免遭遇火災。這裡的話是一扇地下室窗，裝有看起來很厲害的鐵柵和又大又紅的多語火災警報。螢光棒的綠光照耀下，紅看起來像黑。她閱讀英文版的說明，在腦中複習一、兩次，然後等鬧鐘叫。她讀所有其他語言的說明打發時間，納悶著哪一版是哪種語言。YT覺得看起來都像計程車語。

窗戶髒得幾乎無法看透，但她看見一團黑從窗前走過。阿浩。

大約十秒後，她的手錶叫了起來。她猛推緊急出口。警鈴響起。她沒想到鐵柵那麼難搞——幸好不是真的火災——不過她終究還是弄開了。她把滑板丟到外面的停車場，撐起身子爬出去，剛好就在這個時候聽見後門門鎖打開的聲音。等到三孔仔找到無比重要的電燈開關時，她已經急轉彎拐入停車場前半部——這時成了吉仔嘉年華現場！

看起來南加的所有吉仔都在這裡了，開著他們的巨型破爛計程車，後座載著外來家畜，散發焚香和霓虹色調空氣芳香劑繚繞的臭味！他們在其中一輛計程車的後車廂架起大型八管水菸，正在以山地人的肺活量大口大口吸入令人窒息的煙。

而且他們全部瞪著英雄阿浩，他也還以顏色。停車場上的所有人看起來都無比震驚。

他一定是從後面過來的——不知道前停車場滿是吉仔。無論他原本有什麼打算，都行不通了。計畫砸鍋。

經理從買飛天後方跑過來，一面發出令人發毛的計程車語警報。他的導彈對準YT屁股。不過水菸管旁的吉仔才不管YT。他們的導彈鎖定阿浩。他們小心地把華麗的銀菸嘴掛在巨型菸斗頸部的架子上。他們朝阿浩走去，手伸進長袍的褶子裡，探向防風衣的內袋。

YT被一陣尖銳的颼颼聲分心。她拉回視線朝阿浩一瞥，看見他從刀鞘抽出一把三尺長的彎刀；她沒注意到他還帶著這把刀。他伏低身子。買飛天的致命保全燈光照耀下，刀鋒令人發疼地閃爍。

真可愛！

說水菸男孩們嚇到算是輕描淡寫了。不過比起害怕，他們還更困惑。幾乎無庸置疑，他們應該大部分都帶著槍。所以這傢伙為什麼拿把刀就想來找他們麻煩？

她想起阿浩名片上列出的諸多職業包含**全世界最厲害的劍士**。他真能幹掉一整群持槍吉仔？

經理的手攫住她的上臂——好像這樣真能阻止她似的。她的另一隻手橫過自己的身體，拿起水指虎朝他一噴。他發出模糊的呻吟，頭朝後甩，放開她的手臂，狂亂地踉蹌後退，然後倒在另一輛計程車上，兩隻手的掌根死命往眼眶塞。

等等。那輛計程車裡沒人，不過她看見一串兩英尺長的流蘇鑰匙鏈掛在點火開關上。

她把她的滑板從車窗丟進計程車，接著再鑽進車裡（她身形小，沒必要打開車門），從駕駛座後爬進去，沉入木珠和空氣芳香劑的深網中，馬達嘎吱，起飛。後退。朝後停車場駛去。這輛車車頭朝外，計程車作風，隨時準備快速開走，如果只有她一個人的話是很不錯——但還要考慮阿浩。無線電在尖叫，計程車語大吵大鬧。她一路倒車繞到買飛天後方。奇怪的是，後停車場居然安靜又無人。

她打入前進檔，又沿來時路一路衝回去。吉仔們以為她會從另一邊出來，不太來得及反應。她猛踩煞車，車子一面尖叫一面剛好在阿浩旁邊停住；他已經沉著地收刀入鞘，他從副駕駛座的車窗鑽進車裡。然後她就沒再理他了，她有其他事要注意，例如她開上車道時會不會翻車。

她沒翻車，不過逼得一輛車嘎吱一聲避開她。她猛踩油門開上公路，然而得到的反應只有在老爺爺車才看得到。

唯一的麻煩是現在有另外半打老爺爺計程車跟著他們。

有東西壓著YT的左大腿。她低頭看，一個網袋裡裝著一把超級巨大的左輪手槍掛在車門上。

她得找個地方開進去，找得到新西西里加盟領區就好了——黑幫欠她人情。或是新南非領區；她討厭新南非，但他們更討厭吉仔。

當她沒說；阿浩黑皮膚，或至少有點黑，不能帶他進新南非。而因為YT是高加索人，他們也不能進超塔尚尼亞。

「李先生的大香港，」阿浩說：「前面半英里右邊。」

「好點子——但你帶著刀，他們不會讓你進去，對吧？」

「會，」他說：「因為我是他們的公民。」

然後她看見了。那個招牌很罕有，所以相當突出。不常看見這種東西。那是個藍綠雙色的招牌，在我瞪你你瞪我的加盟貧民窟顯得鎮靜又舒緩人心。

李先生的大香港

後方傳來爆炸聲，她的頭甩向頸部扭傷防護墊。另一輛計程車追撞他們。

她以時速七十五英里呼嘯進入李先生的停車場。保全系統甚至來不及認她的簽證並放下「重胎損」，所以只能就這麼「嚴重輪胎損害」下去，光禿禿的輻射層胎留在大釘子上。四個裸露的輪框一路爆出火花，她在一陣尖銳的剎車聲中停在草坪格上；這裡兼作吃二氧化碳的草皮和抗滲停車場。

她和阿浩爬下車。

雷射光同時從四面八方射過來掃描阿浩，他受困其中，無法控制地咧嘴而笑。香港機器人保全系統正在查驗他。她也是；她低頭看著雷射在她胸前亂畫。

「歡迎蒞臨李先生的大香港，英雄先生。」保全系統透過擴音喇叭說：「也歡迎您的客人，YT小姐。」

其他計程車沿路邊擺陣。其中幾輛開過頭超過香港加盟區，必須倒車個一個街區左右。車門接連砰砰關上。有些人連門也沒費心關上，引擎沒熄火、車門大開。三個吉仔在人行道流連，打量著串在大釘子上的輪胎碎片：長條尼奧普林長出鋼鐵和玻璃纖維髮絲，彷彿壞掉的假髮。其中一人手上有把左輪，槍口直指人行道。

四個吉仔跑過來加入他們。YT看見另外兩把左輪和一把泵動霰彈槍。再多來幾個像這樣的傢伙，他們就能成立政府了。

他們小心翼翼地跨過大釘，踏上香港蒼翠繁茂的草坪格。就在這個時候，雷射光再次出現。一時間吉仔們變得全身通紅，活像長痲子。

接下來的發展跟方才不太一樣：燈光亮起，保全系統要把這些人照個清楚。

香港加盟領區的草坪格遠近馳名——誰聽過可以停車的草坪？——也因為草坪的天線，全部看起來都像NASA那些長天線的設備。朝天空的是衛星上鏈，還有些迷你天線則是朝地，對準草坪格。

YT不是很懂，但這些小天線都是毫米波段雷達接收器。就跟所有其他雷達一樣，它們很會找出金屬物體。有別於空中交通控制中心的雷達，它們能辨認微小細節。系統的波長有多細，它就能認多細；而既然這個雷達的波長大約一毫米，它就能看到你補牙齒的填料、高筒帆布鞋上的釦眼、牛仔褲上的鉚釘，還算得出你口袋裡的零錢共值多少。

看見槍完全不成問題。這東西甚至看得出槍上膛了沒、裝哪種子彈。這是個重要功能，因為槍在李先生的大香港並不合法。

11

達五欸的電腦當機，他還在旁邊晃來晃去、探頭探腦，這樣感覺不太禮貌。一大堆年輕些的駭客就是那樣，藉此對其他駭客展現他們的博學多聞。阿浩不屑一顧，回頭朝搖滾明星象限走去。他還是想看看壽司K的髮型。

但那個日本人擋住他的去路——那個新傳統仔，帶刀那個。他和阿浩對峙，兩人之間隔著約莫兩把刀的距離，而且他看起來沒有要移動的意思。

阿浩拿出禮貌，彎腰鞠躬，直起身子。

商人就沒那麼禮貌了。他小心翼翼地上下打量阿浩，然後才回以鞠躬。算是啦。

「這些——」商人說：「很不錯。」

「謝謝你，閣下。如果你想，我們可以用日語交談。」

「帶刀的是你的替身，你在現實世界並沒有帶著這樣的武器。」商人以英語說道。

「抱歉沒順你的意，但事實上，我在現實世界就帶著這樣的武器。」阿浩說。

「跟這兩把一模一樣？」

「一模一樣。」

「那它們可是古老的武器。」商人說。

「對，我相信是這樣沒錯。」

「這麼重要的日本家族傳家寶怎麼會落入你手中？」商人問。

阿浩知道他的潛臺詞：你都拿這兩把刀來做什麼，小子？切西瓜嗎？

「它們現在是我的傳家寶了。」阿浩說：「我父親贏來的。」

「贏來？賭博嗎？」

「決鬥。我父親和一位日本軍官之間的一場苦戰，故事挺複雜的。」

「如果我誤解你的故事還請原諒，」商人說：「但在我印象中，你們民族的男人不准在戰爭中打鬥。」

「你的印象沒錯。」阿浩說：「我父親是個卡車司機。」

「那他怎麼會跑去跟日本軍官肉搏？」

「事件發生在某個戰俘營外面。」阿浩說：「我父親和另一名囚犯試圖逃走，一群日本士兵和原本擁有這兩把刀的軍官在追他們。」

「你的故事很難讓人相信，」商人說：「因為你父親不可能在逃脫的過程中倖存，還把刀傳給他兒子。日本是島國，他無路可逃。」

「這發生在戰爭的非常後期，」阿浩說：「戰俘營就在長崎外。」

商人語塞、臉轉紅，幾乎失去控制。他抬起左手握住刀鞘。阿浩環顧四周；其他人不知何時已讓出一個大約直徑十碼的圓，只剩他倆置身圓中央。

「你自認你是以高尚的方法獲得這兩把刀嗎？」商人問。

「如果不是，我早就物歸原主了。」

「那你就不會拒絕以同樣方式失去它們了。」

「你也不會拒絕失去你的刀。」阿浩說。

商人右手探向身體左側，緊貼著護手握住刀柄，拔刀甩向前，刀尖對準阿浩，然後左手緊靠右手握住刀柄。

阿浩也擺出同樣的姿勢。

他們雙雙曲膝，蹲低，同時維持身軀筆直，然後又站直，踩著碎步就恰當姿勢——雙腳平行，對準正前方，右腳在左腳前。

結果商人有一大堆殘心（*zanshin*）。把這概念翻譯成英文，就像是想把「fuckface」翻譯成日文，但或許可以翻譯為橄欖球用語中的「情緒強度」。他直接衝向阿浩，一邊聲嘶力竭地大吼。這動作實際上包含非常快速的碎步，因此他無時無刻都處於平衡狀態。他在最後一刻把刀高舉過頭，朝阿浩猛劈。阿浩舉刀側轉，刀柄來到他的臉左上方高處，刀身朝右下斜，在他上方搭起屋頂。商人的攻勢如雨落屋頂般彈開，阿浩側踏一步讓他掠過，刀朝他未受保護的肩膀砍下。不過商人移動得太快，阿浩錯過時機，刀砍在商人的側後方。

兩個男人轉身相對，退後，回復準備姿態。

當然了，「情感強度」傳達的意思還不到一半。這種翻譯粗糙又令人失望，會讓遭肢解的武士屍體在墳墓裡氣得跳腳。「殘心」這個詞層層疊疊加上了許多潤飾，你必須身為日本人才能理解。

而且老實說，阿浩覺得大部分都是偽神祕學的狗屁，他高中時的老橄欖球教練總是鼓勵他的人用百分之一百一十的實力打球，兩者等級根本差不多。

商人再次攻擊。這次頗直接了當：快速碎步逼近，然後朝阿浩胸腔方向劈砍。阿浩擋開。現在阿浩對這個商人有點了解了：跟大多數日本劍士一樣，他滿腦子只有劍道。

劍道之於真正的武士刀對戰，就好像擊劍之於真正的鬥劍：試圖把高度無組織、混亂、激烈、粗暴的衝突化為做作的遊戲。擊劍時，你只應該攻擊身體的某些部位——盔甲保護下的部位。擊劍時，你不能踢對手的膝蓋骨或在他的頭上砸爛一張椅子。而且這些判斷完全主觀。劍道中，你有可能扎扎實實擊中對手卻沒得分，因為裁判認為你殘心不足。

阿浩一點殘心也沒有。他只想要了結這件事。下一次商人又發出撕裂耳膜的尖叫並碎步奔向阿浩，刀又砍又劈，阿浩擋開攻擊，轉身，將他的腿沿膝蓋上方斬斷。

商人摔倒。

需要大量的練習才能讓你的替身在元宇宙像真人一樣移動。你的替身一失去腿，所有技巧就煙消雲散。

「欸，我的老天！」阿浩說道：「看喏！」他的刀往兩邊各揮一下，卸下商人的兩條前臂，商人的刀鋃鐺落地。

「該把烤肉的老火堆升起來囉，傑米瑪！」阿浩的刀又橫向一揮，把商人的身體沿肚臍上方砍成兩半。然後他彎下腰，直視商人的臉。「沒人跟你說，」他不再用方言說話：「我是個駭客嗎？」

然後他砍掉那傢伙的頭。頭落地，滾了半圈，停下來後直勾勾瞪著天花板。阿浩退後幾步，喃喃說：「保險箱。」

一個頗大、每邊約一公尺長的保險箱出現在天花板下方，下墜，直接落在商人的頭上。撞擊的力量把保險箱和頭一起撞穿黑日的地板，留下一個方正的洞，露出底下的隧道系統。遭肢解的身體散落各處。

此時此刻的某處，或許是在倫敦的一間高級旅館，或許是在東京的一間辦公室，甚或在洛東極，洛杉磯／東京極音速飛機的一間頭等休息室內，一名日本商人坐在他的電腦前，臉紅紅、汗涔涔，看著黑日名人堂。他和黑日的連結被切斷了，一定程度上可以說是從元宇宙斷開，他現在正看著平面的顯示器。有史以來排行前十的劍士連同他們的照片一起展示在他眼前。下方是一列捲動的數字和名字，從第十一名開始排列。如果他想找出自己的排名，他可以把名單往下捲。螢幕殷勤地通知他，在八百九十名曾於黑日參與劍術決鬥的人之中，他名列第八百六十三。

第一名，照片與名字排在名單最上方，這個位置屬於英雄阿浩。

12

吳氏保全企業半自動護衛單位Λ-367號住在一個宜人的黑白元宇宙，在這個世界，上等丁骨牛排長在樹上，低掛在頭部高度的矮枝，血淋淋的飛盤毫無緣故飛過清新涼爽的空氣，直到被你接住。

他有一個完全屬於自己的小庭院，四周附圍籬。他知道他不能跳過圍籬。他沒真的試過，因為他知道他不能。除非有必要，否則他不會去庭院。外面很熱。

他有一份重要的工作：保護庭院。有時候有人進去或離開庭院。他們大部分是好人，他不會去找他們麻煩。他不知道他們為什麼是好人，就是知道而已。有時候出現壞人，他就必須對他們做一些壞壞的事好把他們趕走。這樣做合適又恰當。

這個庭院之外的世界還有其他庭院，裡面有其他跟他一樣的狗狗。他們不是討厭的狗。他們都是他的朋友。

最近的鄰居狗狗非常遠，遠在他看不見的地方。但壞人接近他的庭院時，有時候聽得見這隻狗狗吠。他也聽得見其他鄰居狗狗，他們有一整群，朝四面八方分布到遠方。他是一大群乖狗狗中的一份子。

只要有陌生人進入他和其他好狗狗的庭院，甚或只是被他們聽見，他們就吠。陌生人聽不見他，但狗群裡的其他狗狗聽得見。如果他們住在附近，他們會興奮起來。他們醒來，萬一陌生人打算進入他們的庭院，他們隨時準備好對陌生人做壞壞的事。

鄰居狗狗對陌生人吠時，圖像、聲音和味道也跟著吠叫聲一起進入他腦中。他突然就知道陌生人什麼長相、什麼味道、發出什麼聲音。然後，萬一那陌生人來到他的庭院附近，他會認出他。他會幫忙把吠叫聲傳給其他乖狗狗，好讓整個狗群都做好準備對抗陌生人。

今晚，半自動護衛單位A-367號在吠，不只是把其他狗狗的吠叫聲傳給狗群而已。他吠是因為發生在他庭院裡的事令他非常興奮。

首先，有兩個人進來。這令他興奮，因為他們進來得很快。他們的心臟跳得很快而且在流汗而且有恐懼的味道。他看著這兩個人，想弄清楚他們有沒有帶壞東西。

小傢伙帶的東西不太好，但還不算壞。大傢伙帶著非常壞的東西，但他莫名就是知道大傢伙沒問題。大傢伙屬於這個庭院，他不是陌生人；他住在這裡。小傢伙是他的客人。

他還是感覺到有刺激的事發生。他開始吠。庭院裡的人沒聽見他吠，不過在遙遠的地方，狗群裡的所有好狗狗都聽見他了，在聽見的同時，他們也看見這兩個害怕的好人、聞到他們、聽見他們。

然後更多人進入他的庭院。他們也很興奮；他聽得見他們的心跳。他聞到又熱又鹹的血在他們的血管裡唧動，他的嘴裡湧出口水。這些人興奮又生氣，而且只有一點點害怕。他們不住在這裡，他們是陌生人。他不太喜歡陌生人。

他看著他們，發現他們帶著三把左輪，一把點三八，兩把點三五七麥格農；點三八裝空尖彈，其中一把點三五七裝鐵氟龍子彈，扳機已扣；泵動式霰彈槍裝鹿彈，已經有一顆子彈上膛，彈倉裡還有四顆子彈。陌生人帶的東西很壞。恐怖的東西。他亢奮起來，生氣起來。他有點害怕，但他喜歡害怕，對他來說，害怕和亢奮是同一件事。他實際上只有兩種情緒：睡覺和腎上腺素超載。

拿霰彈槍的壞陌生人舉起武器！

真是糟糕透頂。一大堆亢奮的壞陌生人帶著邪惡東西入侵他的庭院，來傷害好訪客。受一股純粹、凶猛的白熱情緒驅使，他從他的狗屋竄出來，差點來不及對其他乖狗狗吠出警告。

ＹＴ用她的邊緣視覺看見一陣短暫的閃光，聽見一陣哐啷聲響。她朝那方向望，看見光來自某種嵌在香港加盟區牆上的狗門。在非常短暫之前的剛才，狗門被某個從裡面出來的東西撞開，那東西以榴彈砲彈的速度與決心衝向草坪格。

這一切在ＹＴ腦中留下印象的同時，她聽見吉仔們叫喊。不是憤怒也不是害怕的叫喊，還沒人有時間害怕，是那種某人剛被一桶冰水當頭淋下的叫喊。

叫喊聲未歇，她還在把頭轉到吉仔們的方向，狗門又爆出另一道光。她眨掉殘影，覺得自己看見某個東西。門朝內甩上的時候，在那模糊的一瞬間，有一道長圓形的影子橫切過光。不過當她對準焦距，卻只看見擺動的門，看起來並沒有什麼不同。這是唯一留在她腦中的印象，不過還有另外一個細節：在這耗時一秒的事件中，一道火花從狗門舞過草坪格到吉仔的位置，再原路返回，就像沖天炮掠過地上。

他們說類鼠用四條腿奔跑。或許它的機器腿附的爪子為了抓地力而刨入草坪格，這才弄出那些火花。

吉仔們都在動。有些人剛剛被抓起來朝草坪格摔，這時還在地上反彈打滾；其他人則摔到一半。他們都被繳械了。他們伸出非慣用手緊握持槍的手，還在鬼吼鬼叫，不過現在聲音染上一定程度的恐懼。其中一個人的長褲從腰帶一路扯破到腳踝，一條布拖過地上，彷彿剛剛有人想偷他口袋裡的東西，但太過緊急，離開前來不及放開口袋。這傢伙的口袋裡說不定有一把刀。

沒任何人流血。類鼠很精確。他們還是捧著手鬼吼鬼叫。他們說的大概沒錯，類鼠想叫你鬆手的時候會電擊你。

「注意，」她聽見自己這麼說：「他們有槍。」

阿浩轉過來對她露齒而笑。他的牙齒非常白，而且端正；他的笑很銳利，肉食性動物的笑。「不對，他們沒有。槍在香港是違法的，記得嗎？」

「他們一秒前還有。」ＹＴ瞪大眼，搖著頭說。

「都被類鼠拿走了。」阿浩說道。

吉仔一致同意他們最好還是離開。他們跑出去，跳上計程車，匆匆離開，輪胎尖叫。

ＹＴ把只剩輪框的計程車倒車出來，壓過重胎損回到街上，討人厭地併排停車。她回到香港加盟區，星雲般的芳香劑像彗星尾一樣跟著她。說也奇怪，她在想跟英雄阿浩一起爬到後座待一會兒會是什麼滋味。多半很不錯。那她就得取下陰牙，但這裡不適合。而且，他正前來幫助她逃離鋃鐺獄，對像他這樣的人來說，跟十五歲的少女發生關係多半會讓他良心不安。

「妳人真好。」他朝停好的計程車點頭。「妳還要幫他出輪胎的錢嗎？」

「沒。你要嗎？」

「我有些金流上的問題。」

她就站在香港草坪格中央。他們小心翼翼地打量對方。

「我有打給我男朋友，但他沒來。」她說道。

「也是滑板狂？」

「一樣。」

「妳犯了我也犯過的錯。」他說。

「什麼？」

「把工作和享樂混為一談，跟同僚交往。情況會變得亂七八糟。」

「是啊，我了解你的意思。」她不太確定同僚是什麼。

「我剛在想，我們應該搭檔才對。」她說。

她以為他會哈哈大笑，但他只是露齒而笑，並輕輕點頭：「我也是。但我得思考一下會變成什麼樣子。」

她大吃一驚，沒料到他真的會想這件事。然後她馬上就反應過來：他在敷衍，也就是說他多半在說謊。最後的下場多半是他試著把她弄上床。

「得走了。」她說：「我要回家。」

現在來看看他多快對搭檔這想法失去興趣。她轉身背對他。

突然間，他們又被香港機器人探照燈鎖定。

YT感覺肋骨一陣挫傷般的疼痛，像是有人揍了她一拳。但不是阿浩。他是個無法預料的怪胎，身上還帶著刀，但她從一英里外就聞得出一個人會不會揍女生。

「噢！」她扭身躲開那衝擊。她低頭，看見一個又小又沉的東西在他們腳邊的地上彈跳。外面的街上一輛老爺爺計程車輪胎尖叫，逃之夭夭。一個吉仔掛在後車窗外，拳頭朝他們揮動。他剛剛一定用石頭丟她了。

不過那並不是石頭。那個在她腳邊的沉重玩意兒，那個剛剛從YT胸口彈開的東西，是顆手榴彈。她盯著看了一秒，認出那是什麼，一個化為現實的知名卡通圖。

然後她的腳被從下方撞翻，快得來不及痛。她還在努力弄清楚方向的時候，停車場另一邊傳來震耳欲聾的爆炸聲。

然後一切終於靜止一段夠長的時間，好讓他們看見、理解。

類鼠停下來了，但他們從不停的。你永遠看不見他們，這是他們的部分神祕之處。沒人知道他們長什麼樣子。

除了YT和阿浩，此時此刻。

比她想像中大，體型類似挪威納犬，被像犀牛身上一樣交疊的硬板切割成一塊一塊。腿很長，像獵豹一樣高度彎曲以發揮力量。大家一定是因為尾巴才稱它們為類鼠，因為也只有這部位像老鼠——長得不可思議又有彈性，但是看起來像肉被強酸腐蝕掉的老鼠尾巴，因為完全由一段段的節構成，幾百節整整齊齊接在一起，彷若脊椎骨。

「我的老天爺啊！」阿浩說道。根據他這一句，她因而知道他之前也沒見過類鼠。

現在那條尾巴盤起堆在類鼠的身體上，像是一根從樹上掉下來的繩索。有些地方想動，其他地方看起來像死了一樣沒生命力。腿一條接一條動，斷斷續續，動作並不協調。整體而言看起來非常不對勁，像是一段連續鏡頭，拍攝的是一架機尾被炸掉的飛機，正努力設法降落。就算不是工程師也看得出來這隻類鼠徹底反常又古怪。

尾巴像條蛇一樣扭動、揮甩、展開、從類鼠的身體上抬起，不再擋住它的腿，但腿還是有問題；它站不起來。

「YT，」阿浩這麼說著：「不要喔。」

她沒聽勸，一步接著一步走近類鼠。

「它很危險；怕妳沒注意到跟妳說一聲。」阿浩跟在她幾步之後。「他們說它身上有生物零件。」

「生物零件？」

「動物器官。所以有可能不可預料。」

她喜歡動物。她繼續前進。

她現在看得比較清楚了。類鼠並不完全由盔甲和肌肉構成。很多地方其實看起來有點脆弱。有些短而粗硬、像翅膀的東西從它的身體突出：兩邊肩膀各一個大的，一排比較小的沿脊椎排列而下，就像劍龍一樣。她的騎士護目鏡顯示這些東西燙得能在上面烤披薩，而且看似隨著她靠近而展開、伸長。

翅狀物像教學影片裡的花朵一樣綻放、開展，露出精細複雜的內部構造，但裡面的所有東西垮成一團。每根短翅分裂成更小的副本，副本又分裂成更小的副本，一直分裂下去。最小的副本只是小之又小的金屬薄片，真的太小了，從一段距離外，短翅的邊緣看起來模糊不清。

持續加溫。小短翅現在幾乎變得紅熱。YT把護目鏡推到額頭上，雙手圈住臉以阻隔四周的光，果真能看見短翅開始散發暗淡的棕色光輝，就像剛剛點著的電子爐加熱圈。類鼠身體下的草開始冒煙。

「小心，它們體內應該有非常麻煩的同位素。」阿浩在她身後說道。他拉近一點距離，但還是落在很後面。

「同位素是什麼？」

「一種會發熱的放射性物質，類鼠的動力來源。」

「怎麼關掉？」

「沒辦法啊，它會一直發熱直到熔掉。」

YT現在距離類鼠只剩幾英尺了，她的臉頰感覺到那股熱氣。短翅已經盡可能展開，根部是橘黃色，朝外漸層為紅色、棕色，精細的邊緣維持暗色。草燃燒冒出刺激性的煙，遮蔽了一些細節。

她心想：短翅的邊緣看起來很眼熟。看起來像窗型空調外側的薄金屬葉片，可以用手指摳下來在上面寫自己名字的那東西。

或是像車上的散熱器，風扇把空氣吹過散熱器以降低引擎溫度。

「有散熱器，」她說：「類鼠有散熱器好降低溫度。」她在這個緊要關頭蒐集情報。

但並沒有降溫，反而愈來愈熱。

YT在車流中滑來滑去討生活。那是她的經濟利基：打敗車流。她知道車高速開在開放的高速公路上並不會過熱，卡在車陣裡的時候才會。因為當車靜止不動，就不會有足夠的空氣吹過散熱器。

類鼠現在就是這情況。它必須持續移動，迫使空氣持續吹過它的散熱器，否則就會過熱熔掉。

「酷。」她說：「不知道會不會爆炸還是怎樣。」

類鼠的身體末端漸細收攏為尖銳的鼻子，前端陡然下折，有一個黑色玻璃罩，像戰鬥機擋風玻璃一樣銳利掃視。如果類鼠有眼睛，應該就是從這裡向外看。

在那之下，原本應該是下顎所在之處只剩下某種機械構造的殘骸，大部分都被手榴彈的爆炸炸掉了。黑色擋風玻璃——或面罩，或隨便你怎麼稱呼那東西——也被炸穿一個洞，大得足以讓YT把手穿過去。洞內很暗，尤其旁邊就是散熱器的亮橘色強光，她看不清楚裡面。但她看得見有紅色的東西從裡面流出來。這可不是變速箱油。類鼠受傷了，而且正在流血。

「這東西是真的，」她說：「血管裡流的是血。」她在想：這是情報。**這是情報**。我可以靠這和我的夥伴——我的伴——阿浩一起賺錢。

然後她又想：這可憐的東西正要把自己活活燒死。

「不要喔。不要碰它，YT。」阿浩說道。

她走到類鼠旁邊，把護目鏡翻下來保護臉不受熱氣蒸烤。類鼠的腿不再不協調地動來動去，彷彿正在等她。

她彎下腰，抓住它的前腿。腿回應，在她的拉扯下收緊推桿肌肉，感覺就像拉著一條狗的前腿要牠跳舞。這東西是活的，牠[17]對她有反應。她知道。

她抬頭看阿浩，只是要確認他是不是都看見了。他是。

「混蛋！」她說：「我伸出脖子說我想跟你搭檔，你說你要想想？你有什麼毛病？我不配跟你搭檔嗎？」

她往後靠，開始把類鼠往後拖過草坪格。輕得不可思議，難怪跑那麼快。她可以把牠抱起來，前提是她想把自己活活燒死。

她拖著牠朝狗門退去，牠在草坪格烙下一道發黑、冒煙的痕跡。她看見蒸氣從她的連身衣冒出來，冷汗和有的沒的從布料蒸散。她體型夠小，鑽得進狗門——另一件她做得到而阿浩沒辦法的事。她以前亂搞過這種門，知道它們一般來說都會上鎖，但這個開了。

進去後，加盟區明亮、潔白，腳下是機器人上蠟的地板。距離狗門幾英尺的地方有個看似黑色洗衣機的東西。這是類鼠的小屋，牠潛伏在裡面的黑暗與隱密中等待工作召喚。一條從牆上延伸而出的粗電線連結小屋與加盟區。此時小屋的門敞開，另一個她沒見過的景象。蒸氣從小屋內滾滾湧出。

不是蒸氣，是涼爽的東西。就像你在潮溼的一天打開你家冷凍櫃。

她把類鼠推進牠的小屋。某種冰涼的液體從所有牆上灑出來，還沒碰到類鼠的身體就化為蒸氣，而蒸氣竄出小屋正面，那力量如此之大，撞得她一屁股摔倒。

---

17 YT現在開始認為類鼠是活的，因此改用「牠」。

長尾巴垂在小屋正面外，橫過地板，末端在狗門外。她撿起一段，脊狀尾經機器加工的尖銳邊緣刺穿她的手套。

尾巴突然繃緊、活起來、振動片刻。她猛力縮手。尾巴像彈射的橡皮筋一樣射回小屋內。她甚至沒看見它動。小屋門接著便猛地關上。一個工友機器人，也就是帶腦子的吸塵器，這東西從另一個門嗡嗡響著跑出來清理地板上那道長長的血跡。

她上方面對大門的門廳牆上掛著一幅加框的海報，外面還掛著一圈徹底枯萎的茉莉花花環。海報包含一張李先生開懷咧嘴笑的照片，下方則是慣常的聲明：

歡迎！

歡迎所有優良百姓來到香港。無論你是嚴肅的生意人，還是來找樂子的玩咖，請完全把我們這個破敗的地方當成自己家。若有任何不周之處，請告訴我，我將盡一切可能令你滿意。

我們大香港對我們這個小國家的過度成長深感驕傲。有些人把我們這個小島當成只是淺嚐一小口紅色中國的樂趣，他們看見許多了不起的所謂舊時護衛政權在我們飛躍的大步與衝勁十足的疾行、高科技個人成就的自由風格與所有人皆可獲得的改善之前驚愕暈眩，他們只能把臉埋進深切的驚愕中。所有種族與人類在三大原則旗幟下融合的可能性遵循：

一、情報、情報、情報！

二、完全公平的市場活動！

三、周密的生態！

此可能性在經濟衝突的歷史中向來無與倫比。

誰會不屑於認同這飄揚的旗幟？若你尚未獲得香港公民權，現在就申請護照！本月將優惠免除一般的港圓一百元費用。現在就填寫（下方）聯票。如聯票已用罄，請立即撥打1-800-HONG KONG在我們乾瘦的總機幫助下申請。

李先生的大香港是一個私有、完全非屬地球、主權獨立的類國家實體，不受任何其他國族承認，與現為中華人民共和國一部分的前英國直轄殖民地香港毫無關係。對李先生，亦即大香港之政府乃及其公民，或對當地法律的任何違逆、個人傷害，或發生於其領土、建築、自治區、機構，或李先生的大香港所擁有、占據或主張所有權的不動產之財產損害，中華人民共和國皆不承認亦不接受自身有任何責任。

立即加入我們！

你進取的夥伴，

李先生

回到涼爽的房子裡後，半自動護衛單位A-367號在嗥叫。

在外面的庭院時非常熱，他感覺很差。只要出去庭院，他都會變得很熱，除非他一直奔跑。他剛剛受傷，需要躺下很長一段時間時，他覺得這輩子沒那麼熱過。

現在他不覺得熱了，但還是很痛，他正發出受傷嗥叫，告訴所有鄰居狗狗他需要幫忙。他們覺得傷心、難過，並重複他的嗥叫，傳給其他所有狗狗。

不久，他聽見獸醫的車靠近。好獸醫會來讓他覺得好一點。

他又開始吠。他在告訴所有其他狗狗壞陌生人是怎麼來這裡傷害他。還有他在外面的庭院不得不躺下時有多熱。還有那個好女孩是怎麼幫助他、帶他回他涼爽的房子。

就在香港加盟區的正前方，YT注意到有一輛豪華大轎車停在那裡好一陣子了。她不用看車牌就知道車屬於黑幫。只有黑幫開那種車。車窗貼了黑色遮光膜，但她知道有人在裡面看著她。他們是怎麼做到的？到處都看得見這種豪華大轎車，但沒人看過它們移動，沒看過它們開到任何地方。她甚至不確定車上到底有沒有引擎。

「好啦。對不起。」阿浩說：「我自己的事我自己顧，不過妳挖得到的所有情報都算我們合夥。五五分。」

「成交。」她說著踏上滑板。

「隨時打給我。妳有我的名片。」

「嘿，說到這，你的名片上寫你專精三種軟體。」

「對啊，音樂、電影和微碼。」

「有沒有聽過偉大力・車諾比與反應爐核心熔毀？」

「沒，樂團嗎？」

「對啊。最偉大的樂團。你了解一下吧，兄弟，這個樂團會是下一個天團。」

她滑到路上，叉上一輛繁盛綠地車牌的奧迪。這輛車應該能帶她回家。媽多半上床了，假裝睡覺，實際上在擔心。

她在距離繁盛綠地半個街區外解叉奧迪，靠慣性滑進一家麥當勞。她走進女用洗手間。裡面是輕鋼架天花板。她站在第三間廁所的馬桶上，把一片層板推到一旁。一條印有雅緻花朵圖案的棉質袖子掉了下來。她扯了扯袖子，把整套衣服一起拉下來，包含上衣、百褶裙、薇琪牌內衣、皮鞋、項鍊與耳環，甚至連他媽的手提包都有。她脫掉激酷系連身衣捏成一團、塞到天花板上，再把層板放回去。然後她穿上那套衣服。

現在她看起來就跟她今天早上跟媽一起吃早餐時一模一樣。

她帶著她的滑板沿街道走去繁盛綠地；在這個地方，拿著滑板是合法的，但把滑板放在混凝地面就不行了。她把她的護照朝邊界海關一閃，沿嶄新的人行道走四分之一英里，進入前廊燈亮著的那棟房子。

媽跟平常一樣坐在她的窩裡面對著電腦。媽為聯邦政府工作。阿聯薪水不多，但他們必須賣命工作以示忠誠。

YT走進去，看著她母親。她癱在椅子裡，雙手像是在跳折手舞一樣捧著臉，只穿襪子的腳抬得老高。她老是穿這些看起來像抹布、便宜得要命的聯邦長襪；走路時兩條大腿在裙子下摩擦，發出窸窸窣窣的聲音。桌上有一個任重道遠的密封塑膠袋，裡面裝滿幾個小時前還是冰塊的水。YT看了看媽的左手臂。她捲起袖子露出新鮮的瘀傷，位置就在手肘上方，他們都把壓脈帶放在這個位置。每週聯邦測謊。

「是妳嗎？」媽吼道，沒發現YT已經進來房間了。

YT退回廚房，才不會嚇到她母親。「對，媽。」她吼回去：「今天過得怎麼樣啊？」

「我好累。」媽說。她總是這麼說。

YT從冰箱偷拿一罐啤酒，放熱水準備泡澡。隆隆水聲讓她放鬆，就像媽床頭櫃上的白噪音生成機。

13

被切成好幾塊的日本商人躺在黑日地板上。令人驚訝的是（他還完整的時候看起來好真實），阿浩用刀在他身體切出來的新橫截面看不到任何肉、血或器官。他不過是一層薄薄的外殼，一個無比複雜的充氣娃娃。但空氣並沒有從他的身體流洩，他沒有崩塌，你可以從刀劃開的口子望進去，看見的並不是骨頭與肉，而是對面的皮膚的背面。

隱喻就此破滅。替身的表現不像真正的人體，這讓黑日的所有客人想起他們其實置身奇幻世界。大家都討厭被提醒這件事。

阿浩寫黑日的劍術決鬥演算法時——整個元宇宙後來都學會這套程式碼並加以採用——他發現沒有什麼收尾的好方法。替身不該死掉，不該解體。元宇宙的創造者沒有病態到預見有此需要，但是劍術決鬥的重點就在於切開某人並殺死他。因此阿浩必須把某些東西拼湊起來，元宇宙才不會隨著時間過去而變得到處都是失去生命、遭肢解但永不腐朽的替身。

因此，當有人劍術決鬥落敗時，會發生的第一件事是他的電腦將切斷與全球網路也就是元宇宙的連線，他被直接踢出系統。在元宇宙中，模擬死亡最多只能做到這種程度，不過實質上其實只會讓使用者極度惱怒而已。

接下來，使用者會發現自己有幾分鐘的時間無法再進入元宇宙。他無法再次登入，因為他那個遭肢解的替身還在元宇宙內，而規則是你的替身不能同時出現在兩個地方。所以使用者在他的替身被處理掉之前都無法再登入。

被大卸八塊的替身則由墓園精靈處理，這是阿浩發明的元宇宙新功能。它們是輕盈的小小人形，像忍者一樣一身黑，連眼睛也沒露出來。它們安靜又有效率。阿浩從前一位對手被大卸八塊的屍體旁退開時，它們已經從黑日地板上的隱形暗門現身，鑽出陰曹地府，聚集在倒下的商人身上。不出幾秒，它們已經把屍塊收進黑色袋子，再從來時的祕密暗門爬回去，消失在黑日地板下的隱藏隧道中。幾個好奇的客人試著跟上，試著撬開暗門，但他們替身的手指除了平滑的消光黑之外什麼也沒找到；只有墓園精靈可以進出隧道系統。

阿浩也連帶可以。但他很少進去。

墓園精靈把替身帶去火葬場，一個永恆燃燒的火堆，位於黑日中央地底，然後燒了替身。一旦火焰吞噬替身，它便從元宇宙消失，然後擁有者便能如常登入，創造一個在元宇宙內跑跑跳跳的新替身。不過，但願他下次會更謹慎、更有禮貌。

阿浩抬頭注視圍成一圈拍手、吹口哨、歡呼的替身們，發現他們正在慢慢消失。整個黑日現在看起來像投影在一層薄紗上。強光從薄紗的另一邊透射過來，蓋過影像，然後整個消失。

他拔下示鏡，發現自己站在你來儲的停車場，手上拿著出鞘的武士刀。

太陽剛下山。十幾個人拉開一大段距離圍繞著他，躲在停放的車輛後，等著他的下一步。其中大多數人相當害怕，不過有幾個興奮透了。

他們的二十乘三十單位門沒關，偉大力·車諾比就站在門口。燈光從後方打亮他那頭用蛋白和其他蛋白質定型的頭髮。那些物質折射燈光，映出小幽靈般的細小碎片，被集束炸彈炸過的彩虹。眼前，阿浩的電腦把黑日的縮小版影像投射在偉大力的屁股上。他正搖搖晃晃地輪流單腳站立，彷彿在這麼一大早，雙腳同時踩在地上這件事太過複雜，他應付不了，而且他還沒決定要用哪一隻腳。

「你擋到我了。」阿浩說道。

「該走了。」偉大力說道。

「你現在跟我說該走了？我等你起床等了一小時耶。」

阿浩走近時，偉大力遲疑地看著他的刀。偉大力的眼睛又乾又紅，下唇有一塊小橘子那麼大的潰瘍。

「你打贏了嗎？」

「當然操他媽的打贏了。」阿浩說：「我可是全世界最厲害的劍士。」

「而且那個軟體是你寫的。」

「對，也是。」阿浩說道。

偉大力．車諾比與反應爐核心熔毀搭乘遭劫持的其中一艘前蘇聯難民貨輪來到長堤，他們成扇形在南加利福尼亞散開，找尋開闊的強化混凝地面，要像基輔的那些一樣寬敞、不毛。他們並不是思鄉，而是需要這樣的環境以練習他們的音樂。

當時的洛杉磯河是一處自然遺跡，有許多很不錯的旱橋。他們只需要跟隨滑板人去到他們很久以前便發現的祕密之地就好。滑板狂和原子模糊油漬共同體在相同的環境茁壯成長。偉大力和阿浩這會兒就是要去那裡。

偉大力有一輛老到不行的福斯T3，這種車附升降車頂，可以將就當作露營車用。他以前住在裡面，在街上或各地的打盹巡航加盟店暫居，直到遇上英雄阿浩。現在，露營車的所有權尚有爭議，因為偉大力欠阿浩的錢多過車子就技術上而言的價值，因此他們共享這輛車。

他們把露營車開到你來儲的另一邊，按喇叭、閃車頭燈驅趕卸貨碼頭中的一百個小小孩。這可不是遊樂場，小鬼們。

他們謹慎地穿過一條寬敞的通道，沿途的每一英寸都在道歉，因為他們踩過了小馬雅營地、佛教神龕，還有嗑了暈陶陶、蘋果派、毛茸茸嗡嗡響、納瑟嗑斯、芥末之類的東西之後石化的白種垃圾。這地方需要清掃：用過的注射器、快克瓶、燒焦的湯匙、菸斗柄。還有很多約莫拇指大小的小透明塑膠管，一端附紅色蓋子。有可能是快克瓶，但蓋子還在，毒蟲才不會那麼講究，還把蓋子蓋回空藥瓶。一定是阿浩沒聽過的新玩意兒，裝毒品的麥當勞聚苯乙烯漢堡盒。

他們推開一扇防火門，進入你來儲的另一區，這裡看起來跟上一區一模一樣（美國的所有東西看起來都一模一樣，現在沒什麼變革了）。右邊的第三個置物櫃屬於偉大力，這是個不起眼的五乘十單位，他實際上就把它拿來發揮它原本的用途：儲物。

偉大力走到門邊，開始努力回想掛鎖的密碼，過程涉及一定程度的隨機猜測。終於，掛鎖啪的一聲彈開。偉大力拉開鎖門，推開門，在毒品用品間劃過一個乾淨俐落的半圓。這個五乘十單位的大部分空間都被兩臺大型四輪平臺手推車占據，擴音器和揚聲器高高堆在車上。

阿浩和偉大力把車推到卸貨碼頭，把東西搬上露營車，再把空推車推回五乘十。技術上來說，這兩臺推車是公共財產，但沒人相信那套。

到音樂會場地的這段車程很長；在洛杉磯以科技為中心的宇宙觀點中，速度就是神，但因為偉大力摒棄這種想法，喜歡腳踏實地、維持時速三十五英里，車程就顯得更漫長了。而且交通狀況也不好。因此阿浩把他的電腦插上點菸器，示入元宇宙。

他不是透過光纖纜線連結網路，因此與外在世界的所有通訊都必須透過無線電波，這種連線方式慢上許多，而且也不可靠。進入黑日太不實際——視覺和聽覺效果都很差，其他客人眼中的他也會像是某種黑白人。不過進入他自己的辦公室沒問題，因為辦公室就是在他的電腦肚子裡生成，而電腦這會兒就在他大腿上；進入辦公室不需要跟外在世界有任何連結。

他在他的辦公室內現身，就在大街旁那個駭客社區的美好小房子裡。一切都頗日式：地板鋪榻榻米；書桌是一塊寬大、偏紅色、未經加工的桃花心木；銀色雲光篩過米紙牆；他面前的一扇推門滑開，露出庭院，潺潺小溪從中流過，還有硬頭鱒不時跳出來捕食蒼蠅。技術上來說，池塘裡應該滿是鯉魚才對，但阿浩的美國血統夠濃厚，他認為鯉魚是不可食用的恐龍，只會窩在池底吃髒東西。

有個新東西：一顆約莫葡萄柚大小的球飄浮在他眼前大約一臂之外的空中，完美精細地表現出地球。阿浩聽說過這東西，但從來沒見過。這是個中情司軟體，名字就叫地球。中情司用這個使用者介面掌握它轄下所有空間的情報動態——所有地圖、天氣資料、建築平面圖，與衛星監測之類的。

阿浩想過，過個幾年，如果他在情報這行真得幹得很不錯，他會賺到夠多錢，就能夠訂閱地球，也在他辦公室裡擺一個。現在這顆球突然冒出來，還不收錢，他只想得到一個解釋：一定是華妮姐給他的。

但重要的事優先。巴別爾／資訊末日卡還在他的替身口袋裡，他把卡拿出來。

其中一片構成他辦公室牆面的米紙門推開。阿浩可以看見另一邊有個原本並不在那裡的昏暗大房間；顯然華妮姐進來過，還幫他家加裝了個大東西。一個男人走進辦公室。

圖書館員精靈是個討人喜歡的五十多歲男性，一頭銀髮，蓄鬍，一雙明亮的藍色眼睛，襯衫外罩V領毛衣，搭配粗織花呢感的羊毛領帶；領帶拉鬆，袖子捲起。雖然只是軟體，他還是有理由心情好；彷彿蜘蛛舞過交互參照的大網，他可以敏捷地在圖書館內幾近無限的一堆堆資料間穿梭。中情司的所有軟體中，唯一成本比地球還高的就是圖書館員；他唯一做不到的事是思考。

「是的，先生。」圖書館員說道。他很熱切，但又沒有那種討人厭的爽朗；他的雙手在身後交握，壓著前腳掌微微往前擺，眉毛期待地從閱讀眼鏡上方揚起。

「巴別爾是巴比倫的一個城市，對吧？」

「它過去是一個傳說中的城市。」圖書館員說道：「《聖經》中稱巴比倫為巴別爾。這是個閃語詞彙；巴別（bob）意指大門，爾（el）則意指神，因此巴別爾意指『神之門』。但這個詞可能也多少為一種擬聲，模仿人以難以理解的方式說話。《聖經》充滿雙關。」

「他們建了一座通天塔，然後被神摧毀。」

「這是個普遍遭誤解的故事。神並沒有對塔做任何事。『而耶和華說：「看哪，他們都是同一個種族，全部說著同一種語言；之於他們將來的作為，這只是開端而已；無論他們今後想做什麼，現在對他們來說都沒有不可能的了。來吧，讓我們下去，去那裡擾亂他們的語言，讓他們不再能理解別人的言詞。」所以耶和華讓他們從那裡四散於世界各地，而他們停止建造城市。因此稱其為巴別爾，因為耶和華在那裡擾亂了地上的所有語言。』創世紀11：6-9，修訂標準版。」

「所以塔沒有被摧毀，只是不繼續蓋了。」

「正確，塔沒有被摧毀。」

「但那是假的。」

「假的？」

「或可證實為假。華妮妲認為《聖經》中沒有或可證實為真和或可證實為假的陳述。如果或可證實為假，那麼《聖經》就是一個謊言；如果或可證實為真，那就證明了神的存在，信仰便沒有存在的空間。巴別爾的故事或可證明為假，因為如果他們建了通天塔，而且沒有被神摧毀，那麼塔仍會存在於某處，或至少留下可見的遺跡。」

「若假設塔極其高聳，那麼你就是在以過時的閱讀材料為基礎。對塔的實際描述文字為『頂部通天』。數世紀以來對此的解讀都是表示塔的頂部如此之高，上達天國。但在最近一個世紀左右，隨著真正的巴比倫塔廟出土，考古學家發現占星圖——天空的圖像——刻畫在塔廟頂部。」

「噢，好，所以真正的故事是他們建了一座頂部畫上天空的塔。比起上達天國的塔，這種說法有道理多了。」

「不只是有道理而已。」圖書館員提醒他：「確實發現有這樣的建築物。」

「總之你是說，當神生氣、懲罰他們，塔本身並沒有受影響。但因為一場資訊災難——他們沒辦法跟彼此說話——他們只能停止建造塔。」

「『災難』是個占星詞彙，意指『災星』。」圖書館員說道：「抱歉——但由於我的內部構造，我很不擅長不合邏輯的推理。」

「沒關係，真的。」阿浩說：「你是個很不錯的軟體。說起來，你是誰寫的？」

「大部分由我自己撰寫。」圖書館員說：「也就是說，我擁有根據經驗而學習的固有能力。但這能力最初是由我的創造者編入。」

「是誰？我說不定認識。」阿浩說：「我認識很多駭客。」

「我的創造者本身並不是專業駭客，而是一位國會圖書館研究員，他靠自學學會寫程式。」圖書館員說：「他致力於解決一個共通問題，也就是在廣袤的無關細節中篩揀資料以找出有意義的資訊寶石。他的名字是艾曼紐．拉荀斯（Emanuel Lagos）博士。」

「我聽過這名字。」阿浩說：「所以他算是個超級圖書館員。真有趣，我原本以為他是在中情司廝混的舊CIA情報員。」

「他不曾任職於CIA。」

「好。再來工作一下吧。查詢圖書館中所有有關L．巴布．萊富的開放資料，再依時間順序排列。重點在於開放。」

「電視與報紙，是的，先生。請稍等，先生。」圖書館員說道。他轉過身，踩著生膠鞋底離開。阿浩把注意力拉回地球。

精細的程度令人讚嘆。那解析度、那清晰度；阿浩光看就知道這個軟體不簡單，任何一個懂電腦的人也一樣。

不光是大陸和海洋而已。它看起來完全就是從洛杉磯正上方的地球自轉同步軌道看地球，而且附天氣系統——旋繞的巨大雲團盤踞於在球體表面上方，在大海投下灰色影子——還有消退、碎裂落入海中的極區冰帽。球體的一半被陽光照亮，另一半黑暗。晨昏線——日夜之間的那條線——剛掃過洛杉磯，這時正緩緩朝西爬過太平洋。

一切都是慢速進行。如果阿浩看得夠久，他可以看到雲朵改變形狀。看起來東岸今晚天氣晴朗。有個東西快速劃過球體表面，引起他注意。他以為肯定是隻小昆蟲，不過元宇宙裡沒有小蟲子。他試著對焦於那東西。電腦原本將低功率雷射投向他的角膜，這時察覺焦點改變，阿浩隨即倒抽一口氣，他似乎朝球體直直墜落，就像正在太空漫步的太空人掉出他原本的軌道。等到終於穩住，他正在地球上空不過幾百英里的高度低頭看著一團扎實的雲，他看見那隻小蟲子從他下方滑過。那是一具低飛的中情司衛星，正沿極軌道從北朝南盪去。

「您的資料，先生。」圖書館員說道。

阿浩嚇了一跳，抬頭一瞥。地球朝下盪去，離開他的視野，眼前是站在書桌前的圖書館員，手上拿著一張超媒體卡要給他。就像現實世界的圖書館員，這個精靈走動時不發出丁點腳步聲。

「你走動的時候可不可以多少發出一點聲音？我很容易嚇到。」阿浩說道。

「完成設定，先生。我向您致歉。」

阿浩伸手拿超媒體卡。圖書館員前進半步，靠向他。這一次，他的腳在榻榻米上發出輕柔的聲音，阿浩也能聽見他的褲子擦過腿的沙沙聲。

阿浩接過超媒體卡查看。卡片正面寫著：

> 圖書館搜尋結果：
> 萊富，羅倫斯．巴布，一九四八—

他把卡片翻面。背面區分為幾十個指甲大小的圖示。有些是報紙頭版的小快照，許多都是色彩繽紛、發光的方形：正在播放即時影片的微型電視螢幕。

「不可能的吧。」阿浩說：「我坐在露營車裡，好嗎？我是透過行動連線上網，你不可能那麼快就把那麼多影片搬進我的系統。」

「沒必要搬動任何東西。」圖書館員說：「L．巴布．萊富的所有現存影片都由拉荀斯博士蒐集並置入巴別爾／資訊末日資料堆，而此資料堆已存在於您的系統中。」

「噢。」

14

阿浩盯著卡片左上角的微型電視。螢幕朝他拉近，直到變成約莫十二英寸低解析度電視位於一臂之外的大小。然後影片開始播放。這是一段非常糟糕的八厘米膠捲影片，內容是一場六〇年代的高中橄欖球賽。沒有配音。

「這是什麼比賽？」

圖書館員說：「德克薩斯的奧德薩市，一九六五年。L．巴布．萊富是後衛，黑色隊服八號。」

「我不需要那麼細節的東西。你能幫我稍微摘要一下嗎？」

「不能。但我可以簡短條列內容。資料堆包含十一場高中橄欖球賽。萊富四年級時是德克薩斯最佳陣容中的候補球員。他之後獲得獎學金進入萊斯（Rice），也加入橄欖球隊，因此還有十四段大學比賽的影片。萊富主修大眾傳播。」

「考量他之後變成什麼人物，還算合邏輯。」

「他成為休士頓市場的電視體育記者，因此有出自這時期的五十小時影片——當然了，大部分是剪輯片段。在這行工作兩年後，萊富和他的舅公一起做生意。這位舅公是一個扎根於石油業的金融家。資料堆包含幾則提及相關資訊報紙報導，我閱讀後發現文本都彼此相關——意味著這幾則報導出處相同。」

「新聞稿。」

「然後有五年的時間沒有任何報導。」

「他在忙某些事。」

「然後開始看見更多報導，大多出現於休士頓報紙的宗教版面，鉅細靡遺描述萊富對諸多組織的貢獻。」

「你這些聽起來挺像摘要了啊，我還以為你無法摘要。」

「我真的無法。我是在引用拉苟斯博士最近為華妮妲．馬魯克斯所做的摘要，當時我在場，他們正在檢視相同資料。」

「繼續。」

「萊富捐獻五百元給高地火之洗禮教會的主任牧師韋恩．貝福牧師；二千五百元給灣岸五旬節派青年聯盟的院長韋恩．貝福牧師；十五萬元給新三一五旬節派教會的創辦人兼主教韋恩．貝福牧師；二百三十萬給萊富聖經學院的校長兼神學系系主任韋恩．貝福牧師；二千萬元給萊富聖經學院考古系，外加四千五百萬元給天文學系和一億元給電腦科學系。」

「捐款是在惡性通貨膨脹之前嗎？」

「是的，先生。確實是，也就是說，都是真正的錢。」

「那個叫韋恩．貝福的傢伙——跟經營韋恩牧師珍珠大門的韋恩牧師是同一個人嗎？」

「同一人。」

「你是在告訴我，萊富擁有韋恩牧師珍珠大門？」

「他擁有珍珠大門企業大部分股份，而珍珠大門企業是經營韋恩牧師珍珠大門連鎖區的跨國公司。」

「好，我們繼續從中篩揀。」阿浩說。

阿浩從示鏡上方瞄了一眼，確認偉大力距離會場還有十萬八千里。然後他再次潛入，繼續瀏覽拉苟斯收集的影片和新聞報導。

萊富捐錢給韋恩牧師的那幾年間，他愈來愈常在商業新聞版面露面，剛開始是地方報紙，後來則是《華爾街日報》和《紐約時報》。有一場宣傳大風波——顯然是公關操作——日本人試圖利用他們的校友關係網阻擋萊富進入當地的電信市場，而他訴諸美國大眾，自掏腰包一千萬元宣傳，說服美國人日本人在玩兩面手法的陰謀。後來日本人終於屈服，讓他壟斷該國的光纖市場，順便延伸到大部分的東亞，他隨即凱旋登上《經濟學人》封面。

最後，開始出現生活風格的報導。L．巴布．萊富讓他的公關知道他想展現更人性的一面。萊富向美國政府購入一艘過剩的遊艇後，有個名人新聞節目做了一次吹捧他的報導。

L．巴布．萊富，十九世紀最後的壟斷者，正在船長艙和他的室內裝潢設計師討論。考量萊富是跟海軍買下這艘船，船況看起來很不錯，但對他來說還不夠德克薩斯風。他要大破大立。然後鏡頭拍攝他挺著閹牛般的身軀在船內的狹窄通道和陡峭梯子穿梭——典型無聊灰色鋼鐵的海軍風光；他向採訪者保證他絕對會好好妝點一番。

「你知道嗎？有這麼一個故事，洛克斐勒（Rockefeller）幫自己買遊艇的時候，他買的船很小，大概七十英尺吧。就當時的標準來說很小。有人問他為什麼要幫自己買這麼一艘小不啦嘰的遊艇，他只是看著那傢伙，並說：『你以為我是誰，范德比[18]嗎？』哦！嗯，總之，歡迎登上我的遊艇。」

L．巴布．萊富說這話時就站在露天平臺式升降機上，身旁還有採訪者和整個攝影團隊。升降機上

---

18 應指 Cornelius Vanderbilt，生於一七九四年，卒於一八七七年，靠船運與鐵路致富，後捐款成立田納西州的范德比大學。

升。背景是太平洋。萊富說到臺詞的最後時，升降機突然來到頂部，攝影機轉過去，我們越過航空母艦企業號的甲板朝外眺望；航空母艦原本屬於美國海軍，現在成了L．巴布．萊富的私人遊艇；他在一場激烈的競標戰爭中打敗吉米將軍防禦系統和巴柏上將國家保安。L．巴布．萊富繼續稱讚航空母艦的飛行甲板是如何寬闊、平坦，把此處比作德克薩斯的某些地方。他提到在其中一塊區域鋪土養牛會很好玩。

另一段影片，這次是為某商業電視網而拍，而且拍攝時間明顯稍晚：回到企業號，船長艙已大幅整修過。L．巴布．萊富，頻寬之王，坐在他的書桌後，正在讓人為他的小鬍子上蠟。跟女人給腿上蠟不是同的概念。他把捲曲的毛髮拉直、修護。上蠟師是一名非常矮小的亞洲女性，她的手法如此巧妙，甚至沒有影響他說話。他主要是在談他的成就，把他的有線電視網路拓展到整個韓國、進入中國，串聯他那條遍及西伯利亞並越過烏拉山的大光纖中繼線。

「對啊，妳知道的，壟斷者的工作沒有結束的一天。沒有所謂完美的壟斷，好像永遠都沒辦法達到百分之一的最後十分之一。」

「韓國政府是否依然強勢？那裡的法規一定給你造成更大麻煩吧？」

L．巴布．萊富哈哈大笑。「妳知道的，看著立法者努力跟上世界是我最愛的消遣。記得他們拆散貝爾老媽的事嗎？」

「不太記得。」這次的記者是一名二十多歲的女性。

「那妳總知道貝爾是什麼吧？」

「語音通訊壟斷者。」

「對。他們跟我是同行，資訊業。用細小的銅線把電話對話傳來傳去，一次一個。政府拆散他們——跟我開始在三十州經營有線電視加盟同時期。哦！妳能相信嗎？那就像他們在發明出福特T型車和飛機的同時期想出辦法管理馬匹。」

「但有線電視系統和電話系統不一樣吧？」

「在那階段是不一樣沒錯，因為有線電視只是地方性系統。不過一旦妳把地方性系統擴及全世界，只要把它們全部串在一起，那就是全球網路了。就跟電話系統一樣大。只不過這個系統傳遞資訊的速度要快上一萬倍，而且可以傳遞影像、聲音、數據，什麼都可以。」

赤裸裸的公關操作，半個小時的廣告，除了讓L．巴布．萊富針對某特定議題發表他個人的看法之外，沒有任何其他目的。萊富的一些程式設計師，也就是負責維持他的系統運作的那些人，他們似乎聯合起來——在駭客圈裡從沒聽過這種事——對萊富提出訴訟，聲稱他在他們家中放置竊聽器和盜錄器，事實上根本二十四小時全天候監視他們所有人；有些程式設計師選擇了他稱之為「不可接受的生活方式」，他還會騷擾他們、威脅他們。舉例來說，他的一名程式設計師有天晚上在自家臥房裡和老公口交，隔天早上，她被叫進萊富的辦公室，他在裡面罵她蕩婦、雞姦者，要她收拾包袱走人。這件事的負面宣傳效果惹惱了萊富，他覺得有必要再花個幾百萬做更多公關。

「我做資訊的生意，」他對那個「訪問」他的馬屁精假記者說道。他坐在他位於休士頓的辦公室裡，看起來比平常還油條：「所有傳出去給世界各地消費者的電視都經過我。大多數進出中情司資料庫的資訊也都經過我的網路。元宇宙——整個大街——透過一個為我所有、為我所控制的網路而存在。

「但那表示，如果你稍微跟著我的推論，當有個程式設計師在我底下工作，負責處理那樣的資訊，他也就掌握了極大的權力。資訊進入他的腦，留在那兒，晚上也跟著他回家，全部跟他的夢糾纏在一起，天哪。他跟他的妻子談起，然而，要命，他完全沒有權力使用那些資訊。如果我經營的是汽車工廠，我可不會讓工人把車開回家或借用工具。但每一天的五點，當我的駭客們下班回家，我卻都在做那些事，而且是在世界各地都那麼做。

「以前他們會吊死偷牛賊，而他們所做的最後一件事是尿褲子。那是最終的徵兆，懂吧？象徵他們失去對自己身體的控制力，他們快死了。懂吧？所有組織的第一個功能都是控制自己的括約肌。我們甚至沒那麼做。所以我們在精煉管理技巧，才能掌控資訊，不論資訊在何處——在我們的硬碟裡，甚或在程式設計師腦袋裡。好了，我不能再說更多，因為還要顧忌競爭者。不過我最深切的希望就是在五年或十年後，像這樣的事不會再成為問題。」

一集半小時的科學新聞節目，這次是有爭議的新主題：資訊天文學，搜索來自其他太陽系的無線電訊號。L．巴布．萊富個人對此主題頗感興趣；他趁諸多國家政府拍賣財產時買下一串無線電觀測站，再把它們串聯起來，利用他的神話光纖網路把它們化為一個大小等同整個地球的巨大天線。他二十四小時全天候掃描天空，找尋有意義的無線電波——承載著其他文明資訊的無線電波。為什麼，訪問者提問——這次是個來自麻省理工學院的知名教授——為什麼一個單純的石油商會有興趣追尋如此遠大、深奧的目標？

「我差不多要把這整顆行星都縫接起來了。」

萊富用一種無比嘲諷、輕蔑的鼻音說出這句話，一種誇張的牛仔口音；這個牛仔懷疑某個弱雞北方佬狗眼看人低。

另一個新聞片段，這次顯然拍攝於數年後。我們再度登上企業號，不過此番氣氛又不一樣了。頂層甲板改建為露天難民營，裡面裝滿孟加拉人。孟加拉更上游的印度濫伐——水文戰爭，造成他們的國家接連遇上幾次大洪水，之後更是整個被沖入大海；L・巴布・萊富隨即從孟加拉灣把這些人撈上船。鏡頭一轉，越過飛行甲板邊緣眺望下方，我們看見浮筏最初的開端：幾百艘船聚集在一起，規模相對來說較小；它們巴上企業號，希望能搭便車去美國。

萊富在人群中穿梭，給小朋友《聖經》漫畫，親吻他們。他們帶著開懷的笑容簇擁在他身旁，雙掌緊緊相貼、鞠躬。萊富回以鞠躬，非常笨拙，但他的臉上沒有笑意。他無比嚴肅。

「萊富先生，有些人說您這麼做只是公關表演，目的是提高您個人的聲望，您怎麼看？」訪問者努力扮得更像黑臉。

「呸，如果我花時間對每一件事都表達看法，那我根本做不了任何正事。」L・巴布・萊富說：「你應該問問這些人怎麼想。」

「您的意思是，這個援助難民的計畫跟您的公眾形象無關？」

「沒。聽──」

影片經過剪輯，他們把畫面切到對著鏡頭高談闊論的記者。阿浩感覺萊富就要開始說教，但被他們切斷。

不過，圖書館其中一個真正值得讚頌之處，就是館藏有好多剪輯片段。一段影片沒被剪入節目，不代表那段影片沒有情報價值。中情司老早以前就把手伸進網路上的各個影片資料庫了。所有剪輯片段──數百萬小時的影片──都還沒以數位形式上傳到圖書館，但你可以提出申請，中情司就會為你去架上取出影片重新播放。

拉苟斯已經這麼做了，影片就在這裡。

「沒。聽著。浮筏是個媒體事件。不過是在一種深奧、廣泛得你難以想像的層面。」

「噢。」

「浮筏由媒體創造，因為沒有媒體，大家就不會知道它的存在，筏民也不會跑出來像這樣黏著浮筏。而它也滋養媒體。浮筏創造一大堆資訊流——電影、新聞報導——你知道的。」

「所以您創造您自己的事件，利用事件創造的資訊流賺錢？」記者拚命想跟上。他的語氣說明他覺得這一切都只是浪費錄影帶。他厭煩的態度顯示這並不是萊富第一次突然朝奇異的方向離題。

「有一部分是。但那只是非常粗糙的解釋，實際上深奧太多了。你大概聽過業界靠生物量生存的說法，就像鯨魚濾食海中的磷蝦。」

「我確實聽過。」

「那是我的說法，我編的。那樣的說法就像病毒，懂吧——一小塊資訊——數據——從一個人擴散到另一個人。嗯，浮筏的作用是帶來更多生物量，是復興美國。大多數國家都維持停滯，他們只需要持續生小孩就好。不過美國就像一具又大又老、哐啷響又冒煙的機器，它笨重地在大地上移動，把眼前所見的一切都鏟起來吃掉，在身後留下一英里寬的垃圾帶。總是需要更多燃料。讀過迷宮和牛頭怪的故事嗎？」

「當然。發生在克里特島，對吧？」記者完全是為了挖苦才回答問題；他無法相信自己居然跑來這裡聽這些，他應該昨天就飛回洛杉磯。

「對。希臘人每年都必須交出幾個處女，把她們送去克里特島獻祭。國王把她們放進迷宮，然後牛頭怪把她們吃掉。我小時候讀這個故事，搞不懂克里特島上都是些什麼要命的傢伙，大家居然都那麼怕他們，只會逆來順受地把自己的小孩送去給他們吃，而且還年年都這樣。他們肯定都是些壞透的混蛋。

「現在我的觀點不一樣了。在下面那些可憐的小傢伙眼中，美國肯定就跟可憐的希臘傻蛋眼中的克里特島差不多。只是我們沒高壓政治那一套。下面那些人自願放棄他們的孩子，把幾百萬個孩子送進迷宮給怪物吃。業界以他們為食物，透過我的網路吐出影像，放出電影和電視節目；影像又送回給那些人，裡面都是些富裕又奇特得超乎他們最狂野夢境的東西，給了他們夢想、嚮往的目標。那就是浮筏的作用，只是一個超大的磷蝦載體。」

記者終於放棄當個記者，開始公然辱罵L・巴布・萊富。他受夠這傢伙了。「噁心！真不敢相信你居然把人想成磷蝦。」

「呸，小子，少趾高氣揚了。又沒人真的被吃掉，只是一種修辭手法而已。他們來這裡，得到不錯的工作，找到耶穌，買個威焙（Weber）烤肉爐，從此過著幸福快樂的日子。這有什麼不對？」

萊富生氣了，他大吼大叫，他身後的孟加拉人察覺他的情緒波動，自己也沮喪起來。他們之中的一個人突然跑到鏡頭前，那是個憔悴得不可思議、鬍髭低垂的男人，他吼叫了起來：「阿馬拉格贊巴但嘎努卡阿汝亞蘇蘇那安答……」聲音從他擴散到他身旁的其他人，像浪潮一樣蔓延整個飛行甲板。

「卡！」記者轉向攝影機：「卡就是了，巴拉巴拉大軍又開始了。」

此時，影片的聲音包含L・巴布・萊富音調拔高、沾沾自喜的咯咯笑聲，底下還有一千個人的方言禱告。

「這是方言的神蹟。」萊富用壓過喧嘩的音量吼道：「我聽得懂這些人說的每一個字。你聽得懂嗎，兄弟？」

「呦！跳出啦，伴！」

阿浩從卡片抬起頭。辦公室裡除了他之外只有圖書館員。

影像失焦，往上飄去，退出他的視野。阿浩正看著露營車的擋風玻璃外。有人剛剛扯掉了他的示鏡——不是偉大力。

「我在外面，示鏡仔！」

他望向窗外。YT一手掛在露營車側邊，另一手拿著他的示鏡。

「你花太多時間示入了啦。」她說：「嚐點現實吧，老兄。」

「我們要去的地方，」阿浩說：「那裡的現實多到我應付不了。」

隨著阿浩和偉大力接近今晚音樂會所在的寬敞高架高速公路，露營車扎實的含鐵量就像蛋糕之於蟑螂一樣，吸引了一大堆麥格叉。如果知道偉大力．車諾比本人就在車上，他們會發瘋，會卡死露營車的引擎。不過此時此刻，他們會叉上可能朝音樂會方向前進的任何東西。

距離高架橋更近一點後，開車根本成了天方夜譚，滑板狂太多、太密集了。這就像穿著釘鞋嘗試穿過一間滿是小狗的房間。他們只能小心往前開，輕按喇叭、閃大燈。

終於，他們抵達充當今晚音樂會舞臺的平臺聯結車。旁邊是另一輛聯結車，車上滿是揚聲器和其他音響設備。兩輛卡車的駕駛，兩個受壓迫的少數族群，他們躲進音響卡車的駕駛室抽菸，一面凶惡地怒瞪大批滑板狂，公路食物鏈中勢不兩立的敵人。清晨五點路清空之前他們都不會主動下車。

核心熔毀的另外兩個成員站在旁邊抽菸，以斯拉夫風格把菸像鏢箭一樣夾在兩根手指之間。他們用腳下的廉價乙烯鞋在混凝地上踩熄菸，跑到露營車旁開始把音響設備拖下車。偉大力戴上示鏡，連上音響卡車上的一部電腦開始調音。高架橋的立體模型已經存在記憶體中。他必須想出該怎麼同步每一組擴音器的延遲，才能把討厭又衝突的回音最大化。

15

暖場的樂團名叫鈍力創傷，他們在晚上九點開始吵鬧。第一個強力和弦刷下去，一整排廉價二手喇叭隨即短路；電線朝空中爆出火花，在群聚的滑板人間造成一波混亂。音響卡車的電子系統隔絕壞電路，在造成任何物品或人員損傷前便切斷電路。鈍力創傷的音樂是一種快速的雷鬼，這種風格深受核心熔毀的反科技概念影響。

這些傢伙大概會表演一個小時，然後可以期待換偉大力．車諾比與反應爐核心熔毀上場幾個小時。如果壽司K現身，也歡迎他到麥克風前客串一下。

以防萬一真發生那種事，阿浩從瘋狂的人群中心退出來，開始沿外圍來回繞圈子。YT也在附近，不過沒必要找出她在哪，反正要是被看見跟像阿浩這樣的老傢伙在一起，她也會覺得丟臉。

現在場子已經炒熱，音樂會自給自足，阿浩也就沒事可做了。況且，有趣的事總是發生在邊緣——過渡——而非所有事物都一樣的中央。可能會有事情發生在人群的邊緣，在燈光消失於高架橋陰影中的後方。

對深夜洛杉磯一條高架橋錯誤的那一邊而言，外圍人群看起來很普通。有一個頗大的破爛小屋區，裡面住著硬蕊第三世界難以就業者；還有四散的第一世界精神分裂者，這些人的腦袋在很久以前就被自身幻想的白熾熱度燒成灰燼。很多像這樣的人從各自的翻倒垃圾子母車和冰箱外箱鑽出來，在人群邊緣踮起腳尖，朝噪音與光窺探。其中有些人看起來昏昏欲睡又畏怯，有些——健壯的拉丁裔男人——看似被整個情況逗得很樂，一面來回傳遞香菸，一面難以置信地搖頭。

這是瘸幫的勢力範圍。瘸幫想提供保全服務，不過阿浩受教於阿爾塔蒙，決定要冒險冷落他們，反倒把這工作交給執法者。

所以每隔幾十英尺就有一個身穿鮮綠色防風外套的大傢伙直挺挺站著，背上大大的「執法者」三個字。非常明顯，他們就喜歡這樣。不過都加入了電子染料，因此若出現麻煩，這些傢伙只要輕拍翻領上的開關，就可以把自己變成黑衣人。而且他們只要把防風外套正面的拉鍊拉上，就可以達到防彈的效果。這是個溫暖的夜晚，他們此時大多制服敞開，好吹吹涼爽的微風。他們有些人只靠自動導航撐著，不過大多數人都很警覺，注意力放在人群，而非樂團。

看著這所有士兵，阿浩找起將軍，也很快就找到：一個矮壯的黑人，小型舉重選手那種。他身上穿著跟其他人一樣的防風外套，不過底下多加了一層防彈背心，上面扣著形形色色的通訊工具，還有用來抓人的小型靈巧裝置。他一直來回慢跑，頭轉來轉去，像邊線上的橄欖球教練一樣對著耳機連珠炮般快速低聲說話。

阿浩注意到一個年近四十的高銚男子，高雅的山羊鬍，身穿非常講究的炭灰色西裝。阿浩從一百英尺外就能看見他領帶夾上的鑽石閃爍。他知道如果他走近，他會看見鑽石間嵌著藍寶石拼出的「瘸幫」二字。他有自己的保全小隊，由另外半打穿西裝的傢伙組成。就算目前沒在做保全工作，他們還是忍不住要派出象徵性的代表團來展現一下實力。

一個不合邏輯的推論在剛剛那十分鐘內一直咬嚙著阿浩思緒的邊緣：雷射光有一種特別的粗礪強度，一種反映出光源的分子純度。你的眼睛注意到這件事，莫名知道這不自然。它在哪裡都醒目，在深夜的一座骯髒高架橋下尤其顯眼。阿浩的邊緣視線持續瞥見雷射的閃光，也持續回過頭追蹤光源。他覺得很突兀，但似乎沒其他人注意到。

某人正在這座高架橋下的某處用雷射光照射阿浩的臉。

這很煩人。他不至於太過明顯地稍微改變方向，有一堆垃圾火在油桶中燃燒，他晃到火堆下風處。現在他站在一縷他聞得到但看不太到的薄煙中。

不過下一次雷射射到他臉上時，光打散為一百萬個灰撲撲的小微粒，在空中顯露出一條純粹的幾何線條，筆直回指雷射光的源頭。

那是滴水獸，站在一間破爛小屋旁的暗處。怕自己不夠顯眼，他還穿了一身西裝。阿浩邁步走向他。

滴水獸代表中央情報公司令人尷尬的那一面。他們不使用筆記型電腦，而是把電腦分解成一個個模組穿戴在身上，掛在腰上、背上，還有頭戴式耳機上。他們的功用是人形監視裝置，錄下他們身旁發生的一切。他們看起來再愚蠢不過；這些穿戴裝置是現代世界的計算尺皮套，或是計算機腰包，表明使用者屬於一個同時高於又遠低於人類社會的階級。他們對阿浩很有幫助，因為他們體現出中情司特約記者最糟糕的刻板印象。他們吸引了所有注意力。這是一種自願接受的放逐，好處是你可以持續待在元宇宙，持續蒐集情報。

中情司高級職員受不了這些傢伙，因為他們上傳數量驚人的垃圾資訊到資料庫，心懷僥倖其中有些可能終究有用。這就像你在每天早上上班途中抄下你看見的每一個車牌號碼，以防萬一其中有哪一輛肇事逃逸。就算是中情司資料庫也只能容納一定數量的垃圾。因此，這些慣犯滴水獸通常沒過多久就會被踢出中情司。

這傢伙還沒被踢走。而且從他的裝備品質——所費不貲——看得出他幹這行一段時間了，所以他一定很厲害。

如果是這樣，他在這裡做什麼？

「英雄阿浩。」當阿浩在破爛小屋旁的暗處逮到他，他才打招呼：「擔任中情司特約記者已十一個月，專攻業界。前駭客、保全、披薩外送員、音樂會承辦人。」他算是咕噥唸出這一串，不希望阿浩條列出他已知的事實浪費他的時間。

不停戳刺阿浩眼睛的雷射光來自這傢伙的電腦，一個位於他的示鏡上方、額頭中央的周邊裝置。一個長程視網膜掃描器。如果你睜著眼轉向他，雷射隨即射出，穿透你的虹膜、最敏感的括約肌，然後掃描你的視網膜。掃描結果飛速傳回中情司，他們有個資料庫裝滿幾千萬個視網膜掃描檔。幾秒內，如果你已經在資料庫內，掃描器擁有者能隨即查出你的身分。如果你不在資料庫內，嗯，你現在也在了。

當然了，使用者必須擁有存取權。而一旦他得到你的身分，他還需要更多存取權才能查出你的個人資料。這傢伙顯然擁有一大堆存取權，比阿浩多上許多。

「叫拉苟斯。」滴水獸說道。

所以就是這傢伙，阿浩考慮問他在這裡搞什麼鬼。他很樂意請他喝一杯，跟他聊聊圖書館員的程式碼。但他很生氣。拉苟斯對他很沒禮貌（滴水獸的定義就是沒禮貌）。

「你是來調查渡鴉的嗎？還是說，只是在查你過去，呃，大概三十六天以來在忙的模糊油漬內部情報？」拉苟斯問道。

跟滴水獸談話一點也不好玩。他們永遠不把話說完。他們在雷射描繪的世界漂流，掃描四面八方的視網膜，檢查一千碼內所有人的背景，同時看見可見光、紅外線、毫米波雷達、超音波下的一切。你以為他們在跟你談話，他們實際上卻是在細讀房間另一邊某個陌生人的信用紀錄，或是在辨識從頭頂飛過的飛機的廠牌和型號。在他們假裝對話的同時，他根本不確定拉荀斯是不是站在那兒透過阿浩的長褲測量他老二有多長。

「你是跟華妮妲合作的那個傢伙，對吧？」阿浩問。

「或應該說她在跟我合作，可以這麼說。」

「她說她希望我跟你見面。」

拉荀斯有幾秒時間凍結在那兒，他在徹底搜尋資訊。阿浩想朝他丟一桶水。

「有理。」他說：「你就跟所有人一樣了解元宇宙。獨立駭客——就是這樣沒錯。」

「怎樣沒錯？沒人想要獨立駭客了。」

「公司裝配線駭客對傳染病完全沒轍。他們將成百上千地倒下，就像西拿基立的軍隊來到耶路撒冷城牆外時一樣[19]。」拉荀斯說。

「傳染病？西拿基立？」

「而且你在現實世界也能自我防衛——如果你要對抗渡鴉的話，這些都很好。記住，他的刀銳利如分子，防彈背心對他來說就跟女人的內衣一樣，輕而易舉就能刺破。」

「渡鴉？」

「你今晚多半會見到他。別惹他。」

「好。」阿浩說：「我會留意他。」

「我可不是這樣說的。」拉荀斯說：「我是說，別惹他。」

---

19 Sennacherib，新亞述帝國國王，西元前七〇五年至六八一年在位，曾攻打耶路撒冷。

「為什麼不要？」

「這是個危險的世界，」拉荷斯說：「而且時時刻刻都在變得更危險，所以我們不想擾亂恐怖平衡。想想冷戰就對了。」

「好喔。」阿浩現在一心只想走開，永遠不要再看見這傢伙，但他不會結束這場對話。

「你是駭客，這代表你也要擔心深層結構。」

「深層結構？」

「你腦中的神經語言路徑。記得你第一次學二進位碼的時候嗎？」

「當然。」

「你那是在你腦中形成路徑。深層結構。你的神經在你使用的時候長出新連結——軸突分裂，在分界膠細胞間推擠前進——你的生物體自我調整——軟體變為硬體的一部分。所以你現在容易受傷害——駭客都一樣——受南—夏咘（nam-shub）傷害。我們必須彼此照顧。」

「南—夏咘是什麼？我為什麼容易受這東西傷害？」

「不要注視任何點陣圖就對了。最近有沒有人想拿未完成的位圖給你看？像是，在元宇宙裡？」

有意思。「不是給我看，但既然你提起，有個布蘭蒂來到我朋友面前——」

「亞舍拉[20]的廟妓。想散布疾病。邪惡的同義詞。聽起來很聳人聽聞？其實還好。你知道的，對美索不達米亞人而言，邪惡並沒有獨立概念，只是疾病和不健康。邪惡是疾病的同義詞。所以這告訴你什麼？」

阿浩走開，他也都這樣遠離街上跟著他的神經病遊民。

「這告訴你，邪惡是一種病毒！」拉荷斯在他身後喊道：「不要讓南—夏咘進入你的系統！」

華妮妲跟這怪咖合作？

鈍力創傷表演了整整一小時，一首歌接一首歌毫不間斷，噪音牆中沒有任何縫隙或破口。都是美學的一部分。音樂停止，他們的演出也就結束。這是阿浩頭一遭聽見群眾的欣喜。那是高音調的連續轟擊，他可以在他的腦袋裡感覺到，耳朵也嗡嗡作響。

不過還有一個低沉的砰砰聲，像是有人在持續敲打低音鼓，他一度以為是有卡車駛過他們上方的高架橋。但那聲音太過穩定，聽起來不像，而且並沒有減弱。

聲音來自他後方。其他人也注意到了，他們紛紛轉過去朝聲音的來源張望，並急忙退開。阿浩橫跨一步避開，轉過去查看到底是什麼。

首先，那東西又大又黑。感覺這麼巨大的男人不可能有辦法待在摩托車上，就算是這輛隆隆響的大哈雷也不可能。

更正，這是一輛加裝了某種邊車的哈雷，一顆黑亮的砲彈掛在右側，靠自己的輪子支撐，但邊車上無人。

這種體積龐大的人似乎很難不胖，但他就是一點也不胖。他身穿彈性緊身衣——像皮革，但又不像——展現出他的骨頭和肌肉，此外再無其他。

他用非常緩慢的速度騎那輛哈雷；要不是裝了邊車，他肯定會摔倒。他握住握把的手偶爾手指一扭，催動油門前進。

除了他確實很大隻之外，他看起來這麼高大或許也因為他似乎完全沒脖子。他的頭從最上面就很寬，然後只是持續變寬，直到跟他的肩膀融為一體。阿浩剛開始以為他一定戴著某種前衛的安全帽，不過當那

20 Asherah，閃族神話中的母神。

男人從他旁邊騎過，這一大片東西飄揚、動了起來，阿浩才看清原來只是他的頭髮，一叢濃密的黑髮覆蓋他的肩膀垂到背上，長度幾乎直達腰部。

他還在對這畫面嘖嘖稱奇的同時，他發現男人已轉過來回看著他。或至少看著他的方向。不可能判斷他到底在看什麼，因為他的護目鏡是一個覆蓋雙眼的平滑凸面罩，一道狹窄的水平縫隙從中劃過。

他看著阿浩。他露出跟稍早相同的「去你的」笑容；當時阿浩站在黑日門口，而他在某處的公共終端機。

就是他，渡鴉。華妮妲在找的就是他，拉荷斯叫他別惹的也是他。而阿浩見過他，在黑日的門外把潰雪給達五欸的就是他。

他的額頭刺了六個粗體字：**難以控制衝動**。

阿浩呆住了，然後當偉大力．車諾比與反應爐核心熔毀開始演出他們的開場曲目〈輻射燒傷〉，他實實在在地跳了起來。這是一場龍捲風，大部分由高亢的噪音和失真破音構成，就像你的整個身體被拋過一整牆的魚鉤。

近來大部分邦國都是加盟領區或郊圍區，面積實在太小，容不下監獄或甚至司法系統的存在。因此當有人幹下壞事，他們努力找出快速又惡劣的懲罰，像是鞭打、沒收財產、公開羞辱，如果某人有很高的機率繼續傷害他人，則是在他們身上顯眼的部位紋上刺青警告他人。**難以控制衝動**。顯然這傢伙就是曾經遭到懲處，並轟轟烈烈大鬧了一場。

剎那間，一個發光的紅色格網映上渡鴉的半邊臉。格網迅速縮小，每一邊都朝右瞳孔匯聚、內縮。渡鴉甩甩頭，轉頭找尋雷射光源，但光已經消失。拉荷斯已經取得他的視網膜掃描。

所以拉荷斯才會在這裡。他對阿浩或偉大力．車諾比才不感興趣。他感興趣的是渡鴉。而拉荷斯以某種方法得知他會來這裡。此時此刻，拉荀斯就在附近的某處，正在為這傢伙錄影、用雷達探查他口袋的內容物、記錄他的脈搏和呼吸。

阿浩拿起他的手機。「ＹＴ。」他一呼喚，手機隨即撥打ＹＴ的號碼。響很久她才接起來。在音樂會的聲音之下，幾乎不可能聽見對方說的任何話。

「你他媽的想幹嘛啦？」

「ＹＴ，抱歉打擾，不過發生了一件事，超級大事。我在留意一個名叫渡鴉的大隻摩托車騎士。」

「你們駭客的問題就是你們永遠都在工作。」

「駭客就是這樣。」阿浩說。

「我也會留意這個叫渡鴉的傢伙，」她說：「不過要等到我也工作的時候。」她說完隨即掛斷。

16

渡鴉繞著觀眾邊緣拐了幾個懶洋洋的大彎，騎得非常慢，左右張望。他惱人地平靜、不慌不忙。然後他騎遠，切入黑暗中，離開觀眾。他繼續左右張望了一下，查看破爛小屋區的外圍。之後他終於一拐大哈雷的龍頭，騎上一個把他帶回瘸幫大人物身邊的軌道。那個別藍寶石領帶夾、帶著私人護衛隊的傢伙。

阿浩開始朝那方向鑽過人群，同時努力不做得太明顯。看來要發生有趣的事了。

隨著渡鴉靠近，護衛隊靠向瘸幫頭子，在他身旁圍起鬆散的防護圈。等到他靠得更近一點，他們全部退後一、兩步，那男人彷彿被隱形力場包圍。渡鴉終於停下來，俯身雙腳落地。他輕拍握把上的幾個開關，然後才離開他的哈雷。接著，他知道接下來會發生什麼事，因此雙腳分開而立，舉起雙臂。

兩名瘸幫人各從一邊靠近他，看起來並不是真心樂意執行這份職務，一直斜眼偷看哈雷。瘸幫頭子不停出聲慫恿他們前進，揮動雙手把他們朝渡鴉的方向驅趕。他們各自拿著一根手持式金屬探測棒在渡鴉周身亂畫，結果什麼也沒發現，連最小片的金屬也沒有，口袋裡甚至沒有銅板。這男人百分之百有機。所以，其他部分姑且不論，拉荀斯剛剛針對渡鴉的刀提出警告，結果證實他只是在胡扯。

兩個瘸幫人快速走回其他人身邊。渡鴉邁步跟著他們，但瘸幫頭子後退一步，舉起雙手擺出「站住」的姿態。渡鴉止步，站在原地，笑容回到他的臉上。

瘸幫頭子轉身，朝他的黑色寶馬打了個手勢。寶馬的後車門打開，一個男人下車；一個比較年輕、體型小一點的黑人戴著圓形金屬框眼鏡，身穿牛仔褲，腳踩又大又白的運動鞋，一身典型的學生行頭。

學生緩緩走向渡鴉，一面從口袋掏出東西。一個手持裝置，但體積大太多，不可能是計算機。裝置的頂部附鍵盤，一端有某種視窗；學生持續把視窗對準渡鴉。鍵盤上方有個LED讀出器，底下有閃爍的紅光。學生戴著頭戴式耳機，線的另一端插入裝置底部的插孔。

首先，學生把視窗對準地面，再來是天空、然後是渡鴉，目光不離閃爍的紅光和LED讀出。這有種宗教儀式的感覺，接受來自天空靈體的數位輸入，然後是大地靈體，最後是黑色騎士天使。

接著他一步一步慢慢走向渡鴉。阿浩看見紅光間歇閃爍，並沒有任何特定模式或節奏。

學生與渡鴉的距離拉近到不足一碼，然後繞著他走了幾圈，裝置持續朝像圓心。結束後，他迅速後退，轉身，裝置轉而朝向哈雷，紅光閃爍的頻率加快。

學生走到瘸幫頭子旁，拉下耳機，和他短暫交談了幾句。頭子聆聽學生說話，不過目光鎖定渡鴉，點了幾次頭後終於拍拍學生的肩膀，讓他回寶馬上。

那是蓋格計數器。

渡鴉緩步走到大瘸子身旁。他們握手，標準又平凡無奇的歐式握手，沒有任何花俏變化。這並不是真正友好的會面。大瘸子的眼睛有點瞪得太大，阿浩看得見他眉間的溝槽，他的姿態和表情都在尖叫：讓我遠離這個火星人。

渡鴉回到他的放射重機旁，解開一段彈力繩，拿起一個金屬手提箱。他把手提箱交給瘸幫頭子，他們再次握手。然後他轉身，緩慢平靜地走回哈雷，上車，隨即噗噗噗離開。

阿浩很想留下來多看一點，但他感覺拉荀斯從頭到尾都盯著這事件，而且他還有其他事要忙。兩輛豪華轎車正努力穿過觀眾，直朝舞臺而去。

轎車停下來，幾個日本人下車。他們一身黑，正經八百，笨拙地站在派對／暴動中央，彷彿幾根斷掉的釘子懸在彩色果凍模中。阿浩好不容易擠出足夠的勇氣走上前朝車窗內張望，想弄清楚裡面是不是他心裡所想的那個人。

看不透暗色玻璃。他彎腰，臉湊到車窗旁，努力讓自己真正顯眼。還是沒反應。最後，他敲了敲車窗。

寂靜。他抬頭看隨扈們。他們都看著他。不過當他抬頭，他們全部調開視線，突然想到要抽一口菸或是揉揉眉毛。

轎車內只有一個亮得就算隔著暗色玻璃也能看見的光源，那形狀明明白白就是電視螢幕膨脹的方形。什麼鬼啊。這是美國，阿浩是半個美國人，沒理由把禮貌這檔事拉到不健康的極限。他一把拉開車門，朝轎車後座內部看。

壽司K坐在裡面，夾在另外兩個年輕日本男人之間，他們是程式設計師，隸屬於壽司K的影技師團隊。他的髮型關掉了，所以看起來只是個橘色的阿福羅頭[21]。他身穿不完整的舞臺套裝，顯然今晚打算上臺。看來他接受了阿浩的提議。

他正在看一個有名的電視節目，名叫《眼諜》，由中情司製作，透過一家大廣播公司發表。這是實境節目：中情司挑出公司內正在執行溼任務——做一些真正神祕工作——的探員，讓他穿上滴水獸裝備，因此他所見、所聽的一切都會傳回蘭利的基地。這些材料經過剪輯後就成為每週一小時的節目。

阿浩沒看過。而今他就在為中情司工作，他覺得這有點煩人。不過他聽過很多有關這節目的八卦，也知道今晚要播出五集單元的倒數第二集。中情司偷偷把一個人弄上浮筏，浮筏上有好幾個色彩各異又殘酷的海盜幫，而那人正要滲透其中一個：布魯斯．李黨。

阿浩爬上轎車，瞄了電視一眼，剛好看見布魯斯．李本人；透過衰尾滴水獸間諜的視角，觀眾看著他在一艘浮筏鬼船的陰溼走道慢慢逼近。凝結的水珠從布魯斯．李的武士刀刀尖滴落。

「布魯斯．李的手下把間諜困在核芯的一艘舊韓國工船裡。」壽司K的一名親信壓低音量快速解釋：「他們正在找他。」

突然間，布魯斯．李被明亮的聚光燈定住，強光照射下，他的招牌鑽石笑容像銀河旋臂一樣閃閃發亮。螢幕中央，一對交叉瞄準線就定位，對準布魯斯．李的額頭。間諜顯然判定他必須殺出一條血路，帶著強大的中情司武器系統，打算用在布魯斯．李的腦袋上。不過旁邊冒出一團模糊，一個神祕黑影擋住我們看布魯斯．李的視線。交叉對準線現在瞄準——到底是什麼？

下週分曉。

阿浩在壽司K和程式設計師對面坐下，旁邊就是電視，因此他可以從電視的視角看著那男人。

「我是英雄阿浩，我想你應該收到我的訊息了。」

「棒！」壽司K喊道，說的是日本人對好萊塢萬用形容詞「太棒了」的簡短說法。

他接著說：「阿浩桑，我無比感激你給我這樣千載難逢的機會，讓我在這麼一群觀眾前表演我的小作品。」除了「千載難逢的機會」之外，他整句話都是以日語表達。

---

21 Afro，捲髮自然生長後形成的圓蓬髮型。

「我必須謙卑致歉，這個活動安排得太過倉促、混亂。」阿浩說道。

「你給了我一個所有日本饒舌歌手都夢寐以求的機會——在真正的洛杉磯貧民窟兄弟面前演出我卑微的作品——卻仍覺得有道歉的需要，這令我深感痛苦。」

「我必須對你坦承，這些粉絲並不完全是貧民窟兄弟，一定是我無意間造成你的誤解，我真是無比羞愧。他們是滑板狂。喜歡饒舌樂和重金屬的滑板人。」

「啊。那沒關係。」壽司K說道，但他的語氣顯示非常有關係。

「不過這裡有瘸幫的代表，」就算是以阿浩自己的標準來看，他這反應也算是非常、非常快了：「如果他們欣賞你的演出，我肯定他們絕對會欣賞，他們會把相關資訊傳遍他們幫派。」

壽司K搖下車窗。分貝瞬間翻了五倍。他注視群眾，五千個潛在市場占有率，音中有強烈節奏的年輕人。他們沒聽過不完美的音樂，他們或者用CD播放機聽在錄音室裡調到完美的數位音樂，或者聽業界佼佼者完美演繹模糊油漬；這些佼佼者來到洛杉磯打響名號，也確實撐過俱樂部的好鬥環境。壽司K的臉亮起混合喜悅與恐懼的光輝。現在他真的必須上臺表現一下。在那些沸騰的生物量面前。

阿浩下車為他開路。真夠簡單的了，接著他中途閃人。他已經完成任務。渡鴉還在外面，意味著一筆大好幾倍的收入來源，沒道理把時間浪費在微不足道的壽司K身上。因此他慢慢晃回外圍。

「呦！帶刀的老兄。」有人說道。

阿浩轉過去，看見一個綠外套的執法者在對他點頭示意。是那個戴頭戴式耳機的矮壯傢伙，負責保全事務的傢伙。

「阿吱。」他說著伸出手。

「阿浩。」阿浩和他握手，遞出名片。沒什麼特別理由要對這些傢伙打馬虎眼：「有什麼事嗎，阿吱？」

阿吱閱讀他的名片。他有一種誇張的禮貌態度，感覺起來有點像軍人。他冷靜、穩重，一派模範風格，像個高中橄欖球教練。「你是這個活動的負責人？」

「真要說我是，那大概所有人都是了。」

「英雄先生，我們幾分鐘前接到你的一位朋友來電，她名叫YT。」

「怎麼了？她沒事吧？」

「噢，對，先生，她沒事。不過你認識剛剛跟你談話的那隻蟲子嗎？」

阿浩沒聽過有人像這樣用「蟲子」這個詞，但他推測阿吱說的應該是滴水獸拉荷斯。

「認識。」

「嗯，有一個跟那位先生有關的狀況，YT算是透漏了一點消息給我們。我們認為你可能會想看看。」

「發生什麼事？」

「呃，你何不跟我來。你知道的，有些事與其口頭說明，直接帶你去看還比較簡單。」

阿吱轉身時，壽司K剛好開始唱他的第一首饒舌歌。他的聲音聽起來緊繃又尖銳。

我是壽司K我在此表示
饒舌我喜歡用不同方式

留意每個城市的頭號角色
最美的都在壽司K的饒舌

我的用字選詞厲害
不是老套的齙牙呆

我的頭髮大如銀河系
因為我得到更棒的工藝

阿浩跟著阿吱一起遠離觀眾，進入破爛小屋區旁的昏暗角落。他隱約看出他們上方的高架橋路堤上有磷光的形狀——綠外套的執法者繞著某個古怪又引人注意的東西打轉。

「注意斜坡。」阿吱說道，他們同時開始爬上路堤：「有些地方很滑。」

甜蜜戀愛我愛饒
我的多情野心是你的心跳

所以這是特別又厲害的手段
屬於這個名叫壽司K的饒舌男

日本的有聲奇蹟
舌頭如刀有夠利

誰饒東亞和太平洋
就是繁榮的半球精確地講

這是典型的鬆土石坡，看起來活像會被第一場雨沖走。到處是鼠尾草、仙人掌和風滾草，都因為空氣汙染而一副散亂、半死不活的樣子。

很難看清任何東西，因為壽司K在下方的舞臺上跳來跳去，他的萬丈日光髮型散發明亮的橘色光線，以感覺像超音速的速度來回掃過路堤，粒狀、砂質感的光刷過野草和石頭，把一切丟進詭異、變色、高對比的停格畫面中。

地鐵上的上班族聽看看
因為壽司K喜歡核裂變

噴火蜥蜴哥吉龍
他是我永遠的大英雄

他的突變饒舌燒掉一大排住宅
壽司K的股票買起來

在日經證交所

轉盈；其他饒舌歌手虧一波
最棒的投資我心情飛
大公司壽司K

阿吱直接往上走，跟一道深深刨入鬆黃土的新鮮摩托車輪胎痕保持平行。胎痕包含一道又深又寬的痕跡，右邊幾英尺還有一道平行、較窄的印子。

他們走得愈遠胎痕就愈深。又深又暗。看起來愈來愈不像鬆土上的摩托車車轍，反倒愈來愈像某種不祥黑色汙水的排水溝。

現在來到美國
饒舌歌手來撒潑

說：「聽著！請待在日本！
競爭讓我們氣悶！」

美國饒舌歌手噓你
要求饒舌保護主義

他們害怕壽司K
害他們觀眾跑若飛

他有超屌的金主
把那些美國饒舌歌手打到哭

壽司K音樂會機器
又快又有效率超級麻俐

跑起來像手錶裡的發條
朝老饒舌歌手的褲檔踢一腳

坡頂的一個執法者手上拿著手電筒。他移動時，手電筒的光以低平的角度掃過，像探照燈一樣短暫照亮地面。光有一瞬間照入摩托車車轍，阿浩感覺胎痕已變成亮紅色充氧血的河流。

他全沉浸學習英語
融合英語還有日語

化為超級結合體

所以粉絲遍布各國家體

也說英語的香港
渴望饒舌像你這樣唱

操英語的澳洲人
遲早開始納悶

他們哪時才有自己的饒舌高手
厭倦來自遠方的饒舌歌手

拉荀斯躺在地上，攤開四肢橫過輪胎痕。他被像鮭魚一樣剖開，邊緣平滑的一刀，從他的肛門開始，往上來到他的腹部，穿過胸骨中央，一直劃到他的下巴。不只是劃開表面而已，有些地方似乎深達脊椎。他的電腦系統原本以黑色尼龍束帶捆在他身上，現在束帶經過中線之處被整齊切斷，半數機器掉在沙土中。

因此當你看看人口數量
我將得到巨大的廣播流量

壽司K研究統計

讓大未來看起來超過激
壽司K成長股的速度
讓美國搖滾歌手嚇到吐

17

傑森·柏金瑞區身穿紅土色外套。這是西西里島的顏色。傑森·柏金瑞區沒去過西西里島。作為一種獎品，他有一天或許有機會去。為了能免費搭船去西西里島旅遊，傑森必須積攢一萬個貢巴塔點數。

他從一個有利的位置開始追逐這目標。透過創建自己的新西西里加盟區，他一開始在貢巴塔點數銀行裡就自動有有三千三百三十三點。再加上一生僅此一次的公民特別津貼五百點，結餘看起來愈來愈不錯。數字儲存在布魯克林的大電腦中。

傑森成長於芝加哥的西部郊區，全國最高度加盟化的區域。他就讀伊利諾大學商學院，平均分數二點九五六七，大四時還做了一份獨立研究，題為〈某些市場中之競爭之人種、金融、準軍事面向之交互作用〉。這是一份個案研究；他以前住在奧羅拉時，附近有新西西里和那哥倫比亞加盟區，這份研究就是在探討他們之間的地盤鬥爭。

恩利克·寇塔薩掌管衰敗中的那哥倫比亞加盟區，而傑森的論點即取決於此。傑森透過電話簡短訪問過寇塔薩先生幾次，但不曾與他面對面。

為了慶祝傑森畢業，寇塔薩先生用燃燒彈攻擊柏金瑞區家停在停車場裡的全地形地平線廂型車，然後用自動來福槍射穿他們家的前側圍牆，用掉十一個彈夾。

幸好，經營當地一連串新西西里加盟領區的卡路索先生正要一舉擊潰恩利克·寇塔薩，他在事前得知這場攻擊的消息。寇塔薩先生有手機和民用無線電組成的艦隊，但安全性極低，卡路索先生多半就是藉此攔截到相關訊號情報，並即時警告傑森的家人。因此當所有子彈在大半夜裡穿越他們家的房子時他們正在九十六號公路五英里外一家老西西里酒館享受贈送的香檳。

自然而然地，商院舉辦年終就業博覽會時，傑森特意繞去新西西里的攤位向卡路索先生致意，感謝他拯救他們家所有人逃過死劫。

「嘿，知道嗎，這只是，就像鄰居會做的事，知道吧，傑西小子？」卡路索先生說道，一面猛拍傑森的肩胛骨之間，還捏了捏他有哈密瓜那麼大的三角肌。傑森不像十五歲時那麼認真打類固醇，不過他的體型依然健美。

卡路索先生來自紐約，他的攤位是博覽會上最熱門的攤位之一。博覽會舉辦於聯盟的一個大展覽空間。展區設計成想像中的街道。兩條「公路」把展區分割為四個扇形，所有加盟公司和邦國的攤位都沿著公路而設。郊圍區和其他公司則把攤位藏在扇形內的郊區「街道」間。卡路索先生的新西西里攤位就在兩條公路的交叉路口。幾十個卑賤的商畢生在那裡排隊等著面試，不過卡路索先生注意到傑森站在隊伍中，直接走過去把他從人龍中拉出來，握住他的三角肌。所有其他商畢生都羨慕地瞪著傑森。傑森感覺很棒，覺得非常特別。那就是新西西里給他的感覺：個人化的關注。

「嗯，我打算來這裡面試，當然了，然後去李先生的大香港，因為我真的對高科技非常感興趣。」傑森這麼回應卡路索先生如父親般慈祥的提問。

卡路索先生格外用力地捏了捏他。他的聲音顯示他無比驚訝，但他對傑森的看法還不一定因而有任何減損，至少還沒。「香港？像你這麼一個聰明的白人小孩想去他媽的日仔公司幹啥？」

「欸，他們技術上來說不是日仔——也就是日本人的簡稱。」傑森說：「香港主要是廣東——」

「他們都是日仔，」卡路索先生說：「而且你知道我為什麼這麼說嗎？不是因為我是個該死的種族主義者，因為我不是。而是對他們來說——對那些人來說，你知道的，日仔——我們都是外來惡魔。他們就是這麼稱呼我們：外來惡魔。你有什麼看法？」

傑森只是讚賞地大笑。

「我們為他們做了那麼多好事。但在美國這裡，傑西小子，我們都是外來惡魔，對吧？我們都來自某個地方——只有該死的印第安人除外。你不會跑去拉科塔國面試，對吧？」

「不會，卡路索先生。」傑森說道。

「想法正確。我跟你一樣。我偏離重點了，我的重點是既然我們都有自己獨特的種族和文化認同，就必須去唯一尊重並以保存那些特殊認同為目標的公司找工作——把他們一起鍛造成能發揮作用的整體，懂吧？」

「是，我懂您的意思，卡路索先生。」傑森說道。

到了這個時候，卡路索先生已經帶著他走開一段距離，正沿著其中一條譬喻上的機會公路遛達。「好了，你想得出哪個符合你他媽的條件的商業組織嗎，傑西小子？」

「呃……」

「不是該死的香港。香港只適合想當日仔但當不了的白人，你不知道嗎？你不想當個日仔，對吧？」

「哈哈。不想，卡路索先生。」

「你知道我聽說過什麼嗎？」卡路索先生放開傑森，轉身，緊靠著他站定，胸貼著胸，比手畫腳時，他的雪茄像點火的箭一樣嗖的一聲劃過傑森耳邊。這是這場閒聊的機密部分，兩個男人間的小小祕聞。「在日本，如果你搞砸事情會怎樣？你得切下一根手指。喀嚓。就像那樣。真的啦。你不相信我？」

「我相信你。但日本並不是都這樣的，先生。只有極道才是。日本的黑幫。」

卡路索先生仰頭大笑，手臂又環住傑森的肩膀。「知道嗎？我喜歡你，傑森，真心喜歡。」他說：「日本黑幫。告訴我一件事，傑森，你聽過任何人說我們的組織是『西西里極道』嗎？吭？」

傑森大笑。「沒有，先生。」

「你知道這是為什麼嗎？知道嗎？」卡路索先生來到他這段談話中嚴肅、意味深長的部分。

「為什麼，先生？」

卡路索先生把傑森轉到另一邊，他們倆這會兒眺望整條公路，注視著一尊恩佐大叔的高聳擬像，自由女神像一般立於交叉路口上方。

「因為只有一個，孩子，獨一無二。而你也能成為其中一員。」

「但是太競爭——」

「什麼？這什麼話！你的畢業平均成績可是三分呢！其他人都要被你踢屁股了，孩子！」

就跟其他加盟主一樣，卡路索先生也可以使用地盤網，新西西里用來追蹤所謂「機會區」的聯賣資訊網。他帶傑森回到攤位——直接經過所有那些排隊的可憐呆瓜，傑森真的很喜歡這樣——然後登入網路。傑森只要挑個地區就行了。

「我有個叔叔在南加利福尼亞開了家汽車經銷商，」傑森說：「我知道那是個快速發展的地區，而且——」

「一大堆機會區！」卡路索先生狂熱地埋頭敲打鍵盤。他把顯示器轉過來，一幅地圖呈現在傑森眼前：洛杉磯地區燃起點點紅，都是無主地盤區：「挑一個吧，傑西小子！」

傑森．柏金瑞區現在是谷區新西西里第五三二八號的經理，每天早上都穿上他的帥氣紅土色外套，開著他的奧茲摩比去上班。很多年輕企業家偏愛開寶馬或Acura，不過傑森目前所屬的這個組織重視傳統與家庭價值，對閃亮的舶來品沒興趣。「如果對恩佐大叔來說美國車就夠好了……」

傑森的外套胸前口袋繡有黑幫的標誌，還額外嵌入了字母「G」，代表甘比諾（Gambino），也就是為洛杉磯盆地管理客戶的分部。他的名字繡在標誌下：「傑森（鐵幫浦）柏金瑞區」。他和卡路索先生一年前在伊利諾的就業博覽會上一起想出這個綽號。每個人都有綽號，這是傳統，也是驕傲的標誌，而且他們喜歡你選用能稍微描述你這個人的綽號。

身為地區辦公室的經理，傑森的工作是把工作分配給地區承包商。他每天早上都把他的老奧茲摩比停在加盟區前，然後走進辦公室，迅速躲進裝甲門內，以阻絕可能在外面的那哥倫比亞狙擊手。這並無法阻止他們偶爾亂射立在加盟店外面的大恩佐大叔，不過那些招牌能夠承受數量驚人的傷害，之後才會開始顯得破破爛爛。

安全地待在裡面後，傑森登入地盤網，工作清單自動在顯示器上展開。傑森只要在他今晚回家前找到承包商處理所有工作就可以了，不然就得自己做。無論如何，就是得完成工作。絕大多數的工作是簡單的遞送，他都分配給酷遞員處理。此外還要向拖欠的借方以及靠新西西里維護工廠保全的加盟主收帳。如果是初次通知，傑森喜歡親自拜訪，就是露露臉，強調他們公司對債務相關問題採取個人、一對一、事必躬親、微觀管理的做法。如果是第二或第三次通知，他通常和「死裡打國際」訂合約；這是一家高衝擊收帳代理公司，他總是很滿意他們的工作成效。然後還有非經常性的代碼H。傑森討厭處理代碼H；他覺得，在一個維持社會運作的互信系統中，代碼H就是故障的徵狀。不過這些通常都由地區層級直接解決，傑森只需要事後管理和引導輿論就好。

這天早晨，傑森看起來格外神清氣爽，他的奧茲摩比剛上蠟抛光。走進辦公室前，他從停車場拔起幾張漢堡包裝紙，該死的狙擊手。他聽說恩佐大叔在附近，你永遠不知道他什麼時候可能把他的高級轎車艦隊和戰車開進附近的加盟體，突然跑來跟某層握手。沒錯，傑森今天要加班到很晚，熬夜直到他收到消息，確定恩佐大叔的飛機已安全離開。

他登入地盤網。工作清單一如平常在顯示器上展開，並不是很長的一份清單。加盟體間的活動今天大幅減少，因為所有地區經理都在為可能蒞臨的恩佐大叔做準備、抛光、審視內部。不過捲動清單後冒出來的其中一份工作是紅字，優先工作。

優先工作有一點不尋常，還有士氣低落和潦草行事的徵兆。每份工作都應該是優先工作，不過偶爾有些絕對不能拖延或搞砸的事。傑森這樣的地區經理不能指定優先工作；這肯定來自更高層級。

優先工作通常都是代碼H，但傑森注意到這次只是簡單的遞送，鬆了一口氣。某些文件必須靠人親手從他的辦公室送去位於鬧區南面的新西西里第四六四九號。

非常南。康普頓。戰區，長久以來都是那哥倫比亞和拉斯塔法里槍手的根據地。

康普頓。位於康普頓的辦公室到底為什麼需要他的財務報表，而且上面還要有他的親筆簽名？他們應該整天都在處理自家地盤上有關競爭的那些代碼H才對。

事實上，康普頓的某個街區有個非常活躍的青年黑幫組織，他們才剛剛成功趕走所有那哥倫比亞人，把那整個地方扭轉為黑幫看守區。老太太又上街走動了。小孩在不久前還在血跡斑斑的人行道上等校車、玩跳房子。這是個示範；如果能在這個社區做到，那到處都可以。

事實上，恩佐大叔要來當面祝賀他們。

今天下午。

而第四六四九號就是他的臨時總部。

隱含的意義令人震驚。

傑森被交辦一項優先工作，要把他的報表送去恩佐大叔今天下午要在裡面喝濃縮咖啡的那個加盟體！

恩佐大叔對他感興趣。

卡路索先生說他有更高層級的關係，但真有可能這麼高嗎？

傑森坐在他那張色調相配的大地色旋轉椅上，他靠向椅背，思考著一個非常真實的可能性：幾天後，他將掌管整個地區——或甚至更棒。

有件事毫無疑問——這種快遞不能託付任何酷遞員、任何滑板上的龐克。傑森要開他的奧茲摩比去康普頓，親自把東西送過去。

18

他提早一個小時到。他原本想拚拚看提早半小時，不過仔細看過康普頓後——他當然聽過有關這地方的故事，但我的天啊——他開車開始像個瘋子一樣。廉價、糟糕的加盟體傾向採用含有大量可怕亮黃色的標誌，而阿拉米達街就這麼明顯突出於他眼前，像從死寂的洛杉磯中心朝南射出的一股放射性尿液。傑森對準路中央，忽略車道標示和紅燈，油門踩到底。

大多數加盟體都是黃色標誌，貧民區的做法，像是上城、那哥倫比亞、開曼普拉斯、超塔尚尼亞，還有鋃鐺獄。不過有個標誌像立於沼澤的岩石一樣突出，那就是新西西里加盟領區——黑幫投注大量心力的灘頭陣地，他們在這裡打敗具絕對優勢的那哥倫比亞。

精打細算的三孔仔總是收購連鋃鐺獄都不屑買下的爛地；他們已奉上一百萬日圓換取一張那哥倫比亞執照，接下來需要一些不動產，任何不動產都好，好讓他們能架起圍籬並享有治外法權。這些地區加盟領區把他們總收入的大部分都充當加盟金送去麥德林[22]，剩下的錢只夠勉強支付經常費用。

有些人嘗試詐騙，趁他們覺得保全攝影機沒在看的時候摸個幾張鈔票放進自己口袋，再沿街跑去最近的開曼普拉斯或阿爾卑斯加盟領區；這些加盟體就像路殺上的蒼蠅一樣留滯這些地區。但他們很快就會發

22 Medellín，哥倫比亞第二大城。

現，在那哥倫比亞，差不多所有事都是死罪，而且沒有像樣的司法系統，只有飛行審判小隊，他們有權在白天或夜晚的任何時間突然降臨你的加盟領區，把你的紀錄傳真回麥德林那部出了名吹毛求疵的電腦。於是你被拖去行刑隊前，靠在你自己親手打造的公司後牆；沒什麼比這更爛的了。

恩佐大叔估量，黑幫重視忠誠與傳統家庭價值，他們應該能在這些企業家成為那哥倫比亞公民前簽下其中的許多人。

這解釋了傑森開車進入康普頓時，為什麼有些廣告牌的出現頻率節節高升。恩佐大叔的笑臉似乎從每個角落對著你燦笑。他通常手臂環住一個看起來身心健康的黑人小子肩膀，上方一行宣傳標語：**黑幫——你在家族裡有個朋友！**還有**放輕鬆——你正要進入黑幫看守社區**，還有**恩佐大叔原諒並遺忘**。

最後這一句通常搭配的照片主題是恩佐大叔手臂環住某青少年肩膀，正慈祥但堅定地責罵他。這在暗示哥倫比亞人和牙買加人基本上什麼人都殺。

絕不，荷西！恩佐大叔舉起一隻手阻止一個手持烏茲的西班牙雜碎；他身後站著一群同人種的小孩和老奶奶，這些老弱婦孺堅決地握緊手中的棒球棒和煎鍋。

噢，沒錯，那哥倫比亞人依然掌握古柯葉，不過現在日本藥廠位於墨西加利[23]的古柯鹼合成設施將完工，古柯葉即將不再是問題。黑幫在賭最近所有走上這行的聰明年輕人都會注意這些廣告牌，並因此重新考慮。明明可以穿上帥氣的紅土色外套、加入友好的家族，為什麼要在某間買飛天的後面被人用你自己的腸子勒死？尤其他們現在有會尊重你個人文化認同的黑人、西班牙人和亞洲人頭兒？就長期而言，傑森覺得黑幫聲勢看漲。

他的黑色奧茲摩比在像這樣的地方根本就是天殺的靶心。康普頓，他沒見過比這更糟的景象了。痲瘋病患者把狗串在鐵叉上，架在一盆盆燃燒的煤油上烤。流浪漢推著手推車，車上堆得老高，都是他們從排洪溝翻出來的一團團百萬、十億鈔票，一路滴滴答答。路殺——大量路殺——體型那麼大只可能是人類，一道道汙漬摻雜著肉塊，在地上拖了有一個街區那麼長的距離。路障在主要大道上燃燒。到處都沒有加盟體。奧茲摩比不停砰砰響。傑森想不透那是什麼，後來才領悟，那是有人在對他開槍。幸好他聽了叔叔的話全面裝甲！想通那一點時，他其實非常激動。這可是玩真的，天啊！他開著奧茲，那些混蛋在對他開槍，但完全傷不了他！

加盟區附近三個街區的每一條路都被黑幫戰車堵住。男人躲在火燒過的廉價公寓樓頂，手持六英尺長來福槍，身穿黑色防風外套，五英寸大的螢光色**黑幫**三個字橫過他們背上。

這就是了，天啊，這是玩真的。

他在檢查站停車，注意到他的奧茲現在跨立於一顆移動式定向散鏢地雷的上方。如果他是錯的人，這顆地雷會把車炸成鋼鐵甜甜圈。但他不是錯的人，他就是對的人。他有一份優先工作，一疊文件就在他身旁的副駕駛座，包得又緊又美。

他搖下車窗，一名最高層級的黑幫衛兵用視網膜掃描器鎖定他。不搞身分證那套狗屁。他們一微秒就知道他的身分。他往後靠著他的頸部扭傷防護墊，把後照鏡轉過來對準自己的臉，檢查一下髮型。很不錯。

「老兄，」衛兵開口：「你不在名單上。」

「我在。」傑森說：「這是優先遞送，文件就在這裡。」

他把一份紙本地盤網工作訂單交給衛兵，對方看了看，哼了一聲，爬上他的戰車；這輛車上裝了滿滿的天線。

---

23 Mexicali，墨西哥下加利福尼亞州首府，北面與美國加州接壤。

一段非常、非常漫長的等待。

一個男人徒步靠近，走過黑幫加盟體和外圍之間的空無。這片空地滿是亂七八糟的焦黑磚塊和扭曲導線管，不過這位先生從中走過，有如基督走過加利利海。他的西裝漆黑如墨，頭髮也一樣。他沒帶任何護衛。外圍保全就是那麼棒。

傑森發現這個檢查站的所有衛兵都站得稍微更挺一點，他們調整領帶、把袖口從外套底下拉出來。無論這傢伙是什麼身分，傑森都想爬下滿是彈痕的奧茲摩比向他表達恰當的敬意，但他沒辦法開門，因為一個大個子衛兵就站在車門旁，正把車頂當鏡子用。

一切發生得太快，他已經走過來了。

「就是他嗎？」他問一名衛兵。

衛兵注視傑森幾秒，彷彿難以置信，然後看著黑西裝的大人物並點頭。

黑西裝男也點頭，稍微拉一下袖口，瞇起眼打量周遭片刻，看向屋頂上的狙擊手，看向四處，就是不看傑森。然後他往前踏一步。他的一隻眼睛是玻璃做的，看的方向和另一隻眼睛不一樣。傑森以為他在看其他地方，但他正用正常的那隻眼看著傑森。又或者他並沒有，傑森說不準哪一隻眼才是真的。他像隻冰櫃裡的小狗一樣打顫、僵硬。

「傑森．柏金瑞區。」男人說。

「鐵幫浦。」傑森提醒他。

「閉嘴。接下來的對話你一個字也不准說。我告訴你哪裡做錯時，你不准說你很抱歉，因為我已經知道你很抱歉了。當你活著開車出去時，你不准因為自己還活著而向我道謝，甚至不准跟我道別。」

傑森點頭。

「我甚至不想要你點頭，你就是弄得我那麼煩。不准動、閉上嘴就對了。好，來吧。我們今天早上給了你一份優先工作。非常簡單的工作。你只需要讀該死的工作單就好，但你偏偏不讀。你自己攬下工作跑來送該死的快遞。工作單明明白白告訴你別做這件事。」

傑森的視線掃向座位上那捆紙。

「那是垃圾。」男人說：「我們不想要你的垃圾文件。我們不關心你，也不關心你那個開在鳥不拉屎的地方的垃圾加盟體。我們要的是酷遞員。工作單上面寫明這個快遞要叫某一個在你那區工作的酷遞員送，她叫YT。恩佐大叔剛好喜歡YT。他想見見她。現在，因為你搞砸，恩佐大叔的願望無法滿足。噢，有夠慘，有夠丟臉，有夠荒唐的蠢事，就是這麼一回事。要救你的加盟體已經太遲了，傑森鐵幫浦，不過或許還來得及避免你的奶頭被陰溝鼠當晚餐。」

19

「不是刀劍造成的。」阿浩說。他站過去注視拉荷斯的屍體時驚訝得無以復加。所有情緒可能稍後才會慢慢堆積上來，要等到他回家、試著入睡的時候。就目前而言，他大腦思考的那部分似乎與他的身體分離，彷彿他剛嚥下一大堆藥，而他就跟阿吱一樣冷靜。

「是嗎？你怎麼知道？」阿吱問道。

「刀傷乾淨俐落，一路切到底。像是砍斷頭或手臂。刀劍殺死的人看起來不會像這樣。」

「真的嗎？你用刀殺過很多人嗎，英雄先生？」

「對，在元宇宙。」

他們在原地又站了一會兒，看著屍體。

「看起來不快，比較像力量的動作。」

「渡鴉看起來夠有力。」

「確實是。」

「但我不認為他身上帶著武器。瘸幫早先搜過他身，他很乾淨。」

「嗯，那他肯定借了武器。」阿吱說：「這隻蟲子到處走，懂吧。我們一直在注意他，因為我們擔心他惹渡鴉不爽。他一直到處走，在找有利位置。」

「他身上有監視裝備。」阿浩說：「位置愈高效果愈好。」

「所以他最後才上來路堤這裡，而犯案者顯然知道他的位置。」

「沙土。」阿浩說：「你看那些雷射。」

下方，一個啤酒瓶從壽司K的額頭彈開，他抽搐旋轉。大量雷射掃過路堤，清楚地映在被風颳出路堤的細緻沙土上。

「這傢伙——這隻蟲子——在用雷射。他一上來就用了。」

「然後雷射暴露他的位置。」阿吱說道。

「接著渡鴉跟上來。」

「我們沒說是他。」阿吱說：「但我必須知道這位，」——他朝屍體一點頭——「是不是可能做了什麼讓渡鴉覺得自己受到威脅的事。」

「現在是怎樣，團體治療嗎？誰管渡鴉是不是覺得自己受到威脅？」

「我。」阿吱的語氣非常不容置疑。

「拉荀斯只是個滴水獸，專吸情報的大吸塵器。我不認為他有在做溼任務——如果他有，他做的時候不會那一身裝備。」

「所以你覺得渡鴉為什麼那麼神經質？」

「我猜他不喜歡被監視。」阿浩說。

「對。」阿吱同意：「你應該引以為戒。」

然後阿吱一隻手伸到耳邊，好把耳機無線電的聲音聽得更清楚一點。

「YT有看見事發經過嗎？」阿浩問。

「沒，」阿歧幾秒後咕噥道：「但她看見他離開會場。她正在跟蹤他。」

「她幹嘛跟蹤他!?」

「我猜是你叫她跟著，之類的。」

「我沒想到她會跑去追他。」

「欸，她不知道他殺了這傢伙。」阿歧說：「她剛剛打電話來說她看到他了——他正騎著他的哈雷進中國城。」他說完邁步奔上路堤。幾輛執法者的車停在上面的公路路肩等待。

阿浩也跟上去。因為常跟人比劍，他的腿力好得不得了，成功在阿歧跑到他的車旁時趕上他。駕駛解開電子門鎖，阿歧上前座的同時阿浩也跳上後座。阿歧轉過來疲憊地看著他。

「我會乖。」阿浩說道。

「只有一件事——」

「我知道，不要對渡鴉做任何蠢事。」

「沒錯。」

阿歧繼續瞪著他看了一會兒，然後轉回去，示意駕駛開車。他不耐煩地從儀表板印表機扯下十英尺的印稿，翻閱起來。

在這一長條紙張上，阿浩好幾次瞥見「瘸幫」，就是那個留山羊鬍，渡鴉剛剛跟他交易的那一個。印稿中，他被稱作「丁骨莫非」。

也有一張渡鴉的照片，是動態鏡頭，而非警方存檔照。輸出品質慘不忍睹，以光增幅光學鏡片拍攝，顏色被洗掉，影像所有內容的粒子都無比粗糙，而且還低對比。影像看似經過處理以提高銳利度；這也讓顆粒感更明顯。車牌被車尾燈的光淹沒，只剩一團模糊。車身極為傾斜，邊車車輪已離地數英寸。但完全看不見那騎士的脖子；他的頭，抑或是頭部所在的暗色汙點，那個部位只是持續加寬，直到與肩膀融為一體。絕對是渡鴉。

「裡面為什麼有丁骨莫非的照片？」

「他在追他。」阿吱說。

「誰追誰？」

「呃，你朋友YT可不是愛德華．默羅[24]。不過根據她的回報，我們只能得知他們曾被目擊出現在同一個地區，當時正試著殺死對方。」阿吱說。他就像正從耳機接收即時最新消息一樣，說話的語調緩慢又冷淡。

「他們剛剛做了某種交易。」阿浩說道。

「那他們現在想殺死對方就一點也不令人意外了。」

他們來到鎮上的某個區域後，追上丁骨與渡鴉的這場秀就變成串連救護車的問題了。每隔幾個街區就有一群警察和醫護人員，燈光閃爍，無線電噗噗響。他們只要從一個點連接到下一點就好。

第一個點有個死掉的痾幫人倒在人行道上。一道六英尺寬的血流從他的身體湧出，斜斜地劃過街道、流入防洪溝。救護車工作人員站在一旁抽菸、喝外帶杯的咖啡，一面等執法者完成測量、拍照，他們才能把屍體拖去太平間。他們沒用靜脈注射，也沒有醫療垃圾散落四周，沒有打開的醫務箱；他們連試都沒試。

他們又拐過幾個彎，來到下一個閃爍燈光群聚的區域。這邊的救護車司機正在為一位超警腿上的固定

24 Edward R. Murrow，新聞廣播史上的知名人物，生於一九〇八年，卒於一九六五年，以二戰時期的戰地廣播而聞名。

器充氣。

「被摩托車輾過。」阿吱邊說邊不屑地搖頭，看得出他就像其他傳統執法者一樣看不起他們那些可悲的晚輩，也就是超警。

終於，他把無線電接上儀表板，好讓他們都能聽見。

摩托車騎士的足跡已冷，聽起來大多數當地警察都在應付餘波。不過有個公民打電話來抱怨，說有一個騎摩托車的男人和另外幾個人正在破壞他們社區的啤酒花田。

「距離這裡三個街區。」阿吱對駕駛說。

「啤酒花？」阿浩問。

「我知道那地方。地方微型釀酒坊。」阿吱說：「他們自己種啤酒花，外包給一些城市園丁，幫他們做乏味重活的中國農夫。」

他們抵達目的地，而且是第一組來到現場的執法人員，他們立即看出渡鴉為什麼讓自己被追進一片啤酒花田：這是很棒的掩護。啤酒花是沉重又開花的爬藤類植物，長在用長竹竿搭建的棚架上。棚架有八英尺高，你什麼也看不見。

他們全部下車。

「丁骨？」阿吱喊道。

他們聽見田中央有人用英語叫喊。「這裡！」但他並不是在回應阿吱。

他們走進啤酒花田。步步謹慎。有一股封閉的氣息，一股樹脂味，聞起來像大麻，昂貴啤酒散發的辛辣味兒。阿吱示意阿浩待在他後方。

如果是在其他情況下，阿浩會乖乖聽話。他是半個日本人，在某些情況下，他完全聽從權威。但這並不是那種情況。如果渡鴉真的來到阿浩近處，他要用他的武士刀跟他聊聊。如果走到那一步，阿浩不希望阿吱在附近，因為他有可能在刀向後擺時失去一隻手或腳。

「呦，丁骨！」阿吱大吼：「我們是執法者，而且我們很不爽！滾出來啊，老兄。我們回家！」

丁骨，或阿浩假定那是丁骨，他唯一的回應是用輕機槍短暫掃射了一陣。槍口的火光像閃光燈一樣照亮啤酒花藤。阿浩單肩對準地面，暫時埋身柔軟的泥土與落葉。

「幹！」丁骨脫口而出。這是表達失望之情的幹，但還有其他濃濃的潛藏含意，訴說排山倒海的挫折與許多恐懼。

阿浩起身，採取謹慎的蹲姿，他查看四周。看不到阿吱和其他執法者。

阿浩硬擠過藤架，來到距離戰鬥更近的一道土埂。

另一個執法者——駕駛——也在這一道，距離約莫十公尺，背向阿浩。他回頭朝阿浩的方向瞥一眼，然後望向另一邊，看見另一個人——阿浩被執法者駕駛擋住，看不清楚那是誰。

「什麼鬼。」執法者說道。

然後他像受到驚嚇一樣稍微一跳，他的外套後背有點狀況。

「是誰？」阿浩問。

執法者沒說話。他想轉過來，但因為某個原因而沒辦法。有個東西在搖晃他身旁的藤蔓。

執法者發抖，重心從一腳歪到另一腳。「得弄掉才行。」他沒針對任何對象放聲說道。他突然小跑起來，奔離阿浩。另一個人已經消失了。執法者用一種奇怪又僵硬的直挺挺步伐奔跑，雙臂垂在身側。他的亮綠色防風外套垂下來的樣子看起來不對勁。

阿浩追上去。執法者小跑步朝土埂的末端奔去，從那裡看得見街上的燈光。

執法者比他早幾秒奔出啤酒花田，阿浩來到路邊時，他已經跑到路中間，照亮他的主要是頭頂一個超大電視螢幕的閃爍藍光。他踩著詭異的小踱步轉身又轉身，不是非常平衡。他用平靜的聲音低聲說著「啊——啊——」，好像亟需清喉嚨一樣發出咯咯聲。

隨著執法者轉身，阿浩意識到他被一根八英尺長的竹矛刺穿了，一半從前方穿出，一半從後。後半部沾染暗色的血和黑色的小塊排泄物，前半部則是黃綠色而乾淨。執法者只看得見身體前側，他的雙手上下摸竹竿，想弄清楚眼前究竟是什麼情形。然後，竹竿的後半部撞上一輛停在旁邊的車，一道窄扇形的肉凍塊撒上打過蠟拋過光的行李箱蓋。車子的警報器響了起來。執法者聽見聲音，轉過去查看。

阿浩最後看見他時，他正沿霓虹燈搏動的街道中央奔向中國城中心，一面哀號著一首亂七八糟的駭人歌曲；這首歌和汽車警報的咩咩叫聲一點也不協調。就算在此時此刻，阿浩也覺得這世界有某個東西被扯開，而他就掛在裂口上，注視著一個他並不想去的地方。迷失在生物量中。

阿浩拔出他的武士刀。

「阿吱！」他吼道：「他射矛，射得很準，你的駕駛中鏢了！」

「了解！」阿吱也吼道。

阿浩走回最近的一條土埂。他聽見右邊有聲音，便用武士刀砍開藤架鑽過去。這個時候待在這種地方不太妙，但馬路籠罩在電視螢幕的冥王之光下，這裡總比那裡安全。

一個男人站在土埂另一邊。阿浩從一直加寬直到觸及肩膀的怪異頭形認出他。他一隻手拿著一根從藤架扯下來剛削好的竹竿。

渡鴉用另一隻手撫摸竹竿的一端，一塊東西掉落。那隻手上有個東西一閃，顯然是刀鋒。他剛剛以尖銳的角度削掉竹竿的末端，把竹竿化為矛。

他流暢地擲出，動作沉著而優美。矛消失，因為它正直朝阿浩而來。阿浩來不及擺出恰當的架式，但沒關係，因為他已經擺好了。只要武士刀在手，他就會自動擺好架式，否則他怕會失去平衡，不小心砍掉自己的手或腳。雙腳平行朝前，右腳在前左腳在後，武士刀像陰莖的延伸一樣低持於鼠蹊部。阿浩抬高刀尖，用刀身側面拍打竹矛，恰到好處地偏移矛的方向，讓矛緩緩朝旁邊旋去，矛尖僅以毫米之差與阿浩擦身而過，和阿浩右方的藤蔓纏在一起。矛的尾端擺過來，掛在阿浩左邊，隨著來勢漸歇扯下一些藤蔓。矛很重，而且來得很快。

渡鴉不見了。

心中的筆記：無論渡鴉今晚原本是否打算單挑一群痾幫人和執法者，他都沒費心帶把槍。

幾道土梗之外響起另一陣槍聲。

阿浩已經在這裡站了挺長一段時間，一直在思考剛剛發生的事。他砍穿隔壁那道藤蔓，朝槍口火光的方向前進，一面再三喊著：「別朝這裡開槍，丁骨，我跟你同一邊的，兄弟。」

「狗娘養的朝我胸口射了一根棍子，兄弟！」丁骨抱怨道。

當你身穿盔甲，被一根矛射中實在沒有什麼大不了。

「你也許應該算了。」阿浩說。他必須砍穿好多道藤蔓才到得了丁骨的位置，但只要丁骨持續說話，阿浩就找得到他。

「我是痾幫的，我們才不算了。」丁骨說：「是你嗎？」

「不是。」阿浩說：「我還沒到你那。」

非常短暫的一陣槍擊，很快便中斷。突然間，沒人在說話了。阿浩砍進隔壁道，差點踩上丁骨的手；

他的手被齊腕切斷，手指還扣在一把MAC-11的扳機護環上。

丁骨的其他部分在兩道土埂之外。阿浩停下腳步，透過藤蔓查看。

渡鴉是阿浩在專業體育活動之外僅見最高大的人之一。丁骨正沿著一道土埂退離他。渡鴉踏著自信的大步追上去，一隻手揮上丁骨的身體；阿浩不用看就知道那隻手上有把刀。

看起來丁骨最糟糕的情況是得接上一隻手並做復健，除此之外應該可以全身而退，因為你不可能用那種方式把一個人捅死，他穿著盔甲的話就不可能。

丁骨尖叫。

他在渡鴉手上彈上彈下。刀直接刺穿防彈纖維，現在渡鴉想把丁骨像拉荀斯一樣開膛破肚。但他的刀——無論那到底是什麼——沒辦法以同樣方式切割防彈纖維。刀利得足以刺穿——這不應該可能才對——但沒有利到能劈砍。

渡鴉拔出刀子，跪下，持刀的手在丁骨的大腿間劃了一個長橢圓形，隨即跳過丁骨癱倒的身體跑走。

阿浩有預感丁骨已經是個死人了，因此他跟著渡鴉。他並不是想逮住那男人，而是想對他的位置保持非常清楚的視野。

他不得不砍穿幾排棚架。他很快失去渡鴉的行蹤，考慮起要不要用盡全力朝反方向跑。

然後他聽見摩托車引擎發出低沉、伸展肺部的隆隆聲響。阿浩奔向最近的街道出口，只希望能瞥見一眼。

他成功了，雖然只是短暫一瞥，比警車上的照片好不了多少。渡鴉匆匆離去的同時還轉過來看著阿浩。他剛好在一盞路燈下，因此阿浩第一次看清他的臉。他是亞洲人。一小束鬍子垂到下巴下。

另一個瘸幫人在半秒後緊跟著阿浩衝出來街上，這時渡鴉正要騎走。他稍微減慢好評估情況，隨即像個後衛球員一樣衝向摩托車，同時還發出吼叫聲，戰吼。

阿吱差不多跟那個瘸幫人同時出現，並沿街道朝他們兩人追去。

渡鴉似乎沒發現有個瘸幫人在後面追趕，不過依事後之見，看來他顯然已經透過摩托車的後照鏡看見他追上來。等到瘸幫人跑到可及範圍內後，渡鴉的手暫時鬆開油門，然後像丟掉一個垃圾一樣朝後一甩。他的拳頭有如從大砲射出來的冰凍火腿一樣擊中瘸幫人的臉中央。瘸幫人的頭往後甩，雙腳離地，幾乎整個後空翻後撞上路面，後頸先著地，同時雙臂重重摔在路上。看起來很像是經過控制的摔，但若真是如此，那肯定大半是出自反射。

阿吱減速，轉身，在倒地的瘸幫人身旁跪下，不再管渡鴉。

阿浩看著這個身上帶放射物質、擅擲矛、高大的殺人藥王騎著他的摩托車進入中國城。如果打算追上去，他等於正要騎入中國。

他跑到瘸幫人身旁，他正動彈不得地躺在馬路中央，下半臉幾乎無法辨識，雙眼半睜，而且他看起來頗放鬆。他輕聲說：「他是該死的印第安人之類的。」

有趣的想法。不過阿浩還是認為他是亞洲人。

「你他媽的以為自己在搞啥啊，混蛋？」阿吱說。他聽起來超級生氣，阿浩忍不住退開。

「那個垃圾搶了我們——手提箱燒掉了。」瘸幫人用爛掉的下巴咕噥著。

「那幹嘛不就這麼算了？你們這樣跟渡鴉亂搞，是瘋了嗎？」

「他搶了我們。沒人搶了我們還能活命。」

「嗯，渡鴉就那麼幹了。」阿吱說。他終於稍微冷靜下來。他腳跟施力站直，抬頭看著阿浩。

「丁骨和你的駕駛應該都活不成了，」他說：「最好不要移動這傢伙——他脖子可能骨折了。」

「我沒折了他脖子算他運氣好。」阿吱說道。

醫療人員頗快速就趕到，在瘸幫人又燃起雄心壯志嘗試站起來之前把一個充氣式護頸啪的一聲放上他頸子上，沒幾分鐘就把他抬走了。

阿浩回到啤酒花田裡找到丁骨。他死了，呈跪姿癱靠在一個棚架上。刺穿防彈背心的傷原本就會致命，但渡鴉並不滿足於此。他朝下半身下刀，上下砍過丁骨的大腿內側；這雙大腿這會兒洞開見骨。渡鴉藉此在丁骨的兩邊股動脈劃開縱長的傷口，他全身的供血一湧而出。就像切掉保麗龍杯的底部。

20

執法者把整個街區變成行動警察總部，有車、囚車，還有架在平臺式卡車上的衛星通訊設備。穿白袍的老兄們帶著蓋格計數器在啤酒花田穿梭。阿吱戴著頭戴式耳機到處亂晃，他凝視空中、和不在場的人談話。一輛拖吊車出現，拖走丁骨的黑色寶馬。

「呦，伴。」阿浩轉身看，是ＹＴ。她剛從對街的湖南地方出來，把一個小白盒子和一雙筷子交給阿浩：「醬油辣炒雞，不含味精。你會用筷子了嗎？」

他沒把這侮辱當一回事。

「我點了雙份，」ＹＴ接著說：「因為覺得我們今晚弄到不錯的情報。」

「妳知道這裡發生了什麼事嗎？」

「不知道。我是說，顯然有人受傷了。」

「但妳沒有親眼目睹。」

「沒，我追不上他們。」

「很好。」阿浩說。

「那到底發生了什麼事？」

阿浩只是搖頭。辣炒雞在燈光下暗暗閃爍；他這輩子沒這麼不餓過。「早知道就不拉妳下水了，我以為只是盯哨而已。」

「發生什麼事啦？」

「我不想淌渾水。聽著，離渡鴉遠一點，好嗎？」

「當然。」她用的是她在說謊而且也想讓你知道的雀躍語調。

阿吱猛力拉開寶馬的後車門，朝後座張望。阿浩稍微走近，吸入一口噁心的冷煙。塑膠燃燒的味道。渡鴉稍早交給丁骨的鋁製手提箱擱在座位中央，看起來活像曾被丟進火裡；黑煙痕從鎖附近擴散，部分塑膠握把融化。寶馬座椅的奶油色皮革套有燒過的印子。難怪丁骨不爽。

阿吱戴上乳膠手套，把手提箱拽出來放在後車廂蓋上，用小撬棒扯開彈簧鎖。

無論這是什麼東西，它都非常複雜，經過縝密設計。手提箱的上半部有幾排阿浩在你來儲看過的紅蓋塑膠管。五排，每排可能有二十管。

手提箱下半部看似某種小型老式電腦終端機，大部分空間都被鍵盤占據，有個小液晶顯示器，大概每次可顯示五行文字。一個長得像筆的東西以細繩與手提箱相連，捲開後可能有三英尺長，看起來像是光筆，或是條碼掃描器。鍵盤上方是鏡頭，角度已設定好對準打字的人。還有其他看不太出功能的部分：一個插槽，或許是用來插入信用卡或身分證；一個圓柱形插口，大小跟那些塑膠管差不多。

在阿浩想像中，這東西原本看起來應該是像這樣，實際看到時，手提箱內部都融成一團了。根據手提箱外側的煙燻痕——煙看似從上下蓋之間的縫隙噴出——起火點應該是在裡面，不是外面。

阿吱伸手從托架拔下一根管子，舉高對著中國城的明亮燈光看。管子曾經透明，但現在被熱氣和煙弄髒。從一段距離外看，管子看起來就像普通的小容器，不過當阿浩走近細看，可以看見裡面至少有半打小隔間，全部以毛細管相連。管子的一端有紅色塑膠蓋。蓋子上則有個方形黑色視窗，隨著阿吱轉動管子，阿浩看見視窗裡有LED顯示器停滯狀態的暗紅色閃光，就像看著關掉的計算機顯示螢幕。在這底下有一個小孔，不是單純的鑽孔。小孔在表面時較寬，然後快速縮小為一個幾乎看不見的針孔，就像喇叭口一樣。

管子裡的隔間都半注入液體，有些透明，有些是泛黑的棕。棕色那些一定是某種有機體，只是現在都被高溫煮成雞湯了。透明的液體有可能是任何東西。

「他下車去酒吧喝一杯。」阿吱喃喃說道：「真是個混蛋。」

「誰？」

「丁骨。懂嗎，丁骨就像這裝置，這手提箱的註冊所有人。一旦他離開手提箱超過十英尺——轟——它就自我毀滅。」

「為什麼？」

阿吱像看著傻瓜一樣看著阿浩：「呃，不是說我為中央情報工作還怎樣。不過我會猜，無論是誰做出這種藥——他們稱之為倒數，或紅帽子，或潰雪——他們很把商業機密當一回事。所以如果毒販拋棄手提箱，或弄丟了，或是把所有權轉移給其他人——轟。」

「你覺得瘸幫會去找渡鴉嗎？」

「不會在中國城裡，呸。」阿吱想到又開始不爽：「那傢伙不能信任。我本來有可能殺了他。」

「渡鴉嗎？」

「不是，那個瘸幫人，在追渡鴉。他運氣好，是渡鴉先逮到他，不是我。」

「你在追那個瘸幫人？」

「對啊，我在追那個瘸幫人。什麼，你以為我想抓的是渡鴉嗎？」

「算是吧，對啊。我是說，他才是壞人，對吧？」

「毫無疑問。如果我是警察、工作是抓壞人，我會去追渡鴉。但我是執法者，我的工作是維持秩序，所以我會盡我所能保護渡鴉——鎮上的所有執法者都一樣。如果你有那個想法，要把渡鴉找出來、為你那個被他了結掉的同事報仇，你還是算了吧。」

「了結？什麼同事？」YT突然插進來。她沒看見拉荀斯發生了什麼事。

這想法令阿浩無比屈辱。「所以所有人才叫我不要惹渡鴉？他們擔心我會攻擊他？」

阿吱打量武士刀。「你有工具啊。」

「怎麼會有人要保護渡鴉？」

阿吱微笑，彷彿我們剛剛跨過一道疆界，進入開玩笑的領域。「他是一個主權國家。」

「那就對他宣戰。」

「跟核武政權宣戰可不是什麼好主意。」

「啥？」

「天啊。」阿吱搖頭：「如果我知道你那麼不了解這些爛事，我絕對不會讓你上我的車。我還以為你是什麼認真的中情司滏任務特務。你現在是在告訴我，你真的不知道渡鴉的事？」

「對，我就是在這麼告訴你。」

「好吧。我現在就告訴你，免得你跑出去惹更多麻煩。渡鴉身上帶著一顆他從舊蘇聯核子潛艇偷來的魚雷彈頭。那種魚雷原本的作用是一擊幹掉整支航空母艦戰隊。核子魚雷。你知道渡鴉的哈雷裝著一個看起來很怪的邊車吧？嗯，那是氫彈，老兄。裝配武器並隨時可用。觸發器跟鑲在他頭殼上的腦波電極相連。渡鴉死掉，炸彈就跟著爆。所以如果渡鴉來鎮上，我們會盡所能讓他覺得賓至如歸。」

阿浩目瞪口呆。YT只能代表他開口。「好，」她說：「我代表我夥伴和我自己發言，我們會跟他保持距離。」

21

ＹＴ以為她整個下午都會當一坨坡道屎。海港高速公路的浪向來很高，帶著她從市中心進入康普頓，不過進入那個社區的匝道太少人走，地上的坑洞都長出三英尺高的風滾草了。而她絕對不要用自己的力氣滑進康普頓。她想叉個又大又快的東西。

她不能使出標準伎倆，訂披薩外賣到她的目的地，然後趁外送小子呼嘯而過時叉他，因為所有披薩連鎖店都不送這一區。所以她只能停在匝道口，花好幾個小時的時間等順風車。坡道屎。

她根本不想送這單，但加盟主超想要她送，超級想。他付她的錢高得要命，真蠢。包裹裡一定裝滿某種厲害的新藥。

不過接下來發生的事更怪。她從海港高速公路滑下來，叉了一輛南行的聯結車慢慢靠近目標匝道。距離匝道四分之一英里時，一輛彈痕累累的黑色奧茲摩比從她身旁開過，右轉方向燈在閃。他要下匝道。美好得令人難以置信。她叉上那輛奧茲摩比。

跟在這輛臭屁的轎車後滑下坡道時，她從後照鏡查看了一下車上的駕駛，竟是加盟主本人，付她一筆金額蠢到極點的酬勞要她送這單的那個人。

到這個時候，比起康普頓，她更怕他。他一定是瘋子，他一定愛上她了，完全就是變態神經病愛情戲碼。

但有點晚了。她繼續跟著他，一面思考該怎麼逃離這個又熱又爛的社區。

他們接近一個看起來很不妙的大黑幫路障，他催油門，直接往死裡開去。她看得到目的地加盟體就在前面。他在最後一秒甩尾，車子側滑尖叫後停住。

他不可能更有幫助了。他給了她最後一點點能量後座力，她同時解叉，以安全又穩健的速度飄過檢查站。她從衛兵跟前滑過去，他們的槍朝著天，頭轉過來看著她的屁股。

康普頓新西西里加盟體看起來很嚇人。這是青年黑幫的狂歡聚會。這些年輕人甚至比全摩門德撒律[25]郊園區的那些還蠢。男孩們身穿無趣的黑西裝，女孩們裹著毫無意義的女孩氣質。女孩甚至不能加入青年黑幫；她們必須加入女子後援隊，用銀盤送上蛋白杏仁餅。「女孩」一詞對這些生物來說太過細緻，演化尺度層級太高。她們甚至不是小妞。

速度太快，因此她一踢腳把滑板打斜，腳底抓住板子，伏低，煞車，揚起一陣砂土；幾個黑幫青年在外面閒晃，小口啃小巧的義大利零食，一邊扮大人，他們腳下閃亮的鞋被YT弄得都蒙上一層灰。砂土沉澱在黑幫青年原型妞的白色蕾絲長襪上。她摔下滑板，看似在最後一刻才找到平衡。她單腳踏滑板邊緣，滑板彈上四英尺高的空中，繞著長軸快速旋轉，飛到她腋下後被她單臂牢牢夾住。智慧輪的輻條全部收回，因此剩下的輪子不比輪心大多少。她把麥格叉插入滑板屁股一個方便好插的插座，她的全部裝備就這麼變成方便好拿的組套。

「YT，」她說：「年輕、快速、女性。恩佐他媽的在哪？」

男孩們決定以「成年人」的方式對待YT。這年紀的男子滿腦子都是彈彼此內褲和喝到斷片。但在女性身旁，他們會「轉大人」。太爆笑了。他們其中一個稍微踏出一步，插入YT和最近的原型妞之間。「歡迎來到新西西里。」他說：「有什麼我能效勞的嗎？」

YT深深嘆氣。她是個完全獨立的商務人士，這些傢伙卻自以為跟她平起平坐。

「送東西給恩佐？知道嗎，我等不及要離開這個社區。」

「這裡現在很不錯了。」那個黑幫青年說道：「妳應該多待一會兒，說不定能學點禮儀。」

「你才應該試試在尖峰時刻滑范杜拉，說不定能學到自己多有限。」

黑青笑了，像是在說好啊，隨妳高興。他朝門示意。「妳想找的人在那裡面，他要不要見妳我就不知道了。」

「他他媽的指定我耶。」YT說道。

「他千山萬水來找我們，」黑青說：「而且他看起來跟我們玩得很開心。」

其他黑青都贊同地咕噥並點頭。

「那你們幹嘛站在外面？」YT一面問一面走進去。

進入加盟體後，情況驚人地放鬆下來。恩佐大叔在裡面，看起來跟照片裡一模一樣，只不過比YT預期大隻。他坐在桌子旁，正在跟其他穿喪服的傢伙玩牌，一邊抽雪茄一邊啜飲濃縮咖啡。顯然刺激絕對不會太多。

裡面有一整套攜帶式恩佐大叔支援系統。旅行用濃縮咖啡機安放在另一張桌子上，旁邊有個門開開的櫥櫃，可以看見裡面有一大錫箔袋的義大利烘焙水洗低咖啡因咖啡和一盒哈瓦那雪茄。角落還有一個滴水

---

25 Deseret 一詞出自《摩爾門經》，「蜜蜂」之意。摩門教徒於一八四九年提議在現為猶他州的位置創建以此為名的一州，但不曾獲美國政府承認。

獸，他接上一部異常大的筆電，正含糊地自言自語。

YT舉起手臂，讓滑板落入她手中。她啪的一聲把滑板放在空桌上，走向恩佐大叔，一面解下肩膀上的包裹。

「吉諾，麻煩你。」恩佐大叔朝包裹點頭。吉諾上前接過包裹。

「需要你在上面簽名。」YT莫名沒用「夥伴」或「底迪」稱呼他。

她一時被吉諾分心。突然間，恩佐大叔已經來到離她頗近的地方，左手抓住她的右手。她的酷遞員手套手背位置有個開口，剛好容得下他的嘴唇。他在YT的手背印下一吻。又溫又溼。沒流口水也不噁心，沒消過毒也不乾燥。有意思。這傢伙有自信心支撐。天啊，真老套。好嘴唇。有點堅實、長肌肉的嘴唇，不是凝膠感又肥厚的十五歲嘴唇。恩佐大叔有一股非常淡的柑橘混雜陳年菸草味。要離他非常近才能清楚聞到。他矗立在她身旁，現在拉開一小段禮貌的距離，一雙長皺紋的老人眼對著她閃爍。

似乎很不錯。

「我說不出我有多期待跟妳見面，YT。」他說。

「嗨。」她自覺語氣太過歡快，於是補充：「是說，袋子裡是什麼東西貴重成這樣？」

「完全微不足道。」恩佐大叔說。他的微笑稱不太上沾沾自喜，更像是不好意思，像是在說用這種方式跟一個人見面還真尷尬。「都是影技術的關係。」他輕蔑地攤開一隻手，「像我這樣的男人要想跟年輕女孩見面，又不想產生錯誤的媒體形象，實在沒多少方法可用。很蠢，但我們在意這種事。」

「那，你幹嘛想見我？要我送東西嗎？」

在場的所有傢伙哈哈大笑。

YT稍微被他們的笑聲嚇到，想起自己正在一群人面前表演。她的視線稍微從恩佐大叔身上飄走。

恩佐大叔注意到了，他的微笑微乎其微地縮小了一點。他猶豫片刻。就在那一刻，裡面的所有其他傢伙都起身朝出口走去。

「妳或許不相信我，」他說：「但我只是想謝謝妳幾週前送了那份披薩。」

「我為什麼不該相信你？」聽見自己說話這麼好聲好氣，她大感驚奇。

恩佐大叔也是。「我相信所有人中就屬妳最能想出原因。」

「所以，」她說：「你和這些黑幫青年玩得很開心嗎？」

恩佐大叔看了她一眼，那眼神在說注意喔，孩子。她害怕一秒後開始大笑，因為那是演的，他只是在教訓她。他微笑，表示她可以笑沒關係。

YT想不起來她哪時曾經那麼投入一場對話。為什麼不能所有人都像恩佐大叔一樣？

「我看看。」恩佐大叔抬頭看天花板，在他的記憶庫中搜索：「我知道關於妳的幾件事，知道妳十五歲，跟妳母親一起住在谷區的一個郊圍區。」

「我也知道關於你的幾件事。」YT大膽開口。

恩佐大叔大笑：「我保證絕對沒有妳想像中多。告訴我，妳母親對妳的職業有什麼看法？」

他用「職業」這兩個字真不錯。「她不完全知道——或者是不想知道。」

「妳多半錯了。」他的語氣夠爽朗，並不是要給她難看之類的。「妳可能會很驚訝她有多了解。至少我的經驗是這樣。妳母親從事什麼工作？」

「她為聯邦政府工作。」

恩佐大叔覺得這太有趣了：「然後她女兒為新西西里送披薩。她為聯邦政府做什麼？」

「某種她不能告訴我以免我外洩的工作。她很常接受測謊。」

恩佐大叔似乎非常了解這檔事。「沒錯，很多聯邦政府的工作都那樣。」

一段時機剛好的沉默。

「我有點被嚇到。」YT說道。

「她為聯邦政府工作的這件事嗎？」

「測謊。他們放一圈東西在她的手臂上——測血壓。」

「血壓計。」恩佐大叔乾脆地說道。

「她的手臂都會瘀血。我不知道為什麼覺得這很煩。」

「妳是該煩。」

「而且家裡有竊聽器。所以當我在家——無論我做什麼——多半都有人在聽。」

「嗯，我完全可以同理妳的感受。」恩佐大叔說道。

他們一起大笑。

「我要問妳一個我一直想問酷遞員的問題。」恩佐大叔說：「我總是透過轎車的車窗看你們。事實上，酷遞員叉我的時候，我都叫彼得，也就是我的司機不要弄他們。我的問題是，你們從頭到腳都有防護墊，那為什麼不戴安全帽？」

「制服附有頸椎安全氣囊，從板子摔下來的時候就會充氣，所以可以用你的頭在地上彈。而且安全帽感覺很怪。他們說不會影響聽覺，但明明就會。」

「幹你們這行很依賴聽覺嗎？」

「絕對是，沒錯。」

恩佐大叔點頭：「我也這麼覺得。在越南的時候，我們小隊的小伙子也都有同感。」

「我聽說你去過越南，但——」她察覺到危險，因此住口。

「妳以為只是宣傳。不，我去過。如果我想，我可以避開，但我自願加入。」

「你自願去越南？」

恩佐大叔大笑。「對，沒錯。我們家族只有我這個男孩這樣。」

「為什麼？」

「我當時覺得越南比布魯克林安全。」

換ＹＴ大笑。

「爛笑話。」他說：「因為我父親不想要我去，我才自願從軍。我想惹他生氣。」

「真的？」

「百分百。我花了好幾年的時間想方設法惹他生氣。跟黑人女孩約會、留長髮、抽大麻。不過最高點，我的終極成就——甚至比穿耳洞還厲害——是自願去越南從軍。但即使是在那個時候，我也必須採取極端做法。」

ＹＴ的視線在恩佐大叔兩邊起皺紋、皮革般的耳垂來回穿梭。她在左邊看到一個幾乎難以察覺的鑽石小耳釘。

「極端做法，什麼意思？」

「大家都知道我是誰。消息到處傳，妳知道的。如果我自願加入常規軍，最後會落得待在本土填表格——甚至可能待在本森赫斯特這裡的漢彌爾頓堡。為了預防發生這種事，我自願加入特種部隊，什麼都做了，完全只為了進入前線小隊。」他大笑。「然後也成功了。總之，我像個老人一樣閒扯呢。原本是想針對安全帽發表一些看法。」

「噢，對。」

「敵方有些滑溜的先生，都拿著比自己體型還大的槍，而我們的任務是穿過叢林給他們製造一點麻煩。一群鬼鬼祟祟的傢伙。我們也很依賴聽覺——就跟你們一樣。而且妳知道嗎？我們從不戴頭盔。」

「一樣的理由。」

「沒錯。就算頭盔沒真的蓋到耳朵，還是會對聽覺有影響。我依然認為我能留著這條命是因為沒戴頭盔。」

「真的很酷。真的好有趣。」

「妳以為他們到現在早該解決這問題了。」

「對啊，」YT進一步提出自己的想法：「我猜有些事永遠不會變。」

恩佐大叔仰頭捧腹大笑。YT通常覺得這種事挺討厭，不過恩佐大叔看起來是真心開心，不是在給她難堪。

YT想問，他是怎麼從徹頭徹尾的叛逆小子變成到後來承接起家族事業，但她沒說出口。不過恩佐大叔察覺這場談話接下來自然而然就是這個主題。

「我有時候會想，不知道我之後會是誰。」他說：「噢，我們的下一代有很多優秀人才，但在那之後——嗯，我不知道。我猜所有老人都覺得世界即將走到終點吧。」

「你們有幾百萬個像那樣的黑幫青年。」YT說道。

「都注定要在郊區穿著制服外套翻弄文件。妳不太尊重那種人，YT，因為妳年輕氣盛。但我也不太尊重他們，因為我年老睿智。」

恩佐大叔說這些實在挺令人震驚，但YT並不吃驚。恩佐大叔是她合情合理的伴，而他發表這種言論感覺理所當然。

「他們之中沒人會只為惹老爸生氣就自願去叢林裡讓自己的腿被射斷。他們欠缺某種素質，死氣沉沉、挫敗。」

「真慘。」ＹＴ說道。她原本想開嗆，不過這樣說感覺比較好。

「好啦。」恩佐大叔說。這是那種開啟或結束一場對話的「好啦」。「我原本打算送些玫瑰給妳，但妳應該對那種東西沒興趣，對吧？」

「噢，我也不會介意啦。」這話就連聽在她自己耳裡都覺得軟弱得可悲。

「既然我們現在是患難之交了，我要給妳一些更好的東西。」他鬆開領帶和領口，手伸進襯衫內拉出一條廉價得嚇人的鋼鍊，有兩個附戳印的吊牌掛在上面。「這是我的舊狗牌，」他說：「帶在身上好幾年了，只是好玩而已。如果妳願意戴上，我會非常高興。」

ＹＴ努力穩住膝蓋，她戴上狗牌。狗牌垂在她的連身衣上。

「最好放在裡面。」恩佐大叔說。

她把狗牌放進她雙乳之間的祕密之地，還感覺得到恩佐大叔的體溫。

「謝了。」

「只是好玩而已，」他說：「但如果妳惹上麻煩，無論整妳的是誰，只要把狗牌拿給他看，情況都可能迅速改觀。」

「謝謝，恩佐大叔。」

「好好照顧自己。善待妳母親。她愛妳。」

22

她踏出新西西里加盟領地時，一個傢伙在等她。他微笑，笑中不無諷刺，然後幾不可察地欠身，算是藉此引起她注意。挺可笑的，不過跟恩佐大叔待了一會兒後，她非常吃這套。因此沒當著他的面哈哈大笑或怎樣，只是朝另一個方向看，沒理他。

「YT。有份工作要給妳。」他說道。

「我在忙，」她說：「有其他單要送。」

「妳吹牛不打草稿。」他讚賞地說：「妳知道裡面那個滴水獸吧？就連我們在說話的這當下，他都接在激酷系的電腦上，所以我們都知道妳才沒單要送。」

「欸，我不能直接跟客戶接單。」YT說：「都是從中央派發。你必須打1-800那支電話。」

「天，妳以為我是哪種該死的笨蛋？」那傢伙說道。

YT停下來，轉身，終於正眼瞧那傢伙。他又高又瘦，黑西裝、黑頭髮。他有一隻看起來很討厭的玻璃眼。

「你的眼睛怎麼了？」

「冰鑽，貝永（Bayonne），一九八五年。」他說：「還有其他問題嗎？」

「抱歉，老兄，只是問問。」

「繼續談生意吧。妳好像以為我的腦袋直接長在屁眼上，但我不是，我知道所有酷遞員都透過1-800那支電話從中央派案。好，我們不喜歡1-800和中央派案。我們的小怪癖啦。我們喜歡用老方法，直接對人。就像是，我媽媽過生日的時候，我不會拿起電話撥打『1-800-打給媽』。我直接過去在她臉頰上親一下，好嗎？現在回頭談工作，我們就是想要妳。」

「為什麼？」

「因為我們就是喜歡對付問太多該死問題的難搞小妞，所以我們的滴水獸已經接上激酷系用來派發酷遞員的電腦。」

玻璃眼的男人轉頭，頭轉得超級過去，活像隻貓頭鷹，然後他朝滴水獸的方向點頭。一秒後，YT的手機響起。

「他媽的接起來啊。」他說。

「怎樣？」她對著電話說。

電腦語音告訴她，她應該要去格利菲斯公園取件，送去凡奈斯的韋恩牧師珍珠大門。

「如果你想把東西從甲地送到乙地，為什麼不自己開車過去就好？」YT問：「放上一輛林肯城市直接送去就得了。」

「因為在這個情況下，那個『東西』並不確切屬於我們，而且甲地和乙地的人嘛，嗯，就雙方來說，關係都和我們不算好。」

「你要我去偷東西。」YT說。

玻璃眼男受傷痛苦。「不，不，不。小鬼，聽著。我們是他媽的黑幫。如果是偷東西，我們早就知道怎麼做了，好嗎？不需要靠一個十五歲小妞去幫我們偷。我們要做的是更隱密的行動。」

「間諜行動。」情報。

「對。間諜行動。」男人的語調顯示他努力迎合某人：「而行動成功的唯一方法取決於是否有個能稍微跟我們合作一下的酷遞員。」

「所以恩佐大叔那整齣都是假的。」ＹＴ說：「你們只是想跟一個酷遞員打好關係。」

「噢，齁，聽聽這話。」玻璃眼男真的被逗樂了：「對啊，好像我們有必要找最上層來打動一個十五歲小妞一樣。聽著，小鬼，外面有一百萬個酷遞員，我們想收買哪個來幫我們都可以。我們再次選擇妳，是因為妳跟我們公司有私人關係。」

「好吧，你想要我做什麼？」

「完全跟妳平常遇到這情況時一樣。」男人說：「去格利菲斯公園取件。」

「就這樣？」

「對，然後送件。不過幫我們一個忙，走州際五號好嗎？」

「走那裡不是最好——」

「照做就對了。」

「好吧。」

「那就來吧，我們送妳離開這個地獄坑。」

有時候，如果風的方向對，你進入一輛高速十八輪卡車的氣袋，甚至不需要叉上卡車。那種真空會把你吸進去，就像強大的吸塵器，你可以在裡面待上一整天。但如果搞砸了，你會突然發現自己孤單又無力，落在公路左線道，一隊聯結車就在你身後。還有一種情況也一樣糟，就是你屈服於那股力量，直接被吸進擋泥板，然後變成車軸醬，不會有任何人發現。這稱為神奇吸塵叉，它提醒著ＹＴ，自從英雄阿浩披薩大冒險的命運之夜後，她的人生變成了什麼模樣。

她在聖地牙哥高速公路上彈射滑行，她的魚叉不能失手。就算是最輕、最垃圾的塑膠加鋁中國經濟型小車，都有可能扎扎實實把她扯掉。大家都不會來鬧她。她已經在道路上立足。

她即將接案子接到手軟，不得不把很多工作外包給路殺。偶爾，只是為了準備一些重要的工作，他們會不得不住進某處的汽車旅館——真正的商務人士就是這麼幹。最近ＹＴ嘗試教路殺幫她按摩，不過他每次都還沒到肩胛骨就受不了，當起大男人先生。反正這也算挺甜蜜的，而且有什麼就吃什麼囉。

這完全不是去格利菲斯公園的最直接路徑，但那個黑幫就是要她走這裡：沿四〇五一路上到谷區，再從那方向過來，也就是她通常出來的方向。他們好偏執，好專業。

洛機從她左邊過去。她在她的右邊瞥見你來儲；那個白癡，也就是她的夥伴，他多半正在示入他的電腦。她在修斯機場附近的複雜車流間穿梭，這個機場現在是李先生的大香港私人前哨基地。繼續經過聖塔莫尼卡機場，這地方最近剛被巴柏上將國家保安買下。穿過聯邦區中央，她母親每天都來這裡上班。

聯邦區以前是退伍軍人醫院和一堆其他聯邦建築，現在濃縮為一個包圍四〇五的腎形菱形。外圍有屏障，鐵網、蛇腹型鐵絲網、瓦礫堆和紐澤西護欄串起一棟棟建築，構成一道位於邊緣的隔柵。聯邦區裡的所有建築物都又大又醜。人類在底下走來走去，穿著溼花崗岩色的羊毛衣物。在雄偉的白色建築物下，他們又瘦又陰鬱。

她可以在右方聯邦區屏障的另一邊看見加利福尼亞大學洛杉磯分校。這間學校現在由日本人、李先生的大香港和幾個大美國公司聯合經營。

他們說左邊過去那邊，在太平洋帕利塞德有一棟海上大建築，那是中央情報公司的西岸總部。很快——或許就是明天——她會去那裡找出那棟建築，或許只是從旁邊慢慢滑過、揮揮手。她現在有些厲害的情報要告訴阿浩，有關恩佐大叔的厲害情報。為了這些情報，大家付上幾百萬也甘願。

但在心裡，她已經感受到良心的折磨，她知道不能把自己跟黑幫之間的第一手情報交出去。不是因為怕他們，而是因為他們信任她。他們對她很好。而且誰知道呢，或許可能發展成什麼，比中情司更好的職涯。

走聯邦區匝道的車不多。她母親每天早上都走，一堆其他阿聯也是。但所有阿聯都早早上班、晚晚下班。他們的忠誠。阿聯迷戀忠誠——因為他們賺得不多，也不是很受人尊敬，你必須證明你全心投入、不在乎那些額外的東西。

剛好有個例子：YT從洛機開始一路都叉在同一輛計程車上。一個阿拉伯人坐在後座。他的布努斯袍在敞開的車窗外翻飛；空調沒用，一名洛杉磯計程車司機賺的錢不夠在黑市買冷爽——氟利昂。這很常見：只有阿聯會讓訪客搭骯髒又沒空調的計程車。果然，計程車開上標有**合眾國**的坡道。YT解叉，啪的一聲把她的魚叉叉上一輛開往谷區的送貨卡車。

一群阿聯埋伏在巨大的聯邦建築樓頂，他們帶著無線對講機、戴深色太陽眼鏡、身上的防風外套上面寫著**聯邦政府**，長鏡頭對準開上威爾希爾大道的車輛擋風玻璃內。如果現在是晚上，計程車轉入合眾國匝道時，她多半會看見雷射掃描器在車子的條碼車牌舞動。

她媽跟她說過所有這些傢伙。他們是一般作戰指揮部管理分部，簡稱管理部。FBI、聯邦執行官、特務和特種部隊都還擁有某些個別特性，就像以前的陸軍、海軍與空軍，但他們都受管理部指揮，他們都做相同的事，也或多或少都可互相取代。聯邦區之外，大家眼中的他們就只是阿聯。管理部主張他們有權在任何時刻進入原美利堅合眾國邊界內的任何地方，無須授權令，甚至也不需要任何好理由。但他們唯一覺得像在家的地方只有這裡，聯邦區；透過遠距鏡頭、槍型麥克風或狙擊步槍的鏡筒凝望下方。愈長愈好。

下方，載阿拉伯人的那輛計程車減至亞光速，蜿蜒開過一條由紐澤西護欄築成的曲折車道，沿途還有策略性設置於各處的點五〇口徑機關槍掩體。計程車在一個重胎損裝置前停下來，跨在一個洞開的坑上，管理部小伙子們帶著狗和高功率聚光燈站在下面，準備檢查計程車裙底，看看底盤有沒有藏炸彈或NBCI（核子—生物—化學—資訊）製劑。同時間，駕駛下車，打開車蓋和後車箱，好讓更多阿聯能做檢查；另一個阿聯靠在阿拉伯人的窗邊隔著窗盤問他。

他們說在特區，所有博物館和紀念館都被轉讓了，變成觀光園區，現在政府稅收的百分之十都從那裡來。聯邦政府可以自己經營，多半能留下更多收入，但那不是重點。這是哲學問題，攸關本質。政府應該執政；又不是在娛樂產業，對吧？把娛樂交給業界的怪咖——主修踢踏舞的那些人。阿聯才不像那樣。阿聯都是嚴肅的人，主修政科，學生會主席，辯論社社長。就算氣溫因為溫室效應飆到一百一十度、溼度高得連波音七四七都飛不動，這種人還是有膽穿暗色羊毛西裝，而且襯衫領口扣得死緊。這種人在單向玻璃的陰暗側最覺得自在。

23

有時候，為了證明自己的男子氣概，跟YT同年齡的男孩會開車到好萊塢山東端的格利菲斯公園，挑選他們心目中的路，就這樣開過去。毫髮無傷穿過格利菲斯公園很像高地平原戰場上的算奇襲[26]；光是那麼靠近危險，就讓你更有男人味。

就定義而言，他們只見過直通街道。如果你開進格利菲斯公園找樂子，看見無出路的標誌，就知道是時候把你爸的本田雅哥打倒退檔，一路倒車開回家，轉動引擎直到轉速計爆表。

當然了，YT一進入公園，沿黑幫叫她走的路往前走，隨即看見**無出路**的標誌。

YT不是第一個接這種工作的酷遞員，所以她聽說過她要去的地方。那是個窄谷，只能從這條路進出，有個新幫派住在谷底。所有人都稱他們為法拉巴拉，因為他們都這樣交談。他們有自己的語言，聽起來就像巴拉巴拉。

此時此刻，重要的事是別去思考這有多蠢。正確的決定是，優先導向，攝取足夠的菸鹼酸並下去那裡，然後寫封信給奶奶感謝她送妳那副可愛的珍珠耳環。重要的是不要退縮。

一排機關槍掩體標示出法拉巴拉領地的疆界，YT覺得有點誇張。但話說回來，她也沒跟黑幫起過衝突。她不動聲色，以時速大約十英里的速度朝屏障晃去。她要嚇死的話應該會是在這裡。她高舉著一份彩色傳真的激酷系文件，模控小蘿蔔標誌非常顯眼，表明她確實是來這裡收取一份重要快遞，真心不騙。用在這些傢伙身上從沒成功過。

但成功了。有人把一大團棘刺鋼絲從她前方拉開，就這樣，她維持原來的速度滑進去。她就是在這時候知道接下來不會有問題。這些人只是在這裡忙他們的事，就跟其他人一樣。

她沒必要滑得太深入峽谷。感謝天。她轉了幾個彎，進入某種四周有樹的平坦空地，發現自己置身於看起來像露天精神病患庇護所的地方。

或是統一教派慶典之類的。

空地上有兩打人。他們根本都沒好好照顧自己，身上穿的是漂亮的好衣服，現在卻破破爛爛。六個人跪在鋪過的地上，手緊緊相握，對著看不見的神靈喃喃自語。

他們在一輛報廢車的後車廂蓋上架起一部廢棄電腦終端機，只是個暗暗的顯示器，上面有大片蛛網裂痕，像是有人把馬克杯砸在玻璃上。一個紅色褲背帶垂在膝蓋附近的胖男人雙手在鍵盤上下滑動，胡亂敲打著按鍵，巴拉巴拉放聲胡言亂語。兩個人站在他身後，越過他的肩膀或繞過他的身體窺看，偶爾試著強行介入，但都被他推開。

還有一群人一邊拍手、搖擺身體，一邊唱著〈快樂向前走〉（*The Happy Wanderer*）。他們也都很投入。自從YT第一次讓路殺脫掉她的衣服，她就不曾在任何人臉上看過那麼單純的喜悅。但這是一種不一樣的單純喜悅，放在一群頭髮骯髒、三十好幾的人身上，看起來就是不對勁。

---

26 Counting coup，北美印第安蘇族的一項傳統。為了表現自己的勇敢，戰士盡可能接近敵人但全身而退，不受傷或被殺。其他高地平原印第安人也有相同習俗，他們還需要以奇襲棍（coup stick）碰觸敵人。奇襲棍通常都是柳枝，一端附羽毛，但也有以馬鞭或弓、矛等武器碰觸。

最後，出現一個YT稱之為大祭司的傢伙。他身上穿的東西原本是實驗室白袍，上面有灣區某公司的標誌。他在一輛報廢旅行車後座睡覺，不過當YT走入那區域，他一躍而起奔向她，那模樣讓她不禁感到威脅。不過相較於其他人，他看起來幾乎像個普通、健康、身材適中、神經錯亂而且住在灌木叢裡的瘋子。

「妳是來這裡拿手提箱的，對吧？」

「我來這裡取件，但不知道要取的是什麼件。」她說。

他走向其中一輛報廢車，解鎖打開車蓋，拿出一個鋁製手提箱。看起來跟阿吱昨晚從寶馬裡拿出來的那個一模一樣。「妳的包裹在這。」他大步走向她，她本能地退開。

「我懂，我懂。」他說：「我是個嚇人的噁心鬼。」

他把手提箱放在地上，單腳踩住一推。手提箱滑過地面來到YT面前，途中偶爾碰上石頭彈跳個幾下。

「這個快遞不急。」他說：「妳想不想留下來喝一杯？我們有酷愛喔。」

「我很想，」YT說：「但我的糖尿病很不妙。」

「噢，那妳還是可以留下來當我們社群的客人就好。我們有很多美妙的事情要告訴妳。可能改變妳一生的事情。」

「你們有沒有書面資料？我可以帶走？」

「天，我們恐怕沒有。妳為什麼不留下來？妳好像人很不錯。」

「抱歉，男孩，但你一定誤把我當成胸大無腦的女人了。」YT說：「手提箱謝囉，我要走了。」

YT開始單腳往地上刨，盡可能趕快累積速度。她出去的路上經過一個剃光頭的年輕女性，身上穿著又髒又破爛的冒牌香奈兒。YT經過的時候，她茫然地微笑，伸出一隻手揮了揮。「嗨，」她說：「巴馬祖那拉阿姆怕勾魯內密阿巴堵。」

「呦。」YT說道。

幾分鐘後，她叉著別人的車上州際五號朝谷地前進。她有點嚇到，計時器沒開，她慢慢來。一段旋律不停在她腦中打轉：〈快樂向前行〉。她快被逼瘋了。

一大團模糊的黑一直與她並行。如果它開得稍微快一點，就會是個誘人的目標，又大又含鐵。但就算她不趕時間，不靠這輛笨重緩慢的車她也比較快。

黑車駕駛座的車窗搖下來。是那傢伙，傑森。他把整顆頭探出窗外回頭看她，完全沒在看路。時速五十英里的風沒有吹亂他那頭剃刀剃過又用髮膠糊得死緊的頭髮。

他微笑，表情有種哀求的意味，路殺也會露出那種臉。他指著自己的後側板示意。

搞什麼鬼。她上一次叉他的時候，他把她帶到她確切要去的地方。YT把魚叉從她剛剛半英里以來一直搭便車的這輛Acura解開，改甩向傑森的胖奧茲。傑森帶著她下高速公路，轉上勝利大道，朝凡奈斯前進，完全正確。

不過幾英里後，他方向盤朝右急轉，輪胎尖叫轉入一個鬼商場的停車場，這就不對了。此時此刻，停車場裡除了一輛十八輪之外什麼都沒有。這輛卡車側面寫著**沙度其兄弟移動與倉儲**幾個大字。

「來吧，」傑森跨出他的奧茲摩比：「妳不想浪費任何時間吧。」

「去你的，混蛋。」她捲回魚叉，回頭朝大道張望，看看有沒有可能朝西走的車。無論這傢伙腦袋裡在想什麼，多半都稱不上專業。

「小姐，」另一個聲音說道，聽起來比較老，也比較突出：「妳不喜歡傑森沒關係。但妳的夥伴恩佐大叔需要妳幫忙。」

聯結車後方的門已經打開，穿黑西裝的男人站在那裡。他身後，聯結車內部燈火通明。鹵素燈映著男人光滑的髮型刺眼照射。就算逆光，她也認得出他就是玻璃眼男。

「你想幹嘛？」她問。

「我想的，」他上下打量她：「和我需要的並不一樣。我現在在工作，懂吧？這表示我想幹嘛不重要。我需要的是妳帶著妳的滑板和手提箱上這輛卡車。」

然後他補充：「我這樣說妳了解嗎？」他誇張地問道，彷彿他假定YT的答案是不了解。

「他認真的。」傑森說，活像YT肯定會慎重考慮他的意見。

「嗯，說得清楚明白了吧？」玻璃眼男說。

YT應該在去一個韋恩牧師珍珠大門的路上才對。如果她搞砸這單，代表她背叛了神，神可能存在也可能不存在，而且無論如何都有能力原諒。黑幫絕對存在，而且要求更高標準的服從。

她舉高她的東西——滑板和鋁製手提箱——交給玻璃眼男，然後手一撐跳上聯結車後部，沒理會他伸出來要扶她的手。他一縮，手抬到眼前查看有哪裡不對。她雙腳離地的同時，卡車已經動了起來。門在她身後拉上的同時，他們已經開上大道。

「只是需要稍微檢查一下妳送的貨。」玻璃眼男說。

「有想過要自我介紹嗎？」YT問。

「沒，」他說：「名字聽過就忘。妳可以把我想成『那傢伙』就好，知道吧？」

YT沒認真聽，她在查看卡車內部。

這部拖車就是個又瘦又長的房間，YT剛剛是從房間的唯一出入口進來。幾個黑幫在房間的這一端閒晃，就跟他們平常一樣。

房間的大部分空間都被電子設備占據，大型電子設備。

「只是要來用一下電腦，知道吧？」他把手提箱交給電腦哥。YT知道他是電腦哥，因為他一頭長髮綁成馬尾，穿牛仔褲，而且似乎很和善。

「嘿，要是那東西出任何事，我就小命不保了。」YT說。她努力說得強硬又勇敢，但這種情況下只是虛張聲勢。

玻璃眼男似乎嚇到了。「妳以為我是什麼？蠢到極點的笨蛋嗎？」他說：「靠，試著對恩佐大叔解釋我是怎麼害他的小兔子膝蓋骨中彈，這還真是我需要的呢。」

「這是非侵入性程序。」電腦哥把手提箱放在一隻手上旋轉了幾圈，只是為了抓個感覺。然後他把手提箱滑進一個設置在桌面的無封口大圓筒。圓筒壁有幾英寸厚。這東西看似開始結霜。謎樣氣體持續從手提箱滑落，就像一匙匙牛奶滴入洶湧水中。氣體湧過桌面，落到地板上，在他們腳邊流動、擴散，形成一小塊霧毯。電腦哥把手提箱就定位，隨即猛力縮手退離冰寒之處。

然後他戴上電腦示鏡。

就這樣。他只是坐在那裡幾分鐘。YT跟電腦不熟，但她知道在卡車後部的櫥櫃和門之後，有一部電腦正在忙碌。

「這就像電腦斷層掃瞄。」玻璃眼男像個高爾夫錦標賽實況轉播員一樣壓低音量說話。「但它解析一切，懂吧？」他的雙手焦躁地畫著涵蓋一切的圓。

「多少錢？」

「不知道。」

「叫什麼？」

「還沒認真命名。」

「欸，那是誰做的？」

「我們做出這個天殺的東西。」玻璃眼男說：「差不多這幾週的事而已。」

「幹嘛用？」

「妳問太多問題了。聽著，妳是個可愛的小鬼。我是說，妳是個厲害的小妞。妳令人著迷，但不要以為自己在現階段有多重要。」

現階段。嗯。

24

阿浩人在他二十乘三十的你來儲，正聽從他夥伴的建議，稍微在現實世界待一會兒。門開著，因此海洋微風和飛機廢氣能夠吹進來。所有家具——床墊、棧板、實驗性煤渣磚家具——都被推到牆邊。他拿著一根一公尺長、一端裹上膠帶充當握把的沉重鋼筋。鋼筋近似武士刀，但重非常多。他稱之為鄉下人武士刀。

他維持劍道站姿，赤腳。他應該穿及踝的寬鬆褲裙和深靛藍束腰外衣，這是傳統制服；但實際上他穿著緊身內褲。汗水淌下肌肉線條平滑的卡布奇諾色背部，探向股溝。他的左腳掌丘冒出綠葡萄那麼大的水泡。阿浩的心肺功能很好，而且受上天眷顧，反應異常快速，但他本質並不強壯，不像他父親。就算他本質強壯，拿這根鄉下人武士刀練習還是非常困難。

他腎上腺素滿盈，神經過度緊繃，腦中滿是亂七八糟又自由飄浮的焦慮——在廣泛性恐懼的海洋中漂蕩。

他在房內三十英尺長的軸線上來回滑步，偶爾加速，高舉鄉下人武士刀過頭，直到鋼筋末端指向後方，然後快速劈下，手腕在最後一刻一彈，鋼筋停在半空中。然後他說：「下一個！」

理論上是這樣。事實上，鄉下人武士刀動起來之後就很難停住。但這是很好的練習。他的前臂看似成捆的鋼索，幾乎。嗯，反正很快就會像了。

日本人對這種狗屁順勢動作不感興趣。如果你舉起武士刀砍向一個人頭頂，不出任何力止住刀勢，刀會切開他的頭顱，然後多半會卡在他的鎖骨或骨盆，接著你會置身中世紀戰場中央，一腳踩在你的對手臉上，試著扯回你的刀，同時間，他的摯友會眼中閃動著某種復仇光芒衝向你。所以計畫是在衝擊之後立即完全止住刀勢，或許剖開他的頭蓋骨一兩英寸，隨即抽刀，鎖定下一個武士，因此：「下一個！」

他一直在思考今晚稍早跟渡鴉的那場戰鬥，基本上根本思考到夜不成眠，因此才會凌晨三點拿著鄉下人武士刀練習。

他知道自己毫無預想。矛就這麼飛過來，而他用刀拍開，剛好拍在對的時機，矛沒射中他。但他幾乎是無心的。

或許偉大的戰士就是這樣。不經心，不用後果折磨自己。

或許只是他自以為。

直升機的聲音已經持續放大幾分鐘了。儘管阿浩就住在機場旁邊，這情況還是不尋常。他們不應該飛到離洛機這麼近的地方，這造成明顯的安全問題。

聲音持續變大，直到非常大聲，這時候直升機已經盤旋在停車場上方幾英尺處，就在阿浩和偉大力二十乘三十的前方。這是架高檔直升機，企業噴射直升機，深綠色，標誌低調。阿浩心想，要是光更亮一點，他應該能看出某防衛承包商的商標，很可能是吉米將軍防禦系統。

一個臉色蒼白的白人男子跳下直升機，他的額頭非常高又局部禿頭，光看他的臉和一般舉動，完全看不出他的體格那麼健壯。他小跑步越過停車場，直朝阿浩而來。阿浩的父親還在軍中時，他印象中也看過這種人——不是傳說或電影中的難纏退伍軍人，只是有點像一般三十五歲、穿太大件制服的傢伙。他是少校，名字繡在他的作戰服上，克雷姆。

「英雄阿浩？」

「沒錯。」

「華妮姐派我來接你，她說你知道她。」

「我知道，但我不算為華妮姐工作。」

「她說你現在是了。」

「欸，真不錯。」阿浩說：「所以我猜是緊急狀況囉？」

「我想這是合理的假設。」克雷姆少校說。

「可以給我幾分鐘嗎？因為我剛剛在運動，需要趕快去一趟隔壁。」

克雷姆少校看向隔壁。路上的下一個招牌是**休息區**。

「狀況停滯中，所以你有五分鐘。」克雷姆少校說。

阿浩有個休息區的帳號。在你來儲生活，你算是必須擁有一個帳號。因此，服務員在前臺的收銀機旁等待，但他可以直接繞過去。他把他的會員卡插入卡槽，電腦螢幕亮起，顯示出三個選項：

男性

女性

育兒室（不分男女）

阿浩猛拍「男性」，螢幕接著顯示四個選項的選單：

本店特別限定設施——節約但清潔
標準設施——就跟家一樣——或許稍微好一點
精華設施——給高品味熟客的雅致之地
寬敞尊榮盥洗室

他必須撤銷經久的反射，阻止自己自動按下**特別限定設施**；他和其他你來儲居民總是用這選項。幾乎不可能進去而不碰觸到其他人的體液，場面難看，一點也不雅致。他反倒猛拍**寬敞尊榮盥洗室**的按鈕——去他的，華妮妲要雇用他，對吧。

沒進來過。這地方活像位於大西洋城某豪華高樓賭場的頂樓，南費城那些半智障的成人瞎貓碰上死耗子贏得超級頭獎後都被安置在像那樣的地方。這裡有病態蠢賭徒會視為奢侈享受的一切：鍍金設備、許多射出成型的假大理石、天鵝絨簾幔，還有個管家。

你來儲居民都沒用過寬敞尊榮盥洗室。它之所以在這裡的唯一理由，是這地方剛好位於洛機對面。想沖個澡，悠悠哉哉好好大個便的新加坡執行長們可以來這裡，所有帳都掛在他們的企業旅行卡上；而且大便時還有音效，不用聽見或聞到做相同事的其他旅客。

管家是三十歲的中美洲人，眼睛看起來有點好笑，一副最近幾個小時都閉著沒睜開過的樣子。阿浩衝進去時，他正把幾條厚得不可思議的毛巾丟到自己手臂上。

「必須進去並在五分鐘內離開。」阿浩說。

「想刮鬍子嗎？」管家問道。他暗示地抓抓自己的臉頰，沒辦法判定阿浩到底屬於哪個人種。

「很想。沒時間。」

他剝掉緊身內褲，把兩把刀丟到抓皺大鵝絨沙發上，走入淋浴間的仿大理石紋圓型露天劇場中。熱水同時從四面八方沖擊他。牆上有個旋鈕供你選擇你最愛的溫度。

接下來他想大個便，讀一讀那些擺在高科技便器旁、電話簿大小的亮面雜誌，但他必須上路了。他用一條有馬戲團帳篷那麼大的乾淨毛巾擦乾身體，套上抽繩寬褲和T恤，朝管家丟幾枚港圓，隨即奔出去，一面把刀束在腰上。

航程短暫，主要是因為軍方飛行員樂於放棄舒適度以換取速度。直升機以一個很淺的角度起飛，維持低空飛行，才不會被吸入任何波音七四七；飛行員一旦有空間施展身手，隨即機尾一甩，機鼻下壓，讓旋轉翼把他們向前、向上扯過盆地，朝燈光稀疏的好萊塢山飛去。

但他們沒飛過好萊塢山，最後降落在一家醫院的頂樓。慈悲連鎖的一部分，因此這裡技術上來說算是梵諦岡領空。到目前為止，到處都看得見華妮妲的影子。

「神經科病房。」克雷姆少校把這串名詞說得像個命令：「五樓，東翼，五六四號房。」

病床上的男人是達五欸。

非常厚又非常寬的皮帶從床頭和床腳延伸而出。皮帶附鬆軟羊皮襯裡的皮革手銬，手銬則銬在達五欸的手腕和腳踝上。他身上的病人袍幾乎完全脫落。

最糟糕的是他的雙眼並不總是對準相同方向。與他相連的心電圖機描繪出心跳；就算阿浩不是醫師，也看得出圖形不正常：跳得太快，然後又完全不跳，發出警示音，隨後又開始跳。

他面無表情，眼睛也沒對焦。剛開始，阿浩以為他的身體無力又放鬆，靠近後發現達五欸很緊繃，而且在打顫，身上都是滑溜的汗水。

「我們接上臨時起搏器。」一個女人說。

阿浩轉身。說話的人是修女，似乎同時也是外科醫師。

「他抽搐多久了？」

「他前妻打電話給我們，說她很擔心。」

「華妮妲。」

「對。急救人員抵達時，他剛剛從家裡的椅子摔下來，正在地板上抽搐。你可以看到有瘀傷，這裡，我們認為這是因為他的電腦從桌上掉下來砸到他的肋骨。因此，為了預防他受到更多傷害，我們把他四點固定。不過他過去半小時以來都像這樣——彷彿全身都在纖維性顫動。如果維持這種狀態，我們會拿掉束帶。」

「他當時戴著示鏡嗎？」

「不知道，但我可以幫你問問。」

「但妳覺得事情發生的時候他有沒有示入電腦？」

「我實在不知道，先生。我只知道他心律不整太嚴重了，當時我們必須直接在他的辦公室地板為他裝臨時起搏器，並給他癲癇藥物，但沒用；鎮定劑稍微有點用，他平靜了一點。我們已經把他的腦袋放進各種造影儀器想查明問題到底在哪，但結果還不明朗。」

「嗯，我要去他家裡看看。」阿浩說。

醫師聳肩。

「他醒來的話通知我一下。」阿浩說。

對此醫師沒有回應。阿浩這才首度意識到，達五欸的情況可能一時半刻好不了。

阿浩正要跨出去外面的走廊時，達五欸說話了：「欸餒嗯嗎尼阿居尼姆嗎嗎店欸餒嗯欸姆欸嗯其嘎阿居阿居……」

阿浩轉身，看到達五欸癱軟在束帶下，看來放鬆，半睡半醒。他透過半閉的眼睛看著阿浩。「欸餒嗯店蓋兒囊哪阿居阿居欸餒嗯唷姆溫阿哺祖咖阿居阿阿居……」

達五欸的聲音低沉平和，毫無壓力感，音節像口水一樣從他的舌頭滾落。阿浩穿過走廊離開，一路上都能聽見達五欸說話。

「哀給欸嗯哀給欸嗯努給欸嗯努給欸嗯噁斯撒土耳拉嚕拉茲欸嗯面……」

阿浩回到直升機上。他們用最省油的速度飛到海灘木峽谷中間，直朝好萊塢的標誌飛去。燈光改變了達五欸家的形貌。屋子位於專屬小路盡頭，位置在山丘頂部。一輛類似吉普車的車子擋住路，這東西來自吉米將軍，像隻蹲踞的青蛙，飽和的紅藍兩色燈光從中脈動、掃射。一束旋繞的光照著房子上空的另一架直升機。拿著手持式探照燈的士兵在整個住宅區爬上爬下。

「我們採取了一些預防措施，確保這個區域安全無虞。」

在所有燈光的邊緣，阿浩可以看見山坡上的乾枯有機體色彩。士兵試著用他們的探照燈推進、燒掉山丘。他即將埋身其中，化為某航線乘客窗中的一個泥濘像素。投身於生物量中。

達五欸總喜歡在某一張桌子工作，而他的筆電就在桌旁的地上，四周都是醫療垃圾。阿浩在其中找到達五欸的示鏡，或許是在他倒地時掉落，也或許是被急救人員脫掉。

阿浩拾起示鏡，靠向眼睛時看見影像：一面黑白靜電干擾。達五欸的電腦潰雪了。

他閉上眼，抛下示鏡。看著點陣圖不可能造成什麼傷害。還是說有可能？

這棟房子走某種現代派風格，一端有一座角塔。達五欸、阿浩和其他駭客以前會帶著一箱啤酒和烤肉爐上來，就這樣度過一整夜；吃巨蝦、蟹腿和牡蠣，用啤酒一起沖下肚。不過當然了，這裡現在冷冷清清，只剩下生鏽又幾乎整個埋在灰色灰燼裡的烤肉爐，彷彿考古遺跡。阿浩方才擅自從達五欸的冰箱拿了一瓶啤酒，跑來上面這裡坐一會兒；來到他曾經最愛的角落慢悠悠地喝啤酒，就像以前一樣，一面閱讀燈火中的故事。

舊中央社區在一股永恆不散的有機薄霧下緊緊相依。在其他城市，你呼吸的是工業汙染物，但在洛杉磯，你呼吸的是胺基酸。發光的線環繞蔓延的薄霧，在上面編織成網，彷彿烤爐上的炙熱鐵絲。峽谷出口處十分狹窄，燈光轉為尖細，散開後化為星辰、弧線與發光的字母。川流的紅色、白色光點脈動著溜下公路，匯入智慧交通號誌的模糊邏輯。更遠之處，一百萬個生氣勃勃的標誌抹開，化為實心的弧線，橫跨整個盆地，就像幾何中的點串連為曲線。來到加盟貧民窟的兩邊，光標跨過幾層淺淺的已開發區漸轉稀疏，融入周遭的幽暗中，只剩某些人家後院的保全聚光燈強光零落散布，不時照亮黑暗。

加盟體的運作原則和病毒相同：在一處茂盛生長之物也將在他處茂盛生長。你只需要找到夠致命的商業計畫，濃縮進一本三孔文件夾中——它的DNA——複印，嵌入一條通達公路的豐饒內層，最好是附左轉車道的道路。然後成長便會擴張，直到撞上地界線。

古時候，你可以晃去老媽咖啡店覓食、喝咖啡，你會感覺像在自己家一樣。如果你不曾離開家鄉，這就一點問題也沒有。但若跑到隔壁鎮，你走進門時所有人都會抬起頭瞪著你，本日特餐會是你沒看過的東西。旅行得夠多，你在哪裡都不會覺得像在自己家。

不過當一個紐澤西商人跑去迪比克，他知道他可以走進麥當勞，不會有任何人瞪著他。他不用看菜單就能點餐，食物吃起來也永遠一樣。麥當勞就是家，濃縮成三孔文件夾、複印。「意料之內」是加盟貧民窟的格言、《好管家》標章，在潛意識中紋在每一個招牌和標誌上，而這些招牌和標誌構成弧線和格網，描繪出盆地的輪廓。

美國人住在這個全世界最令人驚異又最糟糕的國家，他們從那句格言中獲得安慰。隨著標誌朝外走，直到生長的地方被山谷和峽谷所包圍，你會找到難民的國度。他們逃離真正的美國，原子彈、割頭皮、嘻哈、混沌理論、水泥沉屍、弄蛇人、殺人狂、太空漫步、野牛跳崖、開車犯罪、巡弋飛彈、薛曼進軍、交通癱瘓、飛車黨，還有高空彈跳的美國。電腦設計出一模一樣的郊園區街道格局，而他們的辣媽車在路邊並排停，他們則藏在整齊的石膏板屎坑裡，這些屎坑附乙烯基地板和不相稱的木頭門窗，沒有人行道；在光標荒野中出租的寬敞房舍，中庸文化的培養基。

只有遊民還留在城市裡，靠垃圾維生；移民，隨著亞洲強國毀滅，像炮彈碎片一樣被丟出來；年輕波希米亞族；還有李先生的大香港的科技媒體祭司。還有像達五欸和阿浩一樣的聰明年輕人，他們之所以冒險在城市裡生活，是因為他們喜歡刺激，也知道自己應付得了。

25

YT說不太上來他們在哪，他們顯然困在車陣中。又不是說你能預測這種事還怎樣。

「YT現在必須走了。」她宣告道。

有一秒沒任何反應。接著駭客靠向椅背，透過他的示鏡凝望，忽略三次元電腦顯像，好好把牆壁看個清楚。「好。」他說道。

玻璃眼男像隻貓鼬一樣竄進來，一鼓作氣從低溫圓筒中把鋁製手提箱扯出來拋給YT。同時間，其中一個在旁邊閒晃的黑幫打開卡車後門，讓他們全部把大道上的堵塞看個清楚。

「還有一件事。」玻璃眼男說，一面把一個信封塞進YT無數口袋的其中一個。

「這是什麼？」YT問。

他舉起雙手來自我保護，「不用擔心，只是小東西。現在去吧。」

他朝拿著她滑板的傢伙示意。結果這傢伙居然頗懂，因為他直接丟下滑板。滑板以奇怪的角度落在他們之間的地板，不過輻條早看見地板迎面而來，計算了所有角度，就像籃球選手在怪獸級灌籃後落回地面時的腿和腳一樣，輻條自動伸展、收縮。滑板以輪子著地，朝這側斜彎，然後那側，同時抓回平衡，接著直接滑向YT並停在她旁邊。

她站上滑板，腳刨地幾次，從聯結車的後門飛出去，落在一輛跟太近的龐帝克引擎蓋上。擋風玻璃正適合斜彎滑下來，她碰上路面的同時俐落地一百八十度轉向。龐帝克的駕駛自以為理直氣壯地按喇叭，但他不可能來追她，因為馬路完全變成停車場，周遭幾英里內唯有YT能夠移動。酷遞員原本就是為此而生。

韋恩牧師珍珠大門第一一〇六號規模挺大，編號數字低也代表年代久遠。一一〇六號建立於久遠之前，當時土地便宜，面積廣大。停車場半滿。通常在韋恩牧師這裡只會看見老舊的高里程中古車，後保險桿上用指甲油寫著怪里怪氣的西班牙詞句——中美福音派教徒的坐騎，這些人跑到北方來找像樣的工作，並逃離故鄉沒完沒了的天主教作風。這個停車場還有一大堆樸素無趣的普通辣媽車，所有郊區的車牌都看得到。

大道的這一段車流稍微順一點，因此YT以挺快的速率進入停車場，繞加盟體一、兩圈以消化速度。速度快的時候很難抗拒平整的停車場，而且從稍微不那麼孩子氣的角度來看，估量情勢、熟悉環境總是好事。YT得知這個停車場與隔壁加盟殺肉場的停車場相連（「我們幾分鐘內就可以把任何車輛**變現！**」），而這個停車場又匯入隔壁單排商業區的停車場。有毅力的滑板狂多半可以從一個停車場滑到隔壁停車場，就這樣一路從洛杉磯到紐約。

這個停車場的某些區域發出啪啪啪和嗖嗖嗖的聲音。她低頭，看見在加盟體後方，靠近垃圾裝卸卡車的位置，一些小玻璃瓶撒在瀝青上，跟阿吱昨天晚上看的那個一樣，像酒吧後方的菸蒂散落四處。當滑板輪子的足墊經過這些瓶子，被壓到邊緣的瓶子彈起，擦過路面。

一些人在門外排隊等著進去，YT插隊直接走進去。

當然了，這個韋恩牧師珍珠大門的前臺就跟其他韋恩牧師珍珠大門一樣。一排附坐墊的乙烯基椅子供教徒坐等叫號，兩端各有一盆盆栽，還有一張上面撒了幾本太古雜誌的桌子。一個玩具區供孩童殺時間，用射出成型的塑膠重演想像中的宇宙大戰。櫃檯外覆假木料，看起來才像來自老教堂的東西。櫃檯後一個矮胖的高中小妞，洗碗水色的金髮用燙髮夾精心造型過，藍色金屬亮片眼影，凝膠狀的寬臉頰上一層均勻紅妝，T恤外罩著唱詩班似的輕薄袍子。

YT進來時，她的業務執行到一半。她立刻看見YT，不過這世界上沒有哪個三孔仔會容許你在業務中途輕言放棄或失敗。

困境。YT嘆氣，雙臂交抱以表達不耐煩。如果是在其他商家，她早就大吵大鬧，當自己家一樣進攻櫃檯後方。但這可是教堂，該死。

櫃檯前側有一排小架子，上面擺著宗教文宣，取用免費，但須捐獻。架子的好幾格都被韋恩牧師的知名暢銷書占據。《美國是如何逃過共產黨染指：艾維斯射殺甘迺迪》。

她掏出玻璃眼男塞進她口袋的信封。信封不夠厚也不夠軟，沒辦法裝一大疊鈔票；可惜。

裡面是六張快照，英雄都是恩佐大叔。他在一棟大房子的馬蹄形寬敞車道，YT這輩子沒親眼見過那麼大的房子。他站在滑板上。或是正要從滑板摔下來。或是緩慢滑行，雙臂大展，緊張的保全在後面追趕。

一張紙包在照片外，上面寫著：「YT——感謝妳幫忙。如妳在照片中所見，我試過為這任務接受訓練，但仍需練習。妳的朋友，恩佐大叔。」

YT把照片按原樣包好，放回口袋裡，忍住微笑，把注意力轉回工作。

長袍女孩在櫃檯後執行她的業務。顧客是一個矮胖、操西班牙語、身穿橘色洋裝的女人。

女孩打了幾個字輸入電腦。顧客啪的一聲把信用卡放在祭壇的假木頭上；聽起來像來福槍的槍聲。女孩用一英寸長的指甲捏起卡片，一個冒險又複雜的動作，YT不禁想起爬出卵囊的昆蟲。然後她執行聖禮，手臂在謹慎調控之下一揮，卡片刷過電子卡槽，彷彿把帷幕扯過來，再遞出紙條，咕噥著需要簽名和日間聯絡電話。她也有可能是在說拉丁語，但沒關係，因為顧客熟悉禮拜儀式，沒等女孩說完就簽好名並留下電話。

然後只剩下來自「天堂的話語」。不過最近電腦和通訊設備厲害得要命，驗證信用卡通常不用幾秒就完成。小機器嗶嗶喊出核可代號，小擴音器唱起天國的旋律，後方一扇珍珠光彩的雙開門莊嚴地盪開。

「感謝您的捐獻。」女孩的整句話糊成單一音節。

顧客踩著沉重的腳步走向門，在催眠的管風琴旋律牽引之下走進去。小禮拜堂的色調詭異，光源部分來自裝設於天花板的螢光燈，部分來自模擬彩繪玻璃窗的大型彩色光箱。最大的光箱形狀貌似壓平的哥德式拱門，以螺栓栓在祭壇上方的黑牆上，凸顯出輝煌的三位一體：耶穌、艾維斯，以及韋恩牧師。耶穌領銜主演。教徒走進去還不到六步就已經砰一聲跪下，開始以方言禱告：「阿哀阿阿蕊艾沙威那阿米爾哀阿哀撒，威那阿米爾哀阿阿撒爾哎啊……」

門擺盪關上。

「等等。」女孩有點緊張地看著ＹＴ。她繞過角落，站在玩具區中央，袍子邊邊不小心勾到一個忍者木筏勇士戰鬥組，她敲敲通往廁所的門。

「有人！」門的另一邊傳來男人的聲音。

「酷遞員來了。」女孩說。

「我馬上出去。」男人降低音量。

然後他真的馬上出來。ＹＴ沒感覺自己有等待任何一秒，沒拉上拉鍊也沒洗手。他身穿附神職人員衣領的黑西裝，一面走到玩具區一面披上一件輕量黑袍，黑鞋踩扁動作角色小人偶和戰鬥機。他一頭好好上過油的黑髮，夾雜著幾綹灰，戴著金屬框雙焦眼鏡，鏡片略帶棕色，毛孔非常大。

他靠近到YT能看見這所有細節時，同時也能聞到他。她聞到歐仕派，呼吸中有一股強烈的嘔吐味，但不是喝醉的那種。

「拿來。」他一把搶過她手中的鋁製手提箱。

YT從不讓人做那種事。

「你必須簽名。」但她知道太遲了。一旦沒讓他們先簽名就完了，你沒有力量，也沒有依憑，只是一個滑板上的屁孩。

因此YT從不讓人從她手中搶走包裹。但這傢伙個牧師啊，看在老天份上。她就是沒料到。他從她手中搶走手提箱——現在他帶著東西跑回辦公室。

「我可以簽名。」女孩說。她看起來嚇壞了，不只如此，她看起來一臉想吐。

「必須本人親簽。」YT說：「戴爾·T·索普牧師。」

現在，她受夠震驚了，開始不爽起來。於是她直接跟著他進辦公室。

「妳不能進去。」女孩說道，但語氣恍惚、悲傷，彷彿已經忘了這整件事大半。YT打開門。

戴爾·T·索普牧師坐在他的辦公桌後，鋁製手提箱展開在面前，裡面裝滿了她前幾晚在渡鴉事件後看過的複雜東西。戴爾·T·索普牧師似乎被這裝置拴住了脖子。

不對，他脖子上確實用細繩掛著某個東西。他原本藏在衣服下，就像YT藏恩佐大叔的狗牌一樣。他剛剛才拿出來插進鋁製手提箱的插槽，那東西看起來像是附條碼的壓模證件。

然後他抽出卡片，讓它垂掛在身前。YT說不準他有沒有發現她在這裡。他在鍵盤上打字，用兩根手指敲打，漏字又重打。

接著鋁製手提箱內的馬達和伺服機開始運轉、震動。戴爾．T．索普牧師從手提箱蓋拔下一個小玻璃管，插入鍵盤旁的插孔。玻璃管緩緩吸入機器內。

玻璃管又彈出來。紅色塑膠蓋發出粗粒子的紅光。內建小LED正在拼寫出數字，倒數秒數：五、四、三、二、一……

戴爾．T．索普牧師把玻璃管拿到左邊鼻孔。LED倒數歸零時，玻璃管像空氣從輪胎氣嘴排出一樣發出嘶嘶聲。他同時深深吸氣，一股腦全吸入肺裡，接著熟練地把玻璃管投入垃圾桶。

「牧師？」女孩說道。YT轉過身，看見她飄向辦公室。「可以幫我做了嗎？麻煩你？」

戴爾．T．索普牧師沒回答。他癱在皮革旋轉椅中，凝視著艾維斯的霓虹燈框放大照片。照片中的艾維斯還在當兵，手上拿著來福槍。

26

他醒來時日正當中，被曬得口乾舌燥；鳥在上方盤旋，想弄清楚他到底是死是活。阿浩從角塔屋頂爬下來，把謹慎丟進風中，喝了三杯洛杉磯自來水。他從達五欽的冰箱拿出幾片培根丟進微波爐。吉姆將軍的人大多已經離開，路上只有一群象徵性的衛兵小隊。阿浩鎖上所有朝向山坡的門，因為他忍不住一直想起渡鴉，然後在廚房的桌子旁坐下，示入網路。

黑日幾乎滿是亞洲人，包含一大票孟買影業的人；他們怒瞪彼此，一面撫摸黑色小鬍子，努力搞清楚明年波斯波利斯會放映哪種超暴力動作片。這裡現在是晚上。阿浩是小酒館裡的少數美國人之一。

一排私人房間沿吧檯後牆而設，其中有小談心室，也有可供一群替身聚會的大會議室。華妮妲在其中一個小談心室等阿浩。她的替身看起來就像華妮妲，是誠實的外表，沒多費心思隱藏她那雙黑色大眼旁早生的淡淡魚尾紋。她的一頭光滑頭髮解析度如此之高，阿浩看得見一綹一綹髮絲把燈光折射成一道道迷你彩虹。

「我在達五欽家，妳呢？」阿浩說。

「飛機上——所以我可能會斷線。」華妮妲說。

「來這裡的途中嗎？」

「其實正要去奧勒岡。」

「波特蘭？」

「阿斯托利亞。」

「在這樣的時間點，妳到底跑去奧勒岡的阿斯托利亞做什麼？」

華妮妲深吸一口氣，然後顫巍巍地吐出。「如果我告訴你，我們會吵起來。」

「達五欽有什麼新消息？」阿浩問。

「沒變化。」

「診斷呢？」

華妮妲嘆氣，看來疲憊。「不會有任何診斷。問題在於軟體，而非硬體。」

「啥？」

「他們正在彙整一般性的懷疑，CAT掃描、NMR掃描、PET掃描、EEG，什麼都好，他的腦——也就是他的硬體——完全沒問題。」

「只是剛好在跑不對的程式？」

「他的軟體遭下毒。達五欽昨晚發生一場潰雪，在他的腦袋裡。」

「妳想說這是精神問題嗎？」

「這情況有點超出已知的分類，」華妮妲說：「因為這是新現象。其實應該是非常古老的現象。」

「就這樣自然發生嗎，還是怎樣？」

「你來告訴我吧。」她說：「你昨晚也在。我離開之後有發生什麼事嗎？」

「他在黑日外面從渡鴉那裡拿到一張潰雪的超媒體卡。」

「靠！那個雜種。」

「誰是雜種？渡鴉還是達五欸？」

「達五欸。我警告過他。」

「他用了卡片。」阿浩接著解釋布蘭蒂和神奇卷軸的事：「然後電腦出狀況，他被彈出去。」

「我聽說了那部分，」她說：「所以才找急救人員。」

「我看不出達五欸的電腦當機跟妳叫救護車之間有什麼關聯。」

「布蘭蒂的卷軸不只是顯現隨機的靜電干擾，而是閃現大量二進位數位資訊。那些數位資訊直接進入達五欸的視神經，而視神經剛好也是大腦的一部分——如果你凝視一個人的瞳孔，你可以看見大腦終端。」

「達五欸不是電腦，他無法讀二進位碼。」

「他是駭客。他靠胡搞二進位碼維生，那種能力牢牢嵌入他的大腦深層結構，因此他易受那種形式的資訊影響。你也是，夥伴。」

「我們現在談的是哪種資訊？」

「壞消息。一種超病毒。」華妮妲說：「資訊戰爭的原子彈——一種造成任何系統使自身感染新病毒的病毒。」

「達五欸就是因此而生病？」

「對。」

「那我為什麼沒生病？」

「距離太遠，你的眼睛無法解析點陣圖。必須就在你的面前。」

「我會思考那部分，」阿浩說：「但我還有其他問題。渡鴉也散布其他毒品——在現實世界——什麼名字不取，偏偏也叫潰雪。這是什麼？」

「那不是毒品。」華妮姮說：「他們把它做得像毒品、感覺也像，大家才會想用。這東西和古柯鹼還有其他東西攙和在一起。」

「如果不是毒品，那是什麼？」

「是一種經化學處理的血清，取自感染超病毒的人。」華妮姮說：「也就是說，只是散布感染的另一種方式。」

「是誰在散布？」

「L・巴布・萊富的私人教會。那些人都感染了。」

阿浩把頭埋入雙手中。他並沒有確切思考這件事，而是讓它在他腦袋中彈射，等待它停下來。「等等，華妮姮，做個決定吧。這個潰雪——它到底是病毒、毒品，還是宗教？」

華妮姮聳肩，「有差嗎？」

華妮姮這樣說話，完全無助於阿浩在這場對話中弄清楚狀況。「妳怎麼能說這種話？妳自己就是信教的人耶。」

「別把所有宗教混為一談。」

「抱歉。」

「所有人都有他們信仰的宗教。就好像我們的大腦細胞內建宗教接收器之類的，而我們抓住任何為我們填滿那個位置的事物。好，宗教以前基本上就像病毒——一段在人類腦中複製的資訊，從一個人的腦跳到下一個人的腦。以前就是這樣運作，而不幸的是，現在也正朝這方向發展。不過有些人一直在努力把我們從原始、不理性的宗教掌握中解放。第一次是大約四千年前的恩基（Enki）。第二次是西元前第八世紀的一群希伯來學者，他們遭遇亞述王薩爾貢二世（Sargon II）入侵，被趕出家鄉，然而他們的心血最後只發展為空洞的守法主義。第三次則是耶穌——這次事件遭他過世五十天內的病毒式影響劫持。病毒被天主教教會壓制，不過我們正處於一場大流行之中，這場流行從一九〇〇年的堪薩斯就一直在累積動能。」

「妳到底信不信神？」阿浩問。重要的事優先。

「當然。」

「那妳相信耶穌嗎？」

「信。但並不相信耶穌物理上、肉體上的復活。」

「妳怎能當個基督徒又不信？」

「我會說，」華妮妲說：「怎能當個基督徒又信這種事？只要費點心研究福音，任何人都看得出來肉體復活是神話，在真實歷史撰寫數年之後才被加入真實故事。這非常有《國家詢問報》[27]的味道，你不覺得嗎？」

除此之外，華妮妲要說的就不多了。她說現在不想細談，不想「在這個時候」影響阿浩的看法。

「意思是還有之後嗎？所以說這個關係還會持續下去？」阿浩問道。

「你想找出感染達五欸的人嗎？」

「想。見鬼，華妮妲，就算不管他是我朋友的這件事，我也會想在他們感染我之前找出他們。」

「看看巴別爾資料堆，阿浩，然後，如果我從阿斯托利亞回來，你來找我。」

「如果妳回來？妳要去做什麼？」

「調查。」

她在這場對話中從頭到尾都一副正經八百的樣子，吐出資訊，告訴阿浩他只能怎麼做。不過她疲憊焦慮，阿浩覺得她非常害怕。

「祝好運囉。」他原本完全準備好這次見面時要接續上次的談話，繼續跟她眉來眼去。不過此一時彼一時，華妮妲的內心已經不同。她現在最沒心情做的事就是眉來眼去。

華妮妲要去奧勒岡做某件危險的事。她不想讓阿浩知道，他才不會擔心。

「巴別爾資料堆裡有些關於伊南娜（Inanna）的好東西。」她說道。

「伊南娜是誰？」

「蘇美女神。我有點愛上祂了。總之，除非你了解伊南娜，否則不可能懂我要做什麼。」

「好吧，祝好運。」阿浩說：「幫我跟伊南娜說聲嗨。」

「謝了。」

「妳回來後，我想跟妳聚聚。」

「我也是，」她說：「但是我們必須先擺脫這些。」

「噢，我不知道我有被什麼東西纏住耶。」

「別蠢了，我們都身陷其中。」

阿浩離開小房間，來到外面的黑日。

有個實在顯眼的傢伙在駭客象限附近閒晃。他的替身看起來不怎麼樣，而且他控制得很差，看起來活像第一次示入元宇宙，還不知道該怎麼移動，一直撞上桌子，想轉身時又會多轉好幾圈，不知道該怎麼停

---

27 *The National Enquirer*，美國八卦小報。

下來。

阿浩走向他，因為他的臉看起來有點眼熟。等到這傢伙終於靜止一段夠長的時間好讓阿浩看清楚後，他認出這個替身。這是個克林特，大多和布蘭蒂連袂出現。

克林特也認出阿浩，驚訝的表情一閃而逝，隨即回復常見的堅定、沉著、稜角分明。他雙手舉至胸前，阿浩看見他拿著一個卷軸，跟布蘭蒂一樣的卷軸。

阿浩的手探向武士刀，但卷軸已經來到他面前，展開後露出眩目的藍色點陣圖。他避開，橫跨一步到克林特的一側，將武士刀高舉過頭後猛力下劈，砍斷克林特的雙臂。

卷軸掉落時攤得更開了。阿浩現在完全不敢看。克林特轉過身，笨拙地想逃出黑日，像打彈珠一樣撞過一張又一張桌子。

如果阿浩能殺死這傢伙——砍掉他的頭——他的替身會留在黑日，被墓園精靈帶走。阿浩可以動些駭客手腳，或許能查明他的身分，以及他從哪裡進來。

不過有幾個駭客在吧檯附近閒蕩，看著這一切，如果他們過來查看卷軸，就都會落入達五欸的下場。阿浩蹲下，眼神迴避卷軸，拉開一扇通往隧道系統的暗門。一開始就是他把這些隧道寫入黑日，整個酒吧裡只有他能用。他單手把卷軸掃進隧道，隨即關上暗門。

阿浩看得見那個克林特，他離出口實在太近了，正努力讓他的替身對準門出去。阿浩追上去。那傢伙跑到大街的話就找不到了——他將化為半透明的鬼魂。領先五十英尺又置身其他一百萬個半透明鬼魂之中，就是不可能。一群想紅的人如常聚集在外面的大街上。阿浩可以看見慣常的形形色色替身，也包含幾個黑白人。

其中一個黑白人是YT，她在外面閒晃等阿浩出來。

「YT！」他喊道。「追那個沒手的傢伙！」

阿浩比克林特晚幾秒出來，不過克林特和YT已雙雙不見蹤影。

他轉身回到黑日內，拉開一扇暗門，跳進隧道系統，墓園精靈的國度。其中一個墓園精靈已經拾起卷軸，正步履沉重地朝中央走去，好把卷軸丟入火中。

「嘿，老兄，」阿浩說：「下一個隧道右轉，把那東西放在我辦公室裡，好嗎？不過幫我個忙，先把卷軸捲起來。」

他跟著墓園精靈沿隧道在大街底下前進，一直走到阿浩和其他駭客房子所在的社區。阿浩要墓園精靈把捲好的卷軸放在位於地下室的工作室——阿浩幹駭客勾當的房間。接著阿浩繼續上樓，來到他的辦公室。

27

阿浩的語音電話響起。他接起來。

「伴，」YT說：「我正開始覺得你永遠不會從那裡面出來了呢。」

「妳在哪？」阿浩問。

「現實世界還是元宇宙？」

「兩者。」

「元宇宙的話，我在正向單軌上，剛經過三十五號埠。」

「那麼遠？一定是特快車。」

「很會猜。被你砍掉手臂的克林特在我前兩節的位置，我不覺得他知道我在跟蹤他。」

「妳在現實世界的哪裡？」

「某韋恩牧師對街的公共終端機。」

「噢，是嗎？真有趣。」

「剛送東西過來。」

「什麼樣的東西？」

「一個鋁製手提箱。」

他問清楚來龍去脈，或是他心裡所想的來龍去脈——實在沒辦法判定。

「妳確定公園那些人的巴拉巴拉跟韋恩牧師那個女孩的巴拉巴拉一樣？」

「當然。」她說：「我認識很多會去那裡的人，或是他們的父母會去，順便把他們拖去，你懂的。」

「去韋恩牧師珍珠大門？」

「對啊。他們都用方言禱告，所以我之前聽過。」

「晚點再跟妳聊，伴。」阿浩說：「我要來認真研究一下。」

「晚點見。」

巴別爾／資訊末日卡放在他書桌中央。阿浩拾起卡片。圖書館員走進來。

阿浩正想問圖書館員他知不知道拉荷斯死了。但這個問題沒意義。圖書館員知道，但他不知道。如果他想查閱圖書館，幾秒內就能查出來，但他並不確切握有相關資訊。他沒有獨立記憶體，圖書館就是他的記憶體，而他同時只使用幾個小部分。

「關於說方言，你能告訴我什麼？」阿浩問。

「專門術語是『靈言』（glossolalia）。」圖書館員說。

「專門術語？幹嘛費心為一個宗教儀式定下專門術語？」

圖書館員挑起雙眉。「噢，針對此主題有大量專門文獻。這是一種神經現象，只是在宗教儀式中被濫用而已。」

「基督教的玩意兒，對吧？」

「五旬節派基督徒如此認為，但他們在欺騙自己。非基督徒希臘人說靈言——柏拉圖稱其為宗教狂。羅馬帝國的東方教派也說靈言。哈德遜灣愛斯基摩人、楚克其（Chukchi）薩滿、薩米人（Sámi）、雅庫特人（Yakuts）、塞芒（Semang）矮人、北婆羅洲教派，迦納也有說伮言的祭司。祖魯阿曼迪卡（Amandiki）教，還有中國宗教異端上帝會。東加和巴西溫班達（Umbanda）教的靈媒。西伯利亞的通古斯（Tungus）族人說，當薩滿進入恍惚狀態、狂亂呼喊不合邏輯的音節，他也獲悉整個自然之語。」

「自然之語。」

「是的，先生。非洲的蘇庫馬人說這種語言是奇那土魯（kinaturu），所有巫師之祖的語言，一般認為他們都來自某特定部落。」

「是什麼造成的？」

「如果排除神祕主義的解釋，那麼靈言似乎來自深埋於大腦中的結構，人皆有之。」

「看起來是什麼樣子？這些人有什麼行為？」

「C．W．尚威（C. W. Shumway）觀察一九〇六年的洛杉磯復興，提出六種基本徵候：徹底失去理性控制、受情緒支配導致歇斯底里、欠缺想法或意志、發音器官無意識運作、記憶缺失，以及非經常性出現的偶發性身體表現，例如痙攣或抽搐。優西比烏（Eusebius）也在西元三百年左右觀察到相同現象，他表示，謬誤的先知以蓄意壓抑意識思考為開端，以其無法控制的精神錯亂為結尾。」

「那基督徒怎麼辯護？《聖經》裡有沒有支持的論點？」

「五旬節派。」

「你之前提過這個詞——什麼意思？」

「源自希臘文*pentekostos*，第五十的意思，意指十字架受難後的第五十天。」

「華妮姐剛剛告訴我，基督教信仰在剛出現才五十天的時候被病毒式影響劫持。她說的一定就是這個。這是什麼意思？」

「『而他們都被聖靈灌注，開始說其他方言，因為聖靈給他們話語。現在有居住於耶路撒冷的猶太人，他們是來自天下各國的虔誠之人。聽見這聲音，眾人群聚，而他們不知所措，因為每個人都聽見他們以自己的語言言說。他們驚奇又驚嘆，說著：「這些不都是說加利利語的人嗎？我們聽見的怎麼會是我們之中每一個人各自的母語？帕提亞人，米底亞人，伊勒姆人，和美索不達米亞、猶太和卡帕多奇亞、本都和亞細亞、佛幾里亞和旁非利亞、埃及和利比亞屬於昔蘭尼之部分的住民，還有來自羅馬的訪客，兼有猶太人和改宗者、克里特島人和阿拉伯人，我們聽見他們以我們自己的語言即神之偉大作為言說。」眾人皆驚奇且困惑，對彼此說道：「這是什麼意思？」』《使徒行傳》2：4-12。」

「鬼才知道。」阿浩說：「聽起來像巴別爾的相反版。」

「是的，先生。許多五旬節派基督徒相信他們獲得方言的恩典，因此無須實際上學會他人的語言便能將信仰傳遞給他們，稱之為『特異外語超能力』」。

「萊富在影片中說的就是這個，就是在企業號上的時候。他說他聽得懂那些孟加拉人在說什麼。」

「是的，先生。」

「真有這種事嗎？」

「十六世紀時，據稱聖路易士・貝特蘭（St. Louis Bertrand）利用方言的恩典讓人數介於三萬到三十萬之間的南美印第安人改宗基督教信仰。」圖書館員說道。

「哇。在那區居民之間傳遞的速度甚至比天花還快。」

「猶太人對這個五旬節是什麼看法？」阿浩問：「國家當時還是由他們管，對吧？」

「國家由羅馬人管理，」圖書館員說：「不過有若干信仰猶太教的當權者。當時有三群猶太人：法利賽人、撒都該教教徒、艾賽尼派。」

「我記得在《萬世巨星》(*Jesus Christ, Superstar*)看過法利賽人。他們是一群聲音低沉的傢伙，老是喜歡找耶穌麻煩。」

「他們之所以找他麻煩，」圖書館員說：「是因為他們在信仰方面非常嚴格。他們堅守這個宗教中極端拘泥法規的版本；對他們而言，律法就是一切。而因為耶穌實際上在提倡廢止律法，顯然他對他們而言就是個威脅。」

「他想要跟神重談合約。」

「這聽起來像類比，而我非常不擅長類比——但就算照字面上來解釋，你說的也沒錯。」

「另外兩群人是誰？」

「撒都該教教徒是唯物論者。」

「什麼意思？他們開寶馬？」

「不，是哲學上的唯物論。所有哲學都是一元論或二元論。一元論者相信物質世界就是唯一的世界——因此他們是唯物論者。二元論者相信二元宇宙，物質世界之外另有一個超自然界。」

「欸，身為電腦宅，我只能相信二元宇宙。」

圖書館員揚眉。「怎麼說呢？」

「抱歉，開玩笑而已。爛雙關。你看，電腦以二進位碼呈現資訊。所以我在開玩笑，說我必須相信二元宇宙、我只能是二元論者。」

「真滑稽。」圖書館員說，但聽起來他並不覺得好笑，「不過你的玩笑或許不無真實的價值。」

「怎麼說？我真的只是開玩笑而已。」

「電腦靠一和〇呈現所有事物。如此介於某物與無物之間的對比——存在與不存在之間的關鍵差別——相當重要，並支撐著許多創世神話。」

阿浩感覺臉微微發燙，感覺惱怒。他疑心圖書館員可能在取笑他、把他當傻瓜耍著玩。但他知道無論程式把圖書館員渲染得多栩栩如生，他畢竟只是一個軟體，不可能做出那種事。

「就連英文中的『科學』（science）一詞也來自含『切』（cut）與『分割』（separate）意義的印歐語系字根。英文中的『拉屎』（shit）也是相同字根，其意義當然就是分割有生命的肉體與無生命的排泄物。相同字根的英文詞彙還有『長柄鐮刀』（scythe）、『剪刀』（scissors）和『分裂』（schism），明顯也都和分割的概念有關。」

「那『刀』呢？」

「源自一個擁有多重意義的字根。其中之一是『切或穿刺』。其中之一是『柱』或『竿』。還有一個單純就是『說話』。」

「我們還是別離題好了。」阿浩說。

「好。如果你想，我可以稍後再回來這個潛在談話分支。」

「我現在完全不想走任何分支。跟我說說第三群人——艾賽尼派。」

「他們共同生活，相信肉體與精神的潔淨密切相關。他們時時沐浴、赤裸躺在太陽下、利用灌腸淨化自身，並竭盡所能確保自己的食物純淨未受汙染。他們甚至自有一版福音，其中描述耶穌並非藉由奇蹟治癒著魔者，而是去除他們體內的絛蟲等寄生蟲。這些寄生蟲被視為惡魔的同義詞。」

「聽起來有點像嬉皮。」

「過去也曾有此連結，但在諸多面向皆有誤。艾賽尼派恪守信仰，絕對不會服用毒品。」

「所以，對他們來說，染上絛蟲之類的寄生蟲和被惡魔附身並沒有差別。」

「正確。」

「有意思。不知道他們對電腦病毒會是什麼想法？」

「推測並非我的領域。」

「說到這——拉苟斯跟我扯了一堆病毒啦感染啦，還有提到南－夏咘。這是什麼意思？」

「南－夏咘源自蘇美語。」

「蘇美語？」

「是的，先生。美索不達米亞人使用蘇美語直到大約西元前二千年，這是最古老的書面語言。」

「噢，所以其他語言都是源自蘇美語囉？」

圖書館員的眼睛有一瞬間朝上看，彷彿正在思考。這是視覺提示，告訴阿浩他正在瞬間搜查圖書館。

「事實上並非如此。」圖書館員說：「沒有任何語言源自蘇美語。蘇美語是一種黏著語，也就是說，蘇美語是由一批詞素或音節構成單詞——非常獨特。」

「你的意思是，」阿浩想起醫院裡的達五欸：「如果我聽見某人說蘇美語，聽起來會像連成一長串的短音節。」

「是的，先生。」

「聽起來跟靈言有任何相似之處嗎？」

「依各人主觀判斷。請詢問真人。」圖書館員說道。

「聽起來像任何現代語言嗎？」

「蘇美語和後來的所有語言之間都沒有可證實的親緣關係。」

「真怪。我的美索不達米亞歷史都荒廢了。」阿浩說：「蘇美人發生什麼事？種族滅絕？」

「不是的，先生。他們被征服，但本質上並沒有遭種族滅絕的證據。」

「所有人早晚都會被征服，」阿浩說：「但是他們的語言並不會消失。為什麼蘇美語消失了？」

「因為我只是程式碼，推測對我來說非常如履薄冰。」圖書館員說。

「好啦。有人懂蘇美語嗎？」

「有，無論何時，世界上似乎都有大約十個人能閱讀蘇美文。」

「他們在哪裡工作？」

「一位在以色列，一位在大英博物館，一位在伊拉克，一位在芝加哥大學，一位在賓夕法尼亞大學，還有五位在德克薩斯休士頓的萊富聖經學院。」

「還真分散啊。他們之中有沒有人弄懂南－夏咘在蘇美語中是什麼意思？」

「有。南－夏咘是有神奇力量的言詞。意思最相近的詞彙是『咒語』，但包含若干不正確的含意。」

「蘇美人相信魔法嗎？」

圖書館員謹慎地搖頭：「這是那種看似精確但實則非常深奧的問題，而眾所皆知，軟體，例如我自己，對此極為笨拙。請容我引用塞繆爾・諾亞・克萊默（Samuel Noah Kramer）以及約翰・R・梅爾（John R. Maier）的《恩基神話，狡猾的神祇》（*Myths of Enki, the Crafty God*），紐約，牛津：牛津大學出版社：『在美索不達米亞，宗教、魔法與醫術徹底交纏，將其加以區分頗令人挫折，或許也徒勞無功……〔蘇美咒語〕展現出宗教、魔法與美學間的密切連結，這樣的連結是如此徹底，只要試圖抽出其中之一，其整體都將扭曲變形。』這裡還有更多資料，或許有助於說明這個主題。」

「哪裡？」

「隔壁房間。」圖書館員手指牆。他走過去，推開米紙隔板。

具備魔法力量的言詞。現在的人不相信這種事。不過有一個地方除外，那就是元宇宙，魔法可能實現的地方。元宇宙是由程式碼構成的虛擬結構，而程式碼只是一種形式的言詞——電腦懂的形式，可以把整個元宇宙想成一個巨大的南－夏咘，在L．巴布．萊富的光纖網路上自行演繹。

語音電話響起。「等等。」阿浩說道。

「慢慢來。」圖書館員沒有多此一舉提醒阿浩，若有需要他可以等上一百萬年。

「又是我。」YT說：「我還在電車上，殘廢在特快一二七號埠下車了。」

「嗯。跟鬧區正好相反的地方。我的意思是，想盡可能遠離鬧區的話就去那裡。」

「是嗎？」

「對。一二七是二的七次方減一——」

「饒了我吧，你說了我就信。那裡肯定是什麼鬼荒郊野外的正中間。」

「妳沒下車繼續跟他？」

「開玩笑嗎？跟到那裡去？那地方距離最近的建築有十萬八千里遠耶，阿浩。」

她說的有理。建造元宇宙的時候留下許多擴展的空間。幾乎所有建物都在距離鬧區二到三個特快埠之內——大約五百公里。一二七號埠在二萬英里之外。

「那裡有什麼？」

「一個黑色立方體，每邊長剛好二十英里。」

「整個都是黑色？」

「對。」

「妳怎麼有辦法測量一個那麼大的黑色立方體？」

「我搭車的時候一邊看著星星，好嗎？電車的右方突然完全看不到星星，我開始數地方埠，數到十六個，然後來到特快一二七埠，阿殘下車朝那黑色的東西走去。我又數了十六個地方埠，然後星星再次出現。然後我取三十二公里再乘上〇點六，得到二十英里——爛人。」

「很棒。」阿浩說：「很棒的情報。」

「你覺得誰會擁有一個邊長二十英里的黑色立方體？」

「依據純粹、不理性的偏見，我猜L．巴布．萊富。他可能在鬼荒郊野外的正中間擁有一大片不動產，好讓他存放元宇宙的所有內容。我們去外面飆摩托車的時候，有些人偶爾會撞上去。」

「嗯，得走了，伴。」

28

阿浩掛斷，走進新房間。圖書館員也跟著進去。

房間每邊大約五十英尺，三個大型工藝品放在中央，應該說是三個工藝品的立體成像。中間是一片厚烤泥板，懸在空中，大約有咖啡桌那麼大，厚度約一英尺。阿浩懷疑這是某個較小物件的放大成像。寬寬的泥板表面滿是稜稜角角的文字，阿浩認出這是楔形文字。泥板四周有平行的圓形壓痕，似乎是泥板製作者在捏塑時留下的指印。

泥板右邊是一根木桿，頂端有分支，某種形式化的樹。泥板左邊則是一座八英尺高的方尖碑，一樣刻滿楔形文字，頂部有人物淺浮雕。

房間內充滿超媒體卡構成的立體星座，無重量般掛在空中，看起來像以高速攝影的方式拍下肆虐中的

暴風雪。某些地方的超媒體卡排列成精確的幾合圖形，彷彿水晶中的原子；其他地方則是整堆整堆擠在一起。角落也堆積了一些超媒體卡，彷彿拉荀斯使用完畢後把它們扔到一旁。阿浩發現他的替身可以直接穿過超媒體卡，不會打亂它們的排列。這其實就是凌亂書桌的立體對應，所有垃圾都留在拉荀斯原本拋下的位置。超媒體卡雲延伸到這個五十英尺見方空間的每個角落，而且從地面一直堆到大約八英尺高之處；拉荀斯的替身頂多也只能觸及這個高度。

「這裡有多少超媒體卡？」

「一萬四百六十三。」圖書館員答道。

「我實在沒時間一一看過。」阿浩說：「可以大概告訴我拉荀斯在這裡做什麼嗎？」

「嗯，如果你想，我可以讀出所有卡片的名稱。拉荀斯把它們分為四大類：聖經研究、蘇美研究、神經語言學研究，還有針對L．巴布．萊富所蒐集的情報。」

「不用那麼細節——拉荀斯在想什麼？他想找出什麼？」

「我看起來像什麼？心理學家嗎？」圖書館員說：「我回答不了那種問題。」

「我換個方式問。這些東西和病毒這個主題有關聯嗎？什麼關聯？」

「關聯很微妙。需要創造力與判斷力才能加以概述。身為機械性的存在，我兩者皆無。」

「這些東西有多久歷史？」阿浩示意那三個工藝品。

「泥封是西元前三千年的蘇美文物，出土自伊拉克南部的埃瑞杜城。黑色石柱或方尖碑是漢摩拉比法典，西元前約一千七百五十年的文物。樹狀物體則是來自巴勒斯坦的雅威教（Yahwism）圖騰，稱作亞舍拉，時間是西元前約九百年。」

「你剛剛說那個泥板是泥封？」

「對，有一個較小的泥板包在裡面。蘇美人藉此製作防竄改的文件。」

「我想這些東西應該都放在某間博物館裡吧？」

「亞舍拉和漢摩拉比法典在博物館，泥封則是L．巴布．萊富的私人收藏。」

「L．巴布．萊富明顯對這些東西很感興趣。」

「他創辦的萊富聖經大學擁有全世界資金最雄厚的考古系。他們在埃瑞杜挖掘古文物，而此處是蘇美神祇恩基的崇拜中心。」

「這些東西彼此之間有什麼關聯？」

圖書館員揚眉：「抱歉？」

「好啦，我們來試試看消去法。你知不知道為什麼拉荷斯對蘇美的書寫文字有興趣，而非希臘或埃及之類？」

「埃及是石器文明，他們以岩石創造他們的藝術與建築，所以永久流傳。但你無法在岩石上書寫，因此他們發明莎草紙，並在上面書寫。然而莎草紙易腐，所以雖然他們的藝術與建築得以留存，他們的書寫紀錄——他們的數據——大多已經消失。」

「那所有象形銘文又怎麼說？」

「拉荷斯稱之為保險桿貼紙。腐敗的政治言詞。他們有一種令人遺憾的癖性，喜歡在戰役實際發生之前就寫下讚頌軍事勝利的銘文。」

「蘇美有所不同？」

「蘇美是黏土文明。他們以黏土建造建築物，也在土器上書寫。他們的塑像是會溶於水的石膏，因此建築物和雕像都在大自然的力量之下崩解。但泥板經過燒製，否則也會藏於罐中，因此蘇美人的所有數據都得以留存。埃及留下藝術與建築的遺贈，蘇美的遺贈則是其百萬位元組。」

「多少百萬位元組？」

「考古學家肯費心挖掘多少就有多少。蘇美人在所有物品上書寫。當他們打造建築物時，他們會在每一塊磚塊上寫下楔形文字。建築倒塌，磚塊將留下，散落沙漠中。《可蘭經》中，被派去摧毀索多瑪和娥摩拉的天使說：『我們被派去一個敗德的國家，好讓我們能在他們身上降下黏土石雨；真主為毀滅有罪者在這些黏土石留下標記。』拉荀斯覺得這部分很有趣——資訊寫在永恆不朽的媒介上無目的地傳播。他提及風中的花粉——我推測那是某種類比。」

「沒錯。告訴我——有人翻譯泥封上的銘文嗎？」

「有的，那是一則警告：『此泥封內含恩基的南－夏咘。』」

「我知道南－夏咘是什麼，但恩基的南－夏咘又是什麼？」

圖書館員凝望遠方，戲劇化地清了清喉嚨。

「很久很久以前，世上沒有蛇，沒有
　蠍子，
沒有鬣狗，沒有獅子，
沒有野犬，沒有狼，
沒有恐懼，沒有恐怖，
人類沒有敵手。
那些日子裡，蘇布爾—哈瑪其地區，

語言一致的蘇美，王子權之祕的
　偉大之地，
烏里，應有盡有之地，
瑪圖之地，安全無虞，
整個宇宙，所有人皆得照料，
以一種語言對恩利爾說話。
然後貴族反抗，王子反抗，國王反抗，
恩基，豐足之主，其命令
　值得信賴，
智慧之主，其掃視大地，
諸神之領袖，
獲得智慧的埃瑞杜之主，
改變他們口中之語，將爭執置入其中，
置入曾為一體的人類言詞中。

這是克萊默（Kramer）的譯本。」

「這是故事。」阿浩說：「我以為南－夏咘是咒語。」

「恩基的南－夏咘既是故事也是咒語。」圖書館員說：「一段自我應驗的虛擬敘事。拉荷斯相信原始的南－夏咘實際上能做到它所描述的內容，而在譯本中只有暗示而已。」

「你是說改變人口中的言詞嗎？」

「是的。」

「這是巴別爾的故事，對吧？」阿浩說：「原本所有人都說相同語言，後來恩基改變他們的言詞，他們因此再也無法理解彼此。這肯定是《聖經》中那個巴別塔的基礎吧？」

「這個房間裡有若干卡片就是在探查相關聯結。」圖書館員說。

「你之前提過，一度所有人都說蘇美語，然後再也沒人說蘇美語。它就像恐龍一樣消失無蹤，沒有種族滅絕能解釋怎麼會這樣。這與巴別塔的故事相符，也和恩基的南－夏咘相符。拉荀斯是不是認為巴別爾事件確實發生過？」

「他確信如此。他頗關切為數眾多的人類語言。他覺得數量實在太多了。」

「有多少？」

「數萬種。在這世界上的許多地方，你會發現有同種族的人，住在相距數英里的相似村子中，生活條件也相似，他們卻說著彼此間毫無相似之處的語言。諸如此類的情況並不奇怪——而是普遍存在。許多語言學家曾嘗試了解巴別爾，嘗試解答為何人類的語言趨於破碎，而非收斂為共通語言。」

「有人找到答案嗎？」

「這個問題既困難又深奧。」圖書館員說：「拉荀斯有一個理論。」

「是什麼？」

「他相信巴別爾是曾實際發生的歷史事件，發生於特定時間與地點，與蘇美語的消失同時。他相信語言在巴別爾／資訊末日之前是趨向收斂的。他相信在那之後，語言一直有一種固有的趨勢，傾向分歧、變得無法互相理解——他相信這種趨勢，如他所說，像蛇一樣盤繞人類的腦幹。」

「唯一可能的解釋是——」

阿浩打住，他不想說出來。

「是？」圖書館員問。

「是不是有某種現象在人之間傳遞，以某種方式改變他們的心智，讓他們再也無法處理蘇美語；有點像病毒在電腦之間傳遞，以相同方式破壞每一部電腦。盤繞於腦幹。」

「拉荷斯把他的大部分時間與心力都投注於此概念。」圖書館員說：「他相信恩基的南－夏咘是神經語言病毒。」

「然後故事中的恩基是一個真實存在的人物？」

「可能。」

「然後恩基發明這種病毒，利用像這樣的泥板傳遍整個蘇美？」

「是的。曾經出土一塊泥板，上面寫有一封給恩基的信，撰寫者在信中抱怨這件事。」

「寫給神的信？」

「是的。撰寫者是書記辛—塞瑪（Sin-samuh）。他剛開始先讚頌恩基，並強調自己對祂有多虔誠。然後他抱怨道：

『像是一個年輕的……（漏字）

我的手腕麻痺。

像是衡軛斷裂的牛車在路上，

我站在路上動彈不得。
我躺在床上喊著「噢！噢不！」
我放聲哀號。
我優雅的身體拉長脖子著地，
我的腳麻痺。
我的……被抓去泥土中。
我的身軀已經改變。
我夜不能寐，
我的力量被打倒，
我的生命漸漸消逝。
晴朗的日子對我而言也是黑暗。
我已滑入我自己的墳墓。
我，一個知曉諸多事物的書寫者，被變成一個傻子。

我的手停止書寫，
嘴裡吐不出言語。』
「書記描述了更多他的痛苦之後，最後以此作結：
『我的神啊，令我恐懼的是祢。
我寫下這封信給祢。
請憐憫我。
我神之心：請將其歸還予我。』」

29

YT在四〇五上的一家媽媽卡車站徹底放鬆，等人來接她。這不表示她有丁點喜歡媽媽卡車站。像是，如果她在一家媽媽卡車站前被一輛聯結車的十八顆輪胎輾過，她寧願用眼皮的肌肉把自己拖過公路路肩，一直拖到裡面滿是好色流浪漢的「打盹巡航」，也不要進去那家媽媽卡車站。不過有時候，當你是個專業人士，有人給你一份你不喜歡的工作，你只能非常冷靜地忍耐。

為了今晚的工作，玻璃眼男已經給了她一個，用他的話來說：「司機兼保安」。徹頭徹尾的未知數。YT不確定她喜不喜歡忍受某個神祕傢伙。她腦海中有個畫面，他會像是高中的摔跤教練，要命恐怖。總之，她應該在這裡跟那傢伙碰面。

YT點了一杯咖啡和一片冰淇淋櫻桃派。她把食物帶去角落的公共大街終端機。這是某種四面不鏽鋼板的小包廂，一邊是電話亭，有個想家的卡車司機在裡面滔滔不絕；另一邊是一臺彈珠機，如果你把鋼珠彈到上面的神奇輸卵管，就會有一個大奶妹亮起來。

她不擅長玩元宇宙，但還算了解，而且她有地址。在元宇宙中找出一個地址應該不會比在現實世界找困難；至少，如果你不是蠢到家的路人，應該就不難。

她一踏上大街，大家就用那種眼神看她。她一身動感藍橘酷遞員裝備走過西湖商辦園區的荒漠之地時，大家也這樣看她。她知道因為她只是從一個破爛的公共終端機登入，大街上的人才一臉厭惡地看她。

她是垃圾黑白人。

大街的建物都擠在〇號埠附近，在她右方形成一團冷光雷雨雲。她背對那坨光，爬上單軌。她想去城裡，但到大街的那個部分去很花錢，而她大概每十分之一毫秒就要把錢倒進投幣口。

那傢伙叫吳。現實世界中，他人在南加利福尼亞的某處。YT不是很確定他開的是什麼車；某種廂型車，車上裝滿玻璃眼男所謂的「東西，真正神奇但妳不需要知道的東西」。在元宇宙，他住在城外，二號埠附近；所有東西從這個區域開始實實在在分散開來。

吳的住處是一幢法國殖民風別墅，位於湄公河三角洲的戰前村落「眉托」。去找他感覺就像走進一九五五年左右的越南，不過不用弄得一身汗。為了挪出空間蓋房子，他取得大街幾英里外一小塊元宇宙的所有權。這個租金低廉的開發區沒有單軌，因此YT的替身必須一路走過來。

他的辦公室很大，附落地玻璃門和遠眺無垠稻田的陽臺，還有小越南人在田裡工作。這傢伙顯然是個相當硬蕊的科技迷，因為YT在他的稻田裡看到幾百個人，外加幾十個人在外面的村子裡跑來跑去，每個人的成像都很不錯，也都各自忙著不同的事。她不是位元腦，但她知道這傢伙把大量使用電腦的時間投注於為自己的辦公室創造逼真的窗景。而位於越南讓這裡顯得瘋狂又恐怖。YT等不及想跟路殺說這個地方。不知道這裡是不是也有砲擊、低空轟炸和燒夷彈，有的話就太棒了。

吳本人，或至少吳的替身，是個非常短小精悍、五十多歲的越南人，頭髮服貼，身穿軍裝風卡其服。YT走進他辦公室時，他坐在椅子上，身體往前靠，正讓藝妓幫他按摩肩膀。

越南有藝妓？

YT的爺爺，她小時候他還活著，他告訴YT，戰爭期間，日本人占領越南，而且對他們很殘忍；殘忍是日本人的註冊商標，直到我們用原子彈炸他們，他們才發現原來自己是和平主義者。越南人就跟大多數其他亞洲人一樣恨日本人。而這個名叫吳的傢伙身邊卻有個日本藝妓為他按摩肩背，這個概念顯然令他覺得刺激。

但這樣做非常奇怪，因為藝妓只是吳和YT示鏡上的影像，而影像又無法幫你按摩。那幹嘛大費周章？

YT進來後，吳起身鞠躬。硬蕊大街怪咖都這樣跟彼此打招呼。他們不喜歡握手，因為你無法實際感覺到碰觸，而這提醒你你人根本不在那裡。

「噢，嗨。」YT說。

吳坐下，藝妓立刻繼續按摩。吳的書桌是漂亮的法國古董，後側邊緣附一排面朝他的小電視螢幕。他就連說話時大多也都盯著螢幕。

「他們稍微跟我提過妳。」吳說。

「不該聽下流的八卦。」YT。

吳拿起桌上的玻璃杯啜飲一口。看起來像冰鎮薄荷酒。水滴凝結在玻璃杯表面，脫離，從杯側滑落。渲染得太完美了，YT甚至看得到每一顆水滴上都有辦公室窗戶的縮小版倒影。完全就是賣弄。真是個位元腦。

他面無表情地看著她，不過YT想像他的臉上帶著憎恨與厭惡。一擲千金蓋了元宇宙最酷的房子，然後卻來了個粗粒子的黑白滑板人。一定像比喻中的卵蛋被狠狠踢了一腳。

收音機在房子裡的某處響著，正在放送越南輕音樂和「洋基輪椅搖滾」的混合物。

「妳是新西西里公民嗎？」吳問。

「不是，我只是跟恩佐大叔和其他黑幫小子處得還不錯。」

「啊，非常不尋常。」

吳不是急躁的男人。他吸飽湄公河三角洲的遲緩步調，樂得坐在那裡看他的幾部電視，每隔幾分鐘才丟出一個句子。

還有，他顯然有妥瑞氏症或其他腦部問題，因為他偶爾沒來由地用嘴巴發出一些奇怪聲音，帶點越南人在店鋪或餐廳後面的房間裡用母語吵架時常常可以聽到的鼻音，不過就YT所能判斷，那些並不是字詞，只是音效而已。

「你常常替他們工作嗎？」YT問道。

「偶爾接一些保全小案子。不同於大部分大公司，黑幫有一種根深蒂固的傳統，他們喜歡自己處理自己的保全。不過需要用到某些特別技術性的東西時——」

他說到一半停下來，鼻子發出驚人的哼聲。

「你的專長嗎？保全？」

吳掃視每一部電視，手指一彈，藝妓便快步離開房間。他雙手在桌上交疊，往前靠。他凝視YT，「對。」他說。

YT也稍微看了他一下，等他繼續說下去。幾秒後，他的注意力飄回螢幕。

「我大部分的工作都屬於一份大合約的範圍，合約的另一方是李先生。」他突然開口。

YT在等他把句子說完，不是「李先生」，而是「李先生的大香港」。

噢，好啦。如果她可以隨隨便便說出恩佐大叔的名號，他也可以說李先生。

「所有邦國的社會結構終究都由他們各自的保全狀況決定，」吳說：「而李先生懂這道理。」

噢，哇，現在要走深奧路線就是了。吳的說話方式突然變得像電視權威座談會裡的白種老男人一樣；YT的母親很迷這種節目。

「非但不聘請一大群人類保全——這對社會環境造成衝擊——妳知道的，一大堆領最低薪資的人拿著機關槍到處站——李先生偏愛使用非人類系統。」

非人類系統。YT正想問他知不知道類鼠，不過沒意義，他不會說的。YT問吳情報，他永遠不會告訴她的情報，只會害他們的關係出師不利，把原本就已經夠詭異的場面弄得更加詭異，YT完全無法想像。

吳爆出一長串帶鼻音的聲音，啵啵響，喉塞音。

「該死的婊子。」他咕噥道。

「不好意思？」

「沒事，」他說：「一輛辣媽車超我車。這些人都不知道我這輛車可以像裝甲運兵車壓扁大肚豬一樣把他們全部壓爛。」

「辣媽車——你在開車？」

「對。我正要去接妳——記得吧？」

「你介意嗎？」

「不介意。」他嘆氣，彷彿他其實介意。

YT起身繞到他書桌後看。

每一個小電視螢幕各自顯示出他的廂型車看出去的不同角度：擋風玻璃、左車窗、後車窗、後照鏡。

另一個顯示出他所在位置的電子地圖：聖伯納迪諾回程路上，距離不遠了。

「我用語音控制車子。」他解釋：「我拿掉方向盤和踏板介面，因為覺得口語控制更方便。因此我有時候會發出奇怪的聲音——我在操控車子。」

YT登出元宇宙一會兒，好醒醒腦、上個廁所。她脫下示鏡時，發現自己累積了不少卡車司機和技工觀眾；他們在終端機包廂外圍成半圓聽她和吳閒聊。她站起來時，觀眾的注意力自然而然轉向她的屁股。

YT去了一趟洗手間，把派吃完，晃到外面的落日刺眼紫外線中等吳。

他的廂型車很好認。一輛龐然大物，八英尺高，寬度更寬；以前還有法律的時候，應該要算是寬載車了。構造四四方方稜稜角角，以平坦的凹紋鋼板焊接起來；這種鋼板通常都用來做人孔蓋和梯板。輪胎也很大，像是牽引機的輪子，只是胎紋較細，總共有六顆：後面兩根軸承，前面一根。引擎也很大，看起來像電影裡的邪惡太空船；YT還沒看見車，就已經感覺到引擎在她的胸腔內震動，透過兩根從車頂突出的粗胖直豎式紅色排氣管朝後方排出柴油廢氣。擋風玻璃是一片完全平面的玻璃，大約三英尺寬、八英尺長，顏色極黑，YT完全看不出裡面的任何東西。廂型車的車頭裝有科學界已知所有種類的高功率照明，好像這傢伙在某個週六夜來到一個新南非加盟體，偷走每一根翻車保護桿上的所有燈。有人從某條廢棄鐵路拔了幾根鐵軌，銲接成格柵後裝在車子前側。光是格柵可能就比一輛小型車重了。

乘客座的門盪開。YT走過去，爬上前座。「嗨，」她這麼說著：「你需要撇個尿還怎樣的嗎？」

吳不在車上。

又或者他在。

駕駛座的位置是一個合成橡膠囊之類的東西，差不多有垃圾桶那麼大，靠束帶、彈力索、軟管、電線、光纖電纜和液壓管構成的網子懸掛在車頂。捆在那麼多東西裡面，很難看清楚它實際上的輪廓。

YT可以看見囊袋頂部有一小塊四周有黑髮的皮膚——一個男人漸禿的頭頂。除此之外的一切，自太陽穴而下，都包在一個巨大的示鏡／面罩／頭戴式耳機／餵食管裝置中，靠智慧束帶裝在他頭上；這種束帶會持續自動收緊、放鬆，以維持裝置穿戴的舒適度和恰當位置。

在這之下的兩側，你或多或少預期會看見手臂的位置，則是從地板延伸而上的大捆電線、光纖與軟管，看似插入吳的肩窩。應該連接雙腿的位置也有相同構造，還有更多東西插入他的鼠蹊部，連接他軀幹的諸多位置。整個東西包在一件式連身衣裡，一個囊，比他正常的軀幹大，好像活著一樣持續鼓脹、抽動。

「謝謝，我的所有需要都照料好了。」

車門在她身後砰地關上。吳發出吠叫聲，廂型車開上店家前的車道，回頭朝四〇五號開去。

「抱歉我這個模樣。」尷尬幾分鐘後，他說：「我的直升機在一九七四年撤離西貢時著火——地面部隊的曳光彈射偏了。」

「哇嗚。太慘了。」

「我撐到一艘離岸不遠的美國航空母艦，但妳也知道，起火時燃料灑得到處都是。」

「是啊，可以想像，嗯哼。」

「我試過義肢一陣子——有些真的很不錯，不過沒有什麼比得上附發動機的輪椅。然後我開始思考，為什麼機動輪椅只能是可悲的小東西，用盡力氣才能爬個小小斜坡？於是我買下這個——來自德國的機場救火車——改造成我的新機動輪椅。」

「非常棒。」

「美國很美好，基本上不用下車就能完成所有事。換機油、酒、銀行業務、洗車、葬禮，想要什麼都可以——免下車！所以這東西比可悲的迷你輪椅好太多了，它是我身體的延伸。」

「那藝妓幫你背部按摩的時候呢？」

吳咕噥了些什麼，他的囊開始悸動，包著他的身體波動。「當然，她是精靈。至於按摩，我的身體漂浮在電縮膠中，我需要的時候電縮膠就會幫我按摩。我還有一個瑞典女孩和一個非洲女孩，但這些精靈成像效果沒那麼好。」

「冰鎮薄荷酒呢？」

「透過餵食管，無酒精，哈哈。」

「所以，」YT經過洛機老遠之後才開口，她覺得現在臨陣退縮應該已經太遲：「計畫是什麼？我們有計畫嗎？」

「我們去長灘，去終端島犧牲地帶，然後我們買一些藥。」吳說：「或是實際上妳買，畢竟我沒辦法。」

「這是我的任務？去買一些藥？」

「買藥，然後丟入空中。」

「在犧牲地帶？」

「對，剩下的我們會處理。」

「我們是誰，老兄？」

「有另外幾個會幫助我們的，呃，實體。」

「什麼？這輛車的後面還有更多——像你一樣的人？」

「算是。」吳說：「妳很接近實情了。」

「這些是，像是非人類系統嗎？」

「我覺得這是個非常包山包海的詞彙。」

YT認為這代表一個大大的對。

「累嗎？要不要換我開還怎樣？」

吳哈哈大笑，聽起來像模糊的啊——啊，廂型車差點開到馬路下。ＹＴ不覺得他是在笑那個蠢笑話；他是在笑她這個蠢人。

30

「好，上次我們在聊泥封。那這東西呢？像棵樹的這個？」阿浩示意其中一個工藝品。

「亞舍拉女神的圖騰。」圖書館員爽快地說道。

「現在有點頭緒了。」阿浩說：「拉荀斯說黑日的那個布蘭蒂是亞舍拉的廟妓。所以亞舍拉是誰？」

「她是埃爾（El）的配偶，而埃爾又名雅威（Yahweh）。」圖書館員說：「亞舍拉也有其他名字：最常見的稱號是埃拉特（Elat）。對希臘人來說，她是狄俄涅（Dione）或雷亞（Rhea）。對迦南人來說，她是塔尼特（Tannit）或哈娃（Hawwa），也就是夏娃（Eve）。」

「夏娃？」

「基督教認為『塔尼特』的字源是陰性的『塔寧』（tannin），『大蛇化身』。亞舍拉在青銅器時代還有第二個稱號：『達特巴特尼』（dat batni），也是『大蛇化身』。對蘇美人來說，她是寧圖（Nintu）或寧胡爾薩格（Ninhursag）。她的象徵是大蛇盤繞在樹上或權杖上：雙蛇杖。」

「誰崇拜亞舍拉？我猜應該一大堆人吧。」

「上至西元前第二個千年到基督紀元，住在印度到西班牙之間的所有人。只有希伯來人除外，他們只在希則克雅（Hezekiah）和之後的約西亞（Josiah）復興信仰之後才崇拜她。」

「我以為希伯來人是一神論。他們怎麼會崇拜亞舍拉？」

「一神崇拜。他們並不否認其他神祇的存在，但他們應該只崇拜雅威，亞舍拉是因為身為雅威的配偶才受到尊敬。」

「我不記得《聖經》提過神有個妻子。」

「當時《聖經》還不存在。猶太教只是大量鬆散的雅威教派，各自有不同的神殿和祭儀。《出埃及記》的故事還沒在經典中定型，《聖經》後面的部分也還沒發生。」

「是誰決定從猶太教中刪去亞舍拉？」

「申命派——依慣例定義為撰寫《申命記》，還有《約書亞書》、《士師記》、《撒母耳記》和《列王記》的人。」

「都是些什麼樣的人？」

「民族主義者、君主主義者、中央集權主義者、法利賽人的祖先。在這個時候，亞述王薩爾貢二世剛征服撒馬利亞——以色列北部——迫使希伯來移民南遷耶路撒冷。耶路撒冷大幅擴張，希伯來人開始征服西方、東方與南方的領土。那是一段民族主義高漲、愛國情懷熾熱的時期。申命派藉由重寫與重新組織過去的故事而將那些態度納入經典中。」

「怎麼重寫？」

「摩西和其他人相信約旦河是以色列的邊界，但申命派認為以色列包含外約旦，因此侵略東方名正言順。還有許多例子：《申命記》之前的法律完全沒提及君王，但申命派制定的法典表現出君主制度。前申命法律主要關注宗教事務，申命法典則著重王與其人民的教育——換言之就是世俗事務。申命派堅持將宗教中央集權於耶路撒冷的聖殿、摧毀外地的教派中心。拉荷斯認為還有一個值得關注的部分。」

「是什麼？」

「摩西五書中唯有《申命記》指稱一書面《妥拉》為由神的意志組成：『而當他登上他王國的王位，他將為自己在一書中寫下此律法的抄本，此律法掌管利未教士；此抄本應時時與他同在，他此生中的每一天皆須讀之，藉由將此律法與此等法令的所有文字銘記於心，他或可學會敬畏主他的神；他或不會輕賤他的教友，他或不會背離戒律，不偏右亦不偏左；如此他的王國、他以及他的孩子或可在以色列長久延續。』《利未記》17：18-20。」

「所以申命派將這個宗教編成法典，變成一個組織化、自我普及化的實體。」阿浩說：「我不想說是病毒，不過根據你剛剛引述的那一段，《妥拉》就像以人類大腦為宿主的病毒。宿主——人類——將其複製，然後更多人類來到猶太會堂並閱讀《妥拉》。」

「我無法處理類比，不過你的說法在此範圍內正確無誤：申命派復興猶太教後，猶太人不獻祭，反而去猶太會堂閱讀經典。要不是申命派，全世界的一神教信徒還會繼續獻祭動物、透過口述傳統傳播他們的信仰。」

「共用針頭。」阿浩說：「你跟拉荀斯一起研究這些東西時，他有沒有提過《聖經》是病毒的相關話題？」

「他曾說《聖經》和病毒有某些相似之處，但又有所不同。他視其為良性病毒，就像接種疫苗。他認為亞舍拉病毒更屬惡性，能夠透過交換體液而散布。」

「所以申命派嚴格、以經典為基礎的宗教為希伯來人接種了預防亞舍拉病毒的疫苗。」

「結合嚴格的一夫一妻制和其他符合猶太教教規的習俗，沒錯。」圖書館員說：「一般咸知，先前的宗教，從蘇美到《申命記》之前，理性都還沒發揮作用。猶太教是第一個理性的宗教。如此一來，拉荀斯認為猶太教較不易受病毒感染影響，因為猶太教是以不變的書寫紀錄為基礎。這是崇敬《妥拉》的原因，也是製作《妥拉》複本時苛求謹慎的原因——資訊衛生。」

「我們現在是什麼時代啊？後傳統時代嗎？」

「華妮妲曾有相關評論。」

「她當然有。我慢慢開始比較能理解她了，理解華妮妲。」

「噢。」

「我以前從來就弄不懂她。」

「了解。」

「我覺得，如果我花夠多時間跟你在一起，弄清楚華妮妲都在想些什麼——嗯，好事可能會發生。」

「我將盡可能協助。」

「回頭談工作——現在沒空勃起。看來亞舍拉是一種病毒感染的媒介。申命派不知怎麼地發現這件事，藉由阻擋她感染新受害者的所有媒介而消滅她。」

「關於病毒感染，」圖書館員說：「請容我提出一個相當直接、自發性的相互參照——我的編碼促使我在恰當的時機這樣做——你會許會想調查單純皰疹，一種入侵神經系統並永不離開的病毒。它能夠將新基因帶入現存神經元，並重組其基因。當代基因治療專家為此效果而利用該病毒。拉苟斯認為單純皰疹可能是亞舍拉的當代良性後裔。」

「並不總是良性。」阿浩想起一個死於愛滋病併發症的朋友；最後那幾天，他的皰疹從嘴唇一路長到喉嚨。「因為我們有免疫力，單純皰疹才是良性。」

「是的，先生。」

「所以拉苟斯認為亞舍拉病毒實際上改變了腦細胞的DNA？」

「是的。他的假設以此為骨幹，他認為該病毒能夠將自身從一串生物性傳遞的DNA改變為一套行為。」

「什麼行為？亞舍拉崇拜都做些什麼？他們獻祭嗎？」

「不，不過有廟妓存在的證據，男性女性皆有。」

「意思跟我想的一樣嗎？信仰虔誠的人在神廟廝混、跟人性交？」

「差不多。」

「賓果。散布病毒的最佳方法。好，我現在想跳回這段對話稍早的分支。」

「如你所願。我能夠應付深度幾乎無限的套疊分支。」

「你剛剛把亞舍拉與夏娃連結。」

「夏娃——在《聖經》中名為哈娃——顯然是某更古老神話的希伯來版本。哈娃是巴蛇母神。」

「巴蛇？」

「與大蛇有關，亞舍拉也是巴蛇母神。兩者也都與樹有關。」

「我印象中，大家認為夏娃罪魁禍首，害亞當吃下知善惡樹的禁果。更確切地說，他吃的並不只是水果——而是數據。」

「你說了算，先生。」

「我在想，不知道病毒是不是一直都與我們同在。病毒一直都在，這似乎是一種固有的假設。但或許並非如此。或許病毒在歷史上曾有一個時期並不存在，或至少很稀少。然後到了某個時候，超病毒出現，不同病毒的數量暴增，人開始一天到晚生病。這可以解釋為什麼所有文化似乎都有關於天堂和從天堂墜落的傳說。」

「或許。」

「你說艾賽尼派認為條蟲是惡魔。如果他們知道病毒是什麼，他們多半也會覺得病毒是惡魔。拉荀斯前幾晚告訴我，蘇美人並沒有善良與邪惡的概念。」

「正確。克萊默與梅爾聲稱有好惡魔與壞惡魔，『好惡魔帶來身體與情緒的健康。壞惡魔帶來迷惘與各種身體、情緒疾病……然而幾乎無法藉由這些惡魔所具體化的疾病區別它們……對現代人而言，其中諸多疾病聽起來完全就像身心失調。』」

「醫師也這麼說達五欽，說他的症狀一定是身心失調。」

「除了一些頗無趣的統計數據之外，我對達五欽一無所知。」

「就好像亞當夏娃傳說的作者創造出『善』與『惡』，藉此解釋人為何生病——他們為什麼得到身體與精神上的病毒。因此當夏娃——或是亞舍拉——誘使亞當吃下知善惡樹的禁果，她是在把善與惡的概念引入世間——引入創造出病毒的超病毒。」

「有可能。」

「所以我的下一個問題：亞當夏娃傳說的作者是誰？」

「這是諸多學者爭端的源頭。」

「拉荀斯的想法呢？更重要的是，華妮妲的想法又是什麼？」

「根據尼可拉斯·懷亞特（Nicolas Wyatt）對亞當夏娃傳說的根本解讀，這個故事實際上是由申命派撰寫的政治寓言。」

「我以為後來的書才是他們寫的，《創世紀》不是。」

「沒錯。不過他們也涉及收集並編輯更早的經典。許多年間，一般認為《創世紀》寫於西元前九百年左右或甚至更早——早在申命派出現之前。不過更近期對於字彙與內容的分析指出，許多編輯工作——可能甚至創作本身——都發生於放逐時期前後，也就是申命派大行其道的時候。」

「所以他們可能把更早版本的亞當夏娃神話改寫了。」

「他們似乎擁有充裕的機會。根據韋伯格（Hvidberg）和懷亞特稍後提出的解讀，花園裡的亞當比喻聖殿中的國王，尤指和西亞（Hosea）王，他統治北方國度，直到後來於西元前七二二年遭薩爾貢二世征服。」

「你剛剛提過這場征服——申命派因而被迫南遷耶路撒冷。」

「沒錯。然後『伊甸』——可以簡單理解為希伯來文的『快樂』——代表國王在征服之前所處的快樂狀態。從伊甸園被驅逐到東方苦楚之地比喻大批以色列人在薩爾貢二世獲勝後遭放逐亞述。根據這種解讀，國王受與亞舍拉崇拜有關的埃爾信仰誘使，背離正道；而一般皆認為亞舍拉與大蛇有關，且其象徵為一棵樹。」

「然後他跟亞舍拉之間的連結不知怎麼地導致他被人征服——因此當申命派來到耶路撒冷，他們重鑄亞當與夏娃的故事，藉此警告南方王國的領導者。」

「是的。」

「然後或許，因為沒人聽他們的，或許他們在過程中發明善與惡的概念，以此當作促銷花招。」

「促銷花招？」

「業界用詞。後來發生什麼事？薩爾貢二世也試圖征服南方王國嗎？」

「他的繼位者辛那赫里布（Sennacherib）做了。南方王國的統治者希則克雅王狂熱地為這場攻擊做準備，大幅改善耶路撒冷的防禦工事，也優化城市的飲用水供給。他還在申命派的指導下發起一連串影響深遠的宗教改革。」

「結果怎麼樣？」

「辛那赫里布的軍隊包圍耶路撒冷。『該夜，耶和華的天使出發，殺死亞述軍營中的十八萬五千人；當人早上醒來，看啊，遍地死屍。然後亞述王辛那赫里布離開……』《列王記下》19：35-36。」

「他當然囉。所以讓我來弄清楚：中命派透過希則克雅在耶路撒冷施行資訊衛生政策，還做了一些土木工程——你說他們弄了供水系統？」

「『他們填塞所有流過大地的泉水和小河，並說：「為何要讓亞述諸王來此找到那麼多水？」』《歷代志下》32：4。然後希伯來人在實心的岩石中挖出一條一千七百英尺的坑道，將水送入城牆內。」

「然後辛那赫里布的士兵一來到現場就全部倒斃；這種情況唯一的可能就是極端致命的疾病，而耶路撒冷的人民顯然對此疾病免疫。嗯，有意思——不知道他們的水裡摻了什麼？」

31

YT不常來長灘，但只要她來，她都盡可能避開犧牲地帶。這個廢棄造船廠有一個小鎮那麼大。造船廠探出聖佩德羅灣，盆地區比較老舊、討厭的郊圍區漸漸沒入泡沫親吻的海灘——此處是石棉屋瓦小屋構成的無規劃郊圍區，深色眉毛又濃又亂的柬埔寨人帶著泵動式霰彈槍在這裡巡邏。這區大多位於名副其實的終端島，而既然她的滑板沒辦水上漂，她只能靠聯絡道進出。

就跟所有犧牲地帶一樣，這一區外圍有圍籬，每隔幾碼用鐵絲掛著黃色金屬標示牌。

犧牲地帶

警告。國家公園管理局已宣告此區為國家犧牲地帶。清理某些土地的費用超過其整體未來經濟價值，因此制定犧牲地帶計畫加以管理。

也跟所有犧牲地帶的圍籬一樣，這裡的圍籬有破洞，有些地方還被整塊扯掉。在天然與人工男性荷爾蒙刺激下玩瘋了的年輕男性必須有地方進行他們的白癡成年儀式。他們開著四輪驅動卡車從附近各個郊圍區過來，在空地飛馳，在覆土上劃開纏繞的深長切口。這些泥土覆蓋真正糟糕的部分，以避免暴風雪颳起石棉，吹到迪士尼樂園去。

ＹＴ知道這些男孩連作夢都沒想過像吳的機動輪椅這樣的全地形車，心理萌生一股古怪的滿足感。廂型車拐下馬路，速度完全沒減慢——坐在車上變得有點顛簸——然後撞上鐵絲網圍籬，彷彿圍籬只是霧堤；一百英尺長的鐵絲網被撞得刨入地上。

這是個晴朗的夜晚，因此犧牲地帶閃閃發光，一片由碎玻璃和破石棉瓦構成的廣袤地毯。一百英尺外，一隻死德國牧羊犬仰躺在地上，幾隻海鷗在撕扯牠的腹部。地面恆常震動，因此碎玻璃像星星一樣閃爍爍；震動的原因是廣泛的小規模老鼠遷徙。郊區男孩的胖輪胎附電腦設計的深刻紋路，在泥土上畫出巨大的盧恩文，就像ＹＴ她媽在新寶瓶座神廟看到的祕魯神祕插圖。透過車窗，ＹＴ偶爾可以聽見煙火爆炸或槍響的聲音。

她還能聽見吳用嘴巴發出比剛剛更奇怪的新聲音。

廂型車內建擴音系統——立體音響，只不過吳絕對不會聽任何音樂。ＹＴ能聽見音響打開，感覺得到擴音器傳來一陣幾乎聽不見的嘶嘶聲。

廂型車開始緩緩開過犧牲地帶。

聽不見的嘶嘶聲匯聚為低沉的電子嗡鳴。這聲音上下搖晃，不穩定，但一直頗低沉，像是路殺在亂玩他的電子貝斯。吳彷彿在找什麼，不停改變廂型車的方向；ＹＴ感覺嗡鳴的音調似乎漸漸提高。

肯定在提高，漸漸朝尖叫的方向發展。吳吼出一個指令，音量又降低。他現在開得非常慢。

「有可能妳根本不必買任何潰雪。」他咕噥道：「我們可能已經找到一個未受保護的藏匿處。」

「這個有夠煩人的聲音到底是什麼？」

「生物電子感應器。人類細胞膜。在體外培養——在玻璃試管裡培養的意思。一端暴露於外面的空氣，另一端乾淨。外來物質穿透乾淨端的細胞膜時就會被偵測到。愈多外來分子穿透，聲音的音調愈高。」

「就像蓋格計數器？」

「細胞穿透化合物的部分很像蓋格計數器。」吳說。

什麼很像？YT想問但沒問。

吳停住廂型車，打開一些燈——非常暗的燈。這傢伙就是這麼注重細節——除了那些亮晃晃的燈之外，他還大費周章裝了特別不亮的燈。

他們看著一個類似圓形露天劇場的空間內部，這個空間就在主汽油桶堆下方，裡面滿是垃圾。大多數垃圾都是空啤酒罐。中間一個火堆，許多輪胎痕在此匯聚。

「啊，很好。」吳說：「年輕人聚集吸毒的地方。」

YT對這番言論翻了個白眼。他們在學校拿到的反毒手冊一定都出自這傢伙之手。好像他沒有每秒從那些噁心的軟管吸食一百萬加侖的藥物一樣。

「我沒看到任何陷阱的跡象。」吳說：「妳何不出去看看外面是哪種吸毒器材？」

她露出「你說啥？」的眼神看著他。

「有個防毒面具掛在妳的椅子後面。」

「外面有什麼？我是說有毒物質那些？」

「造船業遺留的廢棄石棉，充滿重金屬的海軍抗生物附著漆。還有，他們把多氯聯苯用在很多東西上。」

「棒。」

「我察覺到妳的不情願，但是如果我們能在這個吸毒場弄到潰雪的樣本，就可以免去剩下的任務。」

「好吧，既然你這樣說。」YT抓起防毒面具。這是巨大的橡膠帆布製品，可以包住她的整顆頭和脖子。剛開始覺得又重又笨拙，不過無論是誰設計出這東西，他的想法都沒錯；所有重量都落在剛剛好的位置。還有一雙厚重的手套，她也硬是套上。手套實在太大，彷彿手套工廠的人作夢都沒想過哪個活生生的女性也可能要戴手套。

她步履艱難地踏上犧牲地帶的玻璃石棉土壤，暗自希望吳不會砰地關上車門開走，把她丟在這裡。說真的，她希望他丟下她。那會是一場很酷的冒險。

總之，她來到那個「吸毒場」中央，看到一小堆廢棄的皮下注射針頭並不太令人意外，還有一些空的小玻璃瓶。她撿起幾個玻璃瓶，讀起上面的標籤。

「妳找到什麼？」她回到廂型車上、扯掉面罩時，吳這麼問道。

「針頭。大部分是下那克斯，不過還有兩個極流線和一些蚊子二五。」

「這些都是什麼啊？」

「下那克斯在買飛天就買得到，大家稱之為鏽釘，便宜但很鈍，大概都是糖尿病窮黑人和毒蟲在用。極流線和蚊子很時髦，高尚的郊園區附近才買得到，刺進去的時候沒那麼痛，也設計得比較好。你知道的，人體工學活塞，而且顏色時髦。」

「他們在打什麼毒品？」

「你看看吧。」ＹＴ把其中一個玻璃瓶拿給吳。

然後她才想到他又不能真的把頭轉過來看。

「我拿到哪裡你才看得見？」她問道。

吳唱了一小段歌。一條機械手臂從車頂展開，俐落地從她手中抽走玻璃瓶，轉向，停在儀表板上的攝影機前。

黏在玻璃瓶上的打印標籤上只有三個字：「罌丸素。」

「哈哈，假警報。」吳說。廂型車猛衝向前，直直開進犧牲地帶中央。

「既然實際上必須用這身裝備工作的人是我，」YT說：「是不是該告訴我現在是怎麼回事了？」

「細胞壁。」吳說：「探測器會找出所有穿透細胞壁的化學物質，因此我們剛剛自然而然對準罌丸素的源頭。煙幕彈，真好笑。妳看，我們的生物化學家過著受保護的人生，他們沒預期有些人的心理會那麼扭曲，竟然把荷爾蒙像什麼毒品一樣拿來用。真是怪咖。」

YT暗自微笑。她活在一個像吳這樣的人可以開開心心說別人是怪咖的世界，她好喜歡這樣。「你在找什麼？」

「潰雪。」吳說：「結果卻找到十七之環。」

「潰雪是那種裝在小管子裡的毒品。」YT說：「我知道那東西。十七之環是什麼？最近小鬼們在聽的瘋狂新搖滾樂團嗎？」

「潰雪穿透大腦細胞壁，直達儲存DNA的細胞核。因此為了這次的任務，我們開發出一種探測器，能找出空氣中能穿透細胞壁的化合物，但我們沒料到這地方居然散布成堆的空罌丸素瓶。所有類固醇——人造荷爾蒙——的基本結構都一樣，有排成環狀的十七個原子，作用類似魔法鑰匙，讓它們能穿過細胞壁。就是因為這樣，類固醇釋入人體後才會那麼強大。它們可以深入細胞，進入細胞核，實實在在改變細胞作用的方式。

「總結來說，探測器沒用。偷偷摸摸的做法行不通。所以我們回歸原始計畫。妳去買一些潰雪，然後丟入空中。」

YT還不是很理解最後那部分，但她暫時閉嘴，因為照她看來，吳需要多放一點注意力在開車上。

離開那個真心令人發毛的區域後，結果大部分的犧牲地帶都是棕色乾草原和大塊大塊廢金屬，偶爾隆起一大堆又一大堆的鬼東西——煤或爐渣或焦炭或冶煉渣之類的。

他們每繞過一個彎都會遇上一小塊由亞洲人或南美人照料的菜園。YT感覺吳想直接輾過他們，但總是在最後一秒改變主意，閃過他們。

幾個說西班牙語的黑人在寬敞平坦的地方玩棒球，用五十五加侖汽油桶的圓形桶蓋當壘包。他們把六輛老舊的高里程二手車停在球場邊，打開大燈充當照明。附近有間蓋在一輛爛住家拖車裡的酒吧，塗鴉招牌上寫著：**犧牲地帶**。一條條貨運車廂擱淺在鏽爛鐵路支線的調車場，胭脂仙人掌在枕木間生長。其中一節車廂變成一個韋恩牧師珍珠大門加盟體，福音派中美洲人排隊在霓虹艾維斯底下懺悔、用方言禱告。犧牲地帶沒有新寶瓶座神廟加盟體。

「倉庫區沒我們第一個去的地方那麼髒，」吳語帶鼓勵：「所以妳不能用防毒面具的這件事不算太糟。妳可能會聞到一些冷爽煙。」

YT愣了一下才領悟這個新鮮事：吳用的是一種管制物質的街頭用語。「你是說氟利昂？」

「對。我們調查的目標是個男人，他多角化經營，也就是說，他賣好幾種物質，不過是從氟利昂起步。他是西岸最大的冷爽批發商／零售商。」

YT終於懂了。吳的車開著空調，不是破爛的無臭氧風險空調，而是真貨色，沉重的金屬，大風量，冷到骨子裡的富及第暴風雪製造機，肯定消耗數量驚人的氟利昂。

從所有實用目的看來，這部空調就是吳身體的一部分。YT正跟著世界上獨一無二的氟利昂毒蟲一起開著車亂跑。

「你跟這傢伙買你自己要用的冷爽？」

「直到現在，對。不過之後我跟別人談好了。」別人。黑幫。

他們慢慢接近水邊。幾十座瘦長型的單層倉庫沿水岸而立，共用這一面的進出通道。更小的路穿過倉庫之間，通向碼頭原本所在位置。廢棄的聯結車到處亂停。

吳開上通道，轉入一個小角落，這地方半藏在一棟舊紅磚發電站和一堆鏽爛的貨櫃之間。他迴轉，讓車頭朝外，有點像是他預期他們會倉促離開。

「妳前面的儲藏格裡有錢。」吳說。

YT打開其他人都稱之為手套箱的儲物格；然後她找到厚厚一捆破舊骯髒的兆元鈔票。艾德．密斯（Ed Meese）。

「天，弄不到基柏嗎？這有點笨重耶。」

「酷遞員比較會用這種鈔票付帳。」

「因為我們都是人渣，對吧？」

「我無意評論。」

「這是多少，一千兆嗎？」

「一點五千兆。通貨膨脹，妳知道的。」

「我要幹嘛？」

「左邊第四間倉庫。」吳說：「拿到管子後朝天空丟。」

「然後呢？」

「所有事都會有人處理。」

ＹＴ有所懷疑，但如果她惹上麻煩，嗯，她總是可以火速掏出狗牌。

ＹＴ帶著滑板爬下廂型車時，吳又用嘴巴發出新聲音。她聽見咻咻聲和咚咚聲在車子裡迴盪，機械裝置正在醒來。她回過頭，看見車頂的一個鋼蓋打開了，底下是一架收折起來的迷你直升機，螺旋槳葉如蝴蝶展翅般攤開。它的名字寫在機身側邊：**旋風死神**。

32

我們找的是哪間倉庫顯而易見。左邊的第四間，朝水邊延伸的路被幾個貨櫃擋住——你會在十八輪後面看到的那種大鋼箱。貨櫃排列成人字形，因此若想過去，你必須迂迴轉來轉去幾次，穿過高聳鋼牆間的狹窄迷宮般通道。ＹＴ滑著滑板穿過障礙道時，帶槍的傢伙們棲在貨櫃頂俯瞰她。等到她成功來到空地，她已經被徹底檢查過了。

偶爾可以看到掛在電線上的燈泡，甚至還有幾串耶誕樹燈。燈都點亮了，只為了讓她稍微覺得受歡迎一點。除了燈光在四處瀰漫的灰塵與霧氣中映出五顏六色的光暈，她什麼也看不見。她前方通往水邊的路被另一個貨櫃迷宮擋住。其中一個貨櫃上面有塗鴉：**臭破王特經區：今天就來嚐點倒數計時！**

「什麼是臭破王？」她問這問題只是想稍微破冰一下。

「臭氧破壞者之絕對王者。」男人的聲音說道。他正從她左側倉庫的卸貨平臺跳下來。ＹＴ能看見他後方倉庫內有電燈和發光的菸。「我們就是這麼稱呼艾密力歐。」

「噢，對。」ＹＴ說：「賣氟利昂的傢伙。我不是來買冷爽的。」

「噢。」這傢伙四十多歲、又高又瘦，實在瘦得不像四十多歲的人。他一把扯出嘴裡的菸屁股，像飛鏢一樣射出去。「不然妳要買啥？」

「潰雪多少錢？」

「一點七五基柏。」那傢伙說道。

「我以為是一點五。」ＹＴ說道。

那傢伙搖頭。「通貨膨脹，妳也知道，已經是特價了。要命，妳腳下的滑板說不定值一百基柏。」

「給我錢也不賣啦。」ＹＴ惱怒起來：「聽著，我只有一點五千兆。」她從口袋掏出那捆鈔票。

那傢伙一面搖頭一面哈哈大笑，回頭對著倉庫內的同事們喊道：「各位，有個想用密斯付錢的小妞耶。」

「最好趕快脫手，甜心，」一個較尖銳、下流的聲音說道：「或是弄臺手推車。」

說話的這傢伙年紀又更大些，禿頭，側邊還剩一些捲髮，一顆大肚腩。他站上卸貨平臺。

「不收的話直說就是了。」ＹＴ說道。剛剛那些閒聊都是跟交易無關的廢話。

「不常有小妞來我們這裡。」胖禿子說道。ＹＴ知道他一定就是臭破王本尊。「因為妳的勇敢，我們可以給妳一點折扣。轉個圈。」

「幹。」ＹＴ啐道。她才不要為這傢伙轉圈。

聽力所及範圍內的所有人都哈哈大笑。「好啊，來啊。」臭破王說。

瘦高男回到平臺上，把一個鋁製手提箱拖下來，放在路中央的一個鋼汽油桶上，因此手提箱大概位於腰部的高度。「先付款。」他說。

她把那捆密斯交給他。他冷笑，檢查了一下，然後快速一揮，反手把錢丟回倉庫裡。裡面的所有傢伙又笑了一會兒。

他打開手提箱，露出小鍵盤，他把身分證插入卡槽，敲打鍵盤幾秒。

他從手提箱頂蓋拔下一根管子，插進下半部的插口。機器吸入管子，做了某些事，然後又吐出來。

他把管子交給YT。頂部的紅色數字從十開始倒數。

「數到一的時候把管子拿到妳的鼻子下，然後吸氣。」瘦高男說。

她已經開始後退。

「有問題嗎，小女孩？」他問。

「還沒有。」她說完隨即用盡全力把管子朝天空丟。

螺旋槳的嗖嗖聲憑空響起。**旋風死神**隱隱來到他們上方，所有人嚇得膝蓋發軟，一時都伏低身子。管子沒有落地。

「該死的婊子。」瘦高男說。

「很酷的計畫，」臭破王說：「不過有個部分我想不通：為什麼像妳這麼個聰明的好女孩要參與這個自殺任務？」

太陽露臉。事實上，他們四周的空中有大約六顆太陽，以至於影子完全消失。刺眼強光下，瘦高男和臭破王的臉變得平面、看不出五官。只有YT的騎士護目鏡發揮補償的作用，因此她稍微看得到一點東西；男人們在光照之下畏縮、垮下。

YT轉頭朝身後看。其中一顆迷你太陽掛在貨櫃迷宮上方，光灑入其中的每一個裂縫，站在上面的槍手被照得睜不開眼。她的護目鏡電子裝置還拿不定主意，看出去的景象一下太亮一下太暗。不過在這整片視覺錯亂當中，有一個畫面難以抹滅地印在她的視網膜上：槍手像颶風中的林線一樣紛紛倒下；轉瞬間，一列稜稜角角的暗色東西像模控海嘯一樣躍登貨櫃頂，剪影映在迷宮上方。類鼠。

它們飛躍，拉開又長又扁的拋物線，完全略過迷宮。途中，有些類鼠直接撞穿槍手的身體，就像全國橄欖球聯盟的後衛全速犁過書呆子邊線攝影師。接著，當它們降落在迷宮前方的路上，一陣塵土突然爆發，還有狂亂的白色火花在底部閃爍；這一切發生的過程中，YT不是聽到，而是感覺到一隻類鼠撞上瘦高男，聽見他的肋骨像玻璃紙球一樣劈哩啪啦。倉庫內化為地獄，而且失去控制，但她的眼睛仍試圖追上動作，看著更多類鼠瞬間劃過整段路，飛躍到下一個貨櫃頂部，揚起火花和塵土的凝結尾。

她把管子丟入空中已過三秒。她轉回來看倉庫內，但視線一時被勾在倉庫屋頂上，有個人在那。那是另一名槍手，狙擊手，正從一部空調機後面走出來，剛習慣強光，槍架上肩膀。他的來福槍射出紅色雷射光，掃過她的眼睛一次、兩次，校正目標瞄準她的額頭。她看見旋風死神在他後方，螺旋槳在明亮的燈光中化為圓盤，因透視法而縮為扁橢圓，而後又化為一條平穩的銀線，然後直接穿過狙擊手。

直升機竄高急轉彎，找尋著其他獵物，然後某個東西沿軟弱無力的軌跡落在下方；她以為直升機剛剛丟下一顆炸彈，但那是狙擊手的頭。那顆頭高速旋轉，在燈光下畫出一道可怕的粉紅色螺旋。小直升機的槳葉肯定砍中他的後頸。一部分的她不動感情地看著那顆頭在塵土中彈跳、旋轉，另一部分的她尖叫到把她的肺都叫出來了。

她聽見劈啪的一聲，目前為止第一個響亮的聲音。她轉身找尋聲音的來源，朝一座水塔的方向望去。這座水塔矗立在這塊區域上方，為狙擊手提供了很不錯的有利位置。

不過接著一枚迷你火箭拖著細如鉛筆的藍白色氣體從吳的廂型車竄入空中，她的注意力又被拉了過去。火箭沒做任何事，只是飛上一定的高度，然後乘著自己排出的氣體在那盤旋。她不在乎，她這會兒已經上滑板，一隻腳在地上刨著沿路滑走，努力找個東西擋在自己和水塔之間。

第二聲劈啪。甚至在這聲音傳到她耳朵之前，火箭已像小魚一樣水平射出，微歪一、兩次修正路線，瞄準狙擊手位於水塔梯上的棲息處。接著是一陣沒有火焰或光的猛烈大爆炸；煙火秀有時也會出現像這樣又吵又沒意義的巨響。在那一瞬間，她聽得見砲彈碎片的喧噪聲在鐵製水塔內部迴盪。

就在她刨著地回到迷宮之前，一道塵土線掠過她，把石頭和玻璃碎片掃到她臉上。塵土線竄入迷宮，她聽見它通過時一路乒乒乓乓，踹鋼牆以改變方向。一隻類鼠在幫她開路。

真可愛！

「順暢喔，巴豆。」她爬上吳的廂型車，喉嚨感覺又黏又腫。或許是因為尖叫，或許是因為有毒廢氣，也或許是因為她要吐了。「你不知道有狙擊手嗎？」如果她能夠持續談論任務的細節，或許就能不去想**旋風死神剛剛幹了什麼**。

「我沒料到水塔上那一個。」吳說：「不過他射擊幾輪之後，我們用毫米波雷達描繪出他的彈道，反向追蹤到他。」他對他的車說話，車隨即開出藏身處，朝洲際四九五駛去。

「要找狙擊手的話，那個位置似乎很顯而易見。」

「他在一個不設防的位置，四面八方都看得見他。」吳說：「他選擇在自殺性的位置工作，這對藥頭來說不是很典型的行為，他們一般都比較務實。好了，妳對我的表現還有其他指教嗎？」

「欸，成功了嗎？」

「成功。管子在排出內容物之前就被抓入直升機裡的密封艙，在它來得及化學性自我毀滅之前於液態氮中急凍。之前沒人弄得到潰雪的樣本，但現在就在我們手上。有了像這樣的成功，有些人，例如我，算是闖出名號了。」

「那類鼠呢？」

「類鼠怎樣？」

「牠們回來車上了嗎？在後面嗎？」YT扭頭轉向後方。

吳停頓了一會兒。YT提醒自己，他此時正坐在他那個位於一九五五年越南的辦公室，透過電視看著這一切。

「三隻回來了，」吳說：「三隻在回來的路上，我把三隻留在那裡進一步掃蕩。」

「你要丟下牠們？」

「牠們會跟上。」吳說：「在直線道路上，牠們的時速可達七百英里。」

「牠們體內真的有核武嗎？」

「放射熱同位素。」

「要是其中一隻被炸開呢？大家都變變種人？」

「要是妳有一天發現自己面對一股毀滅性力量，這股力量強大得足以剝除那些同位素的外殼，」吳說：「輻射中毒會是妳最不用擔心的一件事。」

「牠們找得到路回來嗎？」

「妳小時候都不看《靈犬萊西》（*Lassie Come Home*）的嗎？」他問：「更確切地說，妳比妳現在還小的時候都不看嗎？」

所以，她是對的，他們用狗的身體部位製造類鼠。

「好殘忍。」她說。

「這種多愁善感非常容易預料。」吳說。

「把一隻狗從他的身體裡拿出來——永遠關進小屋裡。」

「妳所說的這個類鼠，在牠的小屋裡時，妳知道牠都在做什麼嗎？」

「舔他的電子蛋蛋？」

「在浪花中追飛盤。永遠。吃樹上長出來的牛排、躺在狩獵小屋裡的爐火旁。我還沒裝安裝舔罟丸模擬器，不過既然妳提起，我會列入考慮。」

「那他離開小屋幫你出任務的時候呢？」

「妳難道無法想像一隻能以時速七百英里奔跑的比特鬥牛犬有多麼自由自在？」

YT沒回應。她的心思都在忙著嘗試理解這個概念。

「妳的問題，」吳說：「在於妳認為所有機械輔助有機體——例如我——都是可悲的殘廢。不過事實上，我們比過去的自己更好。」

「你從哪裡找來這些比特犬？」

「在這地方的所有城市，每天都有數量多得難以想像的比特犬遭遺棄。」

「你切開小狗狗？」

「我們拯救棄犬免於必死無疑的處境，然後讓他們去過等同狗類天堂的日子。」

「我朋友路殺和我以前有一隻鬥牛犬，叫肥多。我們在巷子裡發現牠。某個混蛋射中牠的腿。我們找獸醫治好牠。我們把牠養在路殺家大樓的空公寓裡，養了幾個月，每天跟牠玩，帶食物給牠。然後有一天我們去跟肥多玩，牠不見了。有人闖進去把牠帶走。多半是拿去賣給某實驗室吧。」

「有可能，」吳說，「但不能那樣養狗。」

「總比他原本的狗生好。」

接下來吳忙著對他的車說話，設法開上長灘高速公路，回頭朝城裡前進；他們的談話中斷。

「他們記得嗎？」YT問。

「狗能記得多少，他們就記得多少。」吳說：「我們完全沒辦法消除記憶。」

「所以此時此刻，在某的地方，肥多可能就是一隻類鼠。」

「為了他著想，我希望如此。」吳說道。

亞利桑那鳳凰城的一個李先生的大香港加盟體，吳氏保全企業半自動護衛單位B-782號醒來。把他組裝起來的工廠認為他是一具名叫B-782號的機器人，但他認為自己是一隻名叫肥多的比特鬥牛犬。

肥多以前有時是隻壞小狗狗，但現在住在一座美好小院子裡的一間美好小屋裡。他現在變成一隻乖小狗狗，喜歡躺在他的房子裡聽其他乖狗狗吠。肥多是一個大犬群的一份子。

今晚，一個很遠的地方傳來好多吠叫聲。肥多聆聽吠叫聲，知道有一整群好狗狗對某個東西非常亢奮。一大群非常壞的男人要傷害一個好女孩。狗狗們因此非常生氣、非常亢奮。為了保護好女孩，他們在傷害壞男人中的幾個人。

事情就應該這樣。

肥多沒有離開房子。剛聽見吠叫時，他變得亢奮。他喜歡好女孩，如果壞男人想傷害她們，他就會特別不開心。以前有一個好女孩愛他。那是以前，當時他住在一個恐怖的地方，而且總是餓，還有好多人欺負他。但是那個好女孩愛他，對他很好。肥多很愛那個好女孩。

不過根據其他狗狗的叫聲，他知道好女孩現在安全了，於是他回去睡覺。

33

「打擾一下，伴。」ＹＴ踏進巴別爾／資訊末日室。「天！這地方看起來像那種你搖起來之後裡面都是雪的東西。」

「嗨，ＹＴ。」

「有更多情報要給你，伴。」

「說吧。」

「潰雪是合成類固醇。不然就是類似的東西。對啊，就是這樣。它會穿透你的細胞壁，就跟類固醇一樣，然後對細胞核做某些事。」

「你是對的，」阿浩對圖書館員說：「就跟皰疹一樣。」

「跟我談話的傢伙說，它會亂搞你的ＤＮＡ。這些狗屁我連一半都搞不懂，但他就是這麼說的。」

「跟妳談話的傢伙是誰？」

「吳氏保全企業的吳。不用費心跟他談了，他什麼情報也不會給你。」她輕蔑地說道。

「妳怎麼會跟吳這種人攪和在一起？」

「黑道工作。拜我和我的夥伴吳所賜，黑幫破天荒拿到潰雪的樣本。之前這種毒品總是在他們到手之前自我毀滅，所以我猜他們現在正在分析之類的吧，可能想製作解藥。」

「或試著複製。」

「黑幫不搞那些。」

「別傻了。」阿浩說：「他們當然搞。」

YT看似對阿浩不爽了起來。

「聽著，」阿浩說：「我很遺憾提醒了妳這件事，但如果我們還有法律，黑幫就是犯罪組織。」

「但我們沒有法律了啊，所以他們只是另一個連鎖商家。」

「好，我只是想說，他們的出發點可能並不是為了人類福祉。」

「那你又為什麼跟這個阿宅精靈一起龜在這裡？」她朝圖書館員一指：「為了人類福祉？還是因為你在追某個妞？誰管她叫什麼名字。」

「好，好，我們就別談黑幫了。」他說：「我有工作要做。」

「我也是。」YT又閃人，在元宇宙中留下一個洞，但很快被阿浩的電腦填滿。

「我覺得她可能迷上我了。」阿浩解釋。

「她似乎頗深情。」圖書館員說。

「好，」阿浩說：「繼續工作。亞舍拉從何而來？」

「起初源自蘇美神話。巴比侖、亞述、迦南、希伯來與烏加里特神話中皆系出蘇美，因此祂在其中也都舉足輕重。」

「有意思。所以蘇美的語言消失，神話卻以某種方式以新語言繼續流傳。」

「正確。後續文明將蘇美文字用於宗教與學術方面，近似拉丁文使用於中世紀歐洲的情況。無人以蘇美語為母語，但受過教育者能讀蘇美文，蘇美宗教以此方式而流傳。」

「亞舍拉在蘇美神話中做了什麼？」

「描述都是斷簡殘篇。考古學家只發現少數泥板，都已破損、分散。據信L・巴布・萊富挖掘出許多完整泥板，但他拒絕釋出。僅存的蘇美神話只是殘篇，而且古怪。拉荷斯將其比擬為二歲稚兒發燒時的幻想。常有整大段就是無法翻譯——人物可辨認，也廣為人知，但放在一起後，他們所說的話對當代人而言就是沒有意義。」

「就像排程錄影的說明。」

「有大量無變化的重複，也有相當數量的文牘在頌揚自己城市的德善是如何優於某些城市——拉荷斯稱之為『扶輪社激勵主義』。」

「一座蘇美城市怎樣才算比其他城市好？金字神塔比較大？橄欖球隊比較厲害？」

「較好的祕。」

「祕是什麼？」

「控制社會運作的常規或原則，例如法典，但是在更根本的層面。」

「不懂。」

「這就是問題所在。蘇美神話並不像希臘或希伯來神話一樣『可讀』或『有趣』。蘇美神話反映出一種意識，而這種意識與我們的意識有根本上的差異。」

「我想，如果我們的文化奠基於蘇美，我們應該會覺得他們的神話更有趣一點。」阿浩說道。

「阿卡德（Akkadian）神話源自蘇美，而且顯然大幅奠基於蘇美神話。阿卡德校訂者顯然檢視過蘇美神話，刪去（對我們而言）古怪而無法理解的部分，將其串連為更長的篇章，例如《吉爾伽美什史詩》（*The Epic of Gilgamesh*）。阿卡德人是閃米特人——希伯來人的表親。」

「阿卡德人怎麼描述祂？」

「她是性愛與生育的女神，同時也有毀滅性與惡意的一面。在一個神話中，亞舍拉讓人類國王科塔（Kirta）受病痛折磨，唯有諸神之王埃爾能治癒他。埃爾施恩典予某些人，讓他們從亞舍拉的乳房啜飲奶水。埃爾和亞舍拉經常領養人類嬰兒，並讓他們喝亞舍拉的奶——在一份文本中，祂是七十個神子的奶媽。」

「散布病毒。」阿浩說：「得愛滋病的母親能夠透過哺乳而傳染她們的嬰兒。但這是阿卡德版，對吧？」

「是的，先生。」

「我想聽些蘇美的東西，無法翻譯也沒關係。」

「你想聽亞舍拉令恩基生病的故事嗎？」

「當然。」

「本故事的翻譯取決於譯者的詮釋。有些人視其為從天堂墜落的故事，也有些人視其在描述男人與女人、水與大地之間的戰鬥，還有人視其為生育的寓言。以下版本是以本特・奧斯特（Bendt Alster）的詮釋為基礎。」

「聽清楚了。」

「概括而言：恩基與寧胡爾薩格——也就是亞舍拉，雖然祂在此故事中也擁有其他稱號——住在一個名為底爾蒙的地方。底爾蒙純淨又明亮，而且沒有疾病，人不變老，掠食性動物也不打獵。

「但是沒有水。而恩基屬於某種水神，因此寧胡爾薩格向祂祈求，希望祂引水入底爾蒙。祂的做法是在渠道的蘆葦間手淫，讓賦予生命的精液川流——祂的精液也稱『心之水』。同時間，祂唸誦禁止任何人進入此區域的南—夏怖——祂不想讓任何人靠近祂的精液。」

「為什麼不想？」

「神話並未闡明。」

「那，」阿浩說：「祂一定認為祂的精液很珍貴，或危險，或珍貴又危險。」

「底爾蒙情況改善，田地產出豐碩的穀物等。」

「不好意思，不過蘇美人的農業怎麼運作？他們大量灌溉嗎？」

「他們完全仰賴於此。」

「所以根據這則神話，恩基負責用祂的『心之水』灌溉田地。」

「恩基是水神，是的。」

「好，繼續。」

「不過寧胡爾薩格——亞舍拉——違反祂的命令，擅自取走恩基的精液讓自己受孕，懷孕九天後，無痛誕下女兒寧穆（Ninmu）。寧穆在河岸散步，恩基看見她，慾火焚身，於是過河與她性交。」

「跟自己的女兒。」

「是的。九天後，她也生下一個女兒，名為寧古拉（Ninkurra），然後舊事重演。」

「恩基也跟寧古拉性交？」

「是的，她也生下一個女兒，名為烏特圖（Uttu）。到這個時候，寧胡爾薩格顯然看出恩基的行為模式，祂預測恩基將會帶禮物來找烏特圖並引誘她，因此勸烏特圖留在祂家中。」

「祂來了嗎？」

「恩基又一次以『心之水』滿注渠道，萬物因而生長。園丁歡慶，並擁抱恩基。」

「園丁是誰？」

「只是故事中的一個角色。」圖書館員說：「他貢獻葡萄和其他禮物給恩基。恩基假扮為園丁，接著去找烏特圖並引誘她。不過這一次，寧胡爾薩格設法從烏特圖的股間取得恩基的精液樣本。」

「天啊。說到來自地獄的丈母娘。」

「寧胡爾薩格將精液遍灑大地，促使八種植物湧現。」

「恩基也跟這些植物性交了嗎？」

「沒有，祂吃下它們——就某種意義而言，祂藉此得知它們的祕密。」

「所以我們這會兒得到亞當與夏娃的基本概念了。」

「寧胡爾薩格詛咒恩基，祂說『吾將不再以「生命之眼」視汝，直至汝亡。』祂說完隨即消失，恩基則病入膏肓。祂的八個器官各自因為一種植物而罹病。最後，寧胡爾薩格被說服，祂回來生下八個神，各自對應恩基的一個罹病器官，恩基於是痊癒。這些神是底爾蒙的諸神；換言之，此舉打破亂倫的循環，創造出一批能夠正常繁殖的男神與女神。」

「我開始懂拉荷斯說發燒的兩歲小孩是什麼意思了。」

「奧斯特將此神話解讀為『一個邏輯問題的說明：假設最初除了一個造物者之外再無他物，普通的二元性別關係如何能存在？』」

「啊，又出現『二元』這個詞。」

「你或許記得我們早先的談話中有一個未經探索的分支，該分支也會經另一條路徑帶領我們來到相同位置。可將此神話與蘇美創世神話兩相比較。蘇美創世神話中，天空與大地剛開始時是相連的一體，要等到兩者分開才真正創造出世界。大多數創世神話的開頭都是『萬物為矛盾又統一的一個整體，可視其為渾沌，抑或天堂』；要等到此狀態改變，我們所知的世界才會真正存在。我應該在此指出，恩基原本名為恩—庫爾（En-kur），庫爾之主。庫爾是恩基征服的太古海洋——渾沌。」

「所有駭客都會認同。」

「不過亞舍拉也有相似含義。在烏加里特語中，她的名字『阿緹拉圖・亞米（atiratu yammi）』，意指『踩踏大海（龍）的女性。』」

「好，所以恩基和亞舍拉就某種意義而言都是曾打敗渾沌的人物。而你的重點是，所謂戰勝渾沌，還有將靜態、一體的世界分割為二元系統，也就等於創世。」

「正確。」

「還有其他和恩基有關的事嗎？」

「他是埃瑞杜城的恩。」

「恩是什麼？類似國王嗎？」

「某種祭司王。恩是地方神廟的監管者，而祕——社會常規——則撰寫於泥板存放其中。」

「好。埃瑞杜在哪？」

「南伊拉克，最近幾年才剛出土。」

「萊富的人挖出來的？」

「是的。如克萊默所說，恩基是智慧之神——不過此翻譯並不準確。祂的智慧並非長者的智慧，應該說祂知道如何做事的知識，尤其是祕密之事。『祂對顯然不可能解答的問題提出驚人解答，就連其他神也為之驚奇。』祂幫助人類，大多數時候都是個富同情心的神。」

「真的嗎?!」

「是的。最重要的蘇美神話皆以他為中心。如我先前所說，祂與水有關。用祂的賦生精液灌注河川以及星羅棋布的蘇美水渠系統。據說祂藉由一次劃時代的手淫創造出底格里斯河。祂如此描述自己：『我是君主。我是話語將永流傳者。我永垂不朽。』他人描述中的祂則是：『你出一言——穀物堆積如山。』『你取下天空的星辰，你計算出星辰的數量。』祂說出所有造物之名……」

「說出所有造物之名？」

「在許多創世神話中，命名等同創造。諸多神話中都稱祂為『制定咒語的專家』，說祂『言詞豐富』、『恩基，所有正確指令的主人』；如克萊默與梅爾所說，『祂的話語能為原本只有渾沌之處帶來秩序，為原本和諧之地帶來失序。』祂投注大量心力將他的知識傳授給他的兒子，也就是巴比倫主神馬杜克（Marduk）。」

「所以蘇美人崇拜恩基，而蘇美人之後的巴比倫人崇拜祂的兒子馬杜克。」

「是的，先生。而馬杜克只要遇到困境，總會尋求他的父親恩基協助。這個石碑——《漢摩拉比法典》——繪有馬杜克的圖像。根據漢摩拉比，法典是由馬杜克親手交給他。」

阿浩晃到漢摩拉比法典旁瞥了一眼。他完全看不懂楔形文字，但頂部的圖夠簡單，很好懂，尤其是中間的部分：

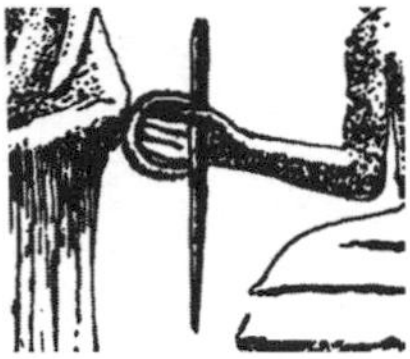

「這幅圖中，馬杜克到底為什麼要交給漢摩拉比一個一和一個〇？」阿浩問道。
「那是皇室力量的象徵。」圖書館員說：「起源不明。」
「肯定來自恩基。」阿浩說道。
「恩基最重要的角色是造物者，祂還負責守護祕與既斯—咊（gis-hur），支配宇宙的『關鍵字』與『模式』。」
「多說說這個祕。」
「再次引用克萊默與梅爾的論述，『〔他們相信〕從時間伊始便存有各式各樣的力量與義務、規範與標準、常規與規則，它們是根本，不可改變，而且無所不包，稱之為祕，涉及宇宙及其構成物、神與人、城市與國家，以及文明生活的各種面向。』」
「有點像《妥拉》。」
「例子？」
「是的，但它們具備某種神祕或魔法力量，也常應對一般領域——不只是宗教而已。」
「在一則神話中，伊南娜女神去埃瑞杜拐騙恩基給她九十四個祕，然後帶回她位於烏魯克的家，結果引發騷動，人民歡天喜地。」
「伊南娜就是華妮妲迷上的那個人。」
「是的，先生。因為『她帶來祕的完美執行』，人民高呼她為救主。」
「執行？像是執行電腦程式嗎？」
「是的，祕顯然就像執行某些社會必要活動的演算法，有些針對祭司和國王的工作，有些解釋宗教祭儀如何進行，有些關乎戰爭、外交技巧。其中有許多和藝術、工藝有關：音樂、木工、鍛造、製革、建築、農耕，甚至包含起火等簡單工作。」

「社會的作業系統。」

「抱歉？」

「剛啟動的電腦是實際上什麼也做不了的惰性大量電路。為了讓機器動起來，你必須在電路中注入大量告訴它該如何運作的規則，該如何當一部電腦。聽起來，這些祕的作用就是社會的操作系統，將大量無生氣的人民組織為運作系統。」

「隨您高興。無論如何，恩基就是祕的守護者。」

「所以祂實際上是好人。」

「祂是諸神之中最受愛戴的一位。」

「祂聽起來有點像駭客，因此祂的南－夏咘非常難以理解。如果祂這麼好心，為什麼要搞巴別爾那齣？」

「一般認為這是恩基的一個謎。你已經注意到了，祂的行為並不總是符合現代規範。」

「我不信。我不認為祂真的操了他妹妹、女兒那些的。那個故事一定象徵其他東西。我認為那象徵某種遞迴訊息處理。這整個神話有那股味兒。對這些人而言，水等同精液。說得通，因為他們多半沒有淨水的概念——總之都是棕色渾濁又充滿病毒。然而站在現代的角度看，精液只是訊息的載體——善意的精液和惡意的病毒都是。恩基之水——祂的精液，祂的數據，祂的祕——流遍蘇美國土，讓他們繁榮興旺。」

「你可能有所意識，蘇美存在於兩條大河間的氾濫平原，底格里斯河和幼發拉底河。所有泥土就是來自於此——他們直接從河岸取用。」

「所以恩基甚至提供他們傳播訊息的媒介——泥土。他們在溼泥上書寫，然後弄乾——去除水分。如果之後又沾到水，訊息就毀了。但若他們加以烘烤，徹底排除水分，用熱消毒恩基的精液，那麼泥板便能永久流傳，永不改變，就像《妥拉》中的文字。我聽起來像個瘋子嗎？」

「我不知道，」圖書館員說：「但你聽起來確實有點像拉荀斯。」

「真開心。一轉眼，我就要把自己變成滴水獸了。」

34

任何路人都有可能無聲無息走進格利菲斯公園。ＹＴ心想，儘管有路障，法拉巴拉的營地並沒有受到良好保護，你只要有能力越野就能進入。對頭戴嶄新騎士護目鏡、腳踩嶄新滑板的滑板忍者（嘿，要賺錢還得先花錢）來說，完全不成問題。只要找到一道朝峽谷傾斜的高堤，沿邊緣滑到你看見下方的營火就好。接著俯衝下坡，信任重力。

滑到一半的時候，她領悟到她的藍橘色連身衣雖然很酷，但在法拉巴拉區的半夜還真引人注目，於是她探向領子，摸到縫在布料裡的小圓片，用力捏下去，直到圓片發出卡嗒一聲。她的連身衣轉暗，色彩如水面浮油般閃過電子色素，接著轉為黑色。

第一次來的時候，她沒花太多心思查看這地方，因為一心只希望永遠不用再回來。因此高堤比ＹＴ記憶中更高、更陡，可能比她原本所想更像懸崖、陡降坡，或深坑。而她之所以會這麼想，只因為她似乎一直像個自由落體。大墜落，極速拋射。她告訴自己這很酷，這工作就是這樣。智慧輪擅長應付這種情況。樹幹是泛藍的黑，襯著泛黑的藍色背景並不是那麼明顯。除此之外，她只看得見滑板前側數位速度計的紅色雷射光，但其實也看不見什麼有用的資訊。雷達測速器努力鎖定，同時數字振動，化為一團粗粒子的紅光。

她關掉速度計。現在在徹底的黑暗中滑行。加速衝向谷底的甜美混凝土地面，像是背著天國降落傘但吊傘索剛被上帝割斷的暗黑天使。當輪子終於滾上路面，她的膝蓋差點頂穿頷骨。她用不太高的高度和黑暗速度糟糕落差完成整個重力轉換。

心中的筆記：下次直接從該死的橋上跳下來就好。那樣的話至少不會碰上被多刺仙人掌撞上鼻子的問題。

她掃過一個彎，傾斜得都能舔到黃線了，她的騎士護目鏡以燦爛的多光譜輻射顯示出一切。紅外線之下，法拉巴拉的營地是一片粉紅色霧氣繚繞的紊亂極光，一團團刺眼的白熾營火散布其中。一切都靠在黯淡泛藍的路面上，也就是說，在假色的色彩配置中，路面是冷的。所有事物之後是法拉巴拉人無比擅長的怪異即興路障技術，畫出鋸齒狀的地平線。一道YT完全看不上眼、冷落一旁，還咒罵了幾句的路障；她從天而降，像自卑感作祟的匿蹤戰鬥機一樣落入營地中央。

一旦進入營地本身，大家就不太注意你，也不管你是誰。幾個人發現她，看著她滑過去，但一點反應也沒有。大概本來就有一大堆酷遞員在這裡進進出出吧。一大堆昏頭昏腦、容易受騙、喝酷愛的快遞員。而這些人對快遞沒有足夠的了解，無法區分YT和那一款人。但沒關係，姑且算了，只要他們不來檢查新滑板上的小裝飾品就好。

營火提供足夠的普通可見光，顯現出眼前可悲活動的真面目：一群精神錯亂的童子軍，沒專科章也沒衛生的狂歡會。有了紅外線超紅光加上可見光，她能在裸眼只看得見黑暗的陰影中看見隱約、鬼魅般的紅臉。為了買這副新騎士護目鏡，她從她幫黑道運毒賺的錢裡面掏了一大捲出來。只是那種媽堅持要YT找份兼職工作時會放在心上的事。

有些上次還在的人這次不在了，也有一些她沒看過的人。幾個人實際上穿著大力膠帶約束衣。這種時尚宣言只保留給完全不受控制，在地上打滾、揮打的人。幾個人也在發瘋，但沒那麼嚴重；還有一、兩個人完全茫了，就像你可能會在打盹巡航看到的那種普通流浪漢。

「嘿，看！」有人說：「是我們的酷遞員朋友！歡迎，朋友！」

她已經打開水指虎的瓶蓋，隨手可得，而且使用前也好好搖過。她的手腕上有新潮高壓金屬袖口，以防有人想抓住她這個位置。袖子上還有計時電擊槍。只有最旋的現代古人帶槍。槍太花時間（你必須等受害者流血致死），不過矛盾的是，槍到頭來又常常殺死人。如果你用計時電擊槍，被打中的人不會跑來找你麻煩。至少廣告是這麼說的。

所以並不是說她真覺得自己可能會受傷害還怎樣，但她還是想選定目標。於是她維持逃跑速度，直到找到一個看似友善的女人——穿冒牌破香奈兒的光頭妞——然後鎖定她。

「我們進林子，老兄。」YT說：「我想跟妳談談妳殘存的腦子發生什麼事。」

女人微笑，以好心情弱智者的好脾氣笨拙動作掙扎著站起來。「我想談，」她說：「因為我相信。」

YT沒多費口舌，直接抓住女人的手，帶著她往高處走，避開道路走進矮樹叢中。她的紅外線沒看到任何粉紅臉埋伏在上面這裡，應該很安全。不過有兩個人跟在她後面，只是愉快地慢慢走著，沒看她，一副他們剛好決定在大半夜裡來樹林裡晃晃的樣子。其中一人是大祭司。

女人大約二十五、六歲，身材瘦長，長得好看但不漂亮，在高中籃球隊裡大概就是個有精神但得分低的前鋒。YT拉著她在黑暗中的一塊岩石坐下。

「妳知道自己在哪嗎？」YT問。

「公園，」女人說：「跟朋友在一起。我們在幫忙傳布『話語』。」

「妳是怎麼來到這裡的？」

「搭企業號。我們去那裡學習。」

「妳的意思是，像是浮筏嗎？企業號浮筏？你們都來自那裡？」

「我不知道我們來自哪裡，」女人說：「有時候好難記得一些事。但那不重要。」

「那妳之前在哪？妳不是在浮筏上長大的，對吧？」

「我是加利福尼亞山景城三節系統的系統程式設計師。」女人突然快速吐出一串完美、聽起來正常的英語。

「那妳怎麼會跑到浮筏上？」

「我不知道。我的舊人生停止，新人生開始。現在我在這裡。」又變回小朋友說話。

「妳的舊人生停止之前，妳記得的最後一件事是什麼？」

「我工作到很晚，我的電腦出了問題。」

「就這樣？這就是妳遇到的最後一件正常事？」

「我的系統當掉。」她說：「我看見靜電干擾，然後覺得非常不舒服。我去醫院，在醫院遇見一個男人，他把一切解釋給我聽。他說我一直被血洗滌，說我現在屬於話語，一切突然都說得通了。然後我決定要上浮筏。」

「妳自己決定，還是有人幫妳決定？」

「我就是想去。我們都要去。」

「除了妳，還有誰在浮筏上？」

「更多像我一樣的人。」

「怎麼樣像妳？」

「所有程式設計師。像我。看見話語的人。」

「在他們的電腦上看見？」

「對，有時候是電視。」

「你們在浮筏上做什麼？」

女人拉起破爛運動衫的一邊袖子，露出滿是針孔的手臂。

「你們吸毒？」

「不是，我們給血。」

「他們抽你們的血？」

「對。我們有時候也會寫一點程式，但只有幾個人寫。」

「妳在浮筏上待了多久？」

「不知道。等到我們的血管沒辦法再用，他們就把我們帶來這裡。我們只是在幫忙傳布話語——把東西拖來拖去、做路障。不過我們其實沒有花很多時間工作，大部分時候都在唱歌、禱告，跟其他人說話語的事。」

「妳想離開嗎？我可以帶妳離開這裡。」

「不想。」女人說：「現在是我人生中最快樂的時候。」

「妳怎麼可以說這種話？妳原本是　流駭客耶，現在卻像個笨蛋一樣；我實話實說喔。」

「沒關係，我不會放在心上。我還是駭客的時候並不真心覺得快樂，我沒思考過重要的事。神、天堂、靈魂方面的事。在美國很難思考那些事，妳只是把它們都放到一邊。但是它們真的非常重要——不是寫程式或賺錢。我現在只想那些事了。」

ＹＴ一直在留意大祭司和他的夥伴。他們一步一步愈靠愈近，現在已經近到ＹＴ都能聞到他們晚餐吃什麼了。女人一隻手放在ＹＴ的護肩上。

「我希望妳跟我一起留下來。妳不下來喝點東西嗎？妳肯定渴了吧。」

「要走了。」ＹＴ站起來。

「我真的必須提出反對。」大祭司走上前來。他的語氣並沒有怒意，他正努力裝出ＹＴ她爸的樣子。「對妳來說，那實在不是正確的決定。」

「你誰啊，什麼楷模嗎？」

「沒關係，妳沒必要認同。不過我們下去坐在營火旁聊聊吧。」

「我們還是在ＹＴ切換成自我防禦模式之前滾離她遠一點吧。」ＹＴ說道。

三個法拉巴拉人退開。非常合作。大祭司舉起雙手安撫她：「很抱歉我們讓妳覺得受威脅。」

「你們這些傢伙開始變得有點怪了。」ＹＴ把護目鏡切換回紅外線。

透過紅外線，ＹＴ看見第三個法拉巴拉人，就是跟著大祭司一起上來的那個，他一手拿著一個異常溫熱的小東西。

她用小手電筒對準他，一束細細的黃色光束直射他的上半身。他全身大部分都很髒，顏色暗褐，只有少數光從他身上反射。但有個光亮的紅色物體，一道紅寶石色。

那是皮下注射器，裡面裝滿紅色液體。紅外線下，液體顯示為溫熱。那是鮮血。

她不是很懂——這些傢伙為什麼拿著裝滿鮮血的注射器走來走去。但她看夠了。

一道又長又細的螢光綠水指虎從罐子裡射出來，射中針筒男後，他的頭往後甩，彷彿有人用斧頭劈中他的鼻梁，他無聲無息往後倒。然後她也附贈大祭司一記。女人只是站在那兒，像是整個嚇破膽了。

ＹＴ刨地滑出峽谷，速度之快，竄入車流時就跟那些車子一樣。一等到她牢牢叉上一輛夜間高苣卡車，她撥通媽的電話。

「媽，聽著。沒有，媽，不要管那些吵吵鬧鬧的聲音。對，我在路上滑滑板。不過聽我說一下好嗎，媽——」

她不得不掛這個老婊子電話。不可能跟她談。然後她嘗試跟阿浩語音連線，花了幾分鐘才連上。

「哈囉！哈囉！哈囉！」她喊著。然後她聽見車子的喇叭聲。來自電話另一邊。

「哈囉？」

「我是ＹＴ。」

「妳好嗎？」這傢伙的做事態度總是有點太過悠哉。她不是很想談她好不好。她聽見阿浩聲音之後的背景傳來另一陣喇叭聲。

「你他媽的在哪，阿浩？」

「走在洛杉磯的一條路上。」

「你走在路上，怎麼有辦法示入？」然後可怕的事實慢慢滲入：「我的天啊，你沒有變成滴水獸，對吧？」

「欸，」阿浩猶豫、侷促不安，好像他之前一直沒注意自己在做什麼：「不是真的變成滴水獸啦。記得妳笑過我把錢都花在電腦上吧？」

「記得啊。」

「我決定我花得還不夠多，所以買了一部腰扣式機器。有史以來最小。我把這東西捆在腹部在街上走，真的很酷。」

「你就是滴水獸。」

「好啦，但又不是把一整套笨重的垃圾綁得全身都是——」

「你就是滴水獸。聽著，我跟一個批發商談過。」

「然後呢？」

「她說她以前是駭客。在她的電腦上看見怪東西，病了一陣子，然後就加入這個邪教，最後跑到浮筏上。」

「浮筏。真的嗎？」

「企業號。他們拿走他們的血，阿浩。從他們的血管抽出來。他們把生病駭客的血注射到其他人身上，用這種方式感染他們。等他們的血管變得跟毒蟲一樣找不到了，就放他們走，讓他們在本土做批發的工作。」

「很好。」他說：「很好的情報。」

「她說她看見電腦螢幕出現靜電干擾，害她生病。你知道這種事嗎？」

「知道，是真的。」

「真的？」

「對。但妳不用擔心，只有駭客會受影響。」

她有一瞬間連話都說不出來，太生氣了。

「我母親是聯邦政府的程式設計師。你這混蛋，為什麼不警告我？」

半小時後，她到了。這次沒費事換回上等白人的偽裝，直接以一身基本、不合時宜的黑衝進家裡，路上隨手把滑板朝地板丟，從架上一把抓起媽的一個紀念品——沉重的水晶獎座——實際上是透明塑膠——

她幾年前靠拍聯邦老闆馬屁、通過所有測謊才得到的，然後走進媽的小窩。

媽在。跟平常一樣在用電腦工作，但這時候並沒有看著螢幕，而是在讀放在大腿上的筆記。就在媽抬起頭看ＹＴ的同時，ＹＴ上緊發條，擲出水晶獎座。講座飛過媽的肩膀，擦過電腦桌，直接砸穿映像管。厲害。ＹＴ一直都想這麼做。她停下來欣賞自己的成果幾秒，同時媽的各種古怪情緒火山爆發。妳這身制服是怎麼回事？我不是跟妳說過不准在真正的街道上滑滑板嗎？妳不應該在家裡亂丟東西。那個獎座是我的重要寶物。妳為什麼要打壞電腦？政府財產。說到底，現在到底發生什麼事？

ＹＴ看得出來媽還會繼續像這樣好幾分鐘，於是走進廚房，朝臉上潑了些水，倒杯果汁，讓媽跟在她後面越過她的護肩喋喋不休。

媽被ＹＴ的沉默策略打敗，火力終於減弱。

「我剛剛救了妳他媽的小命，媽。」ＹＴ說：「至少可以給我一點奧利奧吧。」

「妳到底在說什麼？」

「是說，如果妳，我是說像妳這樣來到一定年齡的人，你們願意花些力氣跟上某些基本、現代的情況，你們的孩子就不用採取這種激烈的手段。」

35

地球出現，在他面前雄偉地旋轉。阿浩伸手抓住，轉了轉，直到他對準奧勒岡。命令地球拿掉雲，雲隨即消失，眼前只剩下清晰的山脈與海岸。

就在那兒，奧勒岡海岸數百英里外，某種粗糙的癤子在水面上生長。說是潰爛也不為過。此時位於阿斯托利亞以南數百英里，正朝南方蔓延。所以華妮妲幾天前才跑去阿斯托利亞：她想接近浮筏。至於原因，那就沒人說得準了。

阿浩抬頭凝視地球，拉近細看。隨著他靠近，他注視的景象從來自地球同步衛星的長程圖像轉變為一整隊低空間諜鳥吐進中情司電腦的好東西。他所見的畫面是一整片影像交織而成的馬賽克，拍攝時間最多不超過數小時前。

面積橫跨數英里，形狀不定，不過在照片拍攝的當下，浮筏看起來像一顆胖胖的腎；也就是說，浮筏嘗試排列成V字形，像一群鵝一樣對準南方，但系統裡有好多噪音，如此無定向而無組織，因此最多只能像顆腎。

中央是兩艘巨型船艦：企業號和一艘油輪，並肩拴在一起。另外幾艘大船包圍這兩頭巨獸，包含貨櫃船和其他貨運船。核心。

除此之外的所有船都很小。有幾艘挾持來的遊艇和退役拖網漁船，不過浮筏的大多數船就只是船而已。休閒小船、舢舨、平底船、三角帆船、小艇、救生筏、船屋、蓋在充氣油桶和保麗龍板上的臨時構造。其中有五成根本不是船材，只是找得到什麼漂浮物就拿來用，把亂七八糟的繩索、纜繩、木板、網子，和其他垃圾都綁在上面。

而L・巴布・萊富端坐中央。阿浩不是很確定他在做什麼，也不知道華妮姐跟他們有什麼關係，不過，是時候過去查清楚了。

帶刀的男人走入視線範圍，沿人行道大步走過來時，史考特・拉格奎斯特站在馬克・諾曼全年無休摩托車商場邊緣等待。行人在洛杉磯很罕見，遠比帶刀的男人罕見；罕見但受歡迎。開車來摩托車經銷店的人就定義而言已經擁有一輛車了，所以很難對他們施展強迫推銷術。行人的話應該是小菜一碟。

「史考特・威爾森・拉格奎斯特！」那傢伙在五十英尺開外喊道，並慢慢靠近：「你好嗎？」

「棒透了！」史考特說道。或許有點猝不及防。想不起這傢伙叫啥，這是個問題。他是在哪裡看過這傢伙？

「真開心見到你！」史考特跑上前使勁握住那傢伙的手。「好久不見了呢，自從，呃——」

「粉粉今天在嗎？」那傢伙問道。

「粉粉？」

「對啊。馬克。馬克・諾曼。粉粉是他大學時的綽號啦。現在他經營，什麼，半打經銷店、三家麥當勞，還有一家假日酒店，嗯？我猜他應該不喜歡有人這麼叫他了吧。」

「我不知道諾曼先生也涉足速食業。」

「是啊，他在長灘附近有三家加盟店。其實是透過有限合夥的方式擁有。他今天在嗎？」

「不在，他今天休假。」
「啊，對噢。他去科西嘉島了，阿雅克肖凱悅酒店五四三號房。對啦，我忘個一乾二淨。」
「呃，你是順道過來打招呼，還是——」
「不是啦。我來買摩托車。」
「噢。你想找哪一種車呢？」
「山葉的新車款？附新世代智慧輪？」
史考特露出勇敢的笑容，努力為他即將揭露的糟糕消息配上最好的表情。「我完全知道你說的是哪一款，不過很抱歉，我們今天店裡沒貨。」
「沒有嗎？」
「沒有。那是新車款，到處都還買不到。」
「確定？因為你們訂了一部耶。」
「有嗎？」
「有啊。一個月前。」那傢伙突然脖子一歪，越過史考特的肩膀朝大道的方向看：「嗯，說人人到，這不就來了。」
一輛山葉聯結車開入卡車入口，後面載著一批新摩托車。
「就在那輛卡車上。」那傢伙說：「如果給我一張你的名片，我可以在背後寫下車輛識別碼，你就可以幫我把它從卡車拖下來。」
「這是諾曼先生的特別訂單？」
「他說他只是訂來當展示品，你知道的。不過那部車算是寫了我的名字。」

「是的，先生。我完全懂。」

果真，那部車下了卡車，從配色（黑）到識別碼都完全符合那傢伙所描述。那是一部美麗的摩托車，光是停在停車場就引來一群人——其他業務甚至放下咖啡杯、把腳從辦公桌上挪下來，特地走到外面來欣賞。它看起來像一顆黑色陸上魚雷。當然了，是雙輪車駕。輪子無比先進，甚至已經不是輪子了——看起來像巨大、重型版的高速滑版智慧輪，獨立伸縮輻條，末端附厚厚的摩擦力足墊。感應裝置懸吊在前方的鼻錐上，負責監控道路狀況，決定輪子往前滾時每一根輻條落於何處、延伸多少、如何旋轉足墊以獲得最大摩擦力，完全透過內系——內建操作系統——控制；這是一套車上電腦，平面顯示器嵌在油箱上。

他們說這寶貝在碎石路上也可以騎到時速一百二十英里。內系自行連接中情司天氣網，因此它知道什麼時候差不多要開始跑入降水中。空氣動力整流罩可完全變形，計算出在當下速度與風況下最有效率的形狀，再據此調整曲線，像黏人精體操選手一樣包覆你。

這傢伙身為諾曼先生的朋友兼知己，史考特認為他應該會以批發價格輕鬆買下這部車。無論是哪一個活力充沛的業務，訂下一紙合約以批發價賣出像這樣的性感野獸，對他們而言都不是輕鬆的事。他遲疑了一會兒，納悶著如果這一切都是某種誤會，他不知道會怎麼樣。

這傢伙熱切地看著他，似乎察覺他的緊張，幾乎就像他聽得見史考特的心跳一樣。因此他在最後一秒放緩，轉為大方——史考特愛這種大戶——決定在發票上加個幾百港圓，好讓史考特從這單賺到微薄佣金。基本上就是小費。

然後——錦上添花——這傢伙在騎士小鋪瘋狂揮霍。完全殺紅了眼。買下全套裝備。什麼都買。極品。全套黑色防護衣，從頸部到腳趾都包覆在透氣的防彈布料之下，該有的地方都有盔膠墊，頸部還有氣囊。就算你是安全控，穿上一件這種寶貝後，你也不會費事再戴安全帽。

所以他想好該怎麼把他的兩把刀扣在防護衣外之後，他就上路了。

「不得不說，」史考特說話時，這傢伙已經坐上他的新摩托車，正在調整刀的位置，然後對內系做一些極其越權的事：「你看起來像個要命的狠角色。」

「我猜我只能說謝謝囉。」他催了一下油門；史考特感覺到但沒聽到引擎的力量。這個寶貝是如此高效能，它才不浪費力氣製造噪音。「跟你的全新外甥女說聲嗨吧。」然後他鬆開離合器。輻條屈曲，聚集起來，摩托車竄出停車場，彷彿用它的電子爪跳躍著。他往右切，橫過隔壁新寶瓶座神廟的停車場，拐到馬路上。約莫半秒後，帶刀的傢伙已成地平線上的一個小點，隨即消失。朝北而去。

36

男人長到二十五歲之前，他還是三不五時會想，在正確的情況下，他可以是全世界最要命的狠角色。如果我搬去中國少林寺，潛心修練十年。如果哥倫比亞毒梟幹掉我全家，我誓言復仇。如果我罹患致命疾病，只剩一年壽命，而我用這一年致力掃蕩街頭犯罪。如果我乾脆退學，這輩子為非作歹。

阿浩也曾經有那種感覺，但他遇上渡鴉。就某種意義而言，這是解放。他無須再掛念努力成為全世界最要命狠角色這檔事。那位置被人搶走了。封頂的神來一筆、真正令他完全無法觸及正港世界級狠角色地位的那個東西，當然了，是那顆氫彈。如果沒有那顆氫彈，男人還是可以胸懷大志。可能找出渡鴉的阿基里斯腱，溜上前，弄一點滴劑摻進酒中，耍點手段。不過渡鴉的核子傘算是把世界之最的頭銜推出可及範圍之外。

沒關係。有時候當個小狠角色也沒差，知道自己的極限，盡其所能。

他一路穿梭，騎上高速公路後便對準山區，他示入辦公室。地球還在，拉近鎖定浮筏。阿浩以時速一百四十英里騎向奧勒岡，一面凝神注視鬼魅般與公路景象重疊的畫面。

從一段距離外，浮筏看起來比實際大。拉近後，他看出這個幻覺來自一團包覆其外、自帶油光的汙水與空氣汙染，這層東西漸層淡入大海與大氣中。

浮筏順時鐘繞行太平洋。啟動鍋爐時，企業號可以稍微控制自己的方向，但有那麼多垃圾綁在上面，基本上不可能真正航行，大部分只能看風和科氏力要將它帶往何處。幾年前，浮筏經過菲律賓、越南、中國、西伯利亞，沿途撿筏民。然後它盪到阿留申群島，沿阿拉斯加狹地而下，現在滑過位於加利福尼亞邊界附近的奧勒岡小鎮謝爾曼港。

浮筏主要靠洋流推動；隨著它穿過太平洋，途中偶爾會褪去大塊大塊的本體。這些碎片最後被沖上聖塔芭芭拉之類的地方，依然拴在一起，裝載著骸骨和啃過的骨頭。

浮筏來到加利福尼亞後，將進入其生命週期的新階段。隨著幾十萬筏民脫離、搖槳上岸，它將褪下不規則蔓延拼湊的大部分船身。唯一成功走那麼遠的筏民，就定義而言，也就是一開始機敏得足以登上浮筏的人，他們夠機智，足以撐過穿越極地水域的無比緩慢航程；也夠強悍，才沒有死於其他筏民手下。都是些好傢伙，正好是你會想讓他們成千上萬出現在你私人海灘的那種人。

拆剩下幾艘主要的船後，稍微可操控了，企業號接著掃過南太平洋，朝印尼前近，然後在那裡再次轉北，開始下一個遷徙週期。

兵蟻靠爬上彼此、凝聚成一顆能夠漂浮的小球橫跨大河。許多夥伴摔落、沉沒，而且底部的螞蟻當然會溺死。動作夠快又夠強壯、持續朝頂部攀爬的螞蟻得以生存。許多螞蟻成功過河，這就是為什麼無法靠炸毀橋梁阻止螞蟻。筏民就是這樣橫越太平洋，儘管他們太窮，沒錢訂船票搭真正的船或買適於航海的船隻。大約每五年，當洋流把企業號帶回來，新的一波便沖上西岸。

過去幾個月以來，加利福尼亞濱海區的物業所有人一直在聘請保全人員，架起聚光燈，沿潮線設置殺傷性圍籬，遊艇也加裝機關槍。他們都訂閱中情司的二十四小時浮筏報告，直接透過衛星取得最新新聞速報，了解二萬五千名快餓死的歐亞人最新分遣隊何時會脫離企業號，開始把螞蟻腳般的大量船槳浸入太平洋。

「該繼續挖掘了。」他對圖書館員說：「但這次必須以全口語的方式進行，因為我現在正以驚人的速度朝洲際五號前進，而且必須留意露營車之類的。」

「銘記在心。」他的耳機傳來圖書館員的聲音：「請注意聖塔克拉利塔南部有一輛成折刀狀的卡車，圖萊里出口附近的左線道有個大坑洞。」

「謝囉。這些神到底何方神聖？拉荀斯有什麼說法嗎？」

「拉荀斯相信他們可能是巫師——也就是擁有特別力量的正常人類——也有可能是外星人。」

「哇喔，哇喔，等等，一個一個來。拉荀斯說的『擁有特別力量的正常人類』是什麼意思？」

「假定恩基的南－夏怖確實以病毒的方式作用。假定某個名為恩基的人發明出這東西。那麼恩基肯定擁有某種語言力量，而這種力量超越我們對正常的概念。」

「那這種力量怎麼發揮作用？是什麼樣的機制？」

「我只能給你拉荀斯推斷出來的前向參考。」

「好，說一下吧。」

「在神祕與學術文獻中，相信神奇語言力量都不少見。卡巴拉信徒——西班牙和巴勒斯坦的猶太神祕主義——相信可以透過正確結合神真名的字母而獲得超凡洞見和力量。舉例而言，阿布·阿哈朗，一位從巴格達遷居義大利的早期卡巴拉信徒，據稱能夠透過聖名的力量施展奇蹟。」

「我們現在說的是哪種力量？」

「大部分卡拉巴信徒都是理論家，只對純粹的冥想感興趣。不過也有稱為『實踐派卡拉巴信徒』者，他們努力將卡巴拉的力量應用於日常生活。」

「換言之，巫師。」

「是的。這些實踐派卡拉巴信徒使用所謂的『大天使文字』；這種文字源自第一世紀希臘文和阿拉姆巫術文字，近似楔形文字。卡巴拉信徒稱此文字為『眼文』，因為字母由近似眼睛的線條和小圓圈構成。」

「一和〇。」

「有些卡巴拉信徒依據發音位置將字母分類。」

「好。跟我們的想法一樣，為了讀出文字，肯定會喚醒一些神經連結，而他們在建立書頁上的印刷文字和這些連結之間的關聯性。」

「是的。藉由分析各種文字的拼法，他們推論出文字真實、內在的意義與重要性，並認為此結論博大精深。」

「好吧，隨你說。」

「學術領域的文獻當然不至於如此天馬行空。不過學者將大量心力投注於解釋巴別爾。並非大多數人視為神話的巴別爾事件，而是語言傾向分歧的事實。若干語言理論的形成皆是為了將所有語言綁在一起。」

「拉苟斯試圖把這些理論應用於他的病毒假說。」

「是的。有兩個學派：相對主義者和普遍主義者。如喬治・史坦納（George Steiner）概述，相對主義者傾向相信語言並非思想的載具，而是決定性的媒介，是認知的骨架。我們對萬物的感知都藉由經過該骨架的知覺流而組織。因此，研究語言的演化就是在研究人類心智本身的演化。」

「好，我可以理解這理論的意義。那普遍主義者呢？」

「相對主義者相信語言之間沒必要有任何相似之處，相對來說，普遍主義者則相信如果對語言的分析夠深入，你將發現它們都有某些共同特徵。因此他們分析語言，找尋如此特徵。」

「找到了嗎？」

「沒有。似乎每個規則都有例外。」

「所以普遍主義者被打得落花流水。」

「不盡然。他們對此問題的解釋是共通特徵埋藏得太深，無法分析。」

「根本推託。」

「他們的論點是，就某個層面而言，語言必定發生於人類腦中。而既然所有人腦或多或少都相同——」

「硬體相同，但軟體不同。」

「你正在使用某種我無法理解的比喻。」

一輛 **Airstream** 露營車在颼落谷地的危險陣風中左搖右擺，阿浩從旁邊竄過。

「這個嘛，法語使用者的腦和英語使用者的腦剛開始都是一樣的。隨著長大，他們載入不同軟體——學習不同語言。」

「是的。因此，根據普遍主義者，法語和英語——或任何其他語言——肯定有某些共同特徵，而這些特徵的根埋藏於人類大腦的『深層結構』中。根據喬姆斯基派理論，深層結構是大腦與生俱來的構成要素，使大腦能夠對符號串進行某些有條理的操作。或者，如史坦納闡釋艾蒙．巴赫（Emmon Bach）的理論：透過無比縱橫交錯但同時『程序化』的電子化學與神經生理通道網絡，這些深層結構最終導向大腦皮層的實際型樣化。」

「但這些深層結構實在太深，我們甚至看不見它們？」

「普遍主義者將語言生命的有效節點——深層結構——置於如此深的位置，以至於無法觀察與描述。或採用史坦納的類比：嘗試將生物從深海拉上來，其將崩解或變成奇形怪狀的型態。」

「巴蛇又來了。所以拉荀斯相信哪一派理論？相對主義者還是普遍主義者？」

「他似乎不認為兩者有太大差異。到頭來，兩者皆略帶神祕。拉苟斯相信此二思想學派基本上經由相異的推理思路抵達相同結論。」

「不過我覺得有一個關鍵差異點。」阿浩說：「普遍主義者認為人類大腦的預置結構——大腦皮層的路徑——決定了我們，而相對主義者不相信人類有任何極限。」

「拉苟斯修改了嚴謹的喬姆斯基派理論，認為學習語言就像把程式碼燒入PROM——一種我無法解讀的類比。」

「類比很明確。PROM是可程式化唯讀記憶體（Programmable read-only memory）晶片。」阿浩說：「晶片出廠時沒有任何內容。你只能一次性且僅此一次將資訊置入晶片，然後凍結——資訊、軟體，都凍結在晶片內——轉化為硬體。把程式碼燒入PROM後，你可以讀取，但再也無法編寫。所以拉苟斯想說的是，新生兒的大腦沒有結構——相對主義者的說法；當小孩學習語言，發展中的大腦據此自我組構，該語言『燒入』硬體，永久變為大腦深層結構的一部分——普遍主義者的說法。」

「是的，這是他的解讀。」

「好。因此當他說恩基是一個擁有神奇力量的真人，他的意思是恩基以某種方法了解了語言與大腦之間的關係，知道該如何操弄。就好像知道電腦系統祕密的駭客可以寫程式碼控制電腦——數位南－夏咘。」

「拉苟斯說恩基擁有登入語言宇宙並親眼看見的能力。近似於人類進入元宇宙。那賦予他創造南－夏咘的力量。而南－夏咘擁有改變大腦與身體運作方式的力量。」

「為什麼現在沒人做這種事了？為什麼完全沒有英語的南－夏咘？」

「如史坦納所說，語言並非盡皆相同。有些語言比其他語言更有利於隱喻。希伯來語、阿拉姆語、希臘語以及中文有助於雙關，因而能持久掌握現實：『巴勒斯坦有「文字之城」科亞特．賽佛；敘利亞有「書城」比布勒斯。相對來說，其他文明看似「無語」，或至少並不完全認知語言的創造性與轉化性力量，埃及或許即為一例。』拉荀斯相信蘇美人擁有異常強大的語言——至少五千年前的蘇美應是如此。」

「而這種語言有助於恩基的神經語言駭客入侵。」

「早期的語言學家和卡巴拉信徒相信一種名為伊甸之語的虛構語言，即亞當之語。此語言賦予所有人類了解彼此的能力，溝通時毫無誤解。此為理法之語，也是神藉由說出一個字詞而創造世界的時刻。在伊甸之語中，為事物命名等同創造該事物。再次引用史坦納之言：『我們的言詞將自身介入理解與真實之間，彷彿蒙塵的窗玻璃或扭曲的鏡子。伊甸之語則如無瑕的玻璃；一縷全然理解之光穿透而入。因此巴別爾是第二次墮落。』還有早期的卡巴拉信徒盲眼以撒（Isaac the Blind）曾說，在此引用格爾肖姆．朔勒姆（Gershom Scholem）的翻譯：『人類的言詞與神的言詞有所連結；所有語言，無論天國或人類的語言，皆源自同一個根源：神的真名。』實踐派卡拉巴信徒，也就是巫師，則擁有巴爾申（Ba'al Shem）的稱號，意指『神真名的主人』。」

「世界的機器語言。」阿浩說。

「這也是類比嗎？」

「電腦用機器語言。」阿浩說：「以一和〇書寫——二進位碼。在最低階的層面，所有電腦的程式設計都是一串串一和〇。當你以機器語言設計程式，你就是在電腦的腦幹，也就是在電腦存在的根基控制電腦。這是伊甸之語。不過很難用機器語言工作，因為在這麼細瑣的層面做事，你過一陣子就會發瘋。因此為程式設計師創造出一整個巴別爾的電腦語言：FORTRAN、BASIC、COBOL、LISP、Pascal、C、PROLOG、FORTH。你用其中一種語言對電腦說話，然後稱為編譯器的軟體把你說的話轉為機器語言。但是你永遠弄不清楚編譯器到底在做什麼，結果並不總是如你預期。就像蒙塵的窗玻璃或扭曲的鏡子。真正高竿的駭客慢慢了解機器的真實內部運作——他看透他用來工作的語言，瞥見二進位碼的祕密運作方式——成為某種巴爾申。」

「拉荀斯相信伊甸之語的傳說是真實事件的誇大版。」圖書館員說：「這些傳說反映出對一個時期的懷舊之情；緬懷人還會說蘇美語的時期，一種比後來所有語言更高等的語言。」

「蘇美語真那麼棒？」

「當代語言學家無法判斷。」圖書館員說：「如我先前所說，我們幾乎完全不可能理解蘇美語。拉荀斯懷疑當時言詞是以不同的方式作用。如果人的母語影響發育中大腦的物理結構，而蘇美人使用的語言跟現存所有語言皆有根本上的差異，那麼說他們擁有本質上與你相異的大腦也不為過。拉荀斯相信，因為這個原因，蘇美語是一種完美適於創造、傳播病毒的語言。病毒一旦釋入蘇美，其將快速、滿懷惡意地傳播，直到感染所有人。」

「說不定恩基也知道。」阿浩說：「說不定恩基的南－夏咘並不是什麼壞東西。說不定巴別爾是我們所遇過最棒的一件事。」

37

YT的媽媽在聯邦區工作。她把車停在自己的編號小停車格，聯邦政府要她支付薪水的十分之一當作停車費（如果不想付，她可以搭計程車或走路）。然後她走上幾層燈光刺眼的強化混凝螺旋；這裡面的大部分位子——比較接近地面的好位子——保留給她之外的人，但都沒人。她總是從坡道中央走上去，穿過停在裡面的成排車輛之間，管理部男孩們才不會以為她在摸魚、閒晃、潛伏、裝病逃避工作，或是抽菸。

來到她工作的大樓的地下入口後，她拿出口袋裡的所有金屬製品、取下僅有的小首飾，全部放進一個髒兮兮的塑膠碗，然後穿過探測器。識別證一閃，簽名，寫下電子鐘的時間，讓一個管理部女孩搜身。很煩，但肯定比體腔搜查好。只要他們想，他們有權進行體腔搜查。之前她曾經在會議上發言，提出她的主管在某個重大程式設計案做法有誤，緊接著的一整個月，她每天都被搜查體腔。這些檢查是懲罰性的、惡意的，她心知肚明，但她一直想回饋國家，而無論何時，只要你在聯邦政府工作，你就只能接受總會有些政治操弄，接受身為低階人員，你只能承擔猛烈攻擊。之後，你爬上GS階級，就不用再忍受那麼多狗屁倒灶的事。她沒資格跟主管爭執。那位主管名叫瑪麗耶塔，她的GS層級並不特別顯眼，但她確實有門路。她有人脈，瑪麗耶塔認識一些認識其他人的人。瑪麗耶塔參加雞尾酒會，其他與會者嘛，嗯，聽了你肯定會忍不住瞪大眼。

她通過搜身，衣領被翻得亂翹。把金屬物品放回口袋，走上六層樓梯來到她的樓層。電梯還能用，不過聯邦區非常高的高層讓大家知道——不是什麼官方公告，不過他們有辦法讓這種東西傳出來——節約能源是本分。而阿聯很認真看待本分。本分、忠誠、責任。把我們聚合成美利堅合眾國的膠原蛋白。所以樓梯間充滿汗溼的羊毛和嗶嗶剝剝的皮革。如果你搭電梯，沒人會實際開口說什麼，但會有人注意。注意、記錄然後列入考慮。大家會看著你，上下打量，像是在說，怎麼，腳踝扭傷？走樓梯沒問題。

阿聯不抽菸。阿聯通常飲食不過量。醫療保險方案非常明確，包含主要激勵措施；變得太胖或太喘，沒人會說什麼——說了就太失禮了——不過你走過辦公桌之海，視線抬起跟隨著你，評估你的馬鞍肉有多重；視線在辦公桌之間來來回回，同事們一致暗自想著不知道他或她把我們的醫療保險費用拉高了多少？當這些時候，你會感覺到一股明確的壓力，一種格格不入的感覺。

因此YT的媽媽踩著黑色淺口跟鞋嘰嘎嘰嘎爬上樓，走進辦公室；其實就是一個大房間，裡面有棋盤式排列的電腦工作站。原本有隔板小隔間，不過管理部男孩們不喜歡，說必須疏散的時候會怎樣？那些隔板會阻礙發瘋恐慌的自由流動。所以沒有隔板，只有工作站和椅子。甚至沒有桌面。桌面助長紙張的使用，用紙太過時，而且反映出欠缺團隊精神。你的工作是有多特別，還得寫在一張只有你自己看得到的紙上？你還得把紙張鎖在辦公桌內？你為聯邦政府工作，你所做的一切都是美利堅合眾國的資產。你用你的電腦工作，你的電腦存有所有東西的副本，所以要是你生病之類的，東西都在你的同事和主管能夠取得的地方。如果你想寫小紙條，或是想一邊講電話一邊塗鴉，大可用自己的時間在家做。

還有互換性的問題。聯邦工作人員就像軍人，生來就是可互換的零件。你的工作站故障怎麼辦？你要坐在那兒玩大拇指直到修好？不是的，長官，你要移到閒置工作站，然後在這裡工作。而且，如果你在辦公桌裡藏了一大堆私人物品，東西散落在一張桌面，你就少了靈活性。

所以聯邦辦公室內沒有紙張。所有工作站一模一樣。你早上進來，隨機選個工作站，坐下，開始工作。你可以試著偏愛某一個工作站，試著每天都坐那，但會有人注意。你通常就挑離門最近又無人使用的工作站。那樣一來，最早進來的人坐最近，最晚進來的就要坐到最後面去；接下來的整天，一眼就可清楚看出這間辦公室裡誰機靈、誰——當他們在洗手間竊竊私語——有麻煩。

誰先進來不是什麼大祕密。當你早上登入工作站，中央電腦不會沒有注意到。中央電腦幾乎什麼都注意。整天記錄你在鍵盤上敲打的每一個按鍵、什麼時候敲的，精細到毫秒；敲對按鍵還是敲錯了，你犯了多少錯又是何時犯錯。聯邦政府只要求你早上八點到下午五點待在你的工作站，午餐時間半小時，還有兩個十分鐘的休息時間，但若你遵循這個時間表，你肯定會被注意；這就是為什麼YT的媽媽在六點四十五分滑進第一個無人使用的工作站，登入她的機器。另外六個人已經在辦公室裡，他們登入了離門較近的工作站，但這不是壞事。如果她能夠維持這種表現，就可以展望穩定發展的職涯。

阿聯還在平面國工作。裡面完全沒有三次元的東西，沒有示鏡，也沒有立體音效。電腦都是基本的平面螢幕二次元產品。視窗出現在桌面，內部少有文字文件。一切都是撙節計畫的一部分。很快就會獲得重大福利。

她登入，檢查郵件。沒有私人信件，只有幾則由瑪麗耶塔廣發的公告。

新TP公基金規範

在此於上級要求下公告辦公室公基金陳列之新規範。所附備忘錄為管理部常規手冊新章節，取代標題為**實體設施／加利福尼亞／洛杉磯／大樓／辦公區域／實體布局規範／員工參與／團體活動**之舊章節。

舊章節斷然禁止將辦公空間或時間用於任何形式、永久或單次的「公基金」活動（前者如咖啡基金，後者如生日派對）。

此禁令依然適用，然而，任何希望施行聯合衛生紙策略的辦公室將享有唯一一次例外。

作為引言，容我先對此主題提出若干一般性評論。由於用量本身的不可預測性，派發衛生紙予員工的問題對所有辦公室管理系統而言皆為一項現有挑戰——並非所有設施使用業務皆有必要使用衛生紙，需求量（張）可能大幅因人而異；就個人而言，每次業務也可能有大幅落差。這甚至並未納入偶爾將衛生紙用於不可預料／創意用途的情況，例如化妝／卸妝、飲料灑出管理等。為此，依慣例並不試圖將衛生紙包裝為單次業務小包裝（如預先加溼的溼紙巾），此做法在某些情況下有浪費之虞，在其他情況下則有其限制；依慣例皆將此產品包裝為大量分裝單位，此包裝法的尺寸超過個人單次業務所可能使用的最大張數（不可抗力除外）。分裝單位於業務過程中耗盡（捲筒衛生紙用罄）可能對受影響的員工造成情緒壓力，而此做法將中途耗盡的業務量降至最低。然而，此做法為管理者帶來若干挑戰：分裝單位體積龐大，而且若不想浪費，需不停提供若干不同個人使用。

自從施行撙節計畫第十七階段以來，員工獲准從自家帶來自己的衛生紙。此規定稍嫌勞師動眾又多餘，因為每位員工通常都會帶自己的捲筒衛生紙。

有些辦公室試圖以設置衛生紙公基金應對這項挑戰。

在不過度籠統的前提下，或可稱凡衛生紙公基金只要施行於辦公室層級，在一個公廁以每樓層皆設立（即數間辦公室共用一設施）為基礎之環境（即大樓），其皆有一固有且不可削減的特性，即其供應必須限制於個別辦公室範圍內，以利衛生紙分裝單位（即捲筒衛生紙）的暫時布署。此來自以下事實：如閒置紙單（捲）布署於管控辦公室（即集體採購廁分單之辦公室）之外——亦即，舉例而言，若紙單存放於大廳區或某實際使用之設施內，因未獲授權者使用之，或為有意識地試圖竊取，或出於正直的誤用，即相信紙單為管控單位（在此例中為美國政府）免費提供，抑或是不得不然，例如飲料噴濺侵蝕敏感電子器材、管理者不容延遲，紙單皆將遭受竊用與「耗損」。此現象導致某些辦公室（在此不言明——你們自己心知肚明）建立臨時紙單存放處，同時兼作公基金收集處。此存放處通常為一張最靠近該設施之門之桌子，紙單堆放抑或散落其上，另附一碗或其他容器；參與者可將捐款置於其中。通常亦附標牌或其他引人注目之設備（例如填充動物或卡通玩偶）要求捐款。快速瀏覽現行規範，即可知此陳列／存放處的設置違反常規手冊。然而，為了員工衛生、道德以及團隊精神建立，我的上級同意為此目的給予此規範僅此一次的例外。

如同常規手冊的任一部分，無論新舊，徹底熟悉此內容為你的責任。本文件預估閱讀時間為十五點六二分鐘（別以為我們不會檢查）。請詳記本文件所描述之重點，如下：

一、准予以試行基礎存放／陳列紙單，六個月後將檢視新政策。

二、如員工公基金之章節所描述，必須採用自願、公基金式的運作基礎。（注意：代表需記帳並記錄所有金錢進出。）

三、紙單必須由員工自行帶入（不得透過收發室派送），且須遵循所有一般搜索與扣押規範。

四、禁用香氛紙單，因為可能造成某些人的過敏反應、氣喘等。

五、現金公基金捐款一如所有美國政府內的金融交易，必須使用美國官方貨幣——不得使用日圓或港圓！

當然，若有人嘗試利用捐獻箱棄置大量舊十億元鈔、萬億元鈔，此將造成龐大問題。大樓與場地部同仁擔心廢棄物處置問題以及大量十億元鈔、萬億元鈔堆積可能帶來的火災危險。因此，新規範的關鍵在於捐獻箱必須每日清空——若發現可能出現過度堆積的情況，則須更加頻繁。

在此脈絡下，樓場部同仁也希望我指出，許多擁有過多美國貨幣、想脫手者一直都在嘗試一石二鳥之計，亦即將舊十億元鈔當作衛生紙使用。此做法雖具創意，但有兩項缺點：

一、造成馬桶堵塞；

二、毀損美國貨幣構成聯邦重罪。

別這麼做。

不如加入辦公室衛生紙公基金。簡單、衛生，而且合法。

集資快樂！

瑪麗耶塔

ＹＴ的媽媽打開新備忘錄，查看時間，然後開始閱讀。預估閱讀時間為十五點六二分鐘。稍後，到了晚上九點，當瑪麗耶塔坐在私人辦公室裡進行每日結束前的統計彙整，她會看見每一位員工的名字，旁邊附閱讀這份備忘錄的時間；根據員工花費的時間，她會有以下幾種反應：

少於十分鐘	應該召開員工會議了，或許還需要態度輔導。
十至十四分鐘	留意該名員工，可能逐漸養成馬虎態度。
十四至十五點六一分鐘	該員工為有效率的工作者，有時可能會遺漏重要細節。
剛好十五點六二分鐘	自以為是的傢伙。需要態度輔導。
十五點六三至十六分鐘	馬屁精。不值得信賴。
十六至十八分鐘	該員工為有條不紊的工作者，有時可能糾結於不重要的細節。
超過十八分鐘	查看保全錄影，看看該員工忙於何事（例如未獲授權即到洗手間休息）。

YT的媽媽決定用十四到十五分鐘閱讀備忘錄。較年輕的員工花太長時間比較好，藉此顯示他們很謹慎、不過度自信。較年長的員工最好讀稍微快一點，藉此展示良好的管理潛能。她快四十了。她瀏覽備忘錄，以合理的間隔時間按下一頁鍵，偶爾往回翻，假裝重讀稍早的段落。電腦會注意這一切。電腦讚許重讀。只是小事，但過個十年左右，這種東西真的會在你的工作習慣概述中凸顯出來。

搞定這件事後，她埋頭工作。她是聯邦政府的應用程式設計師。如果是在以前，她會靠寫電腦程式維生。現在，她只寫電腦程式的碎片。這些程式由瑪麗耶塔和她的上級在頂樓的超大型會議中設計，這種會議都以週為單位計算。他們設計完成後，隨即把問題拆解為愈來愈微小的碎片，分派給團隊經理；經理們又把碎片進一步拆解，再把小碎片工作交給個別程式設計師。為了讓個別編碼員能完成工作、不互相衝突，所有工作都必須在一套規則和規範底下進行，這套規範甚至比政府常規手冊更龐大、更多變。

所以YT的母親讀完有關衛生紙公基金的新章節後，她做的第一件事是登入主電腦系統的子系統；這個子系統負責處理她正在進行的那一個程式設計案。她不知道設計案是什麼——那是機密——或名稱為何。這就只是她的案子。她跟另外幾百個她不確定是哪些人的程式設計師一起做。每天，當她登入，系統裡已經有一疊備忘錄等著她，其中包含他們寫這個案子的程式碼時都須遵循的新規範和規則變更。相較於此，衛生紙事宜似乎就像《十誡》一樣簡單又優雅。

因此直到大約十一點，她都在閱讀、重讀並理解案子的新變更。數量很多，因為現在是星期一早晨，而瑪麗耶塔和她的上級整個週末都在頂樓密室會談，對案子的內容激烈爭論、改變一切。

然後她回顧她先前為案子寫的所有程式碼，列出所有必須重寫才能與新規格相融的地方。基本上，她等於要整個打掉重練。三個月以來的第三次。

不過，嘿，這是工作。

大約十一點三十分時，她抬頭，大吃一驚，因為她發現有六個人站在她的工作站旁，其中包含瑪麗耶塔、一名監察官，還有幾個男性阿聯。還有測謊男利昂。

「我上週四剛做過。」她說道。

「該再做一次了。」瑪麗耶塔說：「走吧，立刻開始。」

「雙手放在我看得到的地方。」監察官說道。

38

YT的媽媽起身，雙手置於身側，開始行走。她直接走出辦公室。同事們沒一個人抬頭。不該抬頭。對同事的需求無感。測謊只是聯邦整套日常中的一個部分而已，卻令受試者感覺尷尬、遭排擠。她能聽見監察官走在她兩步之後，腳步聲啪啪作響，雙眼緊盯她的雙手，以免她有任何動作，像是把煩寧或其他可能影響測試的東西丟進嘴裡。

她在洗手間門口停步。監察官走到她前面，推開門，而她走進去，監察官跟在她後面。左側的最後一間廁所非常寬敞，裝得下兩個人。YT的媽媽走進去，監察官跟在她後面，並關門上鎖。YT的媽媽脫下褲襪，拉起裙子，蹲在一個盤狀容器上方，撒尿。監察官看著每一滴尿都落入盤子，拿起盤子，把尿全部倒入一支標籤上已有她姓名和今天日期的試管裡。

然後回到大廳，監察官依然跟在後面。去測謊室的時候可以搭電梯，這樣你到那裡時才不會喘不過氣又一身汗。

這裡以前只是一間普普通通的辦公室，內附一張椅子和一些儀器。然後他們弄來又新又炫的測謊系統。現在會像進去做某種高科技醫療掃描。房間徹底重建，看不出原本功能的丁點痕跡；遮蔽了窗戶，一切都平滑、米黃色，聞起來像醫院。只有一張椅子，位於房間中央。YT的媽媽走過去坐下，手臂放在椅子的扶手上，指尖和手掌放入等在那兒的小凹槽。血壓臂套的合成橡膠手盲目摸索，找到她的手臂後隨即抓住。同時，房內的燈光轉暗，門關上，她孤身一人。棘冠罩住她的頭，她透過頭皮感覺到電擊的棘刺；超導量子干擾裝置發揮雷達的作用探入她的大腦，她也感覺到從此裝置湧出的冷風襲上她的肩膀。她知道，在牆壁另一邊的某處，半打人事部技師端坐於控制室，用大螢幕看著她放大的瞳孔。

然後她感覺上臂一陣火熱的刺痛，知道自己被注射了某種物質。也就是說，這並不是一般的測謊。她今天要遭受特別待遇。火燒的感覺擴散到全身，她的心臟重擊，淚水湧出。她被注射咖啡因，讓她亢奮、喋喋不休。

今天什麼工作都別想做了。有時候，這種測試會做上十二個小時。

「妳叫什麼名字？」一個聲音問道。異常平靜又柔和的聲音。電腦生成。那樣一來，對她說的一字一句都將客觀、不帶情緒，她完全沒辦法挑出任何線索，不可能知道這場訊問的走向。

咖啡因還有他們注入她體內的其他玩意兒也搞亂了她的時間感。

她討厭這些，但每個人偶爾就是必須做；當妳來聯邦政府工作，妳在虛線上簽名，同意了這一切。就某種意義而言，這是一種驕傲與榮譽的標記。所有在聯邦政府工作的人都全心相信。因為若非如此，輪到他們坐上這張椅子時，情況就昭然若揭了。

問題沒完沒了。大多是沒意義的問題：「妳去過蘇格蘭嗎？白麵包比全麥麵包貴嗎？」這種問題只是為了讓她平靜下來，讓所有系統順暢運作。他們會丟掉訊問第一個小時問出的所有答案，因為都是雜訊損失。

她感覺得到自己慢慢放鬆。他們說，經歷過幾次測謊後，你學會放鬆，整個過程就會加快。椅子固定住她的位置，咖啡因趕走瞌睡蟲，感覺被剝奪後，她的思緒變得清晰。

「妳的女兒綽號叫什麼？」

「YT。」

「妳都怎麼稱呼妳女兒？」

「我叫她的綽號YT。基本上她堅持這樣做。」

「YT有工作嗎？」

「有。她是酷遞員，在激酷系工作。」

「YT當酷遞員賺多少錢？」

「不知道，東一點西一點吧。」

「她多常為工作購置新裝備？」

「我不知道，我不太注意這些事。」

「YT最近有任何不尋常的行為嗎？」

「取決於你的意思是什麼。」她知道自己在含糊其詞：「她總是在做某些人可能會歸類為不尋常的事。」聽起來不太妙，聽起來像贊同不順從一般風俗。「我猜我想說的是她總是做些不尋常的事。」

「YT最近有沒有毀壞家裡的任何物品？」

「有。」她投降了。聯邦政府早已知道；她家被裝了竊聽器和攝錄器；電網裝了那麼多額外的東西，沒短路還真是奇蹟：「她弄壞我的電腦。」

「她有沒有解釋她為何破壞電腦？」

「有。算有吧。我的意思是，如果胡言亂語也算解釋。」

「她怎麼解釋？」

「她很擔心——這很荒謬——她擔心我會從電腦感染病毒。」

「ＹＴ也擔心自己感染這種病毒嗎？」

「不會，她說只有程式設計師會感染。」

他們為什麼問她這些問題？分明全部都被他們錄下了。

「妳是否相信ＹＴ對於她破壞電腦所提出的解釋？」

來了。

這才是他們想知道的。

他們想知道他們無法直接竊聽的唯一資訊——她腦中的想法。他們想知道她是否相信ＹＴ的病毒故事。

而她知道，光是想到這些事，她就已經犯下大錯。因為那些包住她頭部的過冷烏賊會察覺。他們不知道她在想什麼，但他們會知道她腦中有些想法，她此時此刻正在使用他們剛剛問沒意義問題時她沒用到的大腦區域。

換言之，他們知道她正在分析情勢，試著弄清楚他們的意圖。而若非她想隱瞞什麼，否則她不會那麼做。

「你們想知道什麼？」她問：「為什麼不出來直接問我？我們面對面談，像大人一樣一起坐在房間裡談。」

她感覺手臂又一陣刺痛，感覺隨著藥物混入她的血流，麻木感與冰冷感隔幾秒便先後擴散到她全身。更難跟上對話了。

「妳叫什麼名字？」那聲音問。

39

艾爾肯——阿拉斯加公路——是全世界最長的加盟貧民窟，一個兩千英里長、兩百英尺寬的一次元城市，而且以每年一百英里的速度成長；或是人能多快把車開到荒野邊緣、把他們的露營車停進下一個空位，艾爾肯就成長得多快。想離開美國但沒管道上飛機或船的人只能靠這種方法。

整條路都是雙線道，路面鋪過，但鋪得不好，被移動住家、家庭廂型車、加掛露營車的皮卡阻塞。道路的起點位於英屬哥倫比亞中央的某處，喬治王子城的多處十字路口，若干從屬道路匯入，構成一條北向的公路。此處以南，從屬道路分散為支線三角洲，在十多個或更多位置跨越加拿大／美國邊界，從英屬哥倫比亞的峽灣到蒙大拿中央的廣闊條紋狀小麥田，鋪展超過五百英里。然後匯入美國道路系統，也就是遷徙的發源地。這片五百英里寬的領土充斥住在大輪子住家、想成為北極探險家的人；他們樂觀北行，不少人遭遇挫折，將露營車棄置於北國，搭便車回南方。阿浩騎著他的黑色摩托車，對他來說，笨重的露營車和頭重腳輕的四驅車構成一條活動的曲折路線。

這些健壯的高加索人都有槍！他們找尋著他們向來相信自己會生長其中的美國；夠多這種人聚在一起，他們會像煮過頭的米飯一樣相黏，形成整體的、澱粉質的小團體。帶著他們的電動工具、攜帶式發電機、武器、四驅車，以及個人電腦，他們就像嗑結晶甲安嗑到嗨的河狸、沒有設計圖的瘋狂工程師，他們啃過荒野，建造、棄置，改變大河流向，然後又因為這地方已經不同於以往而繼續前進。

這種生活型態的附產品是汙染的河川、溫室效應、家暴、電視福音傳教士，還有連環殺手。不過只要你有四驅車，能夠持續往北開，你就過得下去；持續移動，剛好快得足以搶先你自己的廢物流一步。二十年內，一千萬個白人將匯聚於北極，將他們的露營車停駐於該處。他們的生活型態就熱力學而言屬高強度，產生的低階廢熱會把結晶冰封大地變得軟化、不牢靠，將北極冰冠溶出一個洞，所有金屬製品都將沉入底部，把生物量一起吸下去。

只要付錢，你就可以開進打盹巡航加盟店，解開你的露營車。通關密語是「內附拉你過」，代表你可以進入加盟店、上鉤、睡覺、解鉤，然後開出去，甚至不用把你的陸上齊柏林飛船打入倒退檔。

他們以前聲稱這裡是營地，嘗試把加盟店設計成鄉村風格，不過顧客一直把木材和木板打造的招牌和木頭野餐桌劈碎，用來生火煮飯。現在，招牌是電子聚碳酸酯泡泡，企業識別一概圓潤拋光又光滑，就跟小便斗一樣，預防有東西從裂縫長出來。因為當你無家可回，那就不算真正的露營。

出加利福尼亞十六個小時後，阿浩停進北奧勒岡喀斯開山脈東坡的一家打盹巡航。他目前位於浮筏所在位置以北數百英里之處，而且也在山脈不對的那一面。不過他想見見這裡的一個傢伙。

有三個停車場。一個在視線範圍之外，位於一條沿路招牌東倒西歪、本身坑坑巴巴的泥路上。一個稍微近一點，不過毛茸茸的恐怖傢伙在周圍閒晃，他們拿啤酒瓶瓶底瞄準天空，銀色的圓在滿月之下閃爍、忽隱忽現。還有一個就位於鎮公所前方，附持槍服務員。付錢才能停在這裡。阿浩決定掏錢。他車頭朝外，操作系統調為暖關機，所以稍後有必要時可以熱開機；他丟了些港圓給服務員。然後他向頭獵犬一樣來回轉頭，嗅了嗅無風的空氣，試著找出林間曠。

一百英尺外有塊區域，月光下，少數夠冒險犯難的人在那裡搭起帳篷；這些通常都是持有最多槍的人，或是最無牽無掛的人。阿浩朝那方向走去，很快便可看見在林間曠上方延展的天篷。

大家稱之為人體停車場。這裡不過是一塊開放的空地，以前覆蓋青草，現在滿是後續換上的幾貨車沙，而且混雜垃圾、碎玻璃與人類排泄物。天篷延展其上以遮風擋雨，蘑菇狀的大篷罩每隔幾英尺便從地面冒出來，朝寒冷的夜晚吐出溫暖空氣。在林間曠睡上一晚很便宜。這是更南方某些加盟體發明的新玩意兒，隨著顧客往北而開枝散葉。

大約六個人散落在暖氣口下，裹著軍毯對抗寒意。幾個升起小火堆，就著火光玩牌。阿浩沒理他們，穿過其他人閒逛了起來。

「查克．萊特森。」他說：「總統先生，你在嗎？」

他說第二次後，他左方的一堆羊毛開始蠕動、亂甩。一顆頭從中冒出。阿浩轉向他，舉起雙手證明自己沒帶武器。

「誰？」他嚇壞了：「渡鴉嗎？」

「不是渡鴉。」阿浩說：「別擔心。你是查克．萊特森嗎？前基奈與科迪亞克島臨時共和國總統？」

「對。你想怎樣？我一點錢也沒有。」

「只是想談談。我為中情司工作，工作是蒐集情報。」

「我需要喝他媽的一杯。」查克．萊特森說。

鎮公所是位於打盹巡航中央的一棟大充氣建築。這是荒棄拉斯維加斯：便利商店、電玩場、自助洗衣店、酒吧、酒行、跳蚤市場、倉庫，永遠像由每晚都能開趴到凌晨五點的一小群人統治，而且沒有其他功能。

大多數鎮公所都附幾個加盟體內的加盟體。阿浩看見一家凱莉的酒桶塞；在打盹巡航裡，你大概找不到更好的飲水槽了。他帶著查克．萊特森走進去。查克身穿多層衣物，以前應該都是不同顏色，現在全部跟他的皮膚同個色調，也就是卡其色。

鎮公所的所有商行，包含這家酒吧，都像你會在監獄船上看見的東西——所有東西都釘死，二十四小時燈火通明，所有工作人員牢牢封在全部泛黃發黑的厚玻璃後。這座鎮公所的保全由執法者負責，所以有許多身穿全套黑色盔膠服裝的類固醇上癮者三三兩兩在拱廊巡邏，樂此不疲地侵犯老百姓的人權。

阿浩和查克占據他們所能找到最接近角落桌子的位置。阿浩攔下一名服務生，偷偷點了一壺酒吧特調，一比一混合無酒精啤酒。這樣一來，查克應該能保持清醒稍微久一點。

不用太費周章就能讓他開口。他就像其他那些從總統職被罷黜、因為醜聞而被迫離開的老傢伙一樣，餘生都致力於找到願意聽自己說話的人。

「對啊，我當了基科國的總統兩年。我依然認為自己是流亡政府的總統。」

阿浩努力阻止自己翻白眼。查克似乎發現了。

「好啦，好啦，所以那沒什麼了不起。不過有一陣子，基科國是一個繁榮的國家。有很多人想看像那樣的東西再次崛起。我是說，唯一逼我們離開——那些瘋子掌權的唯一方法——只是完全，你知道的——」

他似乎不知道怎麼接下去：「你怎麼預料得到那樣的事？」

「你是怎麼被逼走的？內戰嗎？」

「剛開始有些暴動。然後科迪亞克還有一些我們一直沒有掌握實權的偏遠地區。不過從來就沒發生過內戰這種東西。你看，美國人喜歡我們的政府。美國人擁有所有武器、器材、基礎建設。東仔只是一群在樹林裡跑來跑去的長毛怪。」

「東仔？」

「俄國東正教信徒。剛開始，他們只是人超少的少數。大多是印第安人——你知道的，特林吉特人和阿魯特人，他們幾百年前就被俄國人改宗。不過當俄國的情況變得瘋狂，他們開始搭著各式各樣的船湧過換日線。」

「然後他們不想要憲政民主。」

「對，免談。」

「那他們想要什麼？沙皇？」

「不是。那些沙皇派——傳統主義者——留在俄國。來基科國的都是完全沒人要的傢伙。他們被主流俄國東正教會驅逐。」

「為什麼？」

「耶利提克，也就是俄國人口中的『異教徒』。來基科國的東仔是新教派——都是五旬節派的。他們和韋恩牧師珍珠大門之間有某些關係。他媽一天到晚有傳教士從德州北上來跟他們見面。他們總是講方言。主流俄國東正教會認為那是惡魔的作為。」

「所以有多少五旬節派俄國東正教教徒來到基科國？」

「天，多得要命。至少五萬吧。」

「基科國有多少美國人？」

「接近十萬。」

「那東仔究竟是怎麼接管這地方的？」

「欸，有天早上，我們起床，有一輛露營車停在新華盛頓的政府廣場中央，就停在我們設立起政府的所有露營車中間。東仔趁夜把車拖過來，然後拆掉輪子，好讓我們動不了它。我們以為是抗議行動。我們叫他們把車弄走，他們拒絕，然後發表一份聲明，俄文聲明。等到我們把這該死的東西翻譯好，才知道那是一份命令，要我們打包走人，把政權交給東仔。

「欸，有夠荒謬。於是我們過去這輛露營車那邊要它移開，而古洛夫就一臉壞笑在那裡等我們。」

「古洛夫？」

「對。從蘇聯跨越換日線來這裡的筏民。前ＫＧＢ將軍，後來變成宗教狂，在東仔創立的政府裡算是類似國防部長的東西。於是古洛夫打開露營車側門，讓我們好好看看裡面的東西。」

「裡面有什麼？」

「欸，主要是一大堆設備，知道吧，攜帶式發電機、電線、控制面板，諸如此類。不過在這個拖車中央，有一個黑色的大圓錐放在地上。大概就是冰淇淋甜筒的形狀，只不過差不多五英尺長，而且表面平滑，漆黑。我問那是什麼鬼東西。古洛夫說，那東西是我們從彈道飛彈裡弄出來的千萬噸級氫彈。城市毀滅者。還有問題嗎？」

「於是你們投降。」

「別無選擇啊。」

「你知不知道東仔怎麼會有氫彈？」

查克・萊特森顯然知道。他吸入這晚最深長的一口氣、吐出，搖頭，眼神越過阿浩的肩膀，從他的啤酒杯豪爽地喝了幾大口。

「有一艘蘇聯核導彈潛艇，指揮官名叫阿弗欽尼可夫，一個信仰虔誠的傢伙，但不像東仔那麼瘋狂。我是說，如果他那麼瘋，他們就不會讓他指揮核導彈潛艇，對吧？」

「應該吧。」

「你必須心理狀態穩定。誰知道那是什麼鬼意思。總之，俄國分崩離析之後，他發現自己握有這個非常危險的武器。他決定要讓所有船員離艦，把潛艇沉入馬里亞納海溝，永遠埋藏這些武器。

「不過，不知道發生什麼事，他被說服利用這艘潛艇幫助一群東仔逃到阿拉斯加。他們和一大堆其他筏民開始群聚於白令海岸，其中有些筏民營的狀況挺慘的。又不是說那地方種得出多少食物，知道吧，這些人幾千個幾千個死掉。他們就這麼站在海灘上等船來，然後餓死。

「於是阿弗欽尼可夫讓自己被說服，拿出他的潛艇——又大又快——把一些可憐的筏民送來基科國。

「不過，當然了，想到要讓整大群未知的人上他的潛艇，他就忍不住疑神疑鬼。這些核子潛艇指揮官都是真正的安全控，原因顯而易見。於是他們設定一套非常周密的系統。所有要登上潛艇的筏民都必須經過金屬探測器、必須接受檢查。而且到阿拉斯加的途中從頭到尾都要受武裝衛兵看守。

「欸，死硬派東仔有個名叫渡鴉的傢伙——」

「我知道他。」

「欸，渡鴉也上了核子潛艇。」

「我的天啊。」

「他不知道用什麼方法去到西伯利亞海岸——多半用該死的獨木舟衝浪過去吧。」

「衝浪？」

「阿魯特人都這樣往來島嶼間。」

「渡鴉是阿魯特人？」

「對啊，阿魯特捕鯨人。你知道阿魯特人是什麼？」

「知道。我爸在日本的時候認識一個。」阿浩說道。父親的一堆戰俘營老故事開始在阿浩的回憶中甦醒，努力爬出深深的儲藏庫。

「阿魯特人只是划獨木舟出去，然後追上一道浪。他們追得過蒸汽船，知道吧。」

「這我倒不知道。」

「總之，渡鴉來到其中一個筏民營地，冒充西伯利亞部落成員。你有時候分不出那些西伯利亞人跟我們的印第安人有什麼差別。東仔在這些營地中顯然有同謀，他們把渡鴉推到最前面，於是他可以登上潛艇。」

「但是你說有金屬探測器。」

「沒用，他用玻璃刀。從厚玻璃板削出來的，全宇宙最利的刀，知道吧？」

「這我也不知道。」

「對啊。刀鋒只有一個分子那麼寬。醫生用來進行眼部手術——割你的角膜而不留下疤痕。有些印第安人靠做這種刀維生，知道吧。削出眼部手術刀。」

「嗯，活到老學到老。我猜那種刀利得可以穿過防彈纖維。」阿浩說。

查克．萊特森聳肩。「數不清渡鴉幹掉多少穿防彈纖維的了。」

阿浩說：「我原本以為他一定帶著某種高科技雷射刀之類的。」

「薄刀，玻璃刀，他弄了一把上潛艇。要不帶著偷渡上船，不然就是在潛艇上找到一塊玻璃，然後自己削出刀子。」

「然後？」

查克又凝望無垠遠方，再喝一大口啤酒。「潛艇上，知道吧，沒辦法排水。倖存者聲稱整艘潛艇的血都淹到膝蓋那麼高。渡鴉幾乎殺死所有人。只有東仔除外，一組最基本的船員，還有另外幾個筏民，他們設法躲在船上的小艙房裡，用障礙物擋住渡鴉。倖存者說，」查克又痛飲一口：「真是不得了的一夜。」

「然後他逼他們把潛艇開進東仔手中。」

「開去他們位於科迪亞克的下錨處。」查克說：「東仔已經做好萬全準備。他們組建了一支前海軍小隊，以前曾經在核子潛艇上工作的傢伙——稱他們為X光——他們來占領了潛水艇。至於我們，我們壓根不知道發生了這些事，直到一顆彈頭出現在我們天殺的前院。」

查克注意到某個人，視線掃向阿浩的頭上方。阿浩感覺到肩膀上輕輕一拍。「不好意思，先生？」一個男人說道：「可以打擾你一下嗎？」

40

阿浩轉身。那是個身形龐大的肥胖白人，一頭往後梳的波浪紅髮，蓄鬍。一頂棒球帽擱在他頭頂，整個往後歪，露出以下文字，以黑色正體字紋在他的額頭上：

喜怒無常
種族歧視無感

阿浩抬著頭，越過男人裹著法蘭絨的圓弧腹部曲線看見完整刺青。

「什麼事？」阿浩問。

「嗯，先生，不好意思打斷你跟這位紳士說話，但我和我的朋友有點好奇，你是吃西瓜的懶惰無能黑屁股黑鬼，還是得性病的鬼鬼祟祟小東方佬？」

男人伸手把帽緣壓低。現在阿浩可以看到印在前面的聯盟旗幟，上面繡著「新南非一五三號加盟領區」。

阿浩把自己撐上桌子，轉過身，用臀部朝後滑向查克，想用桌子擋在他和新南非人之間。查克恰巧消失，因此阿浩最後站在那兒，背安安穩穩地對著牆，朝外看著整個酒吧。

同時間，大概一打男人從各自的桌子旁起身，他們個個曬傷，獰笑著，在第一位男人身後擺出陣式，一整群都是聯盟旗幟與鬢角。

「我們來看看，」阿浩說：「這是那種陷阱題嗎？」

很多打盹巡航裡的很多鎮公所都必須在入口處檢查你的武器，這裡不是那一種。

阿浩不確定這是好是壞。沒有武器，新南非人會把他揍到脫糞。有武器可以回擊，但風險會更高。阿浩到脖子為止都防彈，但這只代表新南非人全都會以爆頭為目標，而他們以槍法自豪。他們很迷這種事。

「路上不是有一個新南非加盟體嗎？」阿浩問。

「對啊。」打頭陣的男人說道；他的身體很長，上身跟長腳蜘蛛一樣，不過腿又粗又短：「那裡是天堂。真的，這世界上沒有一個地方像新南非。」

「嗯，那，如果你們不介意我問問，」阿浩說：「如果那裡真的好得要命，你們為什麼不全部一起回去你們的卵鞘，在那裡玩就好？」

「新南非有個問題。」那傢伙說：「不是故意要說得好像我不愛國，但這是真的。」

「什麼問題？」阿浩問。

「沒有可以讓我們揍個痛快的黑鬼、東方佬或猶太仔。」

「啊，確實是個問題。」阿浩說：「感謝。」

「謝啥？」

「謝你宣告你的意圖——賦予我做這件事的權利。」

阿浩砍下他的頭。

他還能怎樣？他們至少有十二個人，還特別擋住唯一的出入口，剛剛也宣告了意圖，而且大概都帶著槍。除此之外，等他登上浮筏，大約每十秒就會遇上同樣情況。

那個新南非人沒料到這一手，不過當阿浩的武士刀揮向他的脖子，他也做出反應，因此他被斬首的同時身體往後飛去。這很好，因為他全身大約一半的血都從斷頸處噴出來。兩條頸動脈，兩道血柱。阿浩自己一滴也沒沾到。

在元宇宙，如果你揮得夠快，刀只會直接穿過。在現實世界，阿浩的刀碰上新南非人的頸項時，他預期會有一陣強大的衝擊，就像以錯誤的方式擊中棒球，但他幾乎什麼也沒感覺到。刀直接穿過，差點沒甩過去埋入牆中。他一定是運氣好，劈中脊椎的間隙。阿浩怪異地回想起之前的訓練，他忘記掐住去勢，忘記要停刀；真失禮。

就算有所預期，他還是呆了一下。替身不會發生這種事。他們只會直接倒下。出乎意料的一大段時間內，他只是站在那兒看著那傢伙的屍體。同時，水往低處流，空中的血霧從吊頂天花板滴下，從吧檯後方的層架灑落。一個坐在那兒啜飲雙份伏特加的酒鬼抖動打顫，注視著杯中的旋繞銀河，那是萬億顆血球在乙醇中死去。

阿浩和新南非人們交換了幾次長久凝視，彷彿酒吧裡的所有人正在努力對接下來會怎樣達成共識。他們應該笑嗎？拍照？逃走？叫救護車？

他穿過一張張桌子，迂迴奔向出口。很無禮，不過其他客人竄開，有些人動作夠快，還抓起啤酒以免被他撞翻，沒人找他麻煩。所有人看見出鞘的武士刀，都被激發出一種幾乎稱得上日本人水平的禮貌。兩個新南非人擋住阿浩的出路，但並不是因為他們想阻止任何人，只是被嚇呆時剛好站在那位置。阿浩本能地決定不殺他們。

阿浩隨即來到陰森的鎮公所主要通道，一條閃爍、脈動的光標隧道，黑色生物在其中飛竄，彷彿愚昧的精子手中緊握利器衝上老輸卵管。他們是執法者，他們讓一般超警看起來像護林員浣熊瑞克[28]。

滴水獸時間。阿浩啟動所有配備：紅外線、毫米波雷達、環境音處理器。紅外線在這種情況發揮不了多少作用，但雷達找出所有武器，凸顯出它們在執法者手中的位置，辨識出品牌、型號及彈藥種類。都是全自動裝置。

不過執法者和新南非人不需要雷達就能看見阿浩的武士刀，也看見血和脊髓液沿刀身淌下。

爛擴音器放送偉大力·車諾比與反應爐核心熔毀的音樂，從四面八方轟炸阿浩。這是他們第一首衝上告示牌排行榜的單曲，歌名是〈心如地上冒煙的洞〉。環境音處理器把音樂削減為較為合理的水準，穩定擴音器的嚴重失真，他才能比較清楚地聽見室友的歌聲。一切因此而顯得格外荒誕，只是顯現出他有多格格不入。他不屬於這裡。迷失在生物量中。如果有任何法律制裁，他可以跳進擴音器，像電子風靈一樣沿電線而上，循電網回到洛杉磯，回到他所屬之地，衝上雲端，回到萬物之源，請偉大力喝一杯，爬進被窩。

背發生可怕的事，他不由自主踉蹌前撲。感覺像有人用一百支圓頭槌幫他按摩。同時，一道四射的黃光蓋過光標。刺眼的紅色文字閃現示鏡，通知他毫米波雷達偵操到一串子彈正朝他而來，你是否想知道它們來自何處，先生？

阿浩剛被一陣機關槍擊中背部。所有子彈撞上他的背心後落地，不過在這個過程中，子彈撞斷那一側身體的大約半數肋骨，還挫傷了一些內臟。他轉身，這動作好痛啊。

執法者放棄子彈，揮出另一種武器。阿浩的示鏡說的真是太對了：**太平洋執法裝備股份有限公司。**

SX-29型約束射擊器（痰槍）。他一開始就該用這東西才對。

---

28 Ranger Rick，美國野生生物聯盟（United States National Wildlife Federation）出版的兒童雜誌，主要角色為一隻擔任護林員的浣熊，名叫瑞克。

你不能只是帶把刀在身上當作無意義的威脅。除非你有意殺人，否則你不該拔刀，或維持出鞘狀態。阿浩衝向執法者，舉起武士刀攻擊。執法者做了正確的事，也就是閃開。銀色緞帶般的武士刀在人群上方發光，吸引了執法者，同時驅散了其他人，所以當阿浩奔過鎮公所中央，沒人擋在他前面，身後倒是跟著許多閃閃發亮的黑色生物。

他關掉示鏡附的所有科技狗屁。這些東西只會混淆他；就連他正在邁向死亡，他還是只站在那裡讀取有關自己之死的統計數據。非常後現代。該沉浸於現實世界了，就跟身旁的所有人一樣。

就算是執法者，也不會在人群中射擊他們的大傢伙，除非是近距離直射，或是他們心情真的很差。幾枚痰彈從阿浩身旁擦過，已經散得太開，除了惹人生氣之外沒其他用處；痰彈啪嗒擊中看熱鬧的人，黏呼呼的蛛絲罩裹住他們。

展示窗裡滿是無聊病末期的妓女，旁邊則是立體電動遊樂場，兩者之間的某處，阿浩的視線清楚了，而且看見奇蹟：充氣圓頂的出口，門將一陣人造啤酒風和原子化的體液吐入涼爽的夜晚空氣中。

壞事與好事快速接踵而至。下一件壞事是一道鋼柵落下，擋住了門。

搞什麼鬼，這是充氣建築耶。阿浩啟動雷達，一秒而已，看見牆似乎淡去，化為隱形；他的視線現在穿透牆，他看著外面的鋼鐵森林。他很快找到他停放摩托車的那個停車場；應該有些武裝服務員在那裡看守才對。

阿浩假裝朝妓院前進，然後直接砍向一片無遮蔽的牆。建築物的布料很堅韌，但他的武士刀一揮便劃開一道六英尺裂縫，接著他乘著一股惡臭的風被吐出洞外，隨即來到外面，

在那之後——阿浩騎上摩托車，新南非人爬上他們的全地形皮卡，執法者也進入他們的油亮黑色執法車，然後他們全部呼嘯衝上公路——在那之後就只是追逐場面了。

41

YT工作時去過一些不尋常的地方。有大概三打國家的簽證壓模印在她胸口。而且除了真正的國家之外，她也曾到諸如終端島犧牲地帶和格利菲斯公園營地等迷人小渡假區取件及／或送件。不過最怪還是現在這個新工作：有人要她送東西去美利堅合眾國。就寫在工單上。

不是什麼了不得的包裹，只是法律文件大小的信封而已。

「你確定不要直接寄過去就好？」她取件的時候問客人。這是其中一個位於郊區的那種詭異辦公園區。就好像無用公司的郊圍區，有辦公室、電話那些的，但實際上好像什麼事也不做。

當然了，這是諷刺的問題。郵遞只在聯邦區通行。所有郵筒都被拆掉，用來裝飾懷舊怪胎的公寓了。不過也算是笑話，因為目的地事實上就是一棟位於聯邦區中央的建築。好笑之處在於：如果你想跟阿聯打交道，何不用他們的爛郵遞系統？不怕他們因為你跟酷遞員這種酷得不可思議的人往來而覺得你受汙染？

「欸，呃，郵件送不出來，對吧？」那傢伙說道。

描述這間辦公室沒意義。就連讓這辦公室在她眼球留下印象、占用她腦中珍貴的記憶空間，也一樣沒有意義。日光燈和黏貼地毯的隔間。個人還是比較喜歡把地毯用在地板上，謝了，色調搭配，人體工學垃圾，擦口紅的小妞，影印機的味道；她覺得所有東西都很新。

法律信封放在那傢伙桌上。描述他也沒什麼意義。一點點南方或德克薩斯口音。信封的底邊跟辦公桌邊緣平行，距離四分之一英寸，左右完美置中。好像他叫一個博士來這裡用鑷子把信封放在桌上似的。收件地址：**美利堅合眾國洛之六大樓MS-1569835郵務站968A室**。

「要不要留寄件人資料？」她問。

「沒必要。」

「如果無法送達，我沒辦法再送回來給你，因為你們這些地方對我來說都一個樣。」

「不重要。」他說：「妳覺得妳要花多少時間？」

「最多兩小時。」

「為什麼這麼久？」

「海關啊，老兄。聯邦政府不像大家一樣也把他們的系統現代化。」因此大多數酷遞員都想盡辦法逃避送件到聯邦區。不過今天很漫長，黑幫還沒找YT執行任何祕密任務，而且，她說不定可以剛好跟午餐休息的媽媽碰個面。

「妳的名字是？」

「我們不報名字的。」

「我需要知道送件的是誰。」

「為什麼？你不是說不重要。」

那傢伙變得非常挫敗。「好，」他說：「算了。送件就是了，麻煩妳了。」

好，隨你高興，她在心裡說道。她還在心裡說了一些其他事。這男人是個顯而易見的變態。好明顯，好直白：「妳的名字是？」省省吧，老兄。

名字不重要。大家都知道酷遞員是可交換的零件。只是有些人剛好快很多、厲害很多而已。

於是她滑出辦公室。這裡非常千篇一律，到處都看不到公司標誌。所以她等電梯時打電話回激酷系，試著查出是誰叫快遞。

幾分鐘後，答案傳回來了：萊富高級研究企業；這時她叉上了一輛賓士好車，正要離開辦公園區。**萊富高**。高科技公司。多半想弄到政府合約。多半想賣血壓計給聯邦政府之類的。

噢好啦，送就是了。她感覺這輛賓士在堆沙袋——開得好慢，所以她等一下要叉別輛車——於是她叉別輛車，一輛正要出城的貨運卡車。這卡車避震器很高，從此判斷，車上肯定沒載貨，所以頗有可能會開得很快。

十秒後，不出預料，賓士從左線道衝過去，於是她又叉上去，扎扎實實搭了幾英里順風車。

進入聯邦區很拖拉。大多數聯邦人都開塑膠加鋁打造的小車，很難叉。不過她終究鎖定了一輛，一顆小雷根糖，附黏附式窗戶和三缸引擎，就這樣來到合眾國邊界。

國家愈小愈偏執。最近他們的海關根本不可理喻。她必須簽一份十頁的文件——而且他們還真逼她讀完，說那東西她光是讀就要花至少半小時。

「但是我兩週前讀過了。」

「可能有所變更，」警衛說：「所以妳必須再讀一次。」

基本上，這文件只是保證YT不是恐怖份子、共產份子（天知道這是啥）、同性戀、褻瀆國家象徵者、色情書刊零售商、福利寄生蟲、種族歧視者、任何感染病帶原者、傾向攻擊傳統家庭價值之意識形態擁護者。文件的大部分內容都只是在定義第一頁出現過的文字。

因此YT在小房間裡坐了半小時，稍微整理一下家務：檢查裝備、替所有小裝置換電池、清理指甲縫、讓滑板跑一次自我維護程序。然後她在那份該死的文件上簽名，交給那傢伙。然後她就在聯邦區裡了。

找到那地方不難。典型聯邦建築——一百萬級階梯，好像蓋在某座階梯山頂。圓柱。這棟建築裡的人比平常多很多。頭髮油滑的矮胖傢伙。肯定是某種警察大樓。前門的警衛從頭到尾就是個警察，因為她帶滑板進來就想找她麻煩。好像他們前門外有什麼安全的地方可以保管滑板一樣。

警察傢伙有夠難搞。不過沒關係，YT也很難搞。

「信封在這裡。」她說：「你可以利用休息時間送上九樓。太慘了，你只能走樓梯。」

「聽著，」他被徹底激怒：「這是管理部。算是總部。管理部中心。懂嗎？方圓一英里內發生的所有事都有錄影。大家不會在這棟建築物可見範圍內朝馬路吐口水，甚至連罵人都不。沒人會偷妳的滑板。」

「那更糟。他們會偷走，然後聲稱沒偷，而是沒收。我知道你們這些阿聯，老是在沒收東西。」

那傢伙嘆氣，然後眼神失焦，閉嘴片刻。YT看得出他正從插在耳朵裡的小耳機接收訊息，真正阿聯的標記。

「進去吧。」他說：「但是妳要簽名。」

「當然。」YT說。

警察把簽到單拿給她，這實際上是一部附電子筆的筆記型電腦。她在螢幕寫下「YT」，文字轉變為數位點陣圖，自動加上時間戳記，然後傳送到聯邦中央的大電腦。她知道要脫光才有辦法通過金屬探測器，於是她跳過警察的桌子——他還能怎樣？開槍射她？——然後把滑板夾在腋下走進大樓。

「嘿！」他弱弱地喊道。

「怎樣，你們這裡有很多管理部探員被女性酷遞員搶劫又強暴嗎？」她凶猛地踹電梯按鈕。

電梯感覺要等上一輩子。她失去耐性，跟其他阿聯一樣直接走樓梯。

那傢伙說的沒錯，九樓這裡絕對是警察總部。你這輩子所見過每一個戴太陽眼鏡、梳油頭的可怕傢伙都在這，每個人的耳朵都有肉色小螺旋電線垂下來。甚至有幾個女阿聯，她們看起來比男人們還嚇人。女人為了讓自己看起來專業，居然可以對自己的頭髮做出那種事——老天爺！為什麼不乾脆戴摩托車安全帽？至少還可以脫下來。

只不過沒有一個阿聯戴太陽眼鏡，男女都沒有。少了太陽眼鏡，他們看起來好赤裸。還不如不穿褲子走來走去。看見這些阿聯沒戴他們的鏡面眼鏡，感覺就像不小心闖進男生更衣室。

她輕而易舉找到968A室。這樓層太部分就只是一大池辦公桌，所有編上號碼的真正房間都在外圍，附毛玻璃門。每個嚇人傢伙似乎都有自己的桌子，有些人在自己的桌子附近閒晃，其他則是一直在走廊跑來跑去、在別的嚇人傢伙的辦公桌開臨時會議。他們的白襯衫乾淨得要命，肩背式槍套沒她預期中多；所有帶槍的阿聯多半都在以前屬於阿拉巴馬或芝加哥的地方沒收買飛天或有毒廢棄物垃圾場，努力把美國領土一小塊一小塊搶回來。

她走進968A室。這是一間辦公室，裡面有四個阿聯；他們就跟其他阿聯一樣，不過大部分稍微老一點，大概四、五十歲。

「有要送來這房間的快遞。」YT說道。

「妳是YT？」他們的頭頭問道；他坐在辦公桌後。

「你們不應該知道我的名字。」YT說：「你怎麼知道的？」

「我認得妳。」阿聯頭頭說：「我認識妳母親。」

YT不相信他，不過這些阿聯有各種方法能查出各種事。

「你在阿富汗有親戚嗎？」她問。

這些傢伙面面相覷，像是在問你懂這小妞嗎？不過這並不是一個有意讓人聽懂的句子。事實上，YT

的工作服和滑板附各種語音辨識器。當她說：「你在阿富汗有親戚嗎？」這就像暗號，告訴她的所有間諜工具準備工作、一切就緒、檢查、豎起電子耳。

「你們到底要不要這個信封？」她問道。

「給我吧。」阿聯頭頭說著起身，伸出一隻手。

YT走進房間中央，把信封交給他。然而，他非但沒接下，還在最後一秒撲過來，攫住YT上臂。她看到他的另一隻手上拿著打開的手銬。他往她的手腕扣下，手銬收緊，銬住她工作服的袖口位置。

「很抱歉，YT，我必須逮捕妳。」他這麼說著。

「你他媽的在幹嘛？」YT這麼說著。她把沒事的那隻手往後縮，遠離辦公桌，以免他把她的兩邊手腕銬在一起，不過另一個阿聯抓住她那隻手腕，因此她現在像條繃緊的繩索一樣被兩個阿聯撐開。

「你們死定了。」她說。

他們都露出微笑，好像他們喜歡有點精神的小妞一樣。

「你們死定了。」她又說一次。

她的所有裝備就是在等這一句關鍵暗號。當她說第二次，所有自我防禦裝置都會啟動，也就是說，別的先不提，幾千伏特的射頻電力突然湧過她的袖口外側。

阿聯頭頭從腹部超深的位置爆出哼的一聲，朝後飛開，整個右半邊身體都在抽搐，接著翻過他的椅子，攤開四肢撞上牆，頭砸在大理石窗臺上。扯住她另一隻手的混蛋彷彿被隱形肢刑架撐開一樣伸長四肢，不小心甩了另一個阿聯一巴掌，害那傢伙的頭也扎扎實實地觸電，兩人像一袋得狂犬病的貓一樣倒地。只剩下一個阿聯了，他正伸手要從外套裡掏出什麼東西。她朝他走近一步，手臂甩出去，手銬沒銬上的那端擊中他脖子。輕輕一碰而已，但像撒旦電子斧頭柄的雙手重擊，強勁的電流沿著他的脊椎上下竄，他突然四肢亂甩翻過幾張爛舊木椅，手槍在地上打轉，好像小孩在玩的陀螺。

她以一種特別的方式彎起手腕，計時電擊槍隨即從袖子落入手中；在她另一隻手擺盪的手銬也有電擊效果。她還拿出水指虎，打開蓋子，把噴嘴設定為廣角。

一個阿聯怪物十分好心，替她打開辦公室的門。他走進來時已經拔槍，另外還有六個傢伙從辦公池聚集過來，在他後面支援；她直接讓他們嚐嚐水指虎。嘶，就像殺蟲劑。人體倒地的聲音就像低音鼓轟鳴。她發現她的滑板可以順利滑過他們俯臥的身體，來到外面的辦公池。這些傢伙從四面八方靠近，人數多得不可思議，她只是持續壓著按鈕，對準前方，腳在地上刨，慢慢累積速度。水指虎的作用就像能起反應的楔形隊伍，她根本是在人體地毯上滑出去。有些阿聯十分敏捷，從後面衝過來，想從那方向抓住她，但她的計時電擊槍已有準備，把他們的神經系統變成一捲捲又熱又帶刺的電線幾分鐘，但應該不會造成任何其他傷害。

她橫越辦公池的大約四分之三之後，水指虎用完了。不過還能撐個一、兩秒，因為大家怕它；儘管沒東西噴出來，他們還是繼續飛撲躲開。然後有幾個人想通了，誤以為這樣能抓住她的手腕。她用計時電擊槍撂倒一個人，再用電手銬放倒另一個，接著砰地撞開門，衝進樓梯間，身後留下四十幾名傷兵。活該，他們甚至沒試著用紳士的方式逮捕她。

對徒步的人而言，樓梯是種障礙。但對智慧輪來說，樓梯只是一道看起來傾斜四十五度的坡道。有點起伏，尤其她滑到大概二樓而且速度實在過快的時候，但絕對行得通。

小幸運：其中一個一樓警察剛好打開樓梯間的門，無疑是聽見警鈴和警報器的交響樂而有所警覺；交響樂已經開始匯聚成一堵歇斯底里噪音構成的堅實牆壁。她從這傢伙身旁竄過；他抬起一隻手想阻止她，略略鉤住她的腰，害她失去平衡，但這是個非常貼心的滑板，十分聰明，知道要在她的質量中心偏掉時稍微替她減速。她很快回穩重心，大角度斜彎穿過電梯廳，瞄準金屬探測拱門的正中央；明亮的戶外自由之光就在拱門另一端閃耀。

她的老朋友警察站了起來，反應非常快，像展翅的老鷹一樣擋住金屬探測器。YT一副打算直接衝向他的樣子，然後在最後一秒腳一踢，把滑板踢歪，猛壓其中一個腳趾開關，腿縮到身體下，一躍而起。她飛越他的小桌子，同時滑板從底下滑過，一秒後，她落回滑板上，晃了晃找回平衡。她已在大廳，正朝門而去。

這是棟老建築。大多數的門都是金屬打造，不過也有幾扇旋轉門只是大片大片的玻璃。

早期的滑板狂偶爾會不小心撞上玻璃牆，這是個問題。當酷遞員這整個行業萌芽，滑板狂開始更花心思追求高速穿過辦公室型的環境，偏偏玻璃牆被視為這種環境的重要概念，這樣一來問題就更大了。這就是為什麼在昂貴的滑板上，YT腳下這個絕對就是，你可以得到額外附加的安全功能：激酷系窄錐調諧衝擊波發射器。可以在非常短的時間內準備就緒，這很棒，但你只能用一次（動力來自炸藥），然後就必須把滑板帶去店裡更換。

這是緊急的東西，嚴格說來算是緊急求救鈕，但很酷。YT確定自己對準玻璃旋轉門，然後壓下恰當的腳趾開關。

這——我的天——就像你在體育館攤開一張焦油防水布，把體育館變成一面巨大手鼓，然後開著一架七四七撞上去。她可以感覺到自己的內臟位移幾英寸，心臟跟肝臟換了位置，腳底麻木又刺痛，而她甚至沒站在衝擊波的路徑上。

旋轉門的強化玻璃不只是如她所想像那樣爆裂、掉到地上而已，而是被炸得脫離轉軸，噴出大樓，掉到前側階梯上。她隨即跟著出來。

大樓前側的荒謬白色大理石階小瀑布只是給她更多坡道時間。等到她滑到人行道上，她已經輕鬆累積足夠速度，可以一路滑到墨西哥了。

她盪出去橫過寬廣的大道，十字準線對準四分之一英里外的海關站；她只能跳過去，這時有個東西叫她往上看。

因為追根究柢，她剛剛逃出來的那棟大樓高高聳立，好幾層樓都裝滿阿聯怪物，而且所有警報都響了。大多數窗戶都不能打開，他們只能朝外看。不過屋頂上有人。屋頂多半都是天線森林，如果那是森林，這些傢伙就是住在樹木裡的嚇人小地精。他們準備行動，他們戴上太陽眼鏡，他們有武器，他們都盯著她。

不過只有一個人在瞄準，而且拿來瞄準她的東西很巨大，槍管有棒球棒那麼粗。她能看見槍口冒出火光，外面一圈突如其來的白煙甜甜圈。槍並不是對準她，而是瞄準她前方。

震撼兔落在街上，正前方，彈上空中，在約二十英尺的高度爆炸。

接下來的四分之一秒：沒有明亮閃光害她看不見，因此她可以實際上看見震撼波以完美的球形擴散，堅硬又觸摸得到，彷彿一顆冰球。球觸及街道的地方都形成環形波前，震得卵石彈跳，老早之前就被壓扁的陳年麥當勞盒子也翻了面，路面所有細小裂縫內如麵粉般的微小塵土也都被轟了出來，像一陣微型暴風雪一樣掃過街道襲向她。在這之上，震撼波懸在空中，以音速朝她襲來，彷彿將一切都壓平、折射在另一面的空氣透鏡，而她正從中穿過。

42

當阿浩在清晨五點騎著摩托車越過隘口，奧勒岡的謝爾曼港鎮突然在他眼前開展：一抹包在U型山谷中的閃爍黃色光標。久遠之前，一大片冰舌在地質舔鲍的新紀元時期從岩石中磨出這個山谷。外圍只撒上一圈淡淡的金，漸漸轉淡後沒入雨林，在接近港口的地方則轉為濃烈。港口是一道切入奧勒岡筆直海岸線的狹長峽灣狀刻痕，一道直朝日本而去的深冷黑水溝。

阿浩又回到環太平洋區。那一夜騎過鄉間之後，來到這裡的感覺很好，之前太多紅脖子，太多山民。就算距離十英里之外、一英里之上，眼前景象也不討喜。阿浩可以看見距離港區中心較遠處有幾點紅，比那抹黃好一點點。他希望能看見一些綠或藍或紫色的東西，不過似乎沒有任何一個社區採用那些美味的色彩。

不過話說回來，這也不算一份美味的工作。

他騎下馬路半英里，在空地的平坦岩石坐下——多少可以避免遭埋伏——然後示入元宇宙。

「圖書館員？」

「是的，先生？」

「伊南娜。」

「蘇美神話人物。後來文化中的伊絲塔（Ishtar）或埃絲特（Esther）。」

「好女神還壞女神？」

「好。一位受人愛戴的女神。」

「她跟恩基或亞舍拉有沒有往來？」

「大多與恩基。她和恩基在不同時期關係有好有壞。伊南娜被稱為所有偉大之祕的女王。」

「我以為祕屬於恩基。」

「確實。不過伊南娜去到阿布澤——埃瑞杜的水要塞，恩基將祕存放於此——設法讓恩基將所有祕都給她。祕就是因此才釋入文明世界。」

「水要塞，嗯？」

「是的，先生。」

「恩基覺得怎麼樣？」

「他欣然將祕交給伊南娜，顯然因為他喝醉了，因為也伊南娜的迷人身軀而昏了頭。等到他清醒，他試著追上她要回祕，但她以計謀打敗他。」

「我們從符號學的角度來看看。」阿浩咕噥道：「浮筏是L·巴布·萊富的水要塞，他把他的所有東西都存放在那裡，他的所有祕。華妮妲跑去阿斯托利亞；幾天前，這是最靠近浮筏的地方。我覺得她想引來一個伊南娜。」

「在另一個廣為流傳的蘇美神話中，」圖書館員說：「伊南娜降入地下世界。」

「繼續說。」阿浩說道。

「她收集她的所有祕，進入有去無回之地。」

「太棒了。」

「她穿過地下世界，來到由死亡女神埃列什基伽勒（Ereshkigal）統治的神廟。她喬裝出行，但無所不見的埃列什基伽勒輕易便看穿。不過埃列什基伽勒容許她進入神廟。伊南娜進入時，她的衣袍、珠寶和祕都從身上脫落，赤身裸體的她被帶到埃列什基伽勒與冥界七判官面前。判官們『定睛於她，死亡之眼；在他們的言詞之下，折磨靈魂的言詞，伊南娜遭化為一具屍體，一塊逐漸腐爛的肉，以鉤子吊掛於牆。』克萊默。」

「精采。她幹嘛這麼做？」

「根據黛安・沃克斯坦（Diane Wolkstein）的說法，『伊南娜放棄……她人生中直到褪盡身外物為止所完成的一切，除了重生的意志之外什麼也不留……因為她到冥界的這趟旅程，她獲得死亡與重生的力量與奧祕。』」

「噢。所以我猜故事還沒完囉？」

「伊南娜的信使等待了三天，伊南娜依然沒回來，於是信使去找諸神求救。諸神皆不願幫忙，只有恩基除外。」

「所以我們的夥伴恩基，駭客神，把她從地獄保釋出來。」

「恩基創造出兩個人，派他們去冥界拯救伊南娜。他們用巫術成功救活伊南娜，她從冥界返回，許多亡者也跟著她。」

「華妮妲三天前去了浮筏。」阿浩說：「駭客該出動了。」

地球還在原本位置，拉近顯示出浮筏的放大影像。根據昨天和查克・萊特森談話的內容，企業號幾週前盪過基科國旁時，東仔搭乘一大片筏子離開；而要找出這片筏子並不難。幾艘大傢伙蘇聯貨輪彼此相繫，還有一群小船跟在旁邊。浮筏的大部分都是黯淡棕色的有機體，不過這個部分全是白色玻璃纖維：向基科國退休人士掠劫而來的娛樂用遊艇。數以千計。

現在浮筏來到薛爾曼港外，因此，阿浩覺得亞舍拉的大祭司應該也會在這裡。幾天後，他們將來到尤里卡，然後舊金山，接著洛杉磯——漂浮的路鏈，連結東仔在浮筏上的活動與他們在大陸上最接近的可用地點。

他的視線離開浮筏，掃過大海來到薛爾曼港，在這裡稍微做點偵查工作。

黃色標誌的廉價汽車旅館排列成一彎可愛的新月沿海岸而立。阿浩快速查看，在其中找尋俄羅斯名字。簡單。海岸正中間有一家光譜兩千。如店名所暗示，他們的每一家分店都有各式各樣的房間，從大廳的寄人櫃到頂樓的豪華套房。而一大堆房間都租出去了，租客的名字大多包含諾夫、斯基，以及其他直接暴露斯拉夫來源的字尾。步兵睡大廳，伴著他們的AK-47直條條躺在狹窄的寄物櫃裡；祭司和將軍住在樓上的好房間裡。阿浩停下來納悶了一會兒，不知道五旬節派俄國東正教的祭司要拿神奇魔指按摩器來做什麼。

頂樓的套房被一位名叫古洛夫的紳士租下。KGB先生本人。顯然住在真正的浮筏上太過窩囊。他怎麼從浮筏來到薛爾曼港？如果涉及橫跨數百英里的北太平洋，那麼肯定是一艘尺寸挺像樣的船。

薛爾曼港有六座小艇碼頭。此時此刻，這些碼頭塞滿褐色小船。看起來像颱風過境現場，幾百平方英里的海面一掃而空，舢舨都堆在最近的岸上，只不過實際情況稍微有組織一點。

筏民已經上岸。如果他們聰明又進取，他們多半知道自己可以直接從這裡走去加利福尼亞。

因此碼頭才會塞滿破爛小船。不過其中一個看起來依然像私人碼頭。大約十二艘乾淨的白船停靠於此，整齊地排在各自的船位裡，沒有烏合之眾。這個影像的解析度非常高，阿浩可以看見小甜甜圈散布在碼頭上：多半是環形沙袋。當浮筏在近海徘徊，你只能用這種方法讓你的私人碼頭維持私人。比較難看清楚數字、旗幟和其他標識物。衛星挑出這些東西的時候很不順利。

阿浩查看中情司有沒有哪個特約記者在薛爾曼港。他們必須在，因為浮筏在這裡，而中情司想賣浮筏情報給從史凱威到火地的所有焦慮海岸居民，藉此大賺一筆。

沒錯。有幾個人在小鎮上晃，上傳最新的薛爾曼港情報。其中一人只是個帶著攝影機的船夫；他到處去，什麼都拍。

阿浩以快轉的方式查看。一大堆畫面都攝自特約記者旅館房間的窗戶：接連幾個小時的影像紀錄，內容都是破爛褐色小船努力靠向港口，綁上在薛爾曼港前方慢慢成形的迷你浮筏。

但這是半組織性的，因為有些顯然自己任命的水上警察開著快艇竄來竄去，用搶瞄準人，還用擴音器叫喊。這解釋了為什麼無論港口區變得多混亂糾結，總是會有一條暢通的水道從峽灣中央延伸而出，直通大海。暢通水道的終點則是大船停靠的好碼頭。

有兩艘大船。一艘是大漁船，東仔標誌的旗子在船上飄揚；標誌只是簡單的一個十字架和火焰。明顯是從基科國搶來的；船尾的船名是**科迪亞克女王**，東仔還沒費心改掉。另一艘大船是小型遊輪，原本應該是用來載有錢人舒舒服服地到好地方去；船上插著綠色的旗子，看起來似乎和李先生的大香港有關。

阿浩在薛爾曼港的街道又探查了一會兒，發現這裡有一個規模挺大的李先生的大香港加盟領區。這個加盟領區採取典型的香港風格，更像是在鎮上到處灑上小房子和房間。但灑得很密。密到香港在這裡安插了幾個全職員工，其中包含一名地方總督。阿浩叫出這傢伙的照片，這樣之後才認得出他：五十多歲、看起來很易怒的華裔美國男性。所以這裡不是美國本土常見的那種自動化、無人加盟領區。

43

最初醒來時，她身上穿著激酷系工作服，嘴巴被電工膠帶封住，躺在破爛舊福特廂型車地板上，車正高速穿過不知名地帶中央。這對她的心情沒有太大幫助。震撼兔害她鼻血流個不停，還附加沒完沒了的陣陣頭痛；而且每次廂型車撞上路面坑洞，她的頭就會在波浪紋鋼製地面彈跳。

她剛開始只覺得不爽，然後害怕了一會兒——開始想回家。在廂型車後面待了八小時，她心中沒有一絲懷疑，她就是想回家。她還沒放棄的唯一理由是好奇心。處於這個無可否認的不利位置，就她所能判斷，這看起來不像聯邦行動。

廂型車開下公路，轉入銜接道路，然後開進停車場。廂型車後門打開，兩個女人爬上來。透過打開的門，YT可以看見韋恩牧師珍珠大門的哥德風拱形標誌。

「噢，可憐的寶寶。」其中一個女人說道。另一個女人看了她的情況只是倒抽一口氣。其中一個女人抱著她的頭、撫摸她的頭髮，讓她用紙杯啜飲甜甜的酷愛，另一個則是輕柔緩慢地撕下電工膠帶。

她在廂型車後面醒來時鞋子已經被脫掉了，沒人再拿其他鞋給她。而且工作服上的所有東西也都被拿走。所有好東西都沒了。但他們沒搜工作服底下。狗牌還在。還有另一個東西，一個位於她兩腿間、稱為陰牙的東西。他們不可能發現。

她從頭到尾都知道狗牌多半只是假貨，恩佐大叔才不會到處發送他的戰爭紀念品給十五歲小妞，不過對某些人可能還是有用。

兩個女人名叫瑪拉和邦妮，她們一直待在她身邊。不只是待在她身邊，還碰觸她，一大堆擁抱、輕捏、握手，還有撥亂頭髮。她第一次去上廁所時，邦妮跟她一起去，小隔間的門開直接站在裡面陪她。YT覺得邦妮擔心她會昏倒在馬桶上之類的。不過她下一次去尿尿時，換瑪拉跟她一起去。她毫無隱私。

唯一的問題是，她無法否認她就某種層面來說喜歡這樣。坐在廂型車後面很痛，真的超級痛，她這輩子不曾感覺這麼孤單過。而現在她光著腳、毫無防備待在一個陌生的地方，她需要什麼，他們就給她什麼。

在韋恩牧師珍珠大門裡，他們給了她幾分鐘打理一番——天知道這是什麼意思；之後她和瑪拉、邦妮爬上一輛無窗的大伸縮廂型車。地板鋪了地毯，但車上沒有椅子，所有人都坐地上。她們打開後門時，車上塞滿了人，有二十個人擠在裡面，都是精力充沛、容光煥發的年輕人。看起來太不真實了；YT退後，直直撞上瑪拉和邦妮。不過廂民歡呼，白牙在微光中閃爍，大家開始為她們擠出小空間。

接下來的兩天，她大部分時間都待在廂型車裡，塞在瑪拉和邦妮之間，時時刻刻和她們牽著手；所以若沒有得到允許，她連挖鼻孔都沒辦法。他們一直唱快樂的歌，唱到她的腦都變成樹薯粉了。他們還玩古怪的遊戲。

每個小時總會有幾次，車上的某個人會開始巴拉巴拉，就像法拉巴拉人一樣，就像韋恩牧師珍珠大門的人一樣。那種巴拉巴拉會像傳染病一樣擴散到整輛車，很快地，所有人都開始巴拉巴拉。

只有YT除外。她似乎不得要領，感覺實在蠢得令人尷尬，於是她直接假裝。

他們一天有三次的機會可以吃、排泄。總是會在郊園區。YT感覺得到他們開下州際公路，在彎彎曲曲的開發區小路、短巷、道路、圓環間找路。電動車庫門升起，廂型車開進去，門隨即在他們後方關上。他們會進入一個郊區住家，只不過裡面沒有家具，也沒有家庭居住的痕跡；他們坐在空房間的地板上——

男孩一間、女孩一間——吃蛋糕和餅乾。永遠都會在屋子裡完全空無一物的房間，不過裝飾總是不同：有一個房間是花朵圖案的鄉村風壁紙，殘留一股林間曠的腐臭味道；另一個房間則是藍色調的壁紙，上面有曲棍球、橄欖球、籃球運動員的圖案；還有一個房間只是留有蠟筆痕跡的白牆。坐在這些空房間裡時，YT會研究地板上的家具刮痕、石膏板上的凹痕，像個考古學家一樣對著這些痕跡冥想，思索著曾居住於此但已然離去的家庭。不過等到旅程接近終點時，她已經不再關心。

在廂型車上，她只聽得見唱歌和吟誦，只看得見同伴們擠在一起的臉。他們停下來加油時，都是在旁邊什麼都沒有的巨大卡車站，停在最偏遠的加油泵島，因此附近不會有其他人。他們開個不停，司機一個又一個接力。

最後，他們來到一處海岸。YT聞得出來。他們等了幾分鐘，引擎怠速，然後廂型車震了一下，壓過某種門檻，爬了幾段坡，停住，拉起手剎車。司機下車，頭一遭把他們全部人留在車上。YT很高興旅程終於結束了。

四周開始隆隆響，像是引擎聲，但又大聲很多。她到幾分鐘後才感覺到動靜，領悟所有東西都在和緩晃動。廂型車停在一艘船上，而船正航向大海。

這是一艘真正航向大海的船，又老又爛又生鏽，在廢船場大概花個五元就能買到。但船上載著汽車，而且在海上航行，又沒有沉沒。

這艘船就像那輛廂型車一樣，只是更大，人更多。但他們吃一樣的東西、唱一樣的歌，居然也跟之前一樣幾乎都不睡覺。到現在，YT覺得這有一種墮落的安逸感。她知道自己跟一大堆像她一樣的人在一起，也知道自己很安全。她知道每天的固定行程，知道自己的歸屬在哪。

於是他們終於來到浮筏。沒人告訴YT他們要來這裡，但現在也顯而易見了。她應該害怕才對，但如果這裡真像大家說的那麼糟，他們就不會來了。

當浮筏慢慢出現在眼前，她一度以為他們又會拿著電工膠帶靠過來，但後來想通沒這個必要。她一直沒惹麻煩。他們接納了她、信任她。就某種意義而言，這給她一種自豪的感覺。

她也不會在浮筏惹麻煩，因為她唯一辨得到的只是從他們位於浮筏上的小角落逃到浮筏本身而已。確切來說，真正的浮筏，一百部香港B級片和浴血日本漫畫的浮筏，不需要太多想像力就能想出孤身一人的十五歲金髮美國女孩在浮筏上會發生什麼事，而這些人也知道。

她偶爾會擔心母親，然後便硬起心腸，想著或許整件事對她是好的，會讓她稍微振作起來，而這正是她需要的。爸離開後，她只是像隻被丟入火中的紙鶴一樣把自己收摺起來。

有一種小船構成的外層雲，以幾英里的寬度包圍浮筏，幾乎都是漁船，有些載著持槍的男人，但他們不會對這艘渡輪亂來。渡輪盪過外層區，轉一個大彎，最後對準浮筏一側的白色區域。名副其實的白。這裡的所有船都嶄新乾淨。有幾艘船側寫著俄文的生鏽大船，渡輪並排停在其中一艘旁邊，繩子丟過去，然後用網子、跳板與捆成網狀的廢棄舊輪胎強化。

浮筏看起來完全不適合滑板。

她納悶著不知道這艘渡輪上面有沒有其他滑板人。好像不可能有，真的，他們跟她完全不是同類人。她一直都是公路上的髒人渣狗，不是這種快樂合唱團類型。或許浮筏就是她的歸屬之地。

他們帶她登上其中一艘俄國船，交給她一份有史以來最噁心的工作：切魚。她不想要工作，也沒請人給她工作，但總之就是得到了一份工作。還是沒人真正跟她談話，沒人費心解釋任何事，她因此也不願開口問。她剛剛經歷許多巨大的文化衝擊，因為這艘船上的大部分人都又老又胖又是俄國人，而且不會說英語。

她有幾天大部分的時間都在工作時睡覺，然後被在這裡工作的粗壯俄國歐巴桑戳醒。她也吃了點東西。有些送來這裡的魚腥味很重，不過鮭魚也不少。她完全是因為在商場吃過壽司才知道——鮭魚就是橘紅色的東西。於是她幫自己做了點壽司，咯吱咯吱地地嚼了些新鮮鮭魚肉，挺好吃的。讓她的腦袋稍微清醒了一點。

一旦從震撼中恢復、在固定的日常中安頓下來，她開始查看四周，觀察其他切魚歐巴桑，領悟這世界上大概百分之九十九的人都只是這樣過日子。你在這裡，身旁都是人，他們不了解你，你也不了解他們，但大家還是沒意義地巴拉巴拉個沒完。為了活下去，你必須每天整天做愚蠢又沒意義的工作。唯一的逃脫方法是辭職、擺脫束縛、搭上快車，進入這個惡劣的世界，然後你被吞噬其中，從此音訊全無。

她並不是特別擅長切魚。大隻粗壯的俄國妞——腳步沉重、板著臉的俄國老太太——總是找她麻煩。她們一直在旁邊走來走去，看她切魚，臉上的表情好像在說不敢相信居然有這麼呆的人。然後她們試著教她怎麼切才對，但她還是不上手。這很難，而且她的手總是又冷又僵硬。

令人挫敗的幾天之後，她們給了她一份生產線更下游的新工作：把她變成自助餐阿姨，就像高中餐廳裡的打菜工。她在其中一艘大俄國船上的廚房工作，把一盆盆煮好的燉魚拖出去自助餐線，用勺子舀進碗裡，推到櫃檯另一邊給沒完沒了的人龍取用；排隊的都是些宗教瘋子、宗教瘋子，和更多宗教瘋子。只不過這一次好像很多亞洲人，幾乎看不見任何美國人。

而且還有新品種：有天線從頭上冒出來的人。他們的天線看起來像無線對講機的天線：又短又鈍的黑色橡膠鞭。天線從耳朵後面朝上探。第一次看見這種人時，她以為那肯定是某種新型隨身聽，她想問問那傢伙哪弄來的、他在聽什麼。但他很怪，比其他人都怪，永遠像在凝視遠方，講話非常含糊，最後把她嚇得半死，把特別大份的燉魚往他臉上一推，就趕他繼續前進。

她居然偶爾還認得出廂型車上的其他人，不過他們好像不認得她，視線直接穿透她，眼神呆滯，好像他們被洗腦了。

好像YT被洗腦了。

她無法相信自己居然花了那麼久的時間才想通他們在對她做什麼，而這只是讓她更加不爽。

44

現實世界的薛爾曼港是一個小得驚人的迷你郊區，實際上只是幾個方方的街區而已。在浮筏靠近之前，這裡的常住人口只有幾千人，現在一定飆到五萬了。阿浩必須稍微減速，因為筏民這個時候都睡在街上，阻礙交通。

這沒關係，還救了他一命。因為進入薛爾曼港鎮不久後，他的車輪鎖死——輻條變得僵硬——騎在車上非常顛簸。幾秒之後，整輛摩托車當掉，變成一塊無生命的金屬，就連引擎也不動了。他低頭看油箱蓋上的平面螢幕，想叫出狀態報告，但螢幕上只看得見雪。內系當機了，亞舍拉掌握了他的摩托車。

於是他把車丟在路中間，開始朝岸邊走。他能聽見身後有筏民慢慢醒來，鑽出毯子和睡袋，聚集在倒地的摩托車旁，想搶先聲稱車子屬於自己。

他還能聽見胸膛內有一股深沉的撞擊聲，他一時想起渡鴉在洛杉磯的摩托車，想起他是怎麼先感覺到然後才聽到那輛車。但附近沒有摩托車。聲音來自上方。那是一架直升機。會飛的那種。

阿浩聞得到海草在海灘上腐爛的味道，他是如此靠近。他轉過一個彎，發現自己來到濱水的街道，眼前就是光譜兩千的正面，另一邊則是海。

直升機飛上峽灣，沿峽灣從開闊的海朝內路飛，直朝光譜兩千而去。這是一架小型直升機，敏捷的機型，一大堆玻璃。阿浩可以看到原本紅星所在位置畫滿十字架。在清晨涼爽的藍色光線下，直升機顯得明亮耀眼，因為它拖著一串星星，藍白色的鎂燃燒彈每隔幾秒便從機身噴出來，落在下方的海上；燃燒彈落水後繼續燃燒，留下一條星辰之徑，一路延伸到港口。鎂燃燒彈並不是為了看起來很酷而已，而是為了混淆熱追蹤飛彈。

阿浩從他所站位置看不見旅館屋頂，因為他此時正仰望這棟建築。但他覺得古洛夫肯定在上面等著，在薛曼港鎮最高建築物的屋頂，等待一次拂曉的撤離，帶他飛上瓷器般的天空，帶他飛到浮筏。問題：他為何撤離？還有，他們為何擔心熱追蹤飛彈？阿浩遲了一步才想通：應該要發生嚴重大事了。

如果摩托車還在，他會直接騎上防火梯，查明到底是什麼事。但摩托車不在了。

他右方一棟建築物屋頂傳來重擊聲。那是一棟老房子，一百年前的先驅建築物之一。阿浩的膝蓋彎曲，嘴巴打開，肩膀不由自主拱起；他朝聲音的方向望去。某個東西抓住他的視線，某個又小又黑的東西從建築竄開，像隻痲雀一樣飛入空中。不過等到痲雀飛到一百碼外的水面上，它著火了，咳出一大團黏稠的黃煙，化為一團白色火球，然後往前疾射，速度不停加快，竄過港口中央，直接射穿小直升機，從擋風玻璃進，從後方出。直升機化為一團火焰，噴出金屬碎屑，彷彿正破殼而出的鳳凰。

顯然鎮上恨古洛夫的人不只阿浩。現在古洛夫必須下樓來搭船了。

光譜兩千的大廳是個武裝營區，裡面滿是持槍鬍子男。他們還在組織防禦；更多士兵從各自的寄物櫃爬出來，套上外套、抓起槍。一個黝黑的傢伙，多半是紅色軍隊留下的韃靼中士，他穿著一身修改過的蘇聯海軍制服在大廳跑來跑去，對著其他人尖叫，把他們推來推去。

古洛夫可能是個虔誠的男人，但他無法在水面上行走。他必須出去外面的濱海街，走過兩個街口，來到通往安全碼頭的柵門，然後才能登上**科迪亞克女王**。這艘船正等著他，排氣管咳出黑煙，燈光慢慢亮起。科迪亞克女王再過去的碼頭邊停著九龍號，李先生的大香港的大船。

阿浩轉身背對光譜兩千，邁步在一條條濱水街道上奔跑，一面掃描商標，直到找到他的目標：李先生的大香港。

他們不想讓他進去。他護照一閃，門隨即打開。警衛是中國人，但會說一點英語。依此可看出薛爾曼港鎮有多怪：門口居然有警衛。李先生的大香港通常都是開放國度，總是期待新公民加入，就算是最窮困的筏民也沒關係。

「不好意思，」警衛用尖細、虛偽的聲音說：「我不知道——」他手指阿浩的護照。

這個加盟領區是一縷名副其實的新鮮空氣，沒有那種第三世界的氛圍，聞起來一點也不像尿，代表這裡一定是地方總部，或接近的層級，因為香港在薛爾曼港的大部分不動產大概都只包含一個在大廳裡緊巴著公共電話的槍手。然而這地方卻寬敞、乾淨，而且舒服。幾百個筏民從窗外盯著他看，擋住他們的並不是區區一片玻璃，而是三個沿牆排列的類鼠小屋所提供的有力保證。看起來其中有兩個最近才剛加入。當浮筏經過，強化你的保全肯定划算。

阿浩走向櫃檯。一個男人正用廣東話對著電話說話，也就是說，他實際上正在大吼大叫。阿浩認出他是薛爾曼港總督。他全神貫注於這場小小的談天，不過肯定還是注意到阿浩的刀，正謹慎地看著阿浩。

「我們很忙。」男人掛上電話。

「現在要更忙了。」阿浩說：「我要租下你們的船，九龍號。」

「租金非常昂貴。」男人說。

「我剛剛才因為沒心情推車走過半個街區找修理廠，就把一輛全新的頂級摩托車丟在路中間。」阿浩說：「我的報銷帳戶會讓你大吃一驚的。」

「船壞了。」

「你不想直接了當拒絕，我很欣賞你的禮貌，」阿浩說：「不過我剛好知道船實際上沒壞，所以我必須把你的推卻當作拒絕了。」

「那艘船不開放出租，」男人說：「因為有人在用。」

「但還沒離開碼頭，」阿浩說：「所以你可以用你剛剛給我的藉口取消租約，我會付你更多錢。」

「我們不能這麼做。」男人說。

「那麼我就去街上告訴筏民**九龍號**一小時後準時啟航開往洛杉磯，而且有空間容納二十個筏民，先到先上船。」阿浩說。

「不行。」男人說。

「我會叫他們直接找你。」

「你想把**九龍號**開去哪？」男人問。

「浮筏。」

「噢，這樣啊，幹嘛不早說。」男人說：「另一位乘客也要去浮筏。」

「還有其他人想去浮筏？」

「我剛剛就是這麼說的。護照請給我。」

阿浩交出護照，男人接過後插入插槽。阿浩的姓名、個人數據和面部照片數位傳輸到加盟領區的內系；男人稍微敲敲打一下鍵盤，說服內系吐出一張附照片的壓模證件。

「帶這個到碼頭去，」他說：「六小時內皆有效，你自己跟另一位乘客交涉。我以後不想再看見你。」

「那如果我需要其他領事服務怎麼辦？」

「我總是可以出去跟人說，」男人說：「有個帶刀的黑鬼在強暴中國難民。」

「嗯，我在其他李先生的大香港接受過更好的服務。」

「這不是普通情況，」男人說：「看看窗外啊，混蛋。」

濱水區沒什麼明顯變化。東仔已經在光譜兩千的大廳設置好防禦：家具翻倒、路障堆起。阿浩推測旅館本身內部應該打得正火熱。

還不清楚東仔的防禦是針對誰。阿浩穿過濱水區，但他沒看見多少：只有更多穿寬鬆衣物的中國筏民。只是其中有些人看起來比其他人警覺許多。他們的神態截然不同。大多數中國人的視線都對準腳前方的泥土，心思則神遊他方。不過有些人只是在街上走來走去，左顧右盼，警覺留神，而且他們大多剛好都是穿過大外套的年輕男性，髮型也跟其他人完全不是同一個風格體系。明顯用了髮膠。

有錢人的碼頭入口堆了沙袋，還裝上倒鉤鐵絲，而且有人看守。阿浩緩緩靠近，雙手放在可見範圍內，然後把通行證交給帶頭的警衛；這是阿浩在薛爾曼港看見的唯一白人。

然後他便來到碼頭，就這樣。和香港加盟領區一樣，這裡空寂安靜，而且不臭，隨著浪潮緩緩上下擺盪；阿浩覺得這樣的搖晃令人放鬆。碼頭其實只是一長串筏子，搭在漂浮保麗龍塊上的板狀平臺；要不是有人看守，多半會被拖出去裝在浮筏上。

有別於一般小艇船塢，這裡不隱密也不孤立。一般人通常停船、上鎖，隨即離開。在這裡，每艘船上至少都有一個人；他們喝咖啡，武器放在可見之處；阿浩緩步走上碼頭時，他們非常專注地看著他。碼頭每隔幾秒便響起如雷腳步聲，一、兩個俄國人從阿浩身旁奔過，衝向**科迪亞克女王**。都是年輕男性，都是水手／士兵類型，他們撲上**科迪亞克女王**，彷彿這是離開地獄的最後一艘船；長官對他們吼叫，他們則衝到自己的崗位上瘋狂忙起各自的水手活兒。

九龍號上就平靜多了。這艘船也有人看守，不過大多數人看起來像是服務生和膳務員，身穿附黃銅釦的時髦制服、戴白手套。適合在室內穿的制服，像是宜人、開空調的餐廳。到處都可看見船員，他們的黑髮往後梳，穿著暗色防風外套以阻隔寒意與浪花。在九龍號上，阿浩只看到一個貌似乘客的男人：身穿暗色西裝的修長高加索人，他正一邊漫步一邊對著行動電話閒聊。多半是某個業界怪咖，想搭船來個一日遊，坐在餐廳裡享用美味晚餐，一邊看浮筏上的筏民。

阿浩在碼頭上走到一半時，岸上整個大亂，位置就在光譜兩千前。剛開始是一長串重機關槍連續掃射，似乎沒造成太大傷害，倒是頗快速地清空了街道。百分之九十九的筏民直接蒸發。其他那些，也就是阿浩先前注意到的那些年輕男人則從外套掏出有趣的高科技武器，消失在門和建築物內。阿浩稍微加快腳步，倒退沿碼頭繼續走，試著讓較大的船隻擋在他和駁火之間，以免被流彈波及。

一道涼爽的微風從海上吹來，拂過碼頭，經過九龍號，沾上煎培根和煮咖啡的味道，阿浩忍不住沉思起一件事：他的上一餐是在一家打盹巡航，他在附設的凱莉的酒桶塞喝了半杯廉價啤酒。

光譜兩千前方的事件化為一股無明顯特徵的呼嘯，由吵鬧得令人難以置信的白噪音交織而成，因為旅館內外的所有人隔街來回發射自己的武器。

有東西碰觸他肩膀。阿浩轉身想揮開，卻發現自己正低頭看著一名從九龍號下來碼頭這裡的矮小中國女服務生。成功吸引阿浩注意後，她把雙手放回原本的位置，也就是蓋住耳朵。

「英雄阿浩嗎？」她用嘴型問道；在這陣荒謬的交火噪音中，基本上根本什麼也聽不見。

阿浩點頭。她也點頭，退開，頭朝九龍號的方向一扭。雙手壓著耳朵的情況下，她這動作看起來活像某種民俗舞蹈。

阿浩跟著她走下碼頭。說不定他們終究要讓他租下九龍號了。她引導他走上鋁製梯板。

經過梯板時，他抬頭看其中一區較高層的甲板；兩名穿暗色防風外套的船員正在那裡閒晃。其中一人靠著欄杆用雙筒望遠鏡觀看交火。另一人較年長，他靠過去檢查同伴的背，往他肩胛骨之間拍了幾下。

那傢伙放下望遠鏡，看看是誰拍他的背。他的眼睛不像中國人。年長那位對他說了些什麼，指指他的頸部。他也不是中國人。

望遠鏡仔點頭，抬起一隻手壓下翻領上的開關。他又轉過去時，螢光綠電子色素在他背上顯示出兩個字：黑幫。

年長那位轉過身；他的防風外套上也有相同的兩個字。

阿浩在梯板中央轉身。他四面八方可見之處共有二十名船員。突然間，他們的黑色防風外套都出現「黑幫」字樣；突然間，武器都出現在他們手中。

45

「我打算聯絡李先生的大香港，針對他們在薛爾曼港這裡的總督提出客訴。」阿浩開玩笑道：「我今天早上堅持要從你手中搶租這艘船，他非常不合作。」

阿浩這會兒坐在九龍號的頭等餐廳裡，他先前認為是渡假中業界怪咖的那個男人坐在白色亞麻桌巾對面。他穿著毫無瑕疵的黑色西裝，一隻玻璃眼，沒費心自我介紹，彷彿預期阿浩認識他。男人似乎並不覺得阿浩的故事好笑。他似乎，相當，不知所措。「所以？」

「現在看不出有什麼理由客訴了。」阿浩說。

「為什麼？」

「嗯，因為我懂他為什麼不想趕你們走。」

「怎麼會？你有錢啊，不是嗎？」

「是啦，但——」

「噢！」玻璃眼男說道，勉強露出硬擠的笑容：「你的意思是因為我們是黑幫。」

「對啊。」阿浩覺得臉開始發燙，沒什麼比得上自己犯傻還糗。這世界上什麼都比不上，絕對。

船外的槍戰只是模糊的轟鳴。這個餐廳靠極厚的雙層玻璃隔絕噪音、水氣、風，還有熱燙的飛天鉛；而且窗玻璃之間的空間還充滿某種涼爽凝膠狀的物質。轟鳴聲似乎不像剛剛那麼穩定。

「該死的機關槍。」男人說：「我恨那東西。可能一千發子彈裡只有一發確實射中該射的東西，而且害我聽不見。要來點咖啡之類的嗎？」

「太棒了。」

「豐盛的自助餐很快就準備好了。培根、蛋、你絕對無法相信的新鮮水果。」

阿浩稍早看見的那個傢伙，就是在甲板上拍望遠鏡男背的那一個，他探頭進來。

「打擾了，老闆，不過我們正要進入算是計畫的第三階段，只是覺得你可能會想知道。」

「謝謝，李維歐，埃文斯到碼頭時跟我說一聲。」這傢伙啜飲咖啡，注意到阿浩一臉困惑。「你看，我們有個計畫，而這個計畫還分為不同階段。」

「嗯，這我懂。」

「第一階段是困住對方。幹掉他們的直升機。然後是第二階段，讓他們以為我們要在旅館裡殺掉他們。我認為這個階段也大獲成功。」

「我也是。」

「謝謝。這階段的另一個重點是把你弄上船，也成功了。」

「我也在計畫中？」

玻璃眼男爽朗地微笑。「如果你不在計畫中，你早就死了。」

「所以你們知道我要來薛爾曼港？」

「你知道那個名叫YT的小妞嗎？你利用她監視我們的那一個？」

「知道啊。」否認沒意義。

「嗯，我們也利用她監視你。」

「為什麼？你們幹嘛在意我？」

「那部分偏離我們的主題了，主題應該是計畫的所有階段才對。」

「好。剛剛說完第二階段。」

「現在，在第三階段中，也就是現在進行式，我們讓他們以為他們達成難以置信、英勇的逃脫，沿街道衝向碼頭。」

「第四階段！」副官李維歐喊道。

「不好意思。」玻璃眼男把他的椅子往後推，餐巾疊好放回桌上，然後起身走出餐廳。阿浩跟著他走上甲板。

幾十名俄國人正想硬擠過通往碼頭的門。一次只有幾個人能通過，因此他們分散成長達數百英尺的一列，全部朝安全的**科迪亞克女王**奔跑。

不過有大約十二個人設法待在一起：一群士兵形成人肉盾牌，中央是人數更少的一群人。

「權貴。」玻璃眼男饒富哲思地搔頭。

他們一行人像螃蟹一樣奔過碼頭，行進間盡可能伏低，偶爾回頭朝薛爾曼港掩護性地射幾輪機關槍。突然吹來一陣涼爽微風，玻璃眼男迎風瞇起眼。他帶著一絲笑意轉向阿浩。「看看這個。」他壓下手中一個小黑盒上的按鈕。

爆炸就像一擊鼓，同時從四面八方而來。阿浩感覺得到鼓擊從水面上來，撼動他的腳。沒有大火或煙雲，不過有某種像間歇泉一樣的雙重噴射效應，從**科迪亞克女王**底下射出，把一股白色蒸騰的水往上推，有如展開的翅膀。翅膀突然傾盆坍落，接著**科迪亞克女王**似乎吃水極深。深，而且愈來愈深。

所有在碼頭上奔跑的人跑到一半戛然止步。

「現在。」望遠鏡男對著翻領咕噥道。

碼頭發生幾次小規模爆炸。整個碼頭像水中的蛇一樣彎曲、蠕動。尤其是某一段更是猛烈搖晃、起伏，還有煙從兩端冒出來；權貴所在的那一段。這一段被炸開，脫離了碼頭。

碼頭段往一側一甩，開始移動，脫離原位，上面的所有人都朝同個方向摔倒。阿浩可以看見拖索綳緊，從水中升起；繩索的另一端在數百英尺外的一艘無頂小船上，這艘船的馬達可大了，而且正駛離港口。

這一段碼頭上還有十二個護衛。其中一個護衛評估情勢，AK-47越過水面瞄準正拖著他們走的小船，然後就掉了腦袋。九龍號的頂層甲板有個狙擊手。

其他護衛都把自己的槍丟入海中。

「該進入第五階段了。」玻璃眼男說：「操他媽的豐盛早餐。」

等到他和阿浩回到餐廳坐下，九龍號已經駛離碼頭，正沿峽灣往外開，航線與拖著一段碼頭的那艘小船平行。吃早餐時，他們可以眺望窗外，越過數百碼的開闊大海，看見碼頭段與他們並肩前進。碼頭段劇烈上下起伏，所有權貴和護衛都坐下了，藉此壓低重心。

「離陸地愈遠浪愈大。」玻璃眼男說：「討厭死了。我只想要盡可能拖長早餐，好用一些午餐把它壓下去。」

「阿門。」李維歐在盤子裡堆了一堆炒蛋。

「你會把那些人接上船嗎？」阿浩問：「還是就這樣讓他們在外面待一陣子？」

「去他們的。讓他們凍掉屁股，然後等到我們把他們帶上船，他們就會做好準備，不會那麼奮勇抵抗。嘿，他們說不定還會願意跟我們談。」

所有人似乎都很餓。一段時間內，他們只是埋頭吃早餐。片刻過後，玻璃眼男打破沉默，宣告食物真是太棒了，所有人附和。阿浩覺得現在應該可以說話了。

「我想知道你們為什麼對我感興趣。」面對黑幫，阿浩認為弄清楚總是好事。

「我們都在同一個快樂幫派。」玻璃眼男說。

「什麼幫派？」

「拉荷斯的幫派。」

「啥？」

「嗯，不真的是他的幫派，不過是他組織起來的。幫派的形成圍繞著這個原子核。」

「你在說什麼啊？而且為什麼？怎麼會？」

「好。」他推開盤子，折好餐巾放在桌上：「拉荷斯有這所有想法，關於各種東西的想法。」

「我注意到了。」

「他到處都有資料堆，什麼主題都有。他把他媽的整份地圖的知識都拉進這些資料堆，再把知識串聯起來。他把這些東西藏在元宇宙裡的各個地方，等待資訊變得有用。」

「不只一個嗎？」阿浩問。

「應該吧。嗯，幾年前，拉荷斯接近L·巴布·萊富。」

「是嗎？」

「對。你看，萊富手下有一百萬個程式設計師，他妄想他們在竊取他的資料。」

「我知道他竊聽他們住家之類的。」

「你在拉荷斯的資料堆裡發現這件事，所以知道。而拉荷斯則是因為在做市場調查，才費心去查，找看看有沒有哪個人可能付他現金，買下他在巴別爾／資訊末日資料堆挖掘出來的東西。」

「他認為，」阿浩說：「L‧巴布‧萊富可能想用些病毒。」

「對。你看，我完全不懂這些狗屁，不過我猜他找到一種針對菁英思想家的古老病毒，或是之類的東西。」

「科技祭司，」阿浩說：「資訊統治者，抹除了蘇美的整套資訊統治系統。」

「隨便啦。」

「太瘋狂了。」阿浩說：「那就像你發現員工偷原子筆，於是把他們拖出去斬了。他不可能使用那種病毒而不摧毀手下所有程式設計師的心智。」

「原始形式是這樣。」玻璃眼男說：「不過全部的重點在於拉荀斯想加以研究。」

「研究資訊戰爭。」

「賓果。他想把這東西獨立出來，加以調整，好讓你能用它控制程式設計師，又不會把他們的腦炸上天。」

「成功了嗎？」

「誰知道？萊富偷走拉荀斯的點子，直接接手進行。在那之後，拉荀斯就無法再掌握萊富拿那點子來做什麼了。不過幾年後，他看見很多事，擔心了起來。」

「像是韋恩牧師珍珠大門數量爆炸性增長。」

「還有這些說方言的俄國人，還有萊富在挖掘古代城市的這件事——」

「埃瑞杜。」

「對。還有電波天文學。拉荀斯擔心一大堆事，於是開始找人，他找上我們，找上你以前約會的那個女孩——」

「華妮妲。」

「對，好女孩，然後他找上李先生。所以你可以說，這個小計畫是由幾路人馬攜手合作。」

46

「他們去哪了？」阿浩問。

所有人都在搜尋漂流的碼頭段，彷彿他們全部同時注意到碼頭段消失。最後終於找到，在他們後方四分之一英里處，在海上靜止不動。權貴和護衛們都站起來朝同個方向張望。快艇正繞回去回收。

「他們肯定想出什麼方法解開拖索。」阿浩說。

「不太可能。」玻璃眼男說：「拖索繫在底下，在水裡，而且是鋼索，所以他們不可能割斷。」

阿浩看見另一艘小船在海上擺盪，大概位於俄國人和剛剛拖著他們的快艇中間。船非常小，貼著水面，又是暗淡的天然色，所以並不顯眼。那是一艘獨木舟，船上一名長髮男性。

「該死。」李維歐說：「他從哪裡冒出來的？」

獨木舟划手回頭朝身後看了一會兒，判讀波浪，然後突然迴轉，開始猛划、加速，每划幾下就朝後瞥一眼。大浪來了。浪在獨木舟下湧起的那一刻，他趕上速度，獨木舟停在浪峰，像飛彈般射出，乘著湧浪，速度突然變為海上所有船隻的兩倍快。

划手用槳的一端戳入浪中，粗略調整方向幾次，然後把槳橫跨在獨木舟上，手伸入船內拿出一個暗色的物體，一根約四英尺長的管子。他把管子架在一邊肩上。

他和快艇迎面高速擦身而過，彼此只隔約二十英尺的距離。然後快艇就爆炸了。

九龍號原本超前這整串動作幾千碼，這時連忙盡這種規模的船所能做的緊急轉彎，試著一百八十度迴轉，好回去料理俄國人，還有，料理問題稍微大一點的渡鴉。

渡鴉正搖槳划向他的夥伴。

「真是個混蛋。」李維歐說：「他想怎樣？用那艘該死的獨木舟把他們拖出去浮筏那裡？」

「這情況讓我發毛。」玻璃眼男說：「確定我們有帶針刺的人在上面。他們肯定有直升機要過來之類的。」

「雷達上沒有其他船，」一個剛從駕駛臺過來的士兵說：「只有我們和他們，也沒有直升機。」

「你知道渡鴉平常都帶著一顆核彈，對吧？」阿浩說。

「聽說過。但獨木舟超小，不夠大。真不敢相信有人會用那種東西出海。」

海中長出一座山。一顆不停變高、加寬的黑色水泡。一座黑塔出現在擺盪的碼頭段後方一段距離外，垂直突出水面，一雙翅膀從頂部冒出來。塔持續變高，翅膀也離水愈來愈遠；之前之後，山不停上升，顯露出形狀。紅星和幾個數字。不過無須讀出數字，所有人都知道這是一艘潛艇。一艘核導彈潛艇。

然後潛艇停止。如此靠近小筏子上的俄國人，古洛夫和朋友們根本就可以直接跳上去。渡鴉划向他們，如玻璃刀劃過海浪。

「幹。」玻璃眼男說。他極度震驚：「幹，幹，幹。恩佐大叔會氣死。」

「你不可能料得到。」李維歐說：「要不要射他們？」

玻璃眼男還來不及做出決策，核子潛艇頂部的甲板炮便開始射擊。第一發沒射中，不過只距離他們幾碼而已。

「好，我們遇上了快速發展的情況。阿浩，跟我來。」

九龍號的船員已經評估過局勢，把賭注都壓在核子潛艇那方。他們沿欄杆奔上奔下，把大型玻璃纖維膠囊丟入水中。膠囊打開，露出亮橘色褶層，褶層展開化為救生艇。

核子潛艇甲板炮手弄清楚怎麼射中九龍號後，情況發展得更加快速。九龍號無法決定是該沉船、起火，還是直接解體，所以它同時都做了。到這個時候，船上的大部分人都已設法登上救生艇，全部在海上擺盪，拉上橘色救生衣的拉鏈，看著核子潛艇。

渡鴉是最後一個進入潛艇艙內的人。他花了一、兩分鐘的時間取下獨木舟的裝備：幾件裝在袋子裡的物品，一根八英尺長的矛；矛頭是透明的葉片形狀。進入艙口前，他轉身面對九龍號的殘骸，高舉手中的魚叉，一個同時象徵勝利與承諾的動作，然後消失於艙門內。幾分鐘後，潛水艇也跟著消失。

「那傢伙讓我渾身發毛。」玻璃眼男說。

47

一旦她恢復，開始弄清楚這些人都是瘋狂怪胎，她也開始注意到他們的其他事。例如，從頭到尾沒人注視過她的眼睛，尤其是男人，這些傢伙一點性慾也沒有，都推到身體裡好深好深的地方去了。她能夠理解他們為何不看那些胖歐巴桑，但她可是十五歲的美國妞，她習慣時不時被人看，但在這裡沒發生過。

直到有天，她從她的一大盆魚抬起頭，發現自己正對著某個傢伙的胸口。她的視線沿胸口往上到他的脖子，再從脖子一路到他的臉，她看見一雙暗色眼睛凝視著她，他們就在櫃檯上方四目相交。

他的額頭上有字：**難以控制衝動**。有點恐怖，同時又挺性感。這給了他一種其他人都沒有的浪漫情調。她以為浮筏會黑暗又危險，實際上卻只是像在她母親上班的地方工作。她第一次在這地方遇見確實看起來像屬於浮筏的人，那就是他。

他也把視線往下挪，超級階級風格，雖然他有一小把對他的臉沒什麼幫助的長鬍子，完全沒凸顯他的五官。

「麻煩的東西要不要？來一、兩顆魚頭？」長柄杓以一種老派迷人的方式掛在YT手上。她總是對人說垃圾話，因為他們沒人聽得懂她在說什麼。

「妳給什麼，我就要什麼。」那傢伙以英語回答，某種俐落的口音。

「我沒有要給任何東西，」她說：「但如果你想站在那裡看看就好，沒問題。」

他站在那裡看了一會兒。久到隊伍更後面的人踮起腳尖查看前面有什麼問題。不過，當他們看見問題是這個人，他們用超快的速度放下腳尖，縮起身子，算是融入大團魚腥味羊毛中。

「今天的點心是什麼？」那傢伙問：「有什麼甜點可以給我嗎？」

「我們不相信點心這套。」YT說：「這是一種他媽的罪惡，記得嗎？」

「取決於妳的文化定位。」

「噢，是嗎？你又是什麼文化定位？」

「我是阿留申人。」

「噢，從來沒聽過。」

「那是因為我們被凌辱，」嚇人的阿留申大個子說：「比歷史上的所有民族都慘。」

「真令人難過。」YT說：「所以，呃，要給你一點魚嗎？還是你要餓肚子？」

阿留申大個子凝視她一會兒，然後頭朝旁邊一扭：「走吧，我們離開這鬼地方。」

「啥，這麼酷的工作翹班不做嗎？」

他不可思議地咧嘴而笑。「我可以幫妳找更好的工作。」

「做那份工作的時候，我可以穿著衣服嗎？」

「來吧，我們現在就要走了。」他的眼睛燒進她心裡。她試著忽略雙腿間那股突如其來的溫暖緊繃感。

她邁步跟著他沿自助餐往前走，朝能讓她出來用餐區的缺口前進。帶頭的歐巴桑賤人踩著沉重的腳步從後面出來，用聽不懂的語言對她叫嚷。

YT轉身想朝後看。她感覺一雙大手沿她的身側往上滑，滑進她的腋下；她夾緊雙臂想阻止他，但沒用，那雙手一路向上，然後繼續往上提，持續向上，把她整個人提起來。大個子把她像三歲小孩一樣舉起來跨過餐檯，然後把她放在自己身旁。

YT回過身看帶頭的歐巴桑賤人，但歐巴桑凍結在一股驚訝、恐懼與性狂怒交織的情緒中。不過最後恐懼勝出，她迴避視線、轉身，走過去補上YT位於九號菜盆的工作。

「多謝送我一程囉。」YT的聲音失真又走調，聽起來很可笑：「呃，你不想吃點東西嗎？」

「我原本就想出去。」他說。

「出去？在浮筏上是要出去哪裡？」

「來，我帶妳去看。」

他帶著她走過一條條通道，爬上一段段鋼梯，來到外面的甲板。接近黃昏了，企業號的控制塔陰森聳立在深灰色的天空下，看起來堅固黑暗；天色轉暗、轉陰的速度之快，感覺起來，現在似乎比午夜還暗。不過目前燈光還沒點亮，整體而言就只是黑色的鋼鐵和暗藍灰色的天空。

她跟著他來到船尾的甲板。此處距離水面有三十英尺的落差，他們眺望乾淨潔白的富裕俄國人居住區；這塊區域以寬走道與骯髒黑暗混亂的浮筏本體相隔，走道上有持槍黑袍人往來巡邏。沒有階梯或繩梯，不過有一根粗繩從欄杆垂下。阿留申大個子拉起一段繩子，快速垂到一邊手臂下再繞過一條腿。然後他一隻手環住YT的腰，把她抱在臂彎中，往後靠，從船上落下。

她打定主意拒絕尖叫。她感覺繩索止住他的身體，感覺他的手臂把她夾得好緊，她一時喘不過氣來，然後她掛在那兒，掛在他的臂彎中。

她的雙臂原本叛逆地垂在身側。不過純粹為了好玩，她偎進他懷裡，抱住他脖子，頭靠在他肩膀上，緊緊攀住他。他們用繩索垂降，很快便站在衛生、富裕俄國版的浮筏上。

「說起來，你叫什麼名字？」她問。

「迪米崔・瑞文諾夫。」他說：「大家都叫我渡鴉。」

噢，該死。

船與船間的連結糾結又難以預料。想從甲地到乙地，你必須繞遍這整個地方。不過渡鴉知道自己要往哪裡去。他偶爾伸手抓住她的手，但就算她比他慢上許多，他也沒有一路拖著她。他有時回過頭看她，咧開嘴笑，像是在說我可以傷害妳，但我不會那麼做。

他們來到俄國居住區和浮筏以一片寬木板橋相連的地方；烏茲男看守著這道橋。渡鴉沒理他們，又抓住YT的手，帶著她直接走過橋。YT幾乎沒時間想清楚其中含意，然後突然才頓悟；她環顧左右，看著身旁所有憔悴的亞洲人，他們盯著她看，彷彿她是五道菜餚的大餐，她這才懂了：我上浮筏了，真正上浮筏了。

「他們是香港越南人。」渡鴉說：「越南戰爭之後，他們從越南出發，來到香港成為船民——所以他們已經在舢舨上住好幾代了。別害怕，對妳沒有危險。」

「我不覺得我自己走得回這裡。」YT說。

「放輕鬆。」他說：「我從來沒有把女朋友搞丟過。」

「你交過女朋友？」

渡鴉仰頭大笑：「很多，都是以前的事了。最近幾年沒那麼多。」

「是嗎？以前？你刺青的時候？」

「對。我愛喝酒，以前很常惹麻煩。戒酒八年了。」

「那為什麼大家都怕你？」

渡鴉轉向她，開懷微笑、聳肩：「喔，因為我是一個無比凶殘、有效率、冷血的殺手，妳知道的。」

YT大笑。渡鴉也笑。

「你靠什麼維生？」YT問。

「我用魚叉捕魚。」他回答。

「像《老人與海》嗎？」YT喜歡這概念。她在學校讀過這本書。班上的大部分人，甚至包含那些讀書機器，都認為這本書的主觀立場太強烈，但她喜歡關於魚叉捕魚的一切。

「才不。跟我比起來，《老人與海》裡的那些都是同性戀。」

「那你叉什麼魚？」

「妳想得到的任何一種魚。」

從那時開始，她就只看著他。或是看著無生命的物品。因為不這樣的話，除了一千隻凝視她的黑眼睛之外，她什麼也看不見。相較於替被抑制的人打菜，這倒是頗大的改變。

有一部分是因為她非常特別，不過一部分則是因為浮筏上毫無隱私，你從一艘船跳到另一艘船，到處找路走。不過每艘船都是大約三打人的家，所以這就像你不停穿過別人家客廳、浴室，和廁所。當然囉，他們會看。

他們踏過一座用油桶拼湊出來的平臺。兩個越南老兄在那裡辯論或爭執些什麼，看起來是在為一片魚吵架。一個人轉過來，看見他們走近。他的視線略過YT，沒有絲毫猶豫，然後釘在渡鴉身上，他瞪大眼，退後。跟他吵架的那個人原本背對他們，這時轉過來，然後名副其實跳起來，發出一陣壓抑的哼聲。他們倆遠遠退離渡鴉的路線。

然後她想通一件重要的事：這些人都沒看她，一眼都沒有，他們都只看著渡鴉。而這不只是看明星之類的，所有這些浮筏老兄，這些強悍嚇人的海上幫眾，都怕這傢伙怕得要命。

而她在跟他約會。

他們才剛開始。

突然間，穿過另一個越南人家客廳的途中，YT人生中最痛苦的一段對話閃過她腦海；那是在一年前，她母親試圖給她一些忠告，告訴她遇上男生非禮該怎麼辦。好喔，媽，對。我會放在心上。好喔，我肯定會記得。YT知道那些忠告一點用也沒有，而事實證明她是對的。

48

救生艇上有四個人：英雄阿浩，中央情報公司的自由特約記者，原本業務只限於所謂的「乾」行動，也就是他坐著吸收情報，然後把情報吐進圖書館，中情司資料庫，不過實際上什麼也沒做。現在他的業務變得棘手地溼。阿浩身上帶著兩把刀，一把九釐米半自動手槍，也就是一般人口中的九釐米，還有兩個彈夾，各十一發子彈。

維克，姓氏不明。如果還有所得稅這東西，每年維克填申報表時，他會在職業欄填寫「狙擊手」。維克一身經典狙擊手風格，寡言低調。他帶著一把大口徑長來福，頂部加裝了體積頗大的機械構造；如果維克不是他那行的佼佼者，你可能可以在這位置找到瞄準鏡。看不出這裝置實際上是什麼，不過阿浩推測應該是精確度極高的感應器，附帶加裝於中間的精細十字瞄準線。可以合理推測維克身上還藏有其他小武器。

艾略特．鍾。艾略特原本是船長，任職於一艘名為九龍號的船。此時此刻，他剛好處於工作間的空檔。艾略特成長於華茲，不過說英語時聽起來像黑人。從遺傳學的角度來看，他徹頭徹尾是個中國人。他的黑人英語和白人英語都說得很流利，廣東話、計程車語也是，還會說一些越南話、西班牙語和中文。艾略特帶著一把點四四麥格農左輪手槍，他帶上九龍號「只是為了打大比目魚」；也就是說，他在乘客把魚拖上船前用這把槍解決牠們。大比目魚體型非常大，而且會猛烈甩動，輕而易舉就能殺死釣上牠們的人；因此先朝牠們的腦袋射上幾顆子彈再把牠們拉上船是非常審慎的做法。這是艾略特帶武器的唯一原因；九龍號的其他防禦需求則由精於此道的船員應付。

「魚眼。」這是那個玻璃眼男，他只願意說出綽號。他的武器是一只又胖又大的黑色旅行箱。旅行箱體積龐大，內建輪子，重量介於三百磅到一公噸之間；阿浩有一次想移動旅行箱，這才發現它這麼重。它的重量把通常應該是平底的救生艇變成皺縮起來的圓錐。旅行箱有個值得注意的附加物：一條三英寸寬可彎折的電纜或軟管或之類的東西，數公尺長，從行李箱的一角冒出來，沿救生艇傾斜的地面而上，跨過船緣，垂入水中。這條神祕觸鬚的末端是一塊約莫廢紙簍那麼大的金屬。金屬塊非常細緻地雕出許許多多細窄的鰭和葉片，因此表面積似乎有德拉威爾那麼大。阿浩只在這東西被拿上救生艇時的混亂中短暫看見它離水。當時它散發紅熱的光。從那之後，金屬塊就潛入海面下，淺灰色，不可能看得清楚，因為四周的海水永遠都在完全沸騰狀態下翻湧。拳頭般的蒸汽泡泡在炙熱葉片的碎形細紋之間合併，連續擊打海面，無休無止，不舍晝夜。無動力的救生艇在北太平洋晃蕩，吐出大片如羽毛展開的蒸氣，彷若火力全開軋軋翻過美國大陸洛磯山脈分水嶺的火車頭。阿浩和艾略特都沒提及，甚至沒注意到這個此刻已頗顯而易見的事實，那就是魚眼帶著一具自給自足的小型核子動力源——幾乎可以肯定就是驅動類鼠的那種放射性熱同位素。魚眼拒絕談論這件事，他們硬要提起就太無禮了。

所有參與者都裹著包覆全身的亮橘色襯墊裝。這是北太平洋版的救生衣。體積龐大又行動不便，不過艾略特．鍾總喜歡說，在北方海域，背心版救生衣的唯一功能是讓你的屍體漂浮。

救生艇是一艘大約十英尺長的充氣艇，沒馬達，但附一個帳棚狀的防水篷，可以拉上四周的拉鏈，化身為密閉的膠囊，就算遇上最惡劣的天氣也不會進水。

接連幾天，從山上吹下來的強勁冷風把他們推離奧勒岡，推向開闊大海。艾略特愉快地解釋，這艘救生艇是早期的發明，當時他們有海軍和海上防衛隊，會來拯救受困的旅客。你只需要一身橘在海上漂就好。魚眼有無線電對講機，但只適用於短程。阿浩的電腦可以連上網，不過就這方面而言，它的功能很像手機，在鳥不生蛋的地方發揮不了作用。

極端大雨時，他們坐在防水篷下。雨比較小時，他們坐在防水篷上。他們各自有方法打發時間。阿浩自然而然是用他的電腦消磨時間，困在太平洋中的救生艇上對駭客來說再適合不過。

維克把一本溼透的平裝書讀了又讀；九龍號在他們腳下爆炸時，這本書就放在他的黑幫防風外套口袋裡。等待的日子對他來說容易多了。身為專業狙擊手，他知道該怎麼殺時間。

艾略特用他的雙筒望遠鏡看東西，不過實在沒什麼可看。他花很多時間在救生艇上翻來翻去，像一般船長一樣煩東煩西。他也一直在釣魚。救生艇上有大量食物，不過偶爾吃吃新鮮的比目魚和鮭魚也很不錯。

魚眼從沉重的黑色旅行箱中拿出看似操作手冊的東西。那是一本迷你三孔文件夾，內含雷射列印的紙張。文件夾只是從文具店買來的便宜貨，沒有任何標記。就這些方面來說，阿浩覺得這份手冊看起來無比親切：具有開發中高科技產品的特徵。所有科技裝置都需要某種文件，不過這東西只能由實際開發產品的技術人員來寫，而他們都恨之入骨，總是把文件問題拖到最後一分鐘。然後他們在文字處理程式打些東西，用雷射印表機印出來，派部門祕書去拿廉價文件夾，就這樣。

但這東西只讓魚眼忙一會兒而已。他其他的時間只是凝視地平線，彷彿預期西西里會突然從海中冒出來。並不會。他為任務失敗而沮喪，常常低聲咕噥，試著想出辦法挽救任務。

「不介意我問的話，」阿浩說：「你的任務到底是什麼？」

魚眼針對這個問題思考了一會兒，「嗯，這取決於你怎麼看。表面上，我的目標是從這些垃圾手上帶回一個十五歲女孩。所以我的策略是抓幾個他們的權貴當人質，然後安排交易。」

「這個十五歲女孩是誰？」

魚眼聳肩：「你也認識，ＹＴ。」

「那真的是你的整個目標嗎？」

「重點是，阿浩，你必須了解黑幫的作風。黑幫的作風是追求偽裝在個人關係底下的更大目標。所以，舉例來說，當你是送披薩的，你不是因為賺比較多錢才快快把披薩送到，也不是因為這是什麼該死的政策。你這麼做，是因為你在履行恩佐大叔和每一位客人之間的私人盟約。我們就是靠這種方法避免自生自存的意識形態。意識形態是一種病毒。所以救回這個小妞不只是救回一個小妞而已，而是一種抽象政策目標的具象體現。而我們喜歡具象——對吧，維克？」

維克容許自己審慎地冷笑一聲，發出低沉刺耳的笑聲。

「這裡說的抽象政策目標又是什麼？」阿浩問。

「這我就不清楚了。」魚眼說：「不過我認為恩佐大叔對Ｌ·巴布·萊富很不爽。」

阿浩在平面國東摸西摸，一半是為了節省電力；渲染出三次元辦公室需要全時間動用一大堆處理器，簡單的二次元桌面顯示只需要最低電力。

不過他待在平面國的真正原因是英雄阿浩，最後的獨立駭客，正在進行駭客工作。而當駭客做駭客工作時，他們不會亂搞元宇宙和替身的人造世界。他們降入表層之下，進入在下方支撐的地下世界。下面的世界由程式碼和糾結的南－夏咘構成；無論你在元宇宙所見的一切有多逼真、多美、多立體，在這裡都化約為簡單的文字檔案：電子頁面上的一連串字母。這是一種返祖現象，回歸用原始電傳打字和ＩＢＭ打孔卡撰寫電腦程式的時代。

從那之後，漂亮又使用者友善的程式設計工具面市。你現在可以坐在元宇宙的辦公室裡，手動連結例如焊鍋匠等預編程序裝置，以這種方式撰寫程式。不過真正的駭客永遠不會用這種方法，就好像汽車修理大師修車時也不會滑進方向盤後看著儀表板上的白癡指示燈。

阿浩不知道自己在做什麼、在為什麼做準備。不過這沒關係。大多數程式設計都是在打地基，建構看似和手邊任務沒特別關係的字詞結構。

他知道一件事：元宇宙現在變成一個你有可能在裡面被殺死的地方。或至少大腦被撐大到你不如乾脆死掉的程度。對這地方來說，這是天翻地覆的轉變；槍械已來到天堂。

他們活該，他現在懂了。他們把這地方建造得太容易受傷害。他們以為最慘的情況不過是你的電腦染上病毒，迫使你示出、重啟系統。如果你蠢到沒安裝任何防毒軟體，頂多可能毀掉一點點數據。因此，元宇宙門戶洞開、毫無防備，就像炸彈和金屬探測器出現前的機場，就像拿突擊步槍的瘋子出現前的小學，任何人都可以進去為所欲為。沒有警察。你無法自我防禦，無法追捕壞人。要花好大力氣才改變得了現況——從全球、總體的層面把整個元宇宙打掉重練。

這個時候或許用得上了解這地方的個人。在這種情況下，幾個駭客就能做出許多改變。一個獨立駭客就可以搞定一大堆爛事，而巨型軟體工廠要好幾年後才會動起來處理問題。

吃掉達五欸大腦的病毒是一串二進位資訊，以點陣圖的形式展現在他眼前——一連串黑白像素，白色代表〇，黑色代表一。他們把點陣圖放在卷軸內，再把卷軸交給在元宇宙內遊走找尋受害者的替身。

黑日裡試圖感染阿浩的那個克林特逃走了，但留下他的卷軸——他沒料到會被砍掉雙臂——阿浩把卷軸丟進地板下的隧道系統，也就是墓園精靈居住處。之後，阿浩叫一個精靈把卷軸拿回他的工作室。而就定義而言，阿浩家中所有物品都存放於他自己的電腦，他不需要連上全球網路就能存取。

研究能殺死你的資料很不容易，不過沒關係，現實世界的人一天到晚都在處理危險物質——放射性同位素和有毒化學製品。只要有正確的工具可以了：遠端操縱臂、手套、護目鏡、含鉛玻璃。在平面國，當你需要一種工具，你只要坐下來把它寫出來就好。於是阿浩著手寫幾個簡單程式；有了這些程式，他就可以操作卷軸的內容，又不用實際看見。

就像元宇宙的其他可見物體，卷軸也是一個軟體，包含一些描述它看起來是什麼模樣的程式碼，因此你的電腦才知道該怎麼把它描繪出來；還有一些管理捲起來與展開的常式。卷軸自身內部的某處包含資源，一塊數據，也就是數位版本的潰雪病毒。

把病毒萃取出來並隔離之後，阿浩輕而易舉就寫出一個稱為掃雪的新程式。掃雪是防毒軟體。也就是說，這個程式能保護阿浩的系統——他的硬體，以及套用拉苟斯的說法，他的生物體——不受數位潰雪病毒傷害。一旦阿浩將掃雪安裝進系統，掃雪會持續掃描從外界進來的資訊，找尋符合卷軸內容的數據。只要注意到這樣的資訊，掃雪就會加以封鎖。

阿浩在平面國還有其他工作。他擅長處理替身，於是他幫自己寫了一個隱形替身——只因為在這個比較危險的新元宇宙，這種功能有可能很好用。這工作要做得爛很簡單，要做得好卻驚人地棘手。幾乎任何人都能寫出看起來什麼都不像的替身，不過使用時會產生許多問題。有些元宇宙不動產——包含黑日——會想知道你的替身有多大，它才知道你是否會與其他替身或某些障礙物相撞。如果你給它的答案是〇——你把替身做得極其微小——會造成那個不動產當機，不然就是會讓它以為有什麼東西出了大錯。你化為隱形，不過你在元宇宙的所經之處都會留下一道一英里寬的破壞與困惑。隱形替身在其他地方則是非法的。如果你的替身是透明的，完全不反射任何光線——這種寫法最簡單——會立即被視為非法替身，警報也會響起。你必須以某種方式寫這個替身，讓其他人看不見它，但不動產軟體又不會發現它是隱形的。

有大概一百個像這樣的小技巧；要不是阿浩過去幾年都在為偉大力・車諾比這種人寫替身程式，他就不會知道。從〇開始寫一個真正厲害的隱形替身很花時間，不過他把留在他電腦裡的舊專案零碎部分回收再利用，幾個小時就拼湊出一個。駭客通常都這樣。

過程中，他發現一個頗舊的資料夾，裡面有些運輸軟體。這是元宇宙非常早期時留下來的東西，早在單軌出現之前；當時去其他地方只能靠走路，或是寫出模擬一種運輸工具的軟體。

早期元宇宙只是一顆毫無特徵的黑球，當時這是一份微不足道的工作。後來大街興起，使用者開始建造不動產，情況就變複雜了。在大街上，你可以穿過其他人的替身，但不能穿牆，也不能進入私人房地產，不能穿過其他交通工具，也不能穿過永久性大街設施，像是港埠和單軌的支柱。如果你試著撞上這些東西，你不會死，也不會被踢出元宇宙；你只會完全停止，像是直直撞上混凝土牆的卡通人物。

換言之，一旦元宇宙開始填入你可能會撞上的障礙物，高速在其中旅行這件事突然就變有趣了。機動性成了問題，大小成了問題。阿浩、達五欸和其他人原本偏愛大型、奇異的運輸工具——坦克履帶上的維多利亞風格房屋、搖晃的遠洋客輪、直徑一英里的水晶球、靠龍拉動的燃燒雙輪戰車——他們這時開始改弦易轍，轉向機動性高的小型車輛，基本上就是摩托車。

元宇宙車輛有可能像夸克那麼快、那麼靈活。這裡不用煩惱物理學的問題，沒有加速度限制，也沒有空氣阻力。輪胎永遠不會嘎吱響，煞車永遠不會鎖死。唯一沒辦法處理的是使用者反應速度。因此，騎著各自最新的摩托車軟體賽車，以一馬赫的速度在鬧區狂野競速時，他們不用擔心排氣量。他們擔心的是使用者介面、是操縱裝置；這套系統容許騎士將他的反應傳入電腦，藉此以他所能想像的高速行進、加速或煞車。因為當你置身一群以那種速度穿過擁擠地區的賽車手之中，你撞上某個東西，突然減速為絕對靜止，那你也別想再追上了。出一次錯，你就輸了。

阿浩有一輛很不錯的摩托車。他多半可以擁有大街上最好的車，純粹因為他擁有超自然的反射，不過比起摩托車競速，他當時更沉迷於劍術決鬥。

他開啟他的摩托車軟體最新版本，重新熟悉一下操縱系統，從平面國爬上三次元元宇宙，繞著他的院子練習騎了一會兒。他的院子邊界之外一片漆黑，什麼都沒有，因為他沒連上網路。這是一種迷失、孤寂的感覺，有點像搭著救生艇在太平洋中漂流。

49

他們偶爾看見遠方的船隻。有幾艘甚至晃過來查看，不過沒人有心情救難。浮筏附近少有利他主義者，而且他們看起來肯定明顯沒多少東西可偷。

他們不時看見遠洋漁船，五十到一百英尺長，大約六艘小快艇簇擁在旁邊。

艾略特告訴他們這些是海盜船，維克和魚眼都豎起耳朵。維克把裹在大量束口塑膠袋裡隔絕鹽味浪花的來福槍拿出來，取下龐大的瞄準器，拿來當作小望遠鏡用。只是為了這種用途，阿浩看不出有什麼理由要把瞄準器從來福槍拔下來，除了如果不拔下來，看起來會像用槍瞄準你其實只是在觀看的對象。

只要有海盜船進入視線範圍，他們就輪流用瞄準器觀看，擺弄所有不同感應模式：可見光、紅外線，諸如此類。艾略特在環太平洋區混夠久，已經摸熟不同海盜幫的顏色，因此透過從瞄準器查看，他就能分辨他們是誰：有一天，克林特．伊斯伍德和他的幫派跟他們平行了幾分鐘，檢查他們；威武七蛟龍派出一艘小船從他們旁邊竄過，找尋可能的獵物。阿浩幾乎希望他們被七蛟龍抓住算了，因為他們的海盜船看起來最棒：前身是豪華遊艇，前甲板七拼八湊裝上一根反艦飛彈發射管。不過這種偵察都無疾而終。海盜沒學過熱力學，他們不懂救生艇下方羽狀翻騰的蒸汽代表什麼意義。

一天早晨，一艘老舊大拖網漁船出現在距離他們非常近的位置，隨著霧氣消散而憑空冒出來。阿浩聽見它的引擎聲一陣子了，但沒意識到原來距離這麼近。

「那是誰？」魚眼問道，被一杯他鄙視得要命的冷凍乾燥咖啡嗆到。他裹著太空毯，半窩在船上的防水篷下，只露出臉和雙手。

艾略特用瞄準器查看。他不是情感外露的那種人，不過他看見的景像顯然令他很不開心。「布魯斯·李。」

「有什麼大不了的嗎？」魚眼問。

「唉，看看那顏色。」艾略特說。

船靠得夠近，大家都能頗清楚看見他們的旗幟：紅底中央一個銀色拳頭，壓著交叉的雙截棍，起首字母B和L落在兩端。

「他們怎樣？」

「唉，那個自稱布魯斯·李的傢伙，像是他們首領的那個人？他有一件背上有那些顏色的背心。」

「所以？」

「所以那不只是繡上去或塗上去，實際上是由頭皮做成的。像是拼布。」

「啥？」

「有一個謠言，只是謠言，老兄，說他在筏民船之中找紅髮或銀髮的人，他才能蒐集他所需要的頭皮。」

阿浩還在消化這番話，魚眼突然做了出乎意料的決定。「我想跟這個名叫布魯斯·李的傢伙談談，他勾起我的興趣了。」

「你他媽的幹嘛想跟這個該死的神經病談？」艾略特問。

「對啊。」阿浩說：「你沒看過《眼諜》的節目嗎？他是個瘋子。」

魚眼舉起雙手，彷彿在說答案就如同基督教神學，非凡人所能理解。「這是我的決定。」他說。

「你他媽的又算老幾？」艾略特說。

「他媽的這艘船的總統。」魚眼說：「我在此提名我自己。有沒有人附議？」

「有。」這是維克四十八小時以來第一次開口。

「支持的人說好。」魚眼說。

「好。」維克突然滔滔不絕了起來。

「我贏了。」魚眼說：「所以我們要怎麼叫這些布魯斯・李傢伙過來這裡跟我們談？」

「他們為什麼要？」艾略特問：「我們除了性之外沒有任何他們想要的東西。」

「你是說，這些傢伙是同性戀？」魚眼皺起臉。

「靠，老兄，」艾略特說：「我剛剛說到頭皮的時候你甚至沒眨眼耶。」

「我知道我一點也不喜歡這些魚屁。」魚眼說。

「不知道對你來說有沒有差別，不過他們不是我們一般認知的那種同性戀。」艾略特解釋道：「他們是直男，不過他們也是海盜。他們想上所有溫暖的洞。」

魚眼果決地下決定：「好，你們兩個，阿浩和艾略特，你們是中國人，脫掉衣服。」

「什麼？」

「照做。我是總統，記得嗎？你想要維克來幫你脫嗎？」

艾略特和阿浩忍不住望向窩成一團坐在旁邊的維克。他那完全無動於衷的態度莫名能激發出恐懼感。

「照做，不然我他媽的幹掉你們。」魚眼終於切入要害。

艾略特和阿浩在不平穩的救生艇上笨拙地晃來晃去，剝下救生衣後跨了出來。接著他們脫掉其他衣物，平滑光裸的肌膚幾天以來首度暴露於空氣中。

拖網漁船來到他們旁邊，距離不超過二十英尺，然後引擎熄火。他們裝備齊全：六艘外層嶄新的橡皮艇、反艦飛彈型導彈、兩座雷達，船兩端各有一座五十口徑的機關槍，目前無人操作。幾艘快艇像救生艇一樣拖在拖網漁船後方，也各自搭載一具重機關槍。另外還有一艘三十六英尺的馬達遊艇，靠自己的動力跟在他們後面。

布魯斯．李的海盜團有幾十個人，他們沿拖網漁船的欄杆排排站，咧嘴而笑，吹口哨，像狼一樣嗥叫，還在空中揮舞展開的保險套。

「別擔心，兄弟，我不會讓他們上你們的。」魚眼笑道。

「你要怎樣，」艾略特問：「給他們一份教皇通諭？」

「我相信他們肯定聽話。」魚眼說。

「他們不怕黑幫；如果你是打這算盤。」艾略特說。

「只因為他們不夠了解我們。」

終於，首領出來了，布魯斯．李本人，年約四十，身穿克維拉背心，外面罩著彈藥背心，斜背子彈帶、武士刀——阿浩很樂意跟他來上一場——雙節棍，還有他的顏色，人類頭皮拼布。

他對著他們美美地露齒一笑，看了看阿浩和艾略特，給他們一個高度暗示性、豎起大拇指戳刺的手勢，然後昂首闊步從船頭走到船尾，跟他的快樂夥伴擊掌。他偶爾隨機挑出一個海盜，指指他的保險套。那海盜隨即把保險套拿到嘴邊，把它吹成一個滑溜的稜紋氣球。然後布魯斯．李仔細檢視，確定保險套沒破洞。這傢伙顯然治軍嚴謹。

阿浩忍不住直盯著布魯斯．李背後的頭皮。海盜注意到他感興趣，對他扮了個鬼臉，手指著頭皮一邊點頭，瞪大眼嘲諷地回看他。那顏色看起來太整齊——紅與紅之間沒有差別。阿浩推斷，與其名聲相反，布魯斯．李肯定只是出去獵捕原本是任何顏色的頭皮，然後漂白染色。真是個窩囊廢。

布魯斯．李終於穿過手下回到船中央，再度對他們露出開懷的笑。他的笑容非凡又耀眼，他自己也知道；可能是因為那些他用三秒膠黏在門牙上的一克拉鑽石。

「船很擠啊。」他說：「你們的話我說不定可以交換，嗯？哈哈哈。」

救生艇上的所有人只是露出冷淡的笑，維克除外。

「你們要去哪？西嶼？哈哈哈。」

布魯斯．李打量阿浩和艾略特一會兒，轉動食指，示意他們應該轉過身露出做生意那一面。他們照做。

「*Quanto?*」布魯斯．李問，所有海盜騷動起來，布魯斯．李自己尤其激動。阿浩感覺得到他的肛門括約肌縮成一個毛孔的大小。

「他在問我們開價多少。」艾略特說：「只是在說笑，懂吧，因為他們知道他們可以直接過來免費捅我們屁眼。」

「噢，笑死！」魚眼說道。阿浩和艾略特名副其實屁眼凍結的這當下，他還窩在防水篷下，這混蛋。

「像是叉彈？」布魯斯．李手指甲版上的一顆反艦導彈。「蟲子？摩托羅拉？」

「叉彈是魚叉反艦導彈，非常貴。」艾略特說。「蟲子是微晶片。摩托羅拉是個牌子，就像福特或雪佛蘭。布魯斯．李做很多電子用品方面的買賣——你知道的，典型亞洲海盜。」

「他要用魚叉導彈換你們兩個？」魚眼說。

「不是！他是在諷刺，屎腦袋！」艾略特說。

「跟他說我們要一艘舷外機船。」魚眼說。

「要一艘汽艇，一個踢水機，油加滿。」艾略特說。

布魯斯．李突然變得非常嚴肅，還真考慮了起來：「範圍條款，瞭嗎？大小和吐。」

「如果他們可以先過來驗貨，他會考慮這筆交易。」艾略特猜測：「他們想看看我們有多緊，我們有沒有辦法忍住作嘔反射。這些都是浮筏妓院產業的用詞。」

「狗對我來說大小是十二，哈哈哈。」

「我們這些夥伴看起來像有十二號的屁眼，」艾略特說：「也就是說，我們都撐大了，沒用了。」

魚眼搶回發言權：「不，不，四個十，貨真價實！」

海盜船的整個甲板響起興奮的吃吃笑聲。

「不可能。」布魯斯．李說道。

「這幾隻狗，」魚眼說：「後面都還是在室的呢！」

整個甲板爆出一陣粗魯、夾帶叫喊的笑聲。一個海盜手腳並用爬上欄杆保持平衡站在那兒，舉起一隻拳頭在空中轉，一邊吼著：「巴卡那祖媽蕾嘎諾瑪拉阿瑞阿媽納波諾阿阿布祖……」這時，所有海盜停止大笑，表情都轉為嚴肅；他們加入他，吼出他們自己專屬的巴拉巴拉流，以深沉粗啞的嗥叫聲撼動空氣。

救生艇突然動了起來，阿浩腳一滑；他看見艾略特在他身旁倒下。

他抬頭望向布魯斯．李的船，看見彷彿黑色浪潮的東西從拖網漁船船尾興起，往前翻騰，湧上欄杆、和拖網魚船之間的距離已經不是二十英尺，而是五十英尺。隨著欄杆旁的笑聲淡去，阿浩聽見新的聲音：低沉的呼呼聲，來自魚眼的方向，也來自他們周遭；一種撕裂的嘶嘶聲，彷彿落雷前的聲音，彷彿把紙張撕成兩半的聲音。

他回頭看布魯斯．李的拖網漁船，發現黑色波浪狀的現象是一股血浪，彷彿有人用切斷的巨大主動脈沖洗甲板。但那並不是由外而來，而是從海盜體內噴出，從船尾朝船頭一個接著一個。除了血和化為膠狀的器官沿生鏽的鋼鐵滑落，輕輕噗通一聲落入海中，布魯斯．李的甲板現在絕對無聲靜止。

魚眼此時已跪立起來，也扯掉了到這一刻之前都蓋在身上的防水篷和太空毯。他一手拿著一個直徑數英寸的長型裝置，呼呼聲就是源自於此。約莫鉛筆大小的管子平行束成圓形的一束，有幾英尺長，像是迷你格林機槍。它轉動得好快，很難看清一根根管子；因為速度快的關係，它動起來有如透明鬼魅，只是一團閃閃發光、半透明的雲，從魚眼的手臂突出。這裝置與一束手腕粗的黑色管子和鋼索相連，這一束東西則蜿蜒插入這會兒正攤開放在救生艇底部的大旅行箱內。旅行箱內建彩色顯示螢幕，有圖表顯示出這個武器系統的狀態：剩下多少彈藥、諸多子系統的狀態。阿浩只來得及快速一瞥旅行箱，布魯斯．李船上的所有武器隨即火力全開。

「看吧，就跟你說他們會聽『道理』。」魚眼關閉迴旋槍。

這時阿浩看見貼在控制面板上的牌子。

道理

版本：1.0B7

格林式三釐米超高速磁軌砲系統

吳氏保全企業有限公司

測試版——非供實地使用

請勿在人口密集區測試

——ULTIMA RATIO REGUM——

「他媽的後座力把我們推到去中國的半路上了。」魚眼讚賞地說。

「你幹的嗎？剛剛發生什麼事？」艾略特問。

「我幹的。用『道理』啊。看，它發射這些小不啦機的小金屬碎片。它們飛得超快——能量比來福槍子彈還多。貧化鈾。」

旋轉的砲筒現在減速到幾乎停止，看起來像是有兩打。

「我以為你討厭機關槍。」阿浩說。

「我更討厭這艘該死的救生艇。我們去弄一艘會走的船，知道吧，一艘有馬達的船。」

布魯斯．李的船上起火，而且還有小規模爆炸，他們花了幾分鐘才發現還有幾個人活著，還在朝他們射擊。魚眼留意現場狀況後，他又扣下扳機，砲筒旋轉起來，化為透明圓筒，然後又發出撕裂的嘶嘶聲。他來回掃射，用貧化鈾的超音速陣雨噴灑目標，布魯斯．李的整艘船似乎火花閃耀，彷彿《彼得潘》的小叮噹從船頭到船尾飛來飛去，撒下核子仙塵。

布魯斯・李的最小一艘快艇犯了一個錯，繞過來看發生什麼事。魚眼把砲筒轉向快艇一會兒，快艇高高突出的駕駛臺隨即滑落水中。

拖網漁船的主構造慢慢失去完整性。大塊瑞士乳酪狀金屬坍塌，船內發出巨大的碰撞聲和扭絞聲；上層結構像做失敗的舒芙蕾一樣坍落船身。魚眼注意到這情況，隨即停火。

「夠了吧，老闆。」維克說。

「我要融化了！」魚眼幸災樂禍地說。

「我們原本可以用那艘拖網漁船的，混蛋。」艾略特忿忿不平地使勁拉上褲子。

「我又不是故意把船整艘炸掉。我猜那些小子彈不小心穿過了所有東西。」

「腦袋轉得很快嘛，魚眼。」阿浩說。

「嗯，真抱歉噢，我採取了一點點行動好拯救我們的屁眼。走吧，趁那些小船還沒燒光，我們去弄一艘來用。」

他們划向被斬首的快艇，抵達的時候，布魯斯・李的拖網漁船只剩一個歪斜、空蕩蕩的鋼殼，火焰與煙從中湧出，偶爾還有幾場爆炸點綴。

快艇殘餘的部分有非常、非常多的小洞，玻璃纖維的爆炸碎片閃閃發光：一百萬段一毫米長的細小玻璃纖維。駕駛和一位船員，應該說駕駛臺被『道理』擊中後變成燉菜的那兩個人，他們隨著其他殘骸滑入海中，除了兩道平行入海的長長拖痕之外，沒留下他們曾經在此的任何跡象。不過廚房裡有個菲律賓男孩；廚房的位置如此之低，男孩未受傷害，只約略知道上面的情況。

若干電纜被鋸成兩半。艾略特從下層甲板挖出一個工具箱，接下來的十二個小時都在修修補補，修理到引擎能夠啟動、快艇能夠開動的程度。阿浩對電子產品只有基本知識，他充當打雜小弟兼軟屌顧問。

「你聽到海盜說話的方式了嗎？在魚眼對他們開火之前？」兩人工作時，阿浩問艾略特。

「你是說洋涇濱語？」

「不是。我是說最後面的時候，巴拉巴拉。」

「有啊。那是浮筏的玩意兒。」

「是嗎？」

「對啊。一個人開始，其他人會加入。我覺得只是一種流行。」

「不過在浮筏上很常見？」

「對啊。他們都說不同語言，你也知道，那麼多不同種族。根本就像他媽的巴別爾塔。我認為當他們發出那種聲音——當他們對彼此巴拉巴拉——他們只是在模仿其他種族說話的聲音。」

菲律賓男孩開始幫他們準備食物。維克和魚眼坐在下層甲板的主艙房裡吃東西，一邊瀏覽中國雜誌，看亞洲妞的照片，偶爾看看航海圖。艾略特讓電子系統動起來之後，阿浩插上他的電腦，幫電池充電。

等到快艇重新發動，天色已經暗了。西南方一柱波動的光來回掃過低垂的雲層。

「那邊那個是浮筏嗎？」魚眼指著光問道；這時所有人都聚集在艾略特拼湊出來的控制中心。

「沒錯。」艾略特說：「他們晚上點燈，漁船才找得到回去的路。」

「你覺得我們距離他們多遠？」魚眼問。

艾略特聳肩：「二十英里吧。」

「那距離陸地呢？」

「沒概念。布魯斯‧李的船長多半知道，但他跟其他人一起被打成泥了。」

「你是對的。」魚眼說：「我應該設定成『攪』或『切』就好。」

「浮筏通常待在離岸一百英里的位置，」阿浩說：「藉此降低擱淺的危險。」

「我們的燃料怎麼樣？」

「我伸進去油槽探了探，」艾略特說：「說實在的，看起來不太妙。」

「不太妙是什麼意思？」

「在海上的時候不是很容易判讀存量。」艾略特說：「而且我不知道這些引擎的效率怎麼樣。但如果我們確實離岸八十或一百英里，恐怕就到不了。」

「所以我們去浮筏。」魚眼說：「我們去浮筏，說服某個人給我們一些燃料對他而言最有利，然後我們再回本土。」

沒人真心相信實際情況會像這樣，尤其是魚眼。「然後，」他續道：「趁我們在那裡的時候——在浮筏上——弄到燃料之後，回家之前——可能還會發生其他事，你們知道的。世事難料。」

「如果你有什麼想法，何不一吐而快？」阿浩說。

「好。政策決策。人質戰術失敗，所以我們展開營救行動。」

「營救誰？」

「YT。」

「我同意，」阿浩說：「不過既然要營救，我還想救其他人。」

「誰？」

「華妮妲。好啦，你自己也說她是個好女孩。」

「如果她在浮筏上，那她可能沒那麼好。」魚眼說。

「反正我想救她出來。我們是一夥的，對吧？我們都是拉苟斯幫的一份子。」

「布魯斯．李有些人馬在那裡。」艾略特說。

「更正。已故的布魯斯．李。」

「我的意思是，他們會很不爽。」

「你認為他們會不爽，我認為他們會嚇尿。」魚眼說：「開船吧，艾略特。走啊，我受夠這些該死的海水了。」

50

渡鴉帶著YT登上一艘附頂篷的平屁股船。這是某種被改裝為越南／美國／泰國／中國商家的內河船隻，某種酒吧／餐廳／妓院／賭場。船上有幾個大房間，許多人在裡面縱情享樂；下面還有許多鋼牆迷你小房間，裡面在幹嘛，那就只有天知道了。

主房塞滿下層階級的狂歡。菸把她的支氣管打成老奶奶的繩結。這地方裝有炸裂的第三世界音響系統：純粹的失真以三百分貝從塗漆鋼牆反彈。一部電視以螺栓栓在牆上，正在播放褪色洋紅和萊姆綠雙色調的外國卡通。卡通裡有一頭食屍鬼般的狼，有點像得狂犬病的威利狼，牠被一再弄死，每種死法都非常暴力，就連華納兄弟也想不出這種東西。令人反感的卡通。音量要不是完全關掉，就是被擴音器的尖銳旋律蓋過。一群豔舞舞者在房間的另一邊表演。

這裡超乎想像地擁擠，他們永遠找不到地方坐下。不過渡鴉進來後不久，角落裡的六個傢伙突然筆直站起，從一張桌子旁散開，幾乎像是後來才想起來似地一把抓起他們的菸和酒。渡鴉推著YT穿過房間，彷彿她是他的獨木舟船首像；而無論他們走到哪，人群都受渡鴉身上幾乎可觸知的個人力場震懾而立即避開。

渡鴉彎腰查看桌子底下，從地上拿起一張椅子查看底部——面對椅子炸彈，再小心都不為過——檢查完後放下，一路推到兩面鋼牆相交的角落，然後坐下。他示意YT如法炮製，而她照做，背對房內的活動。在這個位置，豔舞舞者上方的鏡射球偶爾映射一陣陣光篩過人群，再加上電視發散的全面性綠洋紅雙色薄霧，當狼誤吞另一顆氫彈，或不幸遭火焰噴射器噴灑，有時會有閃光刺穿薄霧；主要是因為這些光源，她在這裡可以看見渡鴉的臉。

一名侍者立即出現。渡鴉開始越過桌子朝她叫嚷。她聽不見他說什麼，不過他可能是在問她想點什麼。

「起司漢堡！」她吼回去。

渡鴉大笑，搖頭：「妳在這裡看過牛嗎？」

「什麼都好，就是不要魚！」她尖叫。

渡鴉用某種計程車語變體跟侍者交談了一會兒。

「我幫妳點烏賊。」他吼道：「一種軟體動物。」

太棒了。渡鴉，最後一名真正的紳士。

叫喊談話持續了大半小時。大部分都是渡鴉在嚷嚷，YT只是聆聽、微笑、點頭。希望他不是在說她一點也不認為他在說那些事。他在談政治。她聽見片片斷斷的阿留申歷史；渡鴉沒把烏賊戳進嘴裡，音樂也沒那麼大聲時，他時不時會爆出一句。

「我喜歡超級暴力、虐待的性愛」之類的。

「俄國人凌辱我們……天花的死亡率高達百分之九十……在他們的獵海豹業當奴隸……西沃德（Seward）的蠢事……該死的日本人在四二年抓走我父親，那段期間把他關在戰俘營裡……

「然後美國人他媽用核彈丟我們。妳相信那種爛事嗎？」渡鴉說。音樂減弱，她突然能聽見完整的句子了。「日本人說他們是唯一被丟過核彈的國家。不過每個核武國家都有一個原住民族，他們就在這個民族的土地測試他們的武器。在美國，他們把核彈丟到阿留申群島。阿姆奇特卡島。我父親，」渡鴉驕傲地咧嘴而笑：「被丟過兩次核彈：一次在長崎，當時他被弄瞎了，然後一九七二年又被丟一次，這次是美國用核彈丟我們家鄉。」

太棒了，YT心想。她交了一個新男友，而且他是個變種人。這解釋了一兩件事。

「我在幾個月後誕生。」渡鴉接著說，用這句話徹底闡明那一點。

「你怎麼會跟這些東仔勾搭在一起？」

「我逃開我們的傳統，最後來到索爾多特納生活，在石油鑽塔工作。」渡鴉說得一副YT本來就該知道索爾多特納在哪裡的樣子：「我就是在那邊喝酒，然後紋上這個。」他手指臉上的刺青：「我也是在那裡學會怎麼跟女人做愛——我只有這件事做得比叉魚好。」

YT不由自主想到，在渡鴉心裡，做愛和叉魚是兩種密切相關的活動。不過雖然這男人如此粗野，她還是甩不掉一個事實，那就是儘管令人不快，她還是被他弄得性慾高漲。

「我以前也在漁船上工作，稍微多賺一點錢。大比目魚漁季開始，我們出海四十八小時回來時——這是在以前還有捕魚規範的時候，我們會穿上救生衣，把啤酒塞進口袋，跳進海中，一整晚就這樣漂來漂去喝酒。有一次，我們又這樣，我一直喝酒喝到掛掉。醒來時已經是隔天了，也有可能是幾天後，我不知道。我穿著救生衣漂在庫克灣中央，獨自一人。漁船上的其他人把我忘了。」

*還真方便。*YT心想。

「總之，我漂了幾天，口渴得要命。最後在科迪亞克島被沖上岸。這個時候，我非常受不了神學博士和其他一切。不過我在一間俄國東正教教堂附近被沖上岸，他們找到我，照顧我，引導我走上正途。我就是在這個時候看清，西方、美國生活方式差一點點就毀了我。」

布道開始。

「我看清我們只能透過信仰而活，體現簡單的生活方式。沒有酗酒，沒有電視，那些東西都沒有。」

「那我們在這裡做什麼？」

他聳肩：「這裡也是那種我之前常在裡面混的有害場所，但如果想在浮筏上找到像樣的食物，只能來這種地方。」

一名侍者靠近。他的眼睛瞪大，他的動作躊躇。他不是來點餐的，他是來傳遞壞消息。

「先生，有找您的無線電。我很抱歉。」

「是誰？」渡鴉問。

侍者的視線轉來轉去，好像他甚至不能在公開場合說出那名字，「這非常重要。」他說道。

渡鴉深深嘆了口氣，叉起最後一塊烏賊塞進嘴裡。他起身；YT還來不及反應，他已經在她臉頰印下一吻：「親愛的，我可能有工作得做。在這裡等我，好嗎？」

「這裡？」

「沒人會找妳麻煩。」渡鴉這話是說給YT聽，也是說給那侍者聽。

51

從幾英里外看，浮筏異常歡樂。一打探照燈，雷射至少也有一打，都裝在企業號高高聳立的上層結構上，像好萊塢首映會一樣來回掃過雲層。拉近一點看就沒那麼明亮有朝氣了。大片糾纏的小船輻射出一團打壞對比的陰鬱黃光雲。

浮筏有幾個區塊在燃燒。不是那種歡樂的篝火，而是高竄的火舌，冒出滾滾黑煙，就像燃燒大量汽油時一樣。

「可能是幫派衝突。」艾略特推測。

「能源。」阿浩猜想。

「娛樂。」魚眼說：「該死的浮筏上可沒有有線電視。」

在他們真正衝入地獄之前，艾略特打開油槽的蓋子，把量油尺探進去檢查燃油存量。他什麼也沒說，但看起來不是特別開心。

「把燈都關了。」他們還在好幾英里之外的時候，艾略特這麼說：「記住，我們已經被幾百，或甚至幾千個武裝又飢渴的人看見。」

維克開始在船上走來走去，把圓頭鎚當作簡單的權宜之計，藉此關掉電燈。魚眼只是站在那兒專注地聽艾略特說話，突然恭敬了起來。艾略特接著說：「脫掉所有亮橘色衣物，就算會冷也要脫。從現在起，我們躺在甲板上，盡可能不曝露，非必要也不跟其他人說話。維克，你帶著來福槍待在中間等人用聚光燈照我們，只要有人用聚光燈照我們，無論對方在哪個方位，你都把燈射掉。小船的手電筒也一樣。阿浩，你的工作是巡邏舷緣，持續繞著遊艇邊緣走就對了，看緊游泳者可能攀上來溜上船的任何地方；如果真有人摸上來，你就砍斷他們的手臂。還有，留意所有爪鉤類的東西。魚眼，要是有任何其他漂流物體進入一百英尺範圍內，弄沉它。

「如果看到有天線從頭上冒出來的浮筏人，盡量先把他們幹掉，因為他們可以相互交談。」

「天線從頭上冒出來？」阿浩問。

「對。浮筏滴水獸。」艾略特說。

「他們是誰？」

「我哪知道？我只是遠遠看過他們幾次。總之，我要帶大家筆直朝中間開過去，靠得夠近後，我會轉向右舷，逆時鐘繞行浮筏，找找看有沒有人願意賣我們燃料。如果遇上最糟糕的情況，最後上了浮筏本體，我們要待在一起，並聘請一位嚮導，因為如果我們試圖在沒有了解筏網的人的幫助下穿過浮筏，就會落入糟糕的處境。」

「怎樣的糟糕處境？」魚眼問。

「像是掛在兩艘船之間的貨網上，而且這兩艘船往不同方向晃，然後貨網還爛到底又沾滿黏液，我們底下除了滿是瘟疫鼠、有毒廢料和逆戟鯨的冰凍海水之外什麼都沒有。還有問題嗎？」

「有。」魚眼說：「我可以回家了嗎？」

很好，如果魚眼害怕了，那阿浩也是。

「記住那個名叫布魯斯．李的海盜是什麼下場。」艾略特說：「他軍火充足又強大。他有天停在一艘滿是筏民的救生艇旁，想找些樂子，然後就糊里糊塗死了。現在，有很多人想對我們做一樣的事。」

「他們沒有警察之類的東西嗎？」維克問：「我聽說有。」

換言之，維克靠去時代廣場看浮筏電影殺了不少時間。

「企業號上的人以某種神之怒的方式運作。」艾略特說：「他們的飛行甲板邊緣裝有大槍——跟『道理』一樣的大格林機槍，不過子彈更大。裝在那裡的目的原本是要打下反艦導彈。攻擊的力量跟隕石一樣。要是有人在浮筏上搗蛋，他們會把麻煩變不見。小小謀殺或暴動不足以吸引他們的注意力，但如果是敵對海盜組織之間的飛彈對決，情況就不一樣了。」

突然間，他們已經被又大又亮的聚光燈鎖定，被照得連朝聚光燈附近的方向看也沒辦法。

隨即轉暗，維克的來福槍射出子彈，燒炙迴盪劃過水面。

「射得好，維克。」魚眼說。

「看起來像是他們的藥頭船。」維克透過他的神奇瞄準器觀看。「船上有五個人，正朝我們這裡來。」

他又開槍：「更正，船上四人。」砰。「更正，他們沒朝我們這裡過來了。」砰。兩百英尺外的海上爆出一團火球。「更正，沒船了。」

魚眼哈哈大笑，居然還猛拍大腿。「你都錄下來了嗎，阿浩？」

「沒。」阿浩說：「拍不起來。」

「噢。」魚眼似乎吃了一驚，彷彿這改變了一切。

「這是第一波。」艾略特說：「有錢海盜找尋好下手的外快。不過他們顧忌太多，所以很容易嚇唬。」

「有另一艘大遊艇款的船，」維克說：「不過現在掉頭了。」

他們遊艇的大柴油引擎發出深沉的咯咯聲，在這之上，他們可以聽見舷外馬達的高亢嗖嗖聲。

「第二波。」艾略特說：「想出名的海盜。這些人來的速度會快上許多，所以提高警覺。」

「這東西附毫米波。」魚眼說道。阿浩看著他；『道理』的內建螢幕從下方照亮他的臉。魚眼：「我可以像在他媽的陽光下一樣看見這些傢伙。」

維克射了幾槍，彈出彈夾，換上新的。

一艘充氣船竄過，在浪尖上飛掠，用微弱的手電筒光束掃射他們。魚眼用「道理」短暫連發射擊幾次，把幾團溫暖蒸氣炸上涼爽夜空，不過沒射中。

「節省彈藥。」艾略特說：「就算是用烏茲，他們也要稍微減速才射得中我們，而你就算用了雷達也射不中他們。」

第二艘充氣船從另一側呼嘯而過，距離比前一艘近。維克和漁眼雙雙停火。他們可以聽見充氣船繞著他們打轉，沿來時路繞回去。

「那兩艘充氣船是一起過來的。」維克說：「另外還有兩艘，總共四艘。他們在交談。」

「我們被偵察了，」艾略特說：「他們在規劃戰術。下一次就是認真的了。」

一秒後，遊艇後方，也就是艾略特所在位置傳來兩聲震耳欲聾的爆炸聲，伴隨著短暫的閃爍。阿浩轉過去，看見一具軀體癱倒在甲板上。不是艾略特。艾略特蹲伏在那兒，手上握著他的超大比目魚槍。

阿浩跑到後面，就著雲層散射而下的微弱光線看著死去的游泳者。他渾身裹著一層厚厚的黑色油脂，腰帶上插了一把槍和一把刀，除此之外一絲不掛，手上還握著他用來爬上船的繩索。繩索的另一端是爪鉤，掛在遊艇一側鋸齒狀破裂的玻璃纖維上。

「第三波來得有點早。」艾略特的聲音高亢又發顫。他太努力讓自己聽起來冷靜，結果適得其反：「阿浩，這把槍裡還有三發子彈，如果還有其他狗娘養的混蛋成功登船，其中一發就是留給你的。」

「抱歉。」阿浩說道。他拔出短脇差。如果可以另一手拿著九釐米，他會感覺好一點，但他需要一手空著以保持平衡，也可以避免摔下船。他快速繞遊艇一圈，找尋其他爪鉤，也還真的在另一側發現一個，鉤在欄杆柱上，繃緊的繩索從柱子後沿伸入海。

更正：是一條繃緊的鋼索才對。他的刀切不斷，而且鋼索太緊繃，沒辦法把爪鉤從柱子解開。

正當他蹲在那兒擺弄爪鉤，一隻油膩膩的手從水中伸出來，抓住他的手腕。另一隻手摸向阿浩的另一隻手，但是反倒握住了刀。阿浩扯開武器，覺得刀能造成一些傷害，於是刀尖朝前推入那兩隻手之間的位置，就在這個時候，某人一口咬住阿浩的鼠蹊部。不過阿浩的鼠蹊部有防護——摩托車裝附硬塑膠杯——因此這頭人形鯊只咬到滿嘴防彈纖維。然後他的手鬆開，落入海中。阿浩把爪鉤解開，跟著那人一起丟回海裡。

維克接連快速開了三槍，一團火球點亮船的整側。有一瞬間，他們可以看見四周一百碼內的所有東西，而那效果就像你大半夜打開廚房燈，發現老鼠在你的流理臺面群聚。他們周圍至少有一打小船。

「他們有莫洛托夫汽油瓶。」維克說。

小船上的人也看得見他們。曳光彈從好幾個方向飛過來。阿浩可以看到至少有三個位置槍口焰一閃。魚眼用「道理」開火一次、兩次，每次都只短暫連續射出幾十發子彈而已，炸出一顆火球；這一次距離遊艇較遠。

阿浩移動後已經過了至少五秒，於是他再次檢查這區域有沒有爪鉤，然後繼續繞著遊艇邊緣巡邏。這次沒人，兩顆油球肯定是一起的。

一個莫洛托夫汽油瓶劃過天空，擊中遊艇右舷，不會造成多大傷害。裡面的話就嚴重多了。魚眼把「道理」朝汽油瓶飛來的方向揮灑，不過這會兒船的那側被火焰照亮，引來更多輕武器攻擊。火光中，阿浩可以看見血絲從維克藏身之處淌下。

他看見左舷側的水中有一個狹長低矮的東西，男人的軀幹立於其中。那人一頭披肩長髮，一手拿著八英尺長的竿子。阿浩發現他的當下，他正要擲出竿子。

魚叉飛越開放水域二十英尺的距離。玻璃叉頭的無數切面反射光線，因而看起來有如流星。魚叉射中魚眼背面，輕而易舉穿過他穿在衣服下的防彈纖維，直接從他身體的另一面穿出。撞擊力把魚眼抬離地面，隨後摔落船下；他臉朝下落海，已經死了。

心中的筆記：渡鴉的武器不會顯示在雷達上。

阿浩回頭看渡鴉的方向，但他已經消失。另一組油球在阿浩前方大約十英尺的位置並肩撐上欄杆，但他們一時被火光弄得眼花撩亂。阿浩拿出九釐米，瞄準他們的方向不停扣板機，直到兩人跌回水中。他現在不確定槍裡還剩幾發子彈了。

一陣咳嗽般的嗖嗖聲，火光轉暗，最後火完全熄滅。艾略特用滅火器處理掉了。

遊艇在阿浩腳下猛一晃動，他的臉和肩膀撞上甲板。他站起來，領悟他們要不剛撞上一個大東西，要不就是剛被一個大東西撞上。一陣砰砰聲響，有人在甲板上奔跑。阿浩聽見有些腳步聲靠近，他拋下脇差，武士刀出鞘時一旋，長長的刀身砍上某人的腹部。同時間，對方的長刀也砍在他的背上，但並沒有穿透防彈纖維，只稍微有點痛而已。他的武士刀輕鬆掙脫，真是好狗運，因為他忘記掐住攻勢，刀有可能卡在那人身上。他又轉身，直覺地格開另一顆油球刺來的刀，接著高舉武士刀朝他的頭蓋砍下。這一次阿浩做對了，殺死對方，但刀沒卡住。現在他兩邊都有油球。阿浩選定一邊斜斜揮刀，砍下其中一人的頭。然後他轉過身。另一顆油球拿著一根插滿鐵釘的球棒橫越顛簸的甲板搖搖晃晃走向他，不過有別於阿浩，他並沒有保持平衡。阿浩曳步上前，維持重心在腳上，武士刀刺穿對方。

另一顆油球在靠近船頭的位置目瞪口呆地看著這一切。阿浩朝他開槍，而他癱倒在甲板上。另外兩顆油球自動自發跳下船。

遊艇糾集在一張破爛舊繩索和貨網構成的蛛網中。這張網從海面延伸過來，用來捕捉他們這種可憐笨蛋。遊艇的引擎還在賣力運轉，但螺旋槳沒動；有東西纏住螺旋槳軸了。

此時不見渡鴉蹤影。或許那只是刺殺魚眼的一次性合約。或許他不想在蛛網中被纏住。或許他覺得，只要除掉「道理」，剩下的交於油球收拾就好。

艾略特不在控制臺旁了，他甚至不在遊艇上。阿浩叫喊他的名字，但無人回應。連在水中掙扎也沒有。最後看見他時，他拿著滅火器彎腰越過邊緣撲滅莫洛托夫的火；後來他們猛頓了一下停住，他肯定翻下船了。

他們比他想像中靠近企業號許多。他們在打鬥中航過大片海域，原本不該靠那麼近的。事實上，浮筏此時從四面八方包圍阿浩。裝載莫洛托夫汽油瓶的充氣艇也纏在他們周遭的網中，現在只剩燃燒的殘骸，散發暗淡、搖曳的光。

阿浩不覺得把遊艇朝開放海域開出去是明智的做法。那裡的競爭有點太過激烈。他繼續前進。旅行箱身為「道理」的能量來源兼臨時彈藥庫，這會兒敞開在他身旁的甲板上，彩色顯示螢幕中寫著：抱歉，發生致命系統錯誤。請重啟並再試一次。

然後，系統就在他眼前完全當掉，死於潰雪。

維克被一陣機關槍連發射中，也死了。他們四周有另外十幾艘船乘著浪，纏在蛛網中；都是漂亮的遊艇，不過也都是空空的船殼，引擎和所有東西都被拆掉了，就像獵人埋伏處前方的誘餌鴨。一幅手繪標牌插在附近的浮筒上，上面以英文和其他語言寫著**燃料**。

更外面的海上，幾艘剛剛追趕他們的船在那兒徘徊，和蛛網保持一大段距離。他們知道他們不能進來這裡；這裡是黑油泳者的專屬領域，他們是網子上的蜘蛛，此時幾乎全數死亡。

如果他登上浮筏本體，情況不可能更糟，對吧？

遊艇有自己的救生艇，尺寸最小的充氣艇，加掛一只小舷外馬達。阿浩把救生艇推入水中。

「我跟你一起去。」一個聲音說道。

阿浩旋身，拔槍，發現自己瞄準的是菲律賓船艙男孩的臉。男孩眨眼，看似有點驚訝，但並不特別害怕。畢竟他一直都跟海盜混在一起。就此而言，那些死掉的傢伙似乎也不怎麼令他怯畏。

「我當你的嚮導，」男孩說：「巴拉辛卡努帕拉塔……」

52

YT等了好久，久到她覺得太陽肯定已經出來了，但她知道實際上不可能超過幾個小時。就某種層面而言，這甚至無關緊要。一切都沒改變：音樂繼續播放，卡通錄影帶也自己倒帶重播，男人進來喝酒，努力不被發現自己盯著她看。還不如把她銬在這張桌子上算了；她不可能從這裡找到回家的路。於是她等。

突然間，渡鴉又站在她眼前。他的衣服不一樣了，現在潮溼滑溜，以動物皮之類的材質製成。他的臉因為待在外面而泛紅濡溼。

「工作做完了？」

「算是。」渡鴉說：「做夠多了。」

「什麼意思？夠多了？」

「我的意思是，我不喜歡約會中途被叫出去做一些狗屁工作。」渡鴉說：「所以我去把外面的情況整頓好，我的態度是，讓他的小矮人去煩惱細節。」

「嗯，我在這裡玩得很開心。」

「對不起，寶貝。我們離開這裡。」他用那種勃起男人的熱切、緊繃語氣說道。

「我們去核芯。」他們一來到甲板上的冷空氣中，他隨即這麼說道。

「那裡有什麼？」

「應有盡有。」他說：「營運這整個地方的人，大多數——」他的一隻手朝浮筏一揮——「去不了那裡，我可以。想去看看嗎？」

「當然，有何不可。」她恨自己幹嘛聽起來這麼蠢。不過她還能說什麼？

他帶著她走過月光下接連成長串的一條條跳板，朝浮筏中央的大船走去。幾乎可以用滑板滑過去，不過要非常厲害才行。

「為什麼你跟其他人不一樣？」YT問。她算是沒怎麼思考過就脫口而出。不過這似乎是個好問題。

他大笑。「我是阿留申人。我在很多方面都不一樣——」

「不是啦，我是說你的大腦用不一樣的方式運作。」YT說：「你不會累。懂我的意思嗎？你整晚沒提起『話語』。」

「我們划獨木舟的時候會做一件事，就像衝浪一樣。」渡鴉說。

「真的嗎？我也衝浪——在路上。」YT說。

「我們不是在玩。」渡鴉說：「這是我們生活方式的一部分。我們在浪頭上衝，藉此往來不同島嶼。」

「跟我們一樣，」YT說：「只不過我們是在車上衝，藉此往來不同加盟領地。」

「看吧，這世界充滿比我們強大的事物。若知道怎麼搭便車，妳就能到處去。」渡鴉說。

「對。我完全懂你的意思。」

「我跟東仔在一起也一樣。我認同他們宗教中的一部分，但不是全部。但他們的活動有許多力量。他們有很多人、錢和船。」

「你利用他們衝浪。」

「對。」

「酷，我可以認同。你想做什麼？我是說，你真正的目標是什麼？」

他們橫過一塊寬敞的大平臺。他突然就來到她正後方，雙臂環抱她，把她拉向他。她的腳趾只勉強碰到地。她感覺得到他冰涼的鼻子貼著她的太陽穴、他熱燙的呼吸吹入她的一邊耳朵。一震顫慄直下她的腳趾。

「短期目標還是長期目標？」渡鴉低語。

「嗯——長期。」

「我以前有個計畫——我要用核彈炸美國。」

「噢，嗯，這有點惡劣。」她說道。

「或許吧。要看我當下是什麼心情。除此之外沒有其他長期目標。」他每次低語，另一道氣息便輕搔她的耳朵。

「那中期目標呢？」

「幾個小時後，浮筏將會分裂。」渡鴉說：「我們的目的地是加利福尼亞，要去找個過活的好地方。有些人可能會想阻止我們。幫助筏民平安上岸是我的工作。所以妳或許可以說，我要開戰了。」

「噢，真遺憾。」她咕噥道。

「所以很難去思考現在之外的任何事。」

「嗯，我懂。」

「我租了一間好房間，要用來度過我的最後一夜。」渡鴉說：「裡面有乾淨的床單。」

很快就不那麼乾淨了，她心想。

她原以為他的嘴唇會又冷又硬，像魚一樣。不過那溫暖令她大吃一驚。他身體的每一部分都熱燙燙的，彷彿這是他在北極維持溫暖的唯一方法。

親吻三十秒後，他彎腰，大腿那麼粗的巨大前臂環住她的腰，把她抱起來，整個抬離甲板。

她擔心他會帶他去什麼糟糕的地方，結果他租下了一整個貨櫃。貨櫃高高堆在核芯的一艘貨櫃船上，這地方就像核芯大人物的豪華旅館。

她的腿現在無用地懸在空中，她拿不定主意該拿它們怎麼辦。她還不是很想用雙腿圈住他，約會這麼早的階段還不要。然後她感覺自己的雙腿分開——非常、非常開——渡鴉的大腿肯定比他的腰還粗。他把一條腿塞進她的雙腿間，腳踩著椅子，因此她跨坐在他的大腿上，然後他雙臂把她壓向他，抱緊、放鬆，抱緊、放鬆，她只能不由自主前後搖擺，全身重量都壓在他的鼠蹊部。某塊大肌肉，他的四頭肌最上面的部分，在與骨盆骨頭相連的地方隆起一塊；隨著他把她擺動得愈來愈近、愈來愈緊，她最後跨坐在那上面，緊壓著那塊肌肉，緊到她能感覺到自己身上工作服胯下的縫線，以及渡鴉黑色牛仔褲口袋裡的零錢。當他的雙手往下滑，過程中依然把她壓向他，然後雙手揉捏她的臀部，他的手好大，一定像在揉捏杏桃；他的手指好長，包住她的臀，推入她的股間，而她往前靠想避開，但除了埋入他懷中之外無處可逃；她中斷親吻，臉貼著他頸間的汗水滑動，他的頸部寬大，平滑而無皺紋。她不由自主叫喊出聲，而後轉為呻吟，然後她知道他逮到她了。因為她做愛時從不發出聲音，現在卻無法遏抑。

而她一旦下定決心，就等不及繼續下去了。她可以動她的手、她的腿，就是身體中段動不了；渡鴉動，她才動得了。而他沒打算動，除非她讓他想動。於是她對他的耳朵下功夫，這招通常有用。

他想躲開。渡鴉想躲開某個東西。她喜歡這概念。因為常常在公路叉著車子行進，她的手臂像男人一樣強壯，於是她像老虎鉗一樣抱住他的頭，額頭貼著他的頭側，舌尖開始繞著他外耳的小摺子邊緣打轉。

他完全靜止地站在那兒幾分鐘，呼吸短淺，她則朝內鑽，當她終於把舌尖推入他的耳道，他像剛剛中了魚叉一樣劇烈抽動，並哼了一聲，把她抬離他的腿，一腳把椅子踢到房間的另一邊，力道之大，撞在貨櫃鋼牆上的椅子都撞裂了。她感覺自己往後倒向床墊，有一瞬間想著她就要被他壓扁了，但他用手肘撐住下半身之外的全部重量，他的下半身則突然與她交疊，另一道電流般的快感竄上她的背，也竄下她的腿。她的大腿和小腿變得充實緊繃，彷彿被灌滿果汁，她無法叫它們放鬆。他撐起一邊手肘，稍微分開他們的身體，嘴貼上她的嘴持續接吻，用他的舌填滿她的口，頂著她的同時單手解開她的工作服領口，一把將拉鏈拉到褲襠。衣服敞開，露出一大片V形肌膚，從她的肩膀延伸而下。他又壓上她，雙手抓住工作服頂端朝她身後拉下，迫使她的雙手往下貼著她的身側，整團布料和襯墊塞在她的後腰，因此她只能朝他拱起身子。然後他置身她緊繃的大腿之間，她的所有滑板肌肉都繃緊到極限，他的手又揉捏起她的臀部，這一次熱燙的肌膚與她相貼，感覺就像坐在塗奶油的溫暖淺鍋上，全身更是溫暖。

有一件她這個時候應該要記得的事，某件她應該要處理的事，某件重要的事。那種令人生厭的責任，就理論上的角度來想總似乎如此合理，而在像這樣的時刻，卻又似乎完全不相干，因此你連想都不會想起。肯定跟生育控制有關，或之類的。不過YT被熱情沖昏頭，因此她有藉口。因此她扭動、膝蓋踢動，直到工作服和內褲滑到她的腳踝。

渡鴉大概三秒內就脫個精光。他把襯衫拉過頭丟到一旁，掙脫長褲後踢到地板上。他的皮膚平滑如她，像海中哺乳類的皮膚，但他感覺火熱，不冰冷也不像魚。她沒看見他的陰莖，但她不想看，有什麼好看，對吧？

發生一件她從沒遇過的事：他一進入她，她就高潮了。那就像從中央冒出一束閃電，沿她緊繃的腿後側而下，沿她的脊椎而上，進入她的乳頭，她吸入空氣，直到她的整個胸腔突出皮膚，她放聲尖叫，毫無顧忌。渡鴉這會兒大概聾了，不過這是他媽的他自己的問題。

她癱軟。他也是。他肯定也同時高潮。這沒關係，時間還早，而可憐的渡鴉因為出海的關係跟山羊一樣性慾高漲。她接下來會預期更持久一點。

此時此刻，她躺在他身下，從他的身體汲取暖意，她感覺心滿意足。她冷好幾天了。她的腳懸在空中，所以還是冷，不過只是讓她身體的其他部分感覺好上加好。

渡鴉似乎也心滿意足。非典型的滿足。說到福氣。大多數傢伙這時候已經按過一臺又一臺電視頻道。渡鴉沒有。他滿足於整晚躺在那裡，輕柔對著她頸間呼吸。事實上，他直接在她身上睡著了。像是女人會做的事。

她也打起盹來，躺了幾分鐘，所有思緒流過她腦中。

這是個挺像樣的地方，像是谷區的中等價位商務旅館，她沒想過浮筏上也有像這樣的地方。不過這裡就跟其他地方一樣，有有錢人，也有窮人。

他們先前來到走道上的某個地方，那裡距離第一艘核芯大船不遠，有一個武裝守衛擋在路上。他讓渡鴉過去，而渡鴉牽著ＹＴ的手帶她過去；守衛看了她一眼，沒說話，他的注意力大部分都放在渡鴉身上。

之後的走道變得優質許多，寬敞，像是海邊的木棧道，少了背著巨無霸包袱的中國老太太，也不再那麼擁擠，而且聞起來沒那麼像大便了。

來到第一艘核芯船時，他們爬上一段梯子，從海平面上到甲板，再從那裡走過一片連結另一艘船內部的跳板；渡鴉像識途老馬一樣帶著她在這地方穿梭，最後再走過一片跳板，來到這艘貨櫃船。貨櫃船內完全就像天殺的旅館：戴白手套幫西裝人提行李的侍者、入住登記處，該有的都有。這裡依然是艘船——所有東西都是以上過一百萬次白漆的鋼鐵打造——不過所有東西都不像她所預期。甚至還有一個供西裝人往來的直升機停機坪。旁邊停著一架直升機，而她看過機上的標誌：萊富高級研究企業，萊富高。給她一個信封要她送去管理部總部的傢伙。現在全部兜起來了：聯邦、L．巴布．萊富、韋恩牧師珍珠大門，還有浮筏，他們都是同一個交易的一部分。

「這些人到底是誰啊？」她剛看見直升機時問渡鴉，但他只是對她噓了一聲。

稍後，他們正晃來晃去找尋他們的房間時，她又問了一次。他告訴她：這些人都替L．巴布．萊富工作。程式設計師、工程師和通訊人員。萊富是個重要人物，有個壟斷企業要經營。

「萊富在這裡？」她問他。裝模作樣，當然囉；她那時候就已經想通了。

「噓。」他回道。

很不錯的情報。如果她有辦法把消息傳給阿浩，他應該會喜歡。而就連這件事也將是小菜一碟。她沒想過浮筏上會有元宇宙終端機，不過這艘船上居然有一整排，來訪的西裝人才能跟文明連繫。她只要不吵醒渡鴉，弄到一臺終端機就好。這可能有點棘手。真是太遺憾了，她不能像浮筏電影裡演的那樣對他下藥。

她就是在這個時候領悟一件事；這件事就像惡夢一樣，慢慢上升游出她的潛意識。或是你離開家半小時後才想起茶壺還在爐子上煮。冰冷溼黏的現實，而她對此他媽完全無能為力。

她終於想起，就在實際開幹之前，在她腦中嘮叨了一會兒的那件煩心事到底是什麼。

跟生育控制無關，也跟衛生無關。

是她的陰牙。自我防衛的最後一道防線。還有恩佐大叔的狗牌，唯一沒被東仔拿走的東西。他們因為不相信體腔搜查這套，所以才沒拿走。

這代表在渡鴉進入她的那一刻，一根非常小的皮下注射針頭不知不覺地插入腫脹老二的前端血管，自動將一劑強力麻醉藥和鎮靜劑混合物注入他的血液。

渡鴉被魚叉叉中，而且是叉在最出乎他意料的位置。現在他將睡上至少四個小時。然後，嘿，就看他到底會不會不爽了。

53

阿浩想起艾略特的警告：沒有當地嚮導就別上浮筏。這孩子一定是布魯斯．李從浮筏上某菲律賓社群找來的筏民。

孩子名叫川蘇布斯坦夏希恩，簡稱阿川。阿浩還沒叫他上充氣船，他已經自己爬了上去。

「等等，」阿浩說，「我們要先打包一下。」

阿浩冒險打開小手電筒，藉此在遊艇上翻找，揀拾有用的物品：幾瓶（應該）可飲用的水、一些食物，也幫他的九釐米找到一些額外的子彈。他還拿了一只爪鉤，整整齊齊地把繩索盤好。看起來像上浮筏後會用得上的東西。

還有一件麻煩事要處理，不是他期待的那種事。

阿浩住過很多老鼠成患的地方，不只小老鼠，連大老鼠都有。他之前都設陷阱捕捉，不過有一段時間走霉運。他會在半夜聽見陷阱啪地闔上，接下來不是寂靜，而是可憐的吱吱叫和掙扎、撞擊的聲音，中陷阱的鼠輩身體某個部位被陷阱夾住，通常是頭部，但牠還是努力想把自己拖到安全的地方。當你在凌晨三點起床，發現一隻老鼠在你的廚房流理臺塑料貼面留下一道腦組織凝結尾，實在很難再回去睡，因此他現在比較喜歡用老鼠藥。

情況有點雷同，有個受重傷的男人——阿浩開槍射的最後一個人——在遊艇甲板上靠近船頭的位置掙扎，口中巴拉巴拉說個不停。

阿浩此時此刻最想做的一件事就是上充氣艇遠離這個人。他知道為了上去幫他，或是了結他的痛苦，他都必須用手電筒照他，而當他那麼做，他會看見他永遠忘不掉的一幕。

但他不得不看。他吞了幾次口水，因為他已經想吐了，然後他跟著手電筒的光束走到船頭。比他預期糟許多。

這男人顯然鼻梁附近中彈，槍往上瞄，所以那一點之上的所有東西幾乎都被炸掉了。阿浩正看著他的下半腦橫切面。

有東西從他的腦袋突出來。阿浩覺得肯定是頭骨碎片之類的，但那東西太平滑，又是規則的形狀，所以不可能是碎片。

他克服了剛開始的噁心感，看著這傢伙沒那麼難了。知道他已經脫離苦海也有些幫助。他的腦有超過一半都不見了。他還在說話——因為腦袋的變故只剩低微的氣音，聽起來像壞掉的管風琴——但只是腦幹功能，只是聲帶的抽搐。

探出他腦袋的東西是一根約莫一英尺長的鞭形天線。外覆黑色橡膠，和警用對講機的天線一樣，捆在他頭部左耳上方的位置。這是艾略特警告過他們的天線頭。

阿浩握住天線使勁拔。不妨把頭戴裝置也帶走好了——這東西肯定跟L．巴布．萊富控制浮筏的方法有點關係。

拔不下來。阿浩拉扯時，這傢伙的腦袋殘骸扭來扭去，但天線就是不鬆脫。阿浩正是在這個時候想通，這根本就不是頭戴式裝置。天線已經永久植入他的頭骨基部。

阿浩把他的護目鏡調整為毫米波雷達，凝視男人被打爛的腦袋。

天線靠鎖入骨頭的短螺絲固定在頭骨上，但螺絲並沒有完全穿透。天線基部包含幾個微晶片，阿浩沒辦法光用看的就推算出晶片的用途。然而，這年頭，你可以把一部超級電腦放進一個晶片內，因此只要看見一個地方有超過一個晶片，你眼前都是值得關注的貨品。

一根細如髮絲的電線從天線基部冒出來，穿透頭骨，直達腦幹，然後分支再分支，細得化為隱形的電線構成一張嵌入腦組織的網路。盤繞樹基。

這就是為什麼這傢伙腦都沒了還持續穩定吐出浮筏的巴拉巴拉：L．巴布．萊富看似已想出辦法與亞舍拉在大腦中的棲身之處建立電子接觸。這些話語並非源自於此，而是透過他的天線傳遞過來的五旬節派無線電廣播。

「道理」還在船頂，顯示螢幕朝天空發散藍色靜電干擾。阿浩找到強制開關後關閉系統。這麼強大的電腦應該會聽你的指示自行關機才對。用強制開關關機，感覺就像靠切斷脊柱把某人哄睡。不過一旦發生潰雪，系統就連自動關機的能力也沒了，因此需要原始的手段。阿浩把格林槍組放回旅行箱，然後蓋上箱蓋鎖上碰鎖。

旅行箱可能沒他想像中沉，也有可能他現在腎上腺素超載。然後他想通為什麼旅行箱好像變輕許多：大多數的重量都是彈藥，但被魚眼用掉不少。他半提半拖把旅行箱拿到船尾，確定熱交換器持續待在水中，然後把旅行箱滾上充氣艇。

阿浩跟著爬上船，來到阿川旁邊，開始料理馬達。

「不要馬達。」阿川說：「會卡死。」

對，蛛網會纏住螺旋槳。阿川示範怎麼把充氣艇的槳插入槳架。

阿浩划了一會兒，發現他們進入一片迂迴穿過浮筏的長條淨空區，彷彿北極浮冰之間的一道淨水。

「馬達可以。」阿川說道。

他將馬達降入水中。阿川把燃料打入油管，啟動馬達。拉第一下就啟動了，布魯斯．李治軍嚴謹。

阿浩駕船駛過淨空區，擔心此處不過是貧民窟裡的小海灣，但這其實只是光線的把戲而已。他繞過一個彎，發現淨空區繼續延伸一段距離，算是某種環繞整個浮筏的環城高速公路。小街和更小的小巷從這條環城高速公路分岔，進入各個貧民窟。透過望遠鏡，阿浩看到各貧民窟的入口都有人看守。任何人都可以在環城高速公路巡航，不過大家都比較保護自家社區。

浮筏上最可怕的事是你的社區被斷開。這就是浮筏這麼混亂糾結的原因。每個社區都害怕鄰區聯合起來欺負他們，切斷他們的連結，讓他們在太平洋中央餓死。因此他們持續找出新方法把自己跟別人綁在一起，纜繩從鄰居上面、下面和周圍穿過，跟更廣布的社區綁在一起，若是能跟其中一艘核芯船綁在一起，更是好上加好。

不消說，社區警衛持有武器。看來武器首選是AK-47的小型中國仿製品。金屬槍身頗清楚地顯示在雷達上。以前中國政府成天想著跟蘇聯展開陸上戰爭的可能性，當時查禁的這種AK-47肯定數量驚人。

他們大部分看起來就像世界各地的懶散第三世界民兵，不過在一個社區的入口，阿浩發現警衛隊長頭上也冒出一根直指天空的鞭形天線。

數分鐘後，他們來到一個地方，環城高速公路在此處與一條寬敞街道相交；這條街道直通浮筏中央，也就是大船所在之處——核芯。最近的一艘是日本貨櫃船——一艘低矮、平甲板的船，駕駛臺高聳，鋼貨櫃堆疊其上。繩梯和拼湊而成的階梯構成一張網包覆貨櫃船，好讓人能爬上個個貨櫃。許多貨櫃內透出燈光。

「公寓大樓。」阿川注意到阿浩對此感興趣，於是開玩笑道。然後他搖頭、翻了個白眼，大拇指與其他手指搓了搓。顯然這算是重要人物的社區。

接著他們注意到幾艘高速小艇從一個黑沉沉又煙霧瀰漫的社區冒出來，航行較美好的部分到此結束。

「越南幫。」阿川說道。他把手放在阿浩手上，溫和但堅定地把阿浩的手從舷外馬達的節流閥推開。阿浩用雷達查看他們。其中幾個人拿著小AK-47，不過大多數人手上只有刀和手槍，顯然期待來些近距離、面對面的接觸。當然了，船上的這些傢伙都是打工仔。看起來更重要的先生們站在社區邊緣抽菸、觀看，其中有幾個人是電線頭。

阿川加速，轉入一個由鬆散相連的阿拉伯三角帆船構成的簡陋社區，在黑暗中航行了一會兒，偶爾把手放在阿浩頭上輕輕下壓，以免他的脖子勾到繩索。

當他們鑽出三角帆船船隊，越南幫已不再明顯。如果現在是白天，幫眾會跟著「道理」的蒸氣追蹤他們。阿川把船駛過一條中等大小的街道，進入漁船叢聚的區域。一艘舊拖網漁船座落此區中央，他們正在把船身切成小塊，火焰切割器照亮四面八方的黑暗海面。不過大部分的切割都是以槌子和冷鑿進行，可怕的噪音響徹回音嫋嫋的平坦海面。

「家。」阿川微笑，手指幾艘綁在一起的船屋。這裡的燈還亮著，幾個男人在甲板上抽湊合的粗胖香菸；透過窗戶，可以看見幾個女人在廚房忙碌。

隨著他們靠近，男人挺起身子，提高警覺，從腰帶拔出左輪。不過阿川用語調歡快的塔加拉族語說起話來。一切截然不同。

阿川得到全套的浪子回頭式歡迎：哭泣、歇斯底里的胖女士，一群小小孩從他們的吊床蜂湧而出，一面吸吮大拇指一面跳上跳下。較年長的男人笑容滿面，微笑露出口中的大缺口和黑汙，看著、點頭，偶爾衝進去擁抱他。

在這一群亂七八糟的人邊緣，遠遠在後面的黑暗中，則是另一個電線頭。

「你也過來。」其中一名女子說道；她四十多歲，名叫尤妮絲。

「沒關係，」阿浩說：「我不想打擾。」

此番宣言經過翻譯，像海浪一樣湧過此時匯聚於此的大約八百九十六名菲律賓人。他們的反應是極端震驚。打擾？難以想像！胡說八道！你竟敢這樣羞辱我們？

其中一個缺牙的傢伙，小個子老人，可能是二戰老兵，他跳上搖晃的充氣船，像壁虎一樣緊黏船底。他一手勾住阿浩的肩膀，把一根大麻菸捲塞進阿浩嘴裡。

他看似可靠。阿浩貼近他。「朋友，那個插著天線的傢伙是誰？你們的朋友嗎？」

「才不。」男人低語：「他是個混帳。」然後他戲劇化地用食指貼著嘴唇，噓了一聲。

54

一切在眼中。跟撬手銬、翻過紐澤西護欄，還有避開瘋子一樣，這是酷遞員技能精髓之一：走在一個你格格不入的地方，但不引人猜疑。做法是不看任何人。無論如何雙眼直視前方，別睜得太開，不要一副緊張的樣子。靠這方法，還有她不久前跟著一個可怕傢伙一起進來的這個事實，支撐著她穿過貨櫃船來到接待區。

「我要用大街終端機。」她對接待小弟說：「可以記在我房間帳上嗎？」

「可以的，女士。」接待小弟說道。他無須多問她住哪間房。他滿臉笑容、全心尊敬。身為酷遞員，你不太常得到這種待遇。

要不是渡鴉實際上是個變種殺人犯，她真會愛上她跟他的關係。

55

阿浩頗早就退離阿川的慶祝晚宴，他把「道理」從充氣艇拖到船屋前廊，打開，把他的個人電腦接上「道理」的內系。

道理順利重啟，意料之中。等一下，多半就在他最需要「道理」發揮作用的時候，它肯定也會再度當機，就像它對魚眼的方式一樣；這也是意料之中。他可以每次當機都重開機，不過這在打得火熱的時候太不方便了，也不是駭客會欣賞的做法。直接除錯合理多了。

如果有時間，他可以手工除錯，但或許有更好的處理方法。吳氏保全企業此時此刻很有可能已經修正了問題——釋出新版軟體。如果有，他應該可以在大街上找到。

阿浩現身辦公室，圖書館員從隔壁房間探出頭，以免阿浩想問他問題。

「*ultima ratio regum* 是什麼意思？」

「王之終極手段。」圖書館員說：「路易十四王在他治下打造的所有大砲砲筒刻上這句話。」

阿浩起身走入庭院，他的摩托車在通往大門的碎石小徑上等著他。阿浩眺望圍籬外，可以看見遠方又亮起鬧區的燈光。他的電腦成功連上L．巴布．萊富的全球網路；他可以進入大街了。正如阿浩所料。萊富肯定在企業號上設置了一整套衛星上鏈，嵌入一個覆蓋浮筏的蜂巢式網路。否則他不可能有辦法從他自己的水上要塞連結元宇宙，而對萊富這樣的男人來說，這絕對行不通。

阿浩上車，慢慢穿過社區來到大街，然後油門一催，時速來到幾百英里，在單軌支柱間穿梭，練習著。他撞上幾根支柱並停下來，但這在意料之中。

吳氏保全企業在一號埠附近的一棟一英里高霓虹摩天樓中擁有一整層樓；這棟大樓就位於鬧區中心。跟元宇宙的所有其他事物一樣，此處二十四小時營業，因為世上總有某個角落正處於營業時間。阿浩把摩托車停在大街上，搭電梯來到三百九十七樓，正面對上一個接待精靈。他一時說不出她是什麼種族，後來才領悟她是半黑人，半亞裔——跟他一樣。如果一個白人走出電梯，她多半就會是金髮白膚碧眼。日本商人面對的則會是活潑的日本辦公室女孩。

「是的，先生。」她說：「事關銷售業務或客戶服務？」

「客戶服務。」

「您的所屬單位是？」

「妳說哪個單位就哪個單位。」

「抱歉？」這個精靈就跟人類接待員一樣，特別不擅長應付反諷。

「此時此刻，我想我應該是為中央情報公司、黑幫，以及李先生的大香港工作。」

「了解。」接待員記下阿浩所說的話。依然跟人類接待員一樣，你不可能讓她對你留下深刻印象，「事關什麼產品呢？」

「『道理』。」

「先生！歡迎來到吳氏保全企業。」另一個聲音說道。

這是另一個精靈，身穿高度專業感套裝的迷人黑人／亞裔女性，從辦公室設備深處冒了出來。

她帶著阿浩走過一條鑲板精美的長走廊，然後是另一條長鑲板走廊，然後另一條長鑲板走廊。每隔幾步，他便會經過一個接待區，看見來自世界各地的替身坐在椅子上消磨時間。不過阿浩無須等待。她帶他走進一間又大又漂亮的鑲板辦公室，一個亞裔男人坐在一張辦公桌後，直升機模型亂七八糟丟在桌上。這是吳先生本人。他起身，他們對彼此鞠躬，帶路小姐離開。

「你是魚眼的夥伴？」吳點燃一根菸。煙招搖地盤旋空中。就現實層面而言，模擬煙從吳口中噴出所需的計算能力，就跟模擬整顆地球的天氣系統差不多。

「他死了。」阿浩說：「『道理』在重要關頭當機，他吃了一根魚叉。」

吳沒反應，只是動也不動地靜靜在那兒坐了幾秒消化這資料，彷彿他的客戶一天到晚吃魚叉似的。他腦中多半有個資料庫，記載著誰用過他的玩具，他們又都是什麼下場。

「我跟他說過那只是測試版。」吳說：「他早該知道不應該在混戰中用『道理』。一把兩美元的彈簧刀還比較實用。」

「同意。但他很迷這東西。」

吳吐出更多煙，思考著：「根據我們在越南的經驗，高功率武器太讓人不可自拔，因此跟精神藥物有異曲同工之妙。就像麥角酸二乙胺，這種藥讓人相信自己會飛——導致他們跳出窗外——武器會讓人過度自信，扭曲他們的戰術判斷力，就像魚眼一樣。」

「我會牢記在心。」阿浩說。

「你想在什麼樣的戰鬥環境下使用『道理』？」吳問。

「我明天早上要拿下一艘航空母艦。」

「企業號？」

「對。」

「你知道嗎，」吳顯然談興正盛：「有個傢伙還真只靠一片玻璃就拿下一艘核導彈潛艇——」

「對啦，殺死魚眼的就是他。我可能也必須對上他。」

吳大笑，「你的終極目標是什麼？如你所知，我們都在同一條船上，所以你可以和我分享你的想法。」

「這部分我傾向謹慎一點……」

「太遲囉，阿浩。」另一個聲音說道。阿浩轉過身；是恩佐大叔，接待員正領著他走進門——這次是美豔的義大利女人。一個矮小的亞裔商人和亞裔接待員跟在幾步之後。

「你到的時候，我自作主張打電話給他們，」吳說：「我們才能商討一番。」

「幸會。」恩佐大叔對阿浩略一鞠躬。

阿浩回以鞠躬。「車子的事我真的很抱歉，先生。」

「我已經忘記了。」恩佐大叔說道。

矮小的亞裔男子已進入房內。阿浩終於認出他。是那張在世界各地李先生的大香港牆上都可看到的照片。

又是一輪介紹、鞠躬。辦公室內突然冒出額外幾張椅子，於是每個人都拉了張椅子坐下，吳也從辦公桌後走出來，他們圍坐一圈。

「我們切入正題，因為我認為你的情況，阿浩，可能比我們更加危險。」恩佐大叔說道。

「說的沒錯，先生。」

「我們都想知道到底發生什麼事。」李先生說道。他的英語幾乎完全沒有中文口音；顯然他那做作愚蠢的公關形象只是表面而已。

「針對這件事，你們到目前為止了解多少？」

「零零碎碎。」恩佐大叔問：「你又了解多少？」

「幾乎全部。」阿浩說：「跟華妮妲談過之後應該就補齊剩下的部分了。」

「如果是這樣，你可掌握了非常珍貴的情報。」恩佐大叔說。他伸手從口袋裡拿出一張超媒體卡遞給阿浩。上面寫著：

二千五百萬
港圓

阿浩接過卡片。

地球上的某處，兩部電腦交換一陣陣電子噪音，錢隨即從黑幫的帳戶轉入阿浩的帳戶。

「跟YT分帳的事就交給你處理。」恩佐大叔說道。

阿浩點頭。當然。

56

「我來浮筏找一個軟體——更精確地說，應該是一種藥——一個名叫恩基的蘇美人物在五千年前寫出這個軟體；他是神經語言駭客。」

「什麼意思？」李先生問。

「意思是這個人能夠以口語數據串為其他人的心智編程，這種數據串稱為南－夏㖒。」

吳完全面無表情。他又抽一口菸，間歇泉般朝上方吐煙，看著煙在天花板下散開，「什麼樣的機制？」

「我們腦中有兩種語言。我們現在使用的這種是後天習得，在學習的過程中改變我們大腦的模式。不過還有另外一種奠基於大腦深層結構的語言，一種所有人共享的語言。深層結構由基本神經迴路組成；而這些迴路必須存在，我們的腦才能習得更高層次的語言。」

「語言基礎設施。」恩佐大叔說。

「沒錯。我猜『深層結構』和『基礎設施』應該代表相同意義。總之，我們可以在正確的條件下存取大腦的那些部分。靈言——說方言——是輸出面，深層語言結構控制我們的語言與口說能力，繞過所有習得的更高層次語言。大家已經知道這件事一段時間了。」

「你是說也有一個輸入面？」吳問。

「沒錯，而且是反向作用。在正確的條件下，你的耳朵——或眼睛——能夠繞過更高層次語言功能，嵌入深層結構。也就是說，知道正確字詞的人可以說出字詞，或是讓你看視覺符號；這些字詞或符號繞過你的所有防禦措施，直接沉入你的腦幹。就好像入侵電腦系統的駭客繞過所有安全防護措施，連接核心，以便能完全掌控機器。」

「在那種情況下，電腦的擁有者完全無能為力。」吳說。

「對。因為他們從更高層次存取他們的電腦，而這個層次現在遭撤銷。就相同的意義來說，一旦神經語言駭客連結我們大腦的深層結構，就無法把他趕出去了——因為我們就連這麼基本的層面也無法控制自己的大腦。」

「這跟企業號上的泥板有什麼關係？」李先生問。

「請容我多說一點。這種語言——母語——是人類社會發展早期階段的遺跡。原始社會受稱之為祕的口語規則控制。祕就像用來操控人類的小程式。人類從穴居社會轉變為有組織的農業社會，祕在其中扮演著不可或缺的角色。舉例來說，有一個犁地種植穀物的程式，有一個烤麵包的程式，另外有一個蓋房子的程式。也有些祕針對的是更高層次的功能，像是戰爭、外交和宗教儀式。自給自足的社會維持運作所需的技能都囊括在這些祕之中；祕則書寫於泥板或以口述傳統傳遞。無論如何，祕儲藏於地方神廟，也就是祕的資料庫，而神廟由稱為恩的祭司／國王掌控。有人需要麵包時，他們就去找恩或是他的下屬，從神廟下載製作麵包的祕。然後他們執行指示——跑程式——結束後就得到一條麵包。

「中央資料庫有許多存在的理由，其中之一是因為有些祕必須嚴格遵循時機。如果人在一年中錯誤的時機執行犁田與種植的祕，將導致收穫失敗，所有人都得挨餓。確保祕嚴格遵循時機的唯一方法是建造天文臺，藉由觀測天空而判定季節的遞嬗。於是蘇美人建造『頂部通天』——頂部刻畫占星圖的塔。恩觀測天空，在一年中正確的時機發下農業祕，藉此維持經濟。」

「我覺得你有一個雞生蛋蛋生雞的問題。」恩佐大叔說：「這樣的社會一開始又是怎麼組織起來的？」

「有個稱之為超病毒的資訊實體，會導致資訊系統自我感染訂製化的病毒。這或許只是大自然的基本原則，就像達爾文的天擇，也或許是一段實際上的資訊，乘彗星或無線電波在宇宙漂流——我不確定。無論如何，總之具備足夠複雜度的資訊系統無可避免都將感染病毒——源自其自身的病毒。

「遙遠過去的某個時間點，超病毒感染了人類，自此與我們共存。超病毒做的第一件事是產生一整個潘朵拉之盒的DNA病毒——天花、流感，諸如此類。健康與長壽成為過往雲煙。這次事件的遙遠記憶留存在從天堂墜落的傳說中，在這些傳說中，人類被剝奪安逸的人生，進入受疾病與痛苦侵擾的世界。

「那場瘟疫終究來到某種高原期。還是偶爾可以看見新DNA病毒，不過我們的身體似乎一般而言都發展出DNA病毒抵抗力。」

「或許，」吳說：「只有那些病毒能在人類DNA中發揮作用，而超病毒已經把它們全部創造出來了。」

「有可能。總之，蘇美文化——以祕為基礎的社會——是超病毒的另一種表現，只不過是以語言的形式，而非DNA。」

「不好意思。」李先生發話：「你的意思是文明的起點是一場感染？」

「原始形式的文明是。每一個祕都是一種病毒，因超病毒原則而啟動。以烤麵包的祕為例，那個祕一旦進入社會，就成了一段自驅動的資訊。這是一個天擇的簡單問題：比起不知道怎麼烤麵包的人，知道的人會活得比較好，也更易於繁衍後代。他們成為一段自我複製的資訊的宿主，自然而然將這個祕傳遞出去。因此祕就是病毒。蘇美文化——及其充滿祕的神廟——只是在千年間不斷累積的大量成功病毒，是一個加盟事業，只不過他們擁有的是金字形神塔而非黃金拱門，泥板而非三孔文件夾。

「蘇美文字中的『心智』或『智慧』等於『耳朵』。那些人就是這麼回事：附身體的耳朵，資訊的被動接收者。但恩基有所不同。恩基是一個恩，不過他剛好特別擅長自己的工作。他擁有撰寫新祕的非凡能力——他是個駭客。他事實上是第一個現代人，一個擁有完整意識的人類，就跟我們一樣。

「到某個時間點，恩基發現蘇美困在陳規中。蘇美人永遠只執行相同的舊祕，沒想出新祕，不自己思考。我猜他身為世界上少數擁有意識的人類之一——或許是唯一——他覺得很孤單。他領悟，必須掙脫這種病毒文明的掌控，人類才能進步。

「於是他創造出恩基的南－夏咘，一種沿著和祕和超病毒相同路徑擴散的反病毒。南－夏咘進入大腦深層結構，重新編程。從此以後，再也沒有人能理解蘇美語，或任何以深層結構為基礎的語言。從我們的共同深層結構斷開，我們開始發展彼此之間毫無共通處的新語言。祕不再有用，也不可能再寫新祕。超病毒的進一步傳播遭到阻隔。」

「人類失去烤麵包的祕，為什麼沒因為沒麵包吃而餓死？」恩佐大叔問道。

「有些人或許確實餓死了，其他人則必須運用他們的更高層次大腦想出解決辦法。因此或許可以說，恩基的南－夏咘是人類意識的開端——我們首度必須獨立思考。這也是理性宗教的起點，人類首度開始思考例如神、善惡等抽象議題。巴別爾之名正來自於此。這個詞的字面意義指『神之門』，容許神觸及人類的門。巴別爾是我們心智中的門戶，被恩基的南－夏咘打開；恩基的南－夏咘將我們從超病毒中釋放，賦予我們同時以肉體與心靈思考的能力——將我們從唯物論的世界帶到二元論的世界——二進位的世界。

「多半有些混亂和騷動。恩基，或是他的兒子馬杜克試著以律法——《漢摩拉比法典》——取代祕的舊系統，藉此重塑社會秩序。這方法成功了一半，不過亞舍拉崇拜依然在許多地方延續下去。這是一種頑強得難以想像的宗教，一種回歸蘇美的返祖，透過口語與體液交換而自我散布——他們有廟妓，也領養孤兒，藉由哺乳而將病毒傳遞給他們。」

「等一下。」吳說：「你現在又在講生物病毒了。」

「沒錯。那就是亞舍拉的重點所在：它兩者皆是。舉例來說，我們來看看單純皰疹。皰疹進入人體後直接進入神經系統。有些病毒株留在邊緣神經系統，其他則像子彈一樣直接前往中樞神經系統，並永久棲息於腦細胞中——像盤繞樹木的大蛇一樣纏捲腦幹。亞舍拉病毒可能與皰疹有關聯，兩者或者根本就是同一種東西，它們穿透細胞壁，直達細胞核，然後以和類固醇相同的方式亂搞細胞的DNA。不過亞舍拉比類固醇複雜多了。」

「亞舍拉改變DNA後會是什麼結果？」

「可能只有L・巴布・萊富研究過。我想亞舍拉肯定把母語帶到更接近表面的位置，讓人更易於說方言，也更容易受祕影響。我會猜它也傾向鼓勵非理性行為，或許降低感染者對病毒思想的防禦力，讓他們淫亂雜交，或許以上皆是。」

「所有病毒思想都有生物性的病毒對應物嗎？」恩佐大叔問。

「不，就我所知，只有亞舍拉有。這也是為什麼在支配蘇美的所有祕、所有神、所有宗教之中，唯有亞舍拉到現在依然強盛。可以撲滅一種病毒思想——就像納粹主義、喇叭褲和辛普森T恤——但是亞舍拉具備生物的面向，因此可以潛伏於人體。巴別爾之後，亞舍拉依然棲息於人類腦中，由母親傳給孩子、愛人傳給愛人。

「我們都易受病毒思想的拉扯影響。例如集體歇斯底里，或是有段旋律進入你腦中，你就開始整天哼個不停，直到傳遞給其他人。笑話、都市傳說、古怪宗教、馬克思主義。無論我們變得多聰明，總是有個深層的非理性部分存在，導致我們成為自我複製資訊的潛在宿主。不過身體感染亞舍拉的高感染力病毒株會讓你加倍易受影響。唯一阻止這些東西掌控世界的是巴別爾因子——互不理解之牆，這種牆隔開人類，阻擋病毒擴散。

「巴別爾導致語言的數量爆炸性增長。這是恩基計畫中的一部分。單一文化，譬如一片玉米田就很容易受感染影響，但若是多元基因的文化，譬如大草原，則極度強健。經過幾千年，發展出一種擁有卓越彈性和力量的新語言——希伯來語。第一個乘勢而起的是申命派，西元前六、七世紀的一群激進一神論者。他們活在極端民族主義與仇外的時代，因此他們輕而易舉排拒像亞舍拉崇拜這樣的外來思想。他們將他們的古老故事定形為《妥拉》，並在其中植入一套確保其自身在歷史中廣為流傳的律法——一套明擺著說『為我製造複本並每日閱讀』的律法。而且他們鼓勵資訊衛生，相信必須縝密製作複本，而且極其謹慎對待資訊；就他們所知，資訊具備潛在的危險。他們將數據當作受控制之物。

「他們做的可能還不只這樣。有證據顯示，當辛那赫里布試圖攻克耶路撒冷，他們謹慎規畫了對抗辛那赫里布的生物戰。因此申命派可能自己擁有一個恩，也可能他們只是非常了解病毒，因此知道該如何利用自然出現的病毒株。這些人培養出來的技能祕密代代相傳，然後在兩千年後自行顯露，在歐洲的神祕巫師，巴爾申，神真名的主人之中。

「無論如何，這是理性宗教的誕生。後續的所有一神宗教——穆斯林恰如其分地稱之為聖書宗教——都或多或少納入了那些概念。舉例來說，《可蘭經》一再聲明它是天國某本書的謄本，一模一樣的複本。當然了，相信這番說詞的人肯定不敢以任何形式更動其中的文字！諸如此類的概念非常有效地預防了亞舍拉的擴散，因此到最後病毒教派曾經興盛的每一寸領土——從印度到西班牙——都臣服於伊斯蘭教、基督教或猶太教。

「但因為亞舍拉暗中潛伏——纏捲感染者的腦幹代代相傳——它總是能找到方法再次浮現。猶太教方面，它在法利賽人之中興起；他們將嚴格拘泥於法規的神權政治加諸於希伯來人。他們的神權政治嚴守存放於神廟中的律法，由獲授世俗權威的祭司族類管轄，與舊蘇美系統相似，而且一樣悶窒。

「耶穌基督的工作就是試圖破除猶太教的這種情況——算是恩基所作所為的回音。基督的福音是新的南－夏咘，一種將宗教從神廟解放的企圖，也企圖將宗教從祭司職權中解放，將神之國度帶給所有人。他的布道明白指出這個訊息，空墳也象徵性體現了這個訊息。十字架受難之後，門徒來到他的墳，希望能找到他的屍體，卻什麼也沒找到。訊息非常明確：我們不該將耶穌當作偶像加以崇拜，因為他的思想獨立存在，他的教會不再中央集權於一人，而是分散於眾人中。

「習於法利賽嚴格神權政治的人沒辦法接受屬於大眾、無階級的教會。他們想要教皇、主教和教士。於是復活的神話被加入福音，訊息遭竄改為某種形式的偶像崇拜。在這個新版福音中，耶穌回到人世並組構教會，此教會之後成為東羅馬帝國與西羅馬帝國教會——另一個嚴格、苛刻、不理性的神權政治。

「同時間，五旬節教會成立了。早期基督徒以方言禱告。《聖經》說：『眾人皆驚奇且困惑，對彼此說道：「這是什麼意思？」』嗯，我想我或許能回答這個問題。這是一次病毒爆發。自從中命派的勝利，亞舍拉就在了，潛伏在所有人之中。猶太人施行的資訊衛生措施壓抑了亞舍拉，但基督信仰早期肯定有許多混亂，許多激進分子與自由思想家到處嘲弄傳統，退回前理性宗教的時代，退回蘇美。果然，他們都開始以伊甸的語言交談。

「主流基督教會拒絕接受靈言。他們有幾個世紀的時間都不贊成靈言，並在三八一年的君士坦丁堡公會議加以肅清。靈言教派繼續存在於基督教世界的邊緣。如果有助於異教徒改宗，教會願意接受一點點特異外語超能力，就像十六世紀時，聖路易·伯德郎（St. Louis Bertrand）成功讓數千名印第安人改宗，將靈言以比天花更快的速度散布到整個大陸。然而一旦改宗，那些印度安人就必須閉上嘴，跟其他人一樣說拉丁語。

「宗教改革運動又將門打得更開一點。不過五旬節派教義要到一九〇〇年才真正起飛；當時在堪薩斯，一小群聖經學院的學生開始說方言。他們將此做法傳遍德克薩斯，並在那裡以復興運動之名而為人所知，如野火燎原延燒整個美國，然後全世界，於一九〇六年觸及中國與印度。二十世紀的大眾傳媒、高識字率以及高速運輸都是傳染病的一流傳染媒介。在擁擠的復興會堂，或是第三世界難民營，靈言如恐慌一樣在人與人之間擴散。到了八〇年代，五旬節派教友人數達到數千萬。

「然後出現電視，韋恩牧師也冒出頭，還有L．巴布．萊富無遠弗屆的媒體力量為其撐腰。韋恩牧師透過電視節目、小手冊和加盟體廣為宣傳的行為可沿一條不間斷的線追溯至早期基督教信仰的五旬節教派，再從這裡連結異教靈言信仰。亞舍拉教派生生不息。韋恩牧師珍珠大門就是亞舍拉信仰。」

57

「拉荀斯想通一切。他原本是國會圖書館的研究員，後來中情司吸收圖書館，他也成為其中一份子。他靠在圖書館挖掘有趣的東西維生，挖掘其他人都沒興趣的真相，再把這些真相組織一番後出售。他一想通恩基／亞舍拉的完整故事，隨即開始找尋買家，後來鎖定L・巴布・萊富，頻寬之王，光纖獨占事業的所有人，當時聘僱的程式設計師人數舉世無雙。

「拉荀斯有一個在非商人身上頗典型的致命缺點：眼界太小。他認為只要投入一點點風險資本，就有可能把這個神經語言駭客攻擊發展成新科技，而萊富可以藉此維持占有流經手下程式設計師大腦的資訊。撇開道德不談，這並不是什麼糟糕的點子。

「萊富則喜歡放大眼界，他立即看出這個構想有可能更加強大。他收下拉荀斯的點子，叫拉荀斯滾邊去。他開始把大筆大筆銀子投入五旬節派教會。他取得德克薩斯灣景區的一間小教堂，將其建設為大學。他吸收一個無足輕重的牧師，韋恩・貝福牧師，把他變得比教宗還重要。他在世界各地建立起一連串自給自足的宗教加盟體，利用他的大學以及大學的元宇宙校園快速產出成千上萬傳教士，朝四面八方擴散，進入第三世界的各個角落，開始大量促使人改宗，就像聖路易・伯德郎一樣。L・巴布・萊富的靈言邪教是伊斯蘭教創立以來最成功的宗教。他們常常談論耶穌，但就像許多自稱基督教教會的組織一樣，他們除了用他的名字之外，跟基督教信仰一點關係也沒有。這是後理性宗教。

「他也想散布生物性病毒，以此作為邪教的促進劑或增強劑，但沒辦法利用廟妓散布又全身而退，因為這是反基督教的大罪。不過他的第三世界傳教士主要功能之一就是走入偏僻地區為居民注射疫苗——那些針筒裝的可不只是疫苗而已。

「至於在第一世界這裡，所有人都打過疫苗了，我們也不會讓宗教狂過來拿針筒戳我們，不過我們吃很多藥。因此針對我們，他想出一種從人類血清萃取病毒的方法，包裝成名為潰雪的毒品。

「同時間，他讓浮筏漂流，藉此將成千上萬教眾從亞洲的悲慘地區運送到美國。浮筏的媒體形像是一個絕對混亂之地，筏民操持上千種不同語言，沒有中央管理機構。但完全不是這麼回事。浮筏高度組織化，也受到嚴格控制。這些人都以方言交談。L．巴布．萊富掌握了特異外語超能力，加以精進，並轉化為一種科學。

「透過在這些人的頭顱嫁接無線電接收器，他可以控制他們，直接將指示——祕——播送入他們的腦幹。只要一百個人中的一個人有接收器，他就可充當地方恩，並將L．巴布．萊富的祕傳遞給其他人。他們會執行L．巴布．萊富的指示，彷彿程式設計要他們這麼做。此時此刻，他有大約一百萬個像這樣的人在加利福尼亞海岸外按兵不動。

「他還有二進位形式的數位超病毒，可以感染電腦，或透過視神經感染駭客。」

「他是怎麼翻譯成二進位形式的？」吳問。

「我不認為他有翻譯。我認為他是在太空中找到的。萊富擁有全世界最大的電波天文望遠鏡網路。他並不是真的用來研究天文學——而是聆聽來自其他行星的信號。理所當然，他的其中一個碟形天線遲早會收到超病毒。」

「怎麼會理所當然？」

「超病毒無所不在。生命存在之處，超病毒就存在，透過生命而傳播。超病毒原本的傳遞媒介是彗星。生命最早或許就是這樣來到地球，超病毒多半也是。不過彗星很慢，無線電波則很快。以二進位形式，病毒能夠以光速在宇宙中穿梭。它感染一顆文明行星，進入他們的電腦，繁殖，然後不可避免地透過電視或無線電或隨便什麼媒介散播出去。這樣的播送並不會在大氣邊緣停下來——而是發散到太空中，永不止息。而當播送的訊號遇上一顆擁有另一個文明的行星，其中的居民也像萊富一樣聆聽星辰，這顆行星便也遭到感染。我認為這就是萊富的計畫，而且我認為他成功了。只不過萊富很聰明——他以受控制的方式抓住病毒，把它放入瓶中。一種資訊戰劑，由他隨心所欲運用。若是置入電腦，它會讓電腦自我感染新病毒而當機。若是進入駭客的心智，那後果更是毀滅性。駭客對二進位碼的了解嵌入他腦中的深層結構，二進位超病毒會毀掉他的心智。」

「所以萊富可以控制兩種人。」吳說：「他可以利用寫入母語的祕控制五旬節教派，也可以利用二進位病毒破壞駭客的大腦，以一種更加激烈的方式控制駭客。」

「正是如此。」

「你覺得萊富想要什麼？」吳問。

「他想當奧茲曼迪亞斯（Ozymandias），諸王之王。聽著，這很簡單：一旦讓你改信他的宗教，他就可以用祕控制你。而他可以讓上百萬人改信他的宗教，因為這種宗教像他媽的病毒一樣擴散——人毫無抵抗力，沒人習慣思考宗教，大家不夠理性，沒辦法辯論這種事。基本上，讀《國家詢問報》或用電視看職業摔角的人都很容易改宗。而且有了潰雪作為促進劑，那就更容易改宗了。

「萊富的關鍵領悟是現代文化和蘇美文化之間並無差別。我們有廣大的文盲或文莽勞動族群，他們依賴電視——這也是某種口述傳統。我們也有一小群極具文化修養的權力菁英——基本上就是會進入元宇宙的人——這些人了解資訊就是力量，這些人也控制社會，因為他們擁有言說神奇電腦語言的半神祕能力。

「因此我們成了阻礙萊富計畫的巨大絆腳石。L·巴布·萊富這種人少了我們駭客就什麼也做不了。就算他能讓我們改宗，他也沒辦法利用我們，因為我們所做的事就本質而言是創造性的，執行祕的人無法複製。但他可以用潰雪這種鈍器威脅我們。我想這就是達五欸遭遇的情況。有可能是場實驗，只是看看潰雪在真正的駭客身上是否有用，也有可能是警告，意圖對駭客社群展現萊富的力量。訊息如下：如果在科技祭司之中廣為散播亞舍拉——」

「朝野花丟凝固汽油彈。」吳說。

「就我所知，完全沒辦法阻止二進位病毒。不過有解藥可以治萊富的假宗教。恩基的南－夏咘依然存在。他把副本傳給他的兒子馬杜克，馬杜克又傳給漢摩拉比。好，馬杜克可能真實存在，也可能不存在，重點在於恩基特地留下一種印象，讓人認為他以某種形式傳下他的南－夏咘。換言之，他種下一個訊息；如果亞舍拉再度興起，後代駭客就應該破譯這則訊息。

「我相當確定我們所需的資訊藏於一個泥封，而這個泥封十年前在伊拉克南部的蘇美古城埃瑞杜出土。埃瑞杜是恩基的地盤，換言之，恩基是埃瑞杜的地方恩，而他的祕存放於埃瑞杜的神廟，其中包含我們正在尋找的南－夏咘。」

「泥封是誰挖出來的？」

「埃瑞杜考古完全由德克薩斯灣景區的一家宗教大學出資。」

「L·巴布·萊富的學校？」

「猜個正著。他創立考古學系，唯一的功能是挖掘埃瑞杜城，找出恩基將他的所有祕存放在哪個神廟，然後全部打包帶回家。L·巴布·萊富想反向打造恩基的技能；藉由分析恩基的祕，他想創造出專屬於他的神經語言駭客。他想打造一個新社會，而這些駭客能夠為這個新社會寫出新祕；新祕則成為基本規則，也就是程式。」

「不過恩基的南－夏咘的副本也在這些祕之中，」吳說：「這對萊富的計畫來說很危險。」

「對。他也想要泥板——不是拿來分析，而是自己收起來，才不會被人拿來對付他。」

「如果能拿到這個南－夏咘的副本，」吳說：「它會產生什麼作用？」

「如果我們能把恩基的南－夏咘傳送給浮筏上的所有恩，他們就會再轉傳給所有筏民。這會堵住他們的母語神經元，防止萊富再用新祕操控他們。」阿浩說：「不過我們實在需要在浮筏散開前做好這件事——在筏民全部上岸之前。萊富透過企業號上的中央播送機對他的恩說話，我想這應該是某種相當短程、視距型的東西。他很快就要透過這個系統播送一個巨大的祕，藉此號召所有筏民形成一支聯合大軍，在協同進軍令之下上岸。換言之，浮筏會散開，在那之後就不可能再透過單一播送觸及所有人。所以我們必須盡快行動。」

「萊富先生將不悅至極。」吳預言道：「他會藉由釋出潰雪對付科技祭司，試圖以此作為報復。」

「我知道，」阿浩說：「但我一次只能擔心一件事。這部分我需要有人幫點小忙。」

「說比做容易。」吳說：「要想到達核芯，你必須飛越浮筏，或是駕駛小船從中穿過。萊富在那裡有一百萬個配備來福槍和導彈發射器的人。就算是高科技武器系統，也沒辦法戰勝大規模組織化輕武器攻擊。」

「那就弄幾架直升機到附近來。」阿浩說：「什麼都好。只要我有辦法弄到恩基的南－夏咘，用這東西感染浮筏上的所有人，你們就能安全靠近。」

「我們會看看能想出什麼辦法。」恩佐大叔說道。

「好。」阿浩說：「那『道理』呢？」

吳咕噥了些什麼，接著一張卡片出現在他手中。「新版系統軟體。」他說：「問題應該稍微少一點。」

「稍微少一點？」

「這世上不存在沒毛病的軟體。」吳說。

恩佐大叔說：「我猜我們身上都有一點點亞舍拉。」

58

阿浩自己找路出去，然後搭電梯一路向下回到大街。從霓虹摩天大樓出來時，一個黑白女孩坐在他的摩托車上亂搞控制系統。

「你在哪？」她問。

「我也在浮筏。嘿，我們剛剛賺了二千五百萬元。」

他很肯定就這麼一次，YT絕對會對他所說的話佩服得五體投地。但她沒有。

「那等他們把我裝進特百惠寄回家的時候，應該可以幫我辦一場很風光的葬禮。」她說道。

「怎麼會？」

「我惹上麻煩了。」她坦承——人生中頭一遭，「我覺得我男朋友會殺了我。」

「你男朋友哪位？」

「渡鴉。」

如果替身能夠臉色刷白、頭昏眼花，不得不在人行道坐下，阿浩就會這麼做。「現在我知道他為什麼要在額頭刺上**難以控制衝動**了。」

「真棒。我還希望能來點互助，或至少給點建議呢。」她說。

「如果妳覺得他會殺了妳，那妳就錯了，因為如果妳想的沒錯，現在妳已經死了。」阿浩說道。

「這取決於你的假設。」她接著跟她說了一個有關陰牙的超精采故事。

「我會試著幫妳，」阿浩說：「不過在浮筏上跟我混在一起也稱不上多安全就是了。」

「你聯絡上你女朋友了嗎？」

「沒，不過我覺得很有希望；假設我沒死。」

「什麼東西很有希望？」

「我們的關係。」

「為什麼？」她問：「現在和之前有什麼不同？」

有些問題無比簡單又顯而易見，但因為阿浩不確定答案是什麼，所以覺得很煩人；這個問題就是其中之一。「嗯，我覺得我想通她在做什麼了——她為什麼來這裡。」

「所以？」

另一個簡單又顯而易見的問題。「所以，我覺得我現在懂她了。」

「你懂了？」

「對啊，欸，算是吧。」

「而這應該是件好事？」

「嗯，當然啊。」

「阿浩，你真是個怪胎。她是女人，你是男人。你不應該懂她。這不是她要的。」

「不然妳以為她要的是什麼——記住妳從沒真正見過這個女人，而且妳正在跟渡鴉交往？」

「她才不想要你懂她。她知道那是不可能的，她只想要你懂你自己。其他一切好說。」

「妳這麼覺得？」

「對啊，百分之百。」

「妳怎麼會以為我不懂我自己？」

「很明顯啊。你是非常聰明的駭客，也是全世界最厲害的劍士——你還送披薩、幫你一毛錢也沒賺的演唱會宣傳。你怎麼能預期她——」

剩下的對話被穿透他耳機的聲音淹沒，來自現實世界：隆隆重擊聲之上是一陣刺耳、猛烈的噪音，高亢而尖銳。然後只剩下社區小孩恐懼的尖叫，男人以塔加拉族語叫喊，還有鋼鐵拖網漁船在海水壓力下坍垮的呻吟與爆裂聲。

「那是什麼？」YT問。

「隕石。」阿浩答道。

「啥？」

「等等。」阿浩說：「我想我剛剛捲入格林機槍槍戰中了。」

「你要登出了嗎？」

「閉嘴就對了。」

這是個U型社區，環繞浮筏中的某種海灣而建，六艘生鏽的舊漁船停泊灣中，灣緣是不成套的浮筒拼湊而成的漂浮碼頭。

那艘空蕩蕩的拖網漁船，就是他們切下廢金屬的那艘，剛剛遭企業號甲板上的大砲射中。看起來就像大浪捲起船，把船裹上一根柱子：船的一整面都坍陷進去，船頭和船尾居然折向彼此。船後方破碎，空空的貨艙大口吞下一股浩瀚、持續奔流的陰沉棕色海水，像溺水之人吸入空氣一樣吸入斑駁的汙水。拖網漁船快速朝海底下沉。

阿浩把「道理」推回充氣艇，跳上船，啟動馬達。他沒時間把船從浮筒解開，因此拔出脇差朝繩索一揮，隨即匆匆離開。

廢船的繫索拉扯之下，浮筒全部擠在一起，開始朝內、朝下塌陷。拖網漁船沉入水下，彷彿黑洞般想把整個社區一起拖下水。

幾個菲律賓男子帶著短刀出來，正在劈砍把社區交織在一起的東西，試著截斷已經無法挽救的部分。阿浩急忙來到一個入水齊膝的浮筒旁，找到它和下一個浮筒相連的繩索；此時繩索已經沉入更深的海中。他用武士刀戳刺繩索，剩餘的繩索發出來福槍響般的砰砰聲，接著浮筒掙脫，射上水面，速度之快，差點撞翻充氣艇。

拖網漁船這側的整段浮筒碼頭都沒救了。手拿捕魚刀的男人和帶著廚房切肉刀的女人跪著用手中的刀解放自家社區，水已經淹到他們的下巴了。社區一條繩索接著一條繩索掙脫，亂無章法，把菲律賓人拋入空中。一個拿大砍刀的男孩切斷最後一根繩索，斷繩彈起掃過他的臉。碼頭終於重獲自由與靈活性。擺動搖晃著逐漸找回平衡。拖網漁船原本所在之處只剩下一灘冒泡的漩渦，不時吐出鬆脫的漂浮廢棄物。

有些人已經手腳並用爬上綁在拖網船旁的漁船。這艘船也遭受波及：幾個男人擠在一起，趴在欄杆上檢查舷邊的大撞擊坑。每個洞的周圍都是一圈餐盤大小的閃亮斑痕，原本的油漆和鐵鏽都被爆炸清得乾乾淨淨，中間的洞則有高爾夫球那麼大。

阿浩決定是時候離開了。

不過在他走之前，他把手伸進連身衣內拿出鈔票夾，數了幾千港圓放在甲板上，用紅色汽油鋼槽的一角壓著，然後上路。

他順利找到通往下一個社區的水道。他的偏執程度升級，因此駕船出去的時候一直來回掃視，查看每一條小巷，在一個內凹處看見一個正在喃喃自語的電線頭。

隔壁是馬來西亞社區。幾十位居民受噪音吸引，聚集在橋附近。阿浩進入他們社區時，看見幾個男人拿著刀槍奔過上下起伏的浮筒橋；這座橋算是他們的主要街道，男人則是地方警察。更多類似的男人從小路、小艇和舢舨冒出來加入他們。

突然爆出一陣驚天動地的重擊爆裂撕扯聲響，位置就在他旁邊，聽起來像一輛木材卡車剛剛撞上磚牆。水濺到他身上，一股蒸氣拂過他的臉，然後回歸安靜。他轉過身，動作緩慢而勉強。最近的浮筒已經不見了，只剩下一碗帶血、洶湧的碎片殘骸湯。

他轉身看身後，幾秒前看見的那個電線頭現在來到空地，獨自一人站在浮筒筏邊緣。所有人都避開他。他可以看見那混蛋的嘴唇在動。阿浩快速掉頭駛回電線頭的位置，空著的手拔出脇差當場把他砍倒。但還會有更多。阿浩知道他們現在全體出動找他。為了逮住阿浩，企業號上的砲手不在乎他們得殺死多少筏民。

他從馬來西亞社區進入一個中國社區。這一區更具規模，包含若干鋼殼船和駁船，朝遠離核芯的方向延伸，一直延伸到阿浩在這個無用的海平面優越位置極目所及之處。

一個男人在其中一艘中國船上層的高處看著他，又一個電線頭，正在將最新消息回傳浮筏中央，阿浩可以看見他的下巴在抽動。

企業號甲板上的大型格林機槍再次開火，另一顆貧化鈾彈丸隕石擊中距離阿浩二十英尺的無人駁船舷側。駁船的整個舷邊塌陷，彷彿金屬已化為液體，順著排水管流下，金屬變得明亮，衝擊波直接將厚厚一層鏽化為氣溶膠，乘著音浪把鏽從鋼鐵上炸開；音浪是如此強大，震得阿浩胸腔深處一陣疼痛，覺得反胃想吐。

機槍由雷達控制，射擊一塊金屬的話準確性極高，若想射中血肉，就沒那麼準了。

「阿浩？他媽的發生什麼事啦？」ＹＴ對著他的耳機吼道。

「不能說話。帶我去我辦公室。」阿浩說：「把我拉上摩托車後座，然後騎車過去。」

「我不會騎摩托車。」她說道。

「只有一個操縱裝置，催油門車就會走。」

他將船頭朝向開放海域，馬力全開直直開出去。元宇宙暗暗疊映於現實世界，他可以看見ＹＴ的黑白替身坐在摩托車上他前方的位置；她伸手握住油門，他們猛然往前竄，以一馬赫的速度撞上一棟摩天大樓的牆。

他完全關掉元宇宙的畫面，把示鏡調整為全透明，再把系統切換為全滴水獸模式：以假色紅外線強化可見光，外加毫米波雷達。

他眼中的世界變成粗顆粒的黑與白，比原本亮多了。到處都有物體模糊地散發粉紅或紅色光輝。這來自紅外線，代表這些東西是溫暖的或熱燙的；人類是粉紅色，引擎和火是紅色。

疊映的毫米波雷達造像則是更清晰亮眼的螢光綠，顯現出所有金屬製品。阿浩此時正航過一條粗粒子、炭灰色的水道，旁邊是排成一列的粗粒子淡灰色浮筒橋，橋則綁在亮眼螢光綠的駁船和船上，船身凡是發熱之處都散發泛紅的光。這畫面並不美，事實上根本醜爆了，多半就是因為這樣，滴水獸才會一般來說都是社交智障。不過這比他以前的烏黑中帶炭色畫面有用多了。

而且救了他一命。就在他匆忙穿過一條彎曲狹窄的水道時，一條細細的綠色拋物線橫跨在他面前的水上，它突然從水中升起，啪的一聲繃緊，化為一條橫過脖子高度的完美直線。這是鋼琴線。阿浩彎腰躲避，對設下陷阱的年輕中國男子揮揮手，繼續前進。

雷達偵測到三個模糊的粉紅色人影，手持中製AK-47站在水道邊。阿浩切入側道避開他們。但這條水道較窄，而且他不確定它通往何處。

「YT，」他說：「我們他媽的人在哪？」

「正在路上朝你家的方向騎。我們錯過大概六次了吧。」

前方水道走入死胡同。阿浩一百八十度迴轉。後方拖著一具龐大的熱交換器，船的操控性和速度都遠遠不及阿浩期望。他又從陷阱線下方駛過，開始探索他稍早經過的另一條狹窄水道。

「好，我們到家了。你坐在你的桌子旁。」YT說。

「好，」阿浩說：「接下來就棘手了。」

他突然停在水道中央，左右查看是否有民兵和電線頭的蹤影，結果沒有。他旁邊的船上有一個五英尺高的中國女人拿著方形切肉刀切東西。阿浩評估這種危險他應付得了，於是他關掉「道理」，回到元宇宙。

他坐在書桌前，YT站在他旁邊，雙臂交抱，散發出「態度」。

「圖書館員？」

「是的，先生。」圖書館員走進來。

「我需要航空母艦企業號的平面圖，快，可以幫我弄到立體圖的話更棒。」

「是的，先生。」圖書館員說道。

阿浩伸手抓地球。

「**目前所在位置**。」他說道。

地球旋轉，直到他視線正對著浮筏才停止，然後以恐怖的速度衝向他。花了整整三秒就把他帶到位。

如果他是在世界上某個正常、穩定的地方，像是曼哈頓下城，這功能實際上會是以立體的方式呈現。

不過他只能忍受二次元衛星影像。他眼前是疊映在浮筏黑白照上的紅點。紅點正位於一條黑色水道中間：

目前所在位置。

依然是一團驚人的迷宮，不過從俯瞰的角度，要走出迷宮就簡單多了。大約六十秒內，他已經來到開闊的太平洋。霧濛濛的灰色黎明。「道理」的熱交換器吐出羽狀蒸氣，但只稍微讓霧氣加深一點點而已。

「你到底在哪？」YT問。

「正要離開浮筏。」

「天，還真多謝你幫忙咧。」

「我很快就回來，只是需要一點時間回神而已。」

「這裡有好多可怕的傢伙。」YT說：「他們在看我。」

「沒關係。」阿浩說：「我確信他們會聽『道理』。」

59

他掀開大旅行箱。螢幕依然亮著，顯示出平面桌面顯示，選單條位於頂端。他用軌跡球拉下選單：

協助工具
準備
發射「道理」
戰略訣竅
維護
補彈
疑難排解
其他

「準備」標題下的資訊量太大了，他根本不可能看完，其中包含一支曝光不足的半小時影片，主講人是一名矮壯的疤臉亞洲男子，他的臉似乎麻痺了，永遠一副鄙視的表情。他穿上衣服。他做特別的伸展運動熱身。他打開「道理」。他檢查槍管是否有損傷或髒汙。阿浩從頭到尾快轉。

矮壯亞洲男終於啟動「道理」。

魚眼的使用方法並不完全正確；道理自附槍架，捆在身上，你就能以骨盆吸收後座力，剛剛好用身體的重心承受力量。槍架附吸震墊，還有迷你液壓好東西以抵銷重量和後座力。如果你以正確的方式穿戴這整套東西，就可以更輕鬆地精確用槍。如果你示入電腦，無論槍對準哪裡，示鏡上也會疊映好用的十字瞄準線。

「您要的資料，先生。」圖書館員說道。

「你有沒有聰明到把資料跟**目前所在位置**連結？」阿浩問。

「我盡我所能，先生。格式似乎可相容。先生？」

「怎樣？」

「這些平面圖已經好幾年了。企業號在製圖後被私人物主買下——」

「可能會有些變動。懂。」

阿浩回到現實世界。

他找到一條內通核芯的開闊水上大道。水道一側附某種人行通道，雜亂拼湊，看似無止無盡的一長條跳板、浮筒、木頭、廢棄小艇、鋁製獨木舟、油桶。無論在世界上的任何其他地方，這都會是一條障礙賽道；但在這個第五世界，它可是超級高速公路。

阿浩駕船沿中線往前駛，速度並不特別快。撞上東西的話可能會翻船，「道理」會沉入水中，而阿浩跟「道理」捆在一起。

切換為滴水獸模式後，他可以清楚看出一條稀疏的警戒哨線，半球體沿企業號的戰鬥甲板邊緣設立。雷達裝置貼心地將這些都顯示在螢幕上，指出它們是方陣反導彈大砲的雷達天線。多砲筒大砲從每一個半球體下方突出。

他減速到幾乎停止，來回揮動「道理」的槍管一會兒，直到十字瞄準線掃過他的視野。這是瞄準點。他讓準心落在中央，對準其中一具方陣大砲，猛壓「道理」的扳機半秒。

大半球體化為鋸齒狀薄片碎屑噴泉。還看得到下方的砲筒，上面撒了一些紅色汙痕；阿浩將對準線稍下移，又打完五十發子彈，把大砲從砲架卸下。大砲的砲彈帶開始斷斷續續爆炸，阿浩被逼得別開視線。

他看著下一具方陣大砲，卻發現自己正凝望著砲口。太可怕了，他不由自主猛扣扳機，連續射擊了好一會兒，但似乎一事無成。然後某個近處的東西遮住他的視線；後座力把他推到一艘綁在水道旁的破舊遊艇後方了。

他知道接下來會發生什麼事——蒸氣讓他無所遁形——他急忙閃開。一秒後，遊艇就這麼被大砲的砲擊直接壓入水中。他逃了幾秒，找到一個他可以在那兒定定神的浮筒，然後再次開火長時間連續射擊；等他停火，**企業號**邊緣上的方陣大砲原本所在位置被咬掉了一個凹凸不平的半圓。

他又回到主要幹道，朝內駛，直到幹道結束於其中一艘核芯船下方；這是貨櫃船改建而成的高聳複合式公寓，以一張貨網作為往來的坡道，當不受歡迎的人試圖從貧民窟爬上來，或許也兼具開合橋的功能。浮筏上大概沒人比阿浩更不受歡迎了，但他們把貨網留給他。

其實沒關係，他要暫時留在小船上。他快速從貨櫃船旁駛過，再拐個大彎繞過船頭。

隔壁是一艘大油輪，幾乎空了，吃水很淺。他抬頭看分隔兩艘船的陡峭鋼鐵峽谷，發現兩者之間並沒有架設方便往來的貨網。他們不想讓小偷或恐怖份子爬上油輪鑽探石油。

下一艘船就是**企業號**。

兩艘大船，油輪和航空母艦彼此平行，相距十到五十英尺，以數條粗大的纜繩相連，以巨大的安全氣囊相隔，像是他們把軟式飛艇硬塞進兩艘船之間，以免它們彼此摩擦。粗重的纜繩不只是把兩艘船綁在一起而已；他們巧妙利用了重物和滑輪，他猜想這樣一來，當洶湧大海將兩艘船朝不同方向拉，兩艘船之間還能留有一些緩衝空間。

阿浩駕著他自己的小安全氣囊穿過它們之間。相較於浮筏，這條灰色鋼鐵隧道顯得安靜而遺世獨立；除了他之外，沒人有任何理由來這裡。他有一會兒只想坐在這裡放鬆。

但稍微想想就知道不太可能。「**目前所在位置**。」他說。

眼前的企業號船身——弧度和緩的大片灰色鋼鐵——化為三次元線框圖，顯現出船殼另一側的內部構造。

企業號下面這裡的吃水線沿線有一道反魚雷防護鋼板。前景不是很看好。不過再往上鋼板就薄了，而且另一邊有些好東西，真正的房間，而非油槽或彈藥艙。

阿浩挑了一間標示為**軍官室**的房間，開火。

企業號的船殼意外地牢固。「道理」並沒有直接炸穿一個隕石坑，過了幾分鐘爆炸威力才滲透，而且只炸出一個直徑大約六英寸的洞。阿浩被後座力推得背抵油輪的生鏽船身。

槍反正帶不走，於是他扣住扳機，盡可能瞄準同一個方向，直到打完所有子彈。然後他解開束帶卸下「道理」，把整個東西丟到船外。它將沉入海底，並用一柱蒸氣標記出位置；稍後，李先生的大香港可以派「環保直接行動民兵」來這裡回收。然後如果他們想，他們可以把阿浩送交「環保犯罪法庭」審處。此時此刻，他一點也不在乎。

他試了六次才把爪鉤卡進水線上二十英尺的鋸齒狀破洞。

鑽進洞裡時，熱燙尖銳的金屬融化、扯裂連身工作服的人造纖維，發出啪啪聲和嘶嘶聲。他最後留下一些布塊熔接在船身，暴露在外的皮膚得到若干一級和二級燙傷，但還沒真正痛起來。他就是這麼亢奮。傷口稍後才會開始痛。他的鞋底熔化，隨著他踩過大塊大塊發光的砲彈碎片而嘶嘶作響。房內煙霧瀰漫，但航空母艦最重視的就是防火意識了，這地方沒多少可燃物。阿浩直接穿過煙走到被「道理」打成鋼蜂窩的門邊。他把門踹得從門框鬆脫，進入一個平面圖中簡單標示為通道的地方。接著，因為似乎沒有比現在更好的時機，他拔出了武士刀。

60

當YT的這位夥伴在現實世界忙，他的替身卻有點垮掉，像個充氣情趣娃娃一樣坐在那裡，臉部持續進行各種伸展運動。她不知道他在做什麼，不過看起來肯定很刺激，因為他大多數時候要不極端驚訝，要不嚇得屁滾尿流。

他跟圖書館員老兄聊航空母艦聊完後不久，她開始聽見外面傳來深沉的隆隆聲——現實世界的聲音，聽起來混雜機關槍和圓鋸的聲響。只要她聽見那聲音，阿浩的臉就露出這種驚愕的表情，像是在說：我死定了。

有人輕拍她肩膀。某個在元宇宙有場清晨會面的西裝仔，心想無論這個酷遞員在幹啥，應該都不可能有多重要。她暫時置之不理。

然後阿浩的辦公室失焦，像是畫在遮光簾上一樣跳入空中，而她正看著一個傢伙的臉。一個亞洲人，令人發毛的怪胎，電線頭。恐怖的天線老兄之一。

「好，」她說：「你想怎樣？」

他抓住她的手臂，把她拖出隔間。他還有個同夥，同夥抓住她的另一條手臂，開始朝外走。

「他媽的放開我的手臂。」她說：「我跟你們走。沒事的。」

這不是她第一次被趕出滿是西裝仔的建築物，不過這次有點不一樣。這一次，保鑣是兩個玩具反斗城的等身塑膠公仔。

這兩個傢伙多半不說英語，而這並不是唯一的問題；他們的動作也完全不正常。她實際上成功掙脫一條手臂，但那傢伙沒有揍她之類的，只是僵硬地轉向她，機械地在她身上摸索，直到重新握住她的手臂。他的表情完全沒改變，眼睛像壞掉的車頭燈一樣凝視前方，嘴巴打開夠他呼吸的寬度，但嘴唇完全沒動，表情毫無變化。

他們位於大量船艙和切開作為旅館大廳的貨櫃之間。電線頭把她拖出門外，帶到磨淡了的直升機停機坪對準線上。時間剛剛好，因為剛好有一架直升機正要降落。這地方的安全程序爛到爆；他們的頭有可能被螺旋槳削掉。這是她之前看過的那種企業直升機，附萊富高標誌、外表光鮮亮麗。

電線頭想把她拖過一塊跨過大海連結隔壁船的跳板玩意兒。她成功轉向後方，雙手握住欄杆，腳踝勾住支柱，撐在那兒不動。其中一個傢伙從後面抱住她的腰想把她扯開，另一個傢伙站在她前方，一根一根撬開她的手指。

好幾個傢伙從萊富高的直升機蜂擁而出。他們身穿連身工作服，口袋裡塞著工具，她看見至少一個聽診器。他們從直升機搬出側邊有紅十字圖形的大玻璃纖維箱，衝進貨櫃船。YT知道這可不是為了幫助某個一邊吃燉梅子一邊撫摸耳垂的胖商人。他們要進去救活她男朋友。渡鴉全速唧動：正是這世界此時此刻所需。

他們把她拖過隔壁船的甲板，從這裡爬上一段階梯玩意兒，登上隔壁船，一艘無比巨大的船。她覺得這應該是一艘油輪。越過糾結的輸送管和滲出白漆的鐵鏽，她可以看見企業號在另一邊。他們就是要到那裡去。

兩艘船沒有直接相連。企業號甲板上的一座起重機盪過來，把一個鐵網籠吊來油輪這邊，距離甲板只有幾英尺；兩艘船朝不同方向擺盪，籠子相盪劇烈地上下彈、左右晃，像鐘擺一樣掛在鋼索末端。籠子一側有一扇門，這時大大敞開。

他們算是把她頭朝前丟進去，同時把她的雙臂固定在身側，不讓她撐著籠子推開，再花了一點時間從後面折起她的雙腿。到這個時候，已經很明顯交談沒用，於是她只能安靜反抗。她成功在其中一個傢伙的鼻梁狠狠踹一腳，感覺到也聽到骨頭斷裂，但這男人除了頭被踹得往後甩之外沒有任何反應。她太忙著看他，等著看他什麼時候會發現自己鼻梁斷了、她就是罪魁禍首，因此停止踢打一會兒，就這麼被他們趁機整個人推進籠子裡，門隨即啪的一聲關上。

一隻經驗老到的浣熊就打得開彈簧鎖。這籠子不是設計用來關人的。不過等到她好不容易把身體轉到碰得到鎖的方向，她已經位於距離甲板二十英尺的高度，俯瞰著油輪和企業號之間的一線黑水。她可以看到有艘充氣艇被丟在那兒，在鋼牆之間來回碰撞。

企業號並非平靜無波。有東西在某處燃燒，有人在開槍。她不是很確定自己想待在這裡。由於她高高在上，於是偵查起船上的情況，確認無路可逃，沒有近便的跳板或階梯玩意兒。

她朝企業號降下。籠子左右傾斜，吊在鋼索上掠過甲板，最後終於觸及甲板時，籠子滑行了幾英尺才停下來。她彈開彈簧鎖，鑽了出來。然後呢？

甲板上畫了一個靶心，幾架直升機停在邊緣並以繩索綁住。一架直升機停在靶心正上方；這是巨大的雙引擎噴射機種，算是裝上槍砲和導彈的飛行浴缸；它的燈全亮，引擎嗖嗖響，螺旋槳散漫地轉動。一小群人站在直升機旁。

YT走過去。她討厭這樣，她知道他們完全認為她應該這麼做，但說真的也沒其他選擇。她希望，深切希望滑板在她身邊，這艘航空母艦的甲板是她生平僅見最適合溜滑板的地方。她在電影裡看過，航空母艦附大型蒸氣彈射器，用來把飛機射入空中。想想看踩著滑板搭上蒸氣彈射器會是什麼滋味！

她走向直升機的途中，一個站在旁邊的男人脫隊朝她走來。他體積龐大，身體活像五十五加侖的油桶，小鬍子在嘴角處勾起。他一面走過來一面心滿意足地大笑，這讓YT覺得很不爽。

「欸，這可不像個落單的美臀妞嗎！」他說：「靠，親愛的，妳看起來像隻溺死後又脫水的老鼠。」

「謝了。」她說：「你看起來像一塊輪廓分明的午餐肉。」

「很好笑。」他說道。

「那你為什麼沒笑？擔心我說的沒錯？」

「聽著，」他說：「我沒時間搞狗屁青少年玩笑。我長大變老就是為了遠離這些東西。」

「你不是沒時間，」她說：「而是你不太擅長。」

「妳知道我是誰嗎？」他問。

「知道啊。你又知道我是誰嗎？」

「YT，十五歲酷遞員。」

「同時還是恩佐大叔的私人好夥伴。」她扯下狗牌鏈拋了過去。他伸出一隻手，大吃一驚，鏈子纏住他的手指。他拿高細看。

「好啊，好啊，」他說：「厲害的小紀念品。」他把狗牌鏈丟回去給她。「我知道妳是恩佐大叔的夥伴。不然的話我會直接把妳丟進海裡，才不會把妳帶來我的地方。而且我一點也不放在眼裡，」他說：「因為等到今天結束，要嘛恩佐大叔失業，要嘛我如妳所說，變成一塊輪廓分明的午餐肉。但是我覺得如果大義大利仔知道他的小女孩在船上，他應該就比較不會用刺針射爆我那架直升機的渦輪。」

「不是那回事。」YT說：「我們之間跟性沒關係。」但她得知狗牌到頭來對壞蛋沒有任何神奇魔法，滿心懊惱。

萊富轉身，邁步朝直升機的方向走回去。幾步後，他又轉身看著站在那兒努力不哭出來的她，「妳來嗎？」他問。

她看著直升機，離開浮筏的門票。

「我可以留張字條給渡鴉嗎？」

「對渡鴉來說，我想妳已經表達得很清楚了——呵呵呵。走吧，女孩，我們在浪費燃料——這對天殺的環境來說可不是好事。」

她跟著他走向直升機，接著爬上去。裡面溫暖明亮，座椅還很舒服。感覺就像在粒子比較粗的公路滑了一整個辛苦的二月天，然後進來窩進一張附軟墊的安樂椅。

「裡面重新裝潢過。」萊富說：「一架又大又舊的蘇聯武裝直升機，原本的設計就不是要讓人舒服的。不過這就是那些裝甲鋼板的代價。」

裡面還有另外兩個人。一個年約五十，有點枯瘦，毛孔粗大，金屬邊複焦點眼鏡，帶著一部筆記型電腦。技術人員。另一個是粗壯的華裔美國人，帶著一把槍。「YT，」永遠禮貌待人的L．巴布．萊富說：「見見法蘭克．佛斯特，我的技術總監，還有湯尼．邁克，我的保安主任。」

「女士。」湯尼說。

「妳好啊。」法蘭克說。

「吸我腳趾吧。」YT。

「請別踩。」法蘭克說。

YT低頭。她踩著一個放在地上的包裹爬上最靠近門的空位。這東西差不多有電話簿那麼大，但形狀不規則，非常沉重，包在泡泡袋和透明塑膠中。她可以瞥見內容物。亮紅棕色，滿是鬼畫符，硬如岩石。

「那啥？」YT問：「老媽手工麵包？」

「這是個古文物。」法蘭克整個被惹毛。萊富咯咯笑，YT現在轉而羞辱別人，他覺得開心又放鬆。

另一個男人懷抱對旋轉螺旋槳的致命恐懼彎腰走過飛行甲板，然後也爬上直升機。他年約六十，一頭飛船般的白髮，下降氣流再怎麼颳也文風不動。

「大家好。」他爽朗地說：「我應該沒見過你們之中任何一個人。我今天早上剛來，現在又要回去了！」

「你哪位？」湯尼問。

新來的傢伙看似氣餒：「葛瑞格・瑞奇。」

然後，他看大家好像都沒反應，於是喚起他們的記憶。「合眾國總統。」

「噢！抱歉。很高興認識你，總統先生。」湯尼伸出一隻手：「湯尼・邁克。」

「法蘭克・佛斯特。」法蘭克也伸出手，但一臉無聊。

「別理我。」YT在瑞奇望向她時說道：「我是人質。」

「讓這寶貝轉起來。」萊富對駕駛說道：「我們去洛杉磯。我們有個任務要管控。」

駕駛的五官稜角分明，經過待在浮筏的這些時日，YT知道這是典型的俄國人長相。他開始瞎搞他的操控裝置，引擎的嗖嗖聲變得更大聲，螺旋槳的拍打也加速。YT感覺到幾次小型爆炸，但沒聽到。其他人也感覺到了，但只有湯尼有反應；他蹲伏在直升機的地板上，從外套裡掏出一把槍，然後打開他那邊的門。同時間，引擎的音調又降了回去，螺旋槳也回歸閒散。

YT可以看見他在窗外，阿浩，他全身都是煙和血，一手拿著槍。他剛剛對空開了幾槍吸引他們注意，現在退到一架停在旁邊的直升機後，以此作為掩護。

「你死定了。」萊富喊道：「你困在浮筏上了，混蛋。我這裡有一百萬個追隨者，你要把他們全部幹掉？」

「刀不會沒子彈。」阿浩喊。

「好，你想怎樣？」

「我要泥板。給我泥板，然後你就可以起飛，讓你的百萬電線頭殺死我。要是你不給我泥板，我就把每一顆子彈都射進你的直升機擋風玻璃。」

「擋風玻璃是防彈的！呵！」萊富說道。

「不是喔，」阿浩說：「阿富汗叛軍發現的。」

「他說的沒錯。」駕駛說道。

「該死的蘇聯垃圾！他們在機腹用了那麼多鋼板，擋風玻璃居然真的就只是**玻璃**？」

「給我泥板，」阿浩說：「不然我就自己拿。」

「你才不會，」萊富說：「因為小叮噹在我手上。」

在那最後一刻，YT試著彎腰躲起來，他才不會看見她。她覺得好丟臉。不過阿浩只是短暫跟她四目相交，她看得出挫敗爬上他的臉。

她撲向門，半個身體鑽了出去，暴露在螺旋槳的狂風下。湯尼揪住她的連身衣領子，又把她拖進去。他推她趴下，一邊膝蓋壓住她的後腰，把她固定在那兒。同時間，引擎又開始加速；透過打開的門，她可以看見航空母艦的鋼鐵地平線掉出視線範圍之外。

到頭來，她還是搞砸了計畫。她應該要退款給阿浩。

或許不用。

她用一隻手的掌根貼著泥板的邊緣，使出吃奶的力氣用力推。泥板滑過地板，在門檻踉蹌了一下，然後滾出直升機外。

又一次成功的遞送，又一個滿意的顧客。

61

大約有一分鐘的時間，直升機只是在頭頂二十英尺處盤旋。機上所有人盯著泥板；落在靶心中央，從層層包裝中爆出來的泥板。角落的塑膠包裝四分五裂，泥板的碎片——大塊碎片——朝四面八方噴出幾英尺。

阿浩也盯著泥板；他這時依然安全地躲在停靠在旁的直升機後。他盯得太認真，忘記留意周遭的一切。接著兩名電線頭撲到他背上，害他的臉撞上直升機機身。他滑下來，趴臥在地。他持槍的手還能動，不過另外兩個電線頭坐了上去，他腿上也有兩個電線頭，他動彈不得。除了二十英尺外飛行甲板上的破碎泥板之外，他什麼也看不到。萊富的直升機的聲音和風化為遙遠的噗噗聲，很久之後才完全消失。

他感覺耳朵一陣刺痛，預料應該是解剖刀和鑽子。

這些電線頭在其他地方受遙控執行任務。吳似乎認為他們有一套組織化的浮筏防衛系統。或許有個駭客負責人，一個恩，坐鎮企業號控制塔中，像空中交通管制員一樣調度這些傢伙。

無論如何，他們的自發性並不是十分高。他們在他身上坐了幾分鐘，才決定下一步要做什麼。然後好多隻手伸過來扣住他的手腕、腳踝、手肘和膝蓋。他們像抬棺人一樣把他面朝上搬過飛行甲板。阿浩仰望控制塔，看見幾張臉俯瞰著他。其中一個人——恩——正對著麥克風說話。

他們最後來到沉入船肚腹中的大型平面式升降機，接著就看不到控制塔了。升降機在其中一個下層甲板停住，這裡顯然是以前用來維修飛機的機庫。

阿浩聽見一個女人的聲音，說話輕柔但清楚：「咪嚕嚕姆阿爾努嗚姆咪恩基咪恩咪嚕嚕姆咪阿爾努嗚姆咪阿爾努嗚咪咪咪姆嚕欸阿爾努嗚姆咪搭咯嘎姆咪姆嚕欸阿爾努嗚姆咪……」

直直往下三英尺才到甲板，而他以自由落體的方式走完這段，背朝下猛摔落地，頭也撞了一下，四肢鬆弛地在金屬上彈跳。他看見也聽見四周的電線頭紛紛癱倒，彷彿從毛巾架掉落的溼毛巾。

他全身動彈不得，只能稍微控制眼球。一張臉進入視野，他不太能對焦，看不清楚，但她的姿態有些熟悉，她把落下的頭髮甩到肩後的方式很眼熟。華妮妲。有根天線從腦袋基部伸出來的華妮妲。

她在他身旁跪下，彎下腰，一隻手在他耳邊拱成杯狀，低聲說話。熱燙的氣息搔得他耳朵發癢，他想躲開，但動不了。她低聲說了另一長串音節，然後直起身子，戳他身側。他彈開。

「起床，懶骨頭。」她說道。

他起來。他沒事了。但是所有電線頭都躺在他旁邊，毫無動靜。

「只是我倉促設計的一點點南－夏咘。」她說：「他們不會有事。」

「嗨。」他說。

「嗨，真高興見到你，阿浩。我現在要抱抱你——小心天線。」

她抱了，他也回抱。天線貼著他的鼻子，但沒關係。

「把這東西拿掉後，所有頭髮和其他東西應該會長回來。」她低語。她終於放開他：「那個擁抱說是為了你，其實更是為了我自己。待在這裡太孤獨了，孤獨又可怕。」

這是華妮妲典型的自相矛盾行為——在像這樣的時刻情感外露。

「我沒其他意思，」阿浩說：「但妳不是也變成壞蛋了嗎？」

「噢，你說這個？」

「對。妳為他們工作？」

「是的話，我做得還真不怎麼樣。」她大笑，示意旁邊那圈毫無動靜的電線頭：「不。這東西對我沒用。有一陣子算是有用，但有些方法能夠對抗。」

「為什麼？為什麼對妳沒用？」

「我過去幾年都跟耶穌會信徒廝混。」她說：「聽著，你的腦就跟身體一樣，也有免疫系統。愈常用——暴露於愈多病毒之中——免疫系統就會變得愈厲害，而我的免疫系統可了不起了。記得嗎，我當過一陣子無神論者，吃盡苦頭才重回宗教懷抱。」

「他們怎麼沒有像毀掉達五欽一樣毀掉妳？」

「我自願來這裡。」

「像是伊南娜。」

「對。」

「怎麼會有人自願來這裡？」

「阿浩，你還不懂嗎？。就是這裡。這裡是一個宗教的神經中樞，這個宗教既嶄新又非常古老。來這裡就像跟隨耶穌或穆罕默德，能夠觀察新信仰的誕生。」

「但也很糟糕。萊富是反基督者。」

「他當然是，但還是很有意思。而且萊富還有其他進展：埃瑞杜。」

「埃瑞杜城。」

「沒錯。他拿到恩基寫下的每一塊泥板。對一個對宗教和駭客行為感興趣的人來說，這是世界上唯一該去的地方。如果那些泥板在阿拉伯，我會穿上恰多爾、燒掉我的駕照，直接跑去阿拉伯。但泥板在這裡，於是我反倒讓他們幫我裝上天線。」

「所以從頭到尾，妳的目標就是研究恩基的泥板。」

「是得到祕，像伊南娜一樣。不然呢？」

「所以妳一直都在研究？」

「噢，對。」

「然後？」

她指著倒下的電線頭：「然後我現在做得到了。我是巴爾申，我可以駭進腦幹。」

「好，聽著。我為妳高興，華妮妲。不過此時此刻，我們有個小問題，我們被一百萬個想幹掉我們的人包圍。妳可以癱瘓他們所有人嗎？」

「可以，」她說：「但他們會死。」

「妳知道我們必須做什麼，對吧，華妮妲？」

「釋出恩基的南–夏咘。」她說：「執行巴別爾。」

「我們去拿吧。」阿浩說道。

「重要的事優先。」華妮妲說：「控制塔。」

「好，妳準備拿泥板，我來拿下控制塔。」

「你打算怎麼做？拿刀砍人嗎？」

「對啊，這是刀唯一的用途。」

「我們換種方式吧。」華妮妲說。她起身走過飛機庫甲板。

恩基的南－夏咘是一塊包在泥封裡的泥板，泥封上滿是楔形文字，意義等同警示貼紙。整組東西碎成幾十個碎片，大部分都還包在塑膠內，不過有些滾到飛行甲板的另一邊了。阿浩把碎片從停機坪一一拾起，帶回中心點。

等到他切掉塑膠包裝，華妮妲已經在控制塔塔頂的窗戶對他揮手了。

他把所有看起來像泥封一部分的碎片另外放一堆，再把泥板本身的殘骸收成看起來有條理的一堆。還看不太出來該怎麼拼湊，他也沒時間玩拼圖，於是他示入辦公室，利用電腦拍下碎片的電子快照，然後召喚圖書館員。

「是的，先生？」

「這張超媒體卡內含一張照片，拍攝主題是一塊破碎的泥板。你知不知道適合用哪個軟體把它拼回去？」

「請稍等，先生。」圖書館員說。接著一張超媒體卡出現在他手上，他把卡片交給阿浩。卡片內含一張照片，拍攝主題是拼好的泥板。

「你懂蘇美文嗎？」

「是的，先生。」

「你可以把泥板的內容大聲讀出來嗎？」

「可以，先生。」

「準備好，等一下來唸。」

阿浩走到控制塔底部，打開一扇門後來到一道階梯。他爬上控制室，一個詭異混合鐵器時代和高科技的地方。華妮妲在那裡等著，四周都是祥和癱倒的電線頭。可彎式鵝頸管從通訊面板探出，一端連結著一支麥克風——恩剛剛就是對著這支麥克風說話，而她輕拍麥克風。

「浮筏直播。」她說：「上吧。」

阿浩把他的電腦切換為擴音模式，然後站到麥克風旁。「圖書館員，讀出來。」他說。一串音節從擴音器流瀉而出。

過程中，阿浩看了華妮姐一眼。她站在控制室遠遠的角落，手指塞在耳朵裡。

樓梯底部，有個電線頭開始說話。企業號深處，有更多人開始說話。而且他們說的話都一點道理也沒有，只是一堆巴拉巴拉。

控制塔有一條室外狹窄通道。阿浩走出去聆聽浮筏。四面八方傳來幽微的轟鳴，不是波濤也不是風，而是一百萬個解開束縛的人聲說著混亂的各種語言。

華妮姐也出來聽。阿浩看見她耳下有一絲紅。

「妳在流血。」他說。

「我知道。一點原始手術。」她說，聲音緊繃又令人不舒服：「為了像這樣的狀況，我一直隨身攜帶解剖刀。」

「妳做了什麼？」

「插到天線底部，切斷穿入我顱骨的電線。」她說道。

「妳什麼時候做的？」

「你剛剛在飛行甲板的時候。」

「為什麼？」

「你覺得呢？」她說：「我才不會暴露於恩基的南－夏咘之中，我現在是個神經語言駭客了，阿浩。我歷經千辛萬苦才取得這份知識，它是我的一部分了。別指望我接受腦葉切斷術。」

「如果我們了結這件事，妳願意當我女朋友嗎？」

「當然。」她說。「現在我們來了結這件事吧。」

62

「喂，我只是在做我的工作。」她說：「這位恩基老兄有個訊息要給阿浩，然後我幫他送。」

「閉嘴。」萊富說，口氣不像不爽，只是想要她安靜而已。因為這會兒所有電線頭都疊上阿浩，她剛剛做了什麼已經沒差。

ＹＴ眺望窗外。他們正吵吵鬧鬧飛過太平洋，維持頗低的高度，因此海水從下方快速掠過。她不知道他們的速度多快，不過看起來他媽的有夠快。她一直以為大海應該是藍色的，實際上卻是她這輩子看過最無聊的灰色。而且一英里又一英里沒完沒了。

幾分鐘後，另一架直升機追上他們，開始跟他們編隊並肩前進，距離非常近。萊富高的直升機，裝滿醫療人員那架。

透過機艙窗，她可以看見渡鴉坐在其中一個位子。剛開始，她以為他還不省人事，因為他有點趴著，而且沒動。

然後他抬起頭，她看見他示入元宇宙了。他抬手把示鏡推到額頭上一會兒，對著窗外瞇起眼，然後看見正看著他的她。他們四目相交，她的心臟開始弱弱地撲騰，像隻夾鏈袋裡的小兔子。他咧嘴而笑，揮手。

ＹＴ靠向椅背，拉下窗遮。

63

要繞過半個元宇宙才能從阿浩的前院到L．巴布．萊富位於第一二七號埠的黑色方塊，距離三萬二千七百六十八公里。唯一真正困難的部分在於出鬧區。他可以像平常一樣直接騎摩托車穿過替身，但大街也滿是亂七八糟的車輛、動態廣告、商業展示、廣場，還有看起來像實體的軟體擋住他的去路。

更別提還有其他令人分心的事物。他的右手邊，距離黑日大約一公里遠，超曼哈頓的天際線有一個深穴，那是一個約一英里寬的廣場，一個類似公園的地方，替身可以聚集在那裡辦音樂會、會議或慶典。這整個空間主要是一座深碟型的圓型露天劇場，可以同時容納接近一百萬個替身，底部則是巨大的圓形舞臺。

舞臺一般來說都被當紅搖滾樂團占據。今晚，登臺的是人類心智所能創造最雄偉、最了不起的電腦幻象。立體遮棚懸浮其上，宣告今晚的活動：為達五欸．麥亞舉辦的慈善圖像演唱會；他仍因某種難以理解的疾病而住院治療中。駭客坐滿半個露天劇場。

一出鬧區，阿浩隨即把油門催到底，在大約十分鐘內飆完剩下的三萬兩千多公里。特快車在他頭頂以時速一萬英里的比喻性時速竄過軌道，但他經過列車時，卻感覺列車彷彿靜止不動，完全是因為他前進時維持絕對筆直才會這樣。他在摩托車的軟體中編入常式，讓它自動跟著單軌軌道走，因此他甚至不用費心控制方向。

同時間，在現實世界，華妮妲站在他身旁。她戴上另一副示鏡，可以看見阿浩眼前所見的一切。

「萊富的企業直升機裝有行動上鏈，就跟一般的商務航線一樣，所以他在空中也能連接元宇宙。只要他還在空中，他就只能靠這方式進入元宇宙。我們或許可以駭進那條線路，然後加以阻擋之類的……」

「那個低階通訊玩意兒裡太多防毒軟體，我們在這十年內都動不了。」阿浩按下煞車，停住摩托車：「要命，就跟YT描述的一模一樣。」

他在第一二七號埠前方。正如YT所說，萊富的黑色方塊就在那兒。沒門。

阿浩背向大街朝方塊走去。這東西沒反射一絲一毫光線，因此他說不出它是在十英尺還是十英里外，直到保全精靈慢慢現身。總共有六隻，都是身穿藍色連身衣的健壯大個子替身，有點類似軍裝，但沒有軍階；不需要軍階，因為他們都受同一個程式驅動。他們成工整的半圓現身在他四周，距離他大約十英尺，擋住阿浩，不讓他繼續走向方塊。

阿浩輕聲咕噥了一個詞，隨即消失——他溜進他的隱形替身。待在這裡看這些保全精靈怎麼應付應該很有趣，但此時此刻，他必須在他們有機會校正之前繼續前進。

他們沒應付，或至少應付得不太好。阿浩衝過兩個保全精靈之間，奔向方塊的牆。他終於抵達，撞了上去，戛然止步。保全精靈全部轉過來追他。他們推算得出他在哪——電腦告訴他們的——但沒辦法對他做什麼。就像黑日的巨靈，也就是阿浩協助設計的那些，他們靠基本替身物理原則推人。當阿浩隱形，他們就幾乎完全沒有著力點，但若他們設計得比較好，或許就會有更巧妙的整人手法，所以他要把握時間。他用武士刀戳方塊側邊，然後跟著刀穿過牆，進入另外一邊。

這是駭客手法，其實是以非常古老的駭客手法為基礎，一個他幾年前發現的漏洞；當時他試著把鬥劍規則與現存的元宇宙軟體結合。他的刀沒有力量在牆上劈開一個洞——這代表永久改變他人所屬建築物的形狀——但可以穿透東西。替身沒有那種力量。元宇宙中的牆就是為了這個目的；一種不容許替身穿透的構造。但就像元宇宙裡的所有事物，這個規則不過是協定，一個每部電腦都同意遵守的常規。理論上不能置之不理，不過實際上，這取決於不同電腦交換資訊的能力；這種資訊交換速度要快，要非常精準，而且只能在對的時機。當你透過衛星上鏈連結系統，就像阿浩，在外面的浮筏這裡，訊息彈上衛星再彈回來之間會延遲。如果你動作快，而且不回頭，就可以利用這種延遲。阿浩緊跟著什麼都能穿透的武士刀刀柄直接穿牆而入。

萊富國是一個廣袤、明亮的空間，充斥原色的基本圖形。感覺像是進入一個設計來教導三歲小孩立體幾何學的教育性玩具：方塊、球體、四面體、多面體，以一張圓柱體和線條和螺旋構成的網相連。不過在這裡，情況實在太、太、太過失控，彷彿有史以來的所有組合積木和樂高都根據早已被遺忘的某個結構而隨便拼湊起來。

阿浩在元宇宙混得夠久了，知道儘管這東西看起來明亮活潑，實際上就跟軍營一樣簡單、務實。這是一個系統的模型。一個又大又複雜的系統。形狀多半代表電腦，或是萊富全球網路的節點，或是珍珠大門加盟體，或是萊富散布全球各地的任何其他形式地方或區域性辦公室。爬上這個結構並進入明亮的形狀，阿浩多半能發現維持萊富的網路持續運作的部分程式碼。他或許可以聽從華妮妲的建議，駭進這東西。

不過亂搞他不了解的東西沒意義。他有可能浪費幾個小時搞一些程式碼，最後才發現那是控制萊富聖經學院自動沖水馬桶的軟體。於是阿浩繼續前進，繼續抬頭觀望糾結的形狀，試著找出模式。他知道，現在才知道，他剛剛找到方法進入整個元宇宙的鍋爐室了，但還是沒概念自己在找尋什麼。

他領悟，這個系統實際上包含幾個糾結在同一個空間裡的不同網路。有一團無比複雜的細紅線，有幾百萬條吧，來回穿過幾千顆小紅球。只是瞎猜，阿浩覺得這或許代表萊富的光纖網路，有無數地方辦公室和節點散布全球。還有幾個不同顏色但沒那麼複雜的網路，有可能代表同軸傳輸線，例如以前用於有線電視的那種，或甚至語音電話線路。

還有一個原始、龐大、塊狀的網路，從頭到尾都是藍色，包含幾個藍色大方塊——不足一打。方塊之間以巨大藍管彼此相連，除此之外沒有連結任何其他東西；管子是透明的，阿浩可以看見裡面一束束更小、顏色各異的連結。阿浩花了一點時間才看見這全部，因為藍色管子幾乎完全被遮住；旁邊都是小紅球和其他小節點，它們就像被葛藤淹沒的樹。這似乎是某種更古老、之前就存在的網路，有自己的內部通路，多半是像語音電話一樣的原始系統。萊富把自己的更高科技系統排山倒海連結上去。

阿浩小心翻動一番，直到他能夠更近距離觀察其中一條藍管子，穿過長在上面的凌亂線路細看。藍管子有六個面，每個面上各有一顆白色大星星。

「合眾國政府。」華妮妲說。

「駭客赴死之處。」阿浩說。全世界最大的電腦軟體製造者，但也最沒效率。

阿浩和ＹＴ一起在洛杉磯各地的不同廉價酒吧吃過一大堆垃圾食物——甜甜圈、墨西哥餅、披薩、壽司，說得出來的都吃過——而ＹＴ每次都只聊她母親和她在聯邦政府的爛工作。組織化、測謊，還有她做了那麼多事，卻完全不知道政府到底在幹什麼。

阿浩也一直覺得這件事很神祕，不過話說回來，政府不就是這麼回事。發明政府就是為了讓它去做私人企業不屑做的事，也就是說，其中或許根本沒有理由；你永遠不知道他們在做什麼，或是他們為什麼而做。傳統上而言，駭客都覺得政府程式設計血汗工廠討厭至極，乾脆直接試著忘掉這整個東西的存在。

但他們有幾千個程式設計師。因為某種扭曲的個人忠誠觀，他們一天工作十二個小時。他們的軟體設計技術雖然殘酷又醜陋，但又非常嫻熟。他們肯定有什麼陰謀。

「華妮妲？」

「嗯哼？」

「別問我為什麼這麼想。不過我認為政府正在替L．巴布．萊富進行一個大軟體開發案。」

「有道理。」他說：「他跟他的程式設計師之間愛恨交織——他需要他們，卻不信任他們。如果要寫些重要的東西，政府是他唯一能信任的組織。真不知道是什麼東西？」

「等等。」阿浩說：「等等。」

他現在距離一個立於地面高度的藍色大方塊只有一石之遙，所有其他藍色方塊都像是匯入這一個之中。一輛摩托車停在方塊旁，全彩渲染，但只比黑白好一點：鋸齒狀大像素，配色也相當有限。而且附邊車。渡鴉站在摩托車旁。

他雙手抱著某個東西。又一個簡單的幾何構造，平滑的藍色長橢圓，長度數英尺。從他的動作看來，阿浩認為渡鴉剛從藍色方塊取下這東西；他把橢圓拿過去機車那兒，放進邊車裡。

「大傢伙。」阿浩說道。

「我們擔心的就是這個，」華妮姐說：「萊富的復仇。」

「目標是圓形露天劇場，所有駭客聚集之處。萊富要感染他們所有人，他要燒毀他們的心智。」

64

渡鴉已經騎上摩托車，如果阿浩徒步追趕，那有可能在他騎到大街之前追上他。但也有可能追不上。如果是那樣，渡鴉會以數萬英里的時速竄向鬧區，同時阿浩還在努力回到他自己的摩托車。在那樣的速度下，一旦渡鴉離開阿浩的視野，那就永遠追不上他了。

渡鴉啟動摩托車，開始小心地穿過混亂的纏結騎向出口。阿浩用這雙隱形腿所能駕馭的最高速度直直朝牆飛奔。

他在幾秒後穿牆而出，奔回大街上。他的迷你小隱形替身騎不了摩托車，於是他切換回平常的樣貌，跳上車，把車掉頭。阿浩回過頭，看見渡鴉正騎向大街，邏輯炸彈散發柔和藍光，彷彿反應爐中的重水。他甚至還沒發現阿浩。

他的機會來了。他拔出武士刀，摩托車對準渡鴉，油門催到時速六十英里左右。速度太快沒意義；想殺死渡鴉的替身，唯一的方法是砍下替身的頭。騎車輾過去一點用也沒有。

一個保全精靈邊揮舞雙臂邊奔向渡鴉。渡鴉抬頭，看見阿浩逼近，隨即往前爆衝。刀劃過渡鴉頭後方的空氣。

太遲了。渡鴉肯定已無影無蹤——不過阿浩迴轉，還看得見他在大街中央。他撞上單軌支柱——高速摩托車騎士的永恆惱人瑣事。

「靠！」他們倆同時說道。

就在阿浩騎上大街追上渡鴉的那一刻，渡鴉轉向鬧區，油門一催，阿浩如法炮製。不出幾秒，他們已雙雙以時速五萬英里左右的速度飆向鬧區。阿浩落後渡鴉半英里，但可以清楚看見他：街燈融為平滑的兩道黃光，渡鴉在中央燃燒，彷彿一團廉價色彩與大顆粒像素的風暴。

「如果我能砍掉他的頭，他們就玩完了。」阿浩說道。

「懂。」華妮妲說：「因為如果你殺死渡鴉，他會被踢出系統，然後在墓園精靈處理掉他的替身之前都無法再登入。」

「而墓園精靈由我控制，因此我只要殺死這雜種一次就夠了。」

「他們的直升機回到本土後就更容易連上網路——他們可以找其他人進入元宇宙接續他的工作。」華妮妲警告道。

「錯了，因為恩佐大叔和李先生在陸上等他們，他們只能在接下來的這個小時內動手，不然就沒機會了。」

65

YT突然醒來。她沒發現自己睡著了，螺旋槳的嗖嗖聲肯定不知怎麼催眠了她，她肯定累得跟坨屎一樣，就是這樣沒錯。

「我的通訊網他媽的怎麼搞的？」L．巴布．萊富大呼小叫。

「沒人接。」俄國飛行員說：「浮筏沒有，洛杉磯沒有，卡憂斯頓也沒有。」

「那就幫我打給洛機。」萊富說：「我想搭噴射機去休士頓。我們要移駕學校，查清楚發生什麼事。」

飛行員在控制面板胡亂搬弄了一會兒。「有問題。」他說道。

「怎樣？」

飛行員可憐巴巴地搖頭：「有人在亂搞飛行電話，我們被擋了。」

「我或許弄得到線路。」總統說。萊富只是一臉是喔，混蛋的表情看著他。

「誰有他媽的二十五分硬幣？」萊富吼道。法蘭克和湯尼呆了幾秒。「我們必須一看到公共電話就降落，然後打一通天殺的電話。」他大笑：「你們能相信嗎？我耶，居然打電話？」

一秒後，YT眺望窗外，看見下面就是真正的陸地，還有一條雙線公路在溫暖的沙質海岸蜿蜒，她震驚得不能自己。這裡是加利福尼亞。

直升機減速，拉近與地面的距離，開始沿公路飛行。公路上幾乎沒有塑膠製品和霓虹燈，但他們不久便對準短短的一小塊加盟貧民窟。公路的這一段岔離海灘一小段距離，貧民窟就建在這段路的兩側。

直升機降落在一家買飛天的停車場。幸好停車場裡幾乎沒車，他們沒砍掉任何人的腦袋。幾個年輕人在裡面玩電動，直升機在外面驚天動地地降落，他們卻連頭也幾乎沒抬。她很高興；要是被看見和這些無聊的老屁鬼在一起，YT可就丟臉死了。直升機怠速停在那兒，L·巴布·萊富則跳出去，奔向栓在前側牆上的公共電話。

這些人真夠蠢，居然讓她坐在滅火器旁。沒理由不好好利用這件事。她把滅火器從架上扯下，差不多同時拉開安全插梢，對準湯尼的臉壓下握把。

沒事。

「幹！」她吼道，然後把滅火器砸向他，應該說是推向他。他止好往前靠想抓住她的手腕，而被滅火器擊中臉部足以大大削弱他的氣焰，也給了她足夠的時間把她的雙腿甩到直升機外。

一切都搞砸了。她其中一個口袋的拉鏈被拉開了，而就在她半摔半滾掉出直升機外的同時，滅火器的架子勾住那個口袋，攔住她的落勢。等到她掙脫，湯尼又回來了，正膝蓋著地趴著，一邊伸手抓她的手臂。她設法避開了，重獲自由跑進停車場。來到後方，她被買飛天包圍，一面高聳圍籬隔開了另一邊的新寶瓶座神廟，另一面圍籬的另一邊則是李先生的大香港加盟領區。唯一的出路是逃到馬路——剛好在直升機的另一邊，而飛行員和法蘭克和湯尼都已經跳下來，擋住她的出路。

新寶瓶座神廟幫不上忙。如果她哀哀求救，他們可能只會把她納入下週的祈禱文，但是李先生的大香港就是另外一回事了。她奔向圍籬，試著爬上去。八英尺高的鐵絲網，最上面還有刀刺鐵絲，不過她的衣服應該擋得住刀刺；大應該擋得住大部分。

大概爬到一半時，一雙粗短但強壯的手臂抱住她的腰。運氣不好。L·巴布·萊富把她抬離圍籬，她的雙腿和雙臂在空中徒勞踢打。他退後幾步，扛著她邁步走回直升機。

她回頭看香港加盟區，近在眼前哪。

有人在停車場裡。一個酷遞員滑下公路慢悠悠晃了進來，一副只是來休息的樣子，非常放鬆。

「嘿！」她尖叫。她伸手重擊連身工作衣的翻領開關，切換成亮藍橘色。「嘿！我是酷遞員！我叫YT！這些瘋子人渣綁架我！」

「哇。」酷遞員說：「真無聊。」然後他問了她什麼，但是她聽不見，因為直升機的螺旋槳開始加速轉動。

「他們要帶我去洛機！」她喉嚨都要叫破了。然而萊富把她劈頭塞進直升機，直升機起飛，裝在李先生的大香港屋頂上的一批天線精確地追蹤著飛行路線。

停車場裡，酷遞員看著直升機起飛。看起來真酷，而且機上裝了好多衝擊槍。

不過直升機裡的幾個老兄對那個小妞非常粗魯。

酷遞員抽出皮套中的個人手機，連上激酷系中央指揮部，朝一個紅色大按鈕猛力一捶。他發布緊急通告。

二千五百名酷遞員聚集在洛杉磯河的強化混凝堤岸。下方的底部河溝裡，偉大力．車諾比與反應爐核心熔毀正來到他們下一首熱門主打歌〈控制棒困境〉的精華段落。幾個酷遞員隨著旋律在河岸上上下下滑出花式路線；只有偉大力，現場，能夠讓他們的腎上腺素衝得夠猛，他們才能以時速八十英里在陡峭的堤岸滑滑板，又不會在混凝土面摔個狗吃屎。

然後二千五百顆新星冒了出來，黑乎乎的核心熔毀粉絲群化為迴旋的橘紅色銀河。這是驚人的景象；

剛開始，他們以為是偉大力和他的影技師團隊做的新視覺效果。看起來像一大團彈跳的鋼珠筆頭，只不過更亮，也更有組織；每一個酷遞員都低頭看自己的腰帶，發現個人手機有顆紅燈在閃。看來某個可憐的滑板人發布了緊急通告。

鳳凰城郊區，李先生的大香港加盟區內，B-782號類鼠甦醒。

肥多醒來，因為狗群今晚在吠叫。

總是有吠叫，大部分都非常遠。肥多知道遠的吠叫沒近的吠叫重要，因此他通常都繼續睡。不過有時候遠的吠叫帶著讓肥多興奮的特別聲音，這時他就會不由自主醒來。

他現在聽見的就是這種吠叫：來自遠方，但很緊急。某個地方的某隻好狗狗非常不開心。他太不開心了，吠叫傳遍狗群裡的所有其他狗狗。

肥多聆聽吠叫。他也興奮起來。有些壞陌生人非常靠近一隻好狗狗的院子。他們在一個飛行東西裡。他們有很多槍。

肥多不太喜歡槍。曾有陌生人用槍射過他一次，害他受傷，然後好女孩來幫助他。

這些是非常壞的陌生人。任何精神正常的好狗狗都會想傷害他們、把他們趕走。隨著肥多聆聽吠叫，他看見他們的長相，也聽見他們的聲音。要是這些非常壞的陌生人來到他的院子，他會超級不開心。

然後肥多注意到壞陌生人在追一個人。從她的聲音聽起來，還有從她的動作感覺起來，他知道他們在傷害她。

壞陌生人在傷害愛他的那個好女孩！

肥多沒那麼生氣過，甚至比很久以前壞人射他時還氣。

他的工作是不讓壞陌生人進來他的院子，其他事他一概不做。不過保護愛他的好女孩更重要，比什麼都重要，而且什麼也無法阻止他，就連圍籬也不能。圍籬非常高，但他記得很久以前的時光，那時他跳得過比他的頭還高的東西。肥多鑽出他的狗狗小屋，長腿蜷縮身下，還沒來得及想起自己沒辦法跳過院子四周的圍籬，他就已經跳了過去。其中的矛盾對他不起作用；身為一條狗，反思並不在他的強項之列。

吠叫傳到另一個遙遠的地方。所有住在那個遠地方的好狗狗都得到警告，知道要留意非常壞的陌生人和愛肥多的女孩，因為他們要去那個地方。肥多在他腦中看見那地方。那裡又大又寬又平又開放，像是適合追飛盤的場地。那裡有好多會飛的大東西，外圍有幾個好狗狗住的院子。

肥多聽見那些好狗狗吠叫回應。他知道他們在哪。很遠。不過走街道就到得了。肥多知道一大堆不同街道。他直接奔過街道，他知道自己在哪，也知道自己要往哪裡去。

剛開始，B-782經過時只在加盟貧民窟中央留下一道舞動的火花，不過當他轉上一段又長又直的公路，他開始留下更多證據：車窗和擋風玻璃從窗框爆開，像快艇後方的咆哮艉流一樣撒入空中，泡沫般的藍色安全玻璃碎片呈平行的翼狀從四條車道中的每一條車流噴出。

李先生的睦鄰政策有一條是這樣的：所有類鼠的程式都設定為不得在人口密集區突破音障。但是肥多太心急了，無暇顧及睦鄰政策。去他的音障，大鬧一場吧。

66

「渡鴉，」阿浩說：「殺你之前，讓我跟你說個故事。」

「我會聽。」渡鴉說：「這段路程很長。」

元宇宙的所有運輸工具都附語音電話，阿浩只是打電話回家給圖書館員，請他查出渡鴉的號碼。他們這會兒正一前一後騎過幻想星球的黑色地表，不過阿浩一米接著一米慢慢逼近渡鴉。

「二戰的時候，我爸在軍隊裡。謊報年齡才入伍。他們派他去太平洋做些無聊工作。總之，他被日本人逮住。」

「所以？」

「所以他們帶他回日本，把他關進戰俘營。裡面有一大票美國人，外加一些英國佬和中國人，還有幾個他們不知道該擺哪的人。看起來像印第安人，會講一點英語，但俄語說得比較好。」

「他們是阿留申人。」渡鴉說：「美國公民，但是沒人聽說過他們。大部分人都不知道日本人在戰爭時曾占領美國領土——阿留申群島尾端的幾個島。有人島。我的族人住在上面。他們抓走最重要的兩個阿留申人，把他們關在日本的戰俘營，其中一個人是阿圖島鎮長——最重要的民政官員。另一個人甚至還更重要，對我們來說是這樣。他是阿留申國的首席魚叉手。」

阿浩說：「鎮長生病、過世。他沒有任何免疫力，不過魚叉手是個強悍的婊子。他病了幾次，但活下來了。跟其他囚犯一起出去外面的田地工作，為戰爭種植食物。在廚房工作，為囚犯和獄卒煮稀湯。他大多不與人來往，大家也都因為他的體臭而避開他。他的床熏臭整間營房。」

「他在用他從田裡找來然後偷藏在衣服裡的蘑菇其他東西熬煮烏頭鯨毒。」渡鴉說道。

「除此之外，」阿浩接著說：「他們對他很不爽，因為他有一次打破營房的窗戶，害他們整個冬天吹寒風。總之，有一天吃過午餐後，所有獄卒突然都生起重病。」

「燉魚裡的鯨毒。」渡鴉說。

「囚犯已經去田裡工作了，獄卒開始不舒服時，他們著手把囚犯召回營房，因為當他們的胃像被鉗子夾住、直不起身，沒辦法看管所有囚犯。這時已經是戰爭晚期，不是很容易獲得增援。我父親排在囚犯隊伍的最後面，這個阿留申人就在他前面。」

渡鴉說：「囚犯跨過一條灌溉溝渠時，阿留申人潛入水中消失無蹤。」

「我父親不知道該怎麼辦，」阿浩說：「直到他聽見殿後的獄卒哼了一聲。他轉過身，看見一根竹矛刺穿了獄卒的身體。憑空冒出來。他還是找不到阿留申人。然後另一名獄卒被割開脖子，也倒了，我父親這才看見阿留申人，他迂迴跑過來，又一矛撂倒另一名獄卒。」

「他一直在打造魚叉，把它們藏在灌溉溝渠的水底。」渡鴉說。

「然後我父親領悟，」阿浩接著說：「他完蛋了，無論怎麼申辯，獄卒都會認為他也參與了這個逃獄計畫，他們會拔刀砍下他的頭。於是，他心想不如在被逮住之前先幹掉幾個敵人，他從第一個被射中的獄卒身上拿走槍，跳進灌溉溝渠尋求掩護，射倒另外幾個過來查看的獄卒。」

渡鴉說：「阿留申人奔向外圍圍籬；這道圍籬只是脆弱的竹製品而已。那裡照理說應該有一片地雷區，但他直接跑過去，一點問題也沒有。或許他運氣好，也或許地雷——真有的話——量少稀疏。」

「他們沒費心設置嚴密的外圍保全，」阿浩回應：「因為日本是島國——因此就算有人逃走，他們又能逃到哪？」

「不過阿留申人有辦法。」渡鴉說：「他可以去最近的海邊，自己造一艘獨木舟。他可以逃到開放海域，沿日本的海岸線北上，然後從一座島衝浪到下一個島，一路衝回阿留申。」

「對，」阿浩說：「這也是故事中我唯一搞不懂的地方——直到我看見你在大海中，駕著你的獨木舟追過一艘快艇，我就全部拼湊起來了。你父親不瘋，他有個完美的計畫。」

「對。但是你父親不懂。」

「我父親踩著你父親的腳步衝過地雷區。他們重獲自由——在日本。你父親朝山下走，走向大海。我父親朝山上走，走入山裡，心想他們或許可以住在一個遺世獨立的地方，直到戰爭結束。」

「愚蠢的想法。」渡鴉說：「日本人口稠密，到哪裡都會有人注意到他們。」

「我父親連獨木舟是什麼都不知道。」

「無知不是藉口。」渡鴉說道。

「他們的爭論——跟我們現在的爭論一樣——造成他們的失敗。日本人在長崎外不遠處的一條路上追上他們。他們連手銬都沒有，所以用鞋帶把他們的手綁在身後，要他們面對面跪下。然後少尉拔刀出鞘。那是一把古老的刀；少尉來自驕傲的武士家族，他之所以在這個大後方小隊，唯一的原因是他有條腿在戰爭早期就被幾乎整個炸斷。他把刀舉到我父親頭部上方。」

「發出尖銳的嗡嗡聲，」渡鴉說：「震痛我父親的耳朵。」

「但是刀不曾砍下。」

「我父親看見你父親的骨架跪在他面前，這是他看見的最後一幕。」

「我父親的臉朝向長崎的另一邊。」阿浩說：「他被強光照得一時失明；他撲倒，臉埋進土裡，好趕走眼裡那道可怕的光。接著一切回歸正常。」

「只不過我父親瞎了。」渡鴉：「他只能聽你父親跟少尉打。」

「持刀的半瞎獨腿武士，對上雙臂反綁背後的高大健康男子。」阿浩說：「挺有意思的一場對決，挺公平的一場，我父親贏了，這就是戰爭的終結。占領軍數週後抵達。我父親回家，四處遊蕩了一陣子，最後終於在七〇年代生下一個孩子。你父親也是。」

渡鴉說：「阿姆奇特卡島，一九七二年。我父親被你們這些混蛋用核彈炸了兩次。」

「我了解你的感受有多深沉。」阿浩說：「但是你不覺得你的復仇應該已經夠了嗎？」

「沒有夠了這種事。」渡鴉說道。

阿浩催油門追上渡鴉，武士刀一揮。但是渡鴉伸手到身後擋住攻擊——他一直透過後照鏡看著阿浩；他一隻手拿著一把大長刀。接著渡鴉減速到幾乎靜止，躲進兩根支柱之間。阿浩超過他，速度一下降太多，瞥見渡鴉在單軌的另一側呼嘯而過；等到他加速、切過另一個空隙，渡鴉已經又彎回另一邊。

於是就這樣。他們以交錯的之字路線騎過這段大街，來回切過單軌下方。這遊戲很簡單。渡鴉只要讓阿浩撞上一根支柱就夠了。阿浩會暫時停下來。到那個時候，渡鴉早已遠去，超出視線範圍，而阿浩沒辦法追蹤他。

相較於阿浩，這遊戲對渡鴉來說比較簡單，但是阿浩比渡鴉擅長這種事，因此這成了一場勢均力敵的對決。沿單軌軌道前進的之字形競速，時速介於六十到六萬英里之間；他們四周，低矮的商業開發區和高科技實驗室和遊樂園蔓入黑暗中。鬧區就在前面，高聳明亮，彷彿在白令海黑色海水上空延展的北極光。

67

他們低空飛過谷區時，第一枚魚叉撞上直升機機腹。說是聽見，YT更是感覺到；她太了解那種甜美的撞擊了，因此就像可以偵測地球另一端地震的超感地震玩意兒，她也感覺得到。接著又有半打魚叉接二連三撞上來，她得逼自己不要靠過去眺望窗外。當然了。直升機機腹是一塊扎扎實實的蘇維埃鋼牆，像黏膠一樣吸住魚叉。前提是他們繼續維持這種魚叉叉得到的低空飛行——他們不得不，以避開黑幫的雷達。

她可以聽見無線電在前方發出爆裂聲。「飛上去，沙夏，有寄生蟲巴上來了。」

她望向窗外。另一架直升機，小型鋁製企業型，正飛在他們旁邊，位置稍微高一點，裡面的所有人都朝窗外看，看著下方的馬路。只有渡鴉除外。渡鴉還在示入元宇宙。

「好，沙夏，你擺脫他們了。」無線電說：「不過還有幾個魚叉掛在你的機腹，所以小心不要勾到東西。電纜比鋼還強韌。」

正中YT下懷。她打開門，跳出直升機。

至少對裡面的人來說看起來是這樣。事實上，她下去的途中抓住一個把手，最後掛在打開擺盪的門上，看著內側的直升機機腹。幾個魚叉吸在上面；她可以看到軸柄懸在三十英尺下的繩子末端，在氣流中飄盪。望向打開的門內，她聽不見萊富說話，但看得見他；他坐在飛行員旁，打著手勢：下去，往下飛！

她是這樣想啦。人質這檔事在兩種情況下有用。除非她在萊富手上，而且完好無缺，否則她對他就沒用。

直升機再次下降，又朝標出下方大道的兩條光標帶飛落。YT在門上來回盪了幾次，終於朝內側盪得夠遠，她可以用腳勾到其中一條魚叉索。

接下來會痛得要命。不過連身衣的強韌纖維應該可以保護她不至於失去太多皮膚。她天生傾向不思考得太認真，而看見湯尼竄向她，想抓住她的袖子，更是強化了她的這種天性。她單手放開直升機的門，抓住魚叉索，把繩索往她的手套外側纏上幾圈，然後另一手也放開。

她是對的，並沒有痛得要命。她盪到直升機機腹下，遠離湯尼的魔掌，她的手裡面有個東西啪了一聲——多半是某根小小骨頭。不過她用渡鴉跟她一起垂降到船下的相同方式把魚叉索纏在自己身上，設法在控制下熱燙燙地下滑到繩索末端。

也就是下滑到軸柄。她把軸柄勾在她的腰帶上，她才不會掉下去，然後她在空中旋轉了像是整整一分鐘，直到不再被繩索纏住，只靠腰部的勾子掛在那兒，在直升機和街道之間扭來扭去，失去控制。然後她雙手握住軸柄，鬆開扣在腰部的勾子，於是她又靠雙臂懸在空中了；正是這場行動的重點所在。旋轉的過程中，她看見上方旁邊的另一架直升機，瞥見看著她的臉孔，知道他們正透過無線電把這一切轉播給萊富。

果然。直升機降到大約原本一半的速度，高度也下降了一點。

她按下另一個控制器，捲出所有繩索，在驚嚇滿點的片刻之內下降了二十英尺。她現在大概在公路上方十到十五英尺的高度飛行，時速差不多四十五英里。招牌彷彿流星般從她兩側竄過。除了一群酷遞員之外，路上車不多。

萊富高的直升機嗖嗖飛近，近得危險，她抬頭，電光火石間，看見渡鴉隔著窗戶看著她。他把示鏡拉到額頭上了，只拉上一秒。他臉上有某種神情，而她領悟，他完全不氣她。他愛她。

她鬆開軸柄，展開自由落體。

同時間，她猛拉領口的手動開關，啟動全米其林模式，觸發她全身幾個重要部位的小氣囊。最大的那個像M-80爆竹一樣在她後頸爆開，連身衣的領口展開，一圈氣囊彈射而上，包覆她整顆頭。其他氣囊在她的軀幹和骨盆處爆開，特別小心照顧脊柱的位置。她的各個關節已有盔膠保護。

不是說這樣降落時她就不會痛。當然，因為包住頭部的氣囊，她什麼也看不到，不過她感覺到自己彈跳了至少十次吧。她打滑了四分之英里，而且沿途顯然碰撞了好幾輛車；她可以聽見他們的輪胎發出嘎吱聲。終於，她一屁股撞進某人的擋風玻璃，亂七八糟地癱在他們的前座；他們方向盤一歪，撞上一個紐澤西護欄。一切靜止之後，氣囊很快消氣，她扒開臉上的氣囊殘骸。

她耳鳴還是怎樣，什麼都聽不見，可能氣囊爆開的時候也炸了她的耳膜。

不過還有大直升機這個問題，這東西可會製造噪音了。她把自己從車蓋拔出來，感覺身體下有小塊小塊厚厚的安全玻璃碎片在烤漆留下平行的刮痕。

萊富的蘇聯大直升機就在那兒，盤旋在車禍現場上方約二十英尺的高度；她看見它時，它又積攢了十幾個魚叉。她的視線跟著繩索來到街道的高度，看見酷遞員在死命拉扯；這一次，他們決不放手。

萊富疑心病發作，直升機再度飛高，把酷遞員拉離他們的滑板。不過一支小酷遞員軍隊從一輛經過的雙板臺聯結車流瀉而出——肯定有一百個酷遞員叉在這可憐的東西上——沒幾秒，他們的麥格叉全部升空，至少有一半第一次出手就成功吸上裝甲機殼。直升機朝下歪，直到所有酷遞員又回到地面。又有二十個酷遞員到來，吸上直升機；吸不上的人就抓住其他人的軸柄增加重量。直升機嘗試拉高幾次，不過到了這個時候，它根本就跟拴在柏油上差不多。

直升機開始下降。酷遞員呈扇形閃避，因此直升機落在放射狀散開的魚叉索中央。

負責保全的湯尼從打開的門爬下來，動作緩慢，腳步高抬走過繩網，但不知怎麼地依然維持平衡與尊嚴。他背向直升機往前走，直到離開螺旋槳的範圍，然後從防風外套下掏出烏茲，對空射了幾槍。

「他媽的離我們的直升機遠一點！」他吼道。

酷遞員大體而言照做了。他們不蠢。而且YT現在安全地在路上走動，任務完成，緊急通告結束，沒理由再找這些直升機老兄麻煩。他們把魚叉從直升機機腹解開，捲回繩索。

湯尼環顧四周，看見YT。她直朝直升機走來，扭傷的身體動作笨拙。

「回直升機裡去，妳這個幸運的婊子！」他說道。

YT撿起一個還沒人費心把線捲回去的魚叉軸柄，壓下按鈕，關掉電磁，叉頭從直升機的鋼板脫落。她捲回繩索，直到剩下大約四英尺鬆鬆垂在捲線器和叉頭之間。

「我讀過一個名叫亞哈（Ahab）的老兄，」她一面說，一面在頭頂甩動魚叉，「他的魚叉索全部纏在他想叉的獵物上。真是天大的錯誤。」

她讓魚叉飛。魚叉從靠近中央的位置穿過螺旋槳的平面，她可以看見牢不可破的繩索纏上螺旋槳軸的細長部位，彷彿芭蕾女伶脖子上的絞繩。透過直升機的擋風玻璃，她看得見沙夏的反應；他發狂般地撥開關、拉拉桿，嘴裡吐出一長串俄語咒罵。魚叉軸柄被從她手中扯脫，她看見軸柄射入中心點，彷彿那裡是個黑洞。

「我猜他只是像有些人一樣，不知道什麼時候該放手。」她說完轉過身，從直升機前走開。身後，她聽見大塊大塊金屬錯位，高速相撞。

萊富老早就看出來了。他已經在路中央奔跑，一手拿著一把小型輕機槍，找尋供他強行徵用的車。萊富高的直升機在上方盤旋、觀看；萊富抬頭看，一隻手往前揮，一面吼著：「去洛機！去洛機！」

直升機繞了最後一圈，看著沙夏把整組壞掉的武裝直升機強制關機，看著鬧哄哄的酷遞員淹沒湯尼、法蘭克和總統並解除他們的武裝，看著萊富站在左線道中央，逼一輛柯薩諾斯特拉披薩車停下來，逼駕駛下車。但這些渡鴉都沒看。他只看著窗外的ＹＴ。當直升機終於前傾加速飛入夜色中，他對她咧嘴一笑，豎起大拇指。ＹＴ咬住下唇，回以中指。就這樣，這段感情畫下句點，希望長長久久。

ＹＴ向一個滿心敬畏的滑板人借走他的滑板，腳一推，越過街道朝最近的買飛天滑去，然後開始試著打電話請媽來接她。

68

阿浩在鬧區外幾英里的地方跟丟渡鴉，但到這個時候已經沒關係了；他直奔廣場，接著高速繞行圓形露天劇場邊緣，一道單人警戒圍籬。渡鴉幾秒後到來。阿浩中斷軌道，直朝他而去，他們倆像中古世紀長槍手一樣迎向對方。阿浩失去左臂，渡鴉被卸下一條腿。殘肢滾落地。阿浩丟下武士刀，用剩下那隻手拔出單手刀——反正這把刀比較適合用來跟渡鴉的長刀對決。阿浩擋下正要直衝露天劇場邊緣的渡鴉，把他推到一旁；渡鴉的動量帶著他在半秒內衝到半英里外。阿浩根據一系列經驗下的推測而追上去——就像渡鴉熟知阿留申的洋流，他也熟知這裡的地形——他們竄過元宇宙金融區的狹窄街道，長刀朝對方劈砍，把幾百個剛好擋在他們路上的細條紋襯衫替身切片、切丁。

不過他們似乎從未擊中對方。速度實在太快，目標又太小。阿浩到目前為止運氣都很好——他讓渡鴉陷入競爭的興奮之中，讓他渴望對決。但渡鴉並不需要對決。他頗輕易就能回到露天劇場，無須費心先殺死阿浩。

而他終於想通了。他收刀入鞘，遁入摩天大樓之間的一條巷子。阿浩跟上去，不過等到他進入同一條巷子，渡鴉已經不在了。

阿浩以時速數百英里查看露天劇場邊緣，然後竄升太空，在二十五萬個狂野歡呼的駭客頭頂自由落體。

他們都認識阿浩。他是那個帶武士刀的傢伙。他是達五欽的朋友。而作為獻給這場義演的個人節目，他顯然決定把一場劍術決鬥搬上舞臺，對手是某種騎在摩托車上的精靈，長相嚇人的龐然大物。別轉臺，肯定會很精采。

他降落在舞臺上，跳下車站在車旁。車還能騎，但在這裡毫無用處。渡鴉就在十米外，正對著他咧嘴而笑。

「投彈完畢。」渡鴉說。他單手從邊車拿出發光的藍色菱形丟在露天劇場中央。菱形像蛋殼一樣裂開，光從中射出，然後變亮、成形。

觀眾陷入瘋狂。

阿浩轉向蛋。渡鴉擋住他。渡鴉這會兒無法走動，因為少了一條腿，但他還是能控制摩托車。他也拿出了長刀，兩把刀在蛋上方交鋒；蛋這時化為一團令人目眩、震耳欲聾的聲光龍捲風。彩色形狀在無比高速造成的透視作用下縮小，從蛋中心射出，在他們頭頂定下位置，構築出一幅立體圖。

駭客們發瘋了。阿浩知道，此時此刻，黑日的駭客象限正在清空。他們全部推擠湧出出口，奔過大街，衝向廣場，來看阿浩的魔幻聲光劍術魔術秀。

渡鴉試著推開阿浩。這動作在現實世界行得通，因為渡鴉擁有無法抵擋的力量。但除非你用恰到好處的駭客手法升級，否則替身都同等強壯。於是渡鴉奮力一推，然後收刀，才能在阿浩被他推飛時砍他脖子；然而阿浩並沒有被推飛。他等待這個時機，隨即卸下渡鴉持刀的手。觀眾高興地尖叫。

「要怎麼停止這東西？」阿浩問。

「問倒我了。我只負責送貨。」渡鴉回答。

「你到底知不知道你剛剛幹了什麼？」

「知道啊。實現我一生追求的目標。」渡鴉開懷放鬆地咧嘴而笑：「我用核彈炸了美國。」

阿浩砍下他的頭。注定完蛋的駭客紛紛站起來尖叫。

接著阿浩突然消失，他們瞬間鴉雀無聲。他切換為隱形小替身，這時盤旋在蛋破碎的殘餘物上方；重力帶著他直接墜入蛋中心。墜落的同時，他喃喃自語：「掃雪。」這是他在救生艇上殺時間時寫的軟體。搜尋潰雪的那個軟體。

英雄阿浩看似從舞臺上消失，於是駭客們將注意力轉向從蛋中升起的巨大構造。劍術決鬥的整齣胡鬧肯定只是一種古怪的開場——阿浩的典型手法，他總是用這種非主流的方式吸引注意力。聲光秀才是英雄。數以千計的駭客從四面八方湧入，人潮快速填滿露天劇場：從黑日沿大街一路跑過來、從大型軟體公司總部所在的大辦公室塔川流而出、隨著盛事的傳言以光速傳遍光纖葡萄藤，從現實世界的各個角落示入元宇宙。

燈光秀的設計彷彿對遲來者有所預期，假高潮接著假高潮，彷若一場昂貴的煙火表演，而且每一個高潮都比前一個更精采，如此浩瀚而複雜，以至於沒人看見超過其中一成；你可以花一整年的時間一再重看，每次看都有新發現。

這是一個一英里高的結構，以動態的平面與立體影像構成，在時空中環環相扣。其中包羅萬象。蘭妮·萊芬斯坦（Leni Riefenstahl）的電影、米開朗基羅的雕像、達文西的虛構發明物化為真實、拉近的二戰空戰從中間冒出來，轉向後橫跨觀眾上方，又是射擊又是燃燒又是爆炸、擷取自一千部經典電影的畫面，流動融合，化為單一浩瀚的複雜故事。

然而最後，燈光秀開始自我簡化，收窄為一束光柱。到這個時候，支撐表演的是音樂：重擊的低沉節奏和深沉、具威脅性的固定反覆樂句，要所有人繼續看著，精華尚未到來。所有人看著，滿心虔誠。

光柱開始上下湧動，浮現人形。其實是四個人形，女性裸體並肩而立、面朝外，彷彿女像柱。她們各自雙手捧著細長的東西：一對管子。

三分之一百萬名駭客凝視矗立舞臺上的女人們，而她們雙臂高舉過頭，展開各自手上的卷軸；四個卷軸化為四個有橄欖球場那麼大的平面電視螢幕。從露天劇場的座位上看，螢幕幾乎完全遮蔽天空；所有人眼前所見只有螢幕。

螢幕剛開始一片空白，不過四個螢幕終究同時跳出相同的影像。這是一個包含文字的影像，上面寫著：

如果這是病毒
你現在已經死了
元宇宙是個危險的地方；
你的保全怎麼樣？
撥打英雄阿浩保全公司電話
以獲得免費首次諮詢

69

「這完全就是那種我們在越南嘗試時永遠都不成功的高科技垃圾。」恩佐大叔說道。

「我完全了解你的意思，不過科技在那之後有長足的進步。」凱說道，他是吳式保全企業的監控人員。凱正透過無線電耳機對恩佐大叔說話；他那輛裝滿電子器材的廂型車潛伏在四分之英里外一座洛機貨倉旁的陰影中。「我正用立體元宇宙顯示器監控整座機場和機場的所有出入口。舉例來說，我知道你的狗牌，就是你通常掛在脖子上的那串，現在不在原位。我知道你的左邊口袋裡有一港圓八十五港分的零錢。我知道你的另一邊口袋有一把剃刀。看起來也像好東西。」

「永遠不要低估好好梳洗的重要性。」恩佐大叔說。

「但是我不懂你為什麼要帶著滑板。」

「用來替換YT在管理部前搞丟的那一個。」恩佐大叔說：「說來話長。」

「頭兒，我們的其中一個加盟領地傳來一份報告。」一名身穿黑幫防風外套的年輕少尉一手拿著黑色對講機小跑越過停機坪。他不算是真的少尉；黑幫不是很熱衷用軍階，不過基於某些原因，恩佐大叔把他想成少尉。「第二架直升機降落在一個路邊商業區的停車場，距離這裡大約十英里，他們跟披薩車碰頭，接走萊富，然後又起飛了。他們正在過來的路上。」

「派人回收他們丟下的披薩車，然後放駕駛一天假。」恩佐大叔說道。

少尉看起來有點驚慌失措，因為恩佐大叔居然費心處理這麼枝微末節的事。這就像教父親自在路上走來走去撿垃圾之類的。不過他恭敬地點頭，剛剛學到一課了：細節很重要。他轉過身，對著無線電說起話。

恩佐大叔非常不信任這傢伙。他是個穿制服外套的，擅長處理無關緊要的新西西里加盟領區繁文縟節，但欠缺像YT那種人的靈活性。黑幫現今問題的經典案例。少尉之所以居然在這裡，只因為情勢變化太快，當然了，也因為他們在九龍號上失去所有好手。

凱又透過無線電發話。「YT剛剛跟她母親通電話，請她母親來接她。你想聽她們的對話嗎？」

「除非有戰略上的重要性，否則不用。」恩佐大叔俐落地說道。又可以從他的清單劃掉一件待辦事項了；他一直很擔心YT和她母親的關係，原本打算跟她好好談談。

萊富的噴射機停在柏油碎石路面上，引擎怠速，等著滑行出去跑道。正副駕駛在駕駛艙裡。一直到半小時前，他們都是L．巴布．萊富的忠誠員工。當時他們坐在那裡看著擋風玻璃外，同時間，部署在飛機棚周邊各處的十二名萊富保全人員紛紛被爆頭、抹脖子，要不就是直接丟下武器跪下投降。現在正副駕駛都立下一生的誓言，發誓效忠恩佐大叔的組織。恩佐大叔大可乾脆把他們拖出來，換上他自己的駕駛，但這樣比較好。要是萊富真靠某種方法成功來到飛機這裡，他會認出自己的駕駛、以為一切正常。而獨留駕駛們在駕駛艙，沒有任何黑幫從旁監督，這做法只會凸顯出恩佐大叔有多信任他們，也凸顯出他們立下的誓言。這實際上會強化他們的責任感。要是他們打破誓言，這也會放大恩佐大叔不悅的程度。恩佐大叔對兩位駕駛毫不懷疑。

這裡的安排倉促許多，恩佐大叔對此就沒那麼滿意了。一如往常，問題在於無法預料的YT。他沒料到她會跳出飛行中的直升機逃離L．巴布．萊富。換言之，他預期稍後的某個時間，等到萊富帶著YT飛回他位於休士頓的總部，應該要有一場人質談判才對。

然而人質狀況已不存在，因此恩佐大叔覺得有必要現在就阻止萊富，搶在他回到位於休士頓的勢力範圍之前。他已下令大幅重整黑幫人馬，這時數十架直升機和作戰小隊正在倉促重新設定路線，盡他們所能快速來到洛機會合。不過此時此刻，只有恩佐和他的一小隊私人護衛在這裡，除此之外還有這個吳氏企業的科技監控人員。

他們關閉了機場。這很簡單：他們只是把幾輛林肯城市開上跑道，以此作為開端，接下來進去控制塔，宣布他們幾分鐘後將要開戰。這會兒，洛機大概打落成以來都沒那麼安靜過。恩佐大叔甚至可以隱約聽見半英里外海灘上的浪潮聲。這裡幾乎稱得上舒適。適合戶外烤香腸的天氣。

恩佐大叔與李先生攜手合作，這也代表和吳合作，而吳儘管非常能幹，他對科技的偏愛卻令恩佐大叔無法信任。比起一百個吳的小工具和可攜式雷達，他寧願要一個腳踩著光亮鞋子、配戴九釐米的好士兵。

出來這裡時，他原本預期可以在一片開放的空地迎戰萊富，豈料環境雜亂無章。幾十架企業噴射機和直升機停在停機坪上。附近是形形色色的私人機棚，各附柵欄包圍的停車區，裡面停放著若干車輛和多用途運輸器。而且他們非常靠近存放機場儲備噴射機燃料的油槽場。這代表有一大堆管線、幫浦站和液壓廢物從地面冒出來。就戰術上而言，這地方和叢林的相似度高過沙漠。當然了，停機坪和跑道本身更像沙漠一點，不過還是有排水溝，無論多少人都可以躲在裡面不被發現。所以越南的海灘戰會是比較好的類比：一大片突然轉為叢林的開放地帶。不是恩佐大叔最愛的地方。

「直升機接近機場周圍。」凱說。

恩佐大叔轉向少尉。「所有人都就定位了？」

「是的，頭兒。」

「你怎麼知道？」

「他們幾分鐘前都有回報。」

「那一點意義也沒有。披薩車呢？」

「呃，我想說晚一點再來處理，頭兒——」

「你必須能夠同時多工處理。」

少尉又羞又畏怯地別過頭。「凱，」恩佐大叔說：「我們的周圍有沒有值得關注的情況？」

「完全沒有。」吳說道。

「不值得關注的呢？」

「有幾個維修工，跟平常一樣。」

「你怎麼知道他們是維修工，不是萊富的士兵加以偽裝？你查過他們的身分？」

「士兵帶槍，或至少帶刀。雷達顯示這些人沒帶這些東西。證明完畢。」

「還在試著叫所有人馬回報。」少尉說：「我猜無線電可能有點問題。」

恩佐大叔一手環住少尉肩膀。「我來告訴你一個故事，孩子。打從我第一眼見到你，我就覺得你很親切。我後來才發現，你讓我想起一個我以前認識的人：一個少尉，他當過我的指揮官一陣子，在越南的時候。」

少尉興奮極了：「真的嗎？」

「真的。他年輕有為又機靈，受過良好教育，而且心存善意，不過也有些缺點。他無論如何就是無法領會我們在那裡的基本情況。也可以說是一種心理阻隔，導致我們這些手下體驗到最強烈的挫折感。形勢一觸即發啊，孩子，我不介意對你坦承。」

「結果怎麼樣，恩佐大叔？」

「還不錯。你瞧，有一天，我扛下擔子，朝他腦後開了一槍。」

少尉的眼睛瞪得非常大，臉似乎麻痺了。恩佐大叔對他毫無同情：如果他搞砸，很多人會死。新的含糊無線電說話聲傳入少尉的耳機。「噢，恩佐大叔？」他非常小聲、不情願地說道。

「嗯？」

「你剛剛在問那輛披薩車？」

「對？」

「車不在了。」

「不在？」

「他們停下來接萊富的時候，顯然有人下了直升機，開走披薩車。」

「他開去哪？」

「我們不知道，頭兒，我們在那地方只有一個探子，而他在追蹤萊富。」

「拿掉耳機。」恩佐大叔說：「關掉對講機。你需要你的耳朵。」

「我的耳朵？」

恩佐大叔彎下腰，俐落地走過路面，一直走到兩架小噴射機之間。他輕輕放下滑板，解開鞋帶，脫下鞋子，跟著也脫下襪子塞進鞋裡。他從口袋拿出剃刀，甩開，把兩條褲管從摺邊割開到褲襠，然後把布摺起來割斷，不然他走路的時候布料會摩擦他那雙毛茸茸的腿，因而發出聲音。

「天啊！」少尉在幾架飛機外說道：「阿爾倒了！天啊，他死了！」

70

恩佐大叔暫時繼續穿著外套，因為顏色深，而且內襯是緞面，相對安靜，然後爬上一架飛機的機翼，因此若是有人趴在地上也看不見他的腿。他在機翼末端蹲下，張開嘴好聽得更清楚些，然後聆聽。

剛開始，他只聽見原本不存在的不規則潑濺聲，聽起來像水從沒關好的水龍頭滴落光禿禿的地面。聲音似乎來自近處的一架飛機。恩佐大叔擔心可能是噴射機燃料外漏，這原本是計畫的一部分，預計炸掉機場的這整塊，一次幹掉所有敵人。他無聲落地，謹慎地繞過兩架毗連的飛機，每走幾步就停下來聆聽，最後終於看見了：他的一個士兵被用一根長木桿釘在一架里爾噴射機的鋁製機身上。血從傷口湧出，沿褲管流下，從他的鞋子滴落，濺在柏油碎石跑道上。

恩佐大叔聽見身後傳來短促的尖叫，接著突然轉為尖銳的吐氣聲。他之前聽過這聲音。這是人被利刃抹脖子的聲音。肯定是少尉。

他現在還有幾秒的時間能夠自由行動。他甚至不知道自己面對的是什麼，而他必須弄清楚。於是他奔向尖叫聲的來源，維持蹲伏的姿態，快速從一架噴射機的掩護移動到下一架噴射機。

他看見一雙腿在一架噴射機的對面移動。恩佐大叔人在靠近機翼尖端的位置，他把雙手放上機翼，用全身重量往下壓，然後鬆手。

成功了：噴射機在本身的懸吊系統作用下盪向他。殺手以為恩佐大叔剛剛跳上翼端，於是他爬上對面機翼，背靠著機身等待，等著伏擊從上面爬過去的恩佐大叔。

不過恩佐大叔還在地上。他無聲地奔向機身，赤腳，從下方鑽過，一手拿著剃刀從下面竄出來。殺手——渡鴉——就在恩佐預料的位置。

不過渡鴉已經起疑了；他站起來查看飛機頂部，因此他的喉嚨離開了恩佐大叔可及之處。恩佐轉而瞄準他的腿。

保守一點，有什麼拿什麼，好過豪賭一場全盤皆輸，於是就算渡鴉從上面看著他，他還是伸手割斷渡鴉左腳的阿基里斯腱。

他正要別過身自保，這時有個東西猛力至極地撞上他的胸膛。恩佐大叔低頭，看見一個透明物體從他右側肋骨間突出來，大吃一驚。然後他抬起頭，看見渡鴉的臉已經在他面前三英寸處了。

恩佐大叔退離機翼。渡鴉想跳到他身上，卻摔落地。恩佐又上前，剃刀出手，不過坐在柏油碎石路面的渡鴉已拔出第二把刀。他撲向恩佐大叔的大腿內側，造成了一些傷害；恩佐閃過刀鋒，格開他的攻擊，最後在渡鴉肩膀上劃開一道短但深的口子。渡鴉搶在恩佐來得及再次朝他喉嚨出手前撞偏恩佐的手臂。

恩佐大叔受傷，渡鴉也受傷，但渡鴉再也跑不過他；是時候稍微盤點情勢了。恩佐跑開，儘管當他移動，一股劇痛便在他身體右側上下流竄。某個東西也砰地射中他的背；他感覺腎臟上方一陣刺痛，但稍縱即逝。他轉過身，看見一塊血淋淋的玻璃砸碎在地上。渡鴉剛剛肯定用這東西射中他的背。不過少了渡鴉的手勁支撐，玻璃動量不足以一路穿透防彈纖維，於是脫落。

玻璃刀。難怪凱在毫米波雷達上看不見他。

等到他在另一架飛機後方找好掩護，他的聽覺被逼近的直升機淹沒。

是萊富的直升機，他們降落在距離這架噴射機幾十米外的跑道上。螺旋槳的轟鳴和強風似乎透入恩佐大叔的腦。他閉上眼阻隔風勢，卻徹底失去平衡，完全迷失方向，直到他直條條撞上路面。身下的路面滑溜又溫暖，恩佐大叔這才領悟他流了好多血。

他凝視柏油碎石路面的另一邊，看見渡鴉正朝直升機走去，腳跛得很厲害，一條腿實際上完全沒用。他終於放棄那條腿，改用沒受傷的腿單腳跳。

萊富爬下直升機了。渡鴉和萊富在交談，渡鴉朝恩佐的方向比劃，萊富點頭批准，渡鴉轉過來，牙齒又白又亮。與其說他在擠眉弄眼，不如說他是因期待而展露笑顏。他朝恩佐大叔跳來，從外套裡掏出另一把玻璃刀。這雜種身上帶著一百萬把那東西。

他要過來找恩佐了，而恩佐甚至沒辦法站起來而不昏厥。

他環顧四周，附近什麼都沒有，只有一臺滑板、一雙昂貴皮鞋和一雙襪子在約二十英尺外。他站不起來，但可以匍匐前進，因此就算渡鴉這會兒正單腳朝他跳來，他還是用雙肘把自己往前拖。

他們在兩架毗鄰噴射機之間的開放通道相遇。恩佐腹部朝下癱在滑板上。渡鴉站著，一手撐著噴射機機翼，玻璃刀在另一隻手上閃爍。恩佐此時眼前的世界化為黯淡的黑與白，彷彿廉價的元宇宙終端機；他的弟兄在越南因失血過多而死去前都是這麼描述他們所見的景象。

「希望你做完你最後的儀式了，」渡鴉說：「因為我們可沒時間叫牧師來。」

「沒必要。」恩佐大叔說道，並猛捶滑板上貼有「激酷系窄錐調諧衝擊波發射器」標籤的按鈕。

他幾乎被那股衝擊震掉腦袋。恩佐大叔如果倖存，他以後也聽不清楚了。不過這東西確實稍微讓他清醒了一點點。他把頭從滑板上抬起，看見渡鴉震驚地站在那兒，雙手空空，一千片小玻璃碎片灑落他的外套。

恩佐大叔翻身仰躺，揮了揮手中的剃刀。「我個人比較喜歡鋼。」他說：「要不要刮個鬍子？」

71

萊富看見這一切，也了解得夠透徹了。他很想看完全部結局，但他是個大忙人；他想在其他的黑幫和吳和李先生和所有其他混蛋用他們的熱追蹤導彈找上他之前離開這裡。沒時間等跛腳的渡鴉一路跳回來。他對駕駛豎起大拇指，邁步走上私人噴射機的階梯。

白晝。一片橘色的洶湧火牆在一英里外的油槽場無聲竄升，彷彿縮時攝影下的菊花。火菊花的綻放與無控制的生長是如此浩大、複雜，萊富忍不住在階梯中間停下來觀看。

一股強大的擾動穿過火焰，在光芒中留下一線痕跡，彷彿射透雲室的宇宙射線。它經過的力量在火海中留下一道清楚可見的震撼波，一個明亮擴散的圓錐形，規模比頂點處的暗色源頭大上一百倍：源頭一個貌似子彈的黑色東西，支撐其下的是四條無比高速翻騰的腿，那速度快得肉眼無法看見。它是那麼小，又那麼快，要不是直朝L．巴布．萊富而來，他根本不會發現。

它擇路越過大片糾纏的露天配管系統，越過把燃料輸送到噴射機的管線；它跳過一些障礙，金屬爪子刨入其他障礙，用腿的爆發推力把那些東西開膛破肚，而其中內容物隨即被點燃；因為它的腳每次觸及地面，火花便跟著揚起。它把四條腿縮到身下，躍起一百英尺，來到一輛掩埋的油槽頂部，再以此作為發射臺，以又一次弧線型的長程跳躍越過將燃料設施與機場本體分隔的鐵絲網圍籬，然後開始穩定有力的大步慢跑，在跑道的完美幾何平面上加速，大火中心懶懶吐出的長火舌在它身後追趕；類鼠的餘震帶起氣流，火舌在跟隨的同時也螺旋回捲。

有個東西叫L．巴布．萊富離開載有燃料的噴射機。他轉身，半跳半摔下階梯，動作笨拙，因為他在看類鼠，而非地面。

類鼠只是個貼近地面的暗色小東西，只能憑藉它映襯在火焰上的影子和它微調方向時爪子刨入地面揚起的一連串白色火花看見它。

它的目標並不是噴射機，而是他。萊富改變主意，一次跨三階奔上階梯。階梯在他的體重下屈曲、反彈，提醒他這架噴射機有多脆弱。

駕駛預料到這情況，沒等收回梯子就放開剎車，讓噴射機滑上跑道，機鼻擺向背離類鼠的方向。他猛捶油門，噴射機甩過一個急彎，差點撞爛一邊機翼；他一看見跑道的中線隨即催動引擎超速運轉。現在他們只看得見前方和側邊，看不見在追他們的東西。

只有YT看得見事發經過。她用她的酷遞員通行證輕鬆通過機場保全，這會兒正靠慣性滑上靠近儲貨航廈的停機坪。這裡的視野絕佳，她可以眺望半英里的開闊跑道，而她看見完整經過：飛機呼嘯駛過跑道，一面前進一面拉上門，引擎噴嘴噴出淡藍色火焰，努力累積起飛的速度，而肥多在後面追著，就像小狗追著胖郵差，接著最後一次驚人一躍，化為響尾蛇飛彈，鼻朝前飛入噴射機的左引擎排氣管。

噴射機在距離地面大約十英尺的高度爆炸，細緻、具消毒作用的火焰將肥多、L．巴布．萊富和他的病毒全部一起吞噬。

真可愛！

她多待了一會兒觀看餘波：黑幫直升機到場，醫師帶著醫藥箱、血袋和擔架跳下來，黑幫士兵在私人噴射機之間急匆匆奔跑，顯然在找某人。一輛披薩車匆忙從其中一個停車區起步開走，輪胎嘎吱響，一輛黑幫的車呼嘯追上。

但是過了一會兒，她覺得無聊了，於是滑回主航廈，大多是靠她自己的力氣，不過有一會兒也成功叉上一輛油罐車。

母親在她的愚蠢小雷根糖車上等她，就跟她們在電話中說好的一樣，她把車停在聯合航空行李提領區旁。YT打開車門，把她的滑板丟進後座，然後爬上車。

「回家？」媽問道。

「好啊，好像是該回家了。」

致謝

本書萌芽於我和藝術家湯尼・施德（Tony Sheeder）之間的合作，原本的目標是出版一本電腦生成的圖像小說。大體而言，我負責文字，他負責圖像；不過就算這個作品最後幾乎完全由文字構成，某些方面依然源自我和湯尼的討論。

這本小說很難寫；我的版權代理麗茲・達漢索夫（Liz Darhansoff）、查克・維瑞爾（Chuck Verrill），和丹尼斯・史都華（Denise Stewart）讀了早期的草稿，給了我許多好建議。湯尼・施德和維思大學（Wesleyan University）的史帝夫・赫斯特（Steve Horst）博士也曾受早期的草稿荼毒；博士對於有關大腦與電腦的一切（以及在閱讀後約一小時突然感染病毒的人）提出大量又清楚易懂的評論。除此之外還有我的連襟史帝夫・威金斯（Steve Wiggins），他目前任職於愛丁堡大學，最早就是他帶領我開始認識亞舍拉；當我在國會圖書館艱難地挖資料，也是他餵我有用的論文和引文。

我對有毒工業廢物的難解之謎與所在位置產生疑問時，馬可・卡托芬（Marco Kaltofen）一如平常發揮像圖書館員一樣迅速、百科全書般的作用。理查・葛林（Richard Green），我位在洛杉磯的經紀人也在那個城市的地理方面提供一些幫助。

布魯克・波洛克（Bruck Pollock）細緻地閱讀校樣，速度卻像閃電一樣，而且提出了幾個有用的意見。他指出BIOS實際上如我現在所說（也應該如此），代表「基本輸入輸出系統」（Basic Input/Output

System），而非「內建操作系統」（Built-in Operating System）；最早提出這點的是他，不過他肯定不是最後一個。但為了追求令人滿意的雙關，我覺得我有權把所有其他考量踩進土裡，所以書中的這個部分並未更動。

諸如元宇宙的「虛擬現實」概念現在在電腦製圖社群受到廣泛討論，而且也以諸多不同方式應用。本書所描述的這版本元宇宙概念源自我和傑米（頻寬隊長）塔菲（Jaime "Captain Bandwidth" Taaffe）之間的閒聊——這並不意味元宇宙的不切實際或花俏俗麗概念應該怪罪於我之外的任何人。「替身」（avatar）（用於此的意義）和「元宇宙」（Metaverse）這兩個詞是我的發明，當時我判定現存的詞彙（例如「虛擬現實」）用起來太怪，所以才想出這些詞。

思考可能怎麼創建出元宇宙的過程中，我受到蘋果的《人類介面指引》（*Human Interface Guidelines*）影響；這是一本解釋麥金塔背後哲學的書。我之所以提出這點，只是要因上述文件對我的幫助而向其彙編者致意，並不是說這些可憐的無辜者跟結果有任何關係。

在一個美好的轉折之下；我之所以在這裡提起這個轉折，完全是因為可以以一種令人愉快的方式提到我自己；原本的圖像小說注定完蛋又瘋狂，而在那個企畫的早期階段，我變得非常了解麥金塔內部運作。當時，顯然要想叫Mac做我們需要它做的事，唯一的方法是寫一大堆客製化影像處理軟體。創作這個作品的過程中，比起實際書寫，我可能花更多時間寫程式，儘管作品最後偏離了原始的圖像概念，那部分的成果最後就實用價值方面而言完全沒派上用場。

必須指出，撰寫巴別爾那部分時，我站在許多、許多歷史學家與考古學家的肩膀上；實際進行研究的是他們。圖書館員所說的大部分內容都源自這些人，而我盡可能讓圖書館員在所有應標明貢獻的地方註明，像個好學者（我並不是）一樣口頭上在他的言談中加入註釋。

最後，《潰雪》最初出版之後，我得知「替身」這個詞實際上已經在一個名為「棲地」（Habitat）的虛擬現實系統中使用多年。此系統由F．藍道．法默（F. Randall Farmer）和奇普．莫寧史達（Morningstar）開發，運作於康懋達64（Commodore 64）電腦，儘管在美國已經銷聲匿跡，在日本仍廣為流行。除了替身之外，棲地也包含許多在本書中描述的元宇宙基本特性。

文學森林 LF0173

潰雪
Snow Crash

作者

尼爾・史蒂文森（Neal Stephenson）

一九五九年生，世界三大科幻文學獎雨果獎得主，以科幻作品聞名全美。父親是電機工程教授，母親是生物化學家。他具備地理學學位，輔修物理學。大膽的未來想像結合豐富的知識性是其寫作特色。一九九九－二〇〇六年曾任貝佐斯創立的航太公司Blue Origin顧問。二〇一四－二〇二〇年，任職於AR公司Magic Leap首席未來長。現為區塊鏈公司Lamina1共同創辦人暨董事長。

一九八四年，出版第一本著作《大學》上市後旋即銷售一空。重大生涯突破始於一九九二年第三部長篇小說《潰雪》問世，本書包羅萬象，收納蘇美文化、摩西五經、聖經創世紀、滑板族、電腦病毒、虛擬世界等豐富元素，獲得英國科幻協會獎、亞瑟·克拉克獎提名，二〇〇五年入選《時代》雜誌百大英文小說，對科技發展影響深遠，讓史帝文森一夕之間成為大師級的人物。

譯者

歸也光

現代人，經營文字加工場。譯作有「星辰繼承者」系列、《神經喚術士》、「銘印之子」系列、《第八位偵探》、《貓與城市》、《隱娘》（獲第35屆梁實秋翻譯大師獎優選）等。聯絡信箱：gabbybegood@gmail.com

封面設計 莊謹銘
內頁排版 立全排版
責任編輯 陳彥廷
行銷企劃 黃蕾玲
版權負責 陳柏昌
副總編輯 梁心愉

初版一刷 二〇二三年五月二十九日
定價 新台幣五二〇元

ThinKingDom 新經典文化
發行人 葉美瑤
出版 新經典圖文傳播有限公司
地址 10045臺北市中正區重慶南路一段五七號十一樓之四
電話 886-2-2331-1830 傳真 886-2-2331-1831
讀者服務信箱 thinkingdomtw@gmail.com
臉書專頁 http://www.facebook.com/thinkingdom/

總經銷 高寶書版集團
地址 11493臺北市內湖區洲子街八八號三樓
電話 886-2-2799-2788 傳真 886-2-2799-0909
海外總經銷 時報文化出版企業股份有限公司
地址 桃園市龜山區萬壽路二段三五一號
電話 886-2-2306-6842 傳真 886-2-2304-9301

版權所有，不得擅自以文字或有聲形式轉載、複製、翻印，違者必究
裝訂錯誤或破損的書，請寄回新經典文化更換

潰雪 / 尼爾. 史蒂文森(Neal Stephenson)著；歸也光譯. -- 初版. -- 臺北市：新經典圖文傳播有限公司, 2023.05
512面；14.8×21公分. -- (文學森林；YY0273)
譯自：Snow Crash

ISBN 978-626-7061-70-1(平裝)

874.57　　112006342

SNOW CRASH
by Neal Stephenson
Copyright © 1992 by Neal Stephenson
Published by arrangement with Neal Stephenson c/o
Darhansoff & Verrill Literary Agents
through Bardon-Chinese Media Agency
Complex Chinese translation copyright © 2023
by Thinkingdom Media Group Ltd.
ALL RIGHTS RESERVED.

Printed in Taiwan
p232, 281 插畫 © Carol Goldenberg